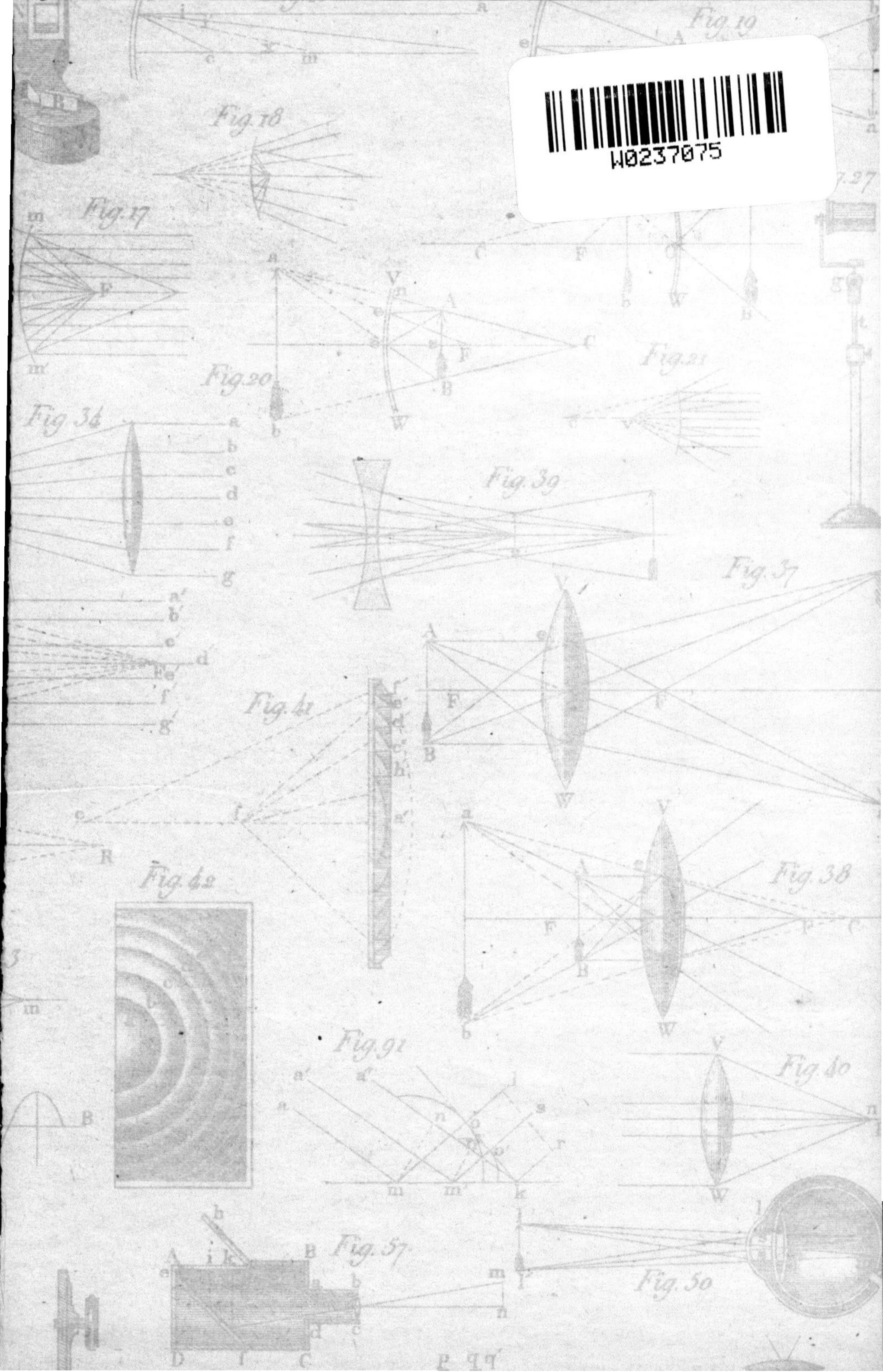
Fig. 17
Fig. 18
Fig. 19
Fig. 20
Fig. 21
Fig. 34
Fig. 37
Fig. 38
Fig. 39
Fig. 40
Fig. 41
Fig. 42
Fig. 50
Fig. 57
Fig. 91

Stefan Schmortte

Die Enthüllung der Welt

Stefan Schmortte

Die Enthüllung der Welt

Die Geschichte einer Leidenschaft

LAGO

Bibliografische Information der Deutschen Nationalbibliothek:
Die Deutsche Nationalbibliothek verzeichnet diese Publikation in der Deutschen Nationalbibliografie; detaillierte bibliografische Daten sind im Internet über http://d-nb.de abrufbar.

Für Fragen und Anregungen:
info@lago-verlag.de

1. Auflage 2017

Nymphenburger Straße 86
D-80636 München
Tel.: 089 651285-0
Fax: 089 652096

Umschlaggestaltung: Laura Osswald
Umschlagabbildung: Valentin Agapov/shutterstock.com; bauhaus1000/istockphoto.com
Satz: Carsten Klein, München
Druck: GGP Media GmbH, Pößneck
Printed in Germany

ISBN Print 978-3-95761-175-8
ISBN E-Book (PDF) 978-3-95762-091-0
ISBN E-Book (EPUB, Mobi) 978-3-95762-092-7

Für Domenica

Der Teufel steckt im Detail.
Deutsche Redewendung

Erster Teil

- 1 -

Es war noch sehr früh am Morgen, als in der niederländischen Stadt Delft, am Ende einer kopfsteingepflasterten Gasse nahe der alten Kirche, ein junger Mann in seinem Haus erwachte, der mehr als jeder andere seiner Zeit einen Blick für die Kleinigkeiten in der Welt besaß.

Vielleicht lag es nur daran, dass er selbst ein bisschen zu kurz geraten war. Auf jeden Fall war er so vernarrt in das Detail, dass er den Blick für das große Ganze darüber häufiger vergaß. Was seine Mitmenschen für belanglos erachteten und nur sehr selten überhaupt registrierten, das zog seinen Blick magisch an: die Tautropfen, die an den Grashalmen klebten, die Asseln, die unter den Steinen lebten, und selbst die Staubkörner, die weithin unbeachtet durch die Luft schwebten. Dem Unscheinbaren und Bescheidenen in der Welt galt seine Gunst. Und deshalb trafen die ersten, zarten Sonnenstrahlen am frühen Morgen seinen eigentümlichen Geschmack auch weit mehr, als wenn sich die Sonne in ihrem Abendrot unanständig groß und wichtig machte.

Aber an diesem frühen Morgen, die Glocken der Oude Kerk hatten gerade fünf geschlagen, störte ihn selbst das milchige Licht des anbrechenden Tages. Der Mann, er hieß Piet van Leeuwen, wälzte sich in seinem Bett unruhig hin und her. Missmutig zog er die Decke über seinen Kopf, um sein gerade erwachtes Bewusstsein noch für einen kurzen Moment zu betäuben.

Er hatte von Carla geträumt und wollte nun nichts lieber, als seinen Traum noch ein wenig fortzuspinnen. Nur für einen klitzekleinen Augenblick wollte er sie noch einmal ganz dicht neben sich spüren und zurück ins Land der Träume sinken. Dorthin, wo das Kleine groß sein konnte und das Große klein. Wo die Gesetze der Logik ihre Gültigkeit verloren und selbst das Unmögliche möglich war.

Piet schloss noch einmal die Augen. Mit Carla wäre alles für ihn möglich. Zu verschmerzen, was hinter ihm lag. Darauf zu vertrauen, dass sich die Gegenwart in ihren kostbarsten Momenten vollkommen im Hier und Jetzt erschöpfen konnte. Und ja, auch zu hoffen, dass jeder neue Tag nun vom trägen Rhythmus der Gewohnheit verschont bliebe. Wenn sie doch nur schon bei ihm wäre.

Gerade mal sechs Wochen war es her, dass Piet nach Delft zurückgekehrt war, um in seinem Geburtshaus in der Hippolytusbuurt ein Tuchhandelsgeschäft zu eröffnen. Er hatte Carla aus einem Amsterdamer Spielhaus freigekauft, was die verbrämte, aber durchaus gebräuchliche Bezeichnung für ein Hurenhaus war. Am 1. November, wenn sie in Ruhe noch einmal über seinen Vorschlag nachgedacht hatte, sollte sie ihm nach Delft folgen. So hatten sie es bei seiner Abreise aus Amsterdam vereinbart.

Piet hoffte inständig, dass dieser Traum nun bald für ihn wahr würde. Dann wäre endlich Schluss mit seiner Einsamkeit, die ihn wie ein Schatten, der nicht weichen wollte, schon so lange begleitete. In seinem Traum hatte er Carla fast riechen können, so nah hatte er sich ihr eben noch gefühlt. Doch das Morgenlicht hatte neben seinem Schlaf auch Carla vertrieben. Und so sehr sich Piet auch mühte, sich ihre Gestalt vor seinem inneren Auge noch einmal heraufzubeschwören, waren die Bilder von ihr doch schon restlos verschwunden.

Nur seine Kopfschmerzen leisteten Piet an diesem frühen Morgen Gesellschaft. Er presste seine Fingerspitzen ganz fest gegen seine Schläfen. Er bereute in diesem Moment, dass er sich gestern Abend mal wieder viel zu tief in die Kleinigkeiten der Welt versenkt hatte. Geschraubt hatte er, gehämmert, gebohrt, gebogen und geschliffen. Bis tief in die Nacht hinein hatte er in der Werkstatt hinter seinem Tuchladen gehockt, um die Mechanik seiner kleinen Apparatur noch weiter zu verfeinern. Gewiss war das der Grund für seine Kopfschmerzen.

Seine Apparatur entführte Piet in eine Welt, so fremdartig und seltsam, dass er an manchen der vergangenen Tage schon geglaubt hatte, er sei vielleicht verrückt geworden. So etwas konnte ja passieren, sogar von einer Stunde auf die andere. Es gab Menschen, die der Irrsinn pflückte wie der Bauer seine Äpfel. Piet wusste um die Launenhaftigkeit der Natur, aber für sich selbst schloss er eine solche Gefahr eigentlich aus. Er war nicht verrückt geworden, und er litt auch nicht unter Wahnvorstellungen. Er hatte sie schließlich mit seinen eigenen Augen gesehen, auch wenn kein Mensch zuvor sie jemals gesehen hatte.

Übellaunig raffte sich Piet aus dem Bett. An Schlaf war jetzt nicht mehr zu denken. Draußen auf dem Marktplatz bauten die Händler schon ihre Stände auf. Er hörte ihre schweren Holzpantinen über das Kopfsteinpflaster klappern. Dazu das Getrappel der Pferdefuhrwerke, das Gackern der Hühner und das Geschnatter der Gänse, die man zum Markt trieb, um sie vor den Augen der Leute zu schlachten. Es war ein Gepolter und Getrampel und alles in allem ein Krach, der es ihm unmöglich machte, noch ein wenig von Carla zu träumen. Aus den Nachbarhäusern klang schon das Klick-Klack-Klick der Webstühle zu ihm herüber. Piet sehnte sich nach der Ruhe eines Sonntagvormittags. Aber es war nicht Sonntag.

Piet öffnete das Fenster. Es war ein bisschen zu kühl für die Jahreszeit, aber nicht weiter außergewöhnlich. Wie jeden Tag hing in den Hinterhöfen bereits die Wäsche zum Trocknen. Über die orangeroten Dächer der angrenzenden Häuser sah er den Turm der Oude Kerk, der wie ein krummer Finger Gottes in die Höhe ragte. So unglaublich schief reckte sich der Turm der alten Kirche in den Himmel, dass es an ein Wunder grenzte, dass er noch nicht in die umliegenden Häuser gestürzt war. Aber was so lange Bestand hatte, dachte Piet, das wird einem wohl auch morgen nicht auf den Kopf fallen.

In dieser Beziehung teilte er die Zuversicht der Bürger von Delft. Ihre Selbstgefälligkeit in vielen anderen Dingen des Lebens war ihm trotzdem zuwider. Großspurig waren sie geworden, nur weil sie mit ihren Schiffen nun bis ans Ende der Welt segelten und kistenweise Perlmutt und Pfeffer, Tee und Ingwer, Rattan und Peddigrohr, Nelken und Muskat von den fernen Banda-Inseln oder den Molukken mit nach Hause brachten. Sie fanden keine Städte prächtiger als ihre eigenen und keine Fayencen besser gearbeitet als eben jene, die aus den Werkstätten von Delft kamen.

Prahlerei war das Letzte, was Piet beeindruckte. Und deshalb hatte er sich bis zu diesem frühen Morgen auch noch keiner Menschenseele anvertraut und von seiner sonderbaren Entdeckung erzählt. Er war in jüngster Zeit schon auf so viele Merkwürdigkeiten unter der Oberfläche des unmittelbar Sichtbaren gestoßen. Und nie hatte er sich damit wichtig gemacht. Orangegelbe Kugeln, die aussahen wie stachelige Apfelsinen, hatte er im Blütenstaub der Kürbisse aufgespürt. Feinste geometrische Muster hatte er unter der schleimig grünen Oberfläche der Algen entdeckt, die er aus dem Kanal vor seinem Haus fischte. Aber diese Dinge waren auch nie so lebendig gewesen wie diese rätselhaften Existenzen.

Piet wollte jetzt nicht länger darüber nachgrübeln. Nur Kopfschmerzen bekam er davon, ganz grässliche Kopfschmerzen. Während er noch am Fenster stand, fragte er sich, ob wohl auch Tiere an ihren schlechten Tagen unter einem solchen Brummschädel litten, fand den Gedanken aber genauso abwegig wie die Vorstellung, dass sie Hoffnungen hegten, Furcht vor der Zukunft empfanden oder sich Liebe schworen, die über ihren animalischen Trieb zur Fortpflanzung hinausreichte. Piet hätte an diesem Morgen mit jedem Schwein getauscht, so sehr schmerzte ihn sein Kopf.

Er ging gerade hinunter in die Küche, als es an der Tür klopfte. Piet erwartete an diesem frühen Morgen keinen Besuch. Und den Arzt Hendrik de Gaesbeeck hatte er am allerwenigsten erwartet.

»Ich war gerade in der Nähe«, sagte Gaesbeeck, »und wollte es bei dieser Gelegenheit nicht versäumen, dir endlich meinen Antrittsbesuch abzustatten. Dem verlorenen Sohn der Stadt sozusagen.«

Piet lächelte gequält vor sich hin. Aber es stimmte ja auch irgendwie. Er war wirklich ziemlich verloren gewesen. Um genau zu sein: sechsundzwanzig Jahre, drei Monate und fünf Tage waren vergangen, seit sie ihn aus Delft fortgejagt hatten. Er war noch ein Kind gewesen, damals.

»Darf ich reinkommen?«

Piet führte den Arzt in seinen Tuchladen, den er bisher nur zur Hälfte eingeräumt hatte. Erst in ein paar Wochen, wenn die restlichen Posten Stoff, die er in Amsterdam bestellt hatte, bei ihm eingetroffen wären, wollte er seinen Laden gemeinsam mit Carla eröffnen.

»So, so, ein Tuchhandelsgeschäft willst du hier also eröffnen«, sagte Gaesbeeck.

Betont gelangweilt strich er mit seinen eitel manikürten Fingerspitzen über die Stoffballen, die Piet in den Regalen, gleich links neben der Eingangstür zu seinem Laden, schon einsortiert hatte. Darunter Seide, Leinen, Atlas, Damast und von Silberfäden durchwirkten Brokat.

»Der Tuchhandel ist eine Wissenschaft für sich und nicht die meine«, sagte Gaesbeeck. »Ehrlich gesagt, halte ich auch nicht besonders viel von diesem Gewerbe. Den größten Hohlköpfen setzt ihr spitze Hüte auf, damit sie aussehen wie edle Herren. Und den hässlichsten Weibern stopft ihr so viel Tüll und Taft unter ihre schlaffen Hintern, dass man meinen könnte, man habe die reinste Pracht vor sich. Mit der Wahrheit hat euer Geschäft so viel gemein wie der Anstand mit der Lüge.«

Dieser alte Wichtigtuer. Piet wusste noch nicht, worauf Gaesbeeck eigentlich hinauswollte. Und so hielt es für angebracht, seinen aufkeimenden Unmut vorerst im Zaum zu halten. »Ich glaube, Sie unterschätzen die Kunst, die es braucht, um einen wirklich guten Stoff zu weben«, sagte er nur.

»Kunst nennst du das? Du willst ernsthaft behaupten, dieses hirnlose Klappern der Webstühle da draußen habe etwas mit Kunst zu tun? Ich sage dir, was Kunst ist. Die größte Kunst unserer Tage ist die Wissenschaft, weil sie uns lehrt, was die Welt im Innersten zusammenhält. Was ihr Tuchhändler treibt, ist das genaue Gegenteil davon: Ihr verhüllt die Wahrheit, weil Blendwerk euer Handwerk ist.«

»Ich würde es eher den Dienst am Schönen nennen«, sagte Piet, darum bemüht, Gaesbeecks hochnäsigen Tonfall nachzuahmen, was ihm allerdings nicht besonders gut gelang. Seine Stimme klang immer etwas hell und dünn, wenn er sich aufregte.

Gaesbeeck lachte bitter. »Ja, erzähl mir bitte mehr von der Schönheit, oder besser vom schönen Schein. Aus jeder Ente macht ihr einen Schwan. Wunderbar sehen die Weiber in euren Kleidern aus mit ihren so überaus geschickt ausgestellten Brüsten darin und ihren eng geschnürten Taillen. Aber wenn sie dann nackt vor einem liegen, sieht man die traurige Wahrheit: ihre schlaffen Brüste, ihre von dicken Adern durchfurchten Schenkel und ihre faltigen Bäuche. Erzähle mir also besser nichts von der angeblichen Kunst des Kleidermachens. Euer Gewerbe hängt am Faden des Betrugs. In den Spielhäusern von Amsterdam, dort wo die Sünde … ach, was rede ich eigentlich …«

Ja, was redete Gaesbeeck da eigentlich? Warum ereiferte er sich so? Und was hatte das alles mit ihm zu tun? War doch seine Sache, wenn er in Amsterdam auf eine herausgeputzte Hure hereingefallen war. Dieser Schwätzer. Duzte ihn die ganze Zeit, wie er bestimmt jeden in der Stadt duzte, den er nicht als ebenbürtig empfand. In den Spielhäusern von Amsterdam hatte Piet selbst gesehen, wie sich die angeblich so feinen Herren aufführten. Krakeelten herum und rissen ihre Zoten. Nahmen die Dienste der Mädchen nur allzu gern in Anspruch, um sie danach dreckige Huren zu schimpfen. Inmitten von diesem ganzen Schmutz, der Verlogenheit und Doppelmoral war er dem Schönsten begegnet, das er je zu Gesicht bekommen hatte. Carla. Aber das ging Gaesbeeck nun wirklich nichts an.

»Eigentlich bin ich nur vorbeigekommen, weil …«

Gaesbeeck stockte für einen Moment, trat einen Schritt vor und schaute Piet prüfend in die Augen.

»Es kommt dir vielleicht komisch vor«, sagte er, »aber ich dachte immer, einer mit deinen Augen würde etwas empfänglicher für die Wahrheit in der Welt sein und eine Aufgabe ergreifen, bei der man den Dingen auf den Grund geht. Sozusagen zu ihrem Kern vordringt. Aber wie ich sehe, hast du dich nun entschieden, deine Scharfsichtigkeit an den Tuchhandel zu verschwenden. Oder hast du deine Gabe mit den Jahren etwa verloren?«

Da wusste Piet mit einem Mal, was den Arzt bewogen hatte, ihn an diesem frühen Morgen aufzusuchen. Es war Neugierde, nichts weiter als unverhohlene

Neugierde. Die Geschichte lag zwar schon eine Ewigkeit zurück, aber Gaesbeeck hatte sie offenbar bis heute nicht aus dem Kopf bekommen. Er selbst war damals erst vier oder fünf Jahre alt gewesen, aber doch schon alt genug, um sich an ihre erste Begegnung noch sehr lebhaft zu erinnern. Gaesbeecks Haare waren grau geworden, aber ansonsten war er noch ganz der Alte. Derselbe Dünkel, die gleiche selbstgefällige Art. Piets Vater hatte den Arzt auf Drängen seiner Mutter seinerzeit aufgesucht, weil er als Kind einfach nicht hatte wachsen wollen. Und dabei war es dann herausgekommen: seine einzigartige Gabe, seine ihm angeborene Genialität.

Winzigste Staubpartikel, die seinen Blick nur kurz streiften, aufgewirbelt von einem kaum spürbaren Windhauch und so durchscheinend, dass sie für andere Menschen unsichtbar waren, konnte Piet schon als Kind so lange durch die Luft verfolgen, bis sie wieder auf den Boden sanken. Er hätte die Flöhe auf den Köpfen seiner Mitmenschen zählen können und auch die Regentropfen, noch bevor sie auf das Pflaster platschten. Für ihn selbst war das alles nicht weiter außergewöhnlich gewesen. Er wusste damals noch nicht, dass andere Menschen, verglichen mit ihm, blind wie die Maulwürfe durch ihr Leben tapsten.

Gaesbeeck hatte ihn mit einem Schröpfschnepper zur Ader lassen wollen, um seine Kleinwüchsigkeit zu kurieren, es sich dann aber anders überlegt und ihn stattdessen einem kleinen Experiment unterzogen. Piet wusste noch ganz genau, was er zu seinem Vater gesagt hatte, als er endlich fertig mit ihm war. »Dein Sohn ist wirklich nicht der Allergrößte«, hatte er gesagt. »Aber seine Augen sind ein Wunder, auch wenn ich von Berufs wegen eigentlich nicht an Wunder glauben mag.«

Was wusste dieser Besserwisser denn schon von den Wundern der Welt? Nichts wusste er von der Kunst, mit der in den Bergen von Siam eine Seide gewebt wurde, die in der Hand so leicht wie eine Feder wog. Und noch weniger wusste er von der Kunst, Gläser zu schleifen, mit denen sich die Wunder der Natur so überaus genau in Augenschein nehmen ließen.

Nur wegen Gaesbeecks bodenloser Überheblichkeit ließ sich Piet aus der Reserve locken. Schon wenig später sollte er es bereuen, aber an diesem frühen Morgen konnte er nicht anders, als auch seinerseits ein bisschen anzugeben.

»Bloß weil Sie fragen, nein, ich habe meine Scharfsichtigkeit keineswegs verloren. Ich sehe die Dinge heute sogar noch sehr viel klarer als früher.«

Dann führte Piet den Arzt in die Werkstatt hinter seinem Laden. Es war ein kleiner, schlauchförmiger Raum, kaum größer als fünf mal zwei Meter.

Vor dem bodentiefen Fenster zum Hof stand die Maschine zum Schleifen der Gläser, rechts an der Wand hingen die Werkzeuge in braunen Lederschlaufen in sauberer Ordnung: Zangen zum Zurechtbiegen der Bleche, spitze Dorne, große und kleinere Pinzetten, Messer, Bohrer, Feilen, Zieheisen und Zirkel. In einem hohen Regal daneben: Gläser in unterschiedlichster Form und Farbe. Manche so klar wie Eis, andere bräunlich oder grünlich schimmernd.

»Sieht mir hier nicht gerade nach der Werkstatt eines Tuchhändlers aus«, sagte Gaesbeeck.

»Nein, mit dem Tuchhandel hat das auch nichts zu tun. Ich mache das hier nur zu meinem Vergnügen, mehr nicht.«

»Und? Was willst du mir zeigen?«

»Erlauben Sie mir zunächst eine Frage. Glauben Sie, dass im Essig kleine Tiere leben?«

Gaesbeeck runzelte die Stirn und zog die Augenbrauen hoch. »Das nenne ich wirklich ein Vergnügen. Kleine Tiere im Essig? Willst du mich für dumm verkaufen? Oder hast du gestern Abend vielleicht etwas zu tief ins Glas geschaut?«

»Ich habe tatsächlich durch ein Glas geschaut. Aber kein Schnapsglas, wenn Sie das meinen.«

Piet öffnete den Kabinettsschrank auf der rechten Seite und nahm eine Holzschachtel heraus. Er wickelte seine kleine Apparatur aus dem roten Samttuch und reichte sie Gaesbeeck.

»Was ist das?«

»Warten Sie.«

Piet klemmte ein Glasröhrchen gefüllt mit Essig in die Halterung vor der Linse. Mit einem spitzen Dorn hatte er das Loch in das dünne Blech getrieben und seine Linse darin befestigt.

»Sie müssen das Instrument hier am Griff halten und durch das Loch schauen«, erklärte er Gaesbeeck, »und halten Sie das Instrument dabei gegen das Licht. Dann werden Sie sehen, dass in einem einzigen Tropfen Essig mehr Leben steckt, als die Stadt Delft Einwohner zählt.«

Der Arzt räusperte sich. Skeptisch nahm er das Instrument in die Hand und schaute hindurch. Dann sagte er für einen kurzen Moment nichts mehr. Piet wusste, dass er in diesem Augenblick sah, was er selbst erst vor ein paar Tagen entdeckt hatte und was zuvor kein anderer Mensch jemals gesehen hatte.

»Was hast du da reingekippt?«

»Nichts habe ich da reingekippt. Es handelt sich um ganz normalen Essig, wie auch Sie ihn zu Hause haben dürften.«

»Lüg mich nicht an. Was zum Teufel hast du da reingekippt?«

Es war Piet eine große Genugtuung, wie blöd Gaesbeeck nun vor sich hin starrte. Aber er glaubte ihm nicht.

Erst als sich Gaesbeeck mithilfe einiger Essigproben, die er in den nächsten Tagen bei ihm vorbeibrachte, selbst davon überzeugte, dass kein Zweifel an Piets Entdeckung bestehen konnte, glaubte er ihm endlich. Und am Ende der Woche sagte der Arzt dann zu ihm: »Ich weiß noch nicht so recht, was ich davon halten soll, aber ich muss zugeben, dass mich das alles etwas ratlos macht. Christoph Kolumbus hat einen neuen Kontinent entdeckt, aber du womöglich ein neues Universum. Wer weiß das schon so genau.«

-2-

Piet war sich anfangs nicht sicher, ob Gaesbeeck ihn für dumm verkaufen wollte. Der leicht spöttische Unterton, als er ihn eine Art *Christoph Kolumbus* nannte, war ihm keineswegs entgangen. Aber er wusste ja selbst nicht, was er von seiner Entdeckung halten sollte. Er wusste noch nicht einmal, ob man das wirklich Leben nennen konnte: diese merkwürdigen Existenzen, die sich Aalen gleich durch den Essig schlängelten. Kreaturen ohne Augen und Beine. Was sie wohl fraßen? Welches Herz schlug in ihnen? Und was, in aller Welt, erklärte überhaupt ihre Existenz? Für irgendetwas mussten sie ja schließlich gut sein. Selbst ein Scheißhaufen war in dieser Welt doch für etwas gut, und sei es auch nur, weil es sich die Schmeißfliegen darauf gemütlich machten.

War das wirklich Leben im Sinne der Schöpfung? Oder handelte es sich dabei womöglich um irgend so ein diabolisches Gewürm, das sich unsichtbar zwischen die menschlichen Angelegenheiten mogelte? Vielleicht würden sie ja noch wachsen. Vielleicht würden sie so groß wie Regenwürmer, Blutegel oder Blindschleichen. Vielleicht würden Zähne aus ihren unsichtbaren Mäulern hervorbrechen, so mächtig wie die Hauer von Säbeltigern. Aber vielleicht war das alles auch nur Hokuspokus. Vielleicht würden sie nach ein paar Tagen von selbst wieder verschwinden. Aber neben all den anderen Dingen, die Piet in diesen Tagen durch den Kopf gingen, glaubte er das am allerwenigsten.

Und deshalb ärgerte er sich mittlerweile auch darüber, dass er sich dem Arzt gegenüber dazu hatte hinreißen lassen, sich mit seiner kleinen Entdeckung wichtig zu machen. Was hatte sich Gaesbeeck auch so aufplustern müssen wie eine dumme Sumpfohreule? Kommt einfach so bei ihm vorbei und hält ihm schlaue Vorträge. Er hätte besser seinen Mund gehalten, auch wenn er ihm das Versprechen abgenommen hatte, über diese Geschichte vorerst zu schweigen. Wie sollte er sicher sein, ob er Gaesbeeck auch wirklich trauen konnte? Vielleicht machten in der Stadt nun ja schon die unmöglichsten Gerüchte über ihn die Runde.

Erst vor zwei Tagen war in seinem Laden ein eigenartiger Kerl aufgekreuzt, ein Maler. Er stellte sich ihm als Carel Fabrist vor und machte ein paar verdächtige Andeutungen. Piet hatte ihn auf möglichst elegante Art loswerden wollen, aber der Kerl ließ sich nicht so schnell abwimmeln. Unverschämt neugierig war sein Blick gewesen. Er hatte ihn taxiert wie ein seltenes Insekt, und Piet war sich beinahe sicher, dass er von der Sache irgendwie Wind bekommen hatte.

»Wir sollten miteinander reden«, hatte der Maler zu ihm gesagt. »Besuchen Sie mich die Tage doch in meinem Atelier in der Voldersgracht.«

Piet legte keinen gesteigerten Wert auf Fabrists Bekanntschaft. Aber er wollte doch in Erfahrung bringen, was Gaesbeeck diesem Kerl möglicherweise erzählt hatte. Es war noch nicht so lange her, dass selbst in einem Land wie Holland die Scheiterhaufen gebrannt hatten, wenn einer behauptete, er könne das Unsichtbare sichtbar machen. Er musste jetzt auf der Hut sein.

Als Piet am Morgen des 12. Oktober 1654 sein Haus in der Hippolytusbuurt verließ und sich auf den Weg zu Fabrist machte, blickte er noch einmal kurz in den Spiegel. Manchmal, wenn er sich selbst in die Augen schaute, kam es ihm beinahe so vor, als würde sich darin der Kosmos im Kleinen spiegeln. Mit der Pupille als zentralem Gestirn in der Mitte und der gefärbten Regenbogenhaut als Himmelszelt. Es gab Menschen mit blauen, grünen oder braunen Augen. Manche, wie die von Carla, funkelten unter dem satten Grün goldgelb wie Bernstein, und andere waren kalt und tot wie die Augen von Fischen. Er fragte sich dann, ob es überhaupt möglich sei, die Welt auf die gleiche Art zu betrachten, oder ob jeder Mensch nicht vielleicht ein Gefangener seiner ihm eigenen Sinnesnatur war.

Was Carla wohl darüber dachte? Ob sie wohl schon genauso sehnsüchtig den Tag erwartete, bis sie endlich bei ihm wäre? Ob sie wohl schon die

Stunden zählte, die sie noch voneinander trennten? Vielleicht wäre es besser gewesen, sie gleich mit nach Delft zu nehmen, dachte Piet.

Bei ihrem Abschied in Amsterdam hatte ihm Carla versichert, dass sich jetzt alles zum Guten wenden würde. Hoffentlich behielt sie recht damit. Sie hatte ihn zum Abschied auf seine großen blauen Augen geküsst und ihm dann alle Farben aufgezählt, die sie darin entdeckte: Azurblau, Ultramarinblau, Kobaltblau, Nachtblau, Türkis-, Himmel-, Indigo- und Lilienblau. »Deine Augen erinnern mich an das Meer zu Hause«, hatte sie zu ihm gesagt. »Deine Augen sehen aus wie ein Ozean voller blauer Möglichkeiten.«

So etwas Schönes hatte zuvor noch kein Mensch zu Piet gesagt. Und allein schon deshalb musste er sich jetzt davon überzeugen, dass seine kleine Entdeckung da draußen nicht schon für dummes Gerede sorgte. Es ging nicht allein um seine Sicherheit, sondern auch um die von Carla. Und so machte sich Piet schließlich auf den Weg zu Fabrist.

Der 12. Oktober 1654 war ein geschichtsträchtiger Tag im Kalender der Stadt Delft – auch wenn an diesem Morgen noch nichts darauf hinwies, dass dieser Tag ein besonderer werden könnte.

-3-

Carel Fabrist, der damals noch kein stadtbekannter Säufer war und fest davon überzeugt, aus ihm könne ein sehr viel besserer Maler werden als Jan Vermeer, bei dem die wohlhabendsten Bürger von Delft gerade ihre Bilder in Auftrag gaben, hatte für Piets Besuch bereits alles vorbereitet.

Von der Hippolytusbuurt in die Voldersgracht war es nur ein kurzer Weg von nicht einmal zehn Minuten. An der Ecke zum Halsteeg bog Piet rechts ab. Ein Fischhändler bot auf der Straße seine Waren an: Barsch und frischen Hering. Eine alte Frau mit Holzpantinen an ihren nackten Füßen saß neben den Bottichen und schlitzte den Fischen die Bäuche auf. Sie schuppte die Häute glatt, pulte die Gedärme heraus und warf sie achtlos auf die Straße. Ein paar Möwen tanzten vor ihren Füßen herum und pickten die Reste auf.

Piet ging weiter am Kanal entlang und bog dann links in die Voldersgracht ein. Er passierte Holzwerkstätten, Böttchereien und Korbmacherbetriebe. Hier ganz in der Nähe hatte auch sein Vater einst sein Geschäft geführt, aber das war schon eine kleine Ewigkeit her. Vor einem Laden, der Stoffe verkaufte, stoppte Piet kurz und betrachtete die Ware in der Auslage. Den roten Samt fand er schlecht gefärbt, das Leinen zu grob gewebt und auch die Seide von höchstens durchschnittlicher Qualität. Nein, diese Konkurrenz musste er wirklich nicht fürchten. Er würde in seinem Tuchladen weit bessere Ware anbieten.

Bei diesem Gedanken hellte sich seine Miene etwas auf. In ein paar Wochen würden die Leute schon sehen, dass er ein ganz hervorragender Tuchhändler war – ganz egal, was sie hinter seinem Rücken nun womöglich schon über ihn tuschelten. Am Abend würde er die Fensterläden schließen und sich in seinem Leben endlich zu Hause fühlen. Er würde das Brot mit Carla teilen und auch die Liebe, wenn es Nacht wurde. Vielleicht waren seine Befürchtungen ja auch übertrieben. Vielleicht wusste der Maler gar nichts von seiner kleinen Entdeckung.

Fabrist begrüßte Piet an der Tür überaus entgegenkommend, so, als hätte er ihn bereits erwartet. Er trug ein kleines Mädchen auf seinem Arm, vielleicht vier oder fünf Jahre alt.

»Wer ist Krummnase?«, fragte das Mädchen. Fabrist entschuldigte sich sogleich bei Piet. »Sie ist noch ein Kind. Sie weiß nicht, was sie sagt.«

»Sie müssen sich nicht entschuldigen. Sie wissen doch, Kinder und Betrunkene sagen immer die Wahrheit.«

Piet nahm der Kleinen ihre vorlaute Art wirklich nicht übel. Es stimmte ja auch, dass seine Nase ein bisschen krumm geraten war.

»Das ist meine Tochter Marejke«, stellte ihm Fabrist seine Tochter vor. »Und das ist Piet van Leeuwen. Gib ihm die Hand. Ich werde ihn malen.«

»Wegen seiner krummen Nase?«

»Du hältst jetzt besser deinen Mund und gehst zu deiner Mutter in die Küche.«

Fabrist setzte das Mädchen auf den Boden, gab ihr einen Klaps auf den Hintern und entschuldigte sich ein zweites Mal für seine vorlaute Tochter. »Du darfst ihr nicht böse sein. Sie ist ansonsten ein sehr braves Mädchen. Und lassen wir doch bitte die Förmlichkeit. Ich heiße Carel. Aber die meisten nennen mich einfach nur Fabrist. Komm doch bitte rein.«

Piet zögerte. »Was soll das heißen, du willst mich malen?«

»Komm doch erst mal rein. Mein Atelier ist oben unterm Dach. Ich gehe am besten vor.«

Das Holz knarzte unter ihren Schuhen, als sie die enge Stiege nach oben nahmen.

»Also noch mal, was soll das heißen, du willst mich malen?«, fragte Piet, als Fabrist die Tür seines Ateliers hinter sich schloss.

»Ich will einen Wissenschaftler malen und ich will, dass du mir Modell dafür stehst.«

»Ich bin nur ein einfacher Tuchhändler. Wie kommst du darauf, ich sei ein Wissenschaftler?«

Zwar erledigte Piet seine Studien durchaus mit der Ernsthaftigkeit eines Wissenschaftlers, auch wenn seine Disziplin noch eine sehr junge war und ein Name dafür noch nicht einmal erfunden, aber er wollte den gleichen Fehler jetzt nicht noch einmal begehen und nach Gaesbeeck auch noch Fabrist ins Vertrauen ziehen. »Ich bin der falsche Mann«, sagte er nur.

»Nein, du scheinst mir genau der richtige zu sein. Bevor ich dich in deinem Laden aufgesucht habe, war mit meiner Frau bei Gaesbeeck, wegen ihres dummen Hustens, der einfach nicht besser werden will. Irgendwie kamen wir auf dich zu sprechen. Gaesbeeck erzählte mir, dass du keineswegs nur ein einfacher Tuchhändler seist, sondern äußerst bewandert auf optischem Gebiet und die Wissenschaft womöglich vor einer bahnbrechenden Entdeckung stände. Er nannte dich den Mann der Stunde.«

»Das hat er gesagt?«

»Ja, so drückte er sich aus.«

Piet war überrascht. Gut, er hatte den Arzt mit seiner Entdeckung in aufrichtiges Erstaunen versetzt, aber Gaesbeeck hatte ihn doch zugleich spüren lassen, dass man die Beurteilung dieser Entdeckung besser den studierten Männern der Wissenschaft überließ. Männern wie ihm und nicht einem Tölpel von Tuchhändler. So hatte er sich zwar nicht ausgedrückt, aber Piet war sich ziemlich sicher, dass Gaesbeeck so etwas in der Art gemeint haben musste, als er ihn einen *Christoph Kolumbus* nannte. Es schien ihm ziemlich offensichtlich, dass er diese Bemerkung nur spöttisch gemeint haben konnte. Am meisten aber ärgerte ihn nun, dass dieser alte Wichtigtuer entgegen ihrer Verabredung seinen Mund doch nicht hatte halten können.

»Was hat dir Gaesbeeck sonst noch erzählt?«

»Nicht viel. Er sprach von einer kleinen Apparatur, die du angeblich erfunden hast. Und dass einem dieses Ding einen ganz neuen Blick auf die Welt eröffnet.«

Dass es genau dieser Blick war, der seine Neugierde weckte, ließ Fabrist unerwähnt. Vermeer, so erzählten es die Maler in der St.-Lukas-Gilde, sollte angeblich eine Camera obscura benutzen, um den Detailreichtum in seine Bilder zu zaubern. Fabrist war neidisch auf dessen Erfolg. Auch wenn er Vermeer bei jeder Gelegenheit schlechtmachte, wusste er doch sehr genau, dass er ihm mit seiner Kunst weit überlegen war. Nur deshalb hatte er Piet heute eingeladen. Er hoffte, dass Piet vielleicht noch etwas Besseres zu bieten hatte als eine Camera obscura. Etwas, das ihn endlich in die Lage versetzen würde, Vermeer zu übertrumpfen.

Es war von Anfang an eine sehr ungleiche Interessenlage, die Piet und Fabrist zeitlebens aneinanderketten sollte. Und so nahm schon dieser erste Morgen, den sie miteinander im Atelier des Malers verbrachten, einen für beide Seiten unvorhersehbaren Verlauf. Piet ließ sich trotz seiner Bedenken von Fabrist porträtieren, weil er in Erfahrung bringen wollte, was genau der Maler von seinen Studien wusste und wer sonst noch alles in der Stadt davon Kenntnis besaß. Und Fabrist nahm das Porträt zum Vorwand, um mehr über diese kleine Apparatur zu erfahren, die einem angeblich einen ganz neuen Blick auf die Welt eröffnete.

»Also gut«, sagte Piet.

»Vertrau mir, du wirst es bestimmt nicht bereuen. Stell dich bitte da vorne an den Tisch.«

Auf dem Tisch lag ein schwerer, aufgeschlagener Foliant. Im Hintergrund stand ein wuchtiger Eichenschrank, darauf ein Globus. Fabrist gab Piet einen Stechzirkel in die Hand und bat ihn, diesen locker zwischen seinen Fingern zu halten. »Schau direkt ins Licht«, sagte er. »Am besten schaust du so, als ob du gerade einen großen Gedanken fassen würdest.«

Piet fand die Anweisungen des Malers merkwürdig. Was für einen großen Gedanken denn? Wie guckt man, wenn man etwas Großes denkt? Er dachte sowieso sehr viel lieber über die Kleinigkeiten in der Welt nach. Dass Fabrist seine Haltung korrigierte und in dabei am Kinn berührte, empfand er als unangenehm. Körperliche Nähe war ihm noch immer sehr fremd, und er hatte auch noch nie einem Maler Modell gestanden.

Piet zweifelte noch einmal kurz, ob es wirklich eine so gute Idee sei, sich von Fabrist malen zu lassen. Von Carla hätte er sehr gerne ein Bild besessen. Es wäre ihm ein kleiner Trost gewesen, solange er noch auf sie warten musste. Wäre er selbst in künstlerischen Dingen etwas talentierter gewesen, hätte er von ihr das schönste aller Bilder gemalt. Ihr Haar war so schwarz wie eine Nacht ohne Sterne, ihre Lippen weicher noch als Samt und ihr Gesicht so symmetrisch geschnitten wie ein zweitüriger Altar. Von Carla ein Bild zu besitzen wäre wunderbar gewesen. Aber von sich selbst? Ehrlich gesagt, Piet fürchtete sich ein wenig vor dem Bild, das Fabrist von ihm entwerfen würde.

»Warte«, sagte Fabrist, »zieh deine Jacke aus. Nimm stattdessen diesen Gelehrtenmantel hier.«

Der Mantel war von kobaltblauer Farbe und fühlte sich weich und kostbar an. Samt von ausgesucht guter Qualität, das erkannte Piet mit dem fachkundigen Blick eines Tuchhändlers. Die Ärmel waren weit geschnitten, und am Kragen zierte eine hellrote Applikation aus Brokat den Stoff. Piet streifte den Gelehrtenmantel über und stellte sich dann wieder an den Tisch, wie es der Maler von ihm verlangte. Was ihn überraschte, war die Tatsache, dass der Mantel mehr oder weniger passte. An den Armen schlackerte der Stoff ein bisschen über die Handgelenke, aber die Länge an den Beinen stimmte so ungefähr. Fabrist hatte seinen Skizzenstift kaum zur Hand genommen, als er das Gespräch erneut auf die keine Apparatur lenkte.

»Erzähl mir etwas mehr von deinen Studien. Offen gesagt, bin ich nicht so richtig schlau geworden aus dem, was der Arzt erzählt hat.«

»Ich glaube nicht, dass es dich interessieren würde«, gab sich Piet einsilbig.

»Du täuschst dich. Ich würde wirklich sehr gerne etwas mehr darüber erfahren.«

»Was genau willst du denn wissen?«

»Was das für Gläser sind, die du in deiner Werkstatt schleifst. Stellst du Brillen her?«

»Nein, eine Brille brauche ich für meine Augen nicht.«

»Aber der Arzt sagt, du schleifst Gläser.«

»Das stimmt.«

Hatte ihn sein Verdacht also doch nicht getrogen. Gaesbeeck hatte sehr viel mehr über seine Studien verraten, als der Maler eben zugegeben hatte.

»Und wozu schleifst du diese Gläser, wenn du keine Brille brauchst?«, fragte er.

»Man sieht damit etwas mehr«, antwortete Piet knapp. »Was hat Gaesbeeck sonst noch erzählt?«

»Er sprach von merkwürdigem Leben, das du mit deinen Gläsern entdeckt hast. Und dass er sich selbst noch keinen Reim darauf machen könne. Aber dass die Sache ziemlich aufregend sei. Und er selbst auch sehr beeindruckt.«

»Der Arzt übertreibt. Ich mache das nur zu meinem privaten Vergnügen.«

»Trotzdem, diese Apparatur, von der er gesprochen hat, worum handelt es sich dabei genau?«

»Das ist schwer zu erklären.«

»Hast du schon einmal von der Camera obscura gehört?«, fragte Fabrist.

»Ja, ich hörte in Amsterdam davon.«

»Es wird behauptet, man könne damit sehr weit entfernte Gegenstände so nah an sich heranholen, dass man alle Details, ihre Geometrie und ihren Aufbau sehr viel besser erkenne als mit bloßem Auge.«

»Ich hörte davon.«

»Ist deine Apparatur von ähnlicher Natur?«

»Nein.«

»Sondern?«

»Wie schon gesagt, das ist schwer zu erklären.«

Dieser gottverdammte Heimlichtuer, ärgerte sich Fabrist. Trotzdem fragte er jetzt nicht weiter nach. Er spürte instinktiv, dass es keinen Sinn machen würde, auf eine schnelle Antwort zu drängen. Er musste darauf warten, dass sich Piet von selbst erklärte. Manchmal, wenn die Leute nicht mit der Sprache herausrücken wollten, hielt man am besten den Mund. So lange, bis ihnen das Schweigen irgendwann peinlich wurde und sie einem Dinge erzählten, die sie eigentlich gar nicht erzählen wollten. Mehr als einmal hatte Fabrist erlebt, dass sich die Leute um Kopf und Kragen redeten, wenn man sie nur ließ. Die nächste halbe Stunde widmete er sich ausschließlich seinem Bild. Er konturierte Piets Kinn, seine Wangen und auch seine Augen, die er bemerkenswert groß und blau fand. Als er schon nicht mehr damit rechnete, überhaupt noch eine Antwort zu erhalten, nahm Piet das Gespräch von selbst wieder auf.

»Wenn ich mich nicht täusche, zeigt einem die Camera obscura die Dinge auf dem Kopf, also verkehrt herum. Das ist bei meiner Apparatur nicht der Fall. Und um dir die Wahrheit zu sagen, mich interessieren die weit entfernten Dinge auch nicht besonders, jedenfalls nicht in einem räumlichen Sinne. Mir geht es mehr um die Dinge, die wir direkt vor unserer Nase haben, mit bloßem Auge aber trotzdem nicht erkennen können.«

Darum bemüht, möglichst beiläufig zu klingen, so, als würde ihn die Sache nur am Rande interessieren, sagte Fabrist: »Als Maler bin ich daran gewöhnt, meine Umgebung sehr genau zu beobachten. Ich kann mir nicht vorstellen, dass ich die Dinge, die ich direkt vor meiner Nase habe, nicht sehen kann.«

Piet wurde jetzt langsam etwas gesprächiger. »Glaub mir«, sagte er, »auch meine Beobachtungsgabe ist nicht die schlechteste. Ich bin zwar kein Maler wie du, aber es gibt Dinge auf der Welt, für die wir Menschen blind sind.«

»Du sprichst in Rätseln, mein Freund. Was sollen das für Dinge sein?«

»Nichts weiter Aufregendes«, ruderte Piet zurück. »Ich glaube nicht, dass du daran Gefallen fändest.«

»Doch, doch. Als Maler interessiert mich alles, was mir die Welt etwas genauer zeigt. Erklär es mir bitte.«

Piet, der sich eigentlich nicht weiter dazu hatte äußern wollen, aber doch einigermaßen stolz auf das neue Glas war, das er erst gestern Abend geschliffen hatte, gab seine Zurückhaltung, wenn auch nur zögerlich, nun mehr und mehr auf. Es schmeichelte seiner Eitelkeit, dass Fabrist ein so aufrichtiges Interesse an seinen Studien zeigte. Und außerdem schien er nicht zu jener Sorte Leute zu zählen, die gleich den Teufel an die Wand malten, wenn sie von etwas Fremdem, für sie Ungewohntem hörten. Vorsichtig fragte Piet: »Glaubst du, dass es ein Leben jenseits des bloßen Augenscheins geben könnte?«

»Ich weiß noch immer nicht, worauf du hinauswillst.«

»Ich frage dich, ob du dir vorstellen kannst, dass um uns herum eine Welt existiert, von der wir bislang nichts ahnen?«

Fabrist legte seinen Pinsel zur Seite. »Haben die Dinge, von denen du redest, Farben?«, fragte er möglichst unverfänglich.

»Mal mehr, mal weniger. Es kommt darauf an, was man betrachtet. Manches ist farbenprächtiger als die Blumen auf einer Sommerwiese, anderes transparenter noch als Glas.«

»Was ist mit den fremden Lebewesen, die du angeblich entdeckt hast? Haben die Farben?«

»Was genau hat der Arzt dir davon erzählt?«

»Nichts weiter. Nur, dass sie quicklebendig auf ihn wirkten.«

»Mehr nicht?«

»Er sprach von einer Flüssigkeit, in der sie angeblich herumschwimmen, und dass sie uns sehr viel näher seien, als uns allen vielleicht lieb ist. Ich habe keine Ahnung, was er damit meint. Aber ehrlich gesagt, geht mir diese Heimlichtuerei auch gehörig gegen den Strich. Sag mir doch einfach, was es damit auf sich hat. Was ist das für eine Flüssigkeit? Und was sind das für Lebewesen, die der Arzt *animalcules* nennt? Lassen wir doch endlich dieses blöde Drumherumgerede.«

Piet schwieg. Und je länger er schwieg, desto mehr verlor Fabrist seine Geduld. »Glaub mir«, sagte er schließlich, »es nicht gut, die Menschen im Ungewissen zu lassen. Es gibt Männer wie Gaesbeeck und mich, die finden deine Geschichte aufregend. Aber es gibt da draußen auch andere Leute, denen könnten solche Geschichten Angst einjagen.«

»Angst?«

»Ja, Angst. Oder glaubst du etwa, man würde in der Stadt nicht schon darüber reden? Alles, was unsichtbar ist, aber dennoch vorhanden, wie du behauptest, verängstigt die Menschen. Nur Geister sind unsichtbar, und vor denen fürchten sie sich normalerweise.«

Dieser Gedanke war Piet auch schon gekommen. Fabrist hatte recht. Wenn Gaesbeeck dem Maler von seiner Entdeckung erzählt hatte, dann hatte er bestimmt auch noch anderen Leuten davon erzählt. Vielleicht verdächtigte man ihn nun schon, in seinem Haus einen bösen Zauber zu treiben, mit dem Leibhaftigen unter einer Decke zu stecken oder was immer sie sich sonst noch in ihren dummen Köpfen zusammenreimen mochten.

»Lass mir Zeit«, sagte Piet. »Vielleicht zeige ich dir meine Apparatur in den nächsten Tagen einmal. Vielleicht sieht ein Maler wie du ja mehr, als ich selbst bisher zu erkennen vermag. Vielleicht fehlt es mir an der nötigen Fantasie.«

Nicht völlig befriedigt, aber für den Moment doch zumindest beschwichtigt, wandte sich Fabrist wieder seiner Leinwand zu. Er korrigierte Piets Haltung noch einmal und wies ihn an, sein Gesicht mehr zum Licht zu drehen. Danach stand Piet wieder leblos wie eine Puppe vor dem Fenster. Nur seine Augen waren die ganze Zeit über in aufgeregter Bewegung. Noch nie hatte Fabrist einen Menschen gemalt, der seine Hände so stillhalten konnte, wie Piet es tat. Seine Hand hielt den Stechzirkel so gleichmäßig abgewinkelt als sei er an ihm festgewachsen. Sein Kinn sackte keinen Millimeter nach unten, und er verlagerte auch sein Gewicht nicht von einem Bein auf das andere. Er zuckte noch nicht einmal mit den Wimpern. Es schien beinahe so, als hätte er aufgehört zu atmen.

Die nächste Stunde verbrachten die beiden, ohne ein weiteres Wort zu wechseln. Fabrist, der schon sehr viele Menschen porträtiert hatte, staunte über Piets Reglosigkeit. Und was er ihm eben von seiner Apparatur erzählt hatte, weckte seine Neugierde weit mehr, als er zu erkennen gab.

Farbenprächtiger als die Blumen im Sommer, transparenter noch als Glas. Fabrist konnte sich nur sehr schwer vorstellen, dass irgendetwas farbenprächtiger sei als eine Sommerwiese. Und nichts, was durchscheinender war als Glas. Aber wenn es stimmte, was dieser kleine Kerl da eben behauptet hatte, dann musste er es unbedingt mit eigenen Augen sehen. Er musste nur eine kleine Gefälligkeit in sein Bild legen. Dann würde er schon mit der Sprache herausrücken. Fabrist wusste um die Eitelkeit der Menschen. Mehr noch als dem Geld waren sie den Komplimenten zugetan, die Männer ebenso wie die Frauen.

Nach einer weiteren halben Stunde, ohne dass Piet sich einen Millimeter bewegt hätte, sagte Fabrist: »Es ist gut für heute. Wir machen morgen weiter.«

»Darf ich es sehen?«

Piet zog den Gelehrtenmantel aus und legte den Zirkel zurück auf den Tisch.

Fabrist stand hinter seiner Staffelei und wischte seinen Pinsel mit einem alten Lappen ab. »Das Bild?«

»Ja, ich würde es gerne sehen.«

»Normalerweise zeige ich meine Arbeiten erst, wenn sie fertig sind. Aber bitte, wenn du unbedingt willst.«

Piet betrachtete das Gemälde. Die Figur war zwar erst angedeutet, aber er erkannte doch schon, dass der Mann auf dem Bild ihm schmeichelte. Nur der leichte rote Ton in den Haaren, wo Fabrist schon etwas mehr Farbe aufgetragen hatte, erinnerte ihn von Ferne an seine eigenen Haare. Und vielleicht auch noch der Kehlkopf, der auf dem Bild ebenso deutlich hervorstach, wie ihm sein eigener Adamsapfel unter dem Kinn herumwippte. Insgesamt aber wirkte der Mann auf dem Bild sehr viel stattlicher, als er sich selbst empfand, irgendwie respektabler.

Wer behauptete, dass Piets Anblick etwas gewöhnungsbedürftig sei, lag damit nicht ganz falsch. Seine Nase war so krumm wie die eines Schlägers, die unzählige Male gebrochen schien. Seine Mundwinkel reichten ihm, wenn er lachte, bis zur Nasenspitze. Aber das kam nur sehr selten vor. Piet war in seinem bisherigen Leben kaum einmal zum Lachen zumute gewesen. Eingerahmt war sein Gesicht von hellroten, fast orangefarbenen Haaren, die am Morgen manchmal so weit von seinem Kopf abstanden, als hätte er sie in Zuckerwasser getränkt. Am meisten aber litt Piet – neben seiner krummen Nase und seinem leicht nach innen gedrehten rechten Fuß, der ihn zeitlebens humpeln ließ – unter seinem zwergenhaften Auftritt. Wenn er sich auf seine Zehenspitzen stellte und seinen Rücken ganz gerade durchstreckte, maß er gerade mal einen Meter neununddreißig.

Dass die Natur, die manchmal von durchaus ausgleichender Gerechtigkeit sein kann, ihn im Gegenzug mit außergewöhnlicher Scharfsichtigkeit belohnt hatte, tröstete Piet über seinen Makel nicht hinweg. Wie die meisten Menschen litt auch er stärker unter seinen Defiziten, als er sich über seine Vorzüge freuen konnte. Er litt unter seiner krummen Nase, seinem Hinkefuß und seiner Kleinwüchsigkeit. Und so hatte er auch nichts gegen die Schmeichelei einzuwenden, die Fabrist in sein Bild gelegt hatte. Allzu gerne wollte er sich selbst so sehen. Vor allem wollte er, dass Carla ihn auf diese Art betrachten könne. Völlig auszuschließen war das streng genommen nicht. Jeder sah in einem Menschen letzten Endes doch etwas anderes. Und die Liebe konnte, wie allgemein behauptet wurde, ja für so manches im Leben blind sein.

Zumindest hatte ihn Carla nicht spüren lassen, dass sie sich an seinem Äußeren störte, in keinem der kostbaren Augenblicke, die sie in Amsterdam miteinander verbracht hatten. Sie hatte seine Klugheit gerühmt und seine Geschichten, mit denen er sie zum Staunen brachte. Sie war voll der Dankbarkeit über sein großzügiges Wesen gewesen, als er sie aus dem Spielhaus freigekauft hatte. Sie hatte zu ihm gesagt, dass seine Augen sie an das Meer zu Hause erinnern würden. Piet wusste, dass Carla das Meer über alles liebte. Er hoffte nur, dass es nicht bloß Dankbarkeit sei, die sie für ihn empfand.

Als Piet das Atelier des Malers verließ, war er beinahe guter Dinge. Vielleicht sah ja auch ein Mann wie Fabrist in ihm etwas mehr als nur die krumme Nase und den Hinkefuß. Und so beschloss er, vorerst auch die Gerüchte zu vergessen, die über ihn in der Stadt möglicherweise schon die Runde machten. Aber deshalb brannte sich ihm dieser Tag nicht so tief in sein Gedächtnis ein. Dass Piet den 12. Oktober 1654 zeitlebens nie vergessen konnte, hatte nichts mit Fabrist zu tun.

-4-

Piet hatte das Atelier des Malers gerade verlassen und bog von der Voldersgracht in die Papenstraat ein, als eine gewaltige Explosion die Erde unter ihm beben ließ. Alle Menschen auf der Straße duckten sich, und auch Piet zog den Kopf ein. Wer etwas in seinen Händen trug, ließ es augenblicklich fallen. Zwei Brauereipferde, die einen Leiterwagen mit Bierfässern hinter sich herzogen, stemmten sich auf ihren Hinterläufen dem Himmel entgegen. Sie wieherten so jämmerlich, als würden sie gleich geschlachtet.

Bevor Piet halbwegs begriff, was um ihn herum geschah, donnerte es zum zweiten Mal. Ein ohrenbetäubender Lärm, noch furchterregender als beim ersten Knall, schwängerte die Luft. Die Pferde wieherten jetzt noch lauter, und der Mann auf dem Bock konnte sie nicht länger im Zaum halten. Sie rissen an ihren Halftern, verkeilten ihre Leiber im Sprung und begruben den Karren, die Bierfässer und auch den Kutscher unter sich.

Piet drückte sich an die nächstbeste Hauswand. Am Ende der Straße brachen schon die ersten Gebäude in sich zusammen. Balken, Ziegel, Türen und Fenster flogen durch die Luft. Wo eben noch eine Reihe massiver Backsteinhäuser gestanden hatte, blieben nur ein paar Mauern stehen, die nun wie faule Zähne in den Himmel ragten. Piet kniff die Augen zusammen. Kaum zehn Meter weit konnte er noch blicken. Der Rauch brannte in seinen Augen, und die Luft schmeckte nach Schwefel. Seine Ohren waren wie betäubt. Schreiend rannten Männer und Frauen an ihm vorüber, und wer ihnen im Weg stand, wurden einfach niedergetrampelt.

Pferde und Kühe durchbrachen ihre Gatter, Hühner flatterten aufgeregt durch die Luft, Hunde heulten wie Wölfe, und Gänse lernten ganz plötzlich das Fliegen. Innerhalb weniger Minuten geriet in der Stadt alles aus den Fugen. Auf die großen Explosionen folgten kleinere. Holz splitterte, Ziegel zerbarsten, und Fensterscheiben krachten klirrend auf das Pflaster.

Aus Angst vor den herabfallenden Trümmern hielt sich Piet in der Mitte der Straße und kämpfte sich langsam vor in Richtung Groote Markt. Das Pflaster war aufgerissen. Er kletterte über Schuttberge und Leichen. Unmittelbar vor der dritten großen Explosion, aber das bildete er sich vielleicht auch nur ein, zog ein Klagelaut über die Dächer von Delft – so unheilvoll, als würde einer seine Posaune auf ihren dunkelsten Tönen blasen.

Piet warf sich jetzt wieder bäuchlings auf den Boden und presste seinen Kopf zwischen seine Hände. Er roch die Erde, die aus den Ritzen des Kopfsteinpflasters hervorquoll. Als die Explosion nach Sekunden langsam verebbte, es kam ihm vor wie eine Ewigkeit, blinzelte er vorsichtig durch seine verschränkten Arme. Die Sonne war schwarz umrandet wie von einem Trauerflor, und der Mond, dessen Konturen noch schwach am Horizont zu erkennen waren, sah aus wie in Blut getränkt.

Vor ihm auf dem Pflaster, nur wenige Meter von ihm entfernt, blickte ihm eine Frau entgegen. Ihre Haut war zartrosa wie frische Kirschblüten und ihre langen Haare flachsblond. Starr vor Entsetzen fixierte sie ihn mit ihren weit aufgerissenen Augen. Piet wollte den Blick von ihr abwenden, aber es gelang ihm nicht. Wie ihre Augen um Gnade flehten. Ihr Hals hing in blutigen Fetzen unter dem Kinn. Der Rest ihres Körpers fehlte. Mit Mühe bezwang Piet seinen Ekel und kroch auf seinem Bauch zu ihr rüber. Als ihr Blick brach und hart wie Glas wurde, schloss er ihr die Augen. In Amsterdam hatte er einen Matrosen einmal behaupten gehört, dass der Kopf enthaupteter Menschen noch für ein paar Minuten weiterlebe. Piet hatte das damals nicht glauben wollen, aber jetzt glaubte er es.

Die Bäume um den Groote Markt herum waren ohne Blätter und ihre Stämme schwarz wie Holzkohle. Die Häuserzeile auf der Nordseite der Nieuwe Kerk gab es nicht mehr. Körperteile von Menschen und Tieren lagen wie Unrat auf dem Pflaster verstreut. Blutige Flügel von Gänsen, die Gedärme von Kühen und die abgerissenen Glieder von Menschenleibern. Der Platz sah aus, als sei das Jüngste Gericht über die Stadt gezogen.

Piet sah die von Asche grauen Menschen über den Groote Markt wanken. Manche saßen zusammengekauert auf dem Boden und wimmerten leise vor sich hin. Andere schrien vor Schmerz über ihre Verletzungen. Piet robbte weiter vorwärts. Er wagte nicht, aufzustehen. Er fürchtete die nächste Explosion. Er wollte nicht sterben. Nicht jetzt, wo er den Zipfel des Glücks das erste Mal in seinem Leben zu fassen bekam. Für Carla wäre er gestorben, aber nicht ohne sie.

Für einen Sekundenbruchteil durchzuckte Piet der bange Gedanke, dass womöglich er selbst der Grund für diese Katastrophe sei. Lässt Gottes Allmacht Feuer über die Stadt regnen, weil ich seine Schöpfung allzu neugierig ins Visier genommen habe? Ist es Frevel, was ich mit meiner Apparatur anstelle? Wenn man diese merkwürdigen Existenzen nicht mit eigenen Augen sehen konnte, hatte Gott ja vielleicht einen guten Grund, sie vor den Augen der Menschen zu verbergen. Piet, der schon sehr lange nicht mehr an Gott glaubte, weil er seinen Glauben sehr früh in seiner Kindheit verloren hatte, war sich in diesem Moment nicht sicher, ob Himmel und Hölle nicht doch existierten.

Während die Feuer in den Straßen loderten, sah Piet eine größere Gruppe Menschen vor dem Hauptportal der Nieuwe Kerk auf die Knie sinken. Ganz eng drängten sie sich aneinander. Manche hielten sich dabei an den Händen fest. Vor ihnen, mit dem Rücken zur Kirche, stand ein Mann, der seine Arme weit ausbreitete. Piet konnte ihn durch die Rauchschwaden nicht erkennen. Aber seine Stimme klang bis zu ihm herüber.

»Bereut, was ihr getan habt«, rief der Mann.

»Ja, wir bereuen«, antworteten ihm die Menschen wie im Chor.

Jeder, der dort vorne niederkniete, bereute. »Wollt ihr versprechen, künftig keine Götzen mehr anzubeten?«, rief der Mann der knienden Menge zu.

»Ja, das wollen wir.« Alles versprachen sie herzugeben, wenn Gott sie bloß verschonen möge.

»Wollt ihr versprechen, dass ihr euer Leben von Grund auf ändern werdet?«

»Ja, auch das wollen wir.«

»Wollt ihr ab heute ein gottgefälliges Leben führen, weder Unzucht treiben noch lügen? Wollt ihr den Herrn loben und preisen?«

»Ja.«

Nie wieder, schworen die Menschen auf ihren Knien, wollten sie mehr zum Geld als zu ihrem Gott beten.

Bestimmt hundert Menschen duckten sich vor dem Portal der Nieuwe Kerk, über ihnen der wabernde Höllenrauch. Auf alles versprachen sie zu verzichten, nur nicht auf ihr armseliges, kleines Leben. Hätte in diesem Moment ein Racheengel seine Arme durch die Wolken gestreckt und eine Räucherpfanne, gefüllt mit glühenden Kohlen, über ihnen ausgeschüttet, wäre niemand erstaunt gewesen, auch Piet nicht. Die Katastrophe war so ohne jedes Beispiel und ohne jeden erkennbaren Grund, dass nur göttlicher Zorn als Ursache dafür in Betracht kam. Piet wollte sich gerade wieder auf seine kurzen Beine rappeln, als die Erde unter ihm zum vierten Mal bebte. Wieder schützte er seinen Kopf mit den Armen, und dieses Mal betete er dabei still vor sich hin. Das hatte er schon ewig nicht mehr getan. Aber weil vor dem Sterben nun einmal das Beten kommt, betete jetzt auch er.

Piet krallte sich mit gekrümmten Fingern in den Boden. Als sich der Donner zum vierten Mal legte, war auch die Häuserzeile auf der Südseite der Kirche in sich zusammengebrochen. Aber er lebte noch. Zum ersten Mal in seinem Leben fiel nicht weiter auf, dass er humpelte. Fast alles, was sich noch bewegte, humpelte. Nur die Menschen, die vor dem Hauptportal der Kirche knieten, rührten sich nicht vom Fleck. Sie beteten jetzt sogar noch ein bisschen lauter. Ein alter Mann hielt Piet fest, gerade als er an der Menge vorbeiwollte. »Bereue, bevor es zu spät ist. Gott wird uns alle strafen.«

In diesem Moment wäre Piet beinahe selbst auf die Knie gesunken. Seine Sinne waren so verwirrt, dass er fürchtete, gleich würde der Stern Wermut seinen Schatten über die Stadt senken und das Wasser in den Kanälen vergiften. Vier laute Explosionen hatte er gehört, und ihn ängstigte die Vorstellung, drei weitere würden jetzt noch folgen. Ganz klar sah er das Unglück mit einem Mal vor sich. Hatte das Grollen vorhin nicht genauso geklungen, als würde einer seine dunkle Posaune blasen?

»Hast du die Posaune auch gehört?«, fragte er den Alten. Der Mann reagierte nicht. Er wiederholte nur seine Aufforderung, diesmal noch drängender. »Knie nieder und bereue.«

In Piets Kopf hämmerten die Worte.

Und der erste Engel blies seine Posaune. Und es verbrannte ein Drittel des Landes, ein Drittel der Bäume und alles grüne Gras.

Piet schaute auf die Bäume auf dem Groote Markt, deren Stämme schwarz wie Pech dastanden und deren Blätter allesamt verschwunden waren. Er blickte hinüber zum Kanal und sah die zerborstenen Lastkähne darauf. Brennende Holzplanken schwammen auf dem Wasser.

Und der zweite Engel blies seine Posaune. Und ein Drittel der Geschöpfe, die im Meer leben, kam um, und ein Drittel der Schiffe wurde vernichtet.

Piet schaute nach oben, wo er die Sonne kaum noch finden konnte.

Und der dritte und der vierte Engel bliesen ihre Posaune. Da wurde ein Drittel der Sonne und ein Drittel des Mondes und ein Drittel der Sterne getroffen, sodass sie ein Drittel ihrer Leuchtkraft verloren.

Es hätte nicht viel gefehlt, und Piet wäre tatsächlich auf seine Knie gesunken – ohnmächtig die drei Explosionen erwartend, die jetzt noch folgen würden. Am meisten fürchtete Piet die fünfte Posaune. Wenn er mit seiner Vermutung richtiglag, würde sich bei ihrem Klang der Schacht des Abgrunds unter ihnen öffnen. Heuschrecken würden aus der Erde hervorkriechen und die Menschen fünf Monate lang quälen – mit Bissen, schlimmer noch als die Stiche von Skorpionen. Genauso stand es in der Offenbarung des Johannes.

Schweißperlen rollten über Piets Stirn, und rote Flecken bedeckten seine Wangen. Bildete er sich das alles bloß ein? Oder war es tatsächlich das Jüngste Gericht Gottes, das über die Stadt zog? Der Alte zerrte weiter an seinem Ärmel. »Bete, bevor es zu spät ist.«

Trotzig riss sich Piet los. Nein, er würde nicht niederknien. Das alles waren doch nur Ammenmärchen, die man den Menschen auftischte, um sie auf die Kirchenbänke zu zwingen. Ausgedacht von den selbst ernannten Stellvertretern Gottes, um die Menschen zu knechten. Beten, dachte Piet, hatte noch nie geholfen. Eben gerade hatte er still vor sich hin gebetet. Und mit welchem Ergebnis? Die Häuser um ihn herum waren trotzdem zusammengestürzt und die Menschen darin gestorben. Wenn es Gott wirklich gab, scherte er sich nicht um jene, die zu ihm beteten.

Piet hetzte vor bis zum Kanal. Er lief vorbei an umgestürzten Handkarren und Pferdefuhrwerken, stieg über noch mehr Leichen und zerborstene Fensterscheiben. Er sah Frauen, die ihre Kinder vor den umstürzenden Trümmern mit ihren Leibern zu schützen versuchten, und Männer, die das Feuer mit dem Wasser aus den Kanälen bekämpften. Am Haus des Fischhändlers wechselte er die Straßenseite. Die Frau, die dort am Morgen neben den Bottichen mit Barsch und Hering gesessen hatte, lag tot auf dem blutroten Pflaster. Das Loch in ihrem Bauch war größer noch als eine Faust, und über die wulstigen Ränder quollen ihre Eingeweide nach draußen. Ein Köter saß auf ihren Beinen und schlug seine Zähne in das wunde Fleisch. Er knurrte böse, als Piet an ihm vorüberhumpelte.

An der Ecke zur Choorstraat fiel Piet eine junge Mutter in die Arme. »Hilf mir«, schrie sie. »Meine Tochter liegt da unter den Steinen. Wir müssen sie ausgraben.« Hinter der Frau, dort, wo früher ein Haus gestanden haben musste, klaffte ein tiefes Loch, das sich mit schwarzem Wasser füllte. Piet erkannte, dass hier jede Hilfe zu spät kam. Er ließ die Frau stehen und humpelte weiter. Der Schwefelgeruch machte ihm das Atmen schwer. Er hustete und hielt sich Mund und Nase zu.

Gerade, als er die Hippolytusbuurt erreichte, bebte die Erde zum fünften Mal. Piet sah durch die Rauchschwaden hindurch die Magd des Nachbarn auf die Straße stürzen und den schmalen Riss, der sich in der Hauswand hinter ihr bildete. Wie ein Kartenhaus brach das Gebäude in sich zusammen. Die Magd schrie irgendetwas, aber ihre Worte gingen in dem Lärm unter.

Reglos blieb Piet für einen Moment an der Ecke stehen. Alle Explosionen zuvor hatten sich in rascher Folge ereignet. Erst als er fast sicher war, dass der Spuk nun ein Ende hatte, humpelte er weiter. Außer der Magd standen noch fünf, sechs andere Leute auf der Straße. Soweit es Piet erkennen konnte, waren bis auf das Haus des Nachbarn alle Gebäude in der Straße unversehrt geblieben. Auch sein eigenes Haus stand noch.

Im Vorübergehen fasste Piet die Magd tröstend am Arm. Vor ein paar Stunden noch hatte sie die Wäsche im Hof aufgehängt und ein Lied vor sich hin gesummt. Piet hatte sie von seinem Fenster aus beobachtet und sich gefragt, ob wohl auch Carla bei ihrer Arbeit singen würde. Nur zwei, drei Stunden war das her. Aber jetzt hatten selbst die Vögel aufgehört zu zwitschern. Über der Hippolytusbuurt lag eine unheilvolle Stille.

Die Magd schaute Piet an, fassungslos. Sie spuckte vor ihm aus und lief dann schnell fort. Sie rannte, als sei der Teufel hinter ihr her. Als Piet die Tür zu seinem Haus öffnete, schielten die Leute auf der anderen Straßenseite zu ihm herüber. Sie steckten die Köpfe zusammen. Sie taten ihm nichts. Also auch nichts Gutes. Verdammt, dachte er.

Er schloss die Tür hinter sich zweimal ab. Drinnen im Haus beruhigte er sich langsam. Keine Kachel war von den Wänden gefallen. Die Regale im Tuchladen standen unverrückt an der Wand, darauf die Stoffballen, die er schon einsortiert hatte. Alles war heil geblieben. Piet ging in die Werkstatt und öffnete den Kabinettschrank. Er nahm das Holzkästchen heraus, in dem er seine Apparatur unbeschädigt wiederfand. Dann sackte er auf dem Hocker vor seiner Schleifmaschine in sich zusammen. Der Schlund des Abgrunds hatte sich nicht geöffnet. Es waren keine Heuschrecken über die Erde hergefallen, und es hatte auch keiner seine Räucherpfanne mit glühenden Kohlen über der Stadt ausgeschüttet. Was auch immer die Ursache der Katastrophe gewesen sein mochte, mit Gottes Strafgericht hatte das bestimmt nichts zu tun, beruhigte er sich. Er war froh, noch am Leben zu sein, auch wenn er in diesem Moment am Sinn des Lebens zweifelte. Die Liebe war vielleicht ein Grund zum Leben. Vielleicht war Carla ein Grund. Aber was war selbst die Liebe wert, wenn es dem Schicksal gefiel, einem das Glück unversehens aus den Händen zu reißen?

Piet hätte später nicht sagen können, wie lange er untätig in seiner Werkstatt gehockt hatte. Aber es war schon dunkel geworden, als es an seine Tür klopfte. Draußen war ein Wind aus südwestlicher Richtung aufgefrischt, der die Fackeln der Helfer immer wieder ausblies. Piet hatte sich an keiner ihrer Hilfsaktionen beteiligt. Er hatte weder Wasser aus den Kanälen geschöpft, um die Feuer zu löschen, noch hatte er unter den Schuttbergen nach Überlebenden gegraben. Er hatte einfach nur so dagesessen. Ihm war nicht wohl bei dem Gedanken gewesen, noch einmal nach draußen zu gehen. Es gab weit kleinere Katastrophen in der Welt, für die irgendeiner büßen musste. Dass die Magd des Nachbarn vorhin vor ihm ausgespuckt und die Leute auf der Straße argwöhnisch zu ihm herübergeschielt hatten, war ihm Warnung genug. Erst das Klopfen an der Tür riss Piet aus seinen Gedanken. Es regnete in dichten Strömen, und Gaesbeeck triefte vor Nässe.

»Ich wollte nur kurz bei dir vorbeischauen und sehen, ob alles in Ordnung ist.«

»Mit mir oder mit meiner Apparatur?«

»Darf ich reinkommen?«

Piet hielt Gaesbeeck die Tür auf, ging vor in die Küche und zündete die Tranfunzel auf dem Tisch an.

»Hast du einen Schnaps?«

»Nur Wasser.«

»Dann eben Wasser.«

Gaesbeeck trank sein Glas hastig aus.

»So eine Schweinerei«, sagte er. »Mindestens tausend Tote liegen da draußen auf den Straßen. Glaub mir, wäre heute nicht Schweinemarkt in Schiedam abgehalten worden und Jahrmarkt in Voorburg, wäre die Zahl der Opfer wohl noch weit höher. Und das alles nur wegen diesem Schwachkopf von Sekretär.«

»Sekretär?«

»Ja, Soetens, Cornelis von Soetens, um genau zu sein, seines Zeichens Sekretär der Nationalversammlung.«

»Ich verstehe nicht.«

»Aber du kennst das Geheimnis von Holland, oder? Weißt du, wie viel Schießpulver im Keller unter dem alten Klarissenkloster eingelagert war? Ich kann es dir sagen. Vierzig Tonnen, damit die Engländer, die Franzosen oder die Spanier eine böse Überraschung erleben, wenn es ihnen mal wieder einfällt, einen Krieg anzuzetteln.«

Langsam begriff Piet, was Gaesbeeck ihm zu erklären versuchte.

»Vierzig Tonnen Schwarzpulver, das musst du dir mal vorstellen. Draußen auf den Straßen behaupten sie, die Detonationen seien so stark gewesen, dass man sie bis nach Den Haag gehört habe. Vielleicht sogar bis hin nach Texel. Nun ja, zumindest haben wir beide Glück gehabt. Dein Haus steht noch und meines auch. Aber weiter im Norden, gleich hinter dem Oostsingel, ist alles dem Erdboden gleichgemacht. Da steht kein Stein mehr auf dem anderen. Da liegen die meisten Toten …«

»… und dieser Soetens? «, unterbrach ihn Piet.

»… darauf kannst du wetten. Er sollte heute Morgen eine Probe Schwarzpulver aus dem Magazin holen. Soweit ich weiß, war er in Begleitung eines Mannes aus Den Haag. Anscheinend hat dieser Schwachkopf seine Laterne fallen lassen und die halbe Stadt in die Luft gejagt. Das glauben zumindest die halbwegs vernünftigen Leute.«

»Gibt es denn noch eine andere Erklärung?«

»Auch darauf kannst du wetten. Glaub mir, noch bevor es Sonntag ist, wird irgend so ein Pfaffe auf seine Kanzel steigen und etwas vom Zorn des Allmächtigen faseln. Jede Wette, dass er behaupten wird, die Katastrophe sei ein Beweis für Gottes Missfallen daran, wie milde wir hier mit den Ungläubigen umgehen. Mit den Juden, den Mennoniten und auch den Römisch-Katholischen. Die Pfaffen werden behaupten, dass Delft mit Recht ein solches Schicksal ereilt habe.«

Verächtlich schnaufte Gaesbeeck vor sich hin. »Diese dummen Bauern. Da fällt ihnen die halbe Stadt auf den Kopf, und sie haben nichts Besseres zu tun, als ihren Herrgott um Verzeihung zu bitten. Während ich da draußen Arme und Beine amputiert habe, haben sie vor der Nieuwe Kerk gekniet und gebetet.«

»Ich habe es gesehen.«

Dass er beinahe selbst auf seine Knie gesunken wäre, verschwieg Piet. Nichts erzählte er dem Arzt davon, dass er für einen Augenblick geglaubt hatte, eine dunkle Posaune am Himmel zu hören, und im stillen Gebet um sein junges Leben gebettelt hatte. Das behielt er ebenso für sich wie seinen kurzzeitigen Schrecken über den Höllenschlund, aus dem die Heuschrecken kriechen sollten, und den Mond, der aussah wie in Blut getränkt.

Stattdessen sagte Piet: »Es wäre möglich, dass bald auch noch eine ganz andere Erklärung in der Stadt die Runde macht.«

»Was meinst du?«

»Das müssen Sie doch am besten wissen. Sie haben es den Leuten doch erzählt. Als ich nach Hause kam, hat die Magd des Nachbarn vor mir ausgespuckt.«

»Was habe ich damit zu tun?«

»Eine ganze Menge, denke ich. Sie hätten in der Stadt nichts von meiner Entdeckung erzählen dürfen. Niemals. Sie wissen doch selbst, was sich die Leute alles zusammenreimen. Schnappen hier und dort etwas auf. Und am Ende ...«

»... jetzt hör aber auf. Ich habe niemandem davon erzählt, jedenfalls nichts Genaueres. Gut, ich habe meiner Frau gegenüber ein paar Andeutungen gemacht, und die hat es vielleicht ein paar anderen Frauen erzählt. Du weißt ja, wie geschwätzig die Weiber sind. Aber die Wahrheit kennt keiner außer uns beiden. Kein Wort habe ich davon verraten.«

»Sie haben es auch Fabrist erzählt. Ich war heute Morgen bei ihm.«

»Mag sein, dass ich auch ihm gegenüber ein paar Worte habe fallen lassen. Armes Schwein übrigens. Sie haben ihn aus den Trümmern seines Hauses gezogen, beinahe unverletzt. Aber seine Frau und seine Tochter sind beide tot.«

Piet sah das kleine Mädchen vor sich. Keine acht Stunden war es her, dass sie ihn an seiner krummen Nase gefasst hatte. Verdammtes Schicksal. Warum mussten manche als Kinder sterben, während andere als Greise vor sich hin sabberten? Was machte das Leben für einen Sinn, wenn man darin noch nicht einmal erwachsen werden durfte?

»Hör zu«, sagte der Arzt, »wenn ich ein paar Leuten von deiner Entdeckung erzählt habe, dann doch nur, weil ich so beeindruckt davon gewesen bin. Ich wollte dir nicht schaden, wirklich nicht. Ich habe nur gut über dich gesprochen. Vielleicht haben es ein paar Leute in den falschen Hals bekommen. Nicht jeder versteht die Wege der Wissenschaft. Aber um diese dummen Bauern da draußen musst du dir keine Sorgen machen.«

»Es gab weit kleinere Unglücksfälle in der Welt, für die sie einen gehängt haben. Irgendeiner muss doch immer dran glauben.«

»Aber heute doch nicht mehr. Doch nicht bei uns in Holland. Wir leben in einem freien Land. Hier darf jeder denken und glauben, was er will. Glaub mir, die Zeiten, in denen die Männer der Wissenschaft für ihre Ideen auf den Scheiterhaufen brannten, sind endgültig vorbei.«

»Ich hoffe, Sie haben recht.«

»Natürlich habe ich recht. Du brauchst keine Angst vor diesen dummen Bauern zu haben und was sie hinter deinem Rücken womöglich über dich behaupten. Ich habe schon überlegt, ob ich ein paar gelehrten Herrschaften in London von deiner Entdeckung berichten soll. Vielleicht können sie sich einen Reim darauf machen. Vielleicht sollte ich ihnen schreiben.«

»Ich weiß nicht. Ich habe Angst, dass sie mir die Sache in die Schuhe schieben könnten.«

»Blödsinn. Der Glaube hat keine Macht mehr über uns. Jetzt bricht die Zeit des Wissens an. Was ist mit deiner Apparatur? Sie ist doch heil geblieben, oder?«

»Ja, alles hier drinnen ist heil geblieben.«

»Hör zu, ich wollte nur kurz bei dir vorbeischauen und mich vergewissern, dass bei dir alles in Ordnung ist. Ich muss jetzt wieder los. Ich werde da draußen noch gebraucht.«

Gaesbeeck zog seinen Mantel an und wandte sich zum Gehen. Piet begleitete ihn zur Haustür.

»Ich schaue die Tage noch einmal bei dir vorbei«, verabschiedete sich der Arzt. »Wie schon gesagt, wegen dieser dummen Bauern da draußen musst du dir wirklich keine Sorgen machen.«

Als Gaesbeeck ihm schon den Rücken zuwandte, sagte Piet mehr zu sich selbst als zu dem Arzt: »Ich hoffe, Sie haben recht.«

-5-

In der langen Reihe von Menschen, die Piet mit Missgunst, Argwohn und Widerwillen begegneten, war der Kirchendiener Heijn Drooten der Schlimmste von allen. Er selbst hatte Piet vor sechsundzwanzig Jahren aus Delft fortgeschafft, als ihm der Pfarrer den Auftrag dazu erteilt hatte. Er hatte es sogar gern getan. Schon als Kind war ihm Piet immer verhasst gewesen. Wie ein fauler Apfel am Baum des Lebens war er ihm stets vorgekommen. Und jetzt war diese kleine Missgeburt also nach Delft zurückgekehrt.

Drooten fegte die Scherben in der Nieuwe Kerk zusammen. Kein einziges der fünfzehn prächtigen Buntglasfenster hatte den Explosionen standgehalten. Die Glassplitter lagen verstreut auf dem Steinboden im Chorgang, dazwischen die verbogenen Bleiruten, an denen die Reste der Heiligenbilder klebten. Es würde Monate, wenn nicht sogar Jahre dauern, um die Schäden zu reparieren. Und das alles nur wegen ihm. Wegen dieses kleinen Teufels, der nach fast dreißig Jahren in seine Geburtsstadt zurückgekehrt war.

Drooten zweifelte keine Sekunde daran, dass Piet die Schuld an der Katastrophe traf. Es mochte ja sein, wie auf den Straßen allgemein behauptet wurde, dass dem Sekretär der Nationalversammlung seine Laterne aus der Hand gefallen war, als er eine Probe Schießpulver aus dem Magazin holen wollte. Aber warum hatte ER, dessen Namen Drooten immer nur in Großbuchstaben denken konnte, es wohl zugelassen, dass die Stadt nun in Schutt und Asche dalag? Weshalb hatte Gott sich von ihnen abgewandt?

Bis zum frühen Abend hatte Drooten sich in den Straßen nützlich gemacht. Er hatte Wasser aus den Kanälen geschöpft, um die Feuer zu löschen. Er hatte schwere Steine beiseitegeräumt, um die Toten und Verletzten darunter zu bergen. Und am Koornmarkt hatte er sogar einen Mann festgehalten, als der Arzt Hendrik de Gaesbeeck dem armen Kerl seine zerquetschen Beine absägte. Er hatte die Leichen von Tieren und Menschen auf Holzkarren geladen, damit man sie fortschaffen konnte. Er hatte alles getan, um das Leid zu lindern. Er hatte Hilfe geleistet, wo Hilfe noch etwas ausrichtete, und Trost gespendet, wo alle Hilfe zu spät kam. Jetzt, fand er, half nur noch beten.

Schon seit Ewigkeiten verrichtete Heijn Drooten in der Nieuwe Kerk seinen Dienst. Er öffnete am Morgen die Türen der Kirche und schloss sie am Abend wieder. Er bereitete die Gottesdienste vor und stimmte auf der Orgel die Psalmgesänge an. Er läutete die Glocken und rief die Gläubigen zum Gebet. Er polierte die Messkelche und auch die Leuchter am Altar. Sein ganzes Leben widmete er der Kirche. Alles an ihr war ihm heilig. Und deshalb kam ihm der *Delfter Donnerschlag*, wie die Leute das Unglück bereits nannten, vor wie ein Angriff auf ihn selbst.

Drooten war einer dieser sich selbst quälenden Menschen, denen es um sehr viel mehr ging als nur um ihr kleines Glück. Ihm ging es um die Erlösung und das ewige Leben jenseits irdischer Verfehlung. Nur, dass sein Geschlecht am Morgen manchmal so rot gerieben war wie eine schrumpelige Karotte, weil er wieder die ganze Nacht an seine Wirtin hatte denken müssen, erinnerte ihn daran, dass er sein Ziel noch lange nicht erreicht hatte. Die Sünde quälte ihn wie kaum etwas anderes in seinem Leben.

Traurig hob Drooten eine Glasscherbe vom Boden auf und blinzelte hindurch. In blutrotes Licht getaucht, betrachtete er das Werk der Zerstörung. Das Fenstermosaik mit der Muttergottes lag in tausend Teilen zersplittert auf den Steinplatten, ebenso das Bild, das den Gläubigen die Auferstehung Jesu verkündete. Von draußen waberte der Schwefelgeruch ins Kircheninnere. Dort, wo sich noch vor ein paar Stunden das Licht in den prächtigen Farben gebrochen hatte, klafften nun große, hässliche Löcher. Nichts war vom Prunk der Kirchenfenster übrig geblieben, für die seine Kirche weit über die Grenzen der Stadt hinaus bekannt gewesen war.

Das ist seine Rache, dachte Drooten. Vor gerade mal sechs Wochen war dieser kleine Teufel in seine Geburtsstadt zurückgekehrt, und schon lag alles in Trümmern. Dass zwischen Piets Rückkehr und dem Delfter Donnerschlag ein verhängnisvoller Zusammenhang bestand, war für ihn so klar wie das Amen in der Kirche.

Die Buntglasfenster waren seinerzeit der Preis dafür gewesen, dass sie den Jungen aus Delft fortgeschafft hatten. Es war ein Geschäft auf Gegenseitigkeit gewesen, zum Vorteil aller Beteiligten. Drooten erinnerte sich daran, als wäre die Abmachung erst gestern getroffen worden. Sein eigener Großvater und auch seine Mutter hatten diese kleine Missgeburt, die *Familienschande*, wie sie ihn nannten, auf möglichst diskrete Art loswerden wollen, und die Kirche war ihnen gegen eine kleine Spende dabei behilflich gewesen. »Die Kirche hilft allen, denen geholfen werden muss«, hatte der Pfarrer entschieden und ihm dann den Auftrag erteilt, den Zwerg auf Nimmerwiedersehen verschwinden zu lassen. Die prächtigen Buntglasfenster waren die Sache allemal wert gewesen. Aber jetzt war diese kleine Missgeburt in ihre Geburtsstadt zurückgekehrt, um Rache zu nehmen.

Drooten bereute in diesem Moment, dass er Piet nicht schon damals aus dem Weg geräumt hatte. An Gelegenheiten hatte es ihm nicht gemangelt. Mehr als einmal hatte er ihn als Kind oben auf dem Kirchturm erwischt. Und jedes Mal hatte er ihn dann an seinen Ohren gepackt und die Treppe nach unten gezerrt. Stufe für Stufe, bis seine Ohren so rot wie Krebse leuchteten, die man in heißem Wasser gesiedet hatte. Es wäre ein Leichtes für ihn gewesen, diesen kleinen Teufel vom Turm zu stoßen. Niemand hätte Verdacht geschöpft. Wie ein Unfall hätte es ausgesehen. Hätte ich es doch bloß getan, dachte Drooten. Dann wäre der Stadt diese Katastrophe bestimmt erspart geblieben.

Immerhin, der Turm der Oude Kerk hatte wie ein Wunder den Explosionen standgehalten. Drooten fegte die Scherben im Chorgang notdürftig zusammen und ging dann hinüber zum Prunkgrab des Prinzen. Erleichtert stellte er fest, dass die Bronzefigur auf dem Mausoleum keinen Schaden genommen hatte. Sie balancierte noch immer auf den Zehen ihres linken Fußes und blies die Trompete zu Ehren von Willem van Oranje, dem *Vater des Vaterlandes*, der den Freiheitskampf der Holländer gegen die Spanier angeführt hatte und nahe des Altars begraben lag. Drooten strich über den weißen Marmor des monumentalen Grabs und stieg dann langsam die enge Treppe den Turm nach oben.

Gewöhnlich ergriff ihn dort oben immer ein Gefühl tiefer Erhabenheit, weil er sich dem Himmel und auch seinem Gott jedes Mal ein Stück näher wähnte, wenn er vom Turm der Kirche auf die Dächer von Delft hinuntersah. Aber heute empfand er nichts dergleichen. Die Stadt sah aus, als wäre sie von hunderttausend Kanonen beschossen worden. Drüben, wo das alte Klarissenkloster gestanden hatte, klaffte ein riesiges schwarzes Loch. Das Versammlungshaus der Bürgerwehr war wie vom Erdboden verschluckt, und auch vom alten Hospital war nichts übrig geblieben. Ein Krieg hätte kaum schlimmer wüten können. Über den Trümmern der verwüsteten Straßenzüge loderten noch immer die Flammen.

Drooten kniete nieder, rang seine gefalteten Hände gen Himmel und flehte seinen Gott um eine Antwort an. Auch wenn die Wege des Herrn unergründlich waren, musste es doch eine Erklärung dafür geben, warum er ein solches Unglück zugelassen hatte. Bestimmt lag es nur daran, dass sie diesem grässlichen Zwerg in ihrer Stadt Obdach gewährten.

Am Morgen, zwei Stunden vor den ersten Explosionen, hatte Drooten Piet über die Papenstraat in Richtung Voldersgracht humpeln sehen. Seine Haare leuchteten noch immer so hellorange wie in seiner Kindheit. Und auch sein rechtes Bein zog er noch immer wie der Teufel seinen Pferdefuß hinter sich her. Nur unwesentlich größer war er geworden, dieser böse kleine Teufel.

Die Stadt Delft besaß Ohren für alles, was in ihren Straßen vor sich ging, aber die größten Ohren von allen besaß Heijn Drooten. Und was er in jüngster Zeit gehört hatte, gefiel ihm ganz und gar nicht. Selbst seine Wirtin hatte ihm davon erzählt. Ganz aufgeregt war sie gewesen, als sie ihm die Neuigkeit berichtete. Die halbe Stadt sprach schon davon. Was sollte denn dieses dumme Gerede von einer unsichtbaren Welt? Und was waren das für geheimnisvolle Kreaturen, die diese Missgeburt angeblich entdeckt hatte? Das alles konnte doch nur Teufelszeug sein, Alchemie und böser Zauber. Was man nicht mit eigenen Augen sehen konnte, gab es auch nicht, ausgenommen natürlich die Existenz Gottes. Das hatte Drooten auch seiner Wirtin klargemacht.

Waren um ihn herum denn plötzlich alle verrückt geworden? Wer wusste denn schon, welchen Floh diese Missgeburt den Leuten morgen ins Ohr flüstern würde? Das alles waren doch nur raffinierte Lügen, um von seinem teuflischen Plan abzulenken. Erst vernebelte er die Hirne der Menschen mit seinen irrwitzigen Behauptungen, und dann lachte er sich ins Fäustchen, wenn sie ihm diesen Schwachsinn abkauften.

Ja, das ist es, dachte Drooten. Ganz klar sah er die Wahrheit jetzt vor sich. Weil sie diesen Zwerg nicht in seine Schranken wiesen und seine abstrusen Behauptungen für bare Münze nahmen, hatte Gott zur Strafe Feuer über die Stadt regnen lassen. Anders konnte es doch gar nicht sein. Das Unglück, das

Delft getroffen hatte, war eine Warnung. Ein Denkzettel, bloß nicht noch weiter vom rechten Glauben abzufallen. Es war die alte Geschichte von Sodom und Gomorra, die sich in den Straßen Delfts heute wiederholt hatte. Und wenn Gott nicht gleich die ganze Stadt dem Erdboden gleichgemacht hatte, dann nur deshalb, weil noch Hoffnung bestand, dass sich ein paar Aufrechte finden würden, um diesem kleinen Teufel das Handwerk zu legen und seiner Brut am besten gleich mit. Auch dem Arzt Hendrik de Gaesbeeck. Das war doch auch nur einer von diesen Fantasten, die sich einbildeten, sie könnten durch die Kraft ihrer Vernunft den Erdkreis aus den Angeln heben.

Drooten hasste all diese Theoretiker, die sich gerade anschickten, die Welt neu zu vermessen. Eitel und selbstüberschätzt fand er ihr Streben. Selbst so manchen Kirchenvater verachtete er still und heimlich. Wie konnte man nur auf die Idee kommen, Gottes Existenz mit den Gesetzen der Logik beweisen zu wollen? Was bildete sich der Mensch denn ein? Gottes Allmacht mit menschlicher Vernunft begreifen zu wollen war lächerlich, ja sogar ketzerisch. Wer, wenn nicht ER, hatte den Menschen denn ihren kleinen Funken Verstand eingeimpft? Auf seinen Verstand, fand Drooten, sollte der Mensch besser nicht allzu viel geben.

Es missfiel ihm über alle Maßen, wie die Männer der Wissenschaft gerade das Reich Gottes in naturwissenschaftliche Gesetze zu zwängen versuchten. Es mochte ja sein, dass ein Apfel nicht weit vom Stamm fiel, aber es war immer noch Gott selbst, der entschied, wo der Apfel niederging. Mit der Wissenschaft hatte das alles herzlich wenig zu tun – nur mit Gottes unendlich weisem Ratschluss. Hätte ER es andersherum passender gefunden, dann hätte ER seine Äpfel auch fliegen lassen können.

Was bildeten sich all diese Einfaltspinsel ein – und jetzt ausgerechnet auch noch dieser Piet van Leeuwen? Man sah doch, dass er ein völlig degenerierter Lump war. Ein Ungläubiger. Ein degoutanter, missratener, Unheil stiftender böser Zwerg. Man müsste ihn möglichst schnell aus der Stadt verjagen, besser heute noch als morgen, damit nicht noch schlimmeres Unglück über die Stadt hereinbrach. Wer wusste denn schon so genau, was er in seinem Haus heimlich anstellte?

Drooten hätte die Welt, die sich gerade sehr viel schneller drehte als in den Jahrhunderten zuvor, am liebsten angehalten. Er wollte, dass alles so blieb, wie es immer gewesen war. Die Menschen sollten in die Nieuwe Kerk kommen und für ihr Seelenheil beten. Mehr, fand er, konnten sie sowieso nicht tun. Dass Männer wie Galilei, da Vinci oder Kopernikus, wie ihm der Pfarrer manchmal weismachen wollte, vielleicht noch etwas sehnsüchtiger auf der Suche nach Gott waren als er selbst, hätte Drooten, wäre er mit ihren Gedanken etwas vertrauter gewesen, entschieden bestritten. Diese Männer erschienen ihm so gefährlich wie eine Welt ohne Glauben.

Für Drooten war alles gut, wie es war. Der Sommer folgte auf den Frühling und der Winter auf den Herbst. Im Frühling wurden die Blätter an den Bäumen grün, und im Herbst fielen sie als totes Laub von den Ästen. Es gab gute Ernten und schlechte. Es gab Menschen, denen ein langes Leben beschert war, und andere, die im Kindbett starben. Das war der Lauf der Welt und vom Menschen nicht zu ändern. Alles folgte nur Gottes Gesetz. Wenn ER in seiner unerklärlichen Weitsicht entschied, es solle eine Sintflut alles ertränken, dann kam eine Sintflut. Oder eine Pest. Oder ein neuer Krieg. Oder eben diese fürchterliche Katastrophe, die Delft in Schutt und Asche gelegt hatte. Das alles ließ sich nicht ändern, sondern nur ertragen. Das Einzige, was die Menschen seiner Meinung nach tun konnten, um Gott milde zu stimmen, war zu beten und seine Gesetze zu befolgen.

Es war doch ganz einfach. Alles, was man wissen musste, stand ganz am Anfang der Bibel. Man musste nicht lange blättern, um die Wahrheit zu lesen:

Ich bin der Herr, dein Gott. Du sollst keine fremden Götter neben mir haben. Du sollst dir kein Bildnis machen. Du sollst den Namen Gottes nicht missbrauchen. Gedenke, dass du den Sabbat heiligst. Du sollst Vater und Mutter ehren. Du sollst nicht morden. Du sollst nicht ehebrechen. Du sollst nicht stehlen. Du sollst kein falsches Zeugnis geben. Du sollst nicht begehren deines Nächsten Weib. Du sollst nicht begehren deines Nächsten Haus.

Das war alles, woran man sich halten musste. Nicht mehr, aber auch nicht weniger. Stand dort irgendetwas davon geschrieben, dass der Mensch Gottes Existenz beweisen solle? Hatte ER irgendwo erwähnt, dass der Zweifel eine menschliche Zierde sei? Oder dass der Mensch seinen Funken Verstand zu irgendetwas anderem gebrauchen solle, als IHM zu dienen? Womöglich sogar unsichtbare Welten zu entdecken? Nein, auch davon stand dort nichts.

Als Drooten vom Turm der Nieuwe Kerk nach unten stieg, senkte sich schon die Nacht über die Stadt. Er sperrte das Hauptportal der Kirche an diesem Abend nicht ab. Wer noch das Bedürfnis verspürte zu beten, sollte seine Gelegenheit dazu haben, fand er. Draußen flammten jetzt vereinzelt neue Feuer auf, angefacht vom Wind, der gerade noch einmal auffrischte. Drooten blickte über den Marktplatz. Er sah die Tierkadaver, die man noch nicht zur

Seite geräumt hatte, und die Blutlachen, die den Boden geflutet hatten. Ein paar dicke Ratten huschten über den Platz.

Drooten blickte noch einmal hoch zum Turm der Nieuwe Kerk. Ob er selbst wohl gegen eines der zehn Gebote verstoßen müsste, damit alle anderen Gebote in der Stadt ihre Gültigkeit behielten? Vielleicht war das ja die Aufgabe, die Gott ihm zugedacht hatte. Jeder hatte in dieser Welt schließlich seine Pflicht zu erfüllen. Und womöglich war es nun einmal seine Aufgabe, diesem kleinen Teufel sein Handwerk zu legen. Vielleicht würde dann auch die Sünde endlich von ihm abfallen.

Es war kein Zufall, dass Drooten bei der Sünde an seine Wirtin denken musste. In seiner Aufregung hatte er sie glatt vergessen. Er wusste noch nicht einmal, ob ihr Haus noch stand und sie selbst noch am Leben war. Drooten lief über den Groote Markt. Er beeilte sich. Am Ende der Molstraat kam er nicht weiter. Die Brücke über dem Kanal gab es nicht mehr. Ein paar Männer zogen im Schein der Fackeln die Reste der Holzplanken aus dem hüfthohen Wasser und stapelten die Ziegelsteine aufeinander, die noch zu gebrauchen waren. Drooten lief zurück, nahm den Weg bis vor zur Langen Geer und erreichte über die Breestraat den Gasthuislaan, wo das Haus seiner Wirtin stand. Er fand sie auf den Stufen vor ihrem Haus sitzend, den Kopf in die Hände gestützt.

»Alles in Ordnung, Wirtin?«, fragte er.

»Nein, nichts ist in Ordnung. Alles ist kaputt. Aber das Haus steht noch. Immerhin. Dafür müssen wir wohl beide dankbar sein.«

Drooten half ihr auf die Beine. »Komm«, sagte er, »lass uns reingehen.«

»Ja, gehen wir rein. Hier draußen muss ich nur weinen.«

Drooten begleitete die Wirtin in die Küche.

»Ich mach uns einen Tee«, sagte sie.

Normalerweise ging Drooten seiner Wirtin nach Möglichkeit lieber aus dem Weg. Es fiel ihm schwer, sich ihren Reizen zu entziehen. Seit er in einer schwachen Minute einmal die Einladung in ihr Bett angenommen hatte, viele Jahre lag das nun schon zurück, war er ihr häufiger erlegen. Drooten schämte sich dafür. Und er schämte sich auch jetzt dafür, weil er mal wieder auf ihren Hintern starren musste, während sie das Wasser für den Tee aufkochte. Er hatte schon viel zu häufig auf ihren Hintern geglotzt. Und jedes Mal war es danach das Gleiche gewesen. Wochenlang büßte er dafür. Aber an diesem Abend war er doch froh, eine Kanne Tee mit seiner Wirtin zu teilen. Es war ein Abend, an dem kein Mensch freiwillig alleine sein wollte. Wer da draußen jetzt alleine war, war es für lange Zeit.

Die Wirtin stellte Drooten einen Becher Tee hin und setzte sich ihm dann gegenüber an den Tisch. Anders als er selbst machte sie kein so großes Tamtam aus ihren kleinen Techtelmechteln. Wenn ihr ein Mann gefiel, war sie ihm gerne in jeder Beziehung eine gute Gastgeberin.

»Wir leben noch«, sagte sie. »Wir haben Glück, dass wir noch am Leben sind.«

Drooten wärmte seine Hände an dem Becher. »Ja«, sagte er, »man könnte es Glück nennen.«

»Was ist mit der Kirche?«

»Alle Fenster sind zersprungen, aber das Grab des Fürsten ist unversehrt.«

»Deine Hand blutet.«

»Nicht weiter schlimm, das ist nur von den Scherben.«

»Komm, lass sie mich verbinden.«

Die Wirtin kramte ein Stück Stoff aus der Schublade und schmierte ihm eine braune, klebrige Salbe auf die Wunde. »So, jetzt ist es besser«, sagte sie. »Jetzt wird die Wunde schneller heilen.«

Drooten rührte noch etwas Zucker in den Tee und betrachtete den Verband. »Danke«, sagte er. »Es tut mir leid, dass ich nicht früher …«

»… schon gut, mir ist ja nichts passiert. Sie sagen, man habe die Explosionen bis nach Texel hin gehört.«

»Ja, das behaupten sie.«

»Sie sagen, dem Sekretär sei seine Laterne aus der Hand gefallen, als er eine Probe Schießpulver aus dem Magazin holen wollte.«

»Ja, auch das behaupten sie. Aber …« Drooten stockte. Er stierte vor sich hin.

»Aber was?«

»Denk doch mal nach. Er ist gerade sechs Wochen in der Stadt, und schon fliegt uns halb Delft um die Ohren. Ich glaube, er bringt uns Unglück.«

»Du meinst diesen Piet van Leeuwen?«

»Ja, diesen missratenen Zwerg.«

»Was soll er denn damit zu tun haben? Ich glaube, du bist ein wenig durcheinander. Ist ja auch kein Wunder bei dem, was da draußen geschehen ist.«

»Und diese unsichtbaren Kreaturen, von denen alle reden? Ist das etwa auch Blödsinn? Du hast doch selbst gesagt, dass dir die Sache nicht ganz geheuer ist.«

»Mag sein.«

»Ich glaube, man sollte etwas gegen ihn unternehmen, bevor zu spät ist.«

»Du hast recht«, sagte die Wirtin. »Es ist spät. Komm, wir gehen nach oben. Gott sagt, es sei nicht gut, wenn der Mensch alleine ist. Ich glaube, daran sollten wir uns heute Nacht halten.«

Drooten nahm einen letzten Schluck Tee und folgte seiner Wirtin dann wortlos nach oben. Noch auf der Treppe schwor er sich, dass er diesmal stark bleiben würde. Ganz fest nahm er sich das vor. Doch mit jeder Stufe schwand sein Vorsatz etwas mehr. Er ließ es geschehen, dass sie ihn oben an der Hand nahm, in ihre Kammer führte und sich neben ihn auf die Kante des Betts setzte. Drooten spürte die Wärme ihres Körpers neben sich. Ihre Hand lag ihm wie ein weiches, kleines Tier in seiner eigenen. Er wollte aufstehen, auch jetzt noch, aber es gelang ihm nicht.

Erst eine Viertelstunde später sagte er endlich etwas.

»Wirtin ...«, keuchte er.

»Ich heiße Grietje«, sagte sie. »Du weißt doch, wie ich heiße. Sag Grietje zu mir.«

»Nein.«

»Doch.«

»Ich meine ...«

Drooten schluchzte, als er sich in sie ergoss. Grietje, die mit dem Nachnamen ihres verschollenen Mannes Horneborg hieß, nahm ihn wie eine Mutter in den Arm. Sie war erleichtert, in dieser Nacht nicht alleine einschlafen zu müssen.

Sehr früh am nächsten Morgen, die Wirtin neben ihm seufzte noch leise in ihr Kissen, wollte Drooten möglichst schnell fort aus ihrem Bett. Er schämte sich mal wieder für seine eigene Natur, als er früh am Morgen das Haus verließ.

Wie jeden Tag war am Morgen des 13. Oktober 1654 im Osten von Delft die Sonne aufgegangen. Wie alle Jahrtausende zuvor hatte die Erde in der Nacht ihre Runde gedreht, um in Holland einen neuen Tag anbrechen zu lassen. Die Wellen der Nordsee schwappten an die sandigen Ufer des Landes, und das Gras in den Dünen bewegte sich im Rhythmus des Windes. Die Inseln vor der Küste im Norden – Texel, Vlieland, Terschelling, Ameland und Schiermonnikoog – schmiegten sich, einem sanften Bogen gleich, wie eine Stadtmauer vor das Ijsselmeer.

Nur in der Stadt Delft war nichts mehr wie zuvor. Drooten ging durch die Straßen in Richtung Nieuwe Kerk. Unter den Trümmern schwelten noch immer die Feuer. Ein paar Menschen waren schon auf den Beinen. Gebückt schleppten sie Steine und Unrat zur Seite, bildeten hier und dort eine Kette, um die Schuttberge auf die Seite zu räumen. Sie sprachen nicht miteinander, und wenn, dann nur sehr leise. Selbst die Möwen schienen sich aus der Stadt verabschiedet zu haben. Drooten hörte weit und breit keine einzige Möwe schreien. Nur die Holzkarren, beladen mit Steinen und Leichen, ächzten unter ihrer Last über das Kopfsteinpflaster.

Ich muss dem ein Ende bereiten, dachte Drooten, als er die Tür zur Nieuwe Kerk öffnete. Ich muss etwas gegen ihn unternehmen, bevor es zu spät ist. Ich muss verhindern, dass der Teufel von der Stadt Besitz ergreift. Ich darf nicht tatenlos zuschauen, wie er hier weiter sein Unwesen treibt. Ich muss herausfinden, was er im Schilde führt. Bestimmt steht sein eigenes Haus noch. Bestimmt fehlt nicht ein Ziegel auf seinem Dach. Das wäre doch Beweis genug, dachte Drooten. Der Teufel beißt sich nicht in seinen eigenen Schwanz.

Vielleicht muss ich ihn … Drooten wagte nicht, seinen Gedanken innerhalb der Kirchenmauern laut auszusprechen. Er bekreuzigte sich.

-6-

Einunddreißig Jahre zuvor, Delft im Jahr 1623

Dass man Piet für alles Mögliche verantwortlich machte, vor allem für die schlechten Dinge, die sich mit jedem neuen Tag auf der Welt nun einmal ereigneten, war ihm längst zur zweiten Natur geworden. Diesen Umstand hatte er gewissermaßen schon mit der fetten Milch seiner Amme in sich eingesogen. Dass er überhaupt geboren wurde, war nur die Folge eines kapitalen Missverständnisses.

Während draußen ein heftiges Gewitter tobte und der Regen auf die Dächer von Delft prasselte, in der Nacht vom 16. auf den 17. Mai 1623, erblickte Piet das Licht der Welt.

Seine Mutter Maja war eine Kasdorp, die einzige Tochter des größten Brauereibesitzers am Ort, dem reichsten Bürger der Stadt. Das Haus ihrer Familie war neben dem Prinsenhof und dem Rathaus das prächtigste weit und breit. Heller Sandstein fasste die hohen Fenster an der Front ein. Chimären aus poliertem Marmor thronten über dem Dachvorsprung. Und die Katzentreppen darüber ragten ein ganzes Stück weit über die Giebel der Nachbarhäuser hinaus. Über dem Eingang, den man über eine imposante Treppe erreichte, prangte das Wappen ihrer Familie auf Delfter Kacheln: das Hexagramm eines Brauersterns auf weiß-blauem Grund. Links und rechts davon die Initialen ihres Vaters in Goldfarbe: J. K.

Johann Kasdorp legte größten Wert auf die Fassade bürgerlichen Wohlstands. Das Erdgeschoss des Hauses war mit italienischem Granit ausgelegt, die Stockwerke darüber mit edlem Wurzelholz in Sternform. Pompös verzierte Truhen, kostbare Möbel aus England und Frankreich schmückten die Zimmer. Die Glasvitrinen stellten handgemalte Fayencen und edle Kristallgläser aus Böhmen und Mähren aus. Teure Gobelins hingen an den Wänden im Treppenhaus. Das Besteck war aus Silber, und in der Küche glänzten die Kupferpfannen von der Decke. Ihre Kindheit hatte Maja hinter akkurat geschnittenen Buchsbaumhecken verbracht. Verwöhnt wie eine kleine Königin war sie aufgewachsen.

Verglichen damit war Piets Vater Cees van Leeuwen von eher bescheidener Herkunft. Zwar beschäftigte er in seiner Korbmacherwerkstatt am Vesteplein drei Gesellen, und auch seine Geschäfte liefen recht gut. Aber gegen die Besitztümer von Majas Vater war er doch nur ein Habenichts.

Man konnte Johann Kasdorp deshalb auch nicht vorwerfen, dass er alles in seiner Macht Stehende tat, um dieses unmögliche Techtelmechtel schnellstmöglich zu unterbinden. Ein Korbmacher kam in den Heiratsplänen, die er für seine Tochter schmiedete, nicht vor. Und die romantische Liebe, von der Maja faselte, war für ihn noch lange kein hinreichender Grund für ein so ernsthaftes Geschäft wie die Ehe. Seine Tochter, fand er, hatte in dieser Angelegenheit sowieso nicht groß mitzureden. Logisches Denken und die Fähigkeit, Vernünftiges als solches zu erkennen, sprach er dem weiblichen Geschlecht ab. Die Launenhaftigkeit der Frauen war Kasdorp immer schwer begreiflich gewesen. Oft schienen sie ihm melancholisch, sanguinisch, cholerisch, phlegmatisch und manchmal auch alles zusammen.

Nur wenn er des Nachts bei seiner eigenen Frau im Bett lag, vergaß Johann Kasdorp für ein paar unbeherrschte Minuten, was er über die Frauen im Allgemeinen dachte. Aber wenn er danach wieder Herr über seine Gedanken war, meldete sich auch die Vernunft sehr schnell in ihm zurück. Und die sagte ihm, dass es nur recht und billig sei, wenn er den richtigen Mann für seine Tochter aussuchte. Dass Maja sich seinen Wünschen bisher so standhaft widersetzt hatte, egal, wen er ihr schon als mögliche Heiratskandidaten vorgestellt hatte, war ihm nur ein weiterer Beweis der weiblichen Vorliebe für alles Unvernünftige. Und dieser Cees van Leeuwen war nun mal das mit Abstand Allerunvernünftigste, was sich seine Tochter in den Kopf gesetzt hatte.

Aber zum Schluss musste sich Kasdorp dann doch in sein Schicksal fügen. Als ihm seine Frau unter Tränen beichtete, dass sich seine einzige Tochter zu einem Abenteuer mit eben diesem Korbmacher hatte hinreißen lassen, wurde er aschfahl im Gesicht und um zehn Jahre älter. Er akzeptierte die Hochzeit am Ende zähneknirschend, aber nur, weil das *Missgeschick*, wie er es nannte, schon geschehen war. Schlimmer noch als die Verbindung mit einem Korbmacher schien ihm eine Tochter mit einem Bastard in ihrem Bauch.

Alle wichtigen Leute der Stadt lud Kasdorp zur Hochzeit seiner Tochter ein, die Abgesandten der Handwerkergilden, die Regenten aus der Oberschicht, die Mitglieder des Rats, den Klerus und auch die namhaftesten Künstler aus Delft. Kasdorp machte gute Miene zu diesem hundsgemeinen Spiel. Mit größter Fassung ertrug er die Blamage, kehrte ihr kleines Familiengeheimnis unter den dicken Teppich der Diskretion und rühmte die wenig standesgemäße Hochzeit vor der Festgesellschaft am Ende sogar als Ausweis seiner eigenen Großherzigkeit.

»Liebe Freunde«, sagte er, »wenn eine Verbindung im Himmel geschlossen wird, darf man sich auf Erden nicht dagegen wehren. Ich weiß schon, dass ihr alle vielleicht etwas anderes erwartet habt. Aber ganz ehrlich, mir bedeuten weder Politik noch Geschäfte etwas gegen das Glück meiner einzigen Tochter.«

Das war eine abgrundtiefe Lüge, und so mancher Gast ahnte das wohl auch. Hinter Kasdorps Rücken machten später am Abend ein paar abfällige Bemerkungen die Runde, aber nur ganz leise. Jeder in der Stadt buckelte vor seinem Geld. Jeder hütete sich davor, einem Mann wie ihm zu widersprechen. Und so blieb die Fassade zumindest offiziell gewahrt. Das war für Kasdorp das Allerwichtigste. Vielleicht wichtiger noch als das Glück seiner Tochter, die vor dem Altar der Nieuwe Kerk selig strahlte, als der Pfarrer ihre Verbindung mit Cees van Leeuwen segnete.

Das war genau der Mann, den sie sich immer gewünscht hatte. Er trug keinen dicken Bauch vor sich her wie all die anderen Heiratskandidaten, die ihr Vater ihr zuvor präsentiert hatte. Sein Lachen war so ansteckend wie eine Prise frischer Pfeffer, die einem in die Nase kroch und unwillkürlich niesen ließ. Er trug stets ein fröhliches Lied auf seinen Lippen und sah selbst im Schlechten noch das Gute. Neid, Niedertracht, Argwohn und Eigennutz waren ihm völlig fremd. Die Leichtigkeit, mit der er sie mit seinen starken Armen in die Luft hob, ließ Maja glauben, sie könne fliegen. Sie war so glücklich wie noch nie in ihrem Leben.

Und auch ihr Vater tat alles, um den Tag ihrer Hochzeit wie einen Glückstag aussehen zu lassen. Er hatte Musiker und Gaukler für das Fest verpflichtet. Aus dem französischen Cancale ließ er frische Austern ordern und aus den Treibhäusern von Paris gezüchtete Ananas. Zu einer Variation aus Wildbret tischten livrierte Lakaien erlesene Soßen auf, die mit Mandeln, Ambra, Bisam und Rosenwasser verfeinert waren. Später gab es gesottenen Kapaun, Steinbutt und Lachskopf, danach die besten Stücke vom Rind und vom Kalb. Am Ende des Festmahls wurden Pralinen und süße Kuchen gereicht. Zu trinken gab es den edelsten Burgunder und natürlich jede Menge Bier aus Kasdorps Brauerei. Er selbst ertränkte seinen Kummer an diesem Tag in ein paar Bier zu viel.

Bevor Maja und Cees die Festgesellschaft am späten Abend verließen und sich in ihr Bett zurückzogen, damit zwischen Mann und Frau geschehe, was zwischen ihnen längst schon geschehen war, stand Kasdorp müde von seinem Stuhl auf und ging hinüber zu seinem Schwiegersohn. Er torkelte leicht und musste sich am Tisch abstützen, um die Balance zu halten. Leise, sodass es keiner der Festgäste hörte und auch seine Tochter Maja nicht, lallte er Cees ins Ohr: »Hör zu, Korbmacher. Ich habe meine Demütigung heute ertragen, und wir beide wissen auch, warum. Aber ich warne dich: Wehe, du machst mir noch einmal Schande.«

-7-

Es war nicht die Schuld von Piets Vater. Es war auch nicht die Schuld seiner Mutter. Und die von Piet am allerwenigsten Es war wohl einfach nur eine gehörige Portion Pech im Spiel, die Maja und Cees ein Kind bescherte, das so vollkommen anders war als die Kinder, die zu dieser Zeit in Delft geboren wurden.

Solange Majas Schwangerschaft währte, war das Glück in der Hippolytusbuurt zu Hause. Noch bevor sie ihr neues Heim bezogen, das ihnen Majas Vater zur Hochzeit geschenkt hatte, brachte Cees am First eine Sonnenuhr an. Und als er Maja dann über die Schwelle trug, versprach er ihr, dass die Sonne von nun an jeden Tag auf ihr Haus scheinen werde. Er ließ zwei honiggelbe Kerzen für sie gießen, höher noch als die Altarleuchter in der Nieuwe Kerk, und stellte sie oben ins Schlafzimmer, auf jede Seite des Betts eine. Er versprach ihr, dass auch in der Nacht immer ein Licht auf sie fallen werde.

Am Sonntag, wenn er seine Werkstatt geschlossen hielt, spazierte Cees mit Maja am alten Kanal entlang. Übermütig wie Kinder pusteten sie aus Spaß dann gegen die Windmühlen auf dem Stadtwall an, damit sich die Flügel und auch ihr Glück noch etwas schneller drehten. Im Herbst pflückte er für Maja Wildastern am Wegesrand. Und im Winter, als das Wasser auf der Oude Delft gefror, verließ Cees am frühen Morgen niemals das Haus, bevor er nicht ein paar Eisblumen für sie auf die Fensterscheiben ihres Hauses gekratzt hatte.

Maja genoss jede Minute mit Cees und bemitleidete im Stillen die Frauen, die sich mit weniger Glück zufriedengaben. Das wäre kein Leben für sie gewesen: irgend so einen dicken Kerl zu heiraten, ihm ein paar Kinder zu gebären und nach ein paar Jahren dann auszusehen wie eine alte Frau, deren Glück sich im Schwatz mit den Nachbarinnen erschöpfte und die widerwillig die Beine breit machte, damit noch ein weiteres Blag auf die Welt kam.

Ihr eigener Bauch war noch ganz flach. Sie musste schon sehr genau hinschauen, um überhaupt eine Veränderung an sich zu bemerken. Ihr Bauchnabel hatte sich leicht nach außen gewölbt, aber ansonsten merkte sie nicht viel von dem Kind, das in ihr heranwuchs. Manchmal legte sie ihre wärmenden Hände auf ihren Bauch, damit er wie ein Hefeteig aufgehen würde. Aber im Grunde genommen war sie ganz froh, dass sich das Kind in ihr etwas klein machte. Besser jedenfalls als fett zu werden, dachte sie.

Maja war so selig, dass ihr Glück anderen Menschen für ein ganzes Leben gereicht hätte. Selbst als sich ihr Bauch im fünften und auch im sechsten Monat kaum wölbte und die Nachbarinnen schon tuschelten, sie würde bestimmt ein totes Kind gebären, war sie noch bester Dinge. Sie spürte ja die zaghaften Tritte des Kinds gegen ihre Bauchdecke. Für die Geburt hatte sie bereits alles in die Wege geleitet. Die Wiege stand schon im Zimmer neben ihrem Schlafzimmer. Sie hatte sich sogar schon der Dienste einer Amme versichert, die ihre Vorzüge so unübersehbar groß vor sich hertrug, dass Cees sich eine Bemerkung darüber nicht verkneifen konnte.

»Ich bin beeindruckt«, sagte er, als er sich am Abend neben Maja ins Bett legte. »Ihre Brüste sind so groß wie …«

»... wie was?«

»Wie Melonen.«

»Gefallen sie dir etwa besser als meine?«

»Das habe ich nicht gesagt. Nur, dass sie ziemlich groß sind. Rund und fest wie zwei pralle Melonen. Und bestimmt randvoll gefüllt mit Milch. Unser Kind wird bei ihr keinen Hunger leiden.«

»Melonen, sagst du? Ich warne dich: Verguck dich bloß nicht in ihre Melonen. An was denkst du eigentlich bei meinen Brüsten?«

»Jedenfalls nicht an Melonen.«

»Sondern?«

»Dazu müsste ich mir deine Früchtchen noch einmal ganz genau anschauen.« Cees schob Maja ihr Nachthemd über den Bauchnabel nach oben.

»So nicht«, lachte sie. »Erst sagst du mir, dass meine Brüste schöner sind als ihre.«

Cees ließ seine Hand unbeirrt weiter nach oben gleiten, bis er den Ansatz ihrer weichen Wölbung spürte.

»Jetzt weiß ich, woran mich deine Brüste erinnern.«

»Dann sag jetzt bloß nichts Falsches.«

Cees stützte sich auf seine Ellenbogen und schaute Maja versonnen an. Dann sagte er: »Maja, deine Brüste sind für mich wie zwei runde Paradiesäpfel. Und deine Nähe ist mein Himmel.«

Das war ganz nach Majas Geschmack. Und so ließ sie sich auch in dieser Nacht sehr gerne vom handfesten Anteil am Rätsel der Liebe überzeugen. Später lagen sie noch eine ganze Weile eng umschlungen nebeneinander.

»Glaubst du, es wird ein schöner Junge?«, fragte Maja.

»Warum glaubst du, dass es ein Junge wird?«

»Weil ich lieber einen Jungen will. Ich habe sogar schon einen Namen für ihn ausgesucht. Er soll Piet heißen. Cees und Piet, das klingt doch gut, oder?«

»Wie wäre es mit Maja und Marlene?«

»Nein, ich will lieber einen Jungen, weil ich dich dann zweimal habe, du Dummkopf.«

Maja und Cees ergänzten sich auf eine so vollkommene Art und Weise, dass es ihnen manchmal merkwürdig vorkam, wie sie alleine überhaupt hatten atmen können. Wenn sie sich küssten, umschlossen ihre Lippen das Glück wie die zwei Hälften einer Muschel ihre Frucht. Beide konnten sich nicht vorstellen, dass ihr Glück jemals enden würde.

Maja spürte während ihrer Schwangerschaft keine merkwürdigen Essgelüste, war weder von Müdigkeit noch Schlaflosigkeit geplagt. Alles, was ihre Mutter ihr zuvor als unliebsame, aber nicht vermeidbare Begleiterscheinungen dieser schweren Wochen aufgezählt hatte, blieb ihr erspart. Und so malte sie sich auch ihre Zukunft weiterhin in den hellsten Farben aus. Sie stellte sich vor, dass ihr Kind nach Milch und Honig duften würde, wenn es glücklich glucksend auf die Welt kam. Und dass sie alle Frauen in Delft um ihr Kind beneiden würden. Sie hätte mit jeder Frau darum gewettet, dass sie ganz bestimmt das schönste aller Kinder auf die Welt bringen würde.

Aber als es dann endlich so weit war, es geschah in der Nacht vom 16. auf den 17. Mai 1623, während draußen ein heftiges Gewitter niederging, erlebte Maja die schlimmste Niederlage ihres Lebens. Noch zwei Stunden vor der Geburt hatte sie geglaubt, alles sei in bester Ordnung. Die Hebamme versicherte ihr, dass die Wehen, unten denen sich ihr Körper wie ein Bogen spannte, völlig normal seien. Und auch, dass sie sich über das grünliche, warme Wasser, welches ihr über die Schenkel floss, keine Sorgen machen müsse. Sie bestärkte Maja in der Hoffnung, das Schlimmste sei gleich überstanden. »Nur zwei, drei Wehen noch«, machte sie ihr Mut und hechelte mit Maja wie ein junger Hund.

Aber dann, als sie das kleine, rote Stück Fleisch in ihren Händen wog, das Maja unter großen Schmerzen aus ihrem Schoß gepresst hatte, verlor die Hebamme alle Hoffnung. Sie hatte schon sehr viele Kinder auf die Welt gebracht, aber so etwas hatte sie noch nicht gesehen. Sie nuschelte irgendetwas vom *Erbarmen Gottes*, als sie das Kind auf Majas erschöpften Bauch legte und dann sehr rasch das Zimmer verließ. Cees wartete schon ungeduldig vor der Tür. Er sah gleich, dass etwas nicht stimmte. Die Hebamme schaute betroffen zu Boden. »Ist etwas nicht in Ordnung«, fragte er.

»Schau es dir selbst an«, sagte die Hebamme. Cees stürzte in das Zimmer. Maja trommelte mit ihren Fäusten auf das Laken, als Cees zu ihrem Bett eilte. »Nein«, schrie sie und warf ihren Kopf wild hin und her. Sie schrie so jämmerlich, als wäre gerade ein Mensch gestorben und nicht ein neuer geboren worden. Auch Cees zuckte kurz zusammen, als er seinen Sohn das erste Mal sah. Er war kaum größer als eine ausgestreckte Hand. Wie ein Häufchen Elend kauerte er auf Majas Bauch – die Haut rot und die Gesichtszüge zerknittert wie die eines Greises. Sein Kopf war kaum größer als ein Apfel und seine Beine nicht länger als zwei Spargelspitzen. Alles in allem wog das Kind bestimmt nicht sehr viel mehr drei Pfund Butter, schätzte Cees. Aber es lebte und klammerte sich mit seinen kurzen Armen auf Majas Bauch fest. Weil er im Schlechten mal wieder das Gute sah, beruhigte sich Cees erstaunlich schnell. Er erkannte, dass dem Kleinen ansonsten nichts zu fehlen schien. Alles dran, dachte er. Füße, Beine, Augen, Nase, Mund und Ohren und an jeder Hand fünf sehr winzige Finger.

Cees strich sanft über Majas feuchte, verschwitzte Stirn, bis ihr Kopf, den sie noch immer wild hin und her warf, endlich Ruhe gab. Mit der anderen Hand hielt Cees den Säugling fest. Auch die Hebamme war jetzt in das Zimmer zurückgekehrt. Sie stand am Rand des Betts und schüttelte den Kopf.

»Maja«, sagte Cees, »schau doch nur. Es ist ein Junge. Wir werden ihn Piet nennen, so, wie du es dir immer gewünscht hast.«

»Nein«, schrie sie. Als Maja das Häufchen Elend auf ihrem Bauch ein weiteres Mal betrachtete, wollte sie es noch immer nicht wahrhaben. Klein wie ein neugeborenes Kaninchen lag das Kind auf dem Bauch. Die Haut violett verfärbt und im Gesicht zwei riesige Augen. Das konnte doch unmöglich ihr Kind sein. »Was hast du mir da bloß angetan«, schrie sie Cees an.

Cees redete weiter tröstend auf Maja ein. »Mach dir keine Sorgen«, sagte er. »Der Kleine wird schnell wachsen. Alles wird gut. Er muss nur ordentlich essen.«

Genau daran haperte es allerdings von Anfang an. Als die Hebamme das Haus bereits verlassen hatte und die Kinderfrau mit den Melonenbrüsten den kleinen Piet im Nebenzimmer das erste Mal zu stillen versuchte, tat sie es mit Widerwillen und auch nur, weil sie gut dafür bezahlt wurde. Das Kind war hungrig, aber sein Mund viel zu klein. Ihre dunkelroten Brustwarzen waren beinahe so groß wie sein Kopf.

»Wie kann man sich nur so dumm anstellen«, schimpfte die Amme. Weil sie sich nicht anders zu helfen wusste, presste sie schließlich ein paar Tropfen fettiger Milch aus ihren monströsen Brüsten auf ihre Finger und ließ Piet daran lecken. Diese Vorgehensweise behielt sie auch in den folgenden Wochen bei. Jeden Tag kostete sie diese umständliche Prozedur mehrere Stunden. Dass Piet ihre Brüste auch noch nach zwei Monaten beharrlich verweigerte, nahm sie ihm regelrecht übel.

Jeder, der Piet in den ersten Wochen und Monaten zu sehen bekam, nahm ihm irgendetwas übel. Maja nahm ihm übel, dass er aussah, wie er aussah. Seine Großmutter nahm ihm übel, dass er ihrer Tochter so etwas antun konnte.

Und Majas Vater, der seine Frau nur einmal in die Hippolytusbuurt begleitete, um seinen Enkel persönlich in Augenschein zu nehmen, nahm ihm übel, dass er die Ehre und das Ansehen der Familie Kasdorp beschmutzte. »So eine Schande«, sagte er zu seiner Frau, als sie wieder zu Hause waren. »Ich wusste doch gleich, dass dieser Korbmacher kein Mann für unsere Tochter ist. Das Kind ist eine Schande.«

Nur Cees nahm seinem Sohn nichts übel. Wenn er abends aus seiner Korbmacherwerkstatt nach Hause kam, schickte er die Amme aus dem Zimmer, schaukelte die Wiege seines Sohnes hin und her und tätschelte Piets kleinen Kopf. Er erzählte ihm dann Geschichten, wie sie Kinder lieben – lange bevor Piet seine Geschichten überhaupt begreifen konnte. Und jedes Mal beendete er seine Geschichten dann mit der gleichen, beschwichtigenden Formel. »Wirst schon wachsen, mein Sohn«, sagte er. »Wirst schon groß werden.« Dass Piet lebte, war ihm Grund genug, um ihn zu lieben.

Als Piet nach sechzehn Monaten sein erstes Wort sprach – *klein* war sein erstes Wort, weil er von den Erwachsenen kein anderes Wort häufiger hörte als eben klein –, erschreckte er Maja auch damit. Nicht nur, weil es ein ungewöhnliches erstes Wort für ein Kind war, sondern auch, weil seine Stimme so hell und dünn klang, als hätte er sich an irgendetwas verschluckt. Als er wenig später seine erste Schritte wagte und sich zu allem Überfluss auch noch herausstellte, dass er mit seinem rechten Fuß ein wenig humpelte, war Majas Geduld beinahe erschöpft. Piet war mittlerweile zwar etwas gewachsen, aber er wuchs so langsam wie ein Buchsbaum. Mit drei war er gerade mal fünfundvierzig Zentimeter groß, und im Jahr darauf, an seinem vierten Geburtstag, maß er nur zweieinhalb Zentimeter mehr. Mit jedem Tag, mit dem Piet älter wurde, aber kaum größer, ärgerte sich Maja mehr über ihre Niederlage.

Anfangs, wenn ihr Sohn ihre Nähe suchte, gab sie sich noch Mühe, ihre wahren Gefühle zu verbergen. Sie suchte nach Ausflüchten, wenn er sich in ihre Arme drängen wollte. Sie sagte dann zu ihm: »Ich habe zu tun.« Oder: »Ich habe jetzt keine Zeit für dich.« Später dann sagte sie: »Scher dich weg.« Und mittlerweile: »Geh mir bloß aus den Augen.«

Maja schämte sich, dass sie ihr eigenes Kind nicht lieben konnte. Aber sie brachte es einfach nicht über sich. In ihren schlimmsten Träumen erinnerte er sie mehr und mehr an jene Scheusale, die man auf den Jahrmärkten als menschliche Attraktionen ausstellte: Liliputaner, Albinos und Elefantenmenschen.

Wenn die Nachbarsfrauen, die sie früher einmal wegen ihrer dicken Männer bemitleidet hatte, nach Piets Befinden fragten, grämte sie sich wochenlang. Ihr mitfühlendes Interesse war doch bloß geheuchelt. Keine meinte ihre Anteilnahme ernst, das wusste Maja ganz genau. Sie wollten sich doch alle nur an ihrem Unglück weiden. Ihr Vater hatte völlig recht gehabt. Was war sie nur für eine dumme Gans gewesen!

Die großbusige Amme, die mittlerweile den Haushalt der van Leeuwens führte, war an dem Getuschel in der Nachbarschaft nicht ganz unschuldig. In Gegenwart von Maja hielt sie zwar den Mund, aber wenn sie draußen unterwegs war, verbreitete sie die übelsten Geschichten über den Sohn des Hauses. »Er ist ein kleiner Teufel«, erzählte sie. »Ein rothaariger kleiner Teufel ist er, und er quiekt wie ein Ferkel.« Beinahe jeden Tag dachte sie sich neue Gruselmärchen über Piet aus. Wenig bis gar nichts davon stimmte. Nur dass er humpelte, als er zu laufen begann, das stimmte tatsächlich. »Einen Pferdefuß wie der Teufel hat er«, schwatzte sie in der Nachbarschaft herum. »Wie der Teufel, sage ich euch.«

Wenn Piet der Haushälterin im Weg stand, verscheuchte sie ihn wie ein lästiges Tier. Und seine eigene Mutter behandelte ihn kaum besser. Maja war mittlerweile so verzweifelt, dass sie nur noch einen Ausweg für sich sah.

-8-

»So geht es nicht weiter.«

»Was meinst du?«

Cees wusste sehr genau, was Maja meinte. Viel zu oft waren sie in jüngster Zeit schon wegen Piet aneinandergeraten.

»Ich will doch nur, dass er wächst. Das ist doch nicht zu viel verlangt, oder?«

»Maja, er wird schon wachsen, lass ihm doch einfach noch ein wenig Zeit.«

»Du bist ein Lügner, ein gottverdammter Lügner. Du hast mir einmal versprochen, dass die Sonne über unserem Haus niemals untergehen würde. Weißt du das noch?«

»Ja.«

»Und, wo ist die Sonne jetzt? Über unserem Haus liegt ein großer Schatten. Und dieser Schatten ist eine Schande für unsere ganze Familie. Mein Vater meint, wir sollten mit ihm zum Arzt gehen. Er meint, wir sollten Gaesbeeck fragen. Wenn einer etwas ausrichten kann, dann vielleicht er.«

Cees war nicht begeistert von der Vorstellung, einen Arzt aufzusuchen. Zum Arzt ging man seiner Meinung nach, wenn man unter Auswurf litt, unter hohem Fieber oder Schlimmerem. Es mochte ja sein, dass sein Sohn etwas klein geraten war, aber eine Krankheit wollte er darin eigentlich nicht sehen. Cees war noch immer fest davon überzeugt, dass Piet schon noch wachsen würde. Und selbst wenn er Zeit seines Lebens etwas klein bleiben sollte, fand er das nicht weiter beunruhigend. Er freute sich jedes Mal, wenn er seinen Sohn scheinbar gedankenverloren über die kleine Wiese hinter ihrem Haus stapfen sah. Wie eine seltene Blume stachen seine hellroten Haare dann aus dem Grün hervor.

Trotzdem erklärte sich Cees schnell bereit, mit Piet zum Arzt zu gehen. »Wenn du meinst, dass es besser ist, dann gehe ich gleich morgen mit ihm hin«, sagte er zu Maja. Er versprach es ihr nicht etwa aus Überzeugung, sondern mehr um des lieben Friedens willen, der in der Hippolytusbuurt nun schon etwas brüchig war.

»Ich hoffe wirklich sehr, dass Gaesbeeck uns helfen kann«, sagte Maja, als sich die beiden an diesem Abend schlafen legten. »Ich will doch nur, dass er ein Kind wie jedes andere wird. Das ist doch wirklich nicht zu viel verlangt, oder?«

Cees nahm Maja tröstend in den Arm. Als sie schon eingeschlafen war, lag er noch länger wach. Warum kettete sie ihr Glück nur an ein paar Zentimeter mehr oder weniger? Warum konnte sie ihren eigenen Sohn nicht lieben? Wo stand denn geschrieben, dass größere Kinder die besseren seien?

Als Cees mit seinem Sohn am späten Nachmittag des nächsten Tages den Arzt Hendrik de Gaesbeeck aufsuchte, war ihm dann doch etwas mulmig bei dem Gedanken, dass Piet womöglich unter einer Krankheit leiden könnte. Und ihm wurde sogar noch sehr viel mulmiger, als er dann das ärztliche Besteck sah, das in Gaesbeecks Behandlungszimmer sauber aufgereiht auf dem Tisch lag: Pinzetten, Klammern, merkwürdig gebogene Metalllöffel und Gabeln mit Perlmuttgriffen, daneben Zangen und Messer.

Gaesbeeck praktizierte in der Voorstraat, nur ein paar Straßen vom Haus der van Leeuwens entfernt. Er galt als die größte medizinische Kapazität der Stadt, auch wenn sich seine Methoden nicht sonderlich von den Methoden anderer Ärzte unterschieden. Gaesbeeck strich Salben auf Wunden, fühlte den

Puls und erklärte die meisten Krankheiten mit einem Ungleichgewicht der Säfte von gelber und schwarzer Galle. Am liebsten kurierte er seine Patienten, indem er sie zur Ader ließ. Das war auch seine Empfehlung, als er Piet an diesem Tag untersuchte.

»Wir sollten deinen Sohn zur Ader lassen«, sagte Gaesbeeck. »Das neue Blut, das so in ihm entsteht, wird ihn ganz bestimmt wachsen lassen.«

Cees schaute sich unschlüssig in dem Behandlungszimmer um. Gegenüber an der Wand reihten sich in einem Regal die Bücher aneinander, vom Boden bis fast zur Decke. Ein Mann mit so vielen Büchern, dachte er, wird wohl wissen, was er tut. Trotzdem war ihm nicht wohl, als Gaesbeeck seinen Schröpfschnepper griff, mit dem er seine Patienten zur Ader ließ.

»Glaub mir, es ist das Beste für ihn«, sagte der Arzt. »Es tut nicht weh. Wir lassen ihn zur Ader, und dann sehen wir weiter.«

Wäre Gaesbeeck aufrichtig gewesen, hätte er wohl selbst große Zweifel an seinem Vorschlag angemeldet. Ein so kleines Kind war ihm in seiner langjährigen Praxis noch nie untergekommen. Er schätzte Piet auf nicht einmal fünfzig Zentimeter Körpergröße. Ein normal gewachsenes Kind seines Alters hätte fast doppelt so groß sein müssen. Groß an diesem Kind waren eigentlich nur seine Augen, was in Gaesbeeck den Verdacht nährte, der Junge sei dumm, vielleicht sogar schwachsinnig. Trotzdem behielt er seine Gedanken vorerst für sich. Der alte Kasdorp wäre bestimmt nicht begeistert, wenn ihm zu Ohren käme, dass er seinen Enkel für schwachsinnig hielt. *Sieh zu, was du machen kannst*, hatte er ihn vor ein paar Tagen im Vertrauen gebeten. Das wollte er auch gerne tun, aber in diesem speziellen Fall war er doch einigermaßen skeptisch, ob er überhaupt etwas ausrichten konnte.

»Meinen Sie wirklich, dass es nötig ist?«, fragte Cees, als der Arzt die blanken Klingen seines Schröpfschneppers mit einem Tuch sauber wischte.

»Lass mich nur machen. Und keine Sorge, es tut nicht weh. Schau mich an, Kleiner«, sagte er zu Piet.

Piet reagierte nicht. Er schaute nach links, auf die kleine Scheibe in dem Sprossenfenster.

»Brauchst keine Angst zu haben«, versuchte es Gaesbeeck noch einmal. »Es tut wirklich nicht weh.«

Piet beachtete ihn noch immer nicht. Gebannt schaute er auf das Glas. Gaesbeeck war mehr und mehr davon überzeugt, es mit einer durch und durch schwachsinnigen Kreatur zu tun zu haben. Ob es wohl am Überfluss des männlichen Samens gelegen hatte oder an einer nicht ausreichenden Menge davon? Der Arzt zog kurz in Erwägung, dass auch die reduzierte Größe des Uterus die Ursache gewesen sein könnte. Oder weil seine Mutter während ihrer Schwangerschaft womöglich zu lange mit übergeschlagenen Beinen dagesessen hatte. Vielleicht war auch der Samen des Vaters faul oder verdorben gewesen.

»Das Glas bricht«, sagte Piet, gerade als der Arzt sein Hemd nach oben schob und seinen Schröpfschnepper aufsetzen wollte. Er hatte ihm schon die Blechschüssel unter den Arm geschoben, damit sie das Blut auffangen würde.

»Was sagst du?«

»Das Glas im Fenster, es bricht«, sagte Piet.

Der Arzt unterbrach seine Arbeit kurz. Mitleidig schaute er Cees an. Armes Schwein, dachte er. So ein Kind will man nicht geschenkt bekommen. Aber auch diesen Gedanken sprach er nicht laut aus. Stattdessen wiederholte er nur ein weiteres Mal seinen Behandlungsvorschlag: »Wir lassen deinen Sohn jetzt zur Ader, und dann sehen wir weiter.«

Genau in diesem Moment, ohne dass ein Stein gegen das Fenster geflogen wäre, die Wände wackelten, die Erde bebte oder ein Schuss zu hören gewesen wäre, fiel das Glas klirrend zu Boden. Ohne jede erkennbare Ursache war die Scheibe entzweigebrochen. Entgeistert ließ Gaesbeeck seinen Schröpfschnepper sinken. Cees sprang von seinem Stuhl auf, fassungslos auch er und zugleich etwas beschämt, als träfe seinen Sohn eine Schuld an dem Malheur. Gesprungen war nur die kleine Scheibe ganz oben im rechten Sprossenteil des Fensters. Keine große Sache und auch nicht weiter schlimm. Trotzdem begann Cees augenblicklich damit, die Scherben vom Boden aufzusammeln.

»Lass nur«, sagte der Arzt. »Das ist jetzt nicht so wichtig.«

Zu Piet sagte er: »Woher wusstest du es?«

»Man konnte es sehen. Den kleinen Riss in der Scheibe, dünn wie ein Haar …«

»… schon gut, schon gut«, sagte der Arzt.

Er war überrascht, dass der Junge seine Worte so sauber artikulierte. Er hatte von ihm eher ein abgehacktes Stammeln erwartet, ein Stottern oder auch ein dummes Lallen.

»Du hast es also wirklich gesehen?«

»Ja«, sagte Piet.

Weil Gaesbeeck daran zweifelte, dass der Kleine die Wahrheit sagte und dieses kleine Malheur gewissermaßen vorhergesehen hatte, entschloss er sich zu einem spontanen Experiment.

»Wollen doch mal sehen, wie gut deine Augen sind«, sagte er. Er ging in die Küche und ließ sich von seiner Frau einen Löffel Salz geben. Zurück im Behandlungsraum, stellte er Piet in ungefähr vier Metern Entfernung vor seinem Tisch auf und bat ihn, sich umzudrehen. Dann streute Gaesbeeck etwas Salz auf den Tisch und trennte mit dem Zeigefinger genau fünf Körner von den anderen auf der Platte. Den Rest fegte er beiseite.

»So, jetzt darfst du dich wieder umdrehen«, sagte Gaesbeeck. »Was siehst du?«

»Zucker«, sagte Piet. »Nein, Salz«, korrigierte er sich.

Aber um Salz oder Zucker ging es Gaesbeeck nicht. »Wie viele Körner siehst du?«

Piet kniff die Augen zusammen und bewegte stumm seine Lippen. »Fünf«, sagte er dann. »Fünf Körner.«

Gaesbeeck glaubte nicht richtig zu hören. Kein Mensch konnte aus dieser Entfernung Salz von Zucker unterscheiden, geschweige denn die Zahl der Körner abzählen. Der Junge musste geraten haben. Er hatte wohl einfach nur Glück gehabt. So wie Gaesbeeck nicht an Magie, Zauberei oder Hexenwerk glaubte, glaubte er auch nicht daran, dass Piet die Salzkörner wirklich gezählt hatte. Für alles im Leben gab es eine vernünftige Erklärung. Und die einzige Erklärung, die sich in diesem Fall aufdrängte, war, dass der Junge bestimmt einfach nur drauflosgeraten hatte.

»Gut«, sagte Gaesbeeck. »Probieren wir es noch einmal.«

Wieder bat er Piet, sich umzudrehen, und streute erneut ein paar Körner Salz auf den Tisch.

»Wie viele Körner sieht du jetzt?«

Piet, der glücklicherweise schon bis hundert zählen konnte, sagte diesmal etwas schneller als zuvor: »Neun.«

Gaesbeeck schüttelte verblüfft den Kopf. Etwas derartig Sonderbares war ihm in seiner langjährigen Praxis noch nicht untergekommen. An einen Zufall wollte er jetzt nicht mehr glauben. Er verzichtete deshalb darauf, sein Experiment ein drittes Mal zu wiederholen. Er war nun beinahe sicher, dass der Junge auch dieses Mal richtiggelegen hätte. Er wusste nur nicht, wie er es anstellte. Natürlich, es gab da draußen Leute, die behaupteten, sie könnten vom Turm der Nieuwe Kerk bis hinüber nach Schiedam schauen. Das fand Gaesbeeck zwar ziemlich übertrieben, aber ein paar winzige Salzkörner aus vier Metern Entfernung abzuzählen, so, als handele es sich dabei um ein paar große Kieselsteine, war noch sehr viel erstaunlicher.

Ratlos blickte er in Piets große Augen. Wie konnte dieser kleine Kerl, dessen Gestalt ganz offensichtlich etwas missraten war, Dinge erkennen, für die jeder normale Mensch blind war? In Indien und noch ein ganzes Stück weiter in Papua-Neuguinea, das hatte Gaesbeeck im Wirtshaus mal von ein paar Seeleuten aufgeschnappt, sollten die Menschen angeblich die Augen von Falken verzehren, um ihre eigene Sehkraft zu stärken. Die gleichen Leute hatten ihm erzählt, dass die Männer in Persien blaue Glasperlen in die Mähnen ihrer Pferde knüpfen würden, damit sie besser sehen und schneller laufen könnten. Aber dieser kleine Kerl hatte bestimmt weder Falkenaugen gegessen noch blaue Glasperlen verschluckt.

Die Geschichten vom bösen Blick, der Kopfweh, verdorbene Mägen, Krämpfe, Ohnmacht und sogar Unfruchtbarkeit verursachen sollte, hatte Gaesbeeck bisher immer für dummes Geschwätz gehalten. Genauso wie die Geschichten von Hellsehern, die kommende Ereignisse angeblich voraussahen. Jetzt überlegte er zum ersten Mal, ob vielleicht doch etwas an diesen Geschichten dran sein könnte. Ob es Augen in dieser Welt gab, denen nichts verborgen blieb, so weitsichtig, dass sie einem sogar einen Blick in die Zukunft eröffneten. Augen, die das Brechen von Glas voraussehen konnten. Kassandra-Augen.

Nein, eigentlich wollte Gaesbeeck das nicht glauben. Trotzdem war er gerade Zeuge eines Ereignisses geworden, das er zuvor, hätte ihm jemand davon erzählt, genauso wenig geglaubt hätte. Zu Cees sagte Gaesbeeck an diesem Tag: »Es stimmt schon, dein Sohn ist wirklich nicht der Allergrößte. Aber seine Augen sind ein Wunder, auch wenn ich von Berufs wegen eigentlich nicht an Wunder glauben mag. Vielleicht ist seine Kleinwüchsigkeit einfach nur der Preis für seine außergewöhnliche Sehkraft. Wie du vielleicht weißt, hat das meiste in der Natur so seinen Preis. Vielleicht müssen wir ihn doch nicht zur Ader lassen.«

-9-

Während Gaesbeeck in seinem Behandlungszimmer noch darüber nachdachte, ob er vielleicht einen Bericht über diesen merkwürdigen Vorfall verfassen sollte (aber das tat er erst fünfundzwanzig Jahre später, als ihn Piet das zweite Mal in seinem Leben verblüffte), beeilte sich Cees, nach Hause zu kommen. Was ihm der Arzt da eben erzählt hatte, deckte sich ziemlich genau mit seinen eigenen Vorstellungen. Wenn sein Sohn auch nicht der Größte war, besaß er doch andere, nun sogar ärztlich attestierte Qualitäten. So war die Welt der Menschen doch eingerichtet, zumindest, wenn es halbwegs gerecht in ihr zuging. Des einen Gabe war des anderen Mangel. Die Starken lebten, um die Schwachen zu schützen, die Großen die Kleinen und die Weitsichtigen die Kurzsichtigen.

Maja saß mit ihrem Vater oben im Wohnzimmer. Cees stutzte kurz. Seit Kasdorp seinen Enkel nach der Geburt einmal flüchtig in Augenschein genommen hatte, war er nicht mehr bei ihnen gewesen. Und Cees hatte auch nichts unternommen, um daran irgendetwas zu ändern. Maja besuchte ihre Eltern noch immer regelmäßig, aber er selbst blieb dem Hause Kasdorp lieber fern. Das Verhältnis der beiden Männer, das von vornherein nicht das beste gewesen war, hatte sich mit Piets Geburt noch deutlich verschlechtert. Sie nickten sich auf der Straße stumm zu, wenn sie sich zufällig über den Weg liefen, mehr aber auch nicht.

Bestimmt will er hören, was der Arzt gesagt hat, dachte Cees. Bildet sich wohl ein, dass Gaesbeeck sein böses Urteil von der Familienschande teilt. Will hören, dass Piet ein Fehler der Natur sei, ein missratener Zwerg, oder was auch immer er sich in seinem kranken Hirn zusammenreimt. Will mal wieder rumstänkern, dieser alte Geldsack, und noch mehr Unfrieden stiften. Schon schlimm genug, dass ihm Maja mit Kasdorps Vorwürfen ständig in den Ohren lag. Aber gut, sollte er doch ruhig erfahren, was Gaesbeeck zu sagen hatte. Dann würde er schon hören, dass Piet nichts fehlte. Dann würde er vielleicht endlich sein großes Schandmaul halten und sie alle drei in Frieden lassen.

Cees verzichtete darauf, Kasdorp zu begrüßen. »Ihr irrt euch, wenn ihr glaubt, dass Piet krank sei«, sprudelte er gleich drauflos. »Ihr irrt euch sogar ganz gewaltig. Er ist etwas Besonderes, unser Sohn. Der Arzt ist aus dem Staunen gar nicht mehr herausgekommen.«

»Glaub ich gerne«, sagte Kasdorp. »Wer würde über deinen Sohn nicht staunen?«

»Spar dir deine Bemerkung und lass mich ausreden. Der Arzt sagt, er sei noch nie einem so scharfsichtigen Menschen begegnet. Er sagt, Piets Augen grenzten an ein Wunder. Er kann Dinge sehen, für die wir alle blind sind. Er kann sie sogar voraussehen.«

»Hört, hört«, spottete Kasdorp, »kleinwüchsig ist er, humpeln tut er, und jetzt ist er auch noch ein Hellseher. Es wird Zeit, dass wir einen Zirkus für ihn finden.«

»Jetzt reicht's«, schrie Cees. »Du verlässt jetzt besser unser Haus. Was ich mit deiner Tochter zu bereden habe, geht nur sie und mich etwas an. Raus.«

Kasdorp blinzelte Cees böse an. Er erhob sich von seinem Stuhl, tätschelte väterlich Majas Hand, rückte seinen breitkrempigen Hut zurecht und sagte dann betont langsam zu Cees: »Pass auf, was du sagst, Korbmacher. Ich hab dich gewarnt.« Damit verließ er das Zimmer und dann auch das Haus.

»Spinnst du?« Maja sprang vom Tisch auf. »Du kannst meinen Vater doch nicht des Hauses verweisen.«

»Solange er sich dermaßen danebenbenimmt, kann ich das sehr wohl.«

»Bist du jetzt von allen guten Geistern verlassen? Hast du vergessen, wem wir dieses Haus verdanken?«

»Aber jetzt hör doch erst mal zu, Maja. Ich will dir doch nur erzählen, was Gaesbeeck gesagt hat.«

»Ich hab genug gehört. Was soll ich mit einem scharfsichtigen Zwerg? Ich will einen Sohn, der wächst, mehr nicht.«

»Aber hör doch. Er hat ein paar winzige Salzkörner aus vier Meter Entfernung abgezählt, als seien es große Kieselsteine. Erst fünf, dann neun. Er ist etwas ganz Besonderes.«

»Ja, das ist er ohne Zweifel. Er ist ein Zwerg mit einer Stimme, die mir in den Ohren wehtut. Das ist er.«

»Du tust ihm unrecht. Er ist dein Sohn. Du solltest ihn lieben.«

»Er ist hässlich.«

»Nein, er ist nicht hässlich. Er ist nur ein bisschen anders als andere Kinder.«

»Was hat der Arzt sonst noch gesagt?«

»Dass alles in der Natur seinen Preis habe. Dass er zwar nicht der Allergrößte sei, dafür aber mit außergewöhnlicher Scharfsichtigkeit gesegnet ist.«

»Das meine ich nicht. Hat er gesagt, dass er noch wächst?«

»Maja, er wird schon noch wachsen.«

»Er ist eine Schande, eine Schande für unsere ganze Familie.«

»Für deinen Vater vielleicht. Aber nicht für mich.«

»Wie konntest du nur? Du hast ihn wie einen Bettler aus dem Haus geworfen. Ich hasse dich.«

Cees schaute Maja traurig an. Natürlich, im Streit warf man sich manchmal Dinge an den Kopf, die einem hinterher leidtaten. Schon häufiger hatten sie in letzter Zeit miteinander gestritten, aber doch noch nie so heftig. Hatte sie denn alles vergessen, was zwischen ihnen gewesen war? Die Windmühlen, gegen die sie aus lauter Übermut angepustet hatten, damit sich ihr Glück noch etwas schneller drehte? Die Kerzen am Bett? Und auch die Eisblumen, die er für sie im Winter jeden Morgen an die Fenster gekratzt hatte? Was war nur aus ihrer Liebe geworden? Es brauchte doch nur so wenig, um ein Kind wie Piet glücklich zu machen. Der Junge war doch kein Möbelstück, das man zurückgab, nur weil seine Füße etwas wackelten. Cees wollte noch immer nicht wahrhaben, dass Maja zu jener Sorte Frauen zählte, denen Äußerlichkeiten offenbar über alles gingen. Er liebte sie noch immer wie am ersten Tag, aber ihr kaltes Mutterherz enttäuschte ihn. Und jetzt stellte sie also auch noch den Rest infrage. *Ich hasse dich*. So etwas sollte man nicht sagen, selbst nicht im Zorn.

»Maja, er ist ein guter Junge. Warum kannst du deinen Sohn nicht lieben?«

»Diese Missgeburt, wie soll ich diese Missgeburt lieben können?«

»Er ist dein Fleisch und Blut, vergiss das nicht.«

»Mein Fleisch und Blut? Nein, er ist *dein* Fleisch und Blut. Mein Vater hatte schon recht, als er mich davor warnte, mich mit dir einzulassen. Die Nachbarn tuscheln hinter meinem Rücken. Er ist eine Schande. Hörst du? Er ist eine Schande für unsere Familie.«

»*Wir* sind deine Familie.«

»Erinnere mich besser nicht daran. Ich würde mich glücklich schätzen, es zu vergessen.«

»Gott hat uns dieses Kind geschenkt. Du solltest dich über sein Geschenk freuen.«

»Ich kann mich aber nicht darüber freuen. Ein hässliches Geschenk ist er. Die Leute spotten über ihn, sie lachen über seine roten Haare. Und hinken tut er auch noch. Wäre er doch bloß nie auf die Welt gekommen. Ich verfluche den Tag seiner Geburt.«

»Dann verfluchst du auch mich.«

»Und wenn schon!«

»Maja …«

Piet, der sich die ganze Zeit über still im Hintergrund gehalten hatte, schlich aus dem Zimmer. Während seine Eltern noch unten stritten, humpelte er leise die Treppe nach oben und kroch in sein Bett. Er war jetzt nicht mehr ganz so stolz auf sich wie gerade eben noch, als er mit seinem Vater nach Hause gekommen war. Er hatte gehofft, dass sich seine Mutter endlich einmal freuen würde, ihn vielleicht sogar loben, so, wie andere Mütter ihre Kinder lobten, wenn sie ein kleines Kunststück vollbracht hatten. Aber gute Augen waren offenbar nicht das, was seine Mutter von ihm erwartete.

Piet wäre an diesem Tag sehr viel lieber stark und groß gewesen als klein und scharfsichtig. Ohnehin hatte er sich auf seine Gabe nie besonders viel eingebildet. Es war für ihn normal, die Welt zu sehen, wie er sie sah. Wenn andere Menschen in einem Tannenzweig nur den Tannenzweig erkannten, brach sein Blick sogleich auf die nächstkleinere Einheit herunter. Er sah jede Tannennadel einzeln vor sich und konnte innerhalb von Sekundenbruchteilen sagen, wie viele Nadeln in welcher Länge auf den Zweigen wuchsen. Auch das fand er völlig normal. Seine Augen waren für ihn wirklich nichts Besonderes. Und er wusste ja auch noch nicht, dass ihm seine Augen schon bald sein junges Leben retten würden.

-10-

Piet starrte an die Decke, als sein Vater ins Zimmer kam.

»Was gibt's da oben zu entdecken?«

»Nichts.«

»Nun sag schon, irgendetwas siehst du doch da oben an der Decke.« Cees bedauerte, dass Piet die hässlichen Worte seiner Mutter hatte mitanhören müssen. Solche Worte weckten böse Träume, und er wollte nicht, dass seinen Sohn böse Träume plagten. Schon schlimm genug, dass er selbst in letzter Zeit kaum noch schlief. »Also sag schon, was gibt es da oben zu entdecken?«

»Nichts weiter, nur einen kleinen Schatten.«

»Es tut mir leid«, sagte Cees. »Deine Mutter …«

»Warum bin ich klein?«

»Du bist nicht zu klein.«

»Aber Mutter sagt das.«

»Hör nicht auf sie, sie meint es nicht böse.«

»Doch, sie ist böse auf mich.«

»Das bildest du dir bloß ein. Im Grunde ihres Herzens liebt sie dich. Manchmal sagt man Dinge, die man nicht so meint.«

Cees wusste sehr genau, dass das eine Lüge war. Aber die Wahrheit, die er selbst nicht wahrhaben wollte, wollte er auch seinem Sohn nicht zumuten.

»Pass auf«, sagte er, »wir machen jetzt da drüben einen Strich an die Wand. Und dann kannst du jeden Tag beobachten, wie du größer wirst.«

Piets Miene hellte sich jetzt etwas auf. Er sprang aus dem Bett und stellte sich kerzengerade mit dem Rücken gegen die Wand, damit sein Vater den ersten Strich machen konnte.

»Dann können wir auch Mutter zeigen, dass ich größer werde«, sagte er.

»Ja, das machen wir. Und jetzt ab mit dir ins Bett.«

»Erzähl mir noch eine Geschichte«, bettelte Piet. »Erzähl mir die Geschichte von Jakob. Vom Vogel, dem beim Fliegen immer schwindelig wurde.«

»Die hast du doch schon so oft gehört.«

»Trotzdem.«

Als Cees mit seiner Geschichte an diesem Abend zum Ende kam, hüpfte Piet noch einmal aus dem Bett und stellte sich mit dem Rücken vor den Strich gegen die Wand. Cees lächelte und machte einen zweiten Strich. »Sieht du«, sagte er. »Ein kleines Stückchen bist du in der letzten halben Stunde schon gewachsen. Und jetzt wird endlich geschlafen.«

Von diesem Tag an machte Cees jeden Morgen einen neuen Strich für Piet an die Wand. Noch ein paar Mal wollte er dabei ein wenig schummeln, um ihm Mut zu machen. Aber mit der Zeit fiel Piet nicht mehr darauf herein. Früher, da hatte er sich immer vorgestellt, dass er eines Tages wie ein Spargel in die Luft schießen würde, von einem Tag auf den anderen. Nach irgendeiner Nacht, aus der man erwachte und plötzlich groß und erwachsen war. Aber mittlerweile glaubte er das nicht mehr. Mit fünf Jahren maß Piet gerade mal sechsundfünfzig Zentimeter. Normal für sein Alter wäre noch immer das Doppelte gewesen. Die Liebe seiner Mutter war mit den Strichen an der Wand für ihn nicht zu gewinnen.

Wenn Piet tagsüber durch das Haus schlich, sah er zu, dass er sich möglichst unsichtbar machte. Auch sein Vater kam nun immer später von der Arbeit nach Hause. Früher war er von seiner Werkstatt am Vesteplein in die Hippolytusbuurt gerannt, um Maja möglichst schnell wieder in seine Arme schließen zu können. Aber mittlerweile kehrte er auf seinem Heimweg immer häufiger im Delfter Hof ein, um seine Traurigkeit in ein paar Bier und ein paar Schnäpsen zu ertränken. Dort im Delfter Hof, an einem Tisch in der hintersten Ecke, führte er dann seine besoffenen Selbstgespräche. Was war nur aus ihrer Liebe geworden? Wer hatte Maja ihr Mutterherz gestohlen? Wie konnte sie nur vergessen, was zwischen ihnen gewesen war? Er hatte es mit Trost versucht, mit Zuspruch und auch mit Heiterkeit, aber es wollte ihm einfach nicht gelingen, Majas Liebe zurückzugewinnen.

Die paar Bier und die paar Schnäpse, die Cees sich am Abend gönnte, bevor er nach Hause torkelte, machten die Sache nicht besser. Maja verschloss bald die Tür ihres Schlafzimmers, und Cees gewöhnte sich daran, unten in der Kammer zu schlafen. Ihr gemeinsames Glück, das ein so großes gewesen war, währte nicht sehr lange. Über der Liebe ihrer frühen Tage lag nun der *Schatten der Schande,* wie es Maja nannte.

Unbekümmert war Cees eigentlich nur noch, wenn er mit Piet am Sonntag in ihren Garten aufbrach. Draußen, vor den Stadttoren von Delft, besaß Cees ein kleines Stück Land. Jeden Sonntag spazierte er mit Piet vorbei am Haus der Ostindischen Kompanie und dann vor bis zum Klaeushofje, wo die unverheirateten Frauen der Römisch-Katholischen lebten. Hand in Hand gingen sie zwischen den zwei Türmen des mächtigen Stadttors hindurch und erreichten so ihren Garten im Norden. Alles in allem brauchten sie für den Weg nur knapp eine halbe Stunde, aber er führte sie an einen Ort, an dem die Welt für Vater und Sohn noch in Ordnung war.

Sie setzten sich dann erst einmal auf die Bank vor dem alten Schuppen und hörten dem Rauschen der Blätter zu. Manchmal half Piet seinem Vater bei der Gartenarbeit, aber am liebsten lag er bäuchlings auf der Wiese im Schatten des großen Apfelbaums und betrachtete das Leben zwischen den Grashalmen. Stundenlang konnte er die Ameisen dabei beobachten, wie sie durch den Untergrund krochen.

Eines Sonntags, als er seinen Vater mal wieder in den Garten begleitet hatte und nun neben ihm auf der Bank vor dem Schuppen saß, fragte Piet: »Vater, wo schlafen die Ameisen eigentlich? Haben sie Betten wie wir?«

Cees lachte. Er lachte so befreit, wie er schon lange nicht mehr gelacht hatte. »Ob sie Betten haben? Ganz ehrlich, ich weiß es nicht. Aber ich weiß, dass sie Hügel bauen. Dorthin bringen sie alles, was sie gebrauchen können. Tannennadeln und kleine Zweige und ähnliche Dinge. Diese Hügel sind ihre

Häuser. Und wenn ich mich nicht täusche, dann schließen sie am Abend sogar ihre Türen ab.«

»Ehrlich?«

»Wenn ich es dir doch sage.«

»Und wo schlafen die Ameisen in unserem Garten? Ich sehe hier keine Hügel.«

»Dann wohnen sie bestimmt woanders. Vielleicht sind sie nur auf der Durchreise.«

Damals fing es an, dass sich Piet in die Welt des Kleinen und Allerkleinsten flüchtete. Weil in der großen Wirklichkeit für ihn nicht viel zu gewinnen war, schärfte er seinen Blick für das scheinbar Nebensächliche. Im Garten vor der Stadt beobachtete er die Bienen dabei, wie sie von einer Blüte zur nächsten schwirrten. Er bewunderte den weiten Sprung der Heuschrecken und fragte sich, warum die Panzer der Marienkäfer mal mit zwei, mal aber auch mit zehn Punkten gezeichnet waren. Ihn verblüffte die Tatsache, dass die Feuerwanzen am Apfelbaum so rot leuchteten, dass selbst die reifen Äpfel dagegen verblassten. Er hätte gern gewusst, wie es die Wasserläufer wohl fertigbrachten, mit trockenen Beinen über die Regenpfützen zu kommen. Und warum die Schnecken ihre Fühler einzogen, noch bevor er sie mit seinem Finger überhaupt berührte. Am Abend, wenn er mit seinem Vater nach Hause ging, schielte er noch einmal zu den Glühwürmen hinüber, die weißgelb über dem Dunkel des Grases leuchteten.

Am meisten aber beschäftigte Piet die Frage, wo die Ameisen in ihrem Garten denn nun tatsächlich schliefen. So sehr er auch danach Ausschau hielt, nie konnte er eine schlafende Ameise im Gras entdecken. Und deshalb stand er eines Mittags dann auch unvermittelt in der Werkstatt seines Vaters am Vesteplein.

»Was willst du denn hier?«, fragte Cees.

»Ich will nicht zu Hause bleiben. Ich bin lieber bei dir. Kann ich ein bisschen bleiben?«

»Natürlich kannst du bleiben.« Cees verstand seinen Sohn nur zur gut. Er selbst wollte am Abend ja auch oft nicht mehr nach Hause gehen, wenn er im Delfter Hof mal wieder ein paar Genever zu viel gekippt hatte. »Willst du uns helfen?«

»Ich würde gern etwas bauen.«

»Nur zu. Nimm dir, was du brauchst, und setz dich da hinten an den Tisch. Und nachher zeigst du mir, was du gebaut hast.«

Die drei Gesellen unterbrachen kurz ihre Arbeit, dann widmeten sie sich wieder stumm den Körben, die sie zwischen ihren Knien flochten. Auf dem Boden neben ihren niedrigen Hockern lagen die Weidenzweige; auf den Tischen daneben die Messer und Scheren, die Schlageisen und die Prime, mit denen sie die Löcher in die Äste bohrten. Piet saß noch einen Moment unentschlossen am Tisch. Dann suchte er sich aus der Werkstatt zusammen, was er für nötig hielt. Kleinste Zweige, winzigste Holzspäne und auch etwas Sägemehl. Er nahm sich die kleinsten Werkzeuge, die er finden konnte, und schnitzte aus den Zweigen und Spänen noch kleinere Zweige und Späne. Dann stapelte er alles sauber vor sich auf und rieb die Oberflächen der Hölzer mit seinem Daumennagel glatt. Er merkte kaum, wie die Zeit verging.

»Und, was hast du Schönes gebaut?« Die Gesellen hatten die Werkstatt schon verlassen, als Cees seinem Sohn auf die Schulter tippte.

Piet deckte schnell ein Tuch über seine Arbeit.

»Nein, noch nicht«, sagte er. »Erst, wenn es fertig ist. Darf ich morgen wiederkommen?«

»Natürlich darfst du wiederkommen. Du kannst kommen, wann immer du willst.«

Und so ging Piet von nun an jeden Tag in die Korbmacherwerkstatt seines Vaters. Jeden Abend versteckte er seine Arbeit unter dem Tuch und versprach seinem Vater, ihm alles zu zeigen, wenn er fertig wäre. Die Gesellen erledigten ihre Arbeit wie immer, nur dass sie draußen im Hof nun manchmal die Köpfe zusammensteckten.

»Er trinkt zu viel«, sagt Martijn, der älteste der Gesellen.

»Ja, du hast recht«, stimmte ihm Per zu. »Aber wenn ich ehrlich bin, wäre ich selbst mit einem solchen Sohn geschlagen, würde ich wohl auch trinken.«

Die folgenden Tage vergingen wie die vorherigen. Zur Mittagszeit tauchte Piet in der Werkstatt seines Vaters auf, setzte sich nach hinten an seinen Tisch und arbeitete, bis die Gesellen und auch sein Vater Feierabend machten. Nach einer Woche war Piet endlich fertig. Cees fegte gerade noch den Boden von den Weidenresten sauber.

»Fertig für heute?«, rief er hinüber zu Piet.

»Ja, fertig. Willst du es sehen?«

»Natürlich will ich es sehen. Du spannst mich ja schon die ganze Woche auf die Folter.«

Zunächst sah Cees nicht viel. Nur ein paar winzige Holzstückchen, kaum größer als Brotkrumen. Er ging in die Hocke und betrachtete das Werk seines Sohnes aus nächster Nähe. Die Gegenstände waren von so filigraner Machart, dass sie durch ein Nadelöhr gepasst hätten. Nur mit größter Mühe konnte Cees überhaupt etwas erkennen. Die Seitenteile, wenn er sich nicht täuschte, schienen zum Ende hin leicht nach oben geschwungen, und das Kopfteil, wenn es sich denn darum handeln sollte, ragte um eine Winzigkeit über das Maß am Fußende hinaus. Die Oberflächen der Hölzer waren so glatt poliert, als seien sie gerade aus der Werkstatt eines Instrumentenbauers gekommen.

»Meinst du, es passt?«, fragte Piet. »Meinst du, jetzt können die Ameisen auch in unserem Garten schlafen?«

Erst in diesem Augenblick begriff Cees voll und ganz, was ihm sein Sohn da eigentlich zeigte. Betten, nachempfunden den Schlafstätten der Menschen, aber so miniaturhaft verkleinert, dass ihre Form selbst einem sehr aufmerksamen Betrachter leicht entging. Aus den Beinen toter Stubenfliegen hatte Piet Decken gewoben, gefüllt mit Staubkörnern, leichter noch als Daunenfedern. Und mit seinem eigenen Wimpernhaar als Pinsel hatte er die Betten lackiert, damit sie glänzten wie die Möbel im Hause Kasdorp.

Es war ein kleines Wunder, das Piet in dieser einen Woche vollbracht hatte, auch wenn die Augen seines Vaters bei Weitem nicht ausreichten, um die Vollkommenheit seines Werkes in Gänze zu begreifen. Ein Mensch, der ein Auge für solche Kleinigkeiten besitzt, dachte Cees, muss ein sehr großes Herz haben.

»Ja, es passt«, sagte er zu seinem Sohn. »Jetzt können die Ameisen in ihren eigenen Betten schlafen. Glaub mir, du wirst mal ein ganz Großer.«

-11-

Piet stand auf dem Turm der Nieuwe Kerk, während das Schicksal in der Hippolytusbuurt seinen Lauf nahm. Es war einer dieser Sonntage, an dem er mit seinem Vater eigentlich wie so oft in ihren Garten vor den Toren der Stadt hatte aufbrechen wollen. Aber das ging jetzt nicht mehr. Nie wieder.

Schon häufiger hatte sich Piet auf den Turm der Kirche geflüchtet, wenn er traurig war und seine Eltern mal wieder miteinander stritten. Aber so niedergeschlagen wie heute war er nie zuvor in seinem Leben gewesen.

Ein paar Mal schon hatte ihn der Kirchdiener Heijn Drooten hier oben auf dem Kirchturm erwischt und ihn an seinen Ohren dann über die steile Treppe nach unten gezogen. Piet hatte die Gelegenheit genutzt, als Drooten wie jeden Morgen seine Runde um das Gotteshaus drehte. Schnell war er ins Innere der Kirche geschlüpft und die dreihundertsechsundziebzig Stufen nach oben gelaufen. Er hoffte, der Ausblick vom Turm könne ihn vielleicht trösten.

Früher hatte das schon häufiger geklappt. Mit etwas Abstand war das Leben leichter zu ertragen. Damals glaubte Piet noch an Gott. Er stellte sich gerne vor, wie der Allmächtige wohl von seinem Himmelsthron auf die Welt herunterschauen würde, von irgendwo dort oben aus den Wolken. Was mochte Gott dann wohl denken, wenn er die Menschen so rastlos durch ihr Leben hetzen sah? Würde er über sie lachen, wie sie sich da unten mühten und plagten, als gäbe es kein Morgen und auch keinen Tod?

Piet war erst fünf Jahre alt, aber die Gedanken, die er sich an diesem frühen Morgen machte, gingen weit über die Gedanken eines Fünfjährigen hinaus. Es war nicht nur seine überaus präzise Beobachtungsgabe, die ihn schon als Kind auszeichnete, sondern auch die Schlussfolgerungen, die er daraus zog. Seine Fantasie reichte schon damals sehr viel weiter als die von so manchem Erwachsenen. Er stellte sich auf die Zehenspitzen und blickte über die Brüstung des Kirchturms auf die Dächer seiner Geburtsstadt. Wie klein die Menschen von hier oben doch aussahen. Oft, wenn Piet früher auf dem Turm gestanden hatte, fühlte er sich versöhnt mit seinem eigenen Schicksal. So wichtig, wie sich die Allergrößten da unten nahmen, waren sie im Grunde genommen doch gar nicht. Was war denn schon der Unterschied zwischen der Geschäftigkeit der Ameisen und den angeblich so sehr viel wichtigeren Angelegenheiten der Menschen? Sie bestellten ihre Äcker, um zu essen. Sie webten ihre Decken, um sich zu wärmen. Und sie fütterten ihre Schweine, damit sich die Wiederkehr des immer Gleichen auf ewig wiederholte. Man konnte den Menschen von hier oben sogar auf ihre Köpfe spucken. Ob Gott, wann immer er es auf die Erde regnen ließ, den Menschen wohl auf ihre Köpfe spuckte?

Piet schaute in den Himmel. Oft konnte er alles andere vergessen, wenn er die flüchtigen, so überaus flüchtigen Geschichten betrachtete, die ihm die Wolken erzählten. Figuren, die nur in seiner Fantasie existierten oder in den Märchen seines Vaters, spielten am Himmel für ihn Theater: Einhörner, Elfen und natürlich auch Jakob, der Vogel, dem beim Fliegen immer schwindelig wurde. Im Licht der untergehenden Sonne sah er manchmal feuerspeiende

Drachen am Horizont miteinander ihre Kräfte messen. Es gab Wolken, die erinnerten ihn an Schiffe, deren Segel sich stolz im Wind blähten. Und andere, die sahen aus wie Ringe aus Rauch, die ein besoffener Matrose mit seiner Pfeife in die Luft schmauchte. Zeitweilig, wenn ganz viele kleine Wolken am Himmel standen, träumte er von blauen Wiesen, gesprenkelt mit weißen Wolkenblumen. Und manchmal dachte er dann auch an eine Herde Schafe, die da oben fröhlich vor sich hin blökten.

Aber an diesem frühen Morgen trösteten ihn auch die Geschichten nicht, die ihm die Wolken an ihren guten Tagen manchmal erzählten. Bleiern schwer lag der Himmel über der Stadt, eintönig und grau. Piet fühlte sich erbärmlich. Geweint hatte er in den vergangenen Stunden schon so viel, dass er nun ganz leer von Tränen war. Tief bekümmert sackte er mit dem Rücken an die Turmbrüstung gelehnt auf seinen Hintern. Er fürchtete, wenn er jetzt gleich wieder nach unten stieg, auf den berühmten Boden der Tatsachen, dann würde für ihn alles noch sehr viel schlimmer werden.

Piet fischte nach der kleinen Schachtel in seiner Hosentasche. Ganz vorsichtig faltete er das Papier auseinander, mit dem die Schachtel umwickelt war. Ein paar Worte hatte sein Vater auf das Papier gekritzelt. Piet zählte die Worte nun bestimmt schon zum hundertsten Mal. Genau sechzehn Worte waren es, die ihm sein Vater hinterlassen hatte. Piet konnte jetzt schon an einem Stück bis tausend zählen, aber er konnte bis auf seinen eigenen Namen, der über den sechzehn Worten in Großbuchstaben stand, noch immer nicht lesen.

Behutsam faltete Piet das Papier wieder zusammen und nahm die Holzfigur aus der Schachtel. Sie war kaum größer als ein Daumennagel und aus einem dunkelbraunen Stück Holz geschnitzt. Die Oberfläche war so glatt wie die Haut einer Kastanie. Dort, wo eigentlich die Arme hätten sein müssen, hatte die Figur Flügel. Piet rieb über das kleine Stück Holz und roch daran. Die Figur, die für ihn wie ein kleiner Engel aussah, roch nach dem Apfelbaum in ihrem Garten. Was wollte ihm sein Vater wohl damit sagen? Warum hatte er es bloß getan?

Dass sein Vater in jüngster Zeit oft betrunken gewesen war, auch wenn er das vor ihm immer zu verbergen trachtete, war Piet nicht entgangen. Er ahnte auch, dass seine Mutter Schuld daran trug. Er wusste ja selbst, wie weh ihre Worte taten. Böse Worte hatte sie seinem Vater entgegengeschleudert, wenn sie unten im Haus miteinander stritten. Auch wenn Piet noch ein Kind war und nichts wusste von den tiefen Wunden, die sich Männer und Frauen manchmal beibrachten, spürte er doch instinktiv, dass nur die Verzweiflung seinen Vater so weit hatte treiben können. Trotzdem: Was sollte denn jetzt aus ihm werden?

Piet faltete noch einmal das Stück Papier auseinander. Wenn er doch bloß schon lesen könnte. Vielleicht stand dort ja die Antwort auf all seine Fragen.

-12-

»Er muss verschwinden«, keuchte Kasdorp außer Atem, noch bevor er die Tür zur Sakristei hinter sich schloss.

»Natürlich, aber Sie werden verstehen, dass wir ihn nicht christlich beerdigen können.«

»Das ist mir egal. Und das meine ich doch auch gar nicht. Der Zwerg muss weg.«

»Setzen Sie sich doch erst mal.«

Der Pfarrer Johannes Jüttner war bereits über alles im Bilde. So schnell Kasdorp auch zur Nieuwe Kerk gelaufen war, das Gerücht, es habe sich etwas Schlimmes in der Hippolytusbuurt ereignet, war noch etwas schneller unterwegs gewesen.

Gegen neun Uhr hatten sie Cees van Leeuwen tot in seiner Kammer aufgefunden, zwei Stunden nachdem Piet seinen Vater hatte wecken wollen, um mit ihm wie jeden Sonntag in den Garten vor den Toren der Stadt aufzubrechen. Sein Hemd war blutgetränkt, und das Messer steckte tief in seiner Brust. Es bestand kein Zweifel daran, dass er von eigener Hand gestorben war. Maja überflog die an sie gerichtete Notiz, die auf dem Tisch vor dem Fenster lag, neben einer halb geleerten Flasche Schnaps: *Ich war mit deiner Liebe der glücklichste Mann der Welt. Aber ohne sie kann ich nicht mehr leben.*

Die Haushälterin wollte noch um Hilfe rufen, aber Maja sagte bloß: »Lass nur, der braucht keinen Arzt mehr. Lauf lieber schnell zu meinem Vater.«

Die bitteren Tränen, die Maja an diesem Morgen vergoss, galten nicht der arme Seele ihres Mannes, sondern mal wieder nur ihr selbst. Brachte Cees also noch einmal Schande über sie. Es war noch nicht so lange her, da hatte man Selbstmörder wie ihn gleich lebenden Verbrechern zum Schandanger geschleift, um sie dort gleich noch einmal zu töten – durch Aufhängen, Enthaupten oder Zerschmettern der Gliedmaßen. Wieder einmal würden sich die Leute jetzt also über ihre Familie das Maul zerreißen. Man würde Cees ohne jede Zeremonie im Boden verscharren. Ohne Beten, Singen und Glockenläuten, ohne die Segnung des Grabes und auch ohne jede Predigt. Irgendwo an der Nordseite des Friedhofs, dort, wo die ungetauften Kinder lagen, würden sie seinen Leichnam mit dem Kopf nach unten in die Erde senken.

»Er stiehlt sich einfach so davon und lässt mich mit seiner Missgeburt allein«, schluchzte Maja, als ihr Vater sie an diesem Morgen tröstend in die Arme schloss.

»Keine Sorge, mein Kind, ich kümmere mich jetzt um alles.«

Weil Kasdorp sehr genau wusste, dass sich das meiste im Leben mit etwas Geld regeln ließ, darunter vor allem die lästigen Dinge des Daseins, wollte er auch diese Angelegenheit mit ein paar Gulden aus der Welt schaffen. Und so war er schnell hinübergelaufen zur Nieuwe Kerk, um mit dem Pfarrer alles Erforderliche zu besprechen.

Kasdorp schnaufte noch immer. Schnelles Laufen tat ihm nicht gut. Er hatte Hitzeflecken auf den Wangen und wischte sich mit seinem Taschentuch über die feuchte Stirn, als er vor dem kleinen Sakristeitisch des Pfarrers Platz nahm. Jüttner hatte schon den Ornat für den Mittagsgottesdienst übergeworfen, der in einer Viertelstunde beginnen sollte.

»Also noch einmal«, sagte Kasdorp, »er muss weg. Er muss möglichst schnell aus der Stadt verschwinden. Ich kann Ihnen versprechen, es wäre nicht zum Schaden der Kirche.«

Jüttner ging nicht auf seine Bemerkung ein. »Es tut mir aufrichtig leid, was passiert ist«, sagte er. »Auch wenn es natürlich eine große Sünde ist.«

»Es muss Ihnen nicht leidtun. Bestimmt ist es sogar besser so. Meine Tochter hätte sich nie mit ihm einlassen dürfen.«

»Erleichtern Sie ruhig Ihr Gewissen, mein Sohn.«

»Ich bin nicht hier, um mein Gewissen zu erleichtern. Obwohl, vielleicht kann man es so auch nennen. Auf jeden Fall muss er weg. Und ich dachte, Sie könnten mir in dieser kleinen Angelegenheit vielleicht behilflich sein.«

»Die Kirche hilft allen, denen geholfen werden muss.«

»Ich will nicht, dass Sie es umsonst tun. Ich weiß, dass Sie die Fenster der Kirche schon lange erneuern wollen.«

Kasdorp schob einen prall gefüllten Lederbeutel über den Tisch. In Gegenwart des Pfarrers, das gebot ihm sein Anstand, sprach er nicht von Geld, sondern lieber von einer kleinen Spende. »Nur eine milde Gabe«, sagte er. »Damit das Licht künftig noch etwas schöner in unser Gotteshaus fällt.«

»Sehr freundlich von Ihnen. Gott wird es Ihnen danken. Aber nun sagen Sie mir doch bitte erst einmal, womit die Kirche Ihnen helfen kann.«

»Drücke ich mich denn so unverständlich aus? Es geht mir um seinen Sohn.«

»Sie meinen Ihren Enkel?«

Jüttner wusste sehr genau, dass Kasdorp dieses Wort selbst nie in den Mund genommen hätte. Niemals hätte er Piet als seinen Enkel bezeichnet, auch wenn er natürlich der einzige Sohn seiner Tochter war. Der Pfarrer schätzte den Inhalt des Lederbeutels vor sich ab. Kasdorp war kein Mann, der sich lumpen ließ. Aber vielleicht ließ sich der Preis ja auch noch ein wenig in die Höhe treiben. Jüttner sah es mit leichtem Vergnügen, wie sich der Brauereibesitzer beim Wort *Enkel* wand.

»Ich bin kein Unmensch«, sagte Kasdorp. »Ich will nur, dass er verschwindet. Vielleicht könnte man ihn ja auf eine Art Schule schicken, möglichst weit weg von hier. Sie haben doch bestimmt Verbindungen. Ich würde natürlich für alle Kosten aufkommen.«

»Natürlich. In Deventer gibt es eine ganz hervorragende Schule. Seit einiger Zeit führt dort ein neuer Rektor das Regiment. Ich kenne ihn zwar nicht persönlich, aber sein Vorgänger hat mit mir in Leiden studiert. Ich bin sicher, dass er seine Nachfolge auf das Trefflichste geregelt hat.«

»Deventer ist gut. Das ist weit genug weg.«

»Vor allem ist die Stadt ist ein Zentrum von Kultur und Wissenschaft. Wussten Sie, dass Lebuin, der liebe Freund, dort schon vor beinahe tausend Jahren eine Kirche gegründet hat? Und dass man in Deventer schon vor hundertfünfzig Jahren Bücher druckte? Der Utrechter Bischof hatte dort zeitweise seinen Sitz. Und selbst Erasmus von Rotterdam, Sie wissen schon, der weise Mann, der einmal geschrieben hat, die Menschen würden nicht als Menschen geboren, sondern erst zu solchen erzogen, hat dort eine höhere Schule besucht.«

»Das alles ist mir völlig egal, wenigstens ist es weit genug weg von hier. Ich habe nur eine Bedingung.«

»Bedingungen sind nicht gerade das, worüber wir in der Kirche gerne verhandeln. Unser Glaube ist bedingungslos, und so sollte auch unser Handeln sein. Aber gut, wenn wir schon so reden. Welche Bedingungen haben Sie denn, mein Sohn?«

»Nennen Sie mich nicht Ihren Sohn. Ich bin ein gottesfürchtiger Mann, das wissen Sie, aber ich bin nicht Ihr Sohn. Lassen wir also dieses dumme Gerede.

Und um auf meine Bedingungen zurückzukommen: Wenn Sie diesen Lederbeutel hier annehmen wollen, was mich wirklich glücklich machen würde, dann will ich, dass kein Wort diesen Raum verlässt. Niemand in Deventer darf jemals erfahren, in welcher Beziehung dieser unwürdige Zwerg zu meiner Familie steht. Wenn Sie ihn für mich nach Deventer schaffen, dann als eine Art Findelkind der Kirche, oder was immer Sie für richtig erachten. Wie gesagt, ich bin bereit, für die Schule zu zahlen, aber nur, wenn Sie mir versprechen, dass jegliche Verbindung zu meiner Familie für immer gekappt wird.«

Um seiner Forderung Nachdruck zu verleihen, schob Kasdorp noch einen zweiten Lederbeutel über den Tisch.

»Machen Sie sich keine Sorgen«, beschwichtigte ihn Jüttner. »Das lässt sich unter Umständen regeln.«

»Morgen?«

»Schon morgen?«

»Ja, gleich morgen in der Früh. Noch lieber sogar heute.«

Jüttner zögerte. »Nein, heute nicht mehr. Aber morgen, das könnte gehen. Ich werde den Kirchendiener instruieren, dass er Ihren Enkel … entschuldigen Sie, also diese Angelegenheit in unserem Sinne regelt. Er könnte ihn morgen früh nach Deventer bringen. Wie gesagt, es ist eine ganz hervorragende Schule. Und auch die Stadt ist eine wirklich gute Wahl. Selbst Erasmus von Rotterdam …«

»… schon gut, schon gut«, unterbrach Kasdorp den Pfarrer. Er stand auf und wandte sich zum Gehen. Die zwei prall gefüllten Lederbeutel ließ er auf dem Tisch liegen. »Dann haben wir uns ja verstanden«, sagte er. »Also morgen früh in der Hippolytusbuurt. Ich werde mit ihm vor dem Haus warten.«

-13-

»Wann?«

»Morgen früh, noch vor Tagesanbruch.«

»Schon morgen?« Drooten war nicht begeistert, als ihm Jüttner nach dem Mittagsgottesdienst eröffnete, er solle Piet nach Deventer schaffen. Aber weil der Pfarrer ihm erzählte, die Kirche würde für diese kleine Gefälligkeit neue, prächtige Buntglasfenster erhalten, und auch, weil er die Vorstellung, dass dieser grässliche Zwerg aus Delft dann endlich verschwunden sei, durchaus angenehm fand, erklärte sich Drooten dann doch bereit, die Reise auf sich zu nehmen.

Gern tat er es nicht. Es fiel ihm schwer, die Nieuwe Kerk zu verlassen, auch wenn es nur ein Abschied für ein paar Tage war. Am Abend vor seiner Abreise strich er langsam an den zwölf Säulen im Chor entlang, die auf die zwölf Apostel verwiesen, und drehte eine andächtige Runde um die großen Stützpfeiler im Kirchenschiff, die an die sechzehn Propheten erinnerten. In den zehn Jahren, die er nun schon in der Nieuwe Kerk seinen Dienst tat, hatte Drooten seine Kirche nicht für einen Tag verlassen. Als Kind hatte er hier seine eigene Taufe empfangen. Es war nicht gut, einen solchen Ort zu verlassen.

Alles Unglück dieser Welt, so kam es Drooten manchmal vor, rührte im Grunde genommen nur daher, dass der Mensch nicht bleiben wollte, wo er geboren war. Am Grab des Prinzen von Oranje hockte er für ein Weilchen neben dem Hund nieder, der in Marmor geschlagen zu dessen Füßen lag. Die Leute erzählten sich, der treue Hund habe nach dem Tod seines Herrn das Fressen verweigert und sei wenige Tage nach Willem gestorben. Drooten strich dem Tier über den Kopf. »Guter Hund«, murmelte er leise vor sich hin.

Dann schaute er hoch zu den Fenstern, durch die das Licht fahl ins Innere der Kirche fiel. Er malte sich die bunten Scheiben aus. Er dachte an grünes, rotes, blaues und violettes Glas und auch an all die Heiligen, die man in den Fenstermosaiken verewigen würde. Das ist es wert, dachte Drooten.

Noch im Dunkeln bestieg er am nächsten Morgen eine Kutsche am Gasthuislaan. Die Stadt war noch nicht erwacht. Nur ein paar Möwen hüpften über die Gassen und pickten nach Abfällen. Kasdorp stand mit Piet schon vor der Haustür und wartete ungeduldig. Seinen Vater hatte Piet nicht mehr zu Gesicht bekommen. Die Totengräber hatten seine Leiche schon fortgeschafft, als er zurück ins Haus geschlichen war. Ohne jede weitere Erklärung hatte Kasdorp ihn oben in seine Kammer gesperrt und ihn bis zum Morgen dort alleingelassen.

Piet schwante nichts Gutes, als die Kutsche um die Ecke bog. Doch als Kasdorp den Wagenschlag öffnete, sah er seine schlimmsten Befürchtungen sogar noch übertroffen. Nie und nimmer hätte er erwartet, dass der Kirchendiener Heijn Drooten ihn abholen würde. Dass mit dem Mann nicht zu spaßen war, hatte Piet schon oft genug am eigenen Leib erfahren. Tagelang taten ihm seine Ohren weh, wenn ihn Drooten mal wieder oben auf dem Kirchturm erwischt und wie einen räudigen Köter aus dem Gotteshaus gezerrt hatte.

»Dann mal los«, sagte Kasdorp und hievte Piet auf die Bank ihm gegenüber. »Alles wie besprochen«, raunte er Drooten zu. Das war das Letzte, was Piet von dem Mann hörte, der sein eigener Großvater war.

Noch bevor die Kutsche das Oostpoort erreichte und Fahrt in Richtung Gouda aufnahm, biss sich Piet vor lauter Angst die Lippen blutig. Was würde nun mit ihm geschehen? Wo fuhren sie überhaupt hin? Und was hatte dieses *Alles wie besprochen* zu bedeuten? Würde der Kirchendiener ihm jetzt gleich den Hals umdrehen? Würde er ihn an irgendeiner Ecke aus der Kutsche werfen und seinem Schicksal überlassen? Oder zu einem dieser Gaukler bringen, die auf den Jahrmärkten Elefantenmenschen und Zwerge ausstellten? Das hatte ihm seine Mutter schließlich oft genug angedroht.

Der Kirchendiener schwieg. Piet schaute aus dem Kutschenfenster. Birken und Weiden wiegten im Herbstwind ihre Äste; Krähen krächzten über den Äckern. Kuttengleich und als würden sie Unheil verkünden, segelten sie mit ihrem schwarzen Gefieder über das platte Land. Vereinzelt sah Piet ein paar Bauern die Reste ihrer Ernte einbringen, aber die meisten der Felder lagen schon brach und verlassen da. Das Land wartete bereits auf den Winter.

Sie passierten Dörfer und überquerten Kanäle, die das Land wie Adern durchfurchten. Sie fuhren vorbei an Windmühlen, Ställen und Heuschobern. In seiner Hosentasche fühlte Piet die kleine Holzfigur seines Vaters. Er ließ seinen Daumen über das polierte Holz gleiten. Irgendwie gab ihm das Kraft.

Sie fuhren den ganzen Tag und auch die ganze Nacht hindurch, ohne dass der Kirchendiener ein einziges Wort sprach. Ein paar Mal ließ er den Kutscher halten, um sich die Beine zu vertreten oder gegen einen Baum zu pinkeln. Am Morgen erreichten sie Utrecht, wo der Kutscher die Pferde zum dritten Mal wechselte. Durch das Droschkenfenster sah Piet den Dom zu seiner Rechten. Der Turm ragte noch höher in den Himmel als der Turm der Nieuwe Kerk. Zwei quadratische Geschosse bildeten den luftigen Abschluss. Man konnte durch den Turm glatt hindurchschauen. Ganz oben an der Spitze brannten Kerzen in einer großen Laterne. Sonderbar, dachte Piet. Ein Kirchturm mit einem Leuchtfeuer obendrauf. Ob Gott wohl ein Leuchtfeuer brauchte, um sein eigenes Haus zu finden?

Während sich der Kutscher noch mit den Pferden beschäftigte, brach sich Drooten zum Frühstück einen Kanten Brot ab und stopfte sich ein Stück Käse in den Mund. Auch Piet warf er einen Brocken Brot zu, absichtlich so tief, dass er kaum zu fangen war. Drooten hätte es gerne gesehen, wenn sich Piet wie ein Hund auf dem Boden danach hätte bücken müssen, doch Piet fing den Brocken Brot ohne jede Schwierigkeit. »Fängst ja, wie der Teufel seine Seelen schnappt«, sagte Drooten verächtlich. Dann schwieg er wieder.

Je länger sie fuhren, desto mehr fürchtete Piet, dass am Ende des Wegs nichts Gutes auf ihn warten würde. Immer wieder musste er an die Käfige denken, in denen man auf den Jahrmärkten angeblich Zwerge ausstellte. Jede Erklärung wäre weniger schlimm gewesen als diese Ungewissheit. Wenn der Kutscher an einer Weggabelung seine Fahrt etwas verlangsamte, überlegte Piet mehrmals, ob er vielleicht einfach nach draußen springen sollte. Er verwarf den Gedanken aber jedes Mal wieder. Er wäre auf seinen kurzen Beinen sowieso nicht weit gekommen.

Erst weit hinter Appeldoorn, nach einem weiteren Tag und einer weiteren Nacht, sagte Drooten endlich etwas. In der Nacht zuvor hatte er geschnarcht und Piet kein Auge zugemacht.

»Weißt du eigentlich, was einem Selbstmörder wie deinem Vater blüht?«, fragte er. »Man wird ihn kopfüber in die Erde senken. An der Nordseite des Friedhofs bei den ungetauften Kindern wird man ihn verscharren. Er wird nie in den Himmel schauen. Seine Seele wird die Hölle immer vor Augen haben.«

Als die Kutsche auf einer kleinen Anhöhe gleich hinter Deventer, vor einem Tor, das eine hohe Backsteinmauer teilte, endlich stoppte, war Piet regelrecht erleichtert. Zumindest würde er nun erfahren, was sie mit ihm vorhatten.

-14-

Drooten stieg aus der Kutsche und hämmerte gegen das Holztor. Es dauerte eine Weile, bis ein Mann von unbestimmtem Alter öffnete. Sein Gesicht war unter einer grauen Kapuze verborgen. Er sah aus wie ein Bettelmönch. Mit ausgestrecktem Arm wies er dem Kutscher den Weg, um seine Pferde auszuspannen und zu tränken.

»Komm schon«, sagte Drooten. Er packte Piet am Arm und zog ihn aus der Kutsche. Der Graugekittelte war schon ein paar Schritte vorausgegangen. Wie ein Verurteilter humpelte Piet zwischen den beiden Männern über den gepflasterten Weg bis vor zum Hauptgebäude. Links stand eine kleine Kirche, daneben duckten sich zwei flache Nebengebäude. Der Graugekittelte ging zügig voran. Piet hatte Mühe, mit ihm Schritt zu halten. Im Rücken spürte er Drootens austreckte Hand. »Nun geh schon.«

Der Mann, der aussah wie ein Bettelmönch, stand bereits am Eingang des Hauptgebäudes. Er hielt die Tür geöffnet und wies mit einem stummen Kopfnicken den Weg. Das Erste, was Piet von dem Gebäude wahrnahm, war der Moder. Es roch nach altem Stein und Wasser, so, als wäre hier drinnen schon sehr lange nicht mehr gelüftet worden. Über den Vorraum erreichten sie einen kleinen Kreuzgang. In der Mitte stand ein grob gemauerter Brunnen. Die Pfeiler, die den Bogengang trugen, waren schlicht und sandsteinfarben. Auf der rechten Seite gingen mehrere Türen ab. Eine fiel Piet besonders auf. Sie war nicht braun wie die anderen, sondern schwarz lackiert, und auf ihren Türflügeln links und rechts prangten zwei kleine, goldene Kreuze.

Am Ende des Kreuzgangs nahmen sie die Treppe in den ersten Stock. Sie liefen bis ganz zum Ende des Ganges, vorbei an mehreren Zimmern, bis sie eine Tür erreichten, die ebenfalls schwarz lackiert und mit zwei goldenen Kreuzen geschmückt war. Der Graugekittelte räusperte sich, bevor er klopfte. Dann verschwand er kurz hinter der Tür, kam aber sogleich wieder zurück. Mit einer weiteren stummen Geste hielt er Drooten die Tür auf und wartete mit Piet draußen auf dem Gang.

Sie stecken mich in ein Kloster, dachte Piet. Er hätte den Graugekittelten gerne gefragt, aber er traute sich nicht. Noch nicht einmal seine Nasenspitze lugte unter der grauen Kapuze hervor. Sie standen knapp fünf Minuten stumm auf dem Gang, bis sich die Tür erneut öffnete und Piet hineingerufen wurde. Mit ein paar schnellen Blicken erfasste er den Raum. Ein hagerer Mann stand hinter einem Tisch aus dunklem Holz, mit spitzer Nase und einem leicht verhungerten Gesichtsausdruck. Sein Mund war so schmallippig wie ein dünner Kreidestrich. Er trug schwarzes Tuch, nicht aber das Gewand eines Priesters.

Auf dem Tisch vor ihm lag ein prall gefüllter Lederbeutel, daneben ein aufgeschlagenes Buch mit einer nach unten hin abgeflachten Glaskugel darauf. Im Hintergrund ein Regal mit Büchern. Rechts ein kleiner Beistelltisch mit drei Stühlen. Was den Raum über alles hinweg auszeichnete, war der Jesus, der hinter dem Tisch an der Wand hing. Nicht, dass Piet beim Anblick des Gekreuzigten normalerweise zusammenzuckte. Er fand das Bildnis zwar jedes Mal etwas bedrückend, aber es jagte ihm gewöhnlich keinen Schrecken ein. Nur dieser Jesus hier wirkte grausamer entstellt als alle Darstellungen, die er von dem Gottessohn jemals gesehen hatte. Seine Gesichtszüge waren so schmerzverzerrt wiedergegeben, als würde er gerade jetzt sterben.

Der hagere Mann kam langsam auf ihn zu und stupste ihn gegen die Brust. »Du also bist Piet van Leeuwen.«

Er roch säuerlich aus dem Mund. Wenn sich die Abneigung darin äußert, dass man einen anderen Menschen nicht riechen kann, dann konnte Piet diesen Mann von Anfang an nicht riechen.

»Ja«, sagte er.

»Ich bin Florens Radewijns. Aber du wirst immer nur Rektor zu mir sagen.«

Drooten stand an der Seite des Tischs und sagte nichts. Der Rektor begutachtete Piet von Kopf bis Fuß.

»Weißt du, dass Gott die Menschen in eine Gruppe Auserwählter und Nichtauserwählter geteilt hat? Die Auserwählten unter uns sind für die göttliche Erkenntnis bestimmt und dürfen nach der Auferstehung das ewige Leben erwarten. Die anderen aber bleiben zeitlebens unwissend und sind verdammt für die ewige Hölle. Was glaubst du wohl, zu welcher Gruppe du gehörst?«

Piet schaute betreten zu Boden. Dieser Mann musste ihm seine Feindschaft nicht erst ausdrücklich erklären. Jedes seiner Worte war voll des Missfallens.

»Du wirst auf meiner Schule lernen«, fuhr der Rektor unbeirrt fort, »dass dich nur die Gnade Gottes retten kann. Du wirst bei mir lernen, welcher Platz auf der Welt der für dich angemessene ist. Und du wirst ... Hörst du mir überhaupt zu?«

Piet hatte seinen Kopf mittlerweile so weit zu Boden gesenkt, dass er den säuerlichen Atem des Rektors nicht mehr riechen musste. Radewijns ging vor ihm in die Knie, fasste ihn leicht am Kinn und sagte dann mit erhobenem Zeigefinger: »Du musst mir immer gut zuhören. Hörst du?«

»Ja«, sagte Piet.

»Nur die Gnade Gottes kann dich retten. Und ein bisschen vielleicht auch meine Wenigkeit. Aber dazu musst du mir gehorchen. Hast du das verstanden?«

»Ja.«

»Dann kannst du jetzt gehen.«

Piet verließ das Zimmers des Rektors mit einem mulmigen Gefühl. Und noch am gleichen Abend erfuhr er, dass ihn dieses Gefühl auch keineswegs täuschte.

-15-

»So, und jetzt erzählst du mir die ganze Geschichte.«

Radewijns deponierte den Geldbeutel zufrieden in seiner Schublade und bot Drooten den Stuhl ihm gegenüber an.

»Da gibt es nicht viel zu erzählen. Eigentlich habe ich Ihnen ja schon alles gesagt.

»Kannst ruhig du zu mir sagen. Wir betrachten uns hier als Brüder. Schon der Tradition des Hauses wegen. Du musst wissen, noch vor ein paar Jahrzehnten haben hier die Fraterherren gelebt. Durchaus anständige Männer, die ein keusches Leben führten. Ein bisschen davon wollen wir unseren Schülern vermitteln, auch wenn wir mit Calvin fest davon überzeugt sind, dass alles Beten nichts hilft, wenn man nicht zur Gruppe der Auserwählten zählt.«

»Stimmt es eigentlich, dass er unter Hämorrhoiden litt?«

»Wer?«

»Calvin. Ich weiß ja nicht sehr viel über ihn, aber unser Pfarrer in Delft behauptet das. Er meint, Calvin sei ein herrschsüchtiger Mann gewesen, skrupellos und vom Ehrgeiz zerfressen.«

»So ein Blödsinn. Calvin ist der Gerechteste unter den Gerechten. Dass er so früh starb, ich glaube, er war gerade etwas über fünfzig, kann nur den Grund haben, dass Gott ihn sehr früh in seiner Nähe haben wollte. Weißt du, was das Großartigste an ihm war?«

»Was?«

»Dass er zeitlebens nur ein Buch brauchte, um die Wahrheit zu erkennen. Er hat immer nur die Bibel gelten lassen. Alles andere war ihm egal. Die Schriften all der Zweifler, die schon in seiner Zeit mit ihren Gedanken die Welt verpesteten, von der Unendlichkeit der Welt schwafelten und auch davon, dass sich die Erde um die Sonne drehen würde. Was meinst du, wer wird wohl besser über die Welt Bescheid wissen? Der Schöpfer, der alles in sechs Tagen erschaffen hat, oder diese angeblichen Rechenkünstler, die ein paar Zahlen auf ihr Papier schmieren und dann verkünden, die Erde würde sich wie ein Kreisel drehen?«

»Ich glaube natürlich an das Wort Gottes.«

»Das ist sehr weise von dir, und nichts anderes hat auch Calvin gelehrt. Glaub mir, eines Tages wird noch einer von diesen Quacksalbern daherkommen und behaupten, Gott sei tot.«

»Ich bin nur ein einfacher Kirchendiener. Aber das kann ich mir nicht vorstellen.«

»Ich fürchte, wir sind davon gar nicht mehr so weit entfernt. Manche von diesen Gelehrten, wie sie sich selbst nennen, behaupten ja schon, wir müssten uns Gott als eine Art Uhrmacher vorstellen. Ich bitte dich, ein Uhrmacher! Morgen werden sie uns erzählen, er sei ein Kaufmann. Oder ein Metzger. Oder ein Schweinehirt. Weißt du, was mit den Menschen dann passieren wird? Sie werden keinen Anfang mehr kennen und auch kein Ende. Man wird ihnen einreden, dass ihr Wille frei sei, alles Unmögliche zu denken. Und dann werden diese armen Leute die göttliche Gnade verlieren und auch das ewige Leben. Und das alles nur, weil sie ständig nach dem *Wie* statt nach dem *Warum* fragen. Weil sie unbedingt wissen wollen, *wie* dieses oder jenes funktioniert, statt sich damit zu begnügen, *warum* es funktioniert. Denn darauf kann es doch nur eine Antwort geben. Aber wir schweifen ab. Also Heijn Drooten, was hat es mit diesem Zwerg nun eigentlich auf sich?«

»Wie schon gesagt, er ist so eine Art Findelkind der Kirche.«

»Du willst mir also erzählen, dass man ihn euch eines Tages einfach so vor die Tür gelegt hat?«

»So ungefähr.«

»Und einen Sack voller Gulden noch dazu, hm?«

»Nun ja.«

»Hör zu, Heijn Drooten. Ich will nicht zweifeln, auch nicht an deinen Worten. Jeder Zweifel ist mir zuwider. Weißt du, was das hier ist?«

Vorsichtig nahm Radewijns den abgeflachten Glasstein von dem Buch vor sich und legte ihn auf ein samtenes Tuch daneben. Weil seine Augen nicht mehr die allerbesten waren, bediente er sich bei seiner Lektüre des Glases, um die Buchstaben auf ein für ihn erträgliches Maß zu vergrößern. Radewijns klappte das Buch zu und schlug mit der flachen Hand darauf.

»Das hier ist ein Buch voller Zweifel. Mir wird übel, wenn ich es lese, aber man muss seine Feinde studieren, um sie bekämpfen zu können. Du willst doch nicht mein Feind sein, oder?«

»Gott bewahre.«

»Dann wecke nicht den Zweifel in mir. Weißt du, was dieser Mann in seinem Buch behauptet? Er schreibt, man solle an allem zweifeln, was man je gehört habe. Er geht sogar so weit, zu behaupten, man solle seinen eigenen Wahrnehmungen misstrauen. Das musst du dir mal vorstellen. Ich meine, wenn es regnet, wird man nass, oder? Was gibt es daran zu zweifeln? Warte, ich will dir etwas vorlesen.«

Radewijns schlug das Buch auf, blätterte ein paar Seiten hin und her, bis er die richtige Stelle gefunden hatte. »Hier, da schreibt er: *Zweifel ist der Weisheit Anfang*. Er führt die Leute an der Nase rum, dieser Tagedieb. Er macht sich lustig über uns, wenn er behauptet, dass kein Ding auf dieser Welt besser verteilt sei als der gesunde Menschenverstand. Dieser Schwindler meint ernsthaft, dass nur wer zweifelt, auch denkt. *Cogito ergo sum*, schreibt er. Ich frage dich, wo bleibt der Glaube, wenn die Menschen alles in der Welt bezweifeln sollen?«

»Nun ja«, sagte Drooten. »Wie schon gesagt, ich bin nur ein einfacher Kirchendiener. Ich habe all diese Bücher nicht gelesen. Aber ich glaube, damit hast du wohl recht.«

»Weißt du, was ich mit diesem Buch machen werde? Ich werde es unserer Köchin geben. Seite für Seite soll sie herausreißen und das Feuer in ihrem Herd damit schüren.«

Radewijns versank kurz in Gedanken. So viele Bücher hatte er der Köchin nun schon gegeben, damit sie ihr Herdfeuer damit anfachte. Die Schriften von Nikolaus von Kues, diesem glatzköpfigen Pfründenjäger, mit dem das ganze Unheil seinen Lauf genommen hatte, weil er die Unendlichkeit des Universums postulierte. Auch die Schriften des Erasmus von Rotterdam, von Nikolaus Kopernikus und Giordano Bruno hatte er, gleich nachdem er sie gelesen hatte, allesamt zum Verfeuern bestimmt. Erasmus war für ihn ein selbstverliebter Narr, Kopernikus ein Hurenbock, der bekanntlich ein unsittliches Verhältnis zu seiner Haushälterin unterhalten hatte, und dieser Giordano Bruno ein Schweinepriester, wie er im Buche stand. Was war schon von einem Mann zu halten, der die Schriften des altehrwürdigen Hieronymus in die Latrine geworfen hatte? Es war nur recht und billig, dass die Inquisition einen solchen Mann unter dem Grölen des Volks auf dem Scheiterhaufen verbrannt hatte. Und deshalb war es auch nur gerecht, dass er seine Schriften nun der Köchin gab, damit sie im Herdfeuer verbrannten.

»Entschuldige bitte«, sagte Radewijns, »wo waren wir doch gleich? Ach ja. Wir sprachen über den Zweifel. Also dieses Buch hier ist voll davon. Es wird mir ganz übel, wenn ich es lese. Ich verabscheue den Zweifel. Nur die Schriften Calvins erfrischen jedes Mal aufs Neue meine Seele. Da gibt es keinen Zweifel, kein Vielleicht und auch kein Möglicherweise. Da gibt es nur eine Gruppe von Menschen, die auserwählt ist für die göttliche Erkenntnis, und eine andere, die auf ewig verdammt bleibt. Da gibt es kein Lob der Torheit, keine Unendlichkeit des Universums und auch keine Erde, auf der einem ja ziemlich schwindelig werden müsste, wenn sie sich tatsächlich drehen würde. Glaub mir, der Zweifel ist keine menschliche Zierde. Nur im Glauben an das Unabänderliche drückt sich wahre Weisheit aus. Kannst du diesen Gedanken mit mir teilen?«

»Vollkommen.«

»Das ist gut. Denn wenn wir über den Zweifel einer Meinung sind, will ich deinen Worten Glauben schenken und keinen Argwohn hegen. Ich habe nur nachgefragt, weil du dich eben etwas unscharf ausgedrückt hast. Du sagtest, er sei *so eine Art* Findelkind der Kirche. Deine Formulierung ließ mich für einen Moment zweifeln. Entschuldige bitte.«

»Ich muss mich entschuldigen, dass ich mich etwas unklar ausgedrückt habe.«

»Du willst also ernsthaft dabei bleiben, dass er ein Findelkind der Kirche ist? Mit einem Sack Gulden im Gepäck? Heijn Drooten, verkauf mich bitte nicht für dumm.«

-16-

Piet wurde vor der Tür des Rektors schon erwartet. Neben dem Graugekittelten stand ein Junge, ungefähr in seinem Alter, vielleicht auch ein bisschen älter. »Komm mit, ich werde dir alles zeigen«, sagte er.

Der Graugekittelte nickte stumm, drehte sich um und ließ sie allein auf dem Flur zurück.

Piet war sich nicht ganz sicher, ob das Lächeln, das ihm der Junge schenkte, freundlich gemeint war. Er hatte bisher nicht die besten Erfahrungen mit Jungen seines Alters gemacht – auch wenn er zu Hause in Delft kaum einmal mit Gleichaltrigen in Berührung gekommen war. Die wenigen Male jedoch hatten ihm gereicht. Erst vor ein paar Wochen, als er aus der Werkstatt seines Vaters zurück nach Hause in die Hippolytusbuurt gelaufen war, hatten ihn ein paar Jungen auf der Straße angesprochen. Er war ihnen vertrauensselig in einen der Hinterhöfe gefolgt. Und dann war er es gewesen, mit dem die Jungen ihr böses Spiel trieben. Es stimmte nicht, dass Kinder und Betrunkene immer die Wahrheit sagen. Betrunkene vielleicht, das wusste Piet nicht so genau, aber Kinder ganz gewiss nicht. Sie waren gemein und niederträchtig. Sie hatten ihn so lange zwischen sich hin und her geschubst, bis er eine üble Platzwunde am Kopf davongetragen hatte, von den vielen blauen Flecken gar nicht zu reden.

Mehr als einmal hatte Piet in Delft aus sicherer Entfernung beobachtet, wie die Kinder kalt lächelnd ihren kleinen Grausamkeiten nachgingen, Regenwürmer in der Mitte zerteilten, Fröschen die Beine ausrissen und Jungvögel aus den Nestern hoben, um ihnen die Flügel zu brechen. Einfach so, aus purem Vergnügen. Oder vielleicht auch aus Neugierde, um zu erkunden, was mit der gequälten Kreatur geschah, wenn man ihr die Beine ausriss. Solche Späße waren nichts für Piet. Und die Vorstellung, dass er nun womöglich mit einer Horde Gleichaltriger in einen Schlafsaal gesperrt wurde, behagte ihm ganz und gar nicht.

Abschätzend schaute Piet den fremden Jungen an. Alles an ihm strahlte eine beinahe schon unverschämte Gesundheit aus. Seine blauen Augen waren so klar wie Quellwasser, seine Augenbrauen bogengleich geschwungen, die Lippen voll und sein Haar sandfarben. Seine Haut erinnerte an frisch gebackenes Brot. Er war bestimmt zwei Köpfe größer als er selbst, aber das war ja eigentlich fast jeder Junge seines Alters. Am auffälligsten jedoch fand Piet etwas anderes. Er hätte es nicht genau benennen können. Aber irgendetwas an diesem Jungen drückte eine dermaßen große Selbstzufriedenheit aus, als wäre die Welt um ihn herum nur zu seinem persönlichen Vergnügen eingerichtet worden. Piet hatte das unbestimmte Gefühl, dass ihm dieser Junge selbst noch mit dem Schatten, den er warf, himmelweit überlegen war.

»Ich bin Jan Karlmann. Aber eigentlich nennen mich hier alle nur Karlmann«.

Noch immer lag ein leichtes Lächeln in seinem Blick.

Piet gab ihm die Hand. »Wer ist das?«, fragte er.

»Du meinst Graukittel?«

»Ja, wer ist das?« Piet schaute dem Graugekittelten hinterher, wie er am Ende des Flurs die Treppe nach unten stieg und aus ihren Augen verschwand.

»Der Schuldiener. Seinen richtigen Namen kennt keiner von uns. Ist auch nicht so wichtig. Wir nennen ihn *Graukittel*, warum, sieht du ja selbst. Oder auch *Leisetreter*, weil er sich lautlos wie eine Katze von hinten anschleichen kann. Manche von uns sagen auch *Pockengesicht* zu ihm. Deshalb trägt er die Kapuze. Seine Wangen sind mit Narben übersät. Andere nennen ihn *das Faktotum,* weil er dem Rektor wie ein Hund aus der Hand frisst. Manchmal sagen wir auch *die rechte Hand Gottes* zu ihm. Oder einfach nur *das Übel*. Aber du musst dich vor ihm nicht fürchten. Jedenfalls nicht, solange du dich an Radewijns' Gesetze hältst.«

»Was für Gesetze?«

»Dafür, dass ich noch nicht einmal deinen Namen kenne, stellst du ziemlich viele Fragen auf einmal.«

»Ich heiße Piet. Piet van Leeuwen.«

»Und woher kommst du?«

»Aus Delft.«

»Das ist ziemlich weit weg. Warum gehst du nicht dort zur Schule?«

»Weil …« Piet stockte.

»… schon gut, wir müssen nicht darüber reden. Du kannst es mir später erzählen, wenn du willst. Komm, ich zeige dir jetzt erst einmal die Schule.«

Unten, auf der Westseite des Kreuzgangs, öffnete Karlmann nacheinander zwei Türen. In dem ersten Raum standen karge Bänke mit Tischen davor. Der andere Raum war ebenso spartanisch eingerichtet, nur mit dem Unterschied, dass dort ein Pult etwas erhöht auf einer Art Podest stand. Einige Bücher lagen aufgeschlagen auf dem Tisch.

»Das ist das Skriptorium«, erklärte Karlmann. »Hier unterrichtet nur der Rektor. Die anderen Lehrer halten ihre Stunden in dem Raum nebenan ab.«

»Was ist der Rektor für ein Mann?«, fragte Piet.

»Ich weiß schon, was du meinst. Er stinkt ein bisschen aus dem Mund, nicht wahr?«

»Ja.«

Karlmann grinste hämisch. »Er stinkt nach verrottetem Aal, oder?«

»Ja.«

»Du hast recht, aber das behältst du besser für dich. Ich glaube, er selbst ahnt gar nichts davon. Wenn er es selbst riechen würde, wäre ihm doch den ganzen Tag über kotzübel, oder? An manchen Tagen, da riecht er ganz normal, und an anderen, da stinkt er so säuerlich aus seinem Mund wie …«

»…. wie Katzenpisse.«

Karlmann lachte noch einmal. »Auch das behältst du besser für dich. Man kann mit Radewijns auskommen. Du musst ihm nur alles glauben, was er sagt. Dann lässt er dich in Ruhe.«

»Was muss ich ihm glauben?«

»Am liebsten erzählt er uns, dass alles vorherbestimmt sei. Dass es unter den Menschen eine Gruppe Auserwählter und Nichtauserwählter gebe. Das predigt er uns eigentlich jeden Tag. Er sagt uns immer, wer zweifelt, der zweifelt auch an Gott. Und dass im Himmelreich kein Platz für all die Zweifler sei. Nur die wahren Gläubigen verdienten das ewige Leben.«

»Was ist mit den anderen Lehrern?«

»Die wirst du der Reihe nach schon kennenlernen. Ehrlich gesagt, pflegt hier ein jeder seine kleinen Absonderlichkeiten. Aelst unterrichtet Rhetorik. Er hält sich selbst für einen großen Dichter und schreibt langatmige Verse, die er uns auswendig lernen lässt. Van der Graede ist die meiste Zeit besoffen, und Spreuen, er unterrichtet Mathematik, wird dir mit Sicherheit einbläuen, dass eins und eins im Leben nicht immer zwei ergibt. Aber im Grunde genommen ist die Schule erträglich. Außerdem ist bald Winter, und wir müssen nicht mehr raus, um Rüben und Kartoffeln zu ernten. Du musst wissen, die Gartenarbeit gehört hier zum Unterricht. *Wer nichts sät*, sagt Radewijns immer, *der soll auch nichts ernten.*«

»Wo sind eigentlich die anderen Schüler?«

»Die sind schon alle oben im Schlafsaal. In einer Stunde ist Bettruhe.«

»Gibt es denn nichts mehr zu essen?«

Piet war von durchaus genügsamem Charakter. Aber er hatte einen Riesenhunger. Bis auf das Stück Brot, das ihm Drooten wie einem Hund zugeworfen hatte, hatte er in den vergangenen Tagen nichts gegessen.

»Heute gibt's nichts mehr«, sagte Karlmann. »Aber vielleicht hat einer der Jungs oben im Schlafsaal noch einen Kanten Brot gehortet. Oder vielleicht sogar ein Stück Käse. Komm.«

Sie gingen hinüber zur Ostseite des Kreuzgangs, vorbei an der Küche und dem Speisesaal, den Karlmann für Piet kurz öffnete. Drinnen standen zwei lange, grob gezimmerte Tische mit Bänken davor. Abgetrennt durch eine halbhohe Mauer sah Piet noch zwei kleinere runde Tische mit Stühlen. Daneben eine Durchreiche, hinter der die Küche lag. Über dem Herd hingen die Töpfe und Pfannen von der Decke. Es roch nach Kohl und verbrannten Zwiebeln. Sie gingen den Kreuzgang weiter bis zum Vorderhaus, vorbei an der lackierten Flügeltür mit den goldenen Kreuzen.

»Was ist hinter dieser Tür?«, fragte Piet. »Sie sieht anders aus als die anderen.«

»Das ist jetzt nicht so wichtig. Komm, ich zeige dir unseren Schlafsaal.«

Piet stoppte vor der Tür und drückte vorsichtig die Klinke nach unten. Sie war verschlossen. Auch Karlmann blieb jetzt stehen.

»Das solltest du besser nicht tun.«

»Warum ist diese Tür verschlossen?«

»Du stellst wirklich ziemlich viele Fragen auf einmal. Diese Tür öffnet sich nur zu bestimmten Gelegenheiten. Ich bin mir sicher, du wirst noch früh genug erfahren, was es mit diesem Raum auf sich hat. Aber vielleicht wäre es dir dann lieber, du hättest nicht hinter diese Tür geblickt.«

»Dann sag mir besser vorher, was mich dahinter erwartet.«

»Sagen wir mal so, es gibt an dieser Schule gewisse musikalische Darbietungen. Nicht sehr häufig, aber immer mal wieder. Der Rektor setzt die Konzerte an. Er lädt immer nur eine bestimmte Anzahl von Schülern dazu.«

»Warst du schon einmal dabei?«

»Nein, bisher nicht. Aber alle Schüler, die schon einmal das Vergnügen hatten, sagen, dass einem die Musik danach noch sehr lange in den Ohren klingt.«

Piet bückte sich leicht nach vorn. Er wollte nur kurz durch das Schlüsselloch linsen.

»Lass das«, sagte Karlmann. »Vor dieser Tür muss uns niemand sehen.«

»Was heißt das?« Piet befühlte die zwei kleinen goldenen Kreuze auf den Türflügeln und fuhr mit seinen Fingern den Schriftzug darunter ab. »Was heißt das?«

»Du kannst kein Latein?«

»Nein, ich kann noch nicht lesen, weder Latein noch Holländisch.«

»*Ad maiorem Dei gloriam* steht da. Das heißt *zur höheren Ehre Gottes*. Und jetzt komm endlich weiter.«

»Gibt es noch mehr Geheimnisse an dieser Schule?«

»Nein, keine großen Geheimnisse. Jeder Tag gleicht so ziemlich dem anderen. Der Morgen beginnt mit einer kurzen Andacht in der Kapelle, danach folgt der Unterricht, dann das Essen, dann wieder Unterricht. Im Sommer etwas Gartenarbeit, im Winter Holz sammeln. Aber bevor du mir jetzt weiter Löcher in den Bauch fragst, wird es langsam Zeit, dass du mir auch ein bisschen mehr von dir erzählst. Was ist mit deinen Eltern?«

Vielleicht lag es nur daran, dass Karlmann ihn wie seinesgleichen behandelte. Er schien keinen Anstoß an ihm zu nehmen, redete ganz normal und machte sich auch nicht lustig über ihn. Aber es lag wohl auch daran, dass Piet seinem Herzen endlich etwas Luft machen musste. Seit drei Tagen war sein Vater nun schon tot, und er hatte bisher mit niemandem darüber gesprochen.

»Mein Vater ist tot.«

»War er schon so alt?«

»Nein, er war nicht alt.« Eine Träne floss Piet über die Wange.

»Woran ist er gestorben?«

Piet wischte sich mit dem Handrücken die Träne vom Gesicht. Ja, woran war sein Vater eigentlich gestorben? Das war gar nicht so einfach zu erklären. Bestimmt tausend Mal hatte er sich in den vergangenen drei Tagen die gleiche Frage gestellt. Warum nur hatte er sich das Messer in den Bauch gerammt? Piet überlegte kurz, ob er Karlmann vielleicht das Stück Papier zeigen sollte, damit er ihm vorlesen könne, was sein Vater für ihn aufgeschrieben hatte. Vielleicht stand dort ja die Antwort. Aber er hielt es für besser, das Stück Papier vorerst nicht zu erwähnen. Er wollte lieber warten, bis er die letzten Worte seines Vaters für sich alleine lesen konnte.

»Er hat sich umgebracht«, sagte Piet schließlich. »Vor drei Tagen. Ich habe ihn morgens in seiner Kammer gefunden. So, und jetzt weißt du es.«

»Und deine Mutter?«

»Ich habe keine Mutter.«

»Jeder hat eine Mutter.«

»Wenn du meinst.«

»Ist sie auch tot?«

»Nein, sie lebt in Delft.«

»Also hast du doch eine Mutter?«

»Nein, ich habe keine Mutter mehr.«

»Nun gut, belassen wir es dabei. Und jetzt komm weiter, es wird Zeit für uns. Vielleicht hat einer der Jungs oben im Schlafsaal ja tatsächlich noch einen Kanten Brot für dich. Bestimmt wird hier alles besser für dich.«

»Wäre schön«, sagte Piet. Er folgte Karlmann durch einen langen Flur ins Vorderhaus. Sie nahmen die Treppe in den ersten Stock. Die Stufen waren ausgetreten, und das Geländer wirkte etwas morsch. An der Decke klebte der Schwamm, und draußen vor den Fenstern klapperten die Läden im Wind.

»Hier«, sagte Karlmann, als sie eine schmale Tür fast am Ende des Gangs erreichten. »Hier schläft der Kapuzenmann.« Die Tür war einen Spaltbreit geöffnet. »Er lässt seine Tür immer offen, am Tag und auch in der Nacht. Er passt auf uns auf wie ein Wachhund. Besser, du lässt dich hier draußen nicht von ihm erwischen, wenn Bettruhe angesagt ist. Und jetzt stelle ich dich den anderen Jungen vor.«

Der Schlafsaal lag gleich neben der Kammer des Graugekittelten. Karlmann öffnete die Tür mit einem kräftigen Schwung und ließ ihm den Vortritt. Dann stolperte Piet – über das ausgestreckte Bein seines neuen Mitschülers. Kopfüber schlitterte er in den Schlafsaal. Die Kinder grölten, als er bäuchlings über den Boden rutschte. Sie versammelten sich im Halbkreis um ihn. Karlmann wartete, bis sich die Meute beruhigte.

»Seid still«, sagte er. »Ich will euch unseren neuen Mitschüler vorstellen. Er heißt Piet. Piet van Leeuwen. Er kommt aus Delft. Sein Vater hat sich umgebracht, und seine Mutter wollte ihn offenbar nicht länger um sich haben. Ist ja auch kein Spaß, so einen Zwerg zu bemuttern. Richtig laufen kann er auch nicht. Er humpelt wie eine klumpfüßige kleine Sau.«

Karlmann drehte seinen rechten Fuß nach innen und hinkte zur Belustigung der anderen Schüler durch den Schlafsaal. Mit seinen Armen ruderte er wie ein besoffener Matrose. Wieder grölten alle Jungen – bis Karlmann ein zweites Mal um Ruhe bat. »Liebe Freunde, dieser Zwerg wird ab heute bei uns schlafen. Ich denke, wir sollten das Beste daraus machen. Ich meine, wir könnten an ihm wachsen. Wir könnten förmlich über uns hinauswachsen. Jede Wette, dass der Rektor zu ihm gesagt hat, dass ihn nur unsere göttliche Gnade retten kann.«

-17-

Drooten druckste noch eine ganze Weile herum. Erst als die Jungen im Schlafsaal schon längst in ihre Betten gekrochen waren und er mit Radewijns in einem nahe gelegenen Gasthaus an diesem Abend mit einem zweiten Krug Bier anstieß, lockerte der Alkohol langsam seine Zunge.

»Ich kann dir doch vertrauen, oder?«

»Wie einem Beichtvater.«

»Ich sollte eigentlich nicht darüber reden.«

»Schau mich an. Sehe ich so aus, als könnte ich ein Geheimnis nicht für mich behalten? Ich bin verschlossen wie ein Grab. Mir kannst du die Wahrheit ruhig sagen.«

»Das Geld stammt nicht von der Kirche«, sagte Drooten leise.

»Sondern?«

»Es stammt von seinem Großvater. Wirklich, ich darf eigentlich nicht darüber reden.«

Drooten rang noch immer mit sich selbst. Eindringlich hatte ihm der Pfarrer eingeschärft, bloß seinen Mund zu halten. Aber was sollte er denn machen? Er hätte die Geschichte vom Findelkind der Kirche ja selbst nicht geglaubt. Und außerdem: Wer würde schon dahinterkommen, wenn er Radewijns jetzt die Wahrheit offenbarte? Die Nieuwe Kerk war sehr weit weg, und alles, was sie hier besprachen, würde die Stadtmauern von Delft bestimmt niemals erreichen. Was würde es schon groß ändern, wenn Radewijns die Wahrheit kannte?

»Es ist eine verzwickte und auch etwas längere Geschichte«, sagte Drooten.

»Das macht nichts. Wir haben Zeit.«

Drooten knetete seine Finger, bis sie knackten. »Also gut, ich vertraue dir«, sagte er.

»Dann erzähl.«

»Also sein Großvater ... Nein, die Tochter dieses Mannes heiratete vor einigen Jahren einen Korbmacher. Er war wohl nicht das, was er sich für seine Tochter vorgestellt hatte. Du musst wissen, ihr Vater ist ein überaus einflussreicher Mann bei uns in Delft, Mitglied des Rats und als größter Brauereibesitzer der Gegend auch sehr vermögend. Jeder in der Stadt zieht vor ihm seinen Hut. Nun ja, seine Tochter heiratete also diesen Korbmacher. Es war eine der größten Hochzeiten, die Delft je erlebt hat.«

»Ich dachte, der Mann hätte sich einen anderen Schwiegersohn gewünscht.«

»Hat er wohl auch, aber ein Mann wie er lässt sich nicht lumpen, wenn sich die Sache selbst nicht mehr verhindern lässt. Die Leute in der Stadt haben behauptet, das Missgeschick müsse wohl schon vor der Hochzeit passiert sein.«

»Der Kerl hat sie also geschwängert?«

»Ist anzunehmen. Nur deshalb hat der Brauer wohl auch gute Miene zum bösen Spiel gemacht und seine Tochter den Korbmacher heiraten lassen. Wie liebestolle Kinder haben sich die beiden danach aufgeführt. Sie haben ihr Glück vor den anderen nach außen gekehrt, wie andere Leute ihre Wäsche im Hof aufhängen.«

»Nach dem Hochmut kommt der Fall.«

»Du sagst es. Ihr Bauch hat sich schon während ihrer Schwangerschaft kaum gewölbt. Die Nachbarsfrauen haben gemutmaßt, sie würde bestimmt ein totes Kind zur Welt bringen. Und so ähnlich ist es dann ja auch gekommen. Gleich tags darauf hat die Hebamme den Pfarrer ganz aufgeregt in der

Sakristei aufgesucht. Sie hat sich wohl Sorgen gemacht. Ich glaube, sie hatte Angst.«

»Und dann?«

»Was sollte der Pfarrer schon groß sagen? Er selbst hatte den Jungen ja noch gar nicht zu Gesicht bekommen. Kaum jemand in der Stadt hat ihn anfangs gesehen. Seine Mutter versteckte ihn wie eine eitrige Wunde. Erst als er etwas älter wurde, sah man ihn manchmal, wie er an der Hand seines Vaters durch die Straßen der Stadt humpelte. Ich selbst habe ihn mehr als einmal vom Turm der Nieuwe Kerk verjagt. Ich weiß auch nicht, was er auf dem Kirchturm wollte.«

»Und sein Vater?«

»Lebt nicht mehr. Hat sich umgebracht. Vor drei Tagen. Sie haben ihn bestimmt schon auf der Nordseite des Friedhofs verscharrt.«

»Weiß man, warum er sich umgebracht hat?«

»Er hat viel getrunken in letzter Zeit. War oft besoffen. Ist ja auch nicht weiter erstaunlich, wenn man mit so einer Missgeburt geschlagen ist. Das kann einen leicht um den Verstand bringen. Zumal dieser Zwerg auch in anderer Hinsicht etwas merkwürdig zu sein scheint.«

»Wie meinst du das?«

»Als er älter wurde, aber kaum größer, machte in der Stadt eine seltsame Geschichte über ihn die Runde. Die Leute redeten darüber, wohl auch, weil er nun mal ein Kasdorp ist …

»… Kasdorp?«

»Ja, so heißt der Großvater. Der Arzt hat das Gerücht in die Welt gesetzt. Ich glaube, er fand den Jungen irgendwie außergewöhnlich. Du musst wissen, der Arzt ist auch so einer von diesen Gelehrten, die du so gerne magst. Auf jeden Fall hat er dem Pfarrer eines Tages in der Sakristei erzählt, dass man sich vom Äußeren des Jungen nicht täuschen lassen dürfe. Er hat behauptet, dass seine Augen ein wahres Wunder seien. Er soll angeblich Dinge sehen, die kein normaler Mensch sehen kann – außer vielleicht einem Hellseher. Wörtlich hat er zu dem Pfarrer gesagt: *Es kommt mir beinahe so vor, als würde er die Welt durch Gottes Augen sehen.*«

»Das hat er gesagt?«

»Ja.«

»Die reinste Blasphemie. Was sollen das denn für Dinge sein, die dieser Zwerg angeblich sehen kann?«

»Das weiß ich nicht. Das weiß ich so wenig, wie du weißt, ob dein Calvin nun unter Hämorrhoiden litt oder nicht. Mehr habe ich von dem Gespräch nicht mitbekommen.«

»Du hast also hinter der Tür gelauscht?«

»Und wenn schon. Ich kann dir nur den guten Rat geben, nimm dich vor dem Jungen besser in Acht. Vielleicht ist er ja vom Teufel besessen.«

»Darüber mach dir mal keine Sorgen. Wenn er vom Teufel besessen ist, dann werde ich ihm den Teufel ganz schnell austreiben. Verrate mir lieber noch etwas anderes. Wenn ich dich recht verstanden habe, ist es seinem Großvater, wie heißt er doch gleich …«

»Kasdorp. Johann Kasdorp.«

»Also diesem Kasdorp scheint es sehr wichtig zu sein, dass er den Jungen los ist.«

»Das kann man wohl so sagen. Ich glaube, seine Mutter ist ebenso froh darüber.«

»Ich verstehe. Deshalb habt ihr den Jungen also zu mir geschafft. Jetzt verrate mir nur noch eines, Heijn Drooten: Was hat deine Kirche davon?«

Drooten zögerte noch einmal kurz. Die Buntglasfenster für die Nieuwe Kerk wollte er Radewijns gegenüber lieber nicht erwähnen. Er hatte schon viel zu viel erzählt. Er sagte deshalb nur: »Du weißt doch, wie es ist. Die Kirche hilft jeder armen Seele, der geholfen werden muss.«

Radewijns lächelte schief. »Natürlich, du hast völlig recht. Entschuldige meine Frage. Dafür ist die Kirche da. Jedem zu helfen, dem geholfen werden muss.«

»Du wirst die Geschichte also wirklich für dich behalten, ja?«

»Keine Sorge. Ich werde diesem Bengel schon beibringen, die Welt durch meine Augen zu sehen. Und jetzt lass uns gehen, es ist spät geworden. Ich werde dafür sorgen, dass man dir ein Bett für die Nacht bereitet.«

Als sie die Schule erreichten, wartete der Graugekittelte schon vor dem Tor. Radewijns nahm ihm eine seiner zwei Laternen ab und wies ihn an, Drooten ein Bett für die Nacht zu richten. Dann verabschiedete er sich von den beiden und wünschte fromme Träume. Als Drooten schon selig vor sich hin schnarchte, dachte Radewijns in seinem Zimmer noch einmal über Kasdorp nach. Es war gut, nun über alles im Bilde zu sein. Und es schadete auch nichts, zu wissen, dass dieser Mann alles tun würde, damit Piet van Leeuwen nie wieder nach Delft zurückkehrte. Mit diesem Gedanken schlief auch der Rektor zufrieden ein.

-18-

Sehr früh am nächsten Morgen, Drooten war mit seiner Kutsche schon auf dem Rückweg nach Delft, weckte der Graugekittelte die Jungen im Schlafsaal. Wie die Soldaten nahmen sie Aufstellung vor ihren Pritschen.

Piet hatte in dieser ersten Nacht kaum ein Auge zugemacht. Und das lag keineswegs nur daran, dass ihm der Graugekittelte die Pritsche gleich neben Karlmann zugewiesen hatte. Dreimal hatte ihn der Kapuzenmann in der Nacht mit seiner Weidenrute gezüchtigt, weil er jedes Mal wieder auf der Seite eingeschlafen war, eingerollt wie ein Igel, der die nahende Gefahr wittert. Woher sollte Piet auch wissen, dass man in diesem Schlafsaal gerade auf dem Rücken zu liegen hatte? Wie ein angespitzter Bleistift und mit den Händen gut sichtbar über der Decke.

In der Kapelle empfing sie der Rektor mit ausgebreiteten Armen. Er stimmte einen pastoral klingenden Gesang an und forderte die Schüler auf, sich Rechenschaft über die Träume der Nacht abzulegen und, wenn nötig, um Vergebung zu bitten. Piet wusste nicht, weshalb er um Vergebung hätte bitten sollen. Etwa für die Schläge, die er vom Kapuzenmann erhalten hatte? Oder weil er im Stillen gefleht hatte, diese Schule sei nur ein böser Traum? Trotzdem senkte er pflichtschuldig seinen Kopf und tat so, als gebe es irgendetwas zu bereuen.

Nachdem Radewijns sein Schlussgebet gesprochen hatte, begann der Unterricht. In Zweierreihen gingen die Schüler über den Hof zurück zum Hauptgebäude. Piet folgte den Jungen durch den Kreuzgang, vorbei an der schwarz lackierten Flügeltür in den Raum gleich neben dem Skriptorium. Er wartete, bis alle Jungen ihre Plätze eingenommen hatten, und setzte sich dann neben den Kleinsten in der Klasse. Ein Rothaariger wie er selbst, mit mehr Sommersprossen im Gesicht, als ein Streuselkuchen Streusel hatte. Dieser Junge schien ihm noch der Harmloseste von allen zu sein. Dass Karlmann in der Bank direkt hinter ihm saß, nahm Piet billigend in Kauf. »Pass gut auf, du Zwerg«, stupste ihn Karlmann von hinten an. »Gleich wirst du lernen, dass eins und eins nicht immer zwei ergibt.«

Der kleine Rothaarige neben ihm grinste zufrieden. Und Piet ahnte auch dunkel, warum. Seit gestern war er nicht mehr der Kleinste an dieser Schule. Seit gestern gab es hier einen Jungen, der noch etwas kleiner war als er selbst. Ein neues Opfer. Dann betrat Karl Spreuen den Raum, der Mathematiklehrer.

Er hielt seine Hände über seinem runden Bauch gefaltet und ging durch die Reihen der Schüler nach vorne.

»Euren neuen Mitschüler dürftet ihr ja schon kennengelernt haben«, sagte er. »Er heißt Piet. Piet van Leeuwen. Wollen doch schauen, ob er schon rechnen kann.«

Wie ein dicker Karpfen stülpte der Lehrer seine Lippen beim Sprechen nach vorne. »Also, mein Sohn«, wandte er sich an Piet, »was kannst uns über die Zahlen erzählen?«

»Ich kann bis tausend zählen und ...«

»... ich bin beeindruckt«, unterbrach ihn Spreuen. »Bis tausend kannst du also schon zählen. Ein Zwerg wie du, und kann schon bis tausend zählen.«

Die Schüler lachten leise.

»Seid ruhig und sitzt gerade. Wollen doch mal sehen, wie gut euer neuer Mitschüler rechnen kann. Also pass gut auf, ein Bauer hat in seinem Stall achtundzwanzig gesunde Schafe und eine kleine Missgeburt. Und jetzt sagst du mir, wie alt der Bauer ist.«

Piet wiederholte sich die Aufgabe im Stillen. Das ergab doch gar keinen Sinn. »Ich weiß es nicht«, sagte er.

»So, du weißt es nicht. Und ich dachte, du könntest schon bis tausend zählen.«

»Aber ...«, versuchte Piet einzuwenden.

»Nichts aber«, sagte Spreuen. »Du wirst bei mir lernen, dass eins und eins im Leben nicht immer zwei ergibt.«

Ein paar Schüler lachten jetzt etwas lauter.

»Seid endlich still«, herrschte Spreuen sie an. »Und sitzt gerade.« Zum wiederholten Mal schlug er mit seinem Lineal auf den Tisch vor sich und ermahnte die Schüler zum Geradesitzen. Piet wurde sehr schnell klar, dass es hier nicht um das einfache Rechnen ging. Zwar sprach Spreuen in der Folge von geraden und krummen Zahlen, erwähnte teilbare und nicht teilbare Ziffern, rühmte die Arithmetik als die höchste Kunst der Ordnung, doch mehr noch als um das Addieren, Multiplizieren und Subtrahieren ging es ihm ganz offensichtlich um das Disziplinieren.

»Es gibt gute und schlechte Zahlen«, dozierte Spreuen. »Zahlen, aus denen Gott zu den Menschen spricht, und Ziffern, die des Teufels sind.«

Darüber hatte sich Piet zuvor noch nie Gedanken gemacht. Für ihn gab es nur große und kleine Zahlen, wobei er die Letzteren eindeutig bevorzugte.

Nicht nur, weil sich mit ihnen leichter rechnen ließ, sondern auch deshalb, weil er die Vorstellung, dass irgendetwas immer kleiner werden konnte, ohne jedoch ganz zu verschwinden, sehr viel eindrucksvoller fand als die Tatsache, dass etwas mit jeder Zahl einfach nur immer größer wurde. Aber dass es gute und böse Zahlen in der Welt geben sollte, hörte Piet an diesem Morgen zum ersten Mal. Während er noch darüber nachdachte, ob Zahlen neben ihrem äußeren wohl tatsächlich auch einen inneren Wert besaßen, setzte Spreuen zu seinem Vortrag an.

»Die Eins ist geheiligt, weil es immer nur einen geben kann, der absolut und vollkommen ist. Die Eins ist die Zahl des Unteilbaren, der Anfang jeder Zählung und die Einheit an sich.«

Spreuen machte eine kurze Pause. Dann sprach er weiter: »Die Zwei ist geheiligt, weil sie uns die Dualität der Welt vor Augen führt, die Trennung von Gut und Böse, von Licht und Schatten, Erde und Land, Tag und Nacht.«

Wie ein Priester deklamierte Spreuen sein kleines Evangelium. »Die Drei ist geheiligt, weil wir das Wunder nur in der Dreiheit von Vater, Sohn und Heiligem Geist denken können und weil auch der Mensch aus derselben Dreiheit besteht: aus Geist, Seele und Leib. Die Drei ist uns heilig, weil wir drei Erzengel kennen, drei Sakramente empfangen und Jesus drei Stunden am Kreuz für uns litt. Und jetzt ihr. Sagt mir, was ihr über die heilige Vier wisst.«

Auf Spreuens Kommando hin erhoben sich die Jungen von ihren Bänken und begannen zu sprechen.

»Die Vier ist geheiligt, weil wir auf der Erde vier Himmelsrichtungen und vier Jahreszeiten unterscheiden. Weil des Menschen Leben in vier Phasen zerfällt und weil im Paradies das Wasser in vier Flüsse fließt«, sprachen die Schüler im Chor.

»So ist es«, sagte Spreuen. »Und jetzt erzählt mir etwas über die heilige Sieben.«

»Die Sieben ist geheiligt, weil Gott die Welt an sieben Tagen erschuf, weil die Woche sieben Tage zählt und es sieben Todsünden in der Welt gibt. Und weil Gottes Sohn am Kreuz sieben letzte Sätze zu uns sprach.«

»Genau so ist es«, sagte Spreuen. »Und jetzt die Acht.«

»Die Acht ist geheiligt, weil am achten Gottestag der Neubeginn der Schöpfung steht und die Auferstehung Christi.«

»Gut«, sagte Spreuen. »Und zum Schluss die Vierzig.«

»Die Vierzig ist uns heilig, weil die Sintflut vierzig Tage lang dauerte und

Moses vierzig Tage auf dem Berg Sinai zubrachte, um die Gesetzestafeln von Gott in Empfang zu nehmen.«

»Sehr gut, und jetzt setzt euch wieder. Nur diesen guten Zahlen wollen wir uns heute widmen.«

Als Piet dieses merkwürdige Zahlen-Vater-Unser zum ersten Mal erlebte, wunderte er sich noch. Aber mit der Zeit gewöhnte er sich auch daran. Spreuen begann jede seiner Rechenstunden auf diese Art und Weise. Nur die Zahlen, deren heilige Bedeutung er stets hervorhob, änderten sich manchmal. Das Ritual an sich aber blieb immer das gleiche, im ersten Jahr seiner Schulzeit und auch im letzten.

Den Rektor sah Piet erst beim Mittagessen wieder. Er stand an der Durchreiche zur Küche und ließ sich von einer dicklichen Frau die Suppenkelle reichen. »Iss, mein Sohn«, sagte er zu dem Schüler, der als Erster in der Reihe stand. »Lass es dir schmecken«, sagte er zum nächsten.

Als Piet endlich dran war und seine Mahlzeit vom Rektor entgegennehmen wollte, zog Radewijns den Teller noch einmal zurück. »Warte, mein Sohn«, sagte er, »für dich habe ich noch etwas.« Dann schüttete er eine verfaulte Kartoffel und mehrere Stücke rohen Pansen auf Piets Teller. »So«, sagte Radewijns, »und jetzt lass auch du es dir gut schmecken.«

Die dickliche Frau, es musste wohl die Köchin sein, schaute betreten zu Boden. Piet nahm seinen Teller vom Rektor entgegen. Er zögerte einen Augenblick. »Nun mach schon«, stupste ihn Karlmann von hinten in den Rücken. »Rück weiter. Wir wollen auch noch etwas zu essen haben.«

Piet schaute durch den Speisesaal. Spreuen saß mit den anderen Lehrern im abtrennten Bereich an einem der runden Tische; die Schüler hockten an langen Bänken zusammen. Piet hielt nach dem rothaarigen Jungen Ausschau und balancierte seinen Teller zu dem Platz neben ihm. Er stocherte mit dem Löffel durch den Eintopf. Er ekelte sich vor der verfaulten Kartoffel und mehr noch vor den rohen Pansen, die gammelig rochen und obenauf schwammen. So etwas gab man noch nicht einmal den Hunden zu fressen.

»Lass es dir schmecken«, rief Karlmann zu ihm rüber.

Als Piet auch weiterhin keine Anstalten machte, von seinem Teller zu kosten, trat Radewijns hinter ihn. »Willst du deinen Eintopf etwa nicht essen?«, fragte er. Die Schüler am Tisch legten ihre Löffel beiseite, und auch die Lehrer unterbrachen ihre Mahlzeit.

»Ich habe dich etwas gefragt. Willst du nicht von deinem Eintopf kosten?«

Piet antwortete noch immer nicht.

»Ich habe gehört, du sollst über ganz vortreffliche Augen verfügen. Siehst du auf deinem Teller vielleicht irgendetwas, das dir nicht gefällt?«

Noch bevor Piet antworten konnte, spürte er schon den festen Griff des Rektors in seinem Nacken. Radewijns drückte seine Nasenspitze in den Eintopf. »Ich weiß ja nicht, was du bisher so gegessen hast. Aber bei uns gibt es weder gesottenen Kapaun noch Wildbret oder feine Pasteten. Hier wird gegessen, was auf den Tisch kommt. Und jetzt wirst du essen.«

Piet bezwang seinen Ekel, schob sich die faulige Kartoffel in den Mund und danach auch noch die gammelig riechenden Pansen. Er vermied es, zu kauen, und schluckte alles in einem Stück nach unten. Trotzdem blieb ein scheußlicher Geschmack auf seinem Gaumen zurück.

Piet war noch keine sechsunddreißig Stunden in dieser Schule, als er begriff, dass er in der Hölle gelandet war. Dabei hatte er noch nicht einmal hinter die schwarz lackierte Tür geblickt. Die Tür, auf der unter zwei goldenen Kreuzen geschrieben stand: *Ad maiorem Dei gloriam*, zur höheren Ehre Gottes.

-19-

Als Heijn Drooten drei Tage später nach Delft zurückkehrte, kam er seiner Wirtin zum ersten Mal sehr viel näher, als ihm das seine strengen Vorstellungen von Sitte und Anstand erlaubten. Es hatte wohl auch damit zu tun, dass er über alle Maßen froh war, endlich wieder zu Hause zu sein.

Noch bevor die Kutsche das Oostpoort erreichte, ergriff Drooten eine tiefe Vorfreude. Etwas Vergleichbares hatte er nie zuvor in seinem Leben empfunden. Er war bislang ja auch nicht weiter aus Delft herausgekommen als bis in die umliegenden Dörfer nach Pijnacker, Schiedam oder Nootdorp. Weil er nie richtig fort gewesen war, kannte er auch das wohlige Gefühl des Nach-Hause-Kommens nicht. Schon in Gouda, gut zwanzig Kilometer vor Delft, als der Kutscher ein letztes Mal die Pferde wechselte, konnte er seine Ankunft kaum noch erwarten. Er wäre am liebsten zu dem Kutscher auf den Bock geklettert, um die Gäule anzuspornen, noch etwas schneller zu laufen. Dorthin, wo er sich nicht erklären musste. Nach Hause.

Als die Brücke am Stadttor an ihren schweren Ketten nach unten rasselte, wies Drooten den Kutscher an, ihn ohne Umweg gleich zur Nieuwe Kerk zu fahren. Er verzichtete darauf, sich im Haus seiner Wirtin frisch zu machen und seine Sachen zu wechseln. Als Erstes wollte er zu seiner Kirche.

Die Kutsche holperte über das Pflaster die Zuiderstraat nach unten, vorbei an den Holzwerkstätten, Böttchereien und Porzellanmanufakturen. Am Ende der Gracht bog der Kutscher rechts ab und lenkte die Pferde bis vor zum Marktplatz. Da vorne stand sie, seine geliebte Kirche: ehrwürdig und stolz. Drooten sprang aus der Kutsche. Wie ein verlorener Sohn kehrte er heim. Überglücklich strich er um jeden einzelnen der sechzehn Stützpfeiler im Kirchenschiff. Alles war noch da. Unversehrt standen die vier Bronzestauen um das Prunkgrab des Prinzen von Oranje. Und auch der treue Hund zu Füßen des Mausoleums lag noch immer auf seinem Platz.

Drooten betrachtete die Marmorplatte auf dem Baldachin des Grabs. Dort stand geschrieben, was die Vereinigten Provinzen ihrem Herrscher verdankten: *Zum ewigen Gedenken an Wilhelm von Nassau, Prinz von Oranien, den Vater des Vaterlandes; der zweimal mächtige Armeen zusammenstellte und diese zweimal unter dem Oberbefehl der Staaten in den Krieg führte; der Spaniens Tyrannei abwendete; den wahren Gottesdienst und die alten Gesetze wieder einsetzte; der wahrlich fromme, umsichtige und unschlagbare Held, der sich nicht von Philipp II., König von Spanien, bezwingen ließ, der jedoch durch tückischen Verrat und die Hand eines gedungenen Mörders zu Fall gebracht wurde.*

Der Krieg gegen Spanien, die Unabhängigkeit der niederländischen Provinzen, ja selbst der niederträchtige Mord am Vater des Vaterlandes war Drooten nicht so wichtig. Er schätzte den Prunk des Grabs. Es schmückte seine Kirche, und das allein war ihm wichtig. Durch die Pfeiler des Mausoleums sah er das fahle Licht ins Innere der Kirche fallen. Bald würde sich das Licht dort oben in bunten Gläsern brechen. Rot, blau und grün würde das Licht schimmern. Vielleicht würden sie dort oben sogar violett gefärbte Fenstermosaike einsetzen. Violett war Drootens Lieblingsfarbe. Violett war für ihn die Farbe Gottes.

Es war gut, wieder zu Hause zu sein, umfangen von den dicken Mauern seiner Kirche. Kein Ort, nirgends, schien Drooten kostbarer als dieser Fleck. Hier war er getauft worden, und hier wollte er auch sterben. Drooten war so sehr in sein Glück versunken, dass er den Pfarrer gar nicht bemerkte. Jüttner räusperte sich. Er stand an die Tür der Sakristei gelehnt und beobachtete ihn schon seit ein paar Minuten. »Wie ich sehe, freust du dich, wieder zu Hause zu sein«, sagte er.

Drooten wandte sich um. Er fühlte sich ertappt, wie er den Hund zu Füßen des Prinzen über den Kopf tätschelte. »Ja, es ist schön, wieder zu Hause zu sein«, sagte er.

»Denkst du an die Buntglasfenster?«

»Ich habe gerade eben daran gedacht. Ob wir wohl auch violette Scheiben bekommen?«

»Wir werden sehen. Ich habe mit dem Glasmacher schon gesprochen. Wenn wir Glück haben, fängt er im Frühjahr mit der Arbeit an. Er war vorgestern hier und hat Maß an den Fenstern genommen. Aber jetzt erzähle mir erst einmal, wie es in Deventer gelaufen ist. Es ist doch alles gut gegangen, oder?«

»Ich habe alles genauso erledigt, wie Sie es mir aufgetragen haben.«

»Erzähl mir von der Schule.«

»Sie liegt etwas außerhalb der Stadt. Früher war ein Kloster in dem Gebäude untergebracht. Der Rektor heißt Florens Radewijns. Ich soll Grüße von ihm ausrichten.«

»Was ist dieser Radewijns für einer?«

»Ein belesener Mann. Er hat mir von Büchern erzählt, von denen ich noch nie gehört habe. Ich konnte mir unmöglich alles merken. Er hat gesagt, bis auf Calvin und die Bibel bräuchte man eigentlich gar keine anderen Bücher. Er selbst lese all diese Bücher nur, um seine Feinde zu studieren.«

Jüttner überlegte kurz. Also ein Schwachkopf oder aber ein Fanatiker, was auf das Gleiche hinauslief.

»Calvin, hm? Dieser alte Hämorrhoiden-Kleriker. Aber gut, das soll nicht unser Problem sein. Was hat er zu dem Jungen gesagt? Ist unsere kleine Angelegenheit bei ihm gut aufgehoben?«

»Zu dem Jungen hat er nicht viel gesagt. Er hat das Geld genommen, und damit war die Sache für ihn erledigt.«

»Hat er nicht nach der Familie gefragt?«

»Doch, das schon. Ich habe ihm gesagt, er sei ein Findelkind der Kirche, genau so, wie Sie es mir aufgetragen haben.«

»Hat er dir geglaubt?«

»Ich denke schon. Er hat nicht weiter nachgefragt.«

Jüttner war skeptisch. Er selbst hätte mit Sicherheit etwas genauer nachgefragt. Zumindest hätte er sich so seine Gedanken gemacht. Genau genommen kam es ja nicht alle Tage vor, dass sich die Kirche für ihre Findelkinder dermaßen spendabel zeigte. Andererseits: Es war eine schöne Stange Geld, und die ließ sich niemand gerne entgehen. Geld war schließlich auch eine Antwort, und keineswegs die allerschlechteste.

»Er hat also wirklich nicht weiter nachgefragt?«

»Nein.« Drooten vermied es, Jüttner in die Augen zu schauen. Er konnte ihm ja schlecht beichten, dass er Radewijns die Wahrheit offenbart hatte. Außerdem ließ sich das jetzt nicht mehr ändern. Die Kirche würde neue Buntglasfenster erhalten. Und das allein war wichtig.

»Nein, wirklich nicht«, bekräftigte Drooten noch einmal. »Der Rektor hat alles für bare Münze genommen.«

»Für bare Münze, sagst du?« Jüttner grinste. »Das ist wirklich gut. Für bare Münze. Bist du eigentlich gar nicht müde?«

»Ein wenig schon, aber vor allem bin ich froh, wieder zu Hause zu sein.«

»Dann gehst du jetzt am besten erst einmal ins Haus deiner Wirtin. Du hast dir einen freien Tag verdient. Ich werde noch ein wenig in der Sakristei lesen und die Kirche nachher abschließen. Und morgen früh sehen wir uns hier wieder.«

»Wenn Sie nichts dagegen haben, will ich noch ein wenig hierbleiben.«

»Tu, was du nicht lassen kannst.« Jüttner schüttelte belustigt den Kopf, als er die Tür der Sakristei hinter sich schloss. Er ist wirklich eine treue Seele, dachte er. Muss jeden Stein der Kirche erst einmal neu in Besitz nehmen, als wäre während seiner Abwesenheit irgendetwas verloren gegangen.

Erst gegen frühen Abend, Jüttner las noch immer in der Sakristei, verließ Drooten die Nieuwe Kerk. Vielleicht lag es nur am Überschwang der Gefühle, endlich wieder zu Hause zu sein, möglicherweise auch an seinem Hunger. Drooten hatte den ganzen Tag über noch nichts gegessen. Auf jeden Fall nahm er das Angebot seiner Wirtin dankbar an.

Grietje Horneborg stand am Herd in der Küche. Die Tür zum Hausflur war weit geöffnet. Es roch nach warmer Butter, Kohl, Zwiebeln und Kartoffeln.

»Schön, dass du wieder da bist«, begrüßte ihn seine Wirtin. »Es ist nicht gut, so lange ohne Mann im Haus zu sein. Wenn du willst, kannst du mit mir zu Abend essen.«

»Keine weiteren Gäste heute?«

»Nein, alle ausgeflogen. Heute bist du mein einziger Gast.«

Drooten fühlte sich ein wenig überrumpelt. Viele Worte hatte er in den vergangenen zwei Jahren, die er nun schon unter dem Dach seiner Wirtin schlief, nicht mit ihr gewechselt. Sie wünschten sich einen *Guten Morgen* und einen *Guten Abend*, hielten ab und an auch einen unverfänglichen Plausch über die Neuigkeiten in der Stadt, aber viel mehr auch nicht. Zum Essen hatte ihn seine Wirtin nie zuvor eingeladen. Normalerweise aß Drooten in einem der nahe gelegenen Wirtshäuser zu Abend. Aber er war hungrig, und die Aussicht auf eine warme Mahlzeit klang verlockend.

»Zier dich nicht so«, sagte Grietje. Sie gab noch ein paar Zwiebeln in den Topf und rührte auch noch etwas Butter darunter. »Setz dich dort an den Tisch und erzähl mir von deiner Reise. Wo warst du überhaupt?«

Drooten setzte sich, sagte aber nichts.

»Du bist mir vielleicht ein Stockfisch. Ich dachte immer, wenn jemand eine Reise tut, hat er etwas zu erzählen.«

»Ehrlich gesagt, bin ich froh, wieder zu Hause zu sein.«

»Sag bloß, du hast mich vermisst.« Grietje drehte sich zu ihm um und schenkte ihm ein herausforderndes Lächeln.

Drooten wich ihrem Blick aus. Diese Zweideutigkeiten lagen ihm nicht. Frauen gegenüber fühlte er sich immer etwas gehemmt. Er sagte: »Es tut mir einfach nicht besonders gut, von zu Hause fort zu sein. Manchmal denke ich, alles Unglück dieser Welt rührt nur daher, dass der Mensch nicht bleibt, wo er geboren wurde.«

»Wo warst du denn nun eigentlich?«

»In Deventer.«

»Und warum?«

»Kirchengeschäfte«, antwortete Drooten einsilbig.

»Kirchengeschäfte? Ich dachte immer, die Kirche macht keine Geschäfte. Oder ist das Seelenheil jetzt etwa käuflich geworden?«

»Es geht um neue Fenster für die Kirche.«

»Die Kirche bekommt neue Fenster?«

»Ja.«

Drooten wollte nicht länger darüber reden. Schon schlimm genug, dass er sich in Deventer verplappert hatte. Ein zweites Mal würde ihm das nicht passieren. Er war deshalb froh, dass seine Wirtin das Thema wechselte.

»Nun gut«, sagte sie. »Die Kirche bekommt neue Fenster und du jetzt erst einmal etwas Anständiges zu essen. Ich hoffe, du magst Stamppot mit Rookworst.«

»Sehr gerne sogar. Meine Mutter hat das früher häufiger für mich gekocht.«

»Dann hoffe ich, dass ich mit deiner Mutter mithalten kann. Willst du auch ein Bier dazu?«

»Auch dazu sage ich nicht Nein.«

Drooten trank nur sehr selten mal ein Bier, und die zwei letzten in Deventer hätten ihm eigentlich Warnung genug sein müssen. Doch er war durstig und hungrig. Er schaute seiner Wirtin dabei zu, wie sie den Grünkohl putzte. Sie hatte wirklich einen ziemlich prächtigen Hintern. Drooten versuchte, seinen Gedanken schnell zu verscheuchen, aber er war eben auch nur ein Mann. Schon mehr als einmal hatte er vom schönen Hintern seiner Wirtin geträumt.

»Willst du dich in der Zwischenzeit nicht ein wenig frisch machen?«, fragte Grietje.

»Ja, ich sollte meinen Kopf vielleicht einmal kurz unters Wasser halten.«

Während sich Drooten frisch machte, dachte Grietje Horneborg darüber nach, was er eben zur ihr gesagt hatte. Dass es nicht gut sei, wenn der Mensch nicht blieb, wo er geboren war. Das war vielleicht gar nicht mal so verkehrt. Hätte sich ihr eigener Mann doch bloß daran gehalten. Schon seit gut fünf Jahren galt er nun als vermisst. Vielleicht lebte er noch, irgendwo am Ende der Welt. Vielleicht hatte ihn auch das Meer verschluckt oder ein großer Fisch. An ihren guten Tagen dachte Grietje, er lebe noch, an ihren schlechten fürchtete sie, er sei tot.

Im Oktober 1625 war er als Kapitän der Ostindien-Kompanie in Amsterdam in See gestochen, an Bord einer dreimastigen Galeone von sechzig Metern Länge und mit dreihundertfünfzig Mann Besatzung. Er hatte ihr versprochen, dies sei seine letzte Reise über das große Meer. Gleich nach seiner Rückkehr würde er auf dem Ostindien-Haus am Kloveniersburgwal seinen Dienst antreten, die Schiffsladungen kontrollieren und die anderen Männer in See stechen lassen. Er hatte ihr ein zufriedenes Leben in Zweisamkeit in Aussicht gestellt und versprochen, er würde dann jeden Abend nach Hause kommen und das Bett mit ihr teilen. Es sollte seine letzte große Fahrt über das Meer werden. Zumindest damit hatte er Wort gehalten. Er war bis heute nicht wieder aufgetaucht.

Grietje schnitt den Grünkohl in schmale Streifen. Vor einer Woche hatte es den ersten Frost gegeben. Der Kohl würde jetzt etwas süßlich schmecken. Es war genau die richtige Jahreszeit für Stamppot mit Rookworst. In dem gusseisernen Topf auf dem Herd schwitzten die Zwiebeln in frischem Schweineschmalz. Ja, vielleicht hatte Drooten durchaus recht damit, dass der Mensch besser blieb, wo er geboren war.

Am Hauptsitz der Ostindien-Kompanie hatten sie Grietje damals erklärt, das Schiff ihres Mannes habe planmäßig das Kap der Guten Hoffnung erreicht, sei aber nur zwei Monate später aus ungeklärter Ursache auf ein Riff gelaufen, ein paar Seemeilen vor der Küste von Batavia. Grietje hatte nur eine sehr vage Vorstellung davon, wo dieses Batavia überhaupt lag. Man berichtete ihr, dass sich einige Seeleute hätten retten können, aber von ihrem Mann jede Spur fehle. Am Ende hatten ihr die Männer am Kloveniersburgwal deshalb seine Heuer ausgezahlt und sogar noch etwas Geld obendrauf gelegt. Als kleine Rente für die Kapitänswitwe, die sie nun war.

Ein Jahr noch blieb Grietje in Amsterdam. Jeden Tag lief sie zum *Turm der Tränen*. Dort nahmen die Frauen Abschied von ihren Matrosen, wenn sie in Richtung Ostindien aufbrachen, und dort warteten sie auch auf ihre Rückkehr. Ein ganzes Jahr lang hatte Grietje am Turm der Tränen auf ihren Mann gewartet. Aber weil sie mit der Zeit so schwermütig wurde, dass sie sich an manchen Tagen am liebsten in der Amstel ertränkt hätte, hatte sie Amsterdam schließlich verlassen und in Delft ihre kleine Herberge eröffnet. Geheiratet hatte sie nie wieder, auch wenn sie sich ab und an mit einem ihrer Logisgäste auf ein flüchtiges Abenteuer einließ. Wenn sie in den Armen dieser Männer die Augen schloss, träumte sie für ein paar glückliche Minuten manchmal, ihr Kapitän sei endlich nach Hause gekommen. Wirklich betrogen hatte sie ihren Mann noch nie.

Grietje war tief in ihren Gedanken versunken, als Drooten zurück in die Küche kam. Sie gab noch etwas durchwachsenen Speck in den Topf und goss ihre Fleischbrühe darüber. Das machte den Stamppot herzhafter.

»Ich bin gleich fertig. Nur noch ein paar Minuten, dann können wir essen«, sagte sie. »Hier, dein Bier.«

Auch sich selbst goss Grietje einen Schluck Bier ein und setzte sich zu Drooten an den Tisch.

»Prost«, sagte sie. »Auf die Orte, an denen wir geboren sind. Ich habe darüber nachgedacht, was du eben gesagt hast. Vielleicht hast du recht damit. Vielleicht ist es richtig, dass der Mensch besser bleibt, wo er geboren wurde. Am schlimmsten ist die Ungewissheit.«

Der Stamppot auf dem Feuer kochte über.

»Wo bin ich nur mit meinen Gedanken?«

Grietje sprang auf, zurück an ihren Herd. Wäre sie aufrichtig zu Drooten gewesen, hätte sie ihm sehr wohl sagen können, wo sie gerade mit ihren Gedanken war. Nur zu gerne wollte sie für einen kleinen Moment ihre Augen schließen und sich vorstellen, dass ihr Kapitän endlich nach Hause zurückgekehrt sei. Sie sehnte sich an diesem Abend nach der Nähe eines Mannes.

-20-

Piet putzte die Latrinen. Gleich in der vierten Schulwoche hatte Radewijns ihm diese Aufgabe übertragen. »Scheißjunge. Scheiß-junge«, riefen die anderen Schüler seitdem hinter ihm her.

Während sich draußen vor der Mauern der Schule die Gedanken der Freiheit langsam ihre Bahn brachen, putzte Piet nun jeden Abend die Latrinen.

In Utrecht wurde gerade die vierte Universität Hollands gegründet, und im deutschen Jena erhielt ein Arzt zum ersten Mal die Genehmigung, Leichen zu sezieren. In Paris tüftelte ein gewisser Blaise Pascal an einer neuartigen Rechenmaschine, und auf dem Haus der Ostindien-Kompanie in Amsterdam trafen die Männer gerade ihre ersten Vorbereitungen, um das Landesinnere von Australien zu erforschen.

Es stank erbärmlich auf dem alten Klosterabort. Trotzdem machte es Piet nichts aus, den Dreck von den Steinplatten zu kratzen. Hier war er für eine Stunde am Tag wenigstens für sich allein und nicht der Tyrannei seiner Mitschüler ausgesetzt. Das war eigentlich das Schlimmste an der Schule: die Grausamkeit der Kinder.

Selbst die Unterrichtsstunden ließen sich ertragen, auch wenn jeder neue Tag dem vorherigen glich. Der Morgen begann mit der Andacht in der Kapelle und der Aufforderung, sich Rechenschaft über die Träume der Nacht abzulegen. Dann folgten der Unterricht, das gemeinsame Essen im Speisesaal, am Nachmittag erneuter Unterricht, bis der Kapuzenmann die Jungen zur Bettruhe rief.

Karl Spreuen unterrichtete auch weiterhin seine Arithmetik der heiligen Zahlen, Adriaan Aelst ließ die Schüler langatmige Verse auswendig lernen, und Bas van der Graede war oft so besoffen, dass er die halbe Unterrichtsstunde vor sich hin dämmerte. Piet war es die längste Zeit ein Rätsel, weshalb ihn der Rektor gewähren ließ. Aber wahrscheinlich war es ihm lieber, er unterrichte überhaupt nichts als das Falsche. An Radewijns Schule galt die Erde noch immer als der Mittelpunkt der Welt. Hier drehte sich der Erdkreis nicht um die Sonne. Hier drehte sich eigentlich alles nur um den Willen des Rektors.

Piet hörte ihm kaum noch zu. Spreuens heilige Zahlenkolonnen nahm er mittlerweile gleichgültig hin. Er gewöhnte sich selbst daran, so gerade wie ein Bleistift in seinem Bett zu liegen und seine Hände beim Schlafen gut sichtbar über der Decke zu halten. Doch als der Kapuzenmann schon längst keine

Veranlassung mehr hatte, ihn zu schlagen, lieferte ihm Karlmann einen neuen Grund dafür.

»Kommt, wir pinkeln auf sein Bett«, forderte er die Jungen im Schlafsaal auf, während Piet unten noch damit beschäftigt war, die Latrinen zu schrubben. »Nun macht schon«, klatschte Karlmann in die Hände. »An unsere Pisse ist er ja schließlich gewöhnt.«

Er stellte sich in einem halben Meter Entfernung vor Piets Pritsche auf und zog seine Hose herunter. »Unser Zwerg soll eine Chance haben«, lachte er. »Gepinkelt wird von hier aus.« In einem großen Bogen urinierte Karlmann auf Piets Pritsche. Dann zogen auch die anderen Jungen ihre Hosen herunter. Manche trafen, manche nicht. Aber am Ende war Piets Decke klitschnass.

Angewidert kroch er an diesem Abend in sein Bett. Piet traute sich nicht, sich beim Kapuzenmann zu beschweren. Ihm würde er ja doch nicht glauben. Er hoffte nur, dass seine Decke bis zum nächsten Morgen trocknen würde. Karlmann grinste von seiner Pritsche blöd zu ihm herüber. Doch weil seine Decke am nächsten Morgen noch immer nicht getrocknet war, erhielt Piet auch dafür seine Strafe. »Du gottverdammter Bettnässer«, schimpfte der Kapuzenmann, als er die Schweinerei am Morgen entdeckte. Noch vor der Andacht verabreichte er ihm eine kräftige Tracht Prügel.

Piet hoffte, dass die Jungen schnell damit aufhören würden, auf sein Bett zu pinkeln, wenn er so tat, als sei ihm auch diese Demütigung egal. Aber er täuschte sich. Seit jener Nacht schlief er häufiger in nassen Laken.

Auch Radewijns kam im Unterricht schon bald darauf zu sprechen. Er predigte den Schülern mal wieder seine Erlösungslehre. Lange vor der Entstehung des Kosmos und der Geburt jedes Einzelnen, dozierte er im Skriptorium, sei entschieden, wen Gott für sein Reich auserwählt habe. »Der Mensch kann an seiner Vorbestimmung nichts ändern«, sagte der Rektor. »Weder durch Gebete, Gottgefälligkeit noch durch fromme Taten.« Alles sei beschlossen, vom ersten Tag des Lebens an. »Es gibt Starke und Schwache unter den Menschen, Gerechte und Ungerechte, Auserwählte und Höllenkreaturen, Vorbilder und Bettnässer.«

Piets einziger Lichtblick an der Schule war Martha, die dickliche Köchin. Schon als ihn der Rektor gezwungen hatte, den Eintopf mit dem rohen Pansen auszulöffeln, war sie die Einzige gewesen, die betreten zu Boden geschaut hatte. Martha erinnerte Piet ein wenig an seine Amme, und das machte ihn anfangs etwas misstrauisch ihr gegenüber. Sie trug einen Busen vor sich her, genauso furchteinflößend groß wie die Magd, die ihn einst gestillt hatte. Piet hatte in seinem Leben bisher keine besonders guten Erfahrungen mit Frauen gemacht, vor allem nicht mit den großbusigen.

Als Säugling wäre er fast erstickt zwischen den monströsen Brüsten seiner Amme. Der Geruch ihrer fetten Milch, die er von ihren Fingern hatte abschlecken müssen, hing ihm noch immer in der Nase. Die Brüste der Köchin waren genauso erschreckend groß. Aber als sie ihn das erste Mal dagegen drückte, empfand Piet doch etwas ganz anderes. Warm waren ihre Brüste, und sie dufteten nach dem Butterkuchen, den sie jeden Samstag in der Küche für sie zubereitete.

Sie hatte wohl einfach nur Mitleid mit ihm. Ihr eigenes Kind, das sie stets nur mit einem Kosenamen rief – »Engelchen« rief sie ihre Tochter –, war auf seine Art noch etwas auffälliger als Piet. Die Augen standen ihr schräg im Gesicht, und ihr Hinterkopf war so flach wie eine Bratpfanne. Richtig reden konnte das Mädchen auch nicht. Trotzdem schien sie zufrieden mit sich und ihrem Leben. Piet hörte sie aus der Küche jedes Mal glücklich glucksen, wenn ihre Mutter am Samstag den Teig für den Kuchen ausrollte.

Jeden Tag kam Martha gegen fünf Uhr morgens in die Schule. Sie wohnte in einem der nahe gelegenen Häuser in der Nachbarschaft und verschwand am frühen Nachmittag gleich nach der Essensausgabe wieder. Nur am Samstag, wenn sie den Kuchen zubereitete, blieb sie etwas länger.

Es war an einem dieser Samstage, als sie Piet in ihre Küche lockte. »Komm mal her«, sagte sie zu ihm. »Ich hab etwas für dich.«

Beim ersten Mal hegte Piet noch Argwohn. Etwas Gutes hatte er an Radewijns' Schule bisher nicht erlebt, und warum sollte ausgerechnet die Köchin eine Ausnahme machen? Er wollte möglichst schnell vorbei an ihrer Küchentür. Doch Martha stellte sich ihm in den Weg. So dick sie auch war, so behände und gelenkig bewegte sie sich doch. Piet wusste nicht, wie sie es anstellte, aber noch bevor er an ihrer Küchentür vorbei war, stand sie schon vor ihm.

»Hab keine Angst.«

Ihre Stimme klang weich und gütig. Und so ließ sich Piet in ihre Küche locken.

»Mach die Augen zu. Und mach den Mund weit auf.«

Alles ging so schnell, dass es Piet einfach geschehen ließ. Sie steckte ihm ein Stück Kuchen in den Mund und drückte ihn dabei fest gegen ihre Brüste. Engelchen saß auf dem Tisch, neben der großen Schüssel mit dem Kuchenteig. Es roch nach Mehl und aufgeschlagenen Eiern. »Schmeckt lecker«, schmatzte

Engelchen. Auch sie hatte ein Stück Kuchen im Mund. »Schmeckt lecker, oder?«

Ja, es schmeckte Piet. Es schmeckte ihm sogar ganz hervorragend. Marthas Kuchen war das Einzige, was ihm diese Schule für einen kurzen Moment versüßte. Jeden Samstag steckte ihm Martha nun ein Stück Kuchen in den Mund. Und jedes Mal drückte sie ihn dabei ganz fest an ihr großes Herz. »Mach dir keine Sorgen«, sagte sie zu Piet beim ersten Mal. »Ich habe gesehen, was dir Radewijns in den Eintopf geschüttet hat. Das macht er mit jedem neuen Schüler. Wenn du dich duckst, wird er dich bald in Ruhe lassen. Und wenn du trotzdem Sorgen hast, kommst du zu mir.«

Piet zählte bald die Tage, bis Martha wieder in der Küche stand und den Teig für den Butterkuchen ausrollte. Nur leider währte ihr kleines Geheimnis kaum ein Jahr. Als Martha ihm mal wieder ein Stück Kuchen in den Mund stecken wollte, erwischte Radewijns die beiden. Selbst Engelchen hörte auf zu glucksen, als der Rektor plötzlich in der Tür stand.

»Hast du nicht schon genug mit deiner eigenen Missgeburt? Musst du jetzt auch noch diesen Zwerg unter deine Fittiche nehmen?«, schimpfte er.

Martha ließ Piet unverzüglich los und schob ihn sanft aus ihrer Küche. Was danach geschah, hörte er nicht mehr. Er sah zu, dass er möglichst schnell verschwand. Unsichtbar hätte er sich am liebsten gemacht. Bestimmt würde ihn der Rektor bestrafen. Gewiss wäre jetzt Schluss mit süßem Kuchen, Martha und Engelchen. Bestimmt würde der Samstag für ihn aus dem Kalender gestrichen, diese süße Unterbrechung in seinem ansonsten so sauren Leben. Doch der Samstag verging zunächst wie jeder andere Tag auch. Piet hoffte schon, der Rektor würde die Sache auf sich beruhen lassen, als er die Jungen am Abend im Schlafsaal aufgeregt miteinander tuscheln hörte. Noch folgsamer als sonst krochen sie an diesem Abend in ihre Betten. Ein paar Pritschen von ihm entfernt hörte er zwei Jungen miteinander flüstern.

»Morgen Nacht gibt es wieder ein Konzert.«

»Woher willst du das wissen?«

»Ich hab gehört, wie der Rektor mit Aelst darüber gesprochen hat. Glaub mir, morgen Nacht wird es ein Konzert geben. Das ist so sicher wie das Amen in der Kirche.«

»Verdammt.«

»Uns wird schon nichts passieren. Aber unser Zwerg kommt bestimmt nicht ungeschoren davon.«

»Meinst du?«

»So sicher wie das Amen in der Kirche.«

Vor irgendetwas schienen sich die beiden Jungen zu fürchten. Nur Karlmann lag ruhig wie immer auf seiner Pritsche neben ihm. »*Ad maiorem Dei gloriam*«, brummte er vor sich hin. Dann drehte er sich noch einmal kurz zu Piet rüber. »Das heißt *zur höheren Ehre Gottes.* Hast du das etwa schon wieder vergessen?«

-21-

Am Morgen herrschte unter den Schülern noch die gleiche angespannte Ruhe wie am Abend zuvor. Vielleicht kam es Piet nur so vor, aber alle schienen wie verwandelt. Als sie im Speisesaal am Mittag ihren Eintopf auslöffelten, gab keiner der Jungen einen Mucks von sich. Es war, als hätte sich über Nacht etwas Böses über die Schule gelegt.

Nur Karlmann war selbstsicher wie immer. Aufrecht saß er auf seiner Bank im Skriptorium und schaute den Rektor an. Alle anderen Schüler hielten ihren Blick gesenkt, so, als könne sie das vor irgendetwas bewahren. Piet hatte noch immer keinen blassen Schimmer, was hier eigentlich vor sich ging.

Radewijns ging langsam durch die Bänke der Schüler und rezitierte seine liebste Stelle aus der Offenbarung: *Seht, ich mache alles neu. Ich bin das Alpha und das Omega, der Anfang und das Ende. Wer durstig ist, den werde ich aus der Quelle trinken lassen, aus der das Wasser des Lebens strömt. Wer siegt, wird dies als Anteil erhalten: Ich werde sein Gott sein, und er wird mein Sohn sein. Aber die Feiglinge und Treulosen, die Befleckten, die Mörder und Unzüchtigen, die Zauberer, Götzendiener und alle Lügner – ihr Los wird der See von brennendem Schwefel sein.*

Noch tiefer senkten die Schüler jetzt ihre Köpfe. Piet spürte den Arm des Rektors auf seiner Schulter. Auch den Rotschopf neben ihm berührte er. Die Banknachbarn zur Linken und Rechten atmeten merklich auf; der Rotschopf schluckte schwer. Radewijns ging weiter durch die Reihen der Schüler, seine Lieblingsstelle aus der Offenbarung noch zwei Mal wiederholend. *Ihr Los wird der See von brennendem Schwefel sein*. Dabei fasste er zwei weitere Jungen an ihrer Schulter.

Dann war alles vorbei. Als wäre nichts weiter geschehen, ging der Rektor zu seinem Unterricht über und ließ die Schüler ein paar Absätze aus der

Heiligen Schrift kopieren. Alle schienen konzentriert auf ihre Aufgabe – bis auf jene drei Schüler, die neben Piet eben die Hand des Rektors auf ihrer Schulter gespürt hatten. Der kleine Rothaarige schluchzte noch immer leise vor sich hin.

Auch Piet fiel es schwer, sich zu konzentrieren. Er musste die ganze Zeit über an die schwarz lackierte Flügeltür denken. Was war das bloß für ein Konzert, von dem die beiden Jungen gestern Abend im Schlafsaal gesprochen hatten? Hatte Karlmann ihm damals nicht erzählt, diese Konzerte würden einem danach noch sehr lange in den Ohren klingen? Und dass man sich wünschte, man hätte besser nie hinter die schwarz lackierte Tür geblickt? Piet war leicht beunruhigt, aber er hatte nun schon so viel Schimpf und Schande an dieser Schule erduldet, dass er glaubte, ihn könne hier rein gar nichts mehr erschrecken.

Nachdem er wie jeden Abend die Latrinen geputzt hatte, kroch er in sein Bett. Seine Decke war trocken. Die Jungen hatten an diesem Abend nicht auf sein Bett gepisst. Vielleicht verloren sie ja tatsächlich langsam die Lust daran. Und vielleicht hatte ja auch der *See von brennendem Schwefel* nichts weiter zu bedeuten. Vielleicht wollte ihnen er Rektor nur ein bisschen Angst einjagen.

Froh über seine trockene Decke, schloss Piet gerade die Augen, als er seinen Namen rufen hörte. Seinen eigenen und die Namen der drei Mitschüler, denen Radewijns im Skriptorium an die Schulter gefasst hatte. Es brauchte keine weitere Ermahnung vonseiten des Kapuzenmanns. Folgsam erhoben sich die drei Schüler von ihren Pritschen und gingen mit gesenkten Köpfen nach vorne.

Piet folgte ihnen die Treppe nach unten in den langen Flur. Schon vom Gang aus hörte er die leise Musik. Kein Zweifel, sie kam direkt von der schwarz lackierten Flügeltür. Schwere, traurige Töne. An den Wänden im Kreuzgang brannten Fackeln. Der Schuldiener, der sein blatternarbiges Gesicht wie immer tief unter seiner Kapuze verborgen hielt, schubste Piet vorwärts. Der Rotschopf vor ihm wimmerte etwas lauter, als sie die Flügeltür erreichten.

Piet musste seine Augen für einen Moment an die Dunkelheit gewöhnen. Ein Spinett stand rechts im Raum, etwas erhöht auf einem kleinen Podest. Er konnte nicht erkennen, wer das Instrument spielte. Aber er mutmaßte, es müsse wohl einer der Lehrer sein. Er tippte auf Söhngen, der an der Schule Astronomie lehrte und ihnen manchmal auch etwas über die Gesetze der Harmonie erklärte. Der Spinettspieler hielt sein Gesicht unter einer schwarzen

Kapuze verborgen. Auch die fünf Männer vorne am Tisch trugen Kapuzen. Nur Radewijns, der in ihrer Mitte auf einem rot gepolsterten Stuhl thronte, hatte keine Kapuze auf.

Das flackernde Licht der Kerzen warf die Schatten der Männer an die Wand hinter ihnen. Wie bei einer verkürzten Version des Abendmahls saßen sie da, mit Radewijns als ihrem Jesus in der Mitte. Die dickste Nase saß ganz links außen, ein Zinken wie eine fleischige Kartoffelknolle, durchzogen von roten Adern. Das musste Spreuens Nase sein. Und daneben van der Graede und Aelst. Piet erkannte jetzt auch sie an ihren Nasen. Rechts neben dem Rektor saßen Faas und van Eijk. Nur Söhngen fehlte. Er musste wohl wirklich der Mann am Spinett sein.

Piet wusste, dass die Lehrer dem Rektor hündisch ergeben waren, jeder auf seine Art. Dem notorischen Säufer van der Graede war sowieso alles egal. Aelst und Faas taten einfach nur, was ihnen Radewijns auftrug. Und Spreuen, der fette Karpfen, tat immer noch ein bisschen mehr als das. Hätte ihm der Rektor befohlen, einen der Schüler totzuschlagen, dann hätte er ihn wohl totgeschlagen. Daran zweifelte Piet nicht den Bruchteil einer Sekunde.

Der Kapuzenmann ließ die Schüler ein paar Meter vor dem Tisch der Lehrer Aufstellung nehmen. In der Mitte des Raums waren zwei schlichte Quader aus Holz aufgebaut, beide etwa einen Meter hoch. Als das Spinett aufhörte zu spielen, senkte Radewijns seinen Blick kurz auf die Tischkante, kaum länger, als ein Mensch braucht, um ein stilles Amen zu sprechen.

Dann sagte er zu seinen Schülern: »Zieht euch aus.«

-22-

Drooten kniete auf der vordersten Kirchenbank in der Nieuwe Kerk und sprach sein stilles Vaterunser. Es war schon das sechsundfünfzigste Vaterunser in dieser Nacht. Vierundvierzig Mal wollte er das Gebet jetzt noch wiederholen, dann würde er die Altarkerzen löschen, zum Gasthuislaan laufen und sich schlafen legen.

Es verging kein Tag, an dem Drooten nicht der Sünde gedachte. Was hatte ihn bloß so weit getrieben? Wie hatte er dieser satanischen Versuchung nur nachgeben können? Es war nicht gut, dass ein Mann wie er eine Frau berührte. Es entfernte ihn von seiner Nähe zu Gott, die er so inständig ersehnte. Er hatte einen grausamen Fehler begangen, und er flehte darum, dass Gott ihm verzeihen möge, wenn er nur lange genug zu ihm betete. Er wusste nur nicht genau, ob hundert Vaterunser dafür ausreichten.

Und vergib uns unsere Schuld, wie auch wir vergeben unseren Schuldigern. Und führe uns nicht in Versuchung …

Warum hatte ihn Gott nur dermaßen in Versuchung geführt? War sein Leben denn so lasterhaft, dass ER ihn auf die Probe stellen musste? War denn wirklich alles umsonst gewesen? Sein unbändiges Streben nach einem frommen Leben, sein Bitten um Erlösung und auch sein andächtiges Orgelspiel zur Freude des Herrn? Wenn er es doch nur ungeschehen machen könnte.

Vater unser im Himmel, geheiligt werde dein Name. Dein Reich komme. Dein Wille geschehe, wie im Himmel, so auf Erden …

Nein, es war kein göttlicher Wille gewesen, dem er in dieser Nacht gehorcht hatte. Es war Sünde gewesen, allerschlimmste Sünde. Sie hatte ihn verführt wie eine läufige Hündin.

Dabei hatte der Abend so harmlos begonnen. Sie saßen zusammen am Tisch und aßen ihren Stamppott. Das Feuer im Herd hüllte die Küche in wohlige Wärme. Seine Wirtin klagte von den weiten Reisen ihres Kapitäns und dass er von seiner letzten Reise bis heute nicht zurückgekehrt sei. Er erzählte vom frühen Tod seiner Mutter. Dass der Schlag sie getroffen habe, weil sie ohne Schmerz am Abend ins Bett gegangen und am Morgen danach nicht wieder aufgewacht sei. Sie waren sogar einer Meinung darüber gewesen, dass der schnelle und auch der ungewisse Tod der wohl allerschlimmste sei, weil er den Hinterbliebenen die Möglichkeit nahm, sich von den Sterbenden anständig zu verabschieden. Hätten sie es doch nur dabei bewenden lassen.

Die Erinnerung an diesen einen Abend, obwohl er nun schon Monate zurücklag, quälte Drooten bis aufs Blut. Das Laster Onans, wenn er in der Nacht mal wieder seine Hände nicht ruhig halten konnte und seinen Samen verschwendete, war schon widerlich genug. Oft fürchtete er deshalb, krank zu werden. Aber noch widerlicher war, was sich in dieser Nacht zugetragen hatte. Sie hatte ihn verführt wie Eva ihren Adam. Wie diese böse Geschichte endete, wusste man ja. Mit dem großen Rausschmiss aus dem Paradies, der Abkehr Gottes von den Menschen, ihrem armseligen Dasein auf der Erde, von dem man nur hoffen konnte, dass der Jüngste Tag einen davon erlösen würde.

Drooten betete jetzt sein achtundachtzigstes Vaterunser. *Und führe uns nicht in Versuchung, sondern erlöse uns von dem Bösen. Denn dein ist das Reich und die Kraft und die Herrlichkeit in Ewigkeit. Amen.*

Drooten fühlte sich kein bisschen erlöst. Er schämte sich wie ein Trinker nach dem Rausch. Dass er in der wohligen Enge ihrer Höhle Lust empfunden hatte, eine tiefe, animalische Lust, das war für ihn das Allerschlimmste. Hätte er sie doch nur von der Kante seines Betts gestoßen. Dann wäre er noch immer unschuldig.

Ganz leise hatte seine Wirtin die Tür zu seiner Kammer geöffnet. Sie hatten nach dem Essen vielleicht noch eine Stunde beisammen in der Küche gehockt und sich über Gott und die Welt unterhalten. Aber weil ihm ihr Gespräch mit der Zeit zu vertraut wurde und auch, weil er sich daran störte, dass ihm seine Wirtin scheinbar zufällig die Hand auf seinen Arm legte, war Drooten irgendwann aufgestanden und hatte ihr eine Gute Nacht gewünscht. Wäre es doch nur eine gute Nacht geworden. Dann wäre er noch immer unschuldig.

Sein Atem beschleunigte sich, als er jetzt daran zurückdachte. Sie war in seine Kammer geschlichen, hatte die Kerze gelöscht und sie neben das Bett gestellt. Als sei es das Selbstverständlichste von der Welt, hatte sie ihre Bluse aufgeknöpft, seine Hand gefasst und auf ihre warme Brust gelegt. Dann hatte sie ihren Rock nach oben geschoben und sich auf ihn gesetzt. Wie ein Schiff auf dem Meer hatte sie sich auf seinem wogenden Brustkorb hin und her geschaukelt und jeden Stoß wie eine unter ihr brechende Welle genommen. Wenn sie das Gefühl hatte, die Gischt schoss etwas zu hoch, verlangsamte sie ihre Bewegungen und führte sie in ruhigere Gewässer. Als er selbst in einem dieser Momente schon hatte ansetzten wollen, diesem unwürdigen Schauspiel ein Ende zu bereiten, schloss sie ihm sanft den Mund. Und dann ritt sie auf ihm weiter über das Meer – ihren Kurs fest im Blick. Nur sie allein wusste, wohin sie die Wellen trugen. Am Kap der Guten Hoffnung vorbei, hoch bis zum Golf von Begalen und dann hinunter bis vor die Küste von Batavia.

… und vergib uns unsere Schuld, wie auch wir vergeben unseren Schuldigern.

Drooten konnte nicht vergeben, weder seiner Wirtin noch sich selbst. Die Begierde, die von ihnen in dieser Nacht Besitz ergriffen hatte, war des Teufels. Und die Versuchung, von der er fürchtete, sie habe noch immer Macht über ihn, war umso gefährlicher, weil sie im Gewand der Schönheit dahergekommen war. Kaum ein Wort hatte Drooten mit seiner Wirtin seither gewechselt. Er verließ das Haus am Gasthuislaan frühmorgens vor der Dämmerung. Und er kehrte erst zurück, wenn er sicher sein konnte, ihrem prächtigen Hintern auch am Abend nicht zu begegnen.

Als Drooten sein einhundertstes Vaterunser zu Ende gebetet hatte, erhob er sich langsam von der Kirchenbank. Er zog seine Schuhe aus und ging barfuß hinüber in den Chorgang. Der Steinboden war kalt und die Nacht schon sehr weit vorangeschritten. Vor ein paar Tagen hatten die Glasmacher damit begonnen, das erste der neuen Fenster an der Nordseite der Kirche einzusetzen. Hinter einem Vorhang aus alten Decken bogen sie die Bleiruten zurecht, um die bunten Glasmosaike in Form zu bringen. Drooten fegte mit seinen Händen ein paar Scherben vom Boden auf und schüttete die Glassplitter in seine Schuhe.

Es tat höllisch weh, als er das erste Mal auf die Scherben trat. Aber er hoffte, dass ihn dieser Schmerz nun jeden Tag daran erinnern würde, nie wieder einen so fürchterlichen Fehltritt zu begehen. Das Erdulden der Schmerzen war Drootens Weg, um sich den Leiden Christi anzuschließen und sich von der Sünde zu befreien. Er hoffte nur, dass ihn sein kleines Opfer auch wirklich beschützen würde, *wie im Himmel, so auf Erden*.

-23-

Kaum hatte der Rektor die Schüler aufgefordert, sich auszuziehen, entledigten sich die drei Jungen auch schon ihrer Kleider. Sie hatten offenbar bereits ihre Erfahrungen damit gemacht. Nur Piet wusste noch immer nicht, was ihn erwartete. Dass es nichts Gutes war, stand für ihn außer Frage. Die Männer am Tisch mit ihren heruntergezogenen Kapuzen, die Fackeln an den Wänden, die schwermütige Musik, die übertriebene Inbrunst des Rektors und vor allem seine Worte vom See aus brennendem Schwefel – all das sprach nicht für ein gutes Ende.

Auch Piet zog jetzt seine Hose aus. Er betrachtete die Quader in der Mitte des Raums. Vielleicht täuschte er sich, aber auf dem linken Holzklotz meinte er, ein paar winzige Spritzer Blut zu entdecken. Die Lehrer saßen wie die Richter eines Tribunals am Tisch. Piet bedeckte sein Geschlecht mit zitternden Händen.

»Ts, ts, ts«, zischte Radewijns. Er nickte dem Kapuzenmann zu, der Piet seine Hände auf den Rücken kreuzte. »Du weißt doch, dass die Hände an unserer Schule immer gut sichtbar über der Decke liegen müssen«, raunte der Rektor. »Du weißt doch, dass du mir immer gut zuhören musst.«

Dann gab Radewijns dem Kapuzenmann Anweisung, die Jungen zu der schmalen Bank an der gegenüberliegenden Wand zu führen. Erneut erklang das dunkel-metallische Zittern der Spinettsaiten. Piet blickte zu Radewijns hinüber. Er schien die dunkle Feierlichkeit des Moments zu genießen. Er leckte sich ein paar Mal kaum merklich mit der Zungenspitze über die Lippen. Der Rothaarige neben Piet wimmerte schon wieder leise vor sich hin, als die Hände des Spinettspielers zum zweiten Mal auf den Tasten des Instruments zum Ruhen kamen; die gleiche von Trauertönen durchtränkte Melodie ging zu Ende.

Wieder senkte Radewijns seinen Kopf wie für ein stilles Amen, dann richtete er erneut das Wort an die Schüler. Er wiederholte, was Piet schon befürchtet hatte: *Seht, ich mache alles neu. Ich bin das Alpha und das Omega, der Anfang und das Ende. Wer durstig ist, den werde ich umsonst aus der Quelle trinken lassen, aus der das Wasser des Lebens strömt. Wer siegt, wird dies als Anteil erhalten: Ich werde sein Gott sein, und er wird mein Sohn sein. Aber die Feiglinge und Treulosen, die Befleckten, die Mörder und Unzüchtigen, die Zauberer, Götzendiener und alle Lügner – ihr Los wird der See von brennendem Schwefel sein.*

Je länger das Schauspiel andauerte, desto unheimlicher kam Piet die Sache vor. Wenn ihn der Rektor strafen wollte, weil er sich von Martha ein Stück Kuchen in den Mund hatte stopfen lassen, hätte er doch nur den Kapuzenmann anweisen müssen, ihm eine Tracht Prügel zu verabreichen. Was hatten die drei anderen Jungen damit zu tun? Warum hatte der Rektor gerade sie ausgewählt? Warum mussten sie hier auf der schmalen Bank nackt und frierend der Musik zuhören? Und warum wimmerte der Rothaarige die ganze Zeit vor sich hin? Was in aller Welt hatte Radewijns bloß mit ihnen vor?

Der Spinettspieler nahm jetzt rechts außen am Tisch von Radewijns Platz. So, wie er sich bewegte, musste es sich wohl tatsächlich um Söhngen handeln. Er schlurfte mit kleinen Schritten über den Steinboden, genau so, wie es seine Art war. Er hatte gerade am Tisch Platz genommen, als ihn der Rektor mit einer stummen Handbewegung aufforderte, noch einmal aufzustehen. Auch der Mann ganz links, von dem Piet annahm, es müsse sich um Spreuen handeln, erhob sich von seinem Stuhl. Beide Männer kamen nun direkt auf sie zu, ihre Gesichter unter den schwarzen Kapuzen verborgen. Sie führten sie zu den Quadern in der Mitte des Raums.

»Steig rauf«, sagte Spreuen zu Piet. Er hatte sich also nicht getäuscht. Er erkannte ihn jetzt an seiner Stimme. Spreuen rückte eine kleine Trittleiter neben den Quader. »Es sind nur fünf Stufen«, sagte er, »und du kannst ja schon bis tausend zählen.«

Nur gut einen halben Meter standen die Quader auseinander. Der Rothaarige wirkte irgendwie erleichtert. Zumindest wimmerte er jetzt nicht mehr. Er schlug seine Beine im Schneidersitz übereinander. Dann neigte er seinen Oberkörper einmal kurz nach links und rechts, so, als würde er seine Sitzposition überprüfen. Piet schaute noch einmal rüber zum Tisch der Lehrer. Radewijns breitete seine Arme aus.

»Lasst uns beginnen«, sagte er.

Der Rektor hatte seine Aufforderung kaum zu Ende gebracht, da spürte Piet auch schon den Schlag auf seiner Wange. Der Hieb des Rothaarigen, von dem er bis heute noch nicht einmal seinen Namen wusste – alle riefen ihn nur *Kleiner*, so, wie sie ihn selbst *Zwerg* oder *Scheißjunge* nannten –, traf ihn völlig unvorbereitet. Piet wäre beinahe vom Quader gefallen. Nur mit Mühe brachte er sich zurück ins Gleichgewicht und schlug seine kurzen Beine nun ebenfalls übereinander.

Eine weitere Erklärung brauchte Piet jetzt nicht mehr. Darum ging es also. Um einen Zweikampf handelte es sich. Kein Konzert im herkömmlichen Sinne, eher schon ein Backpfeifenkonzert. Darum wimmerte der Rothaarige jetzt nicht mehr. Er glaubte wohl, mit ihm leichtes Spiel zu haben. Die Regeln, wenn es denn welche gab, leuchteten Piet noch nicht ein, aber dass es hier um Sieg oder Niederlage ging, war ihm nun völlig klar. *Wer siegt, wird mein Sohn sein*, hatte der Rektor eben noch einmal wiederholt. Und das Los des Verlierers wird *der See von brennendem Schwefel* sein. Piet wollte lieber nicht erfahren, worin die Strafe des Verlierers bestand. Er wusste: Seine überaus genaue Beobachtungsgabe würde bei diesem Kampf seine schärfste Waffe sein. Mochte ihm der Rothaarige körperlich auch leicht überlegen sein, die Armlänge des Jungen reichte um ein paar entscheidende Zentimeter weiter, so waren ihm seine Augen ganz bestimmt nicht überlegen. Piet konzentrierte sich und schaute dem Rotschopf in die Augen.

Natürlich, auch andere Menschen konnten so manches in den Augen ihrer Gegenüber ablesen. Hass, Liebe, Trauer, Glück, Furcht und Zuversicht standen den Leuten oft überdeutlich ins Gesicht geschrieben. Bei Piet jedoch kam noch etwas sehr Entscheidendes hinzu. Er selbst hätte kaum erklären können, wie er es anstellte. Er sah es einfach. Wie ein Hellseher vermochte er in den Augen der Menschen zu erkennen, was sie beabsichtigten, noch bevor sie es dann taten.

Früher in Delft, da hatte sich Piet im Spiegel seiner Eltern manchmal selbst betrachtet, weil er sich einbildete, er könne in seinen Augen vielleicht seine eigene Zukunft erkennen. Aber das war schon sehr lange her. An der Schule des Rektors gab es keine Spiegel. »Nicht uns selbst sollen wir betrachten«, pflegte Radewijns immer zu sagen, »sondern Gott.«

Bisher hatte Piet sein Scharfblick an dieser Schule nicht viel genutzt, bis auf die Tatsache, dass er so manche Gehässigkeit in den Augen seiner Mitschüler gelesen hatte, bevor sie ihn dann quälten. Aber hier auf dem Quader würde ihn keiner festhalten. Er würde sich nicht noch einmal täuschen lassen, so wie damals von Karlmann. Er würde voraussehen, wohin der Rothaarige als Nächstes zielen würde, früh genug, um seinem Hieb auszuweichen.

Bei seinem zweiten Schlag duckte sich Piet. Die Backpfeife des Rothaarigen ging ins Leere. Er täuschte daraufhin einen Schlag mit seiner linken und dann auch mit seiner rechten Hand an. Piet sah die Tücke in seinen Augen, bevor er zum ersten Mal selbst zurückschlug. Nicht ganz so fest wie der andere, dafür aber treffsicherer. Links, rechts, links. Er musste sich dabei etwas vorbeugen und achtgeben, nicht die Balance zu verlieren. Nach einer halben Stunde saßen sich die beiden noch immer auf den Quadern gegenüber, mit rot glühenden Wangen nun, aber keiner von beiden war bisher gefallen. Ein paar Mal hatte Piet nicht aufgepasst und sich ein paar böse Backpfeifen eingefangen. Aber unter den meisten Schlägen hatte er sich hinweggeduckt.

Radewijns breitete jetzt erneut seine Arme aus. Söhngen und Spreuen rückten die Fußleitern an die Quader, damit die beiden heruntersteigen konnten. Ihre Wangen leuchteten rot wie Weihnachtsäpfel. Erneut erklang das Spinett. Wieder die gleiche traurige Musik. Wieder diese schwermütigen Töne. Wieder diese Mischung aus Feierlichkeit und Grausamkeit. Keiner sagte etwas. Nur Radewijns schien irgendetwas vor sich hinzumurmeln. Piet sah, wie er seine Lippen stumm bewegte. Vielleicht betete er.

Dann befahl der Rektor die beiden anderen Schüler auf die Quader. Es folgte das gleiche Schauspiel wie zuvor, nur in neuer Besetzung. Piet studierte ihren Kampf aufmerksam. Wenn er gleich auch noch gegen einen der beiden anderen Jungen antreten müsste, würde es für ihn schwerer werden.

»Sei nicht dumm«, flüsterte der Rothaarige ihm ins Ohr. »Lass dich in der nächsten Runde einfach fallen. Dann ist es für uns beide schnell vorbei.«

Piet antwortete ihm nicht. Nein, er wollte sich nicht fallen lassen. Ihm hallte noch immer der *See von brennendem Schwefel* in den Ohren. Er wusste nicht, welche Strafe dem Verlierer drohte, und er wollte es auch nicht erfahren. Er würde sich nicht fallen lassen, auch wenn er dafür noch ein paar Ohrfeigen mehr einstecken müsste.

Der Kampf der beiden anderen Jungen ging zu Ende, ebenfalls ohne klares Ergebnis. Danach kamen wieder Piet und der Rothaarige an die Reihe, nur dass sie diesmal von zwei anderen Lehrern zu den Quadern geführt wurden. Van der Graede packte Piet am Arm und führte ihn mit leicht schwankendem Gang zum Holzklotz, der Rothaarige wurde von Faas begleitet. Die Lehrer am Tisch schienen sich abzuwechseln. Wenn Piet mit seiner Vermutung recht hatte, würde ihn danach auch noch Aelst abholen. Mindestens über drei Runden ging dieser Kampf, wenn keiner von ihnen vorher von seinem Quader herunterfallen würde.

Nach der zweiten Runde blutete Piet leicht aus der Nase. Er war für einen Augenblick abgelenkt gewesen, weil Radewijns einmal laut auf den Tisch geschlagen hatte. Genau in diesem Moment hatte ihn der Rothaarige an der Nase getroffen. Trotzdem war Piet noch immer im Vorteil. Auf zehn seiner Backpfeifen kamen nur zwei des Rothaarigen. Als er ihn in der dritten Runde dann tatsächlich mit einem entschlossenen Schlag vom Quader fegte, klatschte Radewijns ihm Beifall. Seine Miene verriet wenig über seine wahren Gefühle. Nur um seinen schmalen Mund spielte ein leicht spöttischer Zug. Vielleicht war es auch nur die Verwunderung über den Ausgang des Kampfes. So genau wusste Piet das nicht. Er war einfach nur froh, dass er nicht vom Quader gefallen war.

Gleich nach dem Kampf führte ihn der Graugekittelte zurück in den Schlafsaal. Was mit den drei anderen Jungen in dieser Nacht geschah, erfuhr Piet nie. Im Schlafsaal lagen alle noch wach in ihren Betten. Die Jungen wetteten jedes Mal auf den Ausgang der Kämpfe. Wer als Erster zurückkehrte, wurde von ihnen wie ein Sieger empfangen. Aber auch das erfuhr Piet erst sehr viel später. Ihm klopfte in dieser Nacht keiner auf die Schultern, als er zurück in den Schlafsaal kam. Auf ihn hatte keiner gewettet.

»Schau an, schau an.« Piet kroch unter Schmerzen in sein Bett, als sich Karlmann noch einmal zu ihm umdrehte. »Ich habe darauf gewettet, dass du runterfällst«, sagte er. »Bist also noch einmal davongekommen. Das nenne ich Glück. Mal sehen, ob du das nächste Mal genauso viel Glück hast.«

-24-

»Wie hast du es angestellt?«

»Es war einfach nur ...« Piet hatte Angst, dass ihn der Rektor gleich schlagen würde. Er konnte seinen Blick nicht von dem Gekreuzigten abwenden, dessen Gesichtszüge so schmerzhaft dargestellt waren, als würde er gerade sterben. Es war das erste Mal, dass ihn Radewijns zu sich hatte rufen lassen. Seit dem Tag, als ihn Drooten an der Schule abgeliefert hatte, war er nicht mehr im Zimmer des Rektors gewesen. Das Bild von dem Gekreuzigten war wirklich furchteinflößend.

»Es war einfach nur *was*? Raus damit.«

»Ich hatte einfach nur Glück.«

»Nein, das war kein Glück. Ich habe genau gesehen, wie du dich unter seinen Schlägen hinweggeduckt hast. Außerdem entscheide ich allein, wer an dieser Schule Glück hat. Nun sag schon, wie hast du es angestellt?«

»Man konnte sehen, wohin er schlagen würde.«

»So, du konntest es also sehen? Du musst ja wirklich über ganz vortreffliche Augen verfügen, wenn du es wirklich sehen konntest. Schau mich an.«

Piet schaute in die harten Augen des Rektors. »Was siehst du in meinen Augen?«

»Hass.«

Piet rutschte das Wort einfach so heraus. Im gleichen Augenblick, als er es sagte, bereute er es auch schon. Radewijns funkelte ihn böse an, aber er schlug nicht zu.

»Meinen Hass«, sagte er, »hast du noch gar nicht kennengelernt. Ich werde dir beibringen, was Hass ist.«

Und so musste Piet auch die nächsten Male auf einen der Holzquader klettern. Es gab bald kein Backpfeifenkonzert mehr, ohne dass Radewijns ihn auswählte. Jedes Mal ging der Rektor bedächtig durch die Reihen seiner Schüler, rezitierte seine Lieblingsstelle aus der Offenbarung und legte seine Hand dann auf die Schultern von vier Jungen, auf die von Piet und von drei weiteren. Die Qualität seiner Gegner steigerte Radewijns mit jedem Mal, und auch der Rhythmus, in dem er seine Konzerte nun aufeinanderfolgen ließ, verkürzte sich auf beängstigende Weise. Es vergingen kaum noch acht Wochen, bis er ein neues Konzert ansetzte.

Piet kämpfte jedes Mal, als würde sein Leben davon abhängen. Seine Nase wurde ihm auf den Quadern mehr als einmal gebrochen. Er trug üble

Platzwunden davon und tellergroße Blutergüsse. So aufmerksam er seine Gegner auch jedes Mal ins Visier nahm, es waren einfach zu viele Schläge, die auf ihn einprasselten. Wenn er am Ende der Kämpfe zusammengesunken, aber noch immer ungeschlagen auf seinem Quader saß, spendete ihm der Rektor manchmal noch höhnischen Beifall.

»Das ist die Hölle, die dich erwartet. Besser, du gewöhnst dich schon auf Erden daran«, sagte er dann zu ihm, bevor ihn der Kapuzenmann zurück in den Schlafsaal brachte. Dort träumte Piet dann von Flucht und Vergeltung. Auf tausende Arten malte er sich aus, wie er sich an Radewijns rächen könnte. Am liebsten hätte er ihm seine stinkende Zunge herausgerissen und dabei wiederholt, was der Rektor stets zu ihm sagte, wenn er ihm mal wieder auf die Schulter klopfte. »Ich bin das Alpha und das Omega, der Anfang und das Ende.« Das hätte er ihm gerne entgegengeschleudert. Aber das waren natürlich nur Wunschgedanken. Für eine Flucht waren die Mauern um die Schule zu hoch und der Graugekittelte auch viel zu wachsam. Piet war der Gräuel des Rektors ausgeliefert wie ein Tier im Käfig.

Selbst die Köchin konnte ihm nicht helfen. Wenn Martha sicher war, dass es keiner sah, drückte sie ihn noch manchmal gegen ihren großen Busen. Sie tupfte dann seine Wunden mit einem kalten Tuch ab und steckte ihm etwas Süßes in den Mund. Aber viel mehr, als ihn zu bemitleiden, konnte auch sie nicht für ihn tun. »Mein armer, kleiner Junge«, sagte sie nun häufiger zu ihm. Und auch Engelchen strich ihm manchmal über seine geschwollenen Wangen. »Schmeckt nicht gut«, sagte sie. »Musst Kuchen essen.«

Es war an einem dieser Tage, als ihn der Rektor im Skriptorium mal wieder für ein Konzert auswählte. Es geschah am frühen Vormittag, und bis zur Nacht waren es noch etliche Stunden hin. Trotzdem konnte Piet schon jetzt an nichts anderes mehr denken. Die Schüler, die Radewijns für das Backpfeifenkonzert aufgestellt hatte, waren ihm alle drei weit überlegen. Are war ein rechter Holzkopf, nicht einfach nur dumm, sondern tatsächlich mit einem Schädel gesegnet so hart wie Holz. Glücklicherweise durfte er bei dem Kampf nur seine Hände gebrauchen. Per war flink wie ein Wiesel. Piet hoffte, er sei mit seinen Armen nicht genauso schnell wie mit seinen Beinen. Und Ruben, der hatte Hände so groß wie Bärentatzen.

Piet überlegte krampfhaft, wie er sich gegen diese Jungen zur Wehr setzen sollte. Sie saßen noch im Unterrichtsraum neben dem Skriptorium. Adrian Aelst trug ihnen gerade ein paar Zeilen seines neuesten Gedichts vor. Laut sprach er die Verse vor sich hin und wiegte seinen Kopf im Rhythmus der Worte:

Dem Vater, Sohn und Heiligen Geist erklang
Im ganzen Paradies ein Gloria-Singen,
Dass rein berauscht ich ward vom süßen Sang;
Ein Weltallslächeln schien mich zu umringen,
Als ich die Wonnen wie in Trunkenheit
Durch Ohr und Augen fühlte in mich dringen!

Piet hörte kaum hin. Er dachte nur an die kommende Nacht. Hoffentlich war nicht Ruben sein Gegner.

»So, und jetzt ihr.«

Aelst schlug mit seinem Stock einmal kurz auf den Tisch. »Ruben, sprich mir nach: *Ein Weltallslächeln schien mich zu umringen / Als ich die Wonnen wie in Trunkenheit / Durch Ohr und Augen fühlte in mich dringen!«*

Ruben stand auf, stammelte und stotterte. Piet sah seine mächtigen Pranken. Wenn er mich damit nur einmal erwischt, bin ich erledigt, dachte er.

Aelst hielt sich die Ohren zu, kaum dass Ruben zu seinem Vortrag ansetzte.

»Hör auf. Hör sofort auf. Du zerhackst die Melodie meiner Worte wie ein Schlachter. Hat denn keiner von euch ein bisschen Gefühl im Leib? Hört ihr denn nicht die Harmonie in meinen Versen? Seid ihr denn alle taub?«

Keiner der Schüler ahnte etwas von dem dreisten Schwindel, den Aelst beinahe täglich mit ihnen trieb. Piet selbst erkannte seine Lüge erst viele Jahre später, als der Arzt Hendrik de Gaesbeeck ihm gegenüber einmal das Original der Verse als ein Beispiel vollendeter Poesie anführte. Da erst wurde ihm bewusst, dass die angebliche Dichtkunst von Aelst nur darin bestanden hatte, die Worte aus dem Lateinischen zu übersetzen, wenn er sich mal wieder großzügig aus Dantes *Göttlicher Komödie* bediente. Er musste wohl wirklich geglaubt haben, ein sehr großer Dichter zu sein. Übertrug die Verse ins Holländische und vergaß im gleichen Augenblick offenbar auch schon, dass sie nicht aus seiner eigenen Feder stammten. Aber das wurde Piet erst sehr viele Jahre später bewusst. Im Grunde genommen fiel diese kleine Heuchelei ja auch nicht groß ins Gewicht. Sie war nur ein weiteres Beispiel für diese an Selbstbetrug, Irrsinn und Wahnwitz so überaus reiche Schule.

Damals empfand Piet einfach nur Abscheu über die Scheinheiligkeit seiner Lehrer. Am Nachmittag sollten sie frommen Versen lauschen und ein paar Stunden später sich dann mal wieder die Wangen blutig schlagen.

Als Piet an diesem Abend in sein Bett kroch, liefen im Schlafsaal schon die Wetten.

»Ich glaube, heute Nacht bist du fällig«, sagte Karlmann. »Heute Nacht wirst du endlich erfahren, was es mit dem *See von brennendem Schwefel* auf sich hat.«

Ängstlicher als sonst erwartete Piet, was sich nicht ändern ließ. Wie jedes Mal, wenn ein Konzert angesetzt war, würde sie der Kapuzenmann gleich abholen. Unten im Kreuzgang brannten bestimmt schon die Fackeln. Der Kapuzenmann würde gegen die schwarz lackierte Flügeltür klopfen, und dahinter würde Söhngen schon das Spinett spielen. Wie jedes Mal würden sie dann Aufstellung vor dem Tisch des Rektors nehmen. Piet kannte das Ritual längst auswendig. Radewijns würde ihnen befehlen, sich auszuziehen. Sie würden nackt und frierend auf der schmalen Bank sitzen und der Musik zuhören müssen – so lange, bis der Rektor seine Arme ausbreitete, sein Alpha und sein Omega beschwor, vom Anfang und vom Ende faselte und mit seinem *Lasst uns beginnen* die Kämpfe freigab.

Genauso kam es. Ruben hieß sein Gegner in dieser Nacht, ausgerechnet der Junge mit den Bärenpranken. Er saß schon auf dem Quader und rieb sich seine Hände auf den nackten Oberschenkeln warm. Er betrachtete Piet abschätzig wie eine Mücke, die er mit nur einem entschlossenen Handschlag erledigen würde. Seine großen Hände ruhten bewegungslos auf seinen Schenkeln. Diese Finte hatte Piet schon bei anderen Jungen beobachtet. Sie saßen regungslos da und überraschten einen dann mit einem plötzlichen Hieb. Sie warteten so lange, bis man selbst unaufmerksam wurde.

Piet täuschte sich nicht. Rubens Auge zuckte kaum merklich, bevor sein erster Schlag ins Leere ging. Er schwankte leicht nach links. Das ist meine einzige Chance, dachte Piet. Ich muss ihn ins Ungleichgewicht bringen, damit ihn sein eigenes Gewicht zu Fall bringt. Piet dachte einen Moment zu lange darüber nach. Seine obere Lippe platzte, und sein Nasenbein gab ein Geräusch von sich, als würde ein Hühnerschenkel aus seinem Gelenk gebrochen. Dabei hatte ihn Ruben nur mit den Fingerspitzen erwischt.

Piet wehrte sich nach Kräften. Er versetzte Ruben ein paar Ohrfeigen, aber das Resultat blieb bescheiden. Seine Schläge hinterließen kaum Spuren auf seinem Gesicht. Es war, als würde er einen Schatten schlagen. Aber immerhin, er war noch nicht gefallen. Auch in der zweiten Runde hatte ihn Ruben zweimal böse erwischt, wenn auch immer noch nicht mit seiner vollen Wucht. Piets Backenzähne wackelten gefährlich hin und her, als er mit seiner Zunge daran entlangfuhr. Er schmeckte das warme Blut in seinem Mund. Sein linkes Auge war mittlerweile so zugeschwollen, dass er damit nur noch schemenhaft etwas erkennen konnte.

Piet stöhnte, als er zum dritten Mal zum Quader geführt wurde. *Dein Los wird der See von brennendem Schwefel sein*, hallte es in seinen Ohren. Und wenn schon, dachte Piet. Dann soll es halt so sein. Immer noch besser, als mich totschlagen zu lassen. Piet fühlte sich am Ende seiner Kräfte, als er zum dritten Mal auf den Quader kletterte. Müde und schwach ließ er seine Arme nach unten baumeln. Es hatte keinen Sinn. Ruben wirkte auf ihn frisch wie in der ersten Runde. Noch ein einziger Treffer, dann wäre er erledigt. Auf seinem linken Auge sah Piet fast gar nichts mehr. Das Blut verklebte ihm seine Wimpern. Er wollte sich schon in sein Schicksal fügen, als er das Zeichen sah. Es war nur ein winziges Zucken in Rubens Pupillen, so kurz, dass es kaum in Zeit zu messen war. Jetzt würde er zuschlagen. Jetzt kam sein finaler Hieb. Ruben würde mehr Kraft in seinen Schlag legen als in alle anderen zuvor. Piet sah es genau vor sich. Er sah, mit welcher Hand Ruben gleich ausholen würde. Und er sah auch voraus, wo er ihn treffen wollte. Dann sah er die Hand auf sich zu fliegen, eine Bewegung, wie in tausend Einzelteile zerlegt. Piet zog den Kopf ein. Er sah noch das erschrockene Staunen in Rubens Augen, bevor sein Gegner kopfüber vom Quader stürzte.

Piet bekam nicht mehr mit, wie Radewijns auf den Ausgang des Kampfs reagierte. Er saß wie bewusstlos auf seinem Quader. Der Kapuzenmann musste ihn in dieser Nacht tragen. Auch für das Gemurmel der Jungen im Schlafsaal war er taub. Nur das Heben und Senken seines Brustkorbs verriet, dass er überhaupt noch am Leben war.

Karlmann betrachtete Piet in dieser Nacht anders als in allen Nächten zuvor. Dieser Zwerg neben ihm, dachte er, mochte zwar etwas verwachsen sein, kleinwüchsig, um nicht zu sagen hässlich, doch er behauptete sich erstaunlich gut. Zum ersten Mal hegte Karlmann so etwas wie Respekt für ihn. Er kannte keinen, der so viele Backpfeifenkonzerte für sich entschieden hatte. Irgendwie imponierte ihm die Standhaftigkeit des Jungen, der auf der Pritsche neben ihm lag. So, wie Ruben in dieser Nacht in seiner Achtung sank, gewann Piet ein Stückchen davon.

Aber auch davon bekam Piet nichts mehr mit. Er lag wie tot auf seiner Pritsche und träumte von seiner Erlösung. Er sah sich im Garten seines Vaters liegen. Er sah die Wolken über den Himmel Hollands ziehen. Er sah Sonne, Mond und Sterne auf- und auch wieder untergehen. Und dann hörte er in seinem Traum die Stimme seines toten Vaters. *Lass dich fallen, mein Sohn. Und dann mach dich möglichst unsichtbar.*

Genau das tat Piet eines Tages. Das Risiko, dass er noch immer nicht wusste, was dem Verlierer blühte und was es mit dem *See von brennendem Schwefel* nun eigentlich auf sich hatte, nahm er notgedrungen in Kauf.

-25-

Grietje saß in ihrer Küche und grübelte schon seit Stunden. Sie hatte sich in Heijn Drooten nicht getäuscht. Gut, viel geredet hatte er auch vorher nie. Hatte immer nur seine Kirche im Kopf gehabt. Aber jetzt schlich er sich morgens wie ein Dieb aus dem Haus und kam erst mitten in der Nacht zurück.

Anfangs, in den ersten Monaten, glaubte Grietje noch, er sei einfach nur ein bisschen durcheinander. Sie amüsierte sich sogar ein wenig über ihn, weil er ihr so beflissen aus dem Weg ging. Es brauchte wirklich sehr nicht viel, um einen Mann wie ihn aus dem Gleichgewicht zu bringen. Da ritt man auf dem Kerl ein bisschen über das Meer, zeigte ihm, dass es noch etwas anderes gab als Beten und Büßen, und schon geriet seine kleine Welt aus den Fugen. Sie verachtete ihn deshalb nicht. In gewisser Weise schmeichelte es sogar ihrer weiblichen Eitelkeit, dass sie ihn so dermaßen aus der Fassung gebracht hatte.

Die Männer, mit denen Grietje früher einmal Umgang gepflegt hatte, waren einfacher gestrickt. Bei ihrer Abreise am nächsten Morgen bedankten sie sich für die angenehme Bewirtung und gingen ihrer Wege. Sollte ihr einer dieser Männer im Stillen hinterhergetrauert haben, bekam Grietje nie etwas davon mit. Sie waren ja immer nur auf der Durchreise gewesen. Sie kamen und gingen wie die Sterne, die in der Nacht am Himmel leuchteten und am nächsten Morgen wieder verschwunden waren.

Grietje hatte es selbst immer so gewollt, aber mit Heijn Drooten lag der Fall anders, heikler und auch verzwickter. Denn er hatte ihr kleines Schiff schöner über das Meer geschaukelt als die meisten Männer zuvor, ihr eigener Kapitän natürlich ausgenommen. Grietje war sich ziemlich sicher, dass sie

Drootens erste Frau gewesen sei. Aber er hatte sich nicht ungeschickt angestellt. Ehrlich gesagt: Sie hatte gegen eine kleine Wiederholung nichts einzuwenden. Aber daran war im Moment gar nicht zu denken.

Dieser Kindskopf. Er machte sich viel zu viele Gedanken. Bestimmt bangte er um die Reinheit seiner Seele, haderte mit Gott, dem Teufel oder mit wem auch immer, überlegte sie. Dabei war ihr kleines Techtelmechtel doch das Natürlichste von der Welt und vom Schöpfer auch nicht anders gewollt. Man musste sich doch nur ein wenig in der Welt umschauen. Dann erkannte man sehr schnell, dass alles im Leben nur diesem einen Prinzip gehorchte. Die Hunde schnüffelten ihrer Lust hinterher. Die Blumen blühten, um die Bienen anzulocken. Und die Hasen taten den lieben, langen Tag sowieso nichts anderes. Schändlich war das ganz gewiss nicht. Wäre Gottes Wille ein anderer gewesen, hätte er ihr keine Brüste geschenkt und auch keinen Schoß. Dann wäre alles überflüssig in der Welt, was auf sanfte Berührungen so dankbar reagierte. Aber das wollte Grietje nicht glauben. Gott, dachte sie, hatte die Vögel erschaffen, damit sie zwitscherten. Warum also sollten nicht auch die Menschen ein bisschen miteinander vögeln?

Dass die Kirche einem deshalb ein schlechtes Gewissen einredete, war für sie nur Ausdruck ihrer Scheinheiligkeit. Nicht hier in Delft, aber früher in Amsterdam, da hatte sie selbst oft genug beobachten können, wie die Pfaffen am Abend verstohlen durch die Jonkerstraat streiften. Ratten, so groß wie Katzen, huschten dort über das Pflaster. Die Leute tranken Genever statt Wein und zwängten sich mit ihren Familien in schäbigen Hinterhäusern zusammen. Da standen die jungen Muschelhändlerinnen dann am Abend in den dunklen Hauseingängen und besserten ihren kargen Lohn auf.

Dass auch die Priester die Nähe der käuflichen Mädchen suchten, verurteilte Grietje nicht. Sie waren schließlich auch nur Männer. Was sie verurteilte, war ihre Heuchelei. Geilen Gecken gleich schlichen sie am Samstagabend durch die Gassen an der Oude Schans, nicht weit entfernt von den Lagerhäusern des Hafens. Und schon am nächsten Tag, wenn sie ihre Sonntagsmessen zelebrierten, geißelten sie die Lust dann als das schlimmste Laster der Welt. Nur um die Herrschaft der Kirche zu begründen, stellten sie die Begierde unter Strafe.

Der Gott, an den Grietje glaubte, war aus anderem Holz geschnitzt. Sie konnte sich keinen gütigeren Gott vorstellen als den, der seine Schöpfung auf dem Prinzip der Lust gegründet hatte. Es war ihr ein beruhigender Gedanke, dass fast alles, was die Menschen taten, das Gerechte und leider auch das Ungerechte, auf den Grundsätzen von Sehnsucht und Verlangen beruhte. Die Kirche knechtete die Menschen, wenn sie etwas anderes behauptete.

Drooten war ihr dafür das allerbeste Beispiel. Schon am Abend, als er aus Deventer zurückgekehrt war und sie in ihrer Küche den Stamppot miteinander teilten, war ihr neben seiner großen Schüchternheit sein tiefer Ernst aufgefallen. Er schien das Unglück höher zu schätzen als das Glück. Er schämte sich noch immer für ihr kleines Techtelmechtel, auch wenn es jetzt schon so viele Nächte zurücklag. Es war offensichtlich, dass er sich schämte. Aber trotzdem: Er hatte ihr Schiff so schön über das Meer geschaukelt wie schon sehr lange kein Mann mehr.

Während Gritje Horneborg noch über Drooten nachdachte, keimte in ihr ein böser Verdacht. Sie glaubte jetzt zu wissen, welcher Art das Kirchengeschäft gewesen sei, das Drooten seinerzeit nach Deventer geführt hatte.

So geht es nicht weiter, dachte sie, weder ihre gemeinsame Geschichte noch die andere. Sie beschloss: Heute Abend knöpfe ich ihn mir vor, selbst wenn er erst mitten in der Nacht nach Hause kommen sollte.

-26-

Heijn Drooten putzte die Kerzenleuchter am Altar. Unter seinen Fußsohlen hatte sich mittlerweile eine so dicke Hornhaut gebildet, dass er die Glassplitter in seinen Schuhen kaum noch spürte. Jeden Tag hatte er gebetet, um seine unzüchtigen Gedanken zu verscheuchen. Erst fünfzig, dann hundert und mittlerweile sogar zweihundert Vaterunser am Tag. Am schlimmsten setzte ihm der Gedanke zu, dass sich die Sünde wiederholen könnte. Denn so sehr er sich für seine Tat auch schämte, so sehr drängte ihn ein kleiner, böser Teufel, der Versuchung noch einmal nachzugeben.

Vor dieser einen Nacht, da hatte in Drootens Welt alles seine Ordnung gehabt. Er war am Morgen mit einem Gebet auf den Lippen aufgewacht und am Abend mit einer Fürbitte eingeschlafen. Nichts hatte den friedlichen Rhythmus seiner Tage gestört. Er war immer vollkommen im Reinen mit sich gewesen und fest davon überzeugt, auf dem rechten Weg zu sein. Diese Gewissheit hatte er nun verloren. Wenn er sich nachts unruhig in seinem Bett hin und her wälzte, konnte er sich oft nicht mehr beherrschen. Und wenn er es sich in

Gedanken an seine Wirtin dann selbst besorgte, erinnerte ihn das Laster Onans jedes Mal daran, wie gefährlich weit er von seinem Weg schon abgekommen war. Drooten hasste sich dafür. Kein Weiberhintern konnte so prächtig sein wie das Versprechen vom ewigen Leben. Kein Hintern war es wert, dafür sein Seelenheil aufs Spiel zu setzen.

Drooten kratzte mit seinem Fingernagel gerade ein paar hartnäckige Wachsreste von dem schweren, bronzenen Kerzenleuchter am Altar. Er drückte dabei wohl etwas zu fest dagegen. Es schepperte gewaltig, als der Leuchter zu Boden ging. Jüttner kam aus der Sakristei herbeigelaufen, aufgeschreckt von dem Krach in seiner Kirche.

»Was ist denn jetzt schon wieder?«

»Ich … ich wollte nur den Leuchter putzen. Dabei ist er mir umgefallen.«

»Was ist mit dir los, Heijn Drooten? Heute Morgen stolperst du mitten in der Messe über deine eigenen Füße, und jetzt schmeißt du mir auch noch die Altarkerzen um?«

»Ich wollte doch nur …«

»Papperlapapp. Sag mir lieber, was mit dir los ist.«

»Aber das kann doch mal passieren. Dass man stolpert oder einem etwas umfällt, meine ich.«

»Ja, schon gut. Trotzdem scheinst du mir ein bisschen durcheinander. Die Orgel spielst du auch nicht mehr so fehlerfrei wie früher. Du weißt doch, dass diese verstockten Calvinisten das Orgelspiel am liebsten verbieten wollen. Du kennst meine Meinung über diese Hämorrhoiden-Kleriker. Wir werden in unserer Kirche auch weiterhin die Orgel spielen. Und wir werden unser Haus auch mit den neuen Fenstern schmücken. Du weißt ja, was ich darüber denke. Die Menschen brauchen die Bilder und auch die Musik, damit die Botschaft des Herrn noch tiefer in ihre Herzen dringt. Aber wenn du am nächsten Sonntag wieder nicht die richtigen Töne triffst, wäre es vielleicht wirklich besser, wir würden auf dein Orgelspiel eine Zeit lang verzichten.«

»Das ist nicht nötig, wirklich nicht. Es tut mir leid, wenn ich in jüngster Zeit manchmal falsch gespielt habe. Es kommt nicht wieder vor.«

»Also ist wirklich alles in Ordnung mit dir, Heijn Drooten?«

»Ja, alles in bester Ordnung.«

»Und warum bleibst du am Abend dann neuerdings so lange in der Kirche?

»Das ist nur, weil sie doch jetzt damit begonnen haben, die neuen Fenster im Chorgang einzusetzen. Ich bete am Abend darum, dass ihnen die anderen

Fenster genauso glanzvoll gelingen mögen. Und dass sich unsere Gemeinde dann jeden Tag ein Bild davon machen kann, wie gut es ist, auf dem rechten Weg zu wandeln.«

»Du erwartest vielleicht ein bisschen zu viel. Aber bevor du mir hier drinnen jetzt noch mehr umschmeißt, ist es wohl besser, wenn du für heute nach Hause gehst. Du bist blass um die Nase. Ich hoffe, du wirst mir nicht krank.«

Drooten war nicht krank, nicht im Sinne Jüttners. Aber es war eben auch nicht sein bester Tag. Erst stolperte er mitten im Gottesdienst über seine eigene Füße, dann schmiss er den schweren Kerzenleuchter am Altar um, und jetzt schickte ihn der Pfarrer zur Strafe auch noch nach Hause, damit er Grietje Horneborg dort geradewegs in ihre Arme lief.

»Heijn Drooten, ich hab mit dir zu reden.«

Die Wirtin stand mit verschränkten Armen im Flur und versperrte ihm den Weg.

»Morgen, wir können morgen reden. Mir geht es heute nicht gut. Ich muss mich ausruhen.«

»Nein, wir reden jetzt.«

»Was in Himmels Namen ist denn so wichtig, dass es nicht bis morgen warten kann?«

»Ich glaube, ich weiß jetzt, was das für Kirchengeschäfte waren, die du seinerzeit zu erledigen hattest.

»Ich weiß nicht, wovon du redest.«

»Du hast mir damals erzählt, die Nieuwe Kerk würde neue Fenster bekommen.

»Ja, sie haben gerade das erste Fenster eingesetzt. Es geht alles viel langsamer voran, als ich dachte. Das Fenster ist prachtvoll geworden, aber sie brauchen bestimmt noch ewig, bis sie mit den anderen vierzehn Fenstern fertig sind.«

»Wer hat die Fenster bezahlt? Ich kann mir kaum vorstellen, dass ihr sie aus eurem Klingelbeutel beglichen habt. Hat der alte Kasdorp die Fenster bezahlt?«

»Was soll Kasdorp denn damit zu tun haben?«

»Eine ganze Menge, könnte ich mir vorstellen. Wie du bestimmt weißt, will seine Tochter bald wieder heiraten. Nicht, dass ich ihr das Vergnügen nicht gönnen würde. Ihr Korbmacher ist ja auch schon eine ganze Weile tot. Ich frage mich nur, wo ihr Kind abgeblieben ist. Wenn ich mich nicht täusche, ist der Junge genau zu dem Zeitpunkt aus der Stadt verschwunden, als du in Deventer warst.«

»Was weiß denn ich, wo diese kleine Missgeburt steckt.«

»Ich glaube, das weißt du sehr genau. Er müsste heute so ungefähr acht oder neun Jahre alt sein, oder? Ich glaube, du hast ihn fortgeschafft, und als Lohn bekommt die Kirche dafür nun ihre neuen Fenster. Ist es nicht so?«

»So ein Blödsinn.«

»Dann sage mir, wo der Junge steckt.«

»Was weiß denn ich.«

»Kasdorp hat euch bezahlt, damit ihr seine Familienschande beiseiteschafft und seine Tochter noch einmal ganz von vorne beginnen kann. So ist es doch, oder?«

»Hast du mit jemandem darüber gesprochen?«

»Nein, bisher noch nicht. Ich glaube auch nicht, dass die Leute am Schicksal dieses Jungen sonderlich interessiert sind. Aber ich würde gerne wissen, was aus ihm geworden ist.«

»Ich darf nicht darüber reden.«

»Du meinst, ich sollte es vielleicht besser auch nicht tun?«

»Versprich mir, dass du schweigen wirst.«

»Ich verspreche es dir, aber jetzt rück endlich mit der Wahrheit heraus. Was habt ihr ihm angetan?«

»Verdammt noch mal, glaubst du etwa, wir haben diese kleine Missgeburt umgebracht? Keiner von uns hat ihm etwas angetan. Wenn du es unbedingt wissen willst: Ich habe ihn damals auf eine Schule nach Deventer gebracht. Es wird dort gut für ihn gesorgt. Es war für alle Beteiligten einfach das Beste so.«

»Für die Tochter vom alten Kasdorp ganz bestimmt. Sie kann jetzt ein zweites Mal Hochzeit feiern, ohne dass ihr der Junge dabei im Weg steht. Aber eine Mutter sollte ihr Kind nicht einfach so fortgeben. Auch nicht auf eine Schule, von der du behauptest, es würde ihm dort gut ergehen.«

»Du musst mir versprechen, dass du darüber schweigen wirst.«

»Ich für meinen Teil kann ein Geheimnis hüten, auch wenn ich das Kirchengeschäft, wie du es nennst, ungerecht finde. Aber auch du musst mir etwas versprechen.«

»Was denn noch?«

»Ich will, dass du mir nicht mehr so beflissen aus dem Weg gehst. Ich möchte einfach nur, dass du endlich zulässt, was auch dir gefallen hat.«

»Du wirst also keinem etwas davon erzählen?«

»Weder darüber noch über alles andere.«

Und so kam es, dass Drooten seiner Wirtin an diesem frühen Abend ein zweites Mal sehr viel näher trat, als ihm das seine strengen Vorstellungen von Sitte und Anstand eigentlich erlaubten. Er folgte ihr nach oben in ihre Kammer, zwar noch immer im größten Widerstreit seiner Gefühle, aber irgendwie auch schicksalshaft ergeben. Wie hätte er auch ahnen können, dass Grietjes Schweigegelübde nicht sehr viel wert war und ihn nicht davor bewahrte, noch ein weiteres Mal nach Deventer aufbrechen zu müssen?

-27-

Manchmal hatte Piet noch den beißenden Geruch von verbranntem Fleisch in der Nase. Er wusste jetzt, worin die Strafe des Rektors bestand.

Als ihn Radewijns nach seinem Kampf gegen Ruben, den er nur mit äußerster Anstrengung, sehr viel Glück und vier Tagen beinahe bewegungsloser Bettruhe überstanden hatte, ein weiteres Mal auf die Quader befahl, ließ Piet sich fallen. Er wollte keine Ohrfeigen mehr einstecken und auch keine mehr austeilen. Er wollte einfach nur, dass sie ihn endlich in Ruhe ließen.

Die Stunden im Skriptorium, den Unterricht in Grammatik und Rhetorik, in Geometrie und Arithmetik ließ er gleichgültig über sich ergehen. Nur kämpfen wollte Piet nicht mehr. Sollten die Lehrer doch ruhig ihre Geschichten über den Lauf der Welt erzählen. Piet störte sich schon lange nicht mehr daran. Sollte sich die Sonne doch ruhig um die Erde drehen, wobei Piet so seine Zweifel hegte, ob das auch wirklich stimmen könne. Denn wenn sich die Sonne, die man schließlich ein göttliches Gestirn nannte, tatsächlich um die Erde drehte, hieß das im Grunde genommen ja nichts anderes, als dass Gott selbst sich um die Erde drehen würde. Das zumindest fand er eine etwas verwegene Vorstellung.

Trotzdem nahm er Söhngens astronomische Ausführungen lieber gleichmütig hin, als ihn noch einmal auf dem Spinett spielen zu hören. Lieber ertrug er Spreuens heilige Zahlenakrobatik als seine fleischige Nase unter der Kapuze. Die langatmigen Verse von Aelst auswendig zu lernen empfand er allemal erträglicher, als sich von ihm ein weiteres Mal zu den Quadern führen zu lassen. Lieber putzte er jeden Tag die Latrinen, als noch einmal kämpfen zu müssen.

Als sich Piet zum ersten Mal vom Quader fallen ließ, hatte seine Niederlage keine weiteren Folgen. Zu seiner eigenen Verblüffung brachte ihn der Kapuzenmann wie jedes Mal zurück in den Schlafsaal, ohne dass ihn die Strafe des Rektors ereilte. Zunächst dachte Piet, dass der *See von brennendem Schwefel* vielleicht nur Blendwerk sei und Radewijns ihnen damit nur Angst einjagen wollte. Ganz auszuschließen war das im Grunde genommen nicht. Noch nie hatte einer der Jungen nach einem verlorenen Backpfeifenkonzert etwas über die Strafe verraten, so sehr die anderen ihn am nächsten Morgen auch bedrängten. Alle glaubten deshalb, dass die Strafe ziemlich grausam sein müsse, wenn keiner der Jungen freiwillig etwas darüber preisgab. Auch Piet machte diese Ungewissheit Sorgen. Andererseits: Was konnte schon schlimmer sein als der Tod? Und tot war doch bisher keiner in den Schlafsaal zurückgekehrt.

Drei weitere Male befahl ihn der Rektor danach noch auf die Quader – immer mit dem gleichen Resultat. Schon in der ersten Runde ließ Piet sich fallen, beim ersten, beim zweiten und auch beim dritten Mal. »Dann soll es wohl so sein«, sagte Radwijns, als Piet den Kampf zum dritten Mal verloren gab. »Dann wird dein Los heute der See von brennendem Schwefel sein.«

Besorgt blickte Piet zum Tisch der Lehrer. Sie wussten, was jetzt kommen würde. Wie eine gemeine Mörderbande saßen sie da. Keiner von ihnen würde einen Finger rühren, um ihm zu helfen. Gemeinsam würden sie ihre Strafe an ihm exekutieren. Aber so sehr sich Piet auch davor fürchtete, war er doch gleichzeitig froh, es nun endlich hinter sich zu bringen.

Radewijns schaute zur Tür. Er schien auf irgendetwas zu warten. Die drei anderen Jungen hatte er von dem Kapuzenmann eben schon zurück in den Schlafsaal bringen lassen. Söhngen spielte auf dem Spinett gerade seinen Schlussakkord, als sich die Tür erneut öffnete. Der Kapuzenmann trug eine Eisenstange vor sich her. Piet konnte nicht genau erkennen, was es war, aber an der Spitze leuchtete die Eisenstange feuerrot.

Radewijns nickte dem Kapuzenmann zu, breitete seine Arme aus und begann zu sprechen. *Und ich sah: Ein anderes Tier stieg aus der Erde herauf. Es hatte zwei Hörner wie ein Lamm, aber es redete wie ein Drache.* Der Rektor machte eine bedeutungsvolle Pause, bevor er weitersprach. In dem gleichen, salbungsvollen Ton fuhr er fort: *Die Kleinen und die Großen, die Reichen und die Armen, die Freien und die Sklaven zwang das Tier zu einem Zeichen.*

Radewijns nahm von dem Kapuzenmann jetzt die Eisenstange entgegen. Spreuen und Söhngen packten Piet an den Armen, schleiften ihn zum Stuhl des Rektors und drückten ihm seinen Kopf nach unten. *Hier braucht man keine Kenntnis*. Der Rektor sang seine Worte jetzt mehr, als er sie sprach. Er zog die Silben ganz weit auseinander. *Wer Verstand hat, berechne den Zahlenwert des Tieres*, brummte er mit tiefer Stimme. *Denn es ist die Zahl eines Menschennamens; seine Zahl ist die sechhundertsechsundsechzig*.

Genau in diesem Moment roch Piet das verbrannte Fleisch. Es war sein eigenes Fleisch, in das der Rektor in dieser Nacht das Zeichen brannte. Schmerz empfand er in diesem Moment merkwürdigerweise kaum. Erst später, als er schon wieder auf seiner Pritsche im Schlafsaal lag und die frische Wunde in seinem Nacken befühlte, quälte ihn ein Schmerz, der bis zum nächsten Morgen nicht mehr weichen sollte.

Gut ein Jahr lag diese Nacht nun schon zurück. Manchmal befühlte Piet noch das Brandzeichen in seinem Nacken. Gerade mal einen halben Finger breit leuchtete die Narbe als kleiner roter Fleck auf seiner Haut. Aber das konnte niemand sehen. Piets Haare verdeckten die Narbe. Drei kleine Sechsen hatte ihm der Rektor in dieser Nacht in die Haut gebrannt. Die Zahlen des Teufels. Wie viele andere Jungen das Zeichen heimlich unter ihrem Haaransatz trugen, wusste Piet bis heute nicht. Nie hatte einer der anderen Jungen darüber gesprochen. Der *See von brennendem Schwefel* war das größte Geheimnis an Radewijns Schule.

Auch Piet sprach nie darüber. Er war sich nicht sicher, aber er wollte auch nicht mehr ausschließen, dass er der Erste und Einzige sei, der das Zeichen in seinem Nacken trug. Zumindest hatte er sein Ziel nun endlich erreicht. Nie wieder befahl ihn der Rektor danach noch einmal auf die Quader.

»Siehst du«, sagte Martha eines Tages zu ihm. »Du musst dich nur ducken, dann lassen sie dich in Ruhe.«

»Ja, du hast recht. Ich habe nur etwas lange gebraucht, um das zu begreifen.«

Die Köchin tätschelte ihm seine Wange und steckte ihm ein Stück Kuchen in den Mund. Piet nahm es dankbar entgegen und lief dann weiter durch den Kreuzgang. Er drückte sich so eng an die Mauern, dass seine Konturen mit den Wänden verschmolzen. Die Schatten der Wände wurde langsam zu seinen eigenen. Piet bewegte sich mit der Zeit so leise und unauffällig durch die Schule, dass man ihn beinahe vergaß. Nur im Sommer, wenn sie ihre Arbeiten im Garten verrichteten und er sich abseits der anderen Jungen manchmal ins Gras fallen ließ, stach sein orangefarbenes Haar noch immer daraus hervor wie eine seltene Blume.

Je weniger Piet sich zur Wehr setzte, desto weniger fanden die anderen Jungen noch Gefallen daran, ihn zu quälen. Selbst Karlmann ließ ihn mittlerweile links liegen. Und auch seine Decke blieb am Abend nun meist trocken.

Die Narbe in seinem Nacken war bereits ziemlich verblasst, als Radewijns im Skriptorium mal wieder seine Erlösungslehre predigte. So unausgegoren und kindlich jung Piets Gedanken auch noch waren, so hegte er doch schon große Zweifel an den Worten des Rektors. Glaubte er wohl selbst daran, was er ihnen hier Tag für Tag verkündete? Glaubte er wirklich, dass es auf Erden eine Gruppe Auserwählter gab und eine Gruppe von Menschen, die für die ewige Verdammnis bestimmt waren? Meinte er vielleicht sogar, dass er Gott die Arbeit erleichtern würde, wenn er seine Schüler mit der Zahl des Teufels brandmarkte?

Du sollst dir kein Bildnis machen, keinerlei Gleichnis, weder dessen, das oben im Himmel ist, noch dessen, das unten auf Erden ist, las Radewijns ihnen aus dem fünften Buch Mose vor. Aber genau das tat er doch selbst, wenn er sie brandmarkte und in die Auserwählten und die Verdammten teilte. Piet waren seine Worte und Taten zuwider. Er verabscheute ihn.

So vergingen die Wochen, die Monate und dann auch die Jahre. Auf den Sommer folgte der Herbst und auf den Winter das Frühjahr. Das Einzige, was Piets Aufmerksamkeit in den Unterrichtsstunden noch immer fesselte, war die Glaskugel, mit der Radewijns ihnen jeden Tag aus der Bibel vorlas. Schon sehr oft hatte er sich gefragt, was es mit dem Glas wohl auf sich hatte. Es war hell und durchsichtig, das konnte er von seiner Bank aus gut erkennen. Oben war das Glas rund wie eine Kugel geschliffen und an seiner Unterseite so flach wie ein Spiegel.

Es war kein Diebstahl im eigentlichen Sinne. Piet war kein Dieb. Er ergriff eines Tages nur die Gelegenheit, als Radewijns seinen Lesestein im Skriptorium auf dem Pult vergaß. Die anderen Jungen hatten den Unterrichtsraum bereits verlassen und gingen durch den Kreuzgang nach oben in den Schlafsaal. Piet schnappte sich die Glaskugel, steckte sie in seine Tasche und vergrub sie an der Nordseite der alten Klostermauer in der Erde.

Drei Tage lang ließ Radewijns danach die Schule auf den Kopf stellen. Jeder Stein wurde umgedreht, jede Schublade geöffnet und selbst die Töpfe in Marthas Küche inspiziert. Aber der Lesestein blieb verschwunden. Er fand sich weder in den Unterrichtsräumen wieder noch in der Kapelle oder im Schlafsaal der Schüler. Wo immer der Rektor auch suchen ließ, sein kostbarster Besitz tauchte nicht wieder auf.

Erst als sich die Aufregung am vierten Tag langsam legte und Piet schon die Latrinen geputzt hatte, wagte er sich nach draußen und schlich zur Nordseite an der alten Klostermauer. Ein paar Mal drehte er sich noch zum Hauptgebäude um. Erst als er vollkommen sicher war, dass ihn niemand beobachtete, holte er den Lesestein aus seinem Versteck. Mit etwas Spucke rieb er die Glaskugel an seinem Ärmel sauber und blickte dann zum ersten Mal hindurch. Zunächst schien ihm alles wie in einen dichten Nebel getaucht. Enttäuscht wollte er das Glas schon wieder sinken lassen. Nichts sah er durch diese gottverdammte Kugel, was er mit seinen eigenen Augen nicht sehr viel besser sehen konnte.

Piet richtete das Glas auf eine Ameise, die zu seinen Füßen durch das Gras krabbelte. Und dann sah er es plötzlich: die halbkugelförmigen Augen, die auf beiden Seiten weit auseinanderstanden und fast die gesamte Fläche des Kopfs einnahmen; die Fühler, die wie Halme im Wind auf dem Kopf herumtanzten; die Greifwerkzeuge vor dem spitz zulaufenden Kopf, so scharf wie die Waffen von Kriegern. Nie zuvor hatte Piet eine Ameise auf diese Art gesehen. Betrachtet durch die Glaskugel wirkte das Tier um das Vierfache vergrößert, wenn nicht sogar noch sehr viel mehr.

Staunend ließ Piet den Lesestein für einen Moment sinken. Wie funktionierte das? Er fuhr mit seinen Fingern über die glatte Oberfläche des Glases. Irgendetwas da drinnen musste den Zaubertrick doch erklären. Eben noch, da war die Ameise so klein, wie Ameisen eben sind. Aber betrachtet durch die Kugel, war sie so groß wie ein Kartoffelkäfer.

Piet robbte weiter durch das Gras. Er schaute zwischendurch immer mal wieder hoch, ob ihn auch wirklich niemand beobachtete. Er sah Käfer, die mit ihren gepanzerten Rücken stolz wie Ritter durch den Untergrund krochen. Er sah Saftkugler, Schnurfüßler und Ohrenkneifer mit Fangzähnen an ihren Mäulern, so furchterregend, wie er sie noch an keinem Hund gesehen hatte. Eine Libelle, die auf der Blüte eines Löwenzahns Platz genommen hatte und sich auch mit bloßem Auge sehr gut beobachten ließ, wirkte auf ihn jetzt noch sehr viel beeindruckender. Ihre beiden Flügelpaare, und das hatte Piet vorher noch niemals bemerkt, bewegten sich unabhängig voneinander. Piet wusste, dass man die Libellen wegen der Geschwindigkeit, mit der sie durch die Luft flogen, auch *Teufelsnadeln* nannte, aber ihre Schönheit ließ ihn jetzt jede Furcht vergessen. Ganz nah rückte er der Libelle mit dem Glas auf ihren Leib. Die Färbung ihrer Flügel leuchtete in intensivem Blaugrün. Und die feinen Linien, die ihre vier Flügel durchbrachen, schienen so gleichförmig geformt wie die

Spuren am Strand, wenn die Wellen des Meers ihre Abdrücke darauf hinterließen.

Es war ein Wunder. Piet wusste nun, warum der Rektor die Glaskugel wie seinen eigenen Augapfel hütete. Wenn dieses Ding Ameisen und Käfer zu wahrer Monstrosität heranwachsen lassen konnte, dann ließen sich damit auch die Buchstaben der Bibel um ein Vielfaches vergrößern. Radewijns musste ziemlich blind sein, wenn er ein solches Glas zum Lesen brauchte.

Die Sonne ging schon beinahe unter, als Piet das kleine Stück Papier aus seiner Tasche kramte. Ganz brüchig war es im Lauf der Zeit geworden, so oft hatte er das Papier nun schon auseinandergefaltet. Tausende Male hatte er die Worte darauf gelesen und sich gefragt, was ihm sein Vater damit wohl hatte sagen wollen. Aber an diesem frühen Abend, nachdem er die Welt zum ersten Mal durch die Glaskugel des Rektors betrachtet hatte, glaubte er, das Vermächtnis seines Vaters endlich zu verstehen. »Wer für das Allerkleinste im Leben ein Auge hat«, stand auf dem Stück Papier, »wird das Allergrößte in seinem Leben gewinnen.«

Das war das Vermächtnis seines Vaters – hingekritzelt von einem Säufer und Selbstmörder, der vielleicht selbst nicht mehr so genau wusste, was er da eigentlich zu Papier gebracht hatte. Es war nur ein kurzer Satz und vielleicht auch ohne jede tiefere Bedeutung. Aber Piet nahm diese Worte von nun an ernster, als ein Mensch die letzten Worte eines anderen je genommen hatte.

-28-

Zufrieden betrachtete Heijn Drooten die neuen Kirchenfenster. Sechs Jahre, nachdem er Piet aus Delft fortgeschafft hatte, war das Geschäft nun endlich abgeschlossen. Erst am Nachmittag hatten die Arbeiter das letzte der fünfzehn Fenster im Chorgang eingesetzt. Alles war noch sehr viel prächtiger geworden, als es sich Drooten immer ausgemalt hatte. Grün, gelb, rot, blau und tiefviolett schimmerten die hohen Kirchenfenster im hereinfallenden Licht.

Anfangs, als die Glasmacher damit begannen, auf ihren großen Holztafeln Kreide aufzutragen, und ihre Bilder darauf skizzierten, hatte sich Drooten nicht vorstellen können, wie daraus jemals so vortreffliche Fenster entstehen sollten. Skeptisch hatte er ihnen dabei zugeschaut, wie sie das strukturierte Netz der Bleiruten auf ihren Holzvorlagen festlegten und dann mit dem

Glaszuschnitt begannen. Jeden ihrer Arbeitsschritte hatte er misstrauisch beäugt, weil er fürchtete, seine Kirche könne womöglich Schaden nehmen. Oft hatte er daran gezweifelt, ob aus den vielen kleinen Glasscherben überhaupt ein Bild entstehen könne, so groß wie ein Kirchenfenster. Aber jetzt war alles vollbracht. Jetzt hatte die Nieuwe Kerk endlich die Fenster bekommen, von denen Drooten immer geträumt hatte.

Jedes der Fenster erzählte eine ganz eigene Geschichte. Eines zeigte, wie ein Engel mit großen Flügeln Maria die Geburt Jesu verkündete. Ein anderes stellte den Leidensweg des Gottessohnes dar und ein weiteres seine Auferstehung. Das prächtigste Fenster von allen aber, das die Arbeiter erst am Nachmittag eingesetzt hatten, lag dem Prinzengrab direkt gegenüber und markierte an der äußersten Ostseite der Kirche genau die Mitte des halbrunden Chorgangs. Seine Farben leuchteten noch eine Spur kräftiger als die der übrigen Fenster, und deshalb fand es Drooten auch nur folgerichtig, dass man diesem Fenster die zentrale Stelle an der Stirnseite der Kirche eingeräumt hatte.

Das Fenster war in fünfzehn gleich große Felder unterteilt, mit jeweils drei Bildern in einer Reihe. In der Mitte der obersten Reihe saß Christus als Weltenrichter auf einem doppelten Regenbogen. Diese Darstellung hatte es Drooten ganz besonders angetan. Er liebte den Regenbogen wegen seiner Bedeutung, die er für die Welt besaß, und gedachte des Versprechens, das Gott den Menschen damit gegeben hatte: *Nie wieder soll eine Flut kommen und die Erde verderben. Balle ich Wolken über der Erde zusammen und erscheint der Bogen in den Wolken, dann gedenke ich des Bundes, der besteht zwischen mir und euch.*

So hatte Gott zu Noah gesprochen und den Menschen den Regenbogen geschenkt. Alle Farben waren in dem Bogen vereint, wenn er sich am Himmel wie ein schützendes Dach über das Land spannte. Drooten verehrte Gott für dieses Zeichen. ER, den doch eigentlich nichts reuen musste, hatte Mitleid bewiesen. Vielleicht hatte ER sogar ein paar Tränen vergossen, als ER die Folgen der Sintflut von seinem Himmelsthron aus betrachtete. Der Regenbogen war der sichtbarste Beweis für die Güte Gottes. Er war das Sinnbild für das Versprechen des Allmächtigen, dass ER nie wieder eine Sintflut über die Erde hereinbrechen lassen würde. Als Drooten das Fenster jetzt zum ersten Mal in seiner vollen Größe betrachtete, fühlte er sich in seiner Kirche noch ein wenig mehr zu Hause, als er das ohnehin schon tat.

Die zweite Reihe des Fensters stellte als Zeugen des Gerichts die zwölf Apostel vor, in der Mitte des Bildes Petrus und Paulus. In der Reihe darunter sah man die Geretteten, umschlossen von einer goldenen Kette. Rechts standen die Verdammten, gefesselt von einer roten Kette. Die Geschichte, die das Fenster in dieser Bilderreihe erzählte, ließ Drooten schaudern. Der Teufel führte die Verdammten an der roten Kette in den Höllenrachen eines gefräßigen Tiers. Drooten hoffte inständig, er selbst könne dem Tier noch irgendwie entkommen.

Die fünfte und letzte Reihe des Kirchenfensters zeigte die Stadtsilhouette von Delft. Ganz rechts prangte das kleine Familienwappen von Johann Kasdorp. Darauf hatte er dann doch nicht verzichten wollen, der alte Geldsack. Ein reicher Mann, der eine Spur in der Welt hinterlassen wollte, bevor auch er eines Tages abtreten musste. Drooten fand die Geste eitel und übertrieben, aber annehmbar. Schließlich hatte Kasdorp die Fenster bezahlt, auch wenn die offizielle Sprachregelung vorsah, dass er nur dieses eine Fenster gestiftet habe. Diese kleine Lüge war es wert gewesen. Allein schon der Regenbogen war es wert.

Weit schwerer trug Drooten an dem Geheimnis, das sein eigenes Leben überschattete. Immer wieder kehrte sein Blick zurück zur vierten Bilderreihe. Er betrachtete den Teufel, der die Verdammten in den Schlund des Tiers führte. Das wäre sein eigenes Schicksal, wenn er nicht endlich damit aufhörte. Er durfte seiner Wirtin nicht länger in ihre Kammer folgen. Sonst würde er am Tag des Jüngsten Gerichts selbst auf der falschen Seite stehen und von dem gefräßigen Tier zermalmt werden. Er musste jetzt ein für alle Mal Schluss damit machen. Es fiel Drooten schwer, es vor sich selbst einzugestehen, aber er wusste nur zu gut, dass ihm seine Vorsätze bisher nicht viel geholfen hatten. Weder die kleinen Glassplitter in seinen Schuhen noch die vielen Vaterunser, die er in der Kirche noch immer sprach, hatten ihn bisher davor bewahrt, dass er der Sünde wieder und wieder anheimfiel.

Die untergehende Sonne tauchte das Kirchenfenster jetzt ins Abendlicht. Der Regenbogen schimmerte von blassgelb bis tiefviolett und warf seine farbigen Schatten auf das Prinzengrab. Drooten streckte seine Finger nach dem Lichtstrahl aus. Wie wäre es wohl, einfach nur eine solche Farbe in der Welt zu sein, durchsichtig und rein? Daran dachte Drooten, als er sich an diesem Abend auf den Heimweg machte.

»Hast du den Regenbogen gesehen?« Grietje saß wie immer in ihrer Küche, als Heijn Drooten heimkehrte. Er blieb im Flur stehen. »Ja, ich habe den Regenbogen gesehen«, antwortete er zerstreut. Er war in seinen Gedanken noch immer bei dem Kirchenfenster. »Wieso weißt du davon? Sie haben das Fenster doch erst am späten Nachmittag eingesetzt.«

»Was redest du denn da? Ich meine den Regenbogen, der am Nachmittag am Himmel stand. Er war so groß, als würde er sich über ganz Holland wölben.«

»Am Himmel?«

»Also hast du ihn nicht gesehen?«

»Nein, ich war in der Kirche. Sie haben heute das letzte der Fenster an der Ostseite eingesetzt. Oben ziert ein Regenbogen den Abschluss des Fensters.«

»Hast du eigentlich gar kein schlechtes Gewissen deshalb?«

»Ich dachte, wir hätten die Sache besprochen.«

»Haben wir auch. Ich frage ja auch nur, ob du kein schlechtes Gewissen hast.«

»Warum sollte ich ein schlechtes Gewissen haben?«

»Weil ihr euch habt kaufen lassen.«

»Hör zu, ich habe den Jungen damals auf eine Schule gebracht. Das ist weit mehr, als einer wie er erwarten durfte. Ich wüsste nicht, weshalb ich mir deshalb Vorwürfe machen sollte. Mein Gewissen plagt mich aus ganz anderen Gründen.«

»Du machst dir Vorwürfe, weil wir ab und an das Bett miteinander teilen. So ist es doch, oder?«

»Es ist Sünde.«

»Warum lässt Gott wohl die Vögel zwitschern? Und die Blumen blühen?«

»Damit wir uns daran erfreuen.«

»Du sagst es. Damit wir uns daran erfreuen. Genauso verhält es sich mit unserer Lust.«

»Es ist Sünde.«

»Und wozu ist die Lust dann gut?«

»Gott stellt uns damit auf die Probe.«

»Und sein Regenbogen? Stellt er uns auch damit auf die Probe?«

»Nein, der Regenbogen ist das Zeichen für das Bündnis, das ER mit uns Menschen geschlossen hat.«

»Heijn Drooten, du redest Blödsinn. Aber wenn du solche Schwierigkeiten deshalb hast, dann …«

Grietje ließ den Satz unvollendet. »Ich werde mir morgen in der Messe deinen Regenbogen anschauen und dir dann sagen, was ich davon halte.«

Am nächsten Morgen verließ Drooten das Haus am Gasthuislaan noch früher als sonst. Er hatte von dem gefräßigen Tier geträumt und vom Schicksal der Verdammten. Tief bedrückt und sorgenschwer ging er über den leeren Marktplatz zur Nieuwe Kerk, schloss wie jeden Morgen das Hauptportal auf und sprach vor dem Altar seine üblichen Gebete. Dann blickte er hoch zu dem Regenbogen in dem Fenster und dachte daran, was seine Wirtin darüber gesagt hatte. Sie täuschte sich, wenn sie glaubte, dass alles in der Welt nur zum Gefallen der Menschen eingerichtet sei. Das Leben war eine Prüfung für das Leben, das danach kam.

Drooten wischte mit einem sauberen Lappen über die Kirchenbänke. Er wollte, dass alles glänzte, wenn die Gemeinde heute zum ersten Mal die neuen Fenster im Chorgang in ihrer Gesamtheit bestaunte. Er war noch in seine Arbeit vertieft, als der alte Kasdorp durch das Kirchenportal stürmte.

»Wo ist er? Wo ist Jüttner?« Sein Kopf war rot vor Zorn.

»Er wird bestimmt gleich kommen. Wollen Sie in der Sakristei auf ihn warten?«

Kasdorp ließ sich in die Sakristei führen. Leise schloss Drooten die Tür hinter ihm, ging vor zum Hauptportal und hielt nach dem Pfarrer Ausschau.

Irgendetwas musste passiert sein. Kasdorp war fuchsteufelswild. Endlich bog der Pfarrer um die Ecke. Drooten eilte ihm entgegen. »Kasdorp wartet auf Sie.«

»Was will er denn? Die Messe beginnt doch erst in einer Stunde. Wir haben doch alles miteinander besprochen.«

»Ich weiß nicht, was er will, aber er wirkt ziemlich aufgebracht.«

Drooten musste nicht vor der Tür lauschen. Er verstand auch so jedes Wort. Kaum hatte der Pfarrer die Tür der Sakristei hinter sich geschlossen, polterte Kasdorp auch schon los – so laut, dass es durch die ganze Kirche hallte.

»Wir hatten eine Abmachung, oder?«

»Selbstverständlich. Ich werde in meiner Predigt nur Ihren großzügigen Beitrag zum mittleren der Fenster erwähnen. So, wie Sie es gewünscht haben.«

»Das meine ich nicht. Wir hatten abgemacht, dass über meine Gründe Stillschweigen bewahrt wird.«

»Selbstverständlich.«

»Dann lesen Sie diesen unverschämten Brief hier.«

Für einen Moment herrschte unheilvolle Stille in der Sakristei. Drooten wusste nicht, was genau in diesem Brief stand, aber er konnte sich den Inhalt ungefähr zusammenreimen.

»Das ist die reinste Erpressung«, ereiferte sich Kasdorp. »Warum weiß dieser Kerl Bescheid? Wir hatten doch eine Abmachung, oder? Keine Verbindung zu meiner Familie.«

»Vielleicht hat der Junge ...«

»... Blödsinn. Euer Kirchendiener hat gequatscht. Oder wer auch immer. Ich habe wirklich genug bezahlt, damit er verschwindet. Und gestern Abend erreicht mich dieser Brief.«

»Was schlagen Sie vor?«

»Was ich vorschlage? Sie sollten mir etwas vorschlagen. Oder haben Sie etwa schon vergessen, wer die neuen Fenster bezahlt hat?«

»Bitte beruhigen Sie sich doch. Ich werde den Kirchendiener noch einmal nach Deventer schicken, damit er die Sache ein für alle Mal erledigt. Aber es wäre vielleicht besser, wenn wir ihm die verlangte Summe mitgeben würden.«

»Wir? Wer ist denn hier der Zahlmeister? Sie oder ich? Und außerdem, wer garantiert mir denn, dass diese Geschichte damit auch wirklich zu Ende geht?«

»Ich verspreche Ihnen, ich werde mein Möglichstes tun, damit uns keine weiteren Unannehmlichkeiten entstehen. Aber ich glaube, es bleibt uns nichts anderes übrig, als zu zahlen.«

»Jetzt hören Sie schon auf mit Ihrem dummen *wir* und *uns*. Ich bin doch hier der Angeschmierte. Vielleicht stecken Sie mit dem Kerl ja sogar unter einer Decke und machen halbe-halbe.«

»Wie können Sie nur so etwas von mir denken. Mir selbst ist das alles doch höchst unangenehm. Ich werde alles in meiner Macht Stehende tun, um dieses Ärgernis aus der Welt zu schaffen.«

»Ihr Wort in Gottes Ohr. Aber ein weiteres Mal lasse ich mich nicht verschaukeln. Ich hoffe, wir haben uns diesmal verstanden.«

Drooten flüchtete sich auf die Empore zu seiner Orgel, als er hörte, dass das Gespräch in der Sakristei zu Ende ging. Er wollte dem Pfarrer jetzt lieber nicht unter die Augen treten. Zum Glück kamen gerade die ersten Kirchgänger, darunter auch die Frau des Brauereibesitzers mit ihrer Tochter Maja.

Von der Empore aus beobachtete Drooten, wie Jüttner die Messe in gewohnter Routine zelebrierte. Er ließ sich nicht das Geringste anmerken. Er sprach seine Fürbitten und sein Vaterunser in der ihm eigenen Gelassenheit, dankte zum Schluss seiner Predigt Gott für die Pracht der neuen Kirchenfenster und auch Johann Kasdorp für seine großzügige Spende. Dann erteilte er der Gemeinde den üblichen Segen. »Der Herr sei mit euch.«

»Und mit deinem Geiste«, schmollte Kasdorp leise vor sich hin. Er saß mit Frau und Tochter in der vordersten Kirchenbank. Er wirkte noch immer ziemlich wütend. Drooten war aus gutem Grund sehr beunruhigt, als sich die Kirche nach dem Ende der Messe langsam leerte.

-29-

Unruhig ging Radewijns in seinem Zimmer auf und ab. Er nestelte nervös an seiner Hemdmanschette. Mehr als einmal hatte er schon erwogen, Karlmann zu sich rufen zu lassen. Aber er hatte der Versuchung bisher stets widerstanden. Er glaubte selbst sehr fest daran, was er seinen Schülern jeden Tag aufs Neue predigte: dass die Buße schlechte Taten nicht ungeschehen mache, die menschliche Natur verderbt sei und alle Begierden böse. Trotzdem rief er Karlmann in dieser Nacht zu sich.

Wenn Radewijns an seinen Lieblingsschüler dachte, was am Abend häufiger geschah, glaubte er oft, Gott selbst habe ihm einen Engel gesandt. Karlmanns wasserblaue Augen erinnerten ihn an eine Quelle, aus der das reine Leben floss. Seine goldfarbenen Haare ließen ihn an kostbare Seide denken. Und seine helle, ebenmäßige Haut an den ersten Schnee, wenn er im Winter auf die Felder fiel. Selbst der Schatten dieses Jungen war mehr wert als jeder andere hier. So dachte Radewijns über Karlmann.

Er beobachtete ihn häufiger von seinem Fenster aus, wenn die Jungen im Garten ihre Arbeiten verrichteten. Ein zufriedenes Lächeln huschte dann stets über seinen schmallippigen Mund. Es erstaunte den Rektor nicht, dass die anderen Schüler in Karlmann den geborenen Anführer sahen, eine seltene Ausnahme in dieser so mittelmäßigen Welt. Es gefiel ihm, dass jeder an der Schule, die Lehrer eingeschlossen, ihn nur Karlmann riefen. Darin drückte sich der Respekt aus, der einem Jungen wie ihm gebührte. Nur er selbst nannte ihn Jan, wenn er ihm während des Unterrichts manchmal väterlich über den Kopf strich. In jeder Sekunde zeigte ihm Karlmann, dass es so etwas wie die Auserwählten tatsächlich gab. Man musste sich den Jungen ja nur anschauen. Seine anmutigen Gesichtszüge, seine Art, sich zu bewegen, die Alabasterfarbe seiner Haut und seine goldenen Haare: Alles an ihm drückte göttliches Wohlwollen aus. Das Paradies, dachte Radewijns, ist das Mindeste, was dieser Junge erwarten durfte. Karlmann erschien ihm so auserwählt, dass er ihn in dieser Nacht selbst erwählte.

Die Jungen im Schlafsaal gerieten in helle Aufregung, als der Kapuzenmann Karlmann abholte. Keiner konnte sich einen Reim darauf machen, auch Piet nicht. Ein Backpfeifenkonzert war für diese Nacht nicht anberaumt. Außerdem hätte der Kapuzenmann dann noch drei weitere Jungen mitgenommen. Nein, um ein Backpfeifenkonzert ging es ganz gewiss nicht. Noch nie hatte Piet erlebt, dass Karlmann vom Rektor gezüchtigt worden war. Noch nie hatte er auf einen seiner Quader klettern müssen. Noch nie hatte er die männliche Härte dieses Mannes zu spüren bekommen.

Eigentlich konnte es Piet ja nur recht sein, wenn auch Karlmann heute Nacht mal eine Tracht Prügel bezog. Dann würde er endlich einmal am eigenen Leib spüren, wie sich das anfühlte. Grund genug, um ihm das Allerschlimmste zu wünschen, hatte Piet. Karlmann war es gewesen, der ihn gleich am ersten Tag über sein Bein hatte stolpern lassen. Und er war es auch gewesen, der den anderen später einredete, sie sollten auf sein Bett pinkeln. Er hatte ihn der Lächerlichkeit preisgegeben, als er zur Freude der anderen Jungen durch den Schlafsaal gehumpelt war und vor sich hin krakeelte: *Schaut her, ich bin Piet van Leeuwen. Ich bin ein klumpfüßiger, hässlicher Zwerg und ich mache jede Nacht mein Bett nass.*

Ha, ha, ha. All die Jahre über war Piet sein Opfer gewesen. Der Junge auf der untersten Stufe seiner Verachtung, Zielscheibe seines Spotts und seiner Lust, einen anderen Menschen zu quälen. Das war am abscheulichsten an Karlmann. Dass er immer aus purer Lust gehandelt hatte. Den anderen Jungen sah Piet ihre Grausamkeiten mittlerweile etwas nach. Sie hatten ihn geschlagen, weil auch sie selbst geschlagen wurden. Sie hatten ihn drangsaliert und schikaniert, weil auch ihnen Unrecht geschah.

Seltsamerweise spürte Piet trotzdem nur für einen sehr kurzen Moment Genugtuung darüber, dass nun auch Karlmann endlich einmal aus seinem Bett gerissen wurde. Seine Schadenfreude währte nicht sehr lange, weil er nicht daran glaubte, dass Rachsucht die Welt besser machte.

Als Karlmann zwei Stunden später zurück in den Schlafraum kam, war ihm äußerlich keine Veränderung anzusehen. Piet suchte in seinem Gesicht nach

Spuren von Misshandlungen, aber nichts deutete darauf hin, dass er geschlagen worden war. Er hatte weder geschwollene Augen noch rote Wangen. Piet war sicher, dass die meisten Jungen noch wach lagen und darauf brannten zu erfahren, was los gewesen sei. Aber keiner rührte sich. Vielleicht, weil Karlmann seine Decke schnell über den Kopf zog und man ihn deshalb lieber in Ruhe ließ. Piet, der auf seiner Pritsche noch immer direkt neben ihm schlief, hörte, dass Karlmann leise wimmerte, auch wenn er sich große Mühe gab, es vor den anderen zu verbergen. Es kostete Karlmann Kraft, seinen Brechreiz zu überwinden.

Am Morgen, als der Kapuzenmann die Schüler weckte und in die kalte Kapelle dirigierte, damit sie sich dort wie jeden Tag Rechenschaft über die Träume der Nacht ablegten, blieb Karlmann auf seiner Pritsche liegen. Alle wunderten sich, dass der Kapuzenmann ihm das durchgehen ließ, aber natürlich fragte keiner nach seinen Gründen. Als Piet kurz zu Karlmann hinüberschaute, sah er den Tropfen Blut auf seinem Laken. Es war nur ein winzig kleiner Tropfen, nicht größer als eine Träne.

Im Skriptorium erklärte Radewijns ihnen an diesem Morgen, dass Karlmann krank sei und für heute das Bett hüten müsse. Sie sollten sich um ihn keine Sorgen machen; seine Krankheit sei nicht weiter schlimm. Morgen werde er bestimmt wieder wohlauf sein. Wie jeden Tag zeigten die Schüler vor dem Schreiben unaufgefordert ihre Hände vor, damit sich der Rektor davon überzeugen konnte, dass sie sauber waren. »Mit dreckigen Fingern«, pflegte er immer zu sagen, »darf man Gottes Worte nicht schreiben.«

Aber an diesem Morgen inspizierte der Rektor nicht die Hände seiner Schüler. Ein paar Jungen tuschelten in ihren Bänken, aber selbst das nahm Radewijns gleichgültig hin. Er verteilte weder seine gefürchteten Kopfnüsse noch rief er einen der Schüler zur Ordnung. »Aus der verderbten Natur des Menschen kommt nichts als Verdammnis«, dozierte er von seinem Pult aus. »Die Seele wird nicht dadurch wiedergeboren, dass in ihr irgendein Stück gebessert, sondern nur dadurch, dass sie ganz erneuert wird.«

Der Blick des Rektors schweifte unentschlossen über die Bänke der Schüler, und seine Worte klangen seltsam aus dem Zusammenhang gerissen. Piet ertappte ihn dabei, wie er mehrfach zu dem leeren Platz von Karlmann hinüber schielte. Er stockte dann kurz in seinem Vortrag. All die Jahre über hatte Piet den Rektor noch nie so durcheinander und zerstreut erlebt.

Als sie am Abend zurück in den Schlafsaal kamen, lag Karlmann noch immer in seinem Bett. Er schlief oder tat zumindest so. Piet sah, dass sein Laken gegen ein neues gewechselt worden war. Auch an diesem Abend ließen die Jungen Karlmann in Ruhe. Erst am nächsten Morgen, als er, wie von Radewijns vorhergesagt, wieder zum Unterricht erschien, fragten sie ihn, was los gewesen sei. »Nichts weiter«, sagte Karlmann einsilbig.

Piet sah gleich, dass er log. Irgendetwas musste in der Nacht zuvor mit ihm geschehen sein. Er war wie verwandelt. Er lachte in den kommenden Tagen kein einziges Mal und das war normalerweise nicht seine Art. Die Nähe der anderen Jungen schien er regelrecht zu meiden. Er sonderte sich von ihnen ab und ging jedem Gespräch aus dem Weg. Die Jungen nahmen es als eine seiner Launen hin und dachten sich zunächst nichts weiter dabei. Nur Piets genauer Beobachtungsgabe entging schon in diesen ersten Tagen nicht, dass in Karlmann eine Veränderung vor sich ging, weit ernsthafter, als es eine bloße Laune hätte erklären können. Selbst seine Augen hatten eine Spur von ihrem Glanz verloren. Piet täuschte sich nicht. Er sah den Hass in seinen Augen aufflackern, als ihm der Rektor ein paar Tage später mal wieder sanft über den Kopf strich, noch väterlicher als früher.

Die Tage in Deventer vergingen bald wieder in dem gewohnten Rhythmus. Morgenandacht, Unterricht, Essenfassen, Unterricht, Schlafen. Karl Spreuen fand mit jedem Tag neue Beweise für seine göttliche Zahlenakrobatik, Adriaan Aelst ließ die Jungen weiterhin seine Verse auswendig lernen. Bas van der Graede roch wie immer nach Schnaps. Und selbst Karlmann erwachte langsam wieder aus seiner Lethargie.

Manchmal dachte Piet noch daran, was in dieser bewussten Nacht wohl geschehen sei. Aber weil alles nun wieder dem gewohnten Trott folgte, verblasste die Geschichte langsam auch für ihn. Meist war er einfach nur froh darüber, dass ihn die anderen Jungen und auch die Lehrer in Ruhe ließen. Sooft sich ihm die Gelegenheit bot, stahl er sich in den Klostergarten, um unter der Grasnarbe die Glaskugel hervorzuholen. Während er selbst für die Augen der anderen mit jedem Tag etwas unsichtbarer wurde, tat sich für Piet nun eine völlig neue Welt auf. Mit quicklebendigen Geschöpfen, kleiner noch als der Punkt am Ende eines Satzes. So winzig und unscheinbar diese Welt auch war, so tröstete sie ihn doch für ein paar glückliche Augenblicke über seine eigene Wirklichkeit hinweg.

Piet kam es so vor, als würde sich unter jeder Kleinigkeit eine noch kleinere Kleinigkeit verbergen. Er lebte bald nur noch für die Augenblicke, wenn er die Glaskugel aus ihrem Versteck holte. Wenn er am Abend dann auf seiner Pritsche lag, träumte er offenen Auges von seinen Reisen in die Welt des Allerkleinsten. Weil seine Fantasie schon damals eine sehr ausgeprägte war, sann er häufiger darüber nach, ob es wohl möglich sei, ein Hilfsmittel zu erfinden, das die Welt noch stärker vergrößerte, als es diese Glaskugel vermochte. Vielleicht öffnete sich ihm ja gerade nur die allererste Tür zu dieser fremden Welt. Vielleicht lagen dahinter noch weitere Türen. Vielleicht brauchte man nur ein etwas besseres Glas dafür. Er war fest entschlossen, das Allerkleinste im Leben zu finden.

-30-

Es war in einer dieser Nächte, Piet fantasierte auf seiner Pritsche mal wieder über die Winzigkeiten der Welt, als Karlmanns Name zum zweiten Mal aufgerufen wurde. Wieder holte ihn der Kapuzenmann zu nachtschlafender Zeit aus seinem Bett. Und wieder war das Erstaunen im Schlafsaal groß. Nur diesmal zögerte Karlmann, bevor er dem Kapuzenmann folgte. Piet sah, dass er seine Lippen ganz fest aufeinanderpresste. Diesmal wusste Karlmann wohl schon, was ihn erwartete.

Als er zwei Stunden später wieder zurück in sein Bett kroch, wimmerte er etwas lauter als beim vorigen Mal. Diesmal konnten alle Jungen hören, dass er weinte. Und auch seinen Brechreiz konnte er diesmal nicht unterdrücken. Dass der Kapuzenmann die Schweinerei vor seinem Bett wegwischte, ohne ihn dafür zu bestrafen, fanden alle mehr als nur außergewöhnlich. Normalerweise büßte man an Radewijns' Schule für eine solche Sauerei.

Am nächsten Morgen sah Piet erneut das Blut auf Karlmanns Decke. Diesmal war der Fleck nicht so klein wie eine Träne, sondern so groß wie ein holländischer Gulden. Bis auf Piet schliefen noch alle, als der Kapuzenmann die Decke gegen ein neue wechselte. Die Krankheit, von der Radewijns behauptete hatte, sie sei nicht weiter schlimm, streckte Karlmann dieses Mal nicht nieder. Wie alle anderen Schüler folgte er dem Weckruf des Kapuzenmanns und ließ die Morgenandacht des Rektors über sich ergehen. Danach saß er mit gesenktem Kopf im Skriptorium. Die Jungen linsten verstohlen zu ihm rüber, alle beschäftigt mit den gleichen bangen Fragen. Was hatte es zu bedeuten, dass Karlmann nun schon zum zweiten Mal in der Nacht abgeholt worden war? Warum ausgerechnet er? Und warum nur er allein? Warum hatte er danach geheult und sich die Seele aus dem Leib gekotzt? Warum hatte der

Kapuzenmann die Sauerei vor seinem Bett einfach so weggewischt? Das alles passte doch hinten und vorne nicht zusammen. Gab es an dieser Schule womöglich noch etwas Schlimmeres als den *See von brennendem Schwefel?*

Piet dachte an den Flecken Blut auf Karlmanns Laken. Eine Schramme im Gesicht, ein aufgeschlagenes Knie, irgendeine Wunde hätte ihm das Blut erklären können. Aber Karlmann saß unversehrt wie immer in seiner Bank. Rein äußerlich schien er völlig unverletzt. Aber warum hatte der Kapuzenmann dann sein Laken gewechselt? Piet ließ Karlmann jetzt nicht mehr aus den Augen. Wenn es an dieser Schule noch eine schlimmere Strafe gab als jene, die er selbst unter seinem Haaransatz trug, wollte er das lieber in Erfahrung bringen, bevor ihn diese Strafe möglicherweise selbst traf.

Karlmann wiederholte gegenüber seinen Mitschülern, was er ihnen schon beim vorigen Mal gesagt hatte. »Nichts weiter. Alles in Ordnung«, sagte er, als sie ihn fragten, was denn dieses Mal los gewesen sei. Das glaubte ihm nun zwar keiner mehr, aber weil Karlmann trotz ihres Drängens nicht mit der Sprache herausrückte, gaben sie ihr Bemühen bald auf.

Karlmann wurde nun häufiger zum Rektor gerufen. Es vergingen kaum noch drei Wochen, dass Radewijns nach ihm verlangte. An einem dieser Tage, nachdem ihn der Kapuzenmann in der Nacht zuvor wieder einmal abgeholt hatte, sprach Piet ihn direkt darauf an. Karlmann stand allein im Kreuzgang und starrte vor sich hin.

»Was ist mit dir?«

»Was geht's einen Zwerg wie dich an? Nichts ist mit mir. Lass mich in Ruhe.«

»Ich sehe, dass dich etwas bedrückt.«

»Ach ja, wie konnte ich das nur vergessen? Du bist hier ja der Einäugige unter all den Blinden.«

»Ich meine es ernst.«

»Ich meine es auch ernst. Und jetzt verpiss dich. Oder willst du eine Tracht Prügel?«

»Vielleicht kann ich dir helfen.«

»Du? Ausgerechnet du? Wie will ein Zwerg wie du, der sich kaum selbst zu helfen weiß, mir helfen? Hau endlich ab.«

»Ich habe das Blut auf deiner Decke gesehen.«

»Halt bloß die Klappe«, raunzte Karlmann. »Hörst du, halt bloß die Klappe.«

»Ich erzähle niemandem davon. Aber vielleicht kann ich dir trotzdem helfen.«

»Warum willst ausgerechnet du mir helfen?«

»Ich weiß nicht. Manchmal tut man Dinge, für die es keinen Grund gibt. Komm mit, ich will dir etwas zeigen.«

Piet hatte keine Angst, dass Karlmann ihn verraten würde. Er hatte den Ekel in seinen Augen gesehen, jedes Mal, wenn ihn der Rektor rufen ließ. Niemals würde ihn Karlmann verraten, davon war er fest überzeugt. Und so führte er ihn an diesem Tag zur alten Klostermauer, hob die Grasnarbe hoch und putzte die Glaskugel mit seinem Ärmel sauber.

»Du hast ihn also gestohlen.« Karlmann grinste. »Ist es der Lesestein wert, dass du den Zorn des Rektors auf dich ziehst?«

»Ja, er ist es wert.«

»Wenn er es erfährt, reißt er dir den Kopf ab.«

»Und wenn schon. Ich habe damit Dinge gesehen, die ich nicht für möglich hielt. Schau durch, dann siehst du es auch.«

Piet zeigte Karlmann an diesem Tag die Käfer, die Saftkugler, die Schnurfüßler, die Ohrenkneifer und auch die Libelle mit ihren blau-grünen Flügeln. Aber Karlmann verstand nicht, was er ihm damit sagen wollte. Er fand keinen Trost in der Vorstellung, dass es noch eine andere Welt gab als ihre eigene Wirklichkeit. Sich unsichtbar wie ein Schatten durch die Schule zu mogeln war für ihn keine Lösung. Anders als Piet konnte er sich nicht wie eine Kellerassel unter den nächstbesten Stein flüchten, um der Aufmerksamkeit des Rektors zu entgehen. Dafür war er viel zu schön. Er war so schön wie die Prachtlibelle mit ihren blau-grünen Flügeln.

»Ich finde nicht, dass die Glaskugel es wert ist. Ich wäre an deiner Stelle verdammt vorsichtig«, sagte Karlmann, nachdem er sich alles durch das Glas angeschaut hatte.

»Verstehst du denn nicht? Es existiert um uns herum noch eine andere Welt. Sie ist zwar sehr viel kleiner als die unsere, aber ich glaube, dass ein großes Geheimnis in ihr verborgen liegt. Du musst nur den Maßstab in deinem Leben ändern, dann kannst du auch Radewijns vergessen.«

»Du vielleicht, ich aber nicht.«

»Dann sag mir, was er von dir will.«

Karlmann wog die Glaskugel in seiner Hand und schaute über die Wiese zum Schulgebäude rüber. Verächtlichkeit lag in seiner Stimme, als er Piet endlich antwortete: »Du weißt doch, wie es ist. Nur die Gnade Gottes kann uns retten. Die Gnade Gottes und die Gnade von Radewijns.«

-31-

»Du Hornochse! Wie konntest du nur? Ein schwachsinniger Dilettant bist du! Hörst du? Ein Stümper! Eine taube Nuss! Ein Vollidiot! Habe ich dir nicht eingeschärft, dass niemand etwas von unserem Geschäft erfahren darf?«

»Ich wusste ja nicht …«, wehrte sich Drooten.

»… was wusstest du nicht?«, unterbrach ihn Jüttner. »Dass die Wahrheit immer ans Licht kommt? Dass Gott alles sieht? Und dass Lügen kurze Beine haben? Du hast mir versichert, du hättest alles in unserem Sinne geregelt. Und jetzt kommt Kasdorp bei mir vorbei und knallt mir diesen Brief auf den Tisch. Hier, lies selbst.«

Drooten las:

Hochverehrter Herr Kasdorp,

wie Sie ja wissen, befindet sich Ihr Enkel Piet van Leeuwen seit ein paar Jahren in meiner Obhut. Wir haben uns hier redlich darum bemüht, ihm eine gute Schulausbildung angedeihen zu lassen. Wir haben ihn in Grammatik und Rhetorik, Arithmetik und Geometrie, Astronomie und auch noch in einigem mehr unterrichtet. Es scheint mir überflüssig zu erwähnen, dass wir ihn darüber hinaus gelehrt haben, was Sitte und Anstand bedeuten. Aber nun gehen die Mittel für seine Schulausbildung langsam zu Ende. Für das nächste Jahr, sollten Sie Interesse an seiner weiteren Ausbildung hegen, wäre nun noch einmal ein Viertel des damaligen Betrages fällig. Sollten Sie wider Erwarten jedoch kein Interesse daran haben, schicke ich den Jungen gerne in Ihre Obhut nach Delft zurück. Allerdings könnte ich auch dafür sorgen, dass er nach seiner Schulzeit hier in Deventer zu einem Tuchhändler nach Amsterdam in die Lehre geht. Dafür wäre dann noch einmal der gleiche Betrag fällig wie der, den Sie seinerzeit für seine Schulausbildung so großzügig erübrigt haben. Wie auch immer Sie sich entscheiden mögen, ich freue mich, baldmöglichst von Ihnen zu hören.

Untertänigst
Ihr Florens Radewijns,
Rektor

»Weißt du, dass er mich verdächtigt hat, wir könnten halbe-halbe machen? Ich und dieser Rektor. Dieser … wie heißt er doch gleich?«

Drooten ließ den Brief sinken. »Radewijns.«

»Ja, Radewijns. Kannst du dir vorstellen, wie ich mich fühle? Ich stehe vor Kasdorp jetzt wie ein Lump da. Nenne mir einen vernünftigen Grund, weshalb du dein dummes Maul nicht hast halten können.«

»Was sollte ich denn machen? Er war misstrauisch. Irgendetwas musste ich ihm ja schließlich sagen.«

»Aber doch nicht die Wahrheit, du Trottel. Niemals hättest du den Namen Kasdorp erwähnen dürfen. Hör zu, Drooten: Du wirst jetzt noch ein weiteres Mal nach Deventer fahren und diese Angelegenheit regeln. Ich werde Kasdorp überzeugen, die geforderte Summe zu zahlen. Und du wirst mir dafür geradestehen, dass wir in Delft nie wieder etwas von Piet van Leeuwen hören. Hast du mich verstanden? Nie wieder.«

»Ja.«

»Sprich lauter, Drooten«, herrschte ihn der Pfarrer an. »Ich will von dir ein klares und deutliches *Ja* hören.«

»Ja«, sagte Drooten noch einmal. Gesenkten Hauptes ließ er die Standpauke des Pfarrers über sich ergehen. Er wusste nun, was die Versprechen eines Bruders wert waren. Hoch und heilig hatte ihm Radewijns versprochen, dass er das Geheimnis hüten würde. Aber offenbar nur so lange, bis er ein wenig Kapital daraus schlagen konnte. Drooten nahm Radewijns Vertrauensbruch als einen weiteren Beweis für die Schlechtigkeit in der Welt. Ein scheinheiliger Lump war dieser Kerl. Diesmal, das nahm sich Drooten ganz fest vor, als er drei Tage später mit einem prall gefüllten Lederbeutel notgedrungen zum zweiten Mal in Richtung Deventer aufbrechen musste, würde er sich nicht von ihm täuschen lassen. Diesmal würde er gleich zur Sache kommen.

Kurz vor Appeldorn, einem kleinen Dorf nur wenige Kilometer von Deventer entfernt, kam Drootens Kutsche kaum noch voran. Die Räder steckten tief im Schlamm, und von oben schüttete es wie aus Eimern. Helle Blitze durchzuckten den Himmel. Es donnerte und grollte. Die Pferde wieherten und scheuten. Nur mit Mühe brachte sie der Kutscher bis zum nächstgelegenen Gasthof. Dort sprang er von seinem Bock und erklärte Drooten: »Unmöglich, bei diesem Sauwetter noch weiterzufahren. Wir nehmen uns hier ein Quartier für die Nacht, und morgen in der Früh bringen wir den kleinen Rest des Weges hinter uns.«

Drooten war über den ungeplanten Aufenthalt alles andere als erfreut. Er hätte die Sache lieber heute als morgen erledigt. Aber bei diesem Wetter, das sah er ein, war wirklich kein Durchkommen. Zumindest konnte er sich nun noch einmal ganz in Ruhe zurechtlegen, was er dem Rektor morgen früh sagen würde. Er fühlte den prallen Lederbeutel in seiner Tasche – dieses Mal würde er das Geschäft auf seine Art zu Ende bringen.

-32-

Als sich Drooten sehr spät an diesem Abend in sein Bett legte, träumten die Jungen im Schlafsaal schon auf ihren Pritschen. Das Gewitter hatte sich zwischenzeitlich gelegt. Der Mond stand bereits hell am Himmel, aber der Sonnenaufgang lag noch viele Stunden entfernt.

»Bist du noch wach?« Karlmann stupste Piet von seiner Pritsche aus leicht in die Seite. Die anderen Jungen im Saal schliefen schon tief und fest.

»Was ist los?«

»Pscht«, flüsterte Karlmann. »Nicht so laut.«

»Was ist denn?«

»Ich will mich bei dir entschuldigen.«

»Um diese Zeit?«

Karlmann grinste. »Besser früher als zu spät. Besser heute als morgen.«

Auch Piet grinste jetzt. Seit dem Tag, als er Karlmann mit in den Klostergarten genommen hatte, waren sich die beiden Jungen etwas nähergekommen.

»Ich hoffe, du kannst mir verzeihen«, flüsterte Karlmann.

»Was soll ich dir verzeihen?« Piet wusste sehr genau, was Karlmann meinte, wollte es aber lieber von ihm selbst hören.

»Dass ich dich all die Jahre über so schikaniert habe. Ich hoffe, du kannst mir verzeihen.«

»Schon gut. Hab ich lange vergessen. Aber jetzt lass uns besser schlafen. Ich bin nicht scharf darauf, die Rute des Kapuzenmanns zu spüren.«

»Ich kann nicht schlafen. Ich habe Angst vor meinen Träumen.«

Piet schaute Karlmann mitleidig an. Seit Radewijns ihn das erste Mal zu sich hatte rufen lassen, hatte sich die Angelegenheit nun schon ziemlich oft wiederholt. Die Abstände dazwischen waren von Mal zu Mal sogar immer kürzer geworden. Schon häufiger in letzter Zeit hatte Piet ihn gebeten, ihm doch endlich die Wahrheit zu sagen. Aber er hatte bisher nie eine befriedigende Antwort auf seine Fragen erhalten. Er hatte Karlmann sogar das Brandzeichen in seinem

Nacken gezeigt, um ihn zu ermuntern, auch seinerseits mit der Wahrheit herauszurücken. Aber selbst davon hatte sich Karlmann nicht überzeugen lassen. Nur in vagen Andeutungen erklärte er sich, und auch das nur äußerst zögerlich.

»Es ist eigentlich nicht der Rede wert«, sagte er stets, wenn Piet ihn darauf ansprach. »Er liest mir immer nur aus der Bibel vor. Das ist alles. Nur die Bibel.«

»Was liest er dir vor?«

»Von der Verdammnis, die uns alle trifft. Aber noch lieber spricht er davon, dass wir unseren Nächsten lieben sollen wie uns selbst. Und dass die Liebe alle Wunden heilt.«

Piet war nie so richtig schlau aus Karlmanns Worten geworden. Wenn ihm der Rektor tatsächlich nur aus der Bibel vorlas, dann hätte er doch nie und nimmer seinen Lebensmut verloren. Träge und teilnahmslos saß er jetzt meist im Unterricht. Von den anderen Jungen hielt er sich nach wie vor fern. Keine fromme Bibelstunde konnte diese Veränderung erklären. Nein, es musste dafür einen ganz anderen Grund geben.

»Versuch jetzt trotzdem, zu schlafen«, sagte Piet. »Denk nicht mehr an Radewijns. Es wird der Tag kommen, wo er seine gerechte Strafe erhält. Er ist ein Schwein. Und irgendwann wird doch jedes Schwein geschlachtet.«

»Ja, du hast recht. Er ist ein Schwein. Aber ich selbst fühle mich auch wie eines.«

»Ist doch schon alles vergessen. Ich bin dir nicht mehr böse. Wirklich nicht.«

»Dann ist ja alles gut«, sagte Karlmann.

Die beiden hatten sich gerade zum Schlafen umgedreht, als der Kapuzenmann zwischen ihre Pritschen trat. »Steh auf«, sagte er leise zu Karlmann. »Der Rektor will dich sehen.«

Karlmann schlug die Decke zurück und folgte dem Kapuzenmann gehorsam nach draußen. So geht es nicht weiter, dachte Piet. Ich muss ihm helfen. Er hat sich bei mir entschuldigt, und deshalb ist es jetzt an mir, ihm zu beweisen, dass ich seine Entschuldigung auch wert bin. Mochte Karlmann auch standhaft das Gegenteil behaupten, irgendetwas Böses ging da draußen vor.

Piet blieb noch ungefähr eine halbe Stunde ruhig auf seiner Pritsche liegen. Er hörte, wie der Kapuzenmann zurück in sein Kabuff schlurfte. Dann stand er leise auf und schlich barfuß in Richtung Tür. Vorsichtig drückte er die Klinke nach unten. Vor dem Kabuff des Kapuzenmanns stoppte er kurz. Der Vorhang war zurückgeschlagen. Der Graugekittelte lag auf seiner Pritsche, mit dem Gesicht zur Wand gedreht. Er schien zu schlafen.

Darum bemüht, jedes Geräusch zu vermeiden, schlich Piet langsam weiter. Durch die hohen Fenster schien das Mondlicht in den Flur und warf harte Schatten auf den Boden. Piet hielt sich dicht an die Wand gedrückt und nahm dann die Treppe nach unten. Auf Zehenspitzen tastete er sich vor bis zu der schwarz lackierten Flügeltür, hinter der Radewijns seine Konzerte zelebrierte. Nichts, alles still. Dann schlich er weiter durch den Kreuzgang und erreichte so schließlich die Treppe zum Vorderhaus.

Da oben hatten Radewijns und die Lehrer ihre Zimmer. Nur zwei Mal war er dort oben gewesen, gleich nach seiner Ankunft in Deventer und danach noch einmal nach seinem ersten Kampf auf den Quadern. Vorsichtig setzte er seinen linken Fuß auf die erste Stufe. Das Holz knarzte. Piet wartete, ob das Geräusch irgendwelche Folgen nach sich zog. Dann nahm er die zweite Stufe. Er stützte sich mit beiden Händen auf den Treppenlauf, um sein Gewicht zu vermindern. Wie ein Dieb hievte er sich Stufe für Stufe nach oben. Auf der Mitte der Treppe hielt er für einen kurzen Moment inne. Sein Herz klopfte laut. Wenn er Karlmann da oben beim Rektor finden würde, was dann? Sollte er alles zusammenschreien und um Hilfe rufen? Ihnen würde doch sowieso keiner helfen. Wie auch immer: Irgendetwas musste er unternehmen.

Als Piet oben auf der Treppe angelangt war, schaute er noch einmal zurück. Er hatte ein Geräusch gehört, aber da war niemand. Vielleicht ächzten einfach nur die Hölzer im Gebälk oder es wackelten die Ziegel auf dem Dach. Vielleicht strich da unten auch eine Ratte herum. Piet blickte in die lange Flucht des Flurs vor sich. Es waren zwanzig, höchstens dreißig Meter bis zum Zimmer des Rektors. Keine sehr große Entfernung, aber trotzdem nicht ganz ungefährlich. Es gab hier oben keinen Mauervorsprung, hinter dem er sich im Notfall hätte verstecken können.

Piet hatte erwartet, irgendetwas Verdächtiges zu hören. Das dunkel-metallische Zittern von Spinettsaiten oder so etwas in dieser Art. Alles Mögliche hatte er sich vorgestellt, aber nicht diese unheilvolle Stille. Nur sein Herz klopfte so laut wie ein Specht, der von innen gegen seinen Brustkorb hämmerte. Irgendetwas müsste doch zu hören sein. Das Klatschen von Ohrfeigen oder ein leises Jammern. Was in aller Welt konnte so still und doch so böse sein?

Endlich. Ein Flüstern. Piet hatte jetzt die vorletzte Tür im Flur erreicht. Es war die Stimme des Rektors. Unverkennbar. Er tastete sich an der Wand bis zur Stirnseite des Gangs vor. Direkt vor ihm hing ein großer Gobelin von der Decke, darauf das gestickte Bild der Mutter Gottes mit dem Jesuskind auf ihrem Arm. Piet schob den Wandteppich zur Seite. Staubkörner wirbelten auf und tanzten durch das fahle Mondlicht. Genau in diesem Moment verstummte das Flüstern hinter der Tür des Rektors. Piet versteckte sich schnell hinter dem Wandteppich. Er hörte Schritte. Der Staub kitzelte in seiner Nase. Verborgen hinter der Mutter Gottes, wartete er ruhig ab, was weiter geschehen würde. Minutenlang passierte gar nichts. Schier endlos zog sich die Stille in die Länge – bis Piet ein stumpfes Schaben hörte. Ein Geräusch, als würde ein Möbelstück über den Boden gerückt. Kurz darauf begann der Rektor erneut zu flüstern. »Liebe und tue, was ich dir sage. Schweigst du, dann schweige aus Liebe. Redest du, so rede aus Liebe. Verzeihst du mir, so verzeihe mir in Liebe.«

Was redete Radewijns da bloß für ein Zeug? Wenn er doch nur etwas sehen könnte. Wieder hörte Piet das stumpfe Schaben hinter der Tür. Und dann noch einmal das Flüstern des Rektors. »Du bist von mir auserwählt. Und deshalb lass all dein Handeln in der Liebe wurzeln, denn aus dieser Wurzel erwächst nur Gutes. Und jetzt halt still, mein lieber Junge.«

Wieso flüsterte der Rektor? Warum sollte Karlmann stillhalten? Weshalb faselte Radewijns die ganze Zeit von der Liebe? Wozu war Karlmann auserwählt? Was sollte das denn alles? Las er ihm da drinnen vielleicht wirklich nur aus der Bibel vor? Das hatte Karlmann doch stets behauptet. Piet schob den Wandteppich zur Seite. Unter der Tür flackerte ein schmaler Streifen Licht nach draußen. Piet bückte sich und linste durch das Schlüsselloch. Irgendetwas versperrte ihm die Sicht. Vielleicht der Schlüssel, der von innen im Schloss steckte. Was sollte er jetzt tun? Sich selbst davon überzeugen, was da drinnen vor sich ging?

Gegen Radewijns könnte er sich doch sowieso nicht zur Wehr setzen. Machte es überhaupt einen Unterschied, wenn er Karlmann zu Hilfe eilte? Würde das irgendetwas ändern? Ja, dachte Piet, das würde es. Zumindest könnte er Karlmann so beweisen, dass er sich seiner Entschuldigung als würdig erwies. Piet schaute sich noch einmal um. Der Flur lag noch immer ruhig und verlassen da. Bis auf die Wolken, die da draußen vor dem Mond vorüberzogen, war ihm keiner gefolgt. Ganz vorsichtig drückte Piet die Türklinke nach unten, als er den Griff in seinem Nacken spürte. Wie eine Zange packte ihn eine Hand von hinten und hielt ihn in gebückter Haltung fest.

»Hier steckst du also.«

Keinen seiner Schritte hatte er gehört, weder auf der Treppe noch auf dem Flur. Nicht das geringste Geräusch hatte der Kapuzenmann verursacht. Schnell und lautlos wie eine Katze hatte er sich von hinten angeschlichen.

»Wollen doch mal sehen, was der Rektor dazu sagt«, fispelte der Schuldiener dicht hinter seinem Ohr und klopfte gegen die Tür des Rektors. Er hielt Piet weiter in gebückter Haltung fest. Keinen Millimeter konnte er sich bewegen. Hinter der Tür war jetzt wieder das schabende Geräusch zu hören, so, als würde ein Möbelstück verrückt. »Sei bloß still«, hörte Piet den Rektor sagen. Dann Schritte, das Drehen eines Schlüssels im Schloss. Nur einen Spaltbreit öffnete Radewijns die Tür.

»Was ist los? Warum störst du mich?« Auf Radewijns Stirn glänzten ein paar Schweißperlen.

»Den habe ich vor Ihrer Tür gefunden. Er hat spioniert. Spioniert hat er.«

Radewijns wischte mit seinem Ärmel die Schweißperlen von seiner Stirn. Seine Augen verengten sich zu schmalen Schlitzen, und seine Lippen zitterten leicht. Er brauchte einen Augenblick, um sich zu fassen. Piet versuchte, hinter dem Rücken des Rektors Karlmann zu entdecken. Aber von ihm sah er nichts. Radewijns' Stimme bebte leicht, als er den Kapuzenmann anwies: »Schließ den Zwerg in den Keller. Morgen früh werde ich mich um ihn kümmern. Und danach kommst du gleich zurück und bringst mir Karlmann in den Schlafsaal. Und sei bloß leise.«

-33-

In dieser Nacht machten weder Piet noch Karlman, noch der Rektor ein Auge zu. Nur Heijn Drooten schnarchte ein paar Kilometer entfernt schon lange vor sich hin. Piet bibberte in dem Holzverschlag im Keller der Morgendämmerung entgegen. Karlmann wälzte sich auf seiner Pritsche im Schlafsaal hin und her. Und Radewijns saß hinter seinem Tisch und grübelte darüber nach, was er nun weiter unternehmen sollte.

Er konnte unmöglich etwas gesehen haben. Nein, er hatte ganz bestimmt nichts gesehen. Vielleicht hatte er etwas gehört. Aber was denn schon? Zum wiederholten Male vergegenwärtigte sich Radewijns, was er zu Karlmann gesagt hatte. Er hatte ihm von der Liebe erzählt. Und wenn schon. Gesehen hatte der Zwerg bestimmt nichts. Und Karlmann würde schon seinen Mund halten. Wenn irgendeiner da draußen Kenntnis darüber erlangte, hätte er es sowieso nicht verstanden. Was wussten die Menschen denn schon von der Liebe? Sie hatten doch keine Ahnung, wie tief und rein seine Gefühle für diesen Jungen waren.

Und jetzt zwängte sich ausgerechnet dieser grässliche Zwerg dazwischen. Radewijns war keineswegs entgangen, dass die beiden Jungen neuerdings die Köpfe zusammensteckten. Manchmal hatte er sogar kurz an Karlmanns auserwähltem Wesen gezweifelt, weil er sich mit dieser Missgeburt einließ. Das passte doch eigentlich gar nicht zu ihm. Ob er sich diesem Zwerg wohl anvertraut hatte? Nein, bestimmt hatte er nichts verraten. Aber wenn doch?

Radewijns stand vom Tisch auf und ging in seinem Zimmer unruhig auf und ab. Er schaute auf den gekreuzigten Jesus an der Wand. Die Wege des Herrn sind unergründlich, dachte er. Anfangs, als er Karlmann die ersten Male zu sich hatte rufen lassen, hatte ihn danach ein schlechtes Gewissen geplagt. Aber mittlerweile schämte er sich nicht mehr für seine Empfindungen. Karlmann hielt doch immer ganz still, wenn er sich über ihn beugte und ihm sanft über seine honigblonden Haare strich. Es war nicht unrecht, was er tat. Er wollte Karlmann doch nur ein guter Lehrer sein. Er wollte ihm den richtigen Weg weisen und ihn ein Stück weit begleiten auf seinem Weg ins Paradies. *Werde, der du bist*. Nur dabei wollte er ihm ein wenig helfen.

Schmutzig waren die anderen Dinge im Leben: die Saufgelage der Männer in den Wirtshäusern und ihre Hurerei mit den Weibern. Sie kniffen eine Magd in den Hintern und waren in ihren Gedanken schon bei der nächsten. Seine eigenen Gefühle waren von ganz anderer Natur: aufrichtig und unverdorben. Sie galten nur diesem einen Jungen, diesem Besonderen unter den Einfältigen. Ohne guten Grund hätte ihm Gott doch niemals diesen Engel gesandt.

Andere Menschen hätten nicht verstanden, was zwischen ihm und Karlmann vor sich ging. Wie sollten sie die Wahrheit denn auch erkennen? Was wussten sie schon von der wahren Liebe? Uneigennützigkeit, Herzenswärme und Innigkeit empfand er für Karlmann. Seine Gefühle entsprangen nicht der animalischen Lust. Die Liebe, die er für diesen Jungen empfand, war von anderer Art. Sie waren füreinander bestimmt, so, wie alles im Leben vorherbestimmt war. Er war sein Lehrer und Karlmann sein Schüler. Er tat einfach nur seine Pflicht.

Radewijns blickte aus dem Fenster. Die Sonne ging schon auf. An seiner Bestimmung, dachte der Rektor, kann der Mensch nichts ändern. Aber es musste ja nicht jeder wissen, wofür er in diesem Leben bestimmt war. Sollte sich Karlmann dem Zwerg tatsächlich offenbart haben, und sei es auch nur in vagen Andeutungen, dann war es vielleicht besser, jetzt ein Exempel zu statuieren. Danach würde es dieser Zwerg ganz bestimmt nie mehr wagen, ihre Zusammenkünfte zu stören. Und auch Karlmann wäre diese Lektion vielleicht eine gute Lehre. Selbst die Liebe braucht manchmal eine harte Hand, damit man sie retten kann.

Das ging dem Rektor durch den Kopf, als er die Kutsche sah, wie sie in den Hof rollte. Der hat mir gerade noch gefehlt. Radewijns fuhr sich mit seinen Fingern durch die Haare, als er Heijn Drooten aus der Kutsche steigen sah. Die Möglichkeit, dass er irgendwann bei ihm aufkreuzen würde, hatte er einkalkuliert, weil er Kasdorp diesen Brief geschrieben hatte. Aber musste das unbedingt heute sein? Er sah, wie Drooten dem Schuldiener nach drinnen ins Haus folgte. Radewijns überlegte, was er nun tun sollte. Vielleicht war es besser, wenn er sein Vorhaben noch ein wenig aufschob. Andererseits ... Der Gedanke traf ihn wie ein Blitz.

Es war eine Möglichkeit. Vielleicht war es gar nicht mal so verkehrt, dass Heijn Drooten ausgerechnet heute bei ihm auftauchte. So ließen sich alle Probleme doch auf einen Schlag lösen, sein eigenes und auch das von Kasdorp. Es war eine Lösung, genau genommen eine schon beinahe perfekte Lösung. Wenn diese unterwürfige Seele das Geld, wie Radewijns hoffte, dabeihaben sollte, könnte er diese kleine Angelegenheit nun ein für alle Mal aus der Welt schaffen. Dann würde er Drooten gleich auf der Stelle beweisen, dass kein Grund zur Sorge bestand.

Während Radewijns seine Möglichkeiten noch gegeneinander abwog, hörte er schon die Schritte auf dem Flur. Er musste jetzt die Fassung bewahren, ermahnte er sich selbst. Dann würden sich die Dinge von ganz alleine regeln. Er war schon wieder ganz Herr seiner selbst, als er Drooten die Tür öffnete. Geheuchelt war nur die Freude, mit der er ihn begrüßte.

»Drooten, das nenne ich eine gelungene Überraschung am frühen Morgen. Komm doch bitte rein und setz dich.«

Radewijns fasste Drooten am Arm und führte ihn zum Tisch. »Nimm schon mal Platz«, sagte er. »Ich muss nur noch eine Kleinigkeit mit dem Schuldiener besprechen. Es dauert bloß eine Minute. Ich bin sofort wieder bei dir.«

Der Schuldiener schlug die Nägel in die Oberfläche des Quaders, erst an jeder der vier Ecken einen und dann noch einmal drei in jeweils gleichen Abständen dazwischen.

»Nimm die stärksten Nägel, die du finden kannst«, hatte ihm Radewijns eingeschärft, als er ihm eben auf dem Flur in knappen Worten seine Instruktionen erteilt hatte. »Wenn du das erledigt hast, bringst du die Jungen in die Kapelle. Du holst den Zwerg aus dem Keller und stellst ihn vorne neben den Altar. In einer halben Stunde bin ich hier oben fertig. Und gib acht, dass die Nägel halten.«

Genau das tat der Kapuzenmann nun. Er zog mit ganzer Kraft an jedem einzelnen Nagel. Schien ihm einer etwas zu locker, schlug er ihn mit seinem Hammer noch etwas tiefer in das Holz. Dann ging er auf die Knie und begann damit, etwa fünfzig Zentimeter tiefer eine zweite Reihe Nägel in den Quader zu schlagen. Beim dritten Nagel hielt er kurz inne. Er fragte sich, ob es feige sei, was er tat. Das war ihm schon sehr lange nicht mehr passiert. Die Entscheidung, ob etwas richtig oder falsch sei, hatte er bisher immer dem Rektor überlassen. Er selbst wollte dafür keine Verantwortung übernehmen. Trotzdem hielt er mit seiner Arbeit jetzt für einen kurzen Moment inne.

Einmal in seinem Leben, da hatte er etwas mehr gewagt, als nur seine Pflicht zu erfüllen. Er büßte dafür bis heute. Er hatte damals in einer Gerberei in Appeldorn gearbeitet, die Haare und das Fett von den Tierhäuten entfernt, das Leder in Wasser und Hirnmasse gewalkt, die Häute mehrfach ausgewaschen und dann getrocknet, bis sie ihren weichen, samtigen Flor erhielten. Es war keine schlechte Arbeit gewesen – bis auf den launischen Meister, der sich wie ein Schuft aufführte, wenn er getrunken hatte. Der Schnaps weckte den Tyrannen in ihm. Er nahm dann seine Ledergerte und verprügelte abwechselnd den Lehrjungen oder seine eigene Frau.

Der Lehrjunge, ein Kind von gerade mal zehn Jahren, hatte ihm leidgetan, weil ihn der Meister eines Tages wegen einer dummen Nichtigkeit mit seiner Gerte fast totgeschlagen hätte. Da war er ihm in den Arm gefallen. Und dabei war es dann passiert. Der Meister hatte ihm einen Eimer mit ätzender Lauge ins Gesicht geschüttet und ihn vom Hof gejagt.

Nein, es war nicht gut, sich in fremde Angelegenheiten einzumischen. Seit damals lief er mit der Kapuze durch sein Leben. Unten am Kinn waren die Verletzungen besonders arg. Da hatte die Lauge die tiefsten Löcher in die

Haut gefressen. Das Fleisch war lange verwachsen, aber manchmal nässten die Wunden noch. Luft bekam er eigentlich nur durch sein linkes Nasenloch. Die Haut darum war rau wie brüchiges Leder und von tiefen Narben übersäht. Sein rechter Ohrlappen fehlte ihm fast vollständig. Wenn Wind aufzog, pfiff es durch den Krater, der einmal sein Ohr gewesen war. Nur seine Augen hatten glücklicherweise nichts von der Lauge abbekommen.

Entschlossen schlug der Schuldiener jetzt den nächsten Nagel in das Holz. Er wollte nicht weiter darüber nachsinnen, ob es feige sei, was er tat. Was ging es ihn an? Sollte der Rektor doch tun, was er für richtig hielt. Er würde sich ihm nicht in den Weg stellen. Diesen Fehler hatte er einmal in seinem Leben begangen. Ein weiteres Mal würde ihm das nicht passieren. Es war wirklich besser, wenn man einfach nur seine Pflicht erfüllte.

Mit dem Verlust seines Gesichts hatte der Schuldiener auch alles andere verloren, was dem Menschen Würde verleiht: Skrupel, Moral und Verantwortungsbewusstsein. Selbst seinen Namen hatte er beinahe schon vergessen. Auch der Rektor hatte ihn nicht danach gefragt, als er ihn vor Jahren als Schuldiener aufgenommen hatte. An so viele Türen hatte er zuvor geklopft und um Arbeit gebettelt. Er hatte bei Bauern, Schmieden, Müllern, Böttchern und sogar bei einem Sargmacher vorgesprochen. Aber keiner wollte ihn haben, bis auf Radewijns. »Du scheinst mir genau der Richtige für diese Aufgabe zu sein«, hatte der Rektor zu ihm gesagt. »Die Schüler werden sich vor dir fürchten, aber das ist mir ganz recht.«

»Per, ich heiße Per Konning«, murmelte er jetzt leise vor sich hin, als er den nächsten Nagel in den Quader trieb. »Per, so wie der heilige Apostel Petrus.«

Ewig schon hatte den Schuldiener keiner mehr mit seinem Namen gerufen. Er hörte jeden Tag, wie die Jungen ihn nannten. *Kapuzenmann*, *Pockengesicht*, *Graukittel* oder einfach nur *das Übel*. Ihm selbst war das immer ganz recht gewesen. Es fiel ihm leichter, seine Pflicht zu erfüllen, wenn er keinen Namen trug. Oft, wenn er die Jungen hinter die schwarz lackierten Flügeltüren führte und sie danach zurück in den Schlafsaal brachte, dachte er: Wer kein Gesicht hat, braucht auch keinen Namen. Und wer keinen Namen hat, der kann auch keine Schuld auf sich laden.

Dass auch die Lehrer ihre Gesichter unter Kapuzen verbargen, wenn sich die Jungen vor ihren Augen die Wangen blutig schlugen, bestärkte ihn noch in dieser Auffassung. Offenbar wollten auch sie keine Verantwortung übernehmen. Unter so einer Kapuze konnte jeder stecken.

Die Verantwortung für alles, was an der Schule vor sich ging, trug ganz allein der Rektor. Er saß bei den Konzerten als Einziger ohne Kapuze am Tisch. Er gab die Anweisungen und machte die Regeln. Auf sein Kommando hin war er damals nach draußen gegangen und hatte das Brandeisen im Feuer geschürt. Und deshalb schlug er jetzt auch den nächsten Nagel in den Quader.

Vielleicht lag es nur daran, dass er eben seinen Namen vor sich hingemurmelt hatte. Es fiel ihm an diesem frühen Morgen schwerer, seine Arbeit mit der gewohnten Routine zu erledigen. Gut, der Zwerg hatte spioniert. Das musste der Rektor ahnden. Schließlich wussten ja alle, dass den Schülern der Zutritt zum Flur der Lehrer verboten war. Wenn er sich nicht daran gehalten hatte, selber schuld. Aber warum hatte er da oben überhaupt spioniert? Wollte er Karlmann helfen, so, wie er selbst dem Lehrjungen einst nur hatte helfen wollen? Aber wobei bloß?

Per Konning hatte sich nie ernsthaft gefragt, warum Radewijns in letzter Zeit so häufig nach Karlmann verlangte. Über die Marotten der anderen Lehrer wusste er sehr gut Bescheid. Er wusste, dass Karl Spreuen in seinem Zimmer regelmäßig seine Stimme übte, um den Tonfall des Rektors noch etwas genauer nachzuahmen. Er wusste, dass sich Adrian Aelst häufiger eines Buchs bediente, um daraus seine selbst verfassten Verse abzuschreiben. Und er wusste auch, dass Bas van der Graede seine Schnapsvorräte in der Dachrinne vor seinem Fenster aufbewahrte. Nur, was hinter der Tür des Rektors vor sich ging, wusste er nicht so genau. Besser gesagt: Er wollte es nicht wissen.

Der Schuldiener war Radewijns noch immer dankbar. Wäre er damals nicht gewesen, davon war er fest überzeugt, hätte es mit ihm ein schlimmes Ende genommen. Irgendwann wäre ihm nichts anderes übrig geblieben, als die Leute auf der Straße um einen Kanten Brot anzubetteln. Wie eine räudige Ratte hätte er sich dann nur noch des Nachts auf die Straßen getraut und in den Abfällen nach Essbarem gewühlt. Es stand ihm nicht zu, jetzt dumme Fragen zu stellen. Wer einem zu essen gab, den biss man nicht in die Hand.

Als er mit der nächsten Reihe Nägel fertig war, nahm der Schuldiener das Seil und führte es probeweise um die Nägel herum. Dann nahm er das Ende des Seils fest in beide Hände und zog einmal kräftig daran. Es würde halten.

Er hatte nie mitgezählt, aber keinen anderen Jungen hatte der Rektor so oft auf die Quader befohlen wie den Zwerg. Niemand an der Schule hatte je so viele Prügel einstecken müssen wie er. Selbst gegen Ruben hatte sich der Junge behauptet. Per Konnings zweifelte bis heute daran, ob der Rektor den

Willen von Piet tatsächlich gebrochen hatte, als er dann eines Tages doch noch vom Quader gefallen war. Er mutmaßte, dass er es wohl mit Absicht getan hatte. Er wusste nicht, ob er selbst so viel Kraft aufgebracht hätte.

Keinen anderen Schüler hatte das Los vom *See aus brennendem Schwefel* je getroffen, auch wenn Radewijns den Verlierern stets damit drohte. Nur der Zwerg trug das Zeichen in seinem Nacken. Er selbst war ja nur ein einfacher Schuldiener. Er hatte nicht so viele Bücher gelesen wie der Rektor. Ehrlich gesagt: Er hatte noch nie ein Buch in seinem Leben gelesen.

Vielleicht hatte der Rektor diesen Jungen ja aus gutem Grund gebrandmarkt. Das hatte er sich auch in jener Nacht eingeredet, als es geschehen war. Er war deshalb auch nie dazwischengegangen, wenn die anderen Jungen ihn mal wieder drangsaliert oder auf seine Decke gepinkelt hatten. Jedes Mal hatte er ihn gestraft für die Missetat der anderen.

Das Einzige, was er dem Zwerg immer ungestraft hatte durchgehen lassen, war das Stück Kuchen, das ihm die Köchin manchmal in den Mund stopfte. Er schwieg darüber, weil er damit auch sie in Schwierigkeiten gebracht hätte. Das wollte er nicht, denn er hätte sich von Martha nur allzu gerne auch einmal gegen ihren großen Busen drücken lassen. Aber daran war gar nicht zu denken. Jedes Mal, wenn er ihr über den Weg lief, zog er seine Kapuze noch ein wenig tiefer in die Stirn.

Früher, als er noch ein Mann mit einem Gesicht gewesen war, hatte er davon geträumt, wovon alle Männer träumten. Er wollte ein wenig sparen und sich dann eine Frau suchen. Er wollte Kinder mit ihr in die Welt setzen und am Abend ein Bier im Wirtshaus trinken. Was man halt so tat in einem Männerleben. Aber diese Möglichkeiten waren ihm nun verwehrt. Der Gerber hatte ihm nicht nur sein Gesicht geraubt, sondern auch seine Zukunft. Noch mehr wollte der Schuldiener auf keinen Fall riskieren. Hier in der Schule hatte er zumindest eine Gegenwart und ein Bett, in dem er träumen konnte. Manchmal träumte er dort von Martha.

Sehr entschlossen schlug der Schuldiener den letzten Nagel in den Quader. Sechzehn Stück hatte er unten in den Holzblock getrieben, einen an jeder Ecke und dann noch einmal drei in gleichen Abständen dazwischen. Oben auf der Sitzfläche das gleiche Bild, nur noch mit einem Nagel mehr in der Mitte. Insgesamt dreiunddreißig Nägel waren es. Peer Konning stutzte kurz, als er die Nägel zum Schluss noch einmal abzählte.

Dreiunddreißig, das müsste Karl Spreuen eigentlich gefallen. Der Schuldiener kannte seinen Tick, die Zahlen in gute und schlechte Zahlen einzuteilen.

Dreiunddreißig, das war die Zahl der Lebensjahre, die Jesus auf Erden verbracht hatte. Aber auch diesen Gedanken schob der Schuldiener schnell wieder beiseite. So weit würde der Rektor schon nicht gehen. Ganz bestimmt würde er diese Grenze nicht überschreiten.

-35-

»Hast du das Geld dabei?«

Kaum hatte Radewijns wieder am Tisch gegenüber von Drooten Platz genommen, riss er auch schon das Gespräch an sich.

»Wie konntest du mir nur so in den Rücken fallen? Du hast mir doch versprochen …«

»Jetzt sag schon, hast du das Geld dabei oder nicht?«

»Doch, aber …«

Der Rektor ließ Drooten kaum zu Wort kommen. »Stottere hier nicht blöd rum. Ich hab nicht so viel Zeit. Gleich beginnt die Morgenandacht. Wenn du das Geld dabeihast, nehme ich an, will Kasdorp seinen Enkel wohl lieber nicht wiedersehen. So ist es doch, oder?«

»Ja.«

»Gut. Dann gib mir jetzt das Geld, und ich werde dafür sorgen, dass ihr in Delft nie wieder von ihm hört.«

»Warum sollte ich dir glauben? Du hast mich schon beim letzten Mal belogen. Du hast mir versprochen, du würdest schweigen wie ein Grab. Und jetzt hast du diesen Brief geschrieben. Kannst du dir vorstellen, was dein Brief in Delft angerichtet hat? Kasdorp ist in die Kirche gestürmt. Er hat getobt und gezetert. Und mich hat der Pfarrer danach einen dummen Hornochsen geschimpft, weil ich dir die Wahrheit gesagt habe.«

»Lass gut sein, Drooten.«

»Gar nichts werde ich sein lassen. Hast du etwa geglaubt, dass dein Brief nicht auf mich zurückfällt? Du weißt doch, wie das läuft. Wer einmal lügt, dem glaubt man nicht. Warum also sollte ich dir diesmal glauben?«

»Du brauchst mir nicht zu glauben. Ich werde es dir beweisen.«

Radewijns wog in seiner Hand den neuen Lesestein, den er sich aus Amsterdam hatte kommen lassen. Er hatte eine schöne Stange Geld dafür ausgegeben.

»Wie willst du es mir beweisen?«

»Ich werde es dir zeigen. Komm mit.«

Drooten folgte dem Rektor die Treppe nach unten. Sie durchquerten den Kreuzgang und gingen über den Hof zur Kapelle. Piet stand bereits vorne rechts neben dem Altar, so, wie es Radewijns dem Schuldiener aufgetragen hatte. Die Lehrer und die Schüler saßen auf ihren angestammten Plätzen. Der Rektor eilte durch den Mittelgang nach vorne und wies Drooten mit einer stummen Geste einen Platz in der Bank der Lehrer zu.

Er räusperte sich noch einmal kurz, bevor er zu sprechen begann: »Es gibt Taten, die sind noch schlimmer als Träume. Einer von uns hat schlimmste Sünde auf sich geladen. Dafür wird er heute büßen. Keiner von euch soll jemals vergessen, was einem droht, der eine solche Sünde begeht.«

Drooten blickte rüber zu Piet. Nur wegen dieser kleinen Missgeburt saß er jetzt schon zum zweiten Mal in Deventer fest. Seine Haare waren noch immer so feuerteufelsrot wie damals, als er ihn hier abgeliefert hatte. Was mochte er wohl diesmal ausgefressen haben? Hatte er Gott gelästert? Gestohlen? Den Namen des Herrn missbraucht? Ins Weihwasser gepinkelt? Welche Sünde wog so schwer, dass der Rektor jetzt ein Exempel an ihm statuieren wollte? Ja, schau ruhig weg, dachte Drooten, als Piet seinem Blick auswich.

»Ich werde euch heute lehren, worin das heilige Sakrament der Buße besteht«, fuhr Radewijns fort. »Und damit es niemand von euch vergisst, werden wir alle dabei Hand anlegen. Wir werden ihm diese Buße gemeinsam beibringen.«

Damit beendete der Rektor seine kurze Predigt und befahl die Schüler in den Raum hinter den schwarz lackierten Flügeltüren. In Zweierreihen gingen sie über den Hof zum Kreuzgang, Radewijns mit Drooten vorneweg, die Schüler dazwischen und ganz am Ende Piet, gefolgt vom Schuldiener.

-36-

Das Erste, was Piet sah, als sich die Flügeltüren öffneten, waren die Nägel, die dornengleich in dem Quader steckten. Der Schuldiener hielt ihn am Arm fest, als sich Radewijns hinter dem Tisch aufstellte und erneut das Wort ergriff. »Wer schlimmste Sünde auf sich lädt, muss Buße tun«, wiederholte er jetzt noch einmal. »Ihr werdet heute lernen, dass alles Beten nichts nutzt, wenn man verdammt ist.« Zu Drooten sagte er: »Setz dich zu uns an den Tisch. Und dann werden wir beginnen.«

Die Lehrer nahmen in der gewohnten Reihenfolge Platz. Links vom Rektor Spreuen, van der Graede und Aelst, rechts Söhngen, Faas und van Eijk. Eigentlich war alles genauso wie bei den üblichen Backpfeifenkonzerten – nur mit dem Unterschied, dass heute zum ersten Mal ein Fremder an diesem Ritual teilnahm und keiner der Lehrer sein Gesicht unter einer Kapuze verbarg.

Piet fragte sich, was Drooten hier wollte. Wenn man Tag und Nacht durchfuhr, brauchte man von Delft nach Deventer gut und gerne zwei Tage. Es konnte unmöglich sein, dass die Geschehnisse der vergangenen Nacht seine Anwesenheit erklärten. Niemals hätte ihn die Nachricht so schnell erreicht. Und niemals wäre er so schnell hier gewesen. Es musste sich um einen Zufall handeln, aber das beruhigte Piet keineswegs. Er nahm Drootens Anwesenheit als ein böses Omen. Sein Blick suchte nach Karlmann. Da hinten stand er, ganz am Ende der Zweierreihen, in denen die Schüler auf Radewijns Befehl nun Aufstellung nahmen. Piet nickte ihm zu. Karlmann nickte zurück, aufmunternd, wie es ihm schien.

Die Tasten des Spinetts blieben unberührt, als der Schuldiener Piet auf den Quader hob. Er führte seine kurzen Beine zwischen den Nägeln hindurch und zurrte das Seil fest. Er verschnürte ihn wie ein Paket. Seine Hände fesselte er ihm auf dem Rücken. Keinen Millimeter konnte Piet sich noch bewegen.

Radewijns stand noch einmal auf und überzeugte sich selbst davon, dass alle Seile fest gespannt waren. Dann breitete er seine Arme aus und gab das bekannte Zeichen: »Lasst uns beginnen.«

Der Schuldiener hob den kleinen Rothaarigen auf den Holzquader Piet gegenüber, den Jungen, gegen den er seinerzeit als Ersten hatte kämpfen müssen. Heute würde er den Kampf nicht gewinnen, das war ihm klar, noch bevor ihn der erste Schlag des Rothaarigen traf. Radewijns musste den Schülern die Regeln seines Strafgerichts nicht erst erklären. Jeder wusste, was von ihm erwartet wurde. Die meisten Jungen hatten schon einmal auf einem der Quader gesessen. Und wen das Ritual bisher nicht getroffen hatte, der kannte das Wichtigste vom Hörensagen. Der Unterschied bestand lediglich darin, dass es heute nur einen Verlierer gab. Piet wusste, dass ihm heute als Einzigem die Wangen bluten würden. Er schloss die Augen.

Manche Jungen schlugen nur zehnmal zu, andere zwanzigmal. Am härtesten trafen Piet die Schläge jener Schüler, die er seinerzeit besiegt hatte. Zwischendurch öffnete er immer mal wieder kurz die Augen und schaute auf die Reihen, die noch vor ihm lagen. Wie eine böse Schlange, der beständig neue Köpfe wuchsen, kletterte ein Schüler nach dem anderen auf den Quader ihm gegenüber. Weder Unsicherheit noch Gnade entdeckte Piet in den Gesichtern seiner Mitschüler. Er wusste: Wenn sie so weitermachten, würden sie ihn totschlagen.

Die ersten Jungen, die Radewijns auf den Quader befahl, schlugen ohne jede Hemmung zu. Da waren die Wangen von Piet noch nicht so rot und blau. Erst als er aus der Nase blutete und wenig später dann auch aus seinem Mund, zögerten die ersten Jungen. Manche schlugen jetzt nicht mehr ganz so fest zu, wie sie es gekonnt hätten. Andere schlugen sogar mit Absicht daneben. Und wieder andere schauten fragend zu Radewijns, bevor sie die Hand erhoben. »Du tust Gotteswerk«, sagte der Rektor dann zu ihnen. Und so schlugen schließlich auch sie zu.

Alle Schüler gehorchten dem Befehl des Rektors, jeder einzelne. Nach einer Stunde stöhnte Piet, sie mögen aufhören, dann brüllte er vor Schmerz, und zum Schluss bettelte er um sein Leben. Die Haut auf seinen Wangen platzte, und seine Zähne wackelten so erbärmlich, dass er sie am liebsten ausgespuckt hätte. Seine Wimpern waren vom Blut verklebt und seine Lippen so geschwollen wie zwei dicke Fleischwürste. Piet sah nicht mehr, wer ihm die Schläge verabreichte, und er hörte auch kaum noch, wie Radewijns die Jungen dazu antrieb weiterzumachen.

Als Radewijns den letzten der Schüler auf den Quader kommandierte, hatte Piet sein Bewusstsein schon beinahe verloren. Hätten ihn die Seile nicht gehalten, wäre er längst gefallen. Über die Grenze des Schmerzes war Piet bereits weit hinaus. Er wartete nur noch auf seine Erlösung.

Karlmann schaute Piet mitleidig ins Gesicht, aber auch davon bekam er kaum noch etwas mit.

»Nun mach schon«, sagte der Rektor. »Schlag zu.«

»Ich werde ihn nicht schlagen.«

Alle im Raum blickten jetzt verblüfft zu Karlmann. Das Strafgericht, das Radewijns über Piet verhängt hatte, nahm in diesem Moment eine neue, unerwartete Wendung.

»Du willst ihn nicht schlagen? Du willst dich meinem Befehl widersetzen?«

»Nein, ich will ihn nur nicht schlagen. Aber ich verspreche, dass ich allen anderen Ihrer Befehle Folge leisten werde. Nur schlagen will ich ihn nicht.«

Radewijns strich sich über sein Kinn; er zögerte mit seiner Antwort. Nach einer Weile, die allen wie eine Ewigkeit vorkam, sagte er: »Nun gut. Dann hat unser kleines Exempel sein Ziel wohl erfüllt. So soll es sein. Für heute und für alle Tage.« Zu den Schülern sagte er: »Ihr geht jetzt alle ins Skriptorium und wartet dort auf mich. Ich will nur noch schnell unseren Gast verabschieden.«

Er nickte dem Kapuzenmann zu, damit er auch den Rest seiner Aufgabe erfüllte, und verschwand mit Drooten nach oben in sein Zimmer.

»Meinst du, er es wird überleben?«

»Mal ehrlich, Drooten, würde es dich stören, wenn nicht?«

»Es wäre gegen das fünfte Gebot.«

»Das habe ich dich nicht gefragt. Ich habe dich gefragt, ob es dich stören würde.«

Drooten senkte seinen Blick, drückte sich aber um eine Antwort herum.

»Siehst du, es würde dich also nicht stören. Glaub mir, du kannst jetzt ganz beruhigt zurück nach Delft fahren. Aber vorher gibst du mir das Geld.«

-37-

Es war Piets großes Glück, dass ihn der Schuldiener nach dem Exempel, schwerverletzt und bewusstlos, wie er war, auf dem Boden in der Kammer neben dem Speisesaal ablegte. Der Rektor hatte ihm zwar einen anderen Auftrag erteilt, aber es beruhigte Konnings Gewissen, dass Martha ihn dort vielleicht finden würde. Sie verwahrte in dem Kabuff das Anmachholz für den Ofen und auch die Küchenvorräte: Säcke mit Kartoffeln, Zwiebeln und Kohlköpfen. Nachher würde die Köchin ihn dort vielleicht finden, dachte der Schuldiener. Tot oder lebendig. Das stand jetzt nicht mehr in seiner Macht.

Piet erfuhr nie, wem er den Umstand zu verdanken hatte, dass er mit seinem jungen Leben noch einmal davonkam. Aber später, wenn er an diese schweren Tage zurückdachte, war er sich des glücklichen Zufalls sehr wohl bewusst. Hätte man ihn hinter den schwarz lackierten Flügeltüren liegen gelassen, wäre er mit größter Sicherheit elendig verreckt. Vielleicht hätte der Rektor für ihn noch einen Sarg zimmern lassen. Vielleicht hätte er auch entschieden, dass ein paar alten Lumpen gut genug für seine Leiche seien. Auf jeden Fall hätte er ihn wohl nicht ohne ein letztes Wort aus dieser Welt geschickt. Bestimmt hätte er irgendetwas von der gerechten Strafe gefaselt, die jeden traf, der das Gesetz missachtete.

Viel gefehlt hätte wirklich nicht, und Piet wäre an diesem Tag gestorben. Als ihn der Schuldiener vom Quader losband, dachten alle, die das Exempel miterlebt hatten, er sei hinüber. Nicht nur der Kirchendiener Heijn Drooten glaubte das.

Martha kniete neben ihm, als Piet nach drei Tagen zum ersten Mal die Augen wieder aufschlug. Sie legte ihr Ohr auf seinen Brustkorb. Mit der Erleichterung einer Mutter hörte sie, dass sein Herz noch schlug. Sehr leise zwar, aber es schlug noch. Das Fleisch zwischen Jochbein und Auge hatte die Farbe dunkler Johannisbeere. Schwarz-violett changierten seine Wangen. Seine Lippen waren zerfetzt, die Nase gebrochen und auch der eitrig-gelbe Unterkiefer leicht verschoben. Als Martha ihm die Lippen leicht nach oben zog, sah sie mit Erleichterung, dass er seine Zähne noch im Mund hatte. Piet lag auf einer schmalen Pritsche, die Martha, woher auch immer, für ihn aufgetrieben hatte. Jede halbe Stunde wischte sie ihm mit einem kühlen Tuch über seine fiebrige Stirn. »Wird alles wieder gut«, sprach sie dann tröstend auf ihn ein. »Wird alles wieder gut.«

Piet wachte in den ersten Tagen immer nur für wenige Minuten auf, dann fiel sein Kopf zurück auf die Seite, und er versank erneut in tiefer Bewusstlosigkeit. Manchmal hustete er im Schlaf, und jedes Mal verzerrte er vor Schmerz sein Gesicht dabei. Martha flößte ihm warmen Tee ein, strich Salben auf seine Wunden und küsste ihn jedes Mal auf die Stirn, bevor sie ihn für ein paar Augenblicke verlassen musste, um in der Küche nebenan das Essen für die Schüler und Lehrer zuzubereiten.

Als er nach zwei weiteren Tagen seine Augen zum ersten Mal etwas länger öffnen konnte als nur für zwei oder drei Minuten, kam es Piet so vor, als sei ein Stück der Zeit verschwunden. Auch später konnte er sich nie an diese ersten fünf Tage nach dem Exempel erinnern. Sein Gedächtnis, so erklärte er sich das Jahre später selbst, musste damals wohl einfach einen Satz gemacht haben. Sein Zeitgefühl meldete sich erst in dem Moment wieder in ihm zurück, als er den Schmerz fühlte. Der bewusst wahrgenommene Schmerz war für ihn das erste Zeichen, dass er noch am Leben war. Alles tat ihm weh. Seine Lider zu öffnen strengte ihn dermaßen an, als würde er zwei schwere Mühlsteine anheben. Seine Ohren fühlten sich taub an, und sein Hals war so eng zugeschnürt, als würde ihn jemand würgen. Es fiel ihm schwer, zu atmen.

Die Stimme, die auf ihn einredete, als er langsam aus seiner tiefen Bewusstlosigkeit erwachte, hatte er auch in seinen Fieberträumen gehört.

»Alles wird wieder gut. Wird alles wieder gut.« Es klang wie das Lied eines Engels. Als Piet Martha neben seiner Pritsche schemenhaft erkannte, brauchte er einen Moment, um sich zu orientieren. Nein, er war noch nicht im Himmel.

»Wo ist Karlmann?«

Das war nach fünf Tagen angsteinflößender Ruhe Piets erster richtiger Satz. Davor hatte er immer nur Wortfetzen von sich gegeben, gehustet und Blut gespuckt.

»Nicht reden, mein armer, kleiner Junge. Wird alles wieder gut.« Martha tröpfelte ihm mit einem wassergetränkten Leinentuch noch etwas Flüssigkeit in den Mund.

Erst am nächsten Tag, als Piet seine Frage mit schwerer Zunge nochmals wiederholte, antwortete sie ihm. »Er ist verschwunden, mein Junge. Schon seit sechs Tagen.

»Seit sechs Tagen?«

»Ja, so lange liegst du nun schon hier. Mein Gott, ich dachte, du machst die Augen gar nicht mehr auf.«

»Wo ist er hin?«

»Das weiß keiner. Der Rektor hat überall nach ihm suchen lassen. Er ist wie vom Erdboden verschluckt. So wie der Lesestein, der damals verschwunden ist, weiß du das noch?«

»Ja, der Lesestein, ich erinnere mich.«

Piet fiel zurück auf sein Kissen. Zum ersten Mal seit Tagen träumte er nun wieder. Bunt und zusammenhanglos stürmten die Bilder auf ihn ein. Er sah die Flügel der Prachtlibelle ganz nah vor seinen Augen, er hörte das dunkel-metallische Klimpern der Spinettsaiten. Er sah die Tautropfen, die wie winzige Perlen an den Gräsern klebten. Er sah sich selbst, wie er die Latrinen putzte. Er hörte das Klatschen der Ohrfeigen. Und zwischendurch immer wieder die Stimme des Rektors. *Seht her, ich mache alles neu. Ich bin das Alpha und das Omega, der Anfang und das Ende.*

Als er aus seinem Traum erwachte, saß Martha noch immer neben ihm. Oder schon wieder. Piet hatte nur eine sehr vage Vorstellung davon, wie die Zeit um ihn herum verging.

»Habe ich geschlafen?«

»Ja.«

»War der Rektor hier?«

»Nein, ich glaube, er weiß nicht, dass du hier bist. Und ich glaube, es ist auch besser so.«

»Ich hab Hunger.«

»Das ist gut. Wenn du Hunger hast, wird alles wieder gut. Wirst schon sehen, wird alles wieder gut.«

Martha ging in die Küche nebenan und setzte Rindfleisch auf. Sie schnitt Karotten, Kohlrabi, Steckrüben, Lauch, Sellerie und Kartoffeln klein und mischte das Gemüse in den Sud. Zum Schluss schmeckte sie alles mit Fenchel und Liebstöckel ab. Fenchel war gut gegen Krämpfe. Und Liebstöckel löste den Schleim und half gegen Entzündungen. Sie stützte Piets Kopf, als sie ihm die Suppe vorsichtig einträufelte. Und so kam Piet van Leeuwen ganz langsam wieder zu Kräften.

Zwei Tage später versuchte er mit Marthas Hilfe, das erste Mal aufzustehen. Die Kammer maß in der Länge kaum drei Meter und in der Breite ungefähr anderthalb. Aber eine sehr viel größere Distanz hätte Piet auch gar nicht bewältigt. Tattrig wie ein Greis tippelte er neben Martha her, drei Meter zu der einen Wand und dann noch einmal drei Meter zurück.

»Was ist das?«

Piet hatte das Regal von seiner Pritsche aus bisher nicht gesehen. Es stand verdeckt von einem Stapel Holz in der hintersten Ecke. Bücher stapelten sich darauf. Sie waren sorglos aufeinandergeworfen, viele beschädigt und zerrissen.

»Anmachholz«, sagte Martha. »Das ist nur zum Anmachen des Herdfeuers.«

»Aber das sind doch Bücher.«

»Der Rektor gibt sie mir, damit ich das Herdfeuer damit anfache. Er sagt, es seien Bücher, die man besser verbrennt.«

»Hat er nach mir gefragt?«

»Nein, immer noch nicht. Du musst jetzt erst einmal wieder zu Kräften kommen. Und dann sehen wir weiter.«

»Kannst du mir ein paar Kerzen bringen, bevor du heute Abend gehst?«

»Fürchtest du dich im Dunkeln?«

»Ein bisschen, es wäre einfach schön, ein Licht zu haben.«

»Natürlich, mein Junge, ich bringen dir nachher ein paar Kerzen, bevor ich gehe.«

Als Martha am nächsten Morgen nach ihm schaute, lag Piet auf seiner Pritsche, eine Kerze in seiner Hand und ein Buch vor seinen Augen. Er hatte sich am Abend noch einmal aufgerafft und sich zu dem Regal mit den Büchern geschleppt. Er hatte fast die ganze Nacht durch gelesen.

»Was machst du denn da? Komm, leg das zur Seite. Vom Lesen ist noch niemand gesund geworden. Iss lieber.«

Folgsam legte Piet das Buch zur Seite und ließ sich von Martha füttern. Aber gleich nachdem sie die Kammer wieder verlassen hatte, um nebenan ihre Küchenarbeiten zu verrichten, las er weiter. Er las von Zenon und den Atomisten, von Platons Höhlengleichnis und von der Goldenen Regel des Aristoteles. Er studierte die Epikureer und auch die Stoiker. Vieles von dem, was Piet las, verstand er nur halb, anderes gar nicht, und oft fehlten in den Büchern auch ein paar Seiten, gerade wenn er glaubte, einen Gedanken halbwegs begriffen zu haben. Er ahnte allerdings schon sehr bald, warum Radewijns ausgerechnet diese Bücher ins Feuer der Köchin gegeben hatte. Auch wenn Piet gerade erst zwölf Jahre alt war, begriff er doch schon, dass in diesem klapprigen Regal seines kleinen Kabuffs die Feinde des Rektors versammelt standen. Er prägte sich die Namen auf den Buchrücken deshalb noch etwas genauer ein: Nicolaus Cusanus, Giordano Bruno, Nikolaus Kopernikus und Galileo Galilei. Wer ein Feind des Rektors war, der musste sein Freund sein.

Die langen Jahre der Einsamkeit hatten Piet empfänglich gemacht für so manche Geistesvorstellungen, die andere Menschen auch in sehr viel späteren Jahren niemals ins Nachdenken gebracht hätten. Er las in den kommenden fünf Wochen bis zu seiner fast vollständigen Genesung sehr viel mehr Bücher als andere Menschen in ihrem ganzen Leben.

Aus einem Buch, dessen Titel seine Neugierde weckte, erfuhr er, dass das Universum unendlich sei. *Über die belehrte Unwissenheit* hieß die Schrift. Die Beweisführung fand Piet so schlüssig, dass ihm der Gedanke sofort einleuchtete. Wenn Gott überall und nirgends sei, las er, dann müsse auch das Zentrum der Welt überall sein und seine Umgebung nirgends. Dann sei kein anderer Schluss möglich als eben der, dass das Universum unendlich sei. Auf ähnliche Gedanken stieß er in einem weiteren Buch, ergänzt noch um die Feststellung, dass sich die Erde um die Sonne drehte. Das hatte er selbst immer gemutmaßt, wenn Söhngen in seinem Unterricht das genaue Gegenteil lehrte. Piet fand es beruhigend, dass er mit seinen Zweifeln nicht alleine dastand, auch wenn er dem astronomischen Nachweis des Verfassers nicht so recht folgen konnte.

Ganz zuunterst in dem Regal fand Piet ein paar zusammengebundene Kladden. Die Blätter lagen lose in den Ledermappen und waren handbeschrieben. Piet brauchte fast einen ganzen Tag, bis er dahinterkam, dass das Manuskript in Spiegelschrift verfasst war. Den Sinn der Worte verstand er trotzdem nicht, die Sprache war ihm fremd. Dafür betrachtete er die Zeichnungen neben dem Text nun sehr aufmerksam: Querschnitte von Menschen- und Tierleibern und merkwürdige Apparaturen, die aussahen wie riesige Vögel. Die Vorstellung, ein Mensch könne sich mithilfe eines solchen Gebildes in die Lüfte schwingen, beflügelte Piets eigene Fantasie. Wenn so etwas möglich war, dann wäre doch alles möglich.

Immer wieder nahm er sich die alte Kladde vor und studierte die sonderbaren Apparaturen. Er war so begeistert davon, dass er Martha die Zeichnungen an einem der nächsten Tage zeigte. Doch sie wollte nichts davon wissen.

»So ein Blödsinn«, sagte sie. »Der Rektor hat schon recht, wenn er mich diese Bücher verbrennen lässt. Und du schläfst jetzt lieber, als dir im Dunkeln die Augen zu verderben.«

Leonardo da Vinci – schon der Name klang für Piet wie eine Verheißung. Er hatte es ja schon vorher geahnt. Es gab da draußen noch eine andere Welt.

Es war ein sehr unscheinbares Buch, das Piet in seinem Glauben bestärkte. Der Titel klang für ihn zunächst etwas sperrig. *Abhandlung über die Methode des richtigen Vernunftgebrauchs* hieß die Schrift. Verfasser war ein gewisser René Descartes. Und gedruckt war das kleine, graue Büchlein in Amsterdam, im Jahre 1634. Er wollte das Buch schon wieder beiseitelegen, aber als er dann die ersten Sätze studierte, konnte er mit dem Lesen die ganze Nacht nicht mehr aufhören.

Ich hatte schon vor mehreren Jahren bemerkt, wie viel Falsches ich in meiner Jugend für wahr gehalten hatte, und wie zweifelhaft Alles war, was ich darauf erbaut hatte. Ich meinte deshalb, dass im Leben einmal Alles bis auf den Grund umgestoßen und von den ersten Fundamenten ab neu begonnen werden müsste.

Piets las weiter: *Alles nämlich, was mir bisher am sichersten für wahr gegolten hat, habe ich von den Sinnen oder durch die Sinne empfangen; aber ich habe bemerkt, dass diese mitunter täuschen, und die Klugheit fordert, denen niemals ganz zu trauen, die uns auch nur einmal getäuscht haben.*

Piet ließ das Buch kurz sinken. Er fragte sich, ob ihn auch seine Sinne schon einmal getäuscht hätten. Er dachte an die Glaskugel des Rektors und die Dinge, die er damit entdeckt hatte. Wollte dieser Descartes darauf hinaus? Dass es eine Wirklichkeit jenseits der eigenen Sinneswahrnehmung gab? Der Mann schrieb von Wahnsinnigen, deren Hirn durch die Dünste schwarzer Galle so geschwächt sei, dass sie hartnäckig behaupten würden, Könige zu sein, obwohl sie doch in Wahrheit nur Bettler waren. Und dass er selbst möglicherweise ganz ähnlichen Wahnvorstellungen unterliege, wenn er als Wahrheit nur erkenne, was ihm seine Augen vorgaukelten.

Es gilt mir daher Alles, was ich sehe, für falsch; ich lasse nichts von dem gelten, was das trügerische Gedächtnis mir von dem Früheren vorführt; ich habe gar keine Sinne; mein Körper, meine Gestalt, Größe, Bewegung, Ort sind Chimären. Was bleibt da Wahres? Vielleicht das Eine, dass es nichts Gewisses gibt. Fieberhaft las Piet weiter. *Dennoch will ich ausharren, indem ich alles fern halte, was dem geringsten Zweifel unterliegt.*

Und dann stieß er plötzlich auf diesen einen Satz. Es war völlig verrückt, aber es schien ihm so, als wäre dieser eine Satz nur für ihn allein aufgeschrieben worden. *Ich kann auf Großes hoffen, wenn ich nur Etwas, wäre es auch noch so KLEIN, in dieser Welt fände, was gewiss und unerschütterlich wäre.*

Da war es wieder. Das Kleine, das Allerkleinste. Das Etwas, das Piet selbst so gerne finden wollte. Vielleicht muss ich ja wirklich alles in Zweifel ziehen, um es zu finden, dachte er. Vielleicht muss ich sogar meinen eigenen Augen misstrauen.

Draußen wurde es schon hell, als Piet das kleine Büchlein endlich schloss.

-38-

»Muss ich mich denn um alles kümmern? Warum hast du ihn nicht außerhalb unserer Mauern verscharrt, so, wie ich es dir befohlen habe?«

»Aber er lebte doch noch.«

»Dann hättest du ihn halt wieder in den Keller gesperrt. Dort hätten ihm die Ratten den Rest gegeben.«

Der Rektor tobte, als er Piet nach fünf Wochen eher zufällig in seinem Kabuff entdeckte. Er wollte der Köchin nur ein paar dieser grässlichen Bücher geben, damit sie ihr Herdfeuer damit anfachte. Da hatte er ihn entdeckt.

»Kannst du denn nicht einmal das Richtige tun, ohne dass ich es dir befehle?«, schnauzte Radewijns den Schuldiener an.

»Aber …«

»… nichts aber. Wie konntest du nur so blöd sein, ihn der Köchin vor die Füße zu legen?«

»Aber ich konnte ihn doch nicht lebendig begraben.«

»Schluss jetzt. Ich muss nachdenken. Raus mit dir.«

Der Rektor setzte sich an den Tisch und stützte den Kopf in die Hände. Das Wertvollste in seinem Leben hatte ihm dieser gottverdammte Gnom genommen. Niemals, dachte Radewijns, wäre Karlmann weggelaufen, wenn er sich nicht zwischen sie gedrängt hätte. Die ganze Gegend hatte er nach ihm absuchen lassen, war selbst in die umliegenden Dörfer bis nach Schalkhaar, Espe und Wilp gelaufen und hatte nach ihm gefragt. Aber keiner hatte Karlmann gesehen. Er war wie vom Erdboden verschluckt.

Am liebsten wäre Radewijns jetzt noch einmal nach unten in das Kabuff gestürmt und hätte Piet den Hals umgedreht. Aber Gewalt zu befehlen war etwas anderes, als sie mit eigener Hand auch auszuüben. Bis auf die Kopfnüsse, die er in seinen Unterrichtsstunden regelmäßig verteilte, überließ es der Rektor dem Schuldiener, die Jungen zu züchtigen. Er schaute gerne dabei zu, wenn sie sich auf den Quadern die Wangen blutig schlugen. Aber er selbst machte sich die Hände lieber nicht schmutzig. Leichten Gewissens hätte er Piets Todesurteil unterschrieben, aber die Kaltblütigkeit eines Mörders besaß er deshalb nicht.

Die Schüler, das fühlte er instinktiv, würden ihm kein zweites Mal folgen, wenn er Piet jetzt noch einmal auf dem Quader fesseln ließ. Und auch die Lehrer würden nicht mehr schweigen. So hündisch sie ihm auch ergeben waren: Karlmanns Weigerung, den Zwerg zu schlagen, hatte irgendetwas in ihnen verändert. Selbst Spreuen, der ihm in allem nacheiferte und immer seine Nähe suchte, senkte nun häufiger den Kopf, wenn er ihm auf dem Flur begegnete. Vielleicht kam es ihm nur so vor, aber auch Spreuen schien sich für die Strafe zu schämen, die er über den Zwerg verhängt hatte. Mit jedem Tag, an dem dieser widerliche Junge nun noch an länger an seiner Schule weilte, würde es nur noch schlimmer werden. Seinen Tod hätten sie vielleicht noch hingenommen, aber nicht die Tatsache, dass er überlebt hatte. Jeden Tag würde der Zwerg sie alle nun erinnern, was sie getan oder zumindest nicht verhindert hatten. Er musste schleunigst verschwinden.

Und so sah der Rektor am Ende keine andere Möglichkeit, als noch einen zweiten Brief aufzusetzen. Er schrieb an Nicolaus Nistelroy, einen alten Studienfreund, der es nach ihrem gemeinsamen Studium der Theologie und Philosophie an der Universität zu Leiden vorgezogen hatte, ins einträglichere Geschäft des Tuchhandels zu wechseln. Er führte seinen Laden in der Heertgenstraat in Amsterdam. Soweit Radewijns wusste, hatte er es damit zu einigem Wohlstand gebracht, auch wenn er bestimmt noch immer so knauserig war wie schon zu ihrer gemeinsamen Zeit in Leiden.

Lieber alter Freund,

ich habe hier einen Waisenjungen, den Du als Gehilfen bestimmt schätzen würdest. Er ist nicht der Allergrößte, aber für jede Art von Arbeit gut zu gebrauchen. Seit Jahren putzt er mir hier ohne Murren die Latrinen und ist sicherlich auch noch für so manche andere niedere Tätigkeit nützlich. Es ist nur so, dass er eben nicht der Schlauste ist. Ehrlich gesagt, fürchte ich, dass sein Geist kaum begreift, was wir hier an unserer Schule lehren. Bestimmt wäre er als Famulus in Deinem Geschäft besser aufgehoben als bei uns. Du würdest mir einen großen Gefallen erweisen, wenn Du Dich des Jungen annehmen könntest. Natürlich nicht umsonst. Fünfzig Gulden wäre es mir wert, ihn in Deinen Händen zu wissen.
Schreib mir bitte schnell, ob Dich mein Vorschlag überzeugt, dann würde ich den Jungen die nächsten Tage in eine Kutsche setzen und mit dem Geld zu Dir schicken. Ich hoffe, es geht Dir gut und Deine Geschäfte laufen zu Deiner Zufriedenheit.

Dein Dir ergebener Florens

Als der Rektor eine Woche später die Antwort von Nistelroy erhielt – er hatte ihm nur einen kleinen Bruchteil des Geldes angeboten, den er selbst von Kasdorp eingestrichen hatte, aber doch genug, um einen Knauserer wie ihn zu überzeugen –, wartete er bis zum späten Abend. Erst als Martha die Schule schon verlassen hatte, ging er noch einmal runter zu Piet. Er fand ihn auf seiner Pritsche, lesend.

»Das passt zu dir, dass du dieses Zeug liest.«

Radewijns riss ihm das Buch aus der Hand und schmiss es in die Ecke.

»Du weißt sehr gut, was ich von dir halte. Du trägst das Zeichen des Teufels in deinem Nacken. Aber ich will kein Unmensch sein. Morgen früh, noch bevor die Sonne aufgeht, wird dich eine Kutsche abholen. Du wirst zu einem Tuchhändler nach Amsterdam fahren und bei ihm in die Lehre gehen. Wenn du ihm gehorchst, wird das Zeichen in deinem Nacken mit den Jahren vielleicht verblassen. Auf jeden Fall scheint mir Amsterdam der richtige Ort für dich zu sein. Diese Stadt, in der das Laster zu Hause ist, wird auch einen Zwerg wie dich ertragen.«

-39-

Mit allem Möglichen hatte Piet gerechnet, nur damit nicht. Er dachte in dieser letzten Nacht in Deventer noch sehr lange an Karlmann und auch an Martha. Er hoffte, er würde noch die Gelegenheit haben, sich von ihr zu verabschieden. Zumindest noch einmal wollte er sich an ihre großen Brüste schmiegen und ihr dafür danken, was sie für ihn getan hatte. Aber dazu kam es nicht mehr.

Als Piet noch vor Morgengrauen die Kutsche abholte, hatte er außer seiner Kleidung am Leib nur ein paar Dinge bei sich: die zwei blauen Veilchen, die er noch immer unter seinen Augen trug, den Brief seines Vaters mit der kleinen Holzfigur, den Lesestein des Rektors, den er noch in der Nacht aus seinem Versteck geholt hatte, das graue Büchlein, in dem er vom Zweifel gelesen hatte, und einen Lederbeutel mit fünfzig Gulden. Von Martha konnte sich Piet nicht mehr verabschieden, so früh verließ er Deventer.

In Appeldorn stiegen zwei Männer mit ihren Frauen zu. Der Dickere der beiden verhandelte mit dem Kutscher kurz darüber, ob Piet nicht vielleicht zu ihm auf den Bock klettern könne. Er bot ihm sogar ein paar Gulden extra an. Doch weil der Kutscher ablehnte – ob aus Prinzip oder auch nur, weil er Piet nicht neben sich haben wollte –, blieb dem Dicken nichts anderes übrig, als sich neben Piet zu quetschen. Er rümpfte kurz die Nase und brummte ein unfreundliches »Rück rüber« durch seinen Bart, der ihm wie Sauerkraut über seine feisten Backen hing. Dann ließ er sich gewichtig in das Polster plumpsen und klopfte auf die freie Stelle neben sich. Seine ebenso füllige Gattin nahm gehorsam neben ihm Platz. Das andere Paar war von eher hagerer Gestalt und auch nicht so gut gekleidet.

Dass Piet ein ziemlich buntes Bild von seinem Ziel vor Augen hatte, noch bevor sie die Stadttore Amsterdams erreichten, lag nicht daran, dass eigentlich jeder, der die Stadt an der Amstel das erste Mal besuchte, leicht übertriebene Vorstellungen von Amsterdam im Kopf hatte. Es waren die Beschreibungen des Dicken, die seine Fantasie schürten.

»Das erste Mal in Amsterdam?«, fragte er den Mann ihm gegenüber.

»Ja, das erste Mal.«

»So, so, das erste Mal. Beneidenswert, wirklich beneidenswert.«

»Aber Sie fahren doch auch nach Amsterdam.«

»Das schon. Aber wenn man die Stadt das erste Mal sieht, ist es doch etwas anderes. Die Stadt ist ein Wunder. Glauben Sie mir, keine Stadt der Welt reicht an Amsterdam heran. Sie ist das Babylon unserer Zeit. Es gibt keinen Wunsch, den diese Stadt nicht erfüllen kann. Die seltensten Dinge des Universums werden dort gehandelt. Alles gibt es in Amsterdam zu kaufen.«

Der Dicke rühmte jeden Pflasterstein und jede Pfütze Amsterdams, als würden sie geradewegs ins Paradies fahren. Die Häuser der wohlhabenden Kaufleute, sagte er, seien prächtiger als die Paläste von Königen, und die Türme der Kirchen so hoch, als würden sie geradewegs am Himmel kratzen. »Nichts auf der Welt reicht an Amsterdam heran.«

Der Dicke spreizte seine gefeilten Nägel vor seinem fülligen Bauch und sprach über Südamerika, Indien und China, als wäre er dort zu Hause. Er zählte Gold, Elfenbein und Silber auf, das wie Strandgut im Hafen von Amsterdam lande. Ausführlich würdigte er die Kunst der Kapitäne, die alle Schätze dieser Welt nach Amsterdam brachten. »Der Handel, mein Lieber, das ist unsere Zukunft.«

Die Frauen beschränkten sich hier und da auf ein zustimmendes Nicken, und auch der Mann dem Dicken gegenüber trug nicht wirklich viel zu der Unterhaltung bei.

»Was suchen Sie in Amsterdam?«

»Arbeit.«

Der Dicke schaute sein Gegenüber mitleidig an, rülpste noch einmal kurz und schlief dann ein. Die Kutsche rumpelte über die Straßen und Feldwege, vorbei an Voorthuizen, Hoevelaken und Vathorst. In Hilversum wechselte der Kutscher die Pferde noch einmal, und die Frauen vertraten sich draußen die Beine. Der Dicke rückte seinem Gegenüber jetzt ganz nah auf die Pelle: »Glauben Sie mir, wirklich alles gibt es in Amsterdam zu kaufen, selbst Indianerinnen.«

»Indianerinnen?«

»Ja. Im Haaggse Hof, da gibt es eine Frau mit pechschwarzem Haar, safrangelber Haut und einer Wiese … na ja, das entdecken Sie am besten selbst.«

Als die Frauen zurück in die Kutsche kletterten, wechselten die beiden Männer schnell das Thema. »Stimmt es eigentlich, dass in der Wisselbank zweitausend Tonnen Gold lagern?«, fragte der Hagere.

Der Dicke lachte und klopfte seiner Frau auf das Knie. »Hast du das gehört? Zweitausend Tonnen Gold.«

Seine Frau nickte. »Mag sein, dass es einmal zweitausend Tonnen Gold waren, aber heute dürften es wohl etwas weniger sein. Oder glauben Sie etwa, die Banken sind aus dem Schlamassel heil herausgekommen? Vergessen Sie nicht die Spekulation, mein Lieber. Die Tulpen haben so manches Vermögen in Amsterdam über Nacht vernichtet.«

»Die Tulpen«, mischte sich nun zum ersten Mal die Frau des Dicken in die Unterhaltung ein. »Sie waren so schön, vor allem die Semper Augustus.«

»Schön teuer waren sie, das ist alles. Ich selbst habe ja glücklicherweise kein Geld damit verloren, aber Sie können mir glauben. Ich kenne so einige Kaufleute in Amsterdam, die sind darüber bankrottgegangen. Und die Banken haben auch ihren Teil verloren.«

»Aber schön waren die Tulpen doch. Nicht nur die Semper Augustus, sondern auch die Schöne Helena.«

»Weibergewäsch«, schimpfte der Dicke. Zu dem Mann ihm gegenüber sagte er: »Wissen Sie, was die Leute zum Schluss für die Tulpen bezahlt haben? Alle waren sie wie von Sinnen. Am Anfang, da haben sie ja nur ein paar Scheffel Weizen für eine Zwiebel gezahlt, aber später dann vier fette Ochsen oder tausend Pfund Käse. Am Ende waren es dann zehntausend Gulden für eine Zwiebel, mehr als ein Haus an einer der besten Grachten kostet. Die Bankiers haben mit Optionen gehandelt, und die Spekulanten haben die wahnwitzigsten Preise gezahlt. Bis dann alles zusammengebrochen ist. Glauben Sie mir, ich habe ein paar sehr aufrechte und ehrbare Kaufleute gekannt, die sich deshalb aufgehängt haben.«

»Aber schön waren die Tulpen trotzdem«, ließ die Frau des Dicken nicht locker. »Ich selbst mochte ja die Goude Laeckens am liebsten. Wie ein goldener Finger sah sie aus ....«

»... jetzt höre endlich auf. Ich erzähle hier von Männern, die den Tod gewählt haben, und du redest von Tulpenfarben.«

So ging es zwischen den beiden weiter, bis die Kutsche die Tore Amsterdams erreichte. Piet sah gleich, dass der Dicke nicht übertrieben hatte. Die Häuser waren tatsächlich sehr viel größer und prächtiger als die Häuser, die er aus Delft kannte. Die Stadt wirkte schon auf den ersten Blick äußerst imposant, auch wenn sie etwas übel roch. Nur der Gezeitenwechsel erneuerte das Wasser in den Kanälen, die am Tag von Piets Ankunft wie eine Kloake stanken. Über der wohlhabenden Stadt Amsterdam waberte der Geruch der Fäulnis, als die Kutsche nach zwei Tagen und zwei Nächten endlich in die Stadt rollte.

»Schauen Sie sich den Kanal da draußen an«, wandte sich der Dicke jetzt wieder dem Mann ihm gegenüber zu. »Der Grachtengürtel wird bald nach

Osten hin erweitert. Wenn die Pläne halten, was sie versprechen, wird hier bald Amsterdams bestes Viertel entstehen. Eine von sieben Brücken überspannte Gracht, in der sich die reichsten Familien niederlassen werden. Rund um den Koningsplein planen sie schon ihre Häuser. Glauben Sie mir, es wird nicht mehr lange dauern, dann werden sie diese Stelle die *Gouden Bocht* nennen, die goldene Biegung von Amsterdam.«

Als sie an den Lagerhäusern des Hafens vorbeifuhren, zeigte der Dicke mit seinem Finger auf einen Turm. »Seht ihr diesen Turm dort? Das ist der Turm der Tränen. Man nennt ihn so, weil die Frauen dort von ihren Männern Abschied nehmen, wenn sie mit den Schiffen ans Ende der Welt aufbrechen. So manche kommen nie wieder. Aber das ist nun mal der Preis für den Wohlstand Amsterdams.«

Kurz danach, nahe dem Hauptquartier der Ostindien-Kompanie, stoppte der Kutscher. Er schwang sich von seinem Bock und riss den Wagenschlag auf.

»Hörst du nicht, Kleiner? Wir sind da. Du musst hier raus. Du biegst jetzt da vorne die Straße nach links ab, und dann kommst du in die Heertgenstraat.«

Piet quetschte sich aus der Kutsche. Vor ihm auf dem Platz drängten sich die Menschen. Ein Mann in Uniform stand auf einem Podest und warb um Matrosen. »Wer auf der Fahrt nach Ostindien ein Auge verliert«, rief er über den Platz, »erhält dreihundert Gulden, für einen verlorenen Arm gibt es die Hälfte.«

Piet wurde von den Menschen auf die Seite gedrängt. »Seht ihr«, hörte er den Dicken noch sagen, als die Kutsche schon wieder anrollte, »alles gibt es in Amsterdam. Und jetzt gibt es hier sogar noch einen Zwerg mit zwei blauen Veilchen unter seinen Augen.«

Zweiter Teil

- 1 -

Viele Jahre später in Figueira da Foz,
etwa fünf Tagesreisen nördlich von Lissabon

Es war ein sonniger Tag in der niederländischen Stadt Delft – der Kirchendiener Heijn Drooten schloss wie jeden Morgen die schwere Tür der Nieuwe Kerk auf –, als eine junge Frau, gut zwölfhundert Seemeilen von der Küste Hollands entfernt, sich über die Wellen des Atlantiks tragen ließ.

Sie streckte ihre Arme weit von sich, wölbte ihren Bauch dem azurblauen Himmel entgegen und schaukelte auf ihrem Rücken über die sanfte Dünung. Ihr Vater Afonso Milao stand oben auf der Terrasse vor dem Haus, das wie ein Schwalbennest in den Felsen klebte. Er hatte jedes Mal ein bisschen Angst, wenn seine einzige Tochter ins Meer ging – und das lag nicht nur daran, dass er selbst nicht schwimmen konnte.

Die meisten Menschen konnten nicht schwimmen. Die Zimmerleute nicht und auch nicht die Zimmermädchen, weder die Diener noch ihre Könige. Die Pfaffen schwammen nicht im Wasser und auch nicht ihre Päpste. Wenn die Menschen überhaupt etwas Wasser an sich heranließen, dann nur das Allernotwendigste zum Waschen. Und selbst damit gingen sie äußerst sparsam um. Es gab nicht wenige Ärzte, die behaupteten, man solle den Kontakt mit Wasser am besten meiden, denn es könne durch die Poren tief in die Haut eindringen, sich mit den Körpersäften vermischen und die allerschlimmsten Krankheiten heraufbeschwören. Das Wasser überließen die Menschen lieber den Fischen.

Selbst die Fischer konnten nicht schwimmen und auch nicht Matrosen und ihre Kapitäne. Zwar wagten sich die Menschen mit ihren Schiffen nun bis ans Ende der Welt, aber nur trockenen Fußes. Niemand sprang freiwillig ins Wasser. Wenn auf den Handelsschiffen, die nun bis nach Südamerika und Ostindien segelten, einer über Bord ging, bedeutete das seinen sicheren Tod. Die Menschen scheuten das Wasser wie die Katzen.

Afonsos Tochter war in dieser Beziehung eine große Ausnahme. Jeden Morgen, wenn es das Wetter nur irgendwie zuließ, schwamm sie weit hinaus ins Meer. Sie liebte die türkisblaue Färbung des Atlantiks und die schäumende Gischt, wenn die Wellen über ihrem Kopf zusammenschlugen.

Ihr Vater hatte nicht so viel Zutrauen zum Meer, auch wenn er es auf seine Art ebenso liebte wie seine Tochter. Jedes Jahr verbrachte Afonso mit seiner

Familie einen Sommermonat in der Nähe von Figueira da Foz, ungefähr fünf Tagesreisen von Lissabon entfernt. Er hatte es mit seinem Tuchhandelsgeschäft in der Hauptstadt zu einigem Wohlstand gebracht und genoss die süße Zeit des Nichtstuns. Stundenlang saß er vor seinem Haus und ließ seinen Blick über das große Blau schweifen. Normalerweise fiel es ihm schwer, die Hände in den Schoß zu legen. Aber hier draußen, auf der Terrasse vor seinem Haus, verlor die Zeit jede Bedeutung für ihn. Er spürte einen Hauch von Ewigkeit, wenn sich der Ozean am Horizont mit dem Himmel vermählte. Nie wurde er des Schauspiels müde, wenn sich das Wasser vor seinen Augen zu immer neuen Bergen aufschaukelte, schwappte und schaukelte, bis die Wellen, verausgabt vom ewigen Hin und Her, an den Strand rollten. Eine Welle nach der anderen und doch keine wie die nächste.

Die Gefühle, die Afonso dem Meer gegenüber hegte, waren von zwiespältiger Natur. Er schätzte die Weite des Ozeans und den beruhigenden Rhythmus der Wiederholung, der darin lag. Sein eigener Herzschlag verlangsamte sich jedes Mal, wenn er der Musik des Meeres lauschte. Aber hineingetraut hätte er sich nie. Oft sagte er zu seiner Tochter: *Carla, bitte schwimm nicht so weit hinaus.*

So gern Afonso aus sicherer Entfernung auf das Meer blickte, so sehr fürchtete er sein launisches Wesen. Er wusste, dass die Ruhe der See trügerisch war, wenn sie sich so glatt und friedlich präsentierte. Schon im nächsten Augenblick konnten die Wellen bis hoch in die Klippen schlagen, gierigen Zungen gleich und alles mit sich reißen: mannshohe Agaven und selbst schwere Felsbrocken. Er ließ seine Tochter deshalb nie unbeaufsichtigt, wenn sie nach draußen schwamm. Manchmal so weit, dass er ihren Kopf zwischen den Wellen kaum noch sehen konnte. Er fürchtete, dass ihm das Meer, dieses stolze und unberechenbare Tier, sein Kind eines Tages doch noch rauben könnte. Nur weil er Carlas Glück nicht im Wege stehen wollte, ließ er sie gewähren. Trotzdem war er jedes Mal heilfroh, wenn sie vom Strand wieder zu ihm nach oben kam.

Aber heute machte Afonso noch etwas ganz anderes Sorgen. Er hielt den Brief eines alten Freundes in der Hand. Die Nachrichten, die ihn aus Lissabon erreichten, klangen nicht gut.

Abel schrieb: »Gestern Nacht haben sie Bruno de Zosa verhaftet.«

Nachdenklich ließ Afonso den Brief sinken. Hätte sich Bruno doch bloß etwas mehr in Acht genommen. Schon vor Jahren, bei der Beschneidung seines

Sohnes, hatte er ihn gewarnt. »Bruno«, hatte er zu ihm gesagt. »Lass es sein. Wenn sie es erfahren, werden sie dich am nächsten Baum aufknöpfen und deine Familie gleich mit. Was ist denn so wichtig daran, dass du deinen Sohn beschneiden lässt? Meinst du wirklich, er wird deshalb ein anderer?«

Afonso nippte an seinem Portwein. Er erinnerte sich noch ganz genau daran, was ihm Bruno damals geantwortet hatte. »Es ist unser Brauch«, hatte er zu ihm gesagt, »und deshalb ist es mir wichtig. Du weißt doch selbst, was Gott befohlen hat: dass alles Männliche mit acht Tagen beschnitten sein soll und diejenigen, die seinem Gesetz nicht folgen, gerodet werden, weil sie seinen Bund gesprengt haben. Deshalb ist es mir wichtig.«

Afonso hatte Bruno schon damals nicht verstanden. Immer wieder hatte er auf ihn eingeredet, nicht länger die alten Bräuche zu pflegen und sich zu verhalten, wie es von ihnen verlangt wurde. »Hör mir auf mit den neuen Christen«, hatte ihm Bruno dann jedes Mal geantwortet. »Was haben wir denn davon gehabt? *Marranos* schimpfen sie uns heute, Schweine. Oder, wenn dir das lieber ist, *Tornadizos*, Wendehälse. Nach außen hin mag ich so tun, als ob ich nach ihren Gesetzen lebte. Aber in meinem Haus will ich tun, was ich für richtig halte. Und die Beschneidung meines Sohnes halte ich für richtig. Außerdem hast du leicht reden. Du hast eine Tochter. Du musst dir darüber keine Gedanken machen.«

Damit hatte Bruno sogar recht. Aber dass er vor fünf Wochen, nur ein paar Tage bevor Afonso mit seiner Familie wie jedes Jahr nach Figuiera da Foz aufgebrochen war, auch noch die Bar Mizwa seines Sohnes hatte feiern müssen, war über alle Maßen unvorsichtig von ihm gewesen. Gut, er hatte zumindest die Läden an den Fenstern seines Hauses geschlossen. Sie hatten mitten am Tag im Dunkeln in der Rua Augusta gesessen und bei Kerzenschein das Ritual zelebriert. Gefährlich war es trotzdem. Irgend so ein Denunziant wohnte doch immer in der Nachbarschaft. Afonso hatte lange gezögert, ob er der Feier mit seiner Familie überhaupt beiwohnen sollte. Aber Bruno war nun einmal sein bester Freund, schon von Kindheit an. Nur deshalb war er hingegangen.

Du Dummkopf, du dämlicher Jude, dachte er jetzt. Warum hast du nicht auf mich gehört? Du wusstest doch so gut wie ich, dass es gefährlich ist.

»Verhaftet.«

Afonso überflog den Brief ein zweites Mal. Das Wort ließ keinen Zweifel zu. Vielleicht folterten sie Bruno schon. Vielleicht bohrte sich bereits die Ketzergabel in sein Kinn. Keine Religion der Welt war es wert, dafür zu sterben.

Warum konnten sie in diesem Punkt nicht einer Meinung sein? In den meisten anderen Dingen des Lebens waren sie sich doch immer einig gewesen. Dass die beste Seide aus China komme und auch der Gewürzhandel so manche Chance biete. Dass die edelste aller Blüten die Magnolie sei. Und ja, natürlich auch, dass der Portwein nirgendwo besser schmecke als bei Rodrigo am Rossio. Warum war ihm die Religion bloß so wichtig?

Die alten Geschichten hätten doch auch Bruno eine Warnung sein müssen. Das große Massaker von Lissabon lag zwar schon hundertfünfzig Jahre zurück, aber für Afonso war es so gegenwärtig, als hätte er es selbst miterlebt. Sein Urgroßvater hatte seinem Großvater davon erzählt, sein Großvater seinem Vater, und sein eigener Vater hatte auch ihm den Schrecken so oft vor Augen geführt, dass er in schlechten Nächten manchmal davon träumte.

Jedes Mal begann sein Vater die alte Geschichte mit den gleichen Worten. »Viele, mein Sohn, mussten damals ihre Hose runterlassen, nur um zu beweisen, dass sie keine Juden seien.«

1497 war es, als König Dom Manuel die Juden des Landes im Hafen von Lissabon versammeln ließ, weil Isabella von ihm verlangte, er müsse alle Ketzer aus dem Land jagen, bevor sie in die Heirat mit ihm einwillige. Die größten Schiffe seiner Flotte ließ der König daraufhin im Hafen bereitstellen, um die Juden außer Landes zu schaffen. Aber weil er auf sie am Ende dann doch nicht verzichten wollte, weder auf ihren Rat noch auf ihr Geld, wies er seine Männer an, sie mit Weihwasser zu bespritzen. Auf zwanzigtausend Juden ließ Dom Manuel an diesem Tag einen Riesenschwall Wasser regnen und machte aus ihnen saubere Christen.

Bis dahin klang die Geschichte immer recht amüsant. Aber was ihm sein Vater dann über den Fortgang der Geschehnisse berichtete, war alles andere als heiter und für Kinderohren eigentlich auch nicht geeignet. Nur zur Mahnung hatte ihm sein Vater immer auch den Rest der Geschichte erzählt.

Die alten Christen Lissabons mochten die neuen Christen genauso wenig wie ihre Juden. Und als das Land dann von einer großen Hungersnot heimgesucht wurde und den Bauern die Eicheln fehlten, um ihre Schweine zu füttern, verkündeten die Priester von ihren Kanzeln, was ohnehin alle glaubten – dass jede Pest, jedes Erdbeben und auch jede Hungersnot nur daher rührte, weil sich die Juden nicht wie gute Christen benahmen.

Mitten zur Osterzeit brach sich der Zorn dann seine Bahn. Die Menschen standen versammelt zur Messe in irgendeinem Dominikanerkloster, als das

Kruzifix über ihnen plötzlich zu leuchten begann. Die Gläubigen fielen auf ihre Knie und bestaunten das Wunder. Sie beteten zu ihrem Herrn, dass er ihnen doch bitte mehr Eicheln schenken möge, damit sie ihre Schweine endlich wieder füttern könnten. Genau in diesem Moment hatte irgend so ein Neuchrist, also einer von ihnen selbst, seine dumme Bemerkung fallen lassen. Dass es doch nur die hereinfallende Sonne sei, die das Kruzifix von hinten beleuchte. Daraufhin hatten sie ihn dann erschlagen. Erst ihn und dann noch ein paar Tausende mehr. Mit Lanzen und blanken Schwertern ging der Pöbel auf die Neuchristen los. Sie verstümmelten die Männer, schändeten ihre Frauen und schlugen die Säuglinge an den Stadtmauern tot.

»Vergiss das nie«, hatte ihm sein Vater eingeschärft. »Vergiss alles andere. Vergiss deine Herkunft und die alten Bräuche. Schweige, wenn du den Glauben der anderen nicht teilst. Und wenn sie an ein Wunder glauben wollen, dann lass sie ruhig an ihr Wunder glauben. Denke nur immer daran, dass der Tuchhandel unsere einzige Religion ist.«

Daran hatte sich Afonso in seinem Leben stets gehalten. Und er konnte deshalb auch nicht verstehen, weshalb sein Freund Bruno so stur an den alten Bräuchen festhielt. Warum musste er denn unbedingt die alten Schriften lesen? Warum hängte er die *Alheiras* in den Kamin – die Judenwürste, die aussahen wie Schweinswürste, aber mit Hühnerfleisch gefüllt waren? Glaubte er denn wirklich, dass er die Schnüffler der Inquisition an der Nase herumführen konnte? Er hatte Bruno doch oft genug gesagt, dass irgendwann der Tag kommen werde, an dem man seine Hosen runterlassen müsse. Warum konnte er nicht einfach nur ein Tuchhändler sein, so, wie er selbst einer war? Sie hätten weiterhin ihren Portwein bei Rodrigo getrunken, wären am Teijo spazieren gegangen und hätten das eine oder andere Geschäft miteinander ausgeheckt. Warum musste Bruno unbedingt ein frommer Jude sein?

Afonso hing noch seinen Gedanken nach, als Carla die ausgewaschenen Felstreppen zu ihm nach oben stieg. Schnell steckte er den Brief in seine Tasche.

»Was ist mit dir, Papa? Bist du traurig?«

»Nein, ich bin nicht traurig, mein liebes Kind. Ich habe nur gerade an Lissabon gedacht und ob zu Hause wohl alles in Ordnung ist.«

»Es ist doch alles in Ordnung, oder?«

»Natürlich ist es das. Mach dir keine Sorgen. War es nicht zu kalt im Wasser?«

»Nein, es ist so erfrischend. Was glaubst du, Papa, wie lange müsste ich schwimmen, um den Horizont zu erreichen?«

»Carla, man kann nicht bis zum Horizont schwimmen. Kein Mensch kann das, selbst du nicht.«

»Warum nicht?«

»Weil hinter dem Horizont immer ein neuer Horizont auftaucht. Und danach noch einer.«

»Aber ich kann ihn doch von hier aus sehen. Warum sollte ich nicht bis zum Horizont schwimmen können?«

»Weil da draußen keine Wand ist, mein liebes Kind. Es sieht nur so aus, als ob da draußen eine Wand wäre. Aber es geht immer weiter, so wie das Leben selbst. Und jetzt gehst du besser rein zu deiner Mutter. Sonst erkältest du dich noch.«

»Nicht, bevor du mir erzählt hast, was du über das Meer weißt.«

»Ich weiß nur das, was die Kapitäne erzählen, wenn sie mit ihren Schiffen zurück nach Lissabon kommen.«

»Was erzählen sie?«

»Dass es auf dem Meer sehr gefährlich werden kann. Dass es Wellen dort draußen gibt, höher noch als Häuser. Und Winde, die einen starken Mann von Deck fegen können. Und deshalb solltest du auch nicht so weit nach draußen schwimmen. Komm, geh jetzt rein zu deiner Mutter. Sie macht dir eine heiße Schokolade. Und nachher erzähle ich dir alles, was ich über das Meer weiß.«

»Versprochen?«

»Versprochen.«

Afonso saß noch einige Zeit still für sich auf der Terrasse vor seinem Haus. So viele Fragen hatte seine Tochter noch. So viele Antworten war er ihr noch schuldig. Er würde nicht zulassen, dass man ihr irgendetwas Böses antat. Niemals. Übermorgen würden sie zurück nach Lissabon reisen, und dann würde er schon eine Lösung für seinen alten Freund Bruno finden. Er verfügte schließlich über die allerbesten Beziehungen in der Stadt.

Afonso schaute hinaus aufs Meer. Er sah, wie sich die Wellen an den zwei großen Felsen in der Bucht brachen und weiße Gischt aufspritzte. Er sah ein paar Möwen, die sich mutig in die Fluten stürzten. Nächstes Jahr würde er mit seiner Familie hierhin zurückkehren. Wie jedes Jahr um diese Zeit würde er dann auf seiner Terrasse sitzen, der Musik des Meeres lauschen, sich ein gutes

Glas Portwein gönnen und über Carla wachen, wenn sie sich über die Wellen des Atlantiks tragen ließ.

Aber als Afonso seiner Tochter dann nach drinnen ins Haus folgte, fürchtete er insgeheim, es sei dem Meer wohl völlig gleichgültig, ob er mit seiner Familie im nächsten Sommer noch einmal hierhin zurückkehren würde.

-2-

An der Ecke zur Breestraat blieb Heijn Drooten kurz stehen. Angewidert betrachtete er den siebenarmigen Kerzenleuchter im Fenster. Dass sie in Spanien und Portugal gerade mal wieder Hatz auf die Juden machten, bekümmerte ihn nicht. Er fand, es sei nicht schade um sie. Wäre es nach ihm gegangen, hätte man sie allesamt auf den Scheiterhaufen verbrannt. Das Einzige, was ihn an den Strafgerichten fernab der Heimat störte, war die Tatsache, dass sich die Juden nun langsam auch in Holland breitmachten, selbst hier in Delft. Missmutig schüttelte Drooten den Kopf. Wie konnte man ihnen nur erlauben, ihre heidnischen Symbole so offen zur Schau zu stellen?

Die Juden waren für Drooten die Schlimmsten von allen. Die Brunnenvergifter, die Christusmörder. Nicht umsonst hieß es bei Johannes: *Die Juden sind die Kinder des Teufels.* Wie die Leute schon aussahen. Und wie sie sich benahmen. Ihre Haare waren schwarz wie Pech. Sie sprachen mit fremdländischem Akzent und gestikulierten wild herum, wenn ihnen die Händler auf dem Groote Markt Fleisch und Fisch verkauften. Was war denn bitte schön so schlimm am Fleisch der Schweine? Selbst Aal und Wels lehnten sie ab, angeblich, weil sie ohne Schuppen waren. Sollten sie doch bleiben, wo sie hergekommen waren.

Gerade mal vier jüdische Familien hatten sich in Delft niedergelassen, aber diese vier waren Drooten schon entschieden zu viel. Erst vorige Woche war einer dieser Juden gestorben. Man hatte der Familie erlaubt, den Mann nach ihrem Ritus zu beerdigen, und ihnen sogar ein Stück Land vor den Stadttoren zugewiesen, damit sie dort ihren eigenen Friedhof errichten konnten. Drooten hatte sich das Grab angeschaut. Kiesel lagen oben auf dem Grabstein, den ein Davidstern zierte. Selbst über ihren Tod hinaus verspotteten sie noch seinen Glauben.

Wenn sie keine Schweine essen wollten, dann war das ihre Sache. Aber mussten sie einem deshalb den Appetit verderben? Lügner waren diese Juden, wenn sie ihre Lämmer und Ziegen schächteten. Sie verachteten das Blut der Tiere und hatten ihre eigenen Hände doch sehr tief im Blut gebadet, als sie Gottes Sohn ans Kreuz genagelt hatten. Man sollte ihnen besser nicht erlauben, hier in Delft ihre heidnischen Sitten zu pflegen.

Drooten spuckte vor dem Fenster mit dem siebenarmigen Kerzenleuchter aus, verließ die Breestraat und ging dann langsam weiter bis vor zur Oude Delft. Jeder Schritt brannte ihm wie Feuer in der Hose.

Es hatte mit einer leichten Rötung angefangen. Er hatte dem anfangs keine größere Beachtung geschenkt und gehofft, der Ausschlag würde von selbst wieder verschwinden. Er war in seinem Leben bisher nie ernsthaft krank gewesen. Jede seiner kleinen Unpässlichkeiten war bisher immer nach ein paar Tagen von selbst wieder verschwunden, und er glaubte anfangs, so sei es auch dieses Mal. Aber er täuschte sich. Beim Wasserlassen empfand er mittlerweile so starke Schmerzen, als würde er Steine pinkeln.

Gern ging er deshalb nicht zum Arzt. Nur weil seine Pein mittlerweile größer war als die Peinlichkeit, die er darüber empfand, entschied er, den Arzt Hendrik de Gaesbeeck aufzusuchen. Fünf Minuten stand er noch unentschlossen vor seinem Haus. Wie sollte er ihm die Sache erklären? Was würde Gaesbeeck wohl von ihm denken? Und welches Urteil würde er dann fällen? Ob er ihm überhaupt würde helfen können? Verschämt klopfte Drooten an die Tür. Die Frau des Arztes öffnete ihm.

»Ich wollte zu Ihrem Mann. Ist er nicht da?«

»Er macht noch einen Hausbesuch. Aber lange dürfte es nicht dauern. Du kannst auf ihn warten.«

»Ist gut«, brummte Drooten.

Henriette de Gaesbeck führte ihn den Flur entlang in das letzte Zimmer auf der rechten Seite. »Eine Viertelstunde, sehr viel länger dauert es bestimmt nicht.«

Drooten schaute sich in dem Zimmer um. Zur Linken war die Wand mit Büchern tapeziert, vom Boden bis fast zur Decke. Er strich mit seinem Finger über die Namen auf den Buchrücken: Newton, Pascal, Spinoza, Kolumbus, Magellan, Bruno. Bei Bruno stoppte er kurz. Giordano Bruno. Das war doch der Kerl, den sie auf dem Scheiterhaufen verbrannt hatten. *Über die Ursache, das Prinzip und das Eine*. Drooten nahm den Band aus dem Regal und blätterte darin. Wie dick dieses Buch war? Es hatte Hunderte von Seiten. Die Zehn Gebote, das hatte er selbst einmal nachgezählt, kamen mit achtundsechzig Wörtern aus. Das war doch Beweis genug. Wer etwas Wichtiges zu sagen hatte, fasste sich kurz.

Drooten las einen Satz auf der zufällig aufgeschlagenen Seite des Buchs: *Der Mensch ist das, was er sein kann.* So ein Blödsinn, dachte er. Wer so etwas schrieb, hatte den Scheiterhaufen wirklich verdient. Was ging ihm dieser eitle Ton gegen den Strich. Überall triumphierte nun die Möglichkeit über die Wirklichkeit. Dieses *Es könnte doch sein*. Dieses überaus anmaßend formulierte *Nehmen wir doch einmal an …*

Um wie viel weiser klangen dagegen die Zehn Gebote Gottes. Acht von ihnen enthielten einen klaren Befehl: *Du sollst nicht*. Sollst nicht töten, sollst nicht stehlen und sollst auch nicht ehebrechen. Das waren überaus klare Anweisungen. Sozusagen die Befehle des Sein-Lassens, die geradewegs ins Paradies führten. Setzte man an die Stelle des *Du sollst nicht* nun ein vages, unentschiedenes *Du darfst* – darfst denken, darfst begehren und, wie diese schrecklichen Juden, selbst glauben, was du willst –, dann war alles verloren. Wenn der Mensch erst einmal alles durfte, dann durfte er auch alles lassen.

Drooten stellte das Buch gerade zurück in das Regal, als Gaesbeeck das Zimmer betrat.

»Heijn Drooten. Was führt dich zu mir? Es muss etwas Schlimmes sein, wenn es vom Beten nicht weggeht. Hat dich dein Gott etwa im Stich gelassen?«

Drooten wäre am liebsten sofort wieder gegangen. Da hatte er sich nun schon überwunden, in dieser überaus heiklen Angelegenheit endlich einen Arzt aufzusuchen, und jetzt musste er sich zu allem Überfluss auch noch verspotten lassen. Ausgerechnet von Gaesbeeck, diesem Besserwisser. Meinte wohl, er hätte die Weisheit mit Löffeln gefressen, nur weil er diese vielen Bücher in seinem Regal hortete. Meinte wohl, er sei schlauer als andere, nur weil seine Bibliothek mehr Blätter zählte als die Ulme vor seinem Haus. Meinte wohl, er dürfe sich lustig über ihn machen, weil er ja nur ein dummer Kirchendiener war.

»Natürlich hat mich Gott nicht im Stich gelassen. Niemanden lässt der Herrgott im Stich. Aber ich brauche trotzdem Ihren Rat.«

»Also raus mit der Sprache, was fehlt uns denn?«

»Es ist nur …« Drooten stockte. »Es ist nur so ein allgemeines Mattigkeitsgefühl. Vielleicht liegt es am Wetterumschwung. Ich vertrage den Regen nicht so gut. Wirklich, der Regen hat mir schon immer ein wenig zu schaffen gemacht.«

»Fieber?«

»Kann sein, ein bisschen vielleicht.«

Gaesbeck fühlte seine Stirn. »Was noch? Du musst mir schon sagen, was dir fehlt. Sonst kann ich dir nicht helfen.«

»Ich weiß es ja selbst nicht so genau. Wie gesagt, ich fühle mich einfach nur ziemlich schlapp. Und das kenne ich eigentlich gar nicht von mir.«

»Außer bei Regen. Ich hab's gehört. Ausschlag?«

Drooten zögerte. »Eigentlich nicht.«

»Mit *eigentlich* kann ich nichts anfangen. Also was nun, Ausschlag oder nicht?«

»Ja«, presste Drooten hervor. »Ein bisschen.«

»Wo?«

»Wie soll ich das sagen?«

»Sag es einfach. Wo steckt das Problem? Im Rachen? Auf dem Rücken? Auf dem Bauch?«

»Weiter unten.«

»Die Füße?«

»Nein, höher.«

»Hör zu, Heijn Drooten, entweder du sagst mir jetzt, was dir fehlt, oder du kannst für deine Genesung weiter beten.«

»Es ist .... es hat mit meiner Männlichkeit zu tun.«

»Mit deiner Männlichkeit?« Gaesbeeck lachte laut auf. »Du meinst deinen Aal. Deinen Balken, deine Blockflöte, deine Ballerbüchse, deinen Bolzen. Oder ist dir ein anderer Name lieber dafür? Was ist mit deinem Bolzen?«

Nur weil sich Drooten nicht anders zu helfen wusste, ließ er seine Hose runter.

»Wo hast du ihn reingesteckt?«

»Was soll ich getan haben?«

»Wo du ihn reingesteckt hast, habe ich dich gefragt.«

»Also wenn Sie glauben ... nein, wirklich ... ich bin ein Mann der Kirche. Ich ... nein .... also ... ich meine ... niemals würde ich ... Es war eines Morgens einfach da ...«

»So, so, es war eines Morgens also einfach da. Verkauf mich nicht für dumm. Es ist mir gleich, mit wem du rumhurst, Drooten. Aber von alleine bekommt man so etwas nicht.«

Gaesbeeck stand auf und holte ein kleines Fläschchen mit einer gelblichen Flüssigkeit aus dem Schrank.

»Kamille«, erklärte er. »Das dürfte fürs Erste reichen. Und wenn es nicht reicht, kannst du meinetwegen auch noch zu deinem Gott beten. Das dürfte in diesem Fall nicht schaden.«

Drooten zog sich rasch wieder die Hose hoch, während ihm Gaesbeck die Sache noch einmal auseinandersetzte. »Du lässt dir von deiner Wirtin getrocknete Kamillenblüten aufbrühen, am besten gleich einen ganzen Eimer voll. Ein kleiner Löffel Blüten auf zwei Teetassen. Sie soll die Blüten abschöpfen, und den Sud gibst du danach auf ein sauberes Tuch Leinen. Das Tuch wickelst du dir am Abend vor dem Zubettgehen um deinen Bolzen. Wenn du Glück hast, geht es davon weg.«

»Ist gut.«

»Und nimm dieses Mal nur den Kamillentee von deiner Wirtin, hörst du? Nicht mehr als den Kamillentee«, rief Gaesbeeck ihm noch hinterher, als Drooten schon auf der Schwelle stand und das Haus des Arztes möglichst schnell verlassen wollte.

-3-

Piet dachte nur noch sehr selten an Delft zurück. An den Arzt Hendrik de Gaesbeeck erinnerte er sich kaum. Und dass Heijn Drooten in seinen Träumen noch manchmal herumspukte, lag nur daran, dass er damals mit dabei gewesen war, als sie ihn in Deventer beinahe totgeschlagen hatten.

Doch das alles lag nun schon sehr weit hinter ihm. Die Zeit war, wie man so sagt, einfach verronnen. Erst die Tage und die Wochen, dann auch die Monate und die Jahre. Piet hatte kaum noch etwas davon mitbekommen, was in der Welt vor sich ging. Im Dämmerlicht hinter seiner Luke nahm er den Wechsel der Jahreszeiten schon lange nicht mehr wahr.

»Wie du dir vielleicht vorstellen kannst, dient mein Geschäft der Schönheit. Und dabei kann ich einen Zwerg wie dich nicht gebrauchen. Du wirst für mich im Lager arbeiten. Und dort wirst du auch schlafen. Alles, was ich vorne im Laden brauche, wirst du mir durch diese Luke hier reichen. Aber niemals wirst du ungefragt nach vorne in meinen Laden kommen.«

Das hatte ihm Nicolaus Nistelroy gleich unmissverständlich klargemacht, als Piet den Laden des Tuchhändlers in der Heertgenstraat zum ersten Mal betrat.

Die Luke, sie maß in ihrer Höhe kaum mehr als zwei Hände und in ihrer Breite knapp sechs, war in eine schwere Eichentür einfasst, die das Stofflager vom Verkaufsraum trennte. Nistelroy rief ihm tagsüber die Stoffe zu, nach denen er vorne im Laden verlangte, und Piet reichte ihm alles durch die Luke. So hielten es die beiden nun schon seit einer kleinen Ewigkeit. Nur zu seinen Mahlzeiten verließ Piet das Lager und ging in die Küche, wo ihm die Magd des Hauses einen Teller, gefüllt mit Grütze, Suppe oder Stamppot, vorsetzte. Sie schob ihm den Teller jedes Mal wie einem Bettler hin.

Andere Menschen hätten es vielleicht als ein großes Unglück empfunden, ihr Dasein eingeschlossen hinter einer Luke zu fristen. Aber Piet empfand sein Leben weder als Unglück noch als Strafe. Unter den Menschen hatte er Schlimmeres erlebt. Im Lager des Tuchhändlers gab es keinen Kapuzenmann, der ihn mit seiner Rute züchtigte. Hier drinnen gab keinen Rektor, der ihn schlagen ließ, keine Backpfeifenkonzerte und auch keine Mitschüler, die ihn quälten. Und deshalb fand es Piet auch nicht weiter tragisch, dass ihn der Meister am Abend im Stofflager einschloss. Er litt weder Hunger noch Durst, hatte keine Wünsche und auch keine Erwartungen mehr. Die Welt hinter seiner Luke, so klein sie auch sein mochte, war ihm groß genug. Hier fühlte er sich sicher. Piet zog sich in sich selbst zurück wie eine Schnecke in ihr Haus.

Meterhoch türmten sich im Lager die Tuchwaren: Brokat, Seide, Baumwolle, Leinen und Damast. Die Regale standen so dicht aneinandergerückt, dass ein erwachsener Mann sich seitlich zwischen ihnen hindurchschlängeln musste, um bis ans Ende des Lagers zu gelangen. An manchen der Regale lehnten klapprige Leitern, um an die Stoffe ganz oben heranzureichen.

Noch am Tag von Piets Ankunft in Amsterdam hatte ihm Nistelroy eine schmale Pritsche in das Lager gestellt. Ganz am Ende des Raums, dort, wo der Meister seine Garnrollen aufbewahrte. In dieser engen Nische, im hintersten Winkel des Stofflagers, fühlte sich Piet geborgen wie in einer warmen Höhle. Das Garn, das sich in dem Regal ihm gegenüber in Maisgelb, Mahagoni-Braun, Ziegelrot und Smaragdgrün um die Spulen wickelte, leuchtete in der Abendsonne, die durch das enge Fenster fiel, manchmal so farbenfroh, als würde ein Regenbogen über seine Träume wachen.

Anfangs, da hatte Piet die Stoffe kaum voneinander unterscheiden können. Oft schleppte er das Falsche nach vorne, wenn ihn der Meister rief: Leinen statt Baumwolle, Atlas statt Seide und Wolle statt Mohair. Silber- und Goldbrokat konnte er schnell auseinanderhalten, aber was Gaze und Tarlatan, Tüll und Batist voneinander unterschied, musste er erst mühsam lernen. Und auch dass manche Stoffe mit Zwirn genäht waren, andere aber mit Garn. Kettfäden, Rapport und Fadendichte, davon verstand Piet damals noch nichts. Oft musste er sich deshalb anhören, was für ein nichtsnutziger Dummkopf er doch sei. Aber mittlerweile wusste er sehr genau, welche Stoffe in Holland gewebt waren und welche aus China oder Indien kamen. Es gab blau gefärbte Tuchwaren, aus denen die Leute Tischbänder fertigten, und weißes Leinen, das sie für ihre Hemden und Hauben nahmen. Es gab Ballen mit Rips, Samt und Taft. Die Muster waren eingewebt oder aufgemalt, größtenteils in Schwarz oder Violett.

Abends, wenn Nistelroy seinen Laden schloss, strich Piet an den Regalen des Stofflagers entlang. Die Seide fühlte er besonders gerne zwischen seinen Fingern. Wenn er daran roch, meinte er oft, noch eine Prise von dem Salzwasser zu erahnen, mit dem sie über das Meer nach Amsterdam gekommen war. Piet unterschied die Tuchwaren mittlerweile so genau voneinander, dass er selbst mit geschlossenen Augen nicht nur ihre Webart ertasten konnte, sondern sogar die Farbe der Stoffe zu fühlen meinte. Vielleicht bildete er es sich bloß ein, aber Rot fühlte sich für ihn griffiger an als Blau. Grün beruhigte ihn, und Orange gab ihm Kraft.

In den Regalen, das hatte Piet in all den Jahren selbst zur Vollendung gebracht, herrschte ein Bild größter Harmonie. Ganz unten hatte er die weißen Stoffe einsortiert, darüber die Gewebe aus Gelb, Orange, Rot, Blau und Grün. Darauf folgten die türkisen Töne, dann die dunkelvioletten, und ganz oben an der Decke stapelten sich die schwarzen Stoffe. Wie ein Maler, der seine Farben ordnet, hatte er die Tuchwaren in den Regalen arrangiert. Von hell zu dunkel, von weiß zu schwarz. Es gefiel seinen Augen, zu sehen, dass Schönheit, Gleichklang und Symmetrie möglich waren. Im Stofflager konnte er sich die Welt so einrichten, wie er sie sich wünschte. Hier drinnen gab es keine Dissonanz und keine Reibung, nur Eintracht und Übereinstimmung.

In der Nacht träumte Piet oft von den Geschichten, die Nistelroy vorne im Laden zum Besten gab. Es gab kein Garn und auch keinen Stoff, zu dem der Meister nicht eine Geschichte zu erzählen wusste. Selten begnügte er sich damit, den Leuten einfach nur seine Tuchwaren vorzulegen. Er erzählte dann immer auch von den fernen Ländern, aus denen er seine Stoffe bezog. Er berichtete von Tieren, deren Hälse so lang waren wie ein Haus in Holland hoch. Und von Pferden, die mit weiß-schwarzen Streifen bemalt waren. Er behauptete, in Siam gäbe es Frauen, die den Morgentau in ihre federleichten Stoffe webten, damit sie alle Sorgen, die einen Menschen beschwerten, in Luft auflösten.

Nistelroy verfügte über die Gabe eines Kaufmanns, der sehr genau wusste, dass eine gute Geschichte die Hälfte eines guten Geschäfts ausmachte. Er sprach von Ao Guang, Lei Ku und Wutaishan – heilige Berge, Götter des Donners und Könige der Drachen. Und niemals vergaß er dann, zu erwähnen, warum die Ware, über die er gerade redete, so außergewöhnlich sei. Manche Frau bezirzte er mit Stoffen, deren sattes Grün angeblich daher rührte, weil sie mit Blättern gefärbt worden waren, die von tausend Jahre alten Bäumen stammten. Jeder Frau, die sich in ein solches Grün hülle, versicherte Nistelroy dann, sei ein langes Leben beschert. Einen Damast aus Indien redete er einer Kundin damit schön, dass die Sonne selbst dem Stoff seine Farbe geschenkt habe. Männer hätten den farblosen Damast auf einen Holzrahmen gespannt und dann auf den höchsten Berg des Landes getragen. Dort habe er nach hundertvierzig Tagen dann die Farbe der Sonne angenommen.

Einmal, da lauschte Piet mal wieder hinter seiner Luke, hörte er den Meister zum ersten Mal von Si-ling-shi erzählen.

»Meine Liebe, wenn Sie diese Seide kaufen, werden Sie sich fühlen wie eine Kaiserin.«

»Wie eine Kaiserin?«

»Ja, wie die Gemahlin des gelben Kaisers, die schönste Frau im Fernen Osten und die Mutter aller Seiden. Kennen Sie die Geschichte denn nicht?«

»Ehrlich gesagt, nein.«

»Dann will ich sie Ihnen erzählen. Es geschah vor Tausenden von Jahren. Aus Angst vor einer Schlange flüchtete sich Si-ling-shi in ihrem Palastgarten auf einen Maulbeerbaum und beobachtete eine unscheinbare Raupe dabei, wie sie sich in einen silbrig glänzenden Faden hüllte. Sie war so hingerissen von dem fertigen Kokon, dass sie sich wünschte, selbst einmal ein so wunderbares Kleid tragen zu dürfen.«

»Und dann?«

Nistelroy machte eine bedeutungsvolle Pause.

»Dann, meine Liebe, fasste sich Si-ling-shi ein Herz und wickelte den Faden auf eine kleine Spule, die sie bei sich trug. Den ganzen Tag verbrachte sie in dem Maulbeerbaum, und der Faden war am Ende länger als die hohe Mauer, die ihren großen Palast umschloss. Aus eben diesem Faden webte sie sich dann das schönste Kleid, das eine Frau je getragen hat. Und mit dieser Seide hier, liebe Frau de Vries, werden auch Sie sich ein Kleid schneidern lassen können, das dem in nichts nachsteht.«

Noch oft danach hörte Piet den Meister diese Geschichte erzählen. Und fast immer erzielte er damit die erhoffte Wirkung. Denn welche Frau kleidete sich nicht gerne in einen Stoff, den einst eine Kaiserin gewebt hatte?

Vieles von dem, was Piet hinter seiner Luke mit anhörte, klang so abenteuerlich, dass es nie und nimmer stimmen konnte. Aber auch das störte ihn mit der Zeit immer weniger. Er lauschte Nistelroys Erzählungen wie ein Kind den Märchen der Erwachsenen. Es war einfacher, in Märchen zu leben, als da draußen bestehen zu müssen. In seinen Träumen war er kein Opfer mehr, weder kleinwüchsig noch der Häme ausgesetzt. Dort konnte er ein Held sein, auf Kamelen durch unendliche Wüsten reiten, vorbei an tausend Meter hohen Bergen und ebenso tiefen Schluchten.

Sehnsucht nach den fernen Ländern, von denen Nistelroy vorne in seinem Laden erzählte, verspürte Piet niemals. Lieber richtete er sich in einer Welt der Fantasie ein, als da draußen noch einmal den unbestreitbaren Realitäten des Lebens ausgesetzt zu sein. So sorgsam, wie er die Farben der Stoffe im Lager aufeinander abstimmte, arrangierte er nun auch seine Träume. Schimpf und Schande kamen darin nicht vor, nur Güte und Großmütigkeit. So wie die vom Riesen Pan Gu, von dem die Menschen in China angeblich glaubten, er habe sich einst geopfert, um Erde und Himmel voneinander zu trennen und aus sich selbst heraus den Kosmos zu schaffen. Es war nur ein weiteres Märchen, dem Piet hinter seiner Luke lauschte, aber er fand es schön, sich vorzustellen, wie eben dieser Riese aus seinem linken Auge die Sonne machte, aus seinem rechten den Mond und wie seine leuchtenden Haare dann zu den Sternen wurden und sein massiger Körper zur Erde.

Manchmal stellte Piet am Abend eine Leiter gegen die Wand, um durch das schmale Fenster des Stofflagers über den Kanal auf die gegenüberliegenden Häuser zu blicken. Da draußen gab es keine Hunde, deren Köpfe mit mächtigen Mähnen bekränzt waren, und auch keine Pferde mit schwarz-weißen Streifen. Dort gab es nur ein paar Männer, die mit ihrem Kahn an der Kaimauer gegenüber festmachten. Und natürlich den verrückten Andreas, der ihnen jeden Mittwoch für einen Krug Bier das Boot ablud. Jeden Mittwoch köderten sie ihn mit derselben blödsinnigen Wette. Dass es für einen Mann unmöglich sei, das Boot in nur einer Stunde abzuladen. Und jedes Mal schlug Andreas in die Wette ein, bloß um zu beweisen, dass auch einer wie er für irgendetwas gut in dieser Welt war. Unzählige Male hatte Piet ihnen schon dabei zugeschaut, wie sie ihr übles Spiel mit ihm trieben. Sie ließen Andreas für sich schuften und schwitzen, und er freute sich am Ende sogar noch darüber.

Das war das wahre Leben: Betrug und Lüge. Piet wollte mit all dem nichts mehr zu tun haben. Wenn er von seiner Leiter dann wieder nach unten stieg und sich auf seiner schmale Pritsche ausstreckte, gab er sich wieder seinen Hirngespinsten hin, die sich weder um Wahrheit noch Logik scherten. Dann träumte er wieder von Afrika, Indien und China. Von Tieren mit Nasen, länger noch als Trompeten. Und von schwarzen Menschen, die ihre Lippen so weit dehnen konnten, dass man ihnen einen holländischen Suppenteller in den Mund schieben konnte.

Es lag wohl auch an diesem ewig gleichen Dämmerlicht im Stofflager, dass die Zeit für Piet so unterschiedslos dahinzog. Hin und wieder mischten sich in seine Träume noch Erinnerungen an das Vermächtnis seines Vaters. Und auch an Karlmann dachte er bisweilen zurück. Aber sehr häufig kam das nicht vor.

Vielleicht wäre es für ihn ewig so weitergegangen, hätte Nistelroy nicht eines Morgens nach dem weißen Batist verlangt, der nun schon seit Ewigkeiten unberührt unten in einem der Regale lag.

»Junge, ich brauche den weißen Batist. Und trödle nicht wieder rum. Ich brauch ihn jetzt gleich.«

Piet lief schnell nach hinten und schnappte sich den Stoffballen. Aber schon als er den Batist in seinen Händen fühlte, spürte er, dass mit der Ware etwas nicht stimmte. Auf keinen Fall war der Stoff von jener Güte, mit der ihn Nistelroy vorne im Laden gerade anpries. Piet schaute sich das Gewebe aus nächster Nähe an, bevor er den Ballen zur Luke trug. Mit bloßem Auge erkannte er, dass die Fadendichte sehr viel geringer ausfiel, als es bei dieser Stoffqualität hätte sein dürfen.

»Meister, es fehlen zehn Kettfäden pro Zentimeter«, sagte er leise, als er Nistelroy den Ballen durch die Luke reichte.

»Was weißt du schon davon?«, knurrte Nistelroy.

Er nahm den Batist von ihm entgegen und widmete sich wieder seinem Verkaufsgespräch.

»Sehen Sie nur, meine Verehrteste, das ist der beste Batist, den Sie weit und breit kaufen können. Zart wie frisch gefallener Schnee. Alabasterfarben wie eine Südseeperle. Meine Liebe, Sie werden darin schlafen wie eine Königin. Wenn Sie sich aus diesem Stoff hier Ihre Bettwäsche nähen lassen, werden Sie die allerschönsten Träume haben. Das verspreche ich Ihnen.«

-4-

»Bist du jetzt völlig übergeschnappt?«

Nistelroy kochte vor Wut.

»Bestimmt hat die Frau vom Schultheiß gehört, was du da eben behauptet hast. Zehn Kettfäden pro Zentimeter, so ein Unfug. Nichts ist an diesem wunderbaren Batist auszusetzen, rein gar nichts. Ich selbst habe ein kleines Vermögen für diesen Ballen Stoff bezahlt, und jetzt versaust du mir mein Geschäft. Sie hätte den Batist bestimmt gekauft, wenn du nicht so blöd dahergeredet hättest.«

»Aber der Stoff ist fehlerhaft, Meister.«

»Geh mir besser schnell aus den Augen, bevor ich mich vergesse. Und behaupte nie wieder, dass einer meiner Stoffe fehlerhaft sei.«

»Ich wollte doch nur …«

»… halt dein dummes Maul. Kein Wort will ich noch hören, hast du verstanden? Kein Wort.«

Nur weil sich Nistelroy selbst noch einmal von der Güte des Stoffs überzeugen wollte, hielt er den Batist ins Licht und setzte seinen Fadenzähler darauf. Dann zählte er, einen Faden nach dem anderen. Er überprüfte danach noch drei weitere Stellen. Wieder zählte er Faden für Faden ab. Dann ließ er den Batist sinken. Der Junge hatte tatsächlich recht: Es fehlten genau zehn Kettfäden auf jeden Zentimeter.

Am Abend, er saß oben mit seiner Frau beim Essen, stocherte Nistelroy nachdenklich auf seinem Teller herum.

»Schmeckt es dir nicht?«

»Vielleicht tue ich ihm unrecht.«

»Was sagst du da?«

»Vielleicht ist es nicht richtig vor mir, wenn ich ihn im Lager einsperre. Er erledigt seine Arbeit besser als jeder andere, der je für mich gearbeitet hat. Er findet jedes Tuch im Nu und stapelt die Stoffballen so ordentlich aufeinander, dass man ein Lot daran fällen kann. Und heute hat er mich sogar vor einem schlimmen Fehler bewahrt. Ich weiß nicht, wie er es angestellt hat, aber er hatte völlig recht.«

Nistelroy erzählte seiner Frau von dem fehlerhaften Batist.

»Ich habe den Schwindel noch nicht einmal bemerkt, als man mir den Stoff vor Jahren anbot. Vielleicht hätte die Frau vom Schultheiß den Fehler ja auch niemals bemerkt. Aber wenn doch, dann würde man in der Stadt bald womöglich über mich behaupten, ich verkaufte mangelhafte Ware zu überhöhtem Preis. Ausgerechnet dieser Junge muss mich darauf aufmerksam machen. Er bewahrt mich vor Schaden, und ich halte ihn wie einen Hund.«

»Es ist trotzdem in Ordnung, wenn du ihn einsperrst. Du ersparst mir seinen Anblick.«

»Du meinst, es ist auch in Ordnung, dass ich ihn für seine Arbeit nie ordentlich bezahlt habe?«

»Er bekommt von dir zu essen und hat einen Platz zum Schlafen. Mehr sollte einer wie er nicht verlangen. Oder hat er dich etwa um Geld gebeten?«

»Nein, heute nicht und auch nicht die Jahre zuvor.«

»Dann sei doch froh, du alter Geizhals.«

»Ich weiß nicht …«

Das erste Mal, seit Piet unter seinem Dach schlief, hatte der Tuchhändler Nicolaus Nistelroy seinetwegen ein schlechtes Gewissen. Er wusste von Piet nicht mehr als seinen Namen, auch wenn er ihn nur sehr selten damit rief.

»Nun iss endlich, bevor alles kalt wird.«

»Entschuldige bitte.«

Nistelroy schob den Teller von sich, stand vom Tisch auf und ging noch einmal runter in seinen Laden. Er schloss die schwere Eichentür auf, die das Lager vom Verkaufsraum trennte, und schlängelte sich seitwärts durch die hohen Regale bis vor zu Piets Pritsche.

»Woher wusstest du es?«

»Was meinen Sie, Meister?«

»Ich meine die zehn Kettfäden, die im Batist fehlen. Woher wusstest du, dass es genau zehn sind.«

»Ich habe es gesehen.«

»Du hast es gesehen? Kein Mensch kann so etwas sehen. Wie willst du mit bloßen Augen erkennen können, dass auf einen Zentimeter Stoff zehn Fäden fehlen? Du hast geraten, nicht wahr?«

»Nein.«

»Weißt du, was das hier ist?«

Nistelroy hielt in seiner Hand den Fadenzähler.

»Hiermit kann man jedes Gewebe auf seine Güte hin prüfen. Mit diesem Glas kannst du die Fäden im Stoff abzählen wie die Finger an deiner Hand. Kein Fehler bleibt dir damit verborgen.«

»Haben Sie denn einen Fehler gefunden?«

»Es fehlen genau zehn Fäden auf einen Zentimeter. So, wie du es gesagt hast.

Nistelroy schnappte sich aus dem Regal den fehlerhaften Batist und reichte Piet dann beides: Stoff und Fadenzähler.

»Halt den Stoff vor das Licht meiner Laterne. Und dann schau durch den Fadenzähler. – Siehst du es?«

»Ja.«

»Und du willst mir ernsthaft weismachen, dass du es auch mit deinen eigenen Augen sehen kannst?«

»Ja, nur nicht so stark vergrößert.«

-5-

Als sich Nistelroy an diesem Abend neben seine Frau ins Bett legte, konnte er die längste Zeit nicht einschlafen. Wenn dieser kleine Kerl tatsächlich über so scharfe Augen verfügte, stand er ja womöglich auch unter einem besonderen Schutz. Daran dachte er, als er sich unruhig in seinem Bett hin und her wälzte.

Nistelroy war kein übertrieben gottesfürchtiger Mensch, aber an den Tag des Jüngsten Gerichts glaubte er so fest wie die meisten anderen. Und natürlich kannte er deshalb auch die Geschichte im Evangelium des Matthäus, in dem erzählt wird, wie der Gottessohn auf seinem Thron sitzt und Menschen wie ein Hirte in Schafe und Böcke scheidet. Kapitel 25, Vers 31 bis 46.

Kommt her, die ihr von meinem Vater gesegnet seid, nehmt das Reich in Besitz, das seit der Erschaffung der Welt für euch bestimmt ist. Denn ich war hungrig, und ihr habt mir zu essen gegeben; ich war durstig, und ihr habt mir zu trinken gegeben; ich war fremd und obdachlos, und ihr habt mich aufgenommen; ich war nackt, und ihr habt mir Kleidung gegeben; ich war krank, und ihr habt mich besucht; ich war im Gefängnis, und ihr seid zu mir gekommen.

Das predigten sie am Sonntag doch immer in der Kirche. Natürlich hatte er in seinem Leben schon so manchen Vorteil ergriffen, der anderen zum Nachteil gereichte. Aber diese kleinen, allzu menschlichen Verfehlungen erschienen Nistelroy mit einem Mal nun relativ harmlos gegen das, was er Piet angetan hatte. Er hatte ihn all die Jahre über ausgenutzt, um seinen Lohn betrogen und ihn eingesperrt wie einen Hund.

Was ihr für einen meiner geringsten Brüder getan habt, das habt ihr mir getan.

So hieß es doch bei Matthäus. Was, wenn dieser Junge nun seine Prüfung war, von Gott in sein Haus entsandt, um über sein Seelenheil zu entscheiden? Was, wenn Gott ihn damit auf die Probe stellte? Gut, er hatte dem Jungen zu essen und zu trinken gegeben. Er hatte ihm Obdach gewährt, aber wie einen Bruder hatte er ihn ganz gewiss nicht behandelt. So wenig sich Nistelroy all die Jahre zuvor darum geschert hatte, so sehr fürchtete er an diesem Abend nun doch um sein eigenes Seelenheil.

Alles im Leben war schließlich ein Geschäft auf Gegenseitigkeit, auch wenn man am Sonntag in der Kirche ein paar Münzen in den Klingelbeutel gab. Eine kleine Spende für einen Platz im Himmel. Wenn Gott sich wie ein kluger Kaufmann verhielt, und daran zweifelte Nistelroy eigentlich nicht, dann verteilte er bestimmt auch seinen Segen nach Soll und Haben. Dann war das ewige Leben eine Frage der Kreditwürdigkeit. Dann war es für ihn vielleicht allerhöchste Zeit, seine Schulden zu begleichen.

Seine schweren Gedanken verfolgten Nistelroy bis in den Schlaf. Und als er am Morgen dann erwachte und schon hoffte, alles sei nur ein böser Traum gewesen, erinnerte ihn seine Frau daran, was sein Gewissen plagte. Sie saß an das Kopfteil des Betts gelehnt und schaute ihn mit großen Augen an.

»Was hast du dem geringsten deiner Brüder angetan, Nicolaus?«

Nistelroy erblasste. »Frau, kannst du jetzt schon meine Träume lesen?«

»Ich muss sie nicht lesen. Du redest im Schlaf. Also, was hast du dem geringsten deiner Brüder angetan?«

»Ich erkläre es dir später.«

Nistelroy sprang aus dem Bett und zog sich schnell an. »Ich muss mit ihm reden. Jetzt gleich.«

-6-

Zurückgekehrt nach Lissabon, hielt es Afonso Milao kaum eine halbe Stunde zu Hause aus. Er wechselte nur schnell seine Sachen, sagte seiner Frau, er sei pünktlich zum Abendessen zurück, und ging dann geradewegs in die Rua Norberto de Araújo, mitten hinein ins Gassengewirr der Alfama. Bis zum Largo Contador Mor ließ er sich von einer Kutsche bringen. Den Rest des Wegs brachte er zu Fuß hinter sich.

Langsam ging Afonso die schmale Gasse zum Miradouro de Santa Luzia hinunter. Vorne an der Brüstung des Platzes, wo man über die Dächer der Alfama bis hinunter zum Meer schauen konnte, blieb er für einen Moment stehen und dachte an seine Kindheit zurück. Er selbst war in Alfama aufgewachsen, inmitten von Familien aus armen Verhältnissen. Sein Vater hatte hier, im ältesten Viertel der Stadt, seinen kleinen Tuchladen geführt, so, wie auch Brunos Vater hier einst seinen Tuchladen geführt hatte. Mit Fleiß, sehr viel Disziplin und auch mit dem berühmten Quäntchen Glück hatte es Afonso aus dem Viertel hinaus ins sehr viel noblere Bairro Alto geschafft. Als Tuchhändler kleidete er mittlerweile die besten Kreise von Lissabon ein und nannte eine ansehnliche Villa sein Eigen.

Trotzdem kam Afonso immer wieder gern nach Alfama zurück. Er mochte das Labyrinth aus steilen Treppen und verwinkelten Gassen, diesen ungeordneten Irrgarten mit seinen lauschigen Plätzen und morschen Gemäuern. Mit wie viel Liebe die Leute ihre kargen Häuser hier schmückten: mit Töpfen voller Blumen und winzigen Käfigen, in denen die Kanarienvögel zwitscherten. Ihre Wäsche flatterte zwischen den aufgeheizten Häuserwänden im Wind, und darunter spielten die Kinder noch immer Verstecken. So, wie er selbst mit Abel und Bruno hier einst Verstecken gespielt hatte.

Anfonso lief die Rua Salvador entlang und bog dann links in die Rua de San Miguel ein. Er kannte hier jeden Stein, jeden Hinterhof und auch jedes Versteck. Immer wenn er durch die alten Gassen lief, kam es ihm so vor, als sei die Zeit in Alfama stehen geblieben. Hier hatte sich nichts verändert, nur er selbst war ein anderer geworden. Ob es wohl wirklich klug war, sich ausgerechnet bei Abel blicken zu lassen? Er hatte doch auch an der Bar Mitzwa von Brunos Sohn teilgenommen. Vielleicht standen die Spione der Inquisition ja schon hinter der nächsten Häuserecke. Afonso verscheuchte seine bangen Gedanken und wandte sich an der Ecke zur Rua Norberto de Araújo nach rechts. Irgendwo musste er ja schließlich anfangen, sich nach Bruno zu erkundigen. Warum also nicht hier, wo ihre gemeinsame Geschichte einst begonnen hatte?

Anders als Afonso und auch Bruno hatte es Abel nie aus Alfama hinausgeschafft. Er handelte noch immer mit einfachem Tuch für einfache Leute. Afonso griff ihm hier und da mit etwas Geld unter die Arme. Abel hatte fünf hungrige Mäuler zu stopfen, aber sein Laden warf kaum mehr ab, als für vier reichte. Etwas dicklich von Natur aus, etwas langsam im Denken und auch etwas ängstlich dem Leben gegenüber hatte er schon als Kind in ihrem Schatten gestanden. Beim Versteckspielen war Abel immer der Erste gewesen, der gefunden wurde, und beim Wettrennen stets der Letzte.

Abels Talent in geschäftlichen Dingen entsprach ziemlich genau dem, was sich schon in Kindertagen abgezeichnet hatte: Es reichte nicht für den großen Erfolg. Aber weder Afonso noch Bruno hatten sich je daran gestört. Abels treue Seele erinnerte sie stets daran, worauf es im Leben wirklich ankam: Vertrauen, Aufrichtigkeit, Herzenswärme, rückhaltlose Freundschaft. Eben alles, was man für Geld nur sehr bedingt kaufen konnte. Außerdem konnte Abel die allerschönsten Geschichten erzählen. Früher, wenn er in der Rua Condessa bei ihnen zu Gast war, hatte er Carla immer damit verzückt.

Afonso räusperte sich, als er den kleinen Laden des alten Freundes betrat. Abel saß gebeugt über seinem Tisch und schnitt Stoffe zu.

»Afonso.«

»Abel.«

Die beiden umarmten sich zur Begrüßung.

»Komm, setz dich zu mir an den Tisch. Ich schließ nur schnell den Laden ab.«

»Ja, schließ deinen Laden besser ab. Es muss nicht jeder hören, was ich mit dir zu besprechen habe.«

»Willst du einen Tee?«

»Nein.«

»Vielleicht einen Kaffee? Jovita macht uns gern einen Kaffee. Soll ich sie fragen?«

»Nein, lass nur. Sag mir lieber, was mit Bruno ist.«

»Ich weiß nichts Neues. Ich weiß nur, was ich dir bereits geschrieben habe. Dass sie ihn und seine Familie vor drei Wochen verhaftet haben.«

»Wo haben sie ihn hingeschafft?«

»Auch das weiß ich nicht mit Bestimmtheit. Aber du weißt so gut ich, wo er jetzt sein dürfte. Entweder haben sie ihn im Palácio dos Estaus eingesperrt oder in den Kellern des Torre de Belém.«

Afonso wusste nicht, was schlechter war. Im Palácio dos Estaus hatte die Inquisition ihren Sitz. Von außen machte das Haus einen gefälligen Eindruck. Mit seinen sieben bodentiefen Fenstern links und rechts vom Hauptportal und dem prächtigen Balkon aus weißem Marmor darüber wirkte das Haus sogar einladend. Man sah ihm noch immer an, dass es früher einmal als noble Herberge für die Würdenträger und Adelsleute gedient hatte, die dem König ihren Besuch abstatteten. Aber was man sich mittlerweile über die Keller des Palacio erzählte, klang weniger erbaulich. Wo früher die edelsten Weine gelagert worden waren, unterhielten die Henkersknechte nun ihre Kerker: finstere Löcher, in die nie ein Lichtstrahl drang, und wo die Gefangenen nur ihre eigenen Schreie hörten und die Stimmen ihrer Peiniger.

Mit dem Torre de Belém verhielt es sich kaum besser. Erbaut als Sinnbild für den Stolz der portugiesischen Flotte, gelegen auf einem Felsen im Mündungstrichter des Tejo, spielten sich dort nun die allerschlimmsten Dinge ab. Auf grausamste Art quälten die Handlanger der Inquisition dort ihre Gefangenen. Sie renkten ihnen die Glieder aus, bohrten ihre Ketzergabeln in ihr Fleisch und verstümmelten mit spitzen Zangen ihren Leib. Mit der Präzision geübter Fleischer zogen sie den armen Seelen die Haut von ihren Knochen und hielten ihnen dabei das Kruzifix vor die Augen, um ihnen zu zeigen, in wessen Namen sie ihre Grausamkeiten begingen.

»Ja, du hast recht«, sagte Afonso. »Da werden sie ihn wohl hingeschafft haben. Ich frage mich nur, wie wir ihm jetzt helfen können.«

Abel legte seine Hand beschwichtigend auf Afonso Arm. »Du kannst ihm nicht helfen. Du kannst nur dafür beten, dass er seine Schuld möglichst schnell zugibt. Dann erwürgen sie ihn, bevor sie ihn auf dem Scheiterhaufen verbrennen. Das ist die einzige Gnade, die sie walten lassen. Ich hoffe nur, dass er in den Verhören nicht auch unsere Namen nennt.«

»Aber wir können doch nicht tatenlos mit anschauen, wenn sie ihn barfuß über den Platz schleifen. Sollen wir etwa klatschen, wenn sie das Holz heranschleppen lassen und sogar noch Sündenablässe dafür kassieren? Abel, wir müssen doch etwas tun.«

»Afonso, das Einzige, was du tun kannst, ist, deine Familie in Sicherheit zu bringen. Verschwinde aus Lissabon. Du hast das Geld dafür. Bring deine

Familie nach Holland. Amsterdam ist das neue Jerusalem. Jeder darf dort glauben, was er will. Ich habe mir sagen lassen, es gibt dort eine jüdische Gemeinde. Sie sollen sogar schon Geld für eine Synagoge sammeln. Stell dir das mal vor: ein eigenes Gotteshaus für unseren Glauben. Deine Geschäfte kannst du von dort genauso gut erledigen wie von hier. Außerdem kennst du die Stadt doch. Du selbst hast Talea aus Amsterdam damals als deine Frau mit hergebracht. Bestimmt wird euch ihre Familie helfen können, bis ihr euch da drüben eingerichtet habt.«

»Talea hat keine Familie mehr in Amsterdam. Habe ich dir das nie erzählt? Ihre Eltern lebten schon nicht mehr, als ich sie damals mit mir nach Lissabon genommen habe. In ein paar Wochen ist es genau fünfundzwanzig Jahre her, dass wir hier im Hafen gemeinsam von Bord gingen. Abel, wir sind Portugiesen. In Lissabon bin ich zu Hause. Hier will ich mit meiner Familie leben, und hier will ich auch sterben.«

»Dann pass besser gut auf, dass du nicht schneller stirbst, als dir lieb ist.«

»Wessen sollten sie mich anklagen? Ich besitze ja noch nicht einmal eine Menora in meinem Haus, geschweige denn hebräische Bücher. Ich trage weder heimlich eine Kipa auf meinem Kopf noch befolge ich die alten Speisevorschriften. Ich bin kein gläubiger Jude. Ich bin nur ein Kaufmann und Tuchhändler, der hier in Frieden seinen Geschäften nachgehen will.«

»Afonso, ich kenne dich als einen klugen Mann. Glaubst du wirklich, dass sie einen Grund brauchen, um dich anzuklagen? Ganz gleich, wie abwegig ihre Behauptungen auch sein mögen. Ob sie nun behaupten werden, dass du im Geheimen frömmelst oder rechtschaffene Christen zu missionieren versucht hast, ob sie dich anschuldigen, du würdest heimlich den Talmud studieren oder die alten Sabbatvorschriften befolgen, irgendein Denunziant wird sich immer finden, der sie darin bekräftigt. Es wird ein alter Katholik von reinem Blut sein, und man wird seinem Wort mehr glauben als deinem. Afonso, ich habe dich immer bewundert, weil du es bis hinüber ins Bairro Alto geschafft hast. Du hast eine gute Frau und eine schöne Tochter. Wenn nicht für dich selbst, so trägst du doch zumindest für sie Verantwortung. Geht nach Amsterdam.«

Afonso schaute seinen alten Freund lange an. Er überlegte. Ob es wohl wirklich so schlimm um sie stand, wie Abel befürchtete? Ob Bruno unter den Qualen der Folter ihre Namen wohl schon verraten hatte? Ob er wohl jeden Einzelnen nennen würde, der an der Bar Mitzwa seines Sohnes teilgenommen hatte? Gut, sie verbrannten da draußen hin und wieder eine arme Seele und warfen ihre Leiche danach in die Fluten des Tejo. So etwas kam vor. Aber das waren doch nur Ausnahmen, nichts, was ihm selbst passieren würde. Selbst Bruno müsste doch irgendwie zu retten sein, egal, wie schwer die Anschuldigungen auch sein mochten, die sie gegen ihn erhoben. Mit ein bisschen Geld, das hörte man doch an jeder Ecke, konnte man selbst die Folterknechte der Inquisition milde stimmen. Geld konnte falsches Blut adeln.

»Ich könnte zu José de Silva gehen«, sagte Afonso. »Ich habe über ihn so manches Geschäft in Übersee finanziert. Er hat am Hof großen Einfluss und bestimmt auch noch so manchen Wechsel in seiner Schublade, der von den Würdenträgern der Kirche unterschrieben ist. Ich könnte ihn fragen, ob er an unserer Stelle interveniert.«

»Kannst du ihm trauen?«

»Solange er bei dem Geschäft seinen Schnitt macht. Ja, ich denke schon. So, wie man einem Geschäftsfreund halt trauen kann.«

»Dann rate ich dringend davon ab. Sollte irgendwer erfahren, dass in Wahrheit du dahintersteckst oder, noch schlimmer, dass wir mit Bruno die Bar Mitzwa seines Sohnes gefeiert haben, dann werden sie uns verhaften. Ich kann dir nur den Rat geben: Pack deine Sachen und verschwinde.«

»Selbst wenn ich es wollte, wie stellst du dir das vor? Ich kann hier nicht alles stehen und liegen lassen. In vier Wochen erwarte ich eine große Lieferung aus China. Es ist bereits alles bezahlt. Es würde mich ein Vermögen kosten, auf die Stoffe zu verzichten.«

»Was ist dir lieber, dein Geld oder dein Leben?«

»Abel, du übertreibst. Uns wird schon nichts geschehen. Weder deiner noch meiner Familie. Wir müssen nur einen Weg finden, wie wir Bruno helfen können.«

»Auch wenn ich mich wiederhole, du kannst ihm nicht helfen.«

»Abel, es ist spät geworden. Ich muss jetzt gehen. Ich muss nachdenken.«

»Willst du denn nicht mit uns zu Abend essen?«

»Nein, lieber nicht. Talea und Carla warten bestimmt schon auf mich. Grüße Jovita und die Kinder von mir. Ich komme die Tage noch einmal bei dir vorbei. Vielleicht fällt mir ja doch noch etwas ein, wie wir Bruno helfen können.«

-7-

Bevor Afonso eine Kutsche nach Hause nahm, setzte er sich noch für einen Moment auf eine der Steinbänke am Miradouro de Santa Luzia. Gegenüber, auf dem Hügel im Osten, lag die majestätische Igreja de Sao Vicente de Fora mit ihren angrenzenden Klostergebäuden. Die untergehende Sonne tauchte die zwei weißen Türme in warmes Orange. Afonso wollte nicht ausschließen, dass die Folterknechte selbst dort ihrer Arbeit nachgingen, während die Pfaffen ein Stockwerk höher das Evangelium verkündeten. Vielleicht entschieden sie da drüben ja gerade über das Schicksal seines alten Freundes Bruno. Wer wusste denn schon, was in den Kellern des Klosters vor sich ging?

Was sollte er jetzt tun? Abels Rat befolgen und Lissabon verlassen? Afonso atmete schwer und zog die Luft tief in seine Nase. Es roch nach gegrillten Sardinen. So dicht standen sich die Häuser da unten in der Altstadt gegenüber, dass sich ihre Bewohner aus den Fenstern im ersten Stock und über die Gassen hinweg die Hände schütteln konnten. Die Frauen saßen im Schatten unter holzverkleideten Balkonen. Die Männer spielten Domino. Und die jungen Mädchen sangen den Fado – ihre traurig-schönen Weisen von der Liebe, den vergangenen Zeiten und der Sehnsucht nach den besseren. Er konnte Bruno doch nicht einfach so im Stich lassen.

Amsterdam. Als junger Mann war er einmal dort gewesen, um sein erstes großes Geschäft einzufädeln. Mit dem Tuchhändler Nicolaus Nistelroy in der Heertgenstraat. Sie hielten bis heute eine lose, wenn auch nicht sehr regelmäßige geschäftliche Verbindung miteinander. Amsterdam selbst hatte ihm damals gar nicht gefallen. Er mochte weder die engen, roten Backsteinhäuser in der Stadt noch ihre übel riechenden Kanäle. Ihm war schlecht geworden von dem Bier und dem Genever, den sie dort eimerweise tranken. Und auch das Essen hatte ihm nicht geschmeckt, diese derben Eintöpfe mit Stampfkartoffeln, Zwiebeln und dicken Bohnen.

Afonso bevorzugte Wein statt Bier, Port statt Genever und gebratene Sardinen statt gepökelten Hering. Er hatte damals nur zwei Wochen in Amsterdam verbracht, aber seitdem wusste er, was Sehnsucht war. Jeden Tag hatte er den Geruch von Orangen, Zitronen und Feigen vermisst. Ihm hatten die Zedern und Olivenhaine seiner Heimat gefehlt, die Eukalyptusbäume und auch die Korkeichen im hügeligen Hinterland von Lissabon. Wie ein platt gewalzter Pfannkuchen war ihm dieses Holland damals vorgekommen, ein Landstrich ohne jede Kontur. Vor allem das Wetter hatte ihm seinen Aufenthalt dort gründlich vermiest. Der Himmel war aschgrau gewesen, und die meiste Zeit über hatte es geregnet. Noch nie in seinem Leben war Afonso so nass geworden wie in Amsterdam.

Das Einzige, was ihm in der Stadt wirklich gefallen hatte, und zwar so außerordentlich, dass er sein Schicksal daran ketten wollte, hatte er damals einfach mitgenommen. Er war betört von ihr gewesen, vom ersten Augenblick an. Sie hatte ihn so sehr in ihren Bann gezogen, wie ihn noch nie etwas in seinen Bann gezogen hatte. Nie hatte er bereut, dass er sie mit nach Lissabon genommen hatte: seine Frau Talea, die Mutter seiner Tochter. Abel hatte schon recht. Er trug Verantwortung für die beiden.

Noch bevor Afonso an diesem Abend nach Hause kam, hatte er seinen Entschluss gefasst. Er wartete noch ab, bis sich Carla zur Nacht in ihr Zimmer zurückzog. Dann nahm er Talea zur Seite und teilte mit ihr die Sorgen, die er lieber für sich behalten hätte. In knappen Worten schilderte er ihr, was mit Bruno und seiner Familie geschehen war, und was er selbst jetzt zu tun beabsichtigte.

»Talea, vielleicht ist meine Sorge übertrieben, und in ein paar Monaten könnt ihr zurück nach Lissabon kommen. Aber bevor ich keine Gewissheit habe, was mit Bruno geschehen ist, und ob er nicht vielleicht doch … du weiß schon, was ich meine … die Folter … sie lässt die Menschen sagen, was sie nicht sagen wollen. Ich möchte euch einfach nur in Sicherheit wissen.«

»Nein, mein Lieber, ich werde dich hier nicht alleine zurücklassen. Ich weiß genau, dass du Lissabon nicht verlassen wirst, bevor du nicht in Erfahrung gebracht hast, was mit Bruno geschehen ist. Unsere Tochter ist alt genug. Dank mir spricht sie die Sprache meiner Heimat so gut wie Portugiesisch. Sie wird sich in Amsterdam eine Zeit lang auch alleine zurechtzufinden. Vielleicht freut sie sich sogar über diese kleine Abwechslung. Ich halte es für richtig, wenn wir Carla nach Amsterdam schicken. Wir müssen ihr ja nicht erzählen, warum. Wir könnten Carla sagen, dass …«

»… was?«

»Mir wird schon etwas einfallen. Lass mich mit ihr reden. Vielleicht sage ich ihr ganz einfach die Wahrheit.«

»Dass wir um das Leben von Bruno fürchten? Dass wir selbst hier womöglich nicht mehr sicher sind? Und wir deshalb beschlossen haben, sie solle das Land verlassen?«

»Nein, natürlich nicht. Ich werde Carla sagen, dass wir drei eine Reise unternehmen. Nach Amsterdam, wo wir beide uns vor bald genau fünfundzwanzig Jahren kennengelernt haben. Vielleicht sage ich ihr, dass wir dort unseren Hochzeitstag feiern wollen und ihr bei dieser Gelegenheit die Stadt zeigen werden, in der unser gemeinsames Leben begonnen hat. Dass sie vorausfahren dürfe, natürlich nur, wenn sie wolle. Ich glaube, das würde ihr gefallen. Du weißt doch, wie sie ist. Ungestüm und wild wie ein junger Delfin, wenn sie in Figueira da Foz immer so weit ins Meer hinausschwimmt. Sie wird sich über dieses Abenteuer freuen.«

»Meinst du?«

»Afonso, lass mich nur machen. Carla ist sehr schnell für ein kleines Abenteuer zu begeistern. Außerdem ist sie alt genug, um sie auf diese Reise zu schicken.«

»Alt genug schon, aber manchmal ist sie auch sehr leichtgläubig und unvorsichtig, deine Tochter.«

»Du musst dir keine Sorgen machen. Sie ist ein großes Mädchen und wird schon auf sich aufpassen.«

»Trotzdem wäre es mir lieber, wenn du mit ihr gingst.«

Noch sehr oft an diesem Abend versuchte Afonso, seine Frau davon zu überzeugen, dass sie Carla doch bitte nach Amsterdam begleiten solle. In den langen Jahren ihres Zusammenlebens hatte sich Talea ihm nie widersetzt. Aber in dieser Angelegenheit blieb sie stur wie ein portugiesischer Esel.

Und so ging Carla zwei Wochen später tatsächlich alleine an Bord der *Prins van Oranje*, eines Dreimasters, der vom Kap der Guten Hoffnung über Lissabon nach Amsterdam segelte. Am Pier schärfte Afonso ihr noch einmal ein, was sie zu Hause bereits zur Genüge besprochen hatten.

»Carla, gleich wenn du in Amsterdam ankommst, gehst du zu Nicolaus Nistelroy in die Heertgenstraat. Ich habe ihm mehrere Posten Stoff geschickt. Er wird die Ware auf meine Rechnung hin verkaufen und dir das Geld dafür geben. Es ist nur eine Vorsichtsmaßnahme. Du wirst das Geld nicht brauchen. Du hast genug dabei, um davon ohne Sorgen einige Zeit gut leben zu können. Nistelroy wird dir eine angemessene Herberge nennen. Und du schreibst uns dann gleich einen Brief, wo du untergekommen bist. Mutter und ich kommen nach, sobald es mir meine Geschäfte hier erlauben. In zwei, spätestens in drei Wochen. Dann schauen wir uns gemeinsam die Stadt an, in der ich deine Mutter kennengelernt habe. Und danach fahren wir zurück nach Lissabon.«

»Mach dir keine Sorgen, Papa.«

»Nicolaus Nistelroy in der Heertgenstraat, vergiss das bitte nicht, mein liebes Kind. Er wird dir auch die Seide geben, von der ich dir erzählt habe. Lass dir ein Kleid daraus nähen. Das Kleid wird dich beschützen auf deinen Wegen durch Amsterdam.«

Afonso und Talea winkten ihrer Tochter vom Pier aus zu, als die *Prins van Oranje* die Anker lichtete und Kurs auf das offene Meer nahm. Sie standen noch eine ganze Weile an der Hafenmole dicht beieinander und hielten sich an den Händen. Dann gingen sie zu Fuß nach Hause. Es war ein langer Weg, aber sie nahmen sich gern die Zeit dafür. Besuch erwarteten sie an diesem Tag keinen mehr. Wie hätten sie auch ahnen können, dass man sie in ihrem Haus in der Rua Condessa bereits erwartete.

-8-

»Du musst mir verzeihen. Ich werde es wiedergutmachen. Das verspreche ich dir.«

»Meister, was soll ich Ihnen verzeihen?«

»Dass ich dich all die Jahre über im Stofflager eingesperrt habe. Ich werde es nie wieder tun. Du kannst dir natürlich eine andere Arbeit suchen, aber ich würde mich freuen, wenn wir zwei noch einmal ganz von vorne beginnen könnten und du auch weiterhin für mich arbeiten würdest. Was sagst du dazu?«

Piet schwieg.

»Vielleicht wäre es möglich, dass du mir sogar vorne im Laden hilfst. Am besten, ich richte dir oben unterm Dach eine eigene Kammer ein. Mit einem anständigen Bett und einem weichen Kissen. Also, was sagst du dazu?«

Über Nacht war der Meister wie verwandelt. Piet konnte sich sein plötzliches Wohlwollen nicht erklären, aber weil es ihm offenbar nicht zum Nachteil gereichte, nahm er die Veränderung gerne hin. Er selbst war an diesem Morgen wie aus einer tiefen Lethargie erwacht und fühlte sich wie neugeboren. Als er Nistelroy gestern auf den fehlerhaften Batist aufmerksam gemacht und dann zum ersten Mal durch seinen Fadenzähler geblickt hatte, war ihm alles wieder eingefallen, was er im Dämmerlicht hinter seiner Luke schon beinahe vergessen hatte. Das war es doch, wonach er sich immer gesehnt hatte: ein Glas, um das Allerkleinste in der Welt aufzuspüren, damit sich das

Vermächtnis seines Vaters eines Tages doch noch für ihn erfüllte: *Wer für das Kleinste im Leben ein Auge hat, wird das Allergrößte in seinem Leben gewinnen.*

Alles, was hinter ihm lag, war für Piet nun vergessen. Die Ablehnung seiner Mutter in Delft, die Demütigungen des Rektors in Deventer und auch seine einsamen Jahre im Stofflager von Nistelroy. Er hatte gearbeitet, gegessen und vor sich hin geträumt, nur um am nächsten Tag gleichmütig wie ein Tier die ewige Wiederkehr des Gleichen zu erdulden. Er musste jetzt endlich das Kleinste vom Kleinen finden, so winzig, dass selbst er es mit seinen scharfsichtigen Augen nicht zu erkennen vermochte. Aber eine eigene Kammer brauchte er dafür eigentlich nicht. Er zog es vor, auch weiterhin im Stofflager zu schlafen. Hinten auf seiner Pritsche, gegenüber von dem Regal mit den bunten Garnrollen, die im hereinfallenden Abendlicht manchmal so verheißungsvoll wie ein Regenbogen schillerten.

»Meister, ich brauche keine eigene Kammer. Ich schlafe gern hier im Stofflager.«

»Dann bleibst du also bei mir? Ich würde dich selbstverständlich gut bezahlen. Acht Gulden die Woche, überleg es dir.«

Piet überlegte nicht lange. Acht Gulden waren äußerst großzügig bemessen, und wohin sonst hätte er sich auch wenden sollen? Bei Nistelroy hatte er ein Dach über dem Kopf und eine warme Mahlzeit am Tag. Es war ihm völlig gleichgültig, was gewesen war. Das ließ sich nicht mehr ändern und war auch nicht wiedergutzumachen. Wichtig war nur, dass er sein Ziel jetzt nie wieder aus den Augen verlor.

Es war an einem Sonntag gegen späten Nachmittag, als Piet seiner Zukunft zum ersten Mal ins Auge blickte.

Seit ihn Nistelroy nicht länger im Stofflager einschloss, strich er nach getaner Arbeit nun häufiger durch Amsterdam. Manchmal lief er bis tief in die Nacht durch die engen Gassen der Stadt. Er war noch immer ziemlich blass um die Nase, weil sein Gesicht die Sonne so viele Jahre nicht mehr gesehen hatte.

Die neuen Kleider, die ihm Nistelroy eines Morgens ungefragt auf seine Pritsche legte, zog Piet gleich an. Seit Jahren lief er nun schon mit dem gleichen Zeug herum. Der Stoff seiner Hose war brüchig, der Saum ausgefranst und die Farbe von undefinierbarem Grau. So manche Vogelscheuche war besser gekleidet als er und die neue Garderobe längst überfällig. Nistelroy hatte ihm ein Wams aus rotem Samt schneidern lassen, vorne geschlossen mit einer

Reihe goldfarbener Knöpfe. Dazu ein weißes Hemd aus Baumwolle, eine blaue Kniehose und weiche Lederstiefel. Der Meister hatte sich wirklich nicht lumpen lassen.

Als Piet in diesem Aufzug zum ersten Mal aus dem Haus ging, hätte man ihn glatt für einen dieser neureichen Bürger halten können, die es in Amsterdam zu etwas gebracht hatten. Er selbst fühlte sich ein ganzes Stück größer, als er seinen breitkrempigen Hut aufsetzte und die Heertgenstraat in Richtung Norden verließ.

Die acht Gulden, die ihm Nistelroy nun zahlte, rührte Piet nicht an. Er besuchte keines der nahe gelegenen Wirtshäuser, um sich nach der Arbeit ein Bier zu gönnen. Er hielt vorerst lieber noch ein bisschen Abstand zu den Menschen – nicht nur, weil er ihrer Gesellschaft seit so langer Zeit entwöhnt war, sondern mehr noch, weil er sich jetzt zum ersten Mal in seinem Leben sehr ernsthaft fragte, wozu es einen wie ihn in dieser Welt eigentlich brauchte. Er hoffte von ganzem Herzen, das Vermächtnis seines Vaters würde sich für ihn erfüllen, aber sicher war er dessen nicht.

Ob es wohl stimmte, dass Gott die Erde in nur sieben Tagen erschaffen hatte? Das Land vom Meer trennte, Tag und Nacht mit Sonne und Mond voneinander schied, erst die Pflanzen und dann auch die Tiere zum Leben erweckte – und schließlich aus einem Klumpen Ackererde den Menschen formte und ihm seinen Lebensatem einhauchte? Piet stellte sich Fragen, die sich Philosophen schon Hunderte Jahre vor ihm gestellt hatten, und zog in Erwägung, worüber sich die Gelehrten erst Hunderte Jahre nach ihm zanken sollten. Was, wenn Gott nun gar nicht existierte? Wie ließ sich dann die Geburt der Welt erklären? Und welchen Sinn machte sein eigenes, kleines Dasein darin?

Tagsüber im Laden bat er Nistelroy nun häufiger um seinen Fadenzähler, vorgeblich, um damit die Qualität der neu eintreffenden Stoffe zu überprüfen. Aber in Wahrheit ging Piet etwas ganz anderes durch den Kopf, wenn er durch den Fadenzähler des Meisters blickte. Wenn schon Nistelroy über ein so vortreffliches Instrument verfügte, müsste es doch möglich sein, irgendwo da draußen ein noch besseres Instrument aufzutreiben. Ein Glas so scharf wie die Augen Gottes, denen ja angeblich nichts verborgen blieb.

Piet nahm sich in diesen Tagen auch wieder das kleine graue Büchlein vor, das er neben dem Lesestein des Rektors damals aus Deventer mit sich genommen hatte. Der Zweifel des René Descartes, anonym gedruckt in Leiden 1637. Wie hatte er dieses kluge, tiefgründige Buch all die Jahre nur vergessen können? Wieder und wieder las er nun jene geheimnisvollen Worte, die ihm schon damals, gleich nach der ersten Lektüre in Deventer, so vorgekommen waren, als seien sie nur für ihn aufgeschrieben worden: *Ich kann auf Großes hoffen, wenn ich nur Etwas, wäre es auch noch so klein, in dieser Welt fände, was gewiss und unerschütterlich wäre.*

Das war nun sein Ziel. Er musste auf den Grund der Gründe tauchen, vordringen bis zum Anfang der Zeit, damit er irgendwann auf dieses erste, winzige Samenkorn stieß, das alles erklärte, seine eigene Existenz eingeschlossen. So ein Samenkorn war schließlich größer als jeder Baum, weil es die Möglichkeit des Baums in sich trug. Piet fand es deshalb auch nur folgerichtig, dass es irgendwo da draußen noch etwas anderes gab. Ein Partikel, hundert oder sogar tausend Mal kleiner als ein Samenkorn, aber mit noch sehr viel größerer Macht.

Alles, was ist, davon war Piet mittlerweile fest überzeugt, konnte durch Teilung niemals ganz verschwinden. Es konnte vom Kleinen kein Kleinstes geben, sondern immer nur etwas Kleineres. Aber eben nur bis zu dem Punkt, wo aus dem *NICHTS* urplötzlich das *ETWAS* entstanden war. Es war die Frage aller Fragen, die sich Piet nun stellte. Wo komme ich her, und wo gehe ich hin? Wo ist die Quelle des Lebens, und wo liegt die Mündung? Mochten sich auch andere Menschen Fragen ähnlicher Art stellen, so drängte doch niemand so inständig auf eine Antwort, wie er es tat.

Er musste endlich dahinterkommen, was ihm sein Vater mit seinen letzten Worten hatte sagen wollen. Sein Vermächtnis war nun seine Verpflichtung. Er musste das Allerkleinste finden, um das Allergrößte zu gewinnen Und das konnte Piet in Amsterdam genauso gut wie irgendwo sonst auf dieser Welt. Ja, vielleicht sogar noch eine Spur besser.

Auf Sumpf erbaut, erlebte Amsterdam gerade sein goldenes Zeitalter. Das Große und das Kleine, der Prunk und die Not lebten hier so dicht gedrängt beieinander wie in keiner anderen Stadt. Besoffene Matrosen, Handwerker und schwer beladene Mägde schoben sich durch die engen Gassen, krakeelten herum und verteidigten ihr kleines Glück. Menschen aus aller Herren Länder bevölkerten die Straßen. Sie sprachen französisch miteinander, spanisch, italienisch, deutsch, schwedisch oder portugiesisch. Ein babylonisches Sprachgewirr drang an Piets Ohren, so bunt und vielfältig, dass er vieles gar nicht verstand. All diese Fremden, ging es ihm durch den Kopf, hatten ihre Heimat nur verlassen, um sich hier in Amsterdam ein besseres Leben aufzubauen.

Nur, so einfach war das nicht. An den gerade neu entstehenden Kanälen zwischen der Brouwersgracht und der Leidsegracht ließ sich gut leben. Dort hatten die reichen Kaufleute ihre Häuser. Sie wohnten in prächtigen Bauten, manche größer als Paläste. Ihre Fenster waren mit Sandsteinrahmen wie kostbare Bilder eingefasst und die Fassaden mit Ornamenten und Skulpturen verziert. Hier schliefen die Menschen in Wäsche aus edlem Damast und tranken Wein aus venezianischen Gläsern.

Aber in den Vierteln rund um die Oude Schans, einem übel riechenden Kanal nahe den Werften, präsentierte sich die Stadt von einer anderen Seite. Hier wohnten die Familien eng gedrängt in schäbigen Hinterhäusern zusammen. Sie tranken Genever statt Wein und aßen Kohl aus einfachen Näpfen. Barfüßige Bettler verrichteten ihre Notdurft auf offener Straße. Ratten, so groß wie Katzen, wühlten durch den Unrat, der sich überall in den Gassen häufte. Es brauchte nicht viel, damit sich die Männer hier die Köpfe einschlugen. Tagsüber schufteten sie auf einer der Werften, und am Abend ertränkten sie ihren Kummer dann in ein paar Krügen Bier zu viel. Junge und alte Frauen standen in dunklen Hauseingängen und verkauften ihre Leiber an die vorüberziehenden Matrosen, um die hungrigen Mäuler ihrer Kinder zu stopfen.

Piet nahm jeden Winkel Amsterdams mit seinen Augen in Besitz. Er spähte in die Innenhöfe der Schmiede, lugte durch die Fenster der Kesselflicker und wagte am Jordaan einen verstohlenen Blick auf das Gewerbe der Sargmacher, neben denen die Abdecker ihrer schmutzigen Arbeit nachgingen und aus den Kadavern der Tiere Fett und Knochenmehl trennten. Er schaute den Reepschlägern aus einiger Entfernung dabei zu, wie sie ihre Seile und Taue flochten. Er sah Seifensieder, Fassmacher, Drechsler und Sattler vor sich hin werkeln, alle beflissen darum bemüht, in dieser großen, lauten Stadt ein Auskommen für sich zu finden. Piet linste in die Werkstätten der Buchbinder, Zinngießer und Glasmacher, aber einen Hinweis auf das Instrument, das er sich so sehnsüchtig herbeiwünschte, fand er auch bei den Glasmachern nicht.

Nahe dem alten Stadttor an der Geldersekade verkauften die Händler Käse, Butter, Salz und Kerzen. Und ein paar Gassen weiter, auf dem Viehmarkt, wechselten Rinder und Schweine ihre Besitzer. Geschäftig und atemlos hetzte die Stadt von einem Tag zum nächsten. An jeder Ecke wurde geschachert, gefeilscht und gezankt. Die eisenbeschlagenen Handkarren holperten über das Pflaster. Und aus den Gerbereien zog der beißende Geruch giftiger Brühen auf die Straßen. Die Dienstmädchen schleppten ihre schweren Einkäufe nach

Hause, während ihre Herrschaften an der Börse mit Effekten und Schuldverschreibungen handelten.

Erst zwischen Sonnenuntergang und Sonnenaufgang kam die Stadt allmählich zur Ruhe. Nur das leise Plätschern in den Kanälen unterbrach dann noch die Stille, die sich für ein paar geruhsame Stunden über Amsterdam legte. Vereinzelt sah Piet um diese Zeit noch ein paar Gestalten mit ihren Laternen den Weg nach Hause suchen, aber sehr viele waren es nicht. Er selbst brauchte keine Laterne, um zurück in die Heertgenstraat zu finden. Selbst in den Nächten ohne Mond und Sterne durchdrang er Kraft seiner Augen die dunkelste Dunkelheit. In diesen Nächten sah er dann, was die Stadt tagsüber mal wieder ausgespuckt hatte. Elende Gestalten, die unter Lumpen verborgen sich im nächstbesten Toreingang ausstreckten. Ihre Gesichter, von den Pocken oder der Syphilis entstellt, ruhten auf dem blanken Pflaster, darunter die Würmer, die sich ihrer ausgemergelten Körper schon bald bemächtigen würden.

Das Leid in den Straßen von Amsterdam öffnete Piet die Augen dafür, dass sein eigenes Los so schlimm nicht war. Da draußen vegetierten Kreaturen vor sich hin, denen es an sehr viel mehr fehlte. Matrosen, die auf ihrer Fahrt nach Ostindien einen Arm verloren hatten oder sogar beide Beine. Wenn er sich dann auf seiner Pritsche im Stofflager zur Ruhe legte, fragte er sich, weshalb das Schicksal unter den Menschen so ungleich verteilt war.

War es nur Pech oder glückliche Fügung, dass der eine unter Decken aus Damast schlafen durfte und der andere auf offener Straße nächtigen musste? Wieso darbten so viele, während sich so wenige an Trüffel oder Fasan ergötzten? Warum war er selbst so klein geboren worden und andere so groß? Sie waren doch alle vom selben Stamm. Hatte Radewijns womöglich recht gehabt, dass es eine Gruppe Auserwählter gab und eine Gruppe der Verdammten, nicht erst im Paradies, sondern schon auf Erden?

Zweifellos, so ein Samenkorn konnte sehr unterschiedliche Blüten treiben. Das wusste jeder Bauer. Manche Pflanzen gediehen prächtig, während die anderen verkümmerten. Es gab diese uralte Geschichte von dem Mann, der sich Gottes Existenz damit beweisen wollte, dass er zwei Sträucher in die Erde setzte, beide gleichermaßen mit Wasser tränkte, aber nur für den einen Strauch betete. Nach Wochen oder Monaten, so genau erinnerte Piet sich nicht mehr, trug der eine Strauch dann reiche Früchte, während der andere verdorrte. Das war dem Mann Beweis genug, um fortan noch ein bisschen fester an seinen Gott zu glauben.

So gern er selbst diese alte Geschichte auch für bare Münze genommen hätte, er glaubte nicht daran. Auf seinen Streifzügen durch Amsterdam hatte Piet sehr oft den Eindruck, dass die Armen noch sehr viel inbrünstiger zu ihrem Gott beteten als die Reichen. Trotzdem blieben sie arm, während die Kaufleute in der Brouwersgracht ihr Geld zählten.

Diese beiden Welten waren so grundverschieden, dass es schwerfiel zu glauben, ihr Ursprung könne derselbe sein. Wenn es das Allerkleinste in dieser Welt wirklich gab, den Ursprung von Allem, dieses eine und einzige Samenkorn, welches Piet nun so unbedingt finden wollte, dann musste es von Anbeginn der Zeit an all diese Gegensätze schon in sich getragen haben: Armut und Reichtum, Hochmut und Bescheidenheit, das Schöne und das Verunstaltete. Und über allem die Liebe, die sich ja angeblich in jede Lage fügte. Aber was wusste Piet schon über die Liebe?

Es war an einem Sonntag gegen Mittag, als er gerade das Haus verlassen wollte. Nistelroy saß vor der Tür auf der Bank und ließ sich die Sonne auf den Bauch scheinen.

»Warte.«

Piet stoppte.

»Was denn, Meister? Irgendetwas nicht in Ordnung?«

»Ganz im Gegenteil, mein Kleiner. Seit du mir vorne im Laden hilfst, laufen meine Geschäfte noch besser als früher. Nimm deshalb diesen einen Gulden von mir. Den zahle ich dir auf deinen Lohn obendrauf, weil du mir vorne im Laden diese Woche so gut geholfen hast. Gehe rüber zur Lastage und vergnüge dich ein bisschen. Dort halten sie gerade Jahrmarkt ab.«

Die Lastage lag im Norden vor dem alten Stadttor zum Antoniespoort, das seine Bedeutung längst eingebüßt hatte, weil Amsterdam wie einer Hydra ständig neue Köpfe wuchsen. Jeden Tag machte sich die Stadt ein bisschen breiter und dehnte sich über ihre alten Mauern Stück für Stück immer weiter aus.

Als Piet am Antoniespoort ankam, war dort schon jede Menge Volk versammelt, einfache Bauern, aber auch reiche Kaufmannsfamilien. Am Eingang verkauften die Tandler, was die Schiffe aus Übersee mitgebracht hatten: Gewürze, Feigen, Rosinen und Muskatnüsse. Gleich daneben boten sie an ihren Ständen an, was die Matrosen und Kapitäne brauchten: Kompasse, Taue, Lunten und Kanonenkugeln, Branntwein, Tabak und Bier.

Quacksalber priesen Salben und Tinkturen gegen Warzen und Sodbrennen an. Bänkelsänger und Wanderkomödianten sangen Lieder gegen geringes

Entgelt, und hinten auf dem Platz war ein hölzernes Karussell aufgebaut, das die Leute um einen hohen Mast drehte. Sie stießen sich mit ihren Füßen vom Boden ab, jauchzten und frohlockten. Metzger brieten Ochsen am Spieß, und Feuerschlucker liefen über glühende Eisenstäbe. Ein Mann mit einer schwarzen Pelzmütze führte seinen Bären an einer Kette im Kreis und ließ ihn für die Menge tanzen.

Piet zahlte einen Schilling Eintritt und erhielt Einlass in das große Zelt der Wandermenagerie. Dort sah er dann zum ersten Mal jene Tiere, von denen er Nistelroy vorne in seinem Laden so oft hatte erzählen hören: Pferde mit schwarz-weißen Streifen und riesige Hunde, deren Köpfe mit mächtigen Mähnen bekränzt waren. Er sah einen Käfig voll mit Papageien und sogar einen Elefanten. Diese außerordentlichen Tiere existierten also tatsächlich. Warum also sollte es dann nicht auch ein Glas geben, das ihm die anderen Wunder der Welt offenbarte? Ein Instrument, das etwas mehr konnte, als einem nur die Kettfäden im Stoff zu zeigen. Ein Glas, welches das Allerkleinste in der Welt so sehr vergrößerte, dass er damit endlich begriff, was der Ursprung von allem war.

Gedankenverloren verließ Piet das Zelt. Er wollte sich schon auf den Heimweg machen, als ihn eine alte Frau am Ärmel packte. Sie saß auf einem Schemel, eingehüllt in eine dunkle Decke.

»Willst du deine Zukunft wissen?«

Piet wollte sich von ihr losmachen, aber die Frau hielt ihn sehr entschlossen am Ärmel fest.

»Nun sag schon, soll ich dir deine Zukunft voraussagen, kleiner Mann? Nur sechs Stüber, und ich sage dir, was dich in dieser Welt erwartet.«

»Keiner kann in die Zukunft schauen. Lass mich los.«

»Du wirst deinen Tuchhändler und auch die Stadt schon sehr bald verlassen«, rief ihm die alte Frau noch hinterher, als sich Piet von ihr losmachen konnte und schon seines Weges ging.

Er stutzte, drehte sich um und kehrte zu der Frau zurück.

»Was weißt du von dem Tuchhändler?«

»Ich weiß alles, was dich erwartet. Sechs Stüber, und ich verrate dir auch den Rest.«

»Keiner kann in die Zukunft schauen.«

»Bist du dir da so sicher? Du siehst hier Männer, die über glühendes Eisen laufen. Und Tiere, die du dir nie hast vorstellen können. Warum also sollte eine alte Frau wie ich nicht in die Zukunft schauen können?«

Piet zögerte, aber sechs Stüber waren nicht die Welt. Und was konnte er dabei schon verlieren?

»Also gut«, sagte er.

Piet gab der Frau das Geld und hockte sich neben sie auf den Schemel. Vor ihr auf dem kleinen Tisch lag ein Stapel Karten.

»Was muss ich tun? Wird das Schicksal mir die Karte ziehen? Oder liest du mir die Zukunft aus den Händen?«

»Schau mir einfach nur in die Augen.«

Die Augen der alten Frau funkelten wie Bernstein. Sie waren zugleich braun und gelb, ziemlich dunkel und von so intensiver Färbung, als hätten sie alles auf dieser Welt schon einmal gesehen.

»Und?«

»Ich sehe in deinen Augen, dass du eines Tages ein kleines Wunder entdecken wirst. Etwas, das kein Mensch zuvor je gesehen hat. Du wirst darüber verzweifeln, weil du dir dieses Wunder einfach nicht erklären kannst. Anfangs werden dich die Menschen deshalb verspotten, aber am Ende werden sie dir glauben und große Ehre erweisen. Du wirst schon sehr bald hier in den Straßen von Amsterdam einem alten Freund begegnen, der dir auf deinem Weg dorthin behilflich sein wird.«

Die Frau redete wie ein Orakel, vage und rätselhaft. Piet hing an ihren Lippen, argwöhnisch darauf wartend, was sie ihm sonst noch weissagen würde.

»Dank deinem Freund wirst du auch eine Frau kennenlernen, deren Leben dir schon bald sehr viel wichtiger sein wird als dein eigenes. Du wirst mit ihr glückliche Jahre verbringen, in deinem eigenen Haus und ohne Geldsorgen. Aber am Ende deines Wegs wirst du erkennen müssen, dass du trotz deiner scharfsichtigen Augen das Allerwichtiges in deinem Leben übersehen hast.«

Mit diesen Worten entließ ihn die alte Frau. Kopfschüttelnd stand Piet von seinem Schemel auf und wandte sich zum Gehen. Nun ja, dachte er, sechs Stüber für ein bisschen dummes Gefasel. Aber schon ein paar Tage danach war er sich dessen nicht mehr ganz so sicher. Und sehr viel später in seinem Leben dann dachte er, er hätte dieser alten Frau etwas genauer zuhören sollen. Er hätte schon damals, ganz am Anfang dieser Geschichte, sehr viel wachsamer sein müssen.

-9-

Carla stand vorne am Bug und hielt sich an den Tauen der Reling fest. Die *Prins van Oranje* segelte hart am Wind und pflügte durch den Golf von Biskaya. Sie machten gut und gern neun Knoten. Carla wischte sich das Salzwasser aus dem Gesicht. Sie genoss den Wind in ihren Haaren und die Gischt, die bis zu ihr nach oben spritzte. Sie liebte es, wenn sich das Schiff hart auf die Seite legte, die Segel sich über ihr spannten und der Rumpf dann durch die nächste Welle brach. Sie hörte die Planken unter sich knarzen und ächzen, aber sie hatte keine Angst. Sie war jetzt endlich ganz weit draußen auf dem Meer, dort, wo sie immer schon einmal hatte sein wollen.

Stundenlang konnte sie da vorne am Bug stehen und auf das Wasser schauen. Nie wurde sie des Schauspiels müde, das der Ozean ihr bot. Ein Rhythmus aus Wasser, Wind und Wellen, eine nie endende Melodie. Am liebsten wäre Carla auf den Bugspriet geklettert, nur um dieser Urgewalt noch ein bisschen näher zu sein. Man musste nur genau hinschauen, dann erkannte man, wie das Meer zu einem sprach. Es stimmte nicht, dass es böse und heimtückisch war. Jede Welle kündigte sich am Horizont an, lange bevor sie das Schiff traf. Und jede Bö, ob klein oder groß, malte ihr kräuselndes Muster in das Wasser, bevor der Wind dann in die Segel griff. Das war vielleicht das Faszinierendste am Meer: dass es zugleich gegenwärtig wie auch zukünftig sein konnte. Und dann waren da natürlich noch all diese Töne, die den gleichen Stoff so unterschiedlich färbten: vom hellsten Lavendelblau über saphirgrünes Türkis bis hin zum tiefsten Nachtblau. Wie ein Fabelwesen wechselte das Meer je nach Befinden seine Farbe.

Fast die gesamte Überfahrt verbrachte Carla auf Deck und schaute auf das Wasser. Am Morgen erfreute sie sich an dem milchigen Dunst, der die Wolken am Horizont mit dem Ozean vermählte. Und am Abend wartete sie stets so lange, bis die Sonne ihr mächtiges Haupt in diesem großen Blau versenkte. Daran konnte sie sich kaum sattsehen. Wie eine Straße aus goldenem Licht lag dann ein Streifen des Meers vor ihr. Es sah beinahe so aus, als könne man auf dieser Straße über das Wasser laufen, bis zum Ende der Welt.

Es war an einem dieser goldenen Abende, als Carla zum ersten Mal in ihrem Leben Delfine sah. Sie schossen wie aus dem Nichts aus dem Wasser. Gebannt blickte Carla auf ihre glitzernd grauen Rücken, die gespannten Flitzebögen gleich über die Wellen sprangen. Eine ganze Weile schwammen die beiden neben der *Prins van Oranje* her, fast so, als wollten sie dem Schiff den richtigen Kurs weisen. Jedes Mal, wenn sie abtauchten, fürchtete Carla, es wäre ein Abschied für immer. Aber dann führten sie doch noch einen weiteren Sprung ihrer Künste vor. Sie tauchten mal backbord-, mal steuerbordseitig auf und schossen dann wieder vorneweg. Carla lief schnell von einer auf die andere Seite des Schiffs, um sie nicht aus den Augen zu verlieren. Aber irgendwann waren die beiden Delfine ihres Spiels dann wohl müde. Sie entfernten sich gen Westen, nahmen die Straße aus goldenem Licht und verschwanden so plötzlich, wie sie gekommen waren.

Carla war dankbar für dieses Abenteuer. Sie hatte gleich freudig eingewilligt, als ihre Mutter ihr eröffnete, sie dürfe mit der *Prins van Oranje* nach Amsterdam vorausfahren. So gerne sie ihren Eltern diese zwei Delfine auch gezeigt hätte, so aufregend fand sie doch auch die Tatsache, nun ganz allein auf diese Entdeckungsreise zu gehen. Und außerdem: Das Meer konnte sie ja auch später noch mit ihren Eltern teilen. Wenn sie sich Amsterdam erst gemeinsam angeschaut hatten und dann nach Lissabon zurückkehren würden.

Carla war neugierig auf die Stadt ihrer Mutter, das schon. Aber sie sehnte ihre Ankunft in Amsterdam nicht herbei. Sie hätte nichts dagegen gehabt, noch ein paar Wochen länger auf dem Meer zu verbringen. Jeden Tag an Bord nahm sie wie ein Geschenk an. Sie konnte von der salzigen Luft, dem Wind in ihren Haaren und dem Schaukeln der Wellen gar nicht genug bekommen.

Nur der Kapitän, ein vierschrötiger Holländer mit rauer Befehlsstimme, schien von ihrer Anwesenheit an Bord nicht allzu begeistert. Mehrfach hatte er sie nun schon ermahnt, in ihrer Kajüte zu bleiben.

»Ich habe nicht gerne eine Frau an Bord. Frauen bringen Unglück auf See«, hatte er zu ihr gesagt. »Nur weil dein Vater mir deine Überfahrt gut bezahlt hat, habe ich dich überhaupt mitgenommen. Aber es wäre besser für dich, wenn du in deiner Kajüte bliebest, anstatt hier oben den ganzen Tag auf meinem Deck herumzutollen. Du machst mir meine Männer verrückt. Ich will nicht, dass hier noch ein Unglück geschieht.«

Carla scherte sich nicht um den Kapitän und auch nicht um die Blicke der Matrosen. Zu groß war ihr Verlangen nach dem Meer. Sie wollte ihre Tage nicht eingesperrt in ihrer Kajüte auf dem Achterdeck verbringen. Sie wollte die Seeluft auf ihrer Haut spüren und ihre Nase in den Wind halten.

Aber dann, als die *Prins van Oranje* gerade in den Ärmelkanal kreuzte und es nicht mehr weit war bis nach Amsterdam, bereute sie doch, auf den Kapitän nicht gehört zu haben. Sie lief am Großmast vorbei und nahm die schmale

Stiege zu ihrer Kajüte nach unten. Sie zwängte sich an einem der Offiziere vorbei und öffnete die Tür. Sie sah gleich, dass etwas nicht stimmte. Die Decke auf ihrem Bett war zerwühlt und ihre Kleidertruhe aufgebrochen. Nur ihre Schuhe und ein Halstuch hatten sie ihr gelassen. Alles andere war weg, auch der Lederbeutel mit dem Geld, den sie unter ihren Sachen sorgsam versteckt hatte. Sie lief zurück zur Treppe und fand den Kapitän neben seinem Steuermann an den Besanmast gelehnt. Er hielt einen Jakobsstab vor dem Auge und maß die Entfernung zur Küste.

»Kapitän, man hat mich bestohlen.«

»Störe mich nicht bei der Arbeit!«

»Aber Kapitän, hören Sie doch. Meine Truhe wurde aufgebrochen. Man hat mir meine Kleider und auch mein Geld gestohlen.«

»Auf meinem Schiff wird nichts gestohlen.«

»Aber wenn ich es doch sage. Sie müssen das Schiff durchsuchen lassen und den Dieb finden.«

Vielleicht täuschte sich Carla, aber der Steuermann grinste vor sich hin.

»Mädchen«, sagte der Kapitän, »überleg dir gut, was du da sagst. Erhebe keine voreiligen Anschuldigungen. Unter meinem Kommando gibt es keine Diebe.«

»Dann kommen Sie doch mit in meine Kajüte und überzeugen sich selbst.«

Langsam ließ der Kapitän jetzt seinen Jakobsstab sinken.

»Habe ich dir nicht oft genug gesagt, dass es auf dem Meer gefährlich werden kann? Du hättest auf deine Sachen besser aufpassen müssen und in deiner Kajüte bleiben sollen.«

»Aber Sie können den Dieb doch nicht ungeschoren davonkommen lassen.«

»Nochmals Mädchen, unter meinem Kommando gibt es keine Diebe. Auf dem Meer geht so manches verloren, ohne dass man den Grund dafür kennt. Die Männer auf meinem Schiff sind allesamt rechtschaffene Christen. Und du bist nur eine kleine Jüdin. Vergiss das besser nicht.«

»Wie kommen Sie darauf, dass ich eine Jüdin bin?«

»Das ist nicht schwer zu erraten. Dein Vater hat mir sehr viel Geld für deine Überfahrt bezahlt, und ich denke, er hatte einen guten Grund dafür. Ich habe dich mitgenommen, auch wenn ich finde, dass es schon genug von euch Juden in Amsterdam gibt. Ich werde dich sicher an die Amstel bringen. Aber für alles andere bist du selbst verantwortlich.«

»Ich werde zur Reederei gehen und den Diebstahl zur Anzeige bringen.«

»Das kannst du gern tun. Aber was glaubst du wohl, wem man mehr glauben wird? Einer kleinen portugiesischen Jüdin wie dir oder einem Kapitän wie mir? Ich habe die Kleider und das Geld, von dem du redest, nie gesehen.«

-10-

Piet überlegte gerade, ob er nicht vielleicht mal zum Platz de Dam laufen sollte, um sich selbst ein Bild von dem achten Weltwunder zu machen. So nannten es die Leute: *das achte Weltwunder*. Schon seit Tagen redeten sie vorne im Laden über nichts anderes mehr. Selbst die Kinder ließen sich von den Erwachsenen in ihrer Begeisterung anstecken. *Dagen van het jaar, eentje ervoor, negentje erachter*, sangen sie in den Straßen. *Die Anzahl der Jahrestage mit einer Eins davor und einer Neun dahinter.* So merkten sie sich ihr neues Weltwunder: 13.659. Das war die Zahl, über die gerade jeder in Amsterdam redete.

Es war Mittwoch, früher Abend. Piet saß am Kanal vor dem Haus seines Tuchhändlers in der Heertgenstraat, als er beschloss, sich das Wunder nun selbst einmal anzuschauen. 13.659 Baumstämme hatten die Arbeiter in den Boden gerammt, damit das neue Rathaus auf sicheren Füßen zu stehen kam. Zwar hatte sich Piet nie besonders viel aus den Großartigkeiten in der Welt gemacht, aber diese Zahl nötigte selbst ihm Respekt ab. 13.659 Pfähle.

Er war gerade im Begriff, zum Platz de Dam aufzubrechen, als er seinen Namen rufen hörte.

»Piet! Hey, Piet van Leeuwen!«

Piet drehte sich um. Er sah einen kräftigen Kerl auf sich zukommen. Er brauchte einen Moment, um sich davon zu überzeugen, dass er nicht träumte. Er sprang auf seine kurzen Beine, da stand Karlmann schon neben ihm.

»Mensch Karlmann, das gibt's doch nicht.«

Piet schloss den alten Freund in die Arme.

»Bleib ruhig sitzen«, sagte Karlmann und hockte sich neben ihn auf die Kaimauer. »Viel größer bist du im Stehen ja sowieso nicht. Was machst du in Amsterdam?«

Karlmann hatte sich nicht groß verändert. Sein Kinn war kantiger geworden und seine Schultern breiter, aber seine blonden Haare fielen ihm noch genauso gefällig auf die Schultern wie damals. Piet erkannte in ihm noch immer den Jungen aus Deventer, den einzigen Freund, den er je gehabt hatte.

»So ein Zufall.«

Für den Bruchteil einer Sekunde musste Piet an die Alte auf dem Jahrmarkt denken, die ihm dieses unverhoffte Wiedersehen vorhergesagt hatte. Aber er schob den Gedanken genauso schnell wieder beiseite. Keiner konnte in die Zukunft schauen. Es war ein glücklicher Zufall, nichts weiter.

»Das gibt's doch nicht«, sagte Piet noch einmal.

»Du siehst doch, dass es das gibt. Also raus mit der Sprache, was verschlägt dich nach Amsterdam? Siehst ja richtig wohlhabend aus in deinem roten Wams.«

»Ich arbeite für einen Tuchhändler. Gleich in dem Haus da vorne. Aber jetzt erzähl mir erst einmal von dir. Wo bist du damals eigentlich hin?«

»Das ist eine etwas längere Geschichte.«

Karlmann ließ sich Zeit mit seiner Antwort. Er nahm eine Tonpfeife aus der Tasche und stopfte sie mit einem sehr schwarzen Tabak.

»Ich lasse die Vorgeschichte besser weg. Wen interessiert es schon, was gestern war. Heute arbeite ich nur ein paar Straßen von hier entfernt. Bei einem Brillenmacher. Er heißt Thijs de Haart. Eigentlich merkwürdig, dass wir uns nie zuvor begegnet sind, wo wir doch beinahe Nachbarn sind.«

Piet zuckte mit den Schultern. »So merkwürdig ist das nicht.« Er dachte an die Jahre zurück, die er hinter seiner Luke im Stofflager verbracht hatte.

»Merkwürdig ist nur, dass ausgerechnet aus dir ein Brillenmacher geworden ist.«

»Was soll daran merkwürdig sein? Ich habe alles Mögliche versucht. Ich war bei Drahtziehern, Feilenhauern und Schreinern in Diensten. Die Brillenmacherei war einfach das Beste, was mir passieren konnte. Ich habe niemals mehr Geld verdient, als mir Thijs de Haart heute zahlt.«

»Erinnerst du dich noch an den Lesestein des Rektors? Du hast dir damals nicht viel daraus gemacht.«

»Radewijns' Lesestein, stimmt.«

»Weißt du noch, wie wir damit die Käfer und die Libellen im Garten betrachtet haben?«

»Ja, ich erinnere mich.«

Karlmann zog den Rauch jetzt sehr tief in seine Lungenflügel und blies ein paar Ringe in die Luft. Ein verbitterter Zug spielte dabei um seine Mundwinkel.

»Radewijns hat damals tagelang nach dir suchen lassen. Wo hast du dich eigentlich versteckt?«

»Die erste Nacht habe ich bei einem Bauern ganz in der Nähe in einer Scheune verbracht. Und am nächsten Morgen bin ich dann einfach weitergelaufen. Ich war in Zwolle und Kampen, in Appeldorn und Amersfoort. Alles nicht so wichtig. Wir haben Deventer überlebt. Das ist die Hauptsache.«

»Ja, wir haben es überlebt. Es war mutig von dir, dich seinem Befehl zu widersetzen.«

»Das hast du noch mitbekommen?«

»Martha hat mir später davon erzählt. Sie selbst war ja nicht dabei. Irgendwer muss es ihr berichtet haben. Nur dir und Martha habe ich zu verdanken, dass ich überhaupt noch am Leben bin.«

»Martha?«

»Erinnerst du dich nicht mehr an sie? Die dicke Köchin. Sie hat mich damals wieder aufgepäppelt. Aber lassen wir das.«

Weil Piet spürte, dass Karlmann nicht weiter über die vergangenen Zeiten reden wollte, irgendwie schienen ihn diese alten Geschichten noch immer zu belasten, wechselte er das Thema.

»Das musst du dir anschauen. Siehst du den Riesenkerl da drüben?«

Gegenüber am Kai machte wie jeden Mittwoch gerade der Kahn fest, voll beladen mit Bierfässern.

»Ich sehe ihn. Und?«

»Schau ihm zu. Er heißt Andreas.«

»Du kennst ihn?«

»Nein, eigentlich kenne ich ihn nicht. Aber ich habe ihn schon häufiger von meinem Fenster aus beobachtet.«

»Der Kerl ist wirklich ein Riese. Warum soll ich ihm zuschauen?«

»Schau ihm einfach nur zu, dann wirst du es schon sehen.«

Karlmann beobachtete, wie Andreas die Männer auf dem Boot begrüßte.

»Wieder voll bis obenhin?«

»Ja, wieder voll bis obenhin«, sagte der Mann, der auf dem Boot offenbar das Kommando führte. »Wird eine Schweinearbeit, das alles abzuladen.«

»Wieso Schweinearbeit? Das schafft man doch ganz locker in einer Stunde.«

»Das schafft kein Mensch.«

»Klar schafft man das. Wenn ich abladen würde, nicht länger als eine Stunde, mit Sicherheit.«

Karlmann schätzte die Ladung ab. Auf dem Kahn waren an die hundert Eichenfässer gestapelt, jedes bestimmt zwanzig oder dreißig Kilo schwer. Es war wirklich eine Schweinearbeit, den Kahn abzuladen, und für einen Mann in einer Stunde kaum zu bewältigen.

»Geh mal lieber wieder rein«, sagte der Bootsführer. »Wir machen das schon.«

»Lass es mich versuchen, ich schaffe es wirklich in einer Stunde. Wir können ja wetten.«

»Also gut. Wenn du es schaffst, den Kahn in einer Stunde abzuladen, spendiere ich dir ein Bier. Aber ich glaube nicht, dass du es schaffen kannst.«

Karlmann schaute Piet fragend an. »Die Männer handeln eine Wette aus«, sagte er. »Was findest du daran so aufregend?«

»Warte ab.«

Der Bootsführer gab dem anderen Mann auf dem Kahn einen Wink. Die beiden setzten sich etwas abseits von Andreas an den Kanal und ließen ihre Beine über die Kaimauer baumeln. Sie stupsten sich scheinbar amüsiert in die Seite. Andreas lachte ihnen zu, spuckte in die Hände und begann zuzupacken. Ein Fass nach dem anderen. Er schwitzte wie ein Schwein, aber er lachte dabei.

»Der ist ja verrückt«, sagte Karlmann, »so eine Schufterei für ein blödes Bier. Er hätte zehn verlangen sollen.«

»Er verlangt immer nur eins.«

»Wie bitte?«

»Er verlangt immer nur ein Bier. Jeden Mittwoch. Ich habe ihm bestimmt schon hundert Mal dabei zugeschaut. Jeden Mittwoch wiederholt sich da drüben das gleiche Schauspiel. Jedes Mal sagt der Bootsführer, es sei unmöglich, den Kahn in einer Stunde abzuladen. Und jedes Mal beweist ihm Andreas das Gegenteil.«

»Du meinst, jeden Mittwoch räumt ihnen dieser Riesenkerl das Boot aus?«

»Ja, jeden Mittwoch. Ohne Ausnahme. Es läuft immer gleich ab, bis aufs Wort. Und auch der Preis ist jedes Mal der gleiche. Der Bootsführer zahlt ein Bier, und Andreas lädt ab.«

»Und dieser Riese merkt noch nicht einmal, welches Spiel sie da drüben mit ihm treiben?«

»Nein, er merkt nichts davon. Sobald er den Kahn abgeladen hat, scheint er es auch schon wieder vergessen zu haben. Am nächsten Mittwoch macht er das Gleiche wieder.«

»Dann muss dein Riese wohl ziemlich bescheuert sein.«

»Mag sein, aber jeden Mittwoch ist er der glücklichste Mann auf Erden.«

»Blödsinn. Worin liegt das Glück, für einen anderen die Arbeit zu erledigen? Das ist doch eine Riesenschweinerei, was die da drüben mit ihm anstellen.«

»Das habe ich anfangs auch gedacht, aber mittlerweile bin ich mir nicht mehr so sicher. Vielleicht ist Andreas der Glücklichste von uns allen.«

»So ein Unfug. Was soll gut daran sein, diese Fässer abzuladen? Wenn er das jeden Mittwoch aufs Neue tut, dann ist er einfach nur verrückt. Ein Irrer. Der Sisyphos von Amsterdam. Ein armes Schwein, nicht mehr.«

»Vielleicht müssen wir uns ja auch Sisyphos als glücklichen Mann vorstellen.«

»Das kannst du nicht im Ernst meinen. Du wälzt jeden Tag einen Stein auf den Berg, nur damit er dir von oben wieder auf den Kopf fällt. Wie soll man darüber glücklich werden?«

Es war noch keine Stunde vergangen, da hatte Andreas den Kahn tatsächlich abgeladen.

»Unglaublich«, lobte ihn der Bootsführer so lautstark, dass Piet und Karlmann es auf der anderen Kanalseite gut hören konnten.

»Das hätte ich nicht für möglich gehalten. Du bist der stärkste Mann, der mir je begegnet ist. Dein Bier geht auf mich.«

»Schau ihn dir an, wie er jetzt lächelt«, sagte Piet. »Sieht so etwa ein unglücklicher Mensch aus? Jeden Mittwoch kann er beweisen, dass er in dieser Welt zu etwas gut ist.«

»Ja, gut dafür, anderer Leute Arbeit zu erledigen. Schön dumm ist dein Riese, das ist alles.«

»Aber Karlmann, überleg doch mal. Jeden Mittwoch hat sein Leben einen Sinn. Wer kann das schon von sich behaupten?«

»Hast du etwa vergessen, was uns Radewijns über die Arbeit erzählt hat?«

Schon wieder dieser Name. Radewijns. Piet hatte Karlmann mit seiner kleinen Geschichte ablenken wollen, und jetzt waren sie wieder dort angelangt, womit sie ihr Gespräch eben begonnen hatten. Natürlich hatte Piet nicht vergessen, was ihnen der Rektor über die Arbeit erzählt hatte.

»Nur gut bezahlte Arbeit ist gottgefällige Arbeit«, erinnerte ihn Karlmann. »Das hast du doch nicht vergessen, oder?«

»Nein, das habe ich nicht vergessen. Am Anfang dachte ich ja auch, dass sie da drüben ein grausames Spiel mit diesem Verrückten treiben. Aber mittlerweile glaube ich, dass es ihm gut dabei geht. Egal, was Radewijns behauptet hat. Sei ehrlich, Karlmann, bist du jeden Tag damit zufrieden, was du tust?

Fragst du dich nicht manchmal auch, welchen tieferen Sinn dein Leben hat. Warum wir sind, wie wir sind? Weshalb die einen zu Opfern werden und die anderen zu Tätern? Was eigentlich der Ursprung dieses großen Schauspiels ist, das wir Leben nennen?«

»Solche Fragen stelle ich mir nicht. Ich halte mich lieber an die handfesten Dinge im Leben. An eine gut bezahlte Arbeit, ein anständiges Bier nach Feierabend und ein Mädchen hier und dort. Nein, ich kann mich wirklich nicht beklagen. Die Brillenmacherei ist ein gut bezahltes Handwerk, und die Tochter von de Haart ist auch nicht ohne. Liebke heißt sie.«

»Erzähl mir von den Brillen, die du schleifst.«

»Ich übertreibe nicht, wenn ich behaupte, dass unsere Brillen weit und breit die besten sind. Die Leute kommen von überall her, um sie zu kaufen, selbst aus England, Italien und Spanien. De Haart ist ein Meister seines Fachs. Auch wenn ich ihm in seiner Kunst heute kaum noch nachstehe, habe ich ihm doch sehr viel zu verdanken. Er hat mir alles beigebracht, was ich über die Brillenmacherei heute weiß.«

Piet hörte Karlmann aufmerksam zu. Er dachte jetzt wieder an den Fadenzähler seines Meisters und ob es vielleicht möglich wäre, ein noch besseres Glas zu schleifen.

»Erzähl weiter.«

»Am wichtigsten ist das Material. Das beste Glas beziehen wir aus Italien. Dort nehmen sie für besonders farbloses Glas sechzig Teile Sand als Glasbildner, hundertachtzig Teile Asche von Meeresalgen, fünf Teile Salpeter als Flussmittel und drei Teile Kreide, um das Ganze zu verfestigen. Und vor allem aber mischen sie noch etwas Braunstein darunter.«

»Braunstein?«

»Ja, Braunstein. Das ist ein schwarzes, glänzendes Pulver, mit dem das Glas so klar wie Quellwasser wird. Es war lange Zeit ein gut gehütetes Geheimnis der Italiener. Auf einer Insel namens Murano haben sie mit Braunstein schon früher sehr farbloses Glas hergestellt. Niemand durfte die Insel verlassen. Wer es trotzdem wagte, riskierte sein Leben. So manchen flüchtigen Glasmacher haben sie getötet, nur damit ihr Geheimnis gewahrt blieb. Aber viel genutzt hat es ihnen natürlich nicht. Heute weiß man überall, wie man ein solches Glas herstellt.«

»Glaubst du, dass es möglich wäre, ein Glas herzustellen, so scharf und stark, dass man ein Staubkorn damit auf den Umfang eines Kieselsteins vergrößern könnte?«

»Wozu sollte das gut sein? Du stellst wirklich ziemlich merkwürdige Fragen.«

»Wäre es möglich?«

»Du bist also immer noch so verrückt auf die Kleinigkeiten in der Welt, was?«

»Ja, vielleicht sogar noch etwas mehr als früher.«

»Es ist schon komisch, dass du mich gerade heute danach fragst. Ich wollte gestern mit meiner Lupe nur schnell ein Brillenglas auf seine Güte prüfen. Ich habe das schon unzählige Male zuvor gemacht, aber dann passierte etwas Seltsames.«

»Sprich weiter.«

»Also, ich setze gerade die Lupe auf das Brillenglas, und plötzlich erscheint mir der Sandabrieb auf meinem Tisch um ein Vielfaches vergrößert.«

»Du meinst, so sehr vergrößert, wie wir die Libelle durch den Lesestein damals gesehen haben?«

»Nein, noch sehr viel mehr. Die Sandkörner kamen mir fast so groß wie Taubeneier vor. Aber nur für einen sehr kurzen Augenblick. Vielleicht habe ich mir das alles auch nur eingebildet. Ich hatte den ganzen Tag an diesem Brillenglas geschliffen. Meine Augen waren müde. Da kann es schon mal vorkommen, dass man etwas sieht, was es gar nicht gibt. Hast du den Lesestein von Radewijns eigentlich noch?«

»Ja, ich habe ihn damals mitgenommen. Aber mein Meister besitzt ein besseres Glas. Einen Fadenzähler. Er prüft damit die Qualität seiner Stoffe. Meinst du, mit deinen Gläsern kann man noch mehr sehen als mit diesem Fadenzähler?«

»Ich habe keine Ahnung, was der Fadenzähler deines Meisters taugt. Und wie schon gesagt, ich wollte mit der Lupe nur die Güte meines Brillenglases prüfen. Das Kleine in der Welt kümmert mich eigentlich nicht.«

»Kannst du es mir trotzdem einmal zeigen?«

»Nicht mehr heute, mein Freund. Als ich dich hier eben zufällig traf, war ich auf dem Weg zu einem Mädchen. Ich sitze schon viel zu lange bei dir. Keine Spielerei der Welt ist es wert, dass ich sie noch länger warten lasse. Aber wenn du unbedingt willst, kannst du nächste Woche Freitag nach Feierabend zu mir in die Werkstatt kommen. Sie liegt am Ende der Bloemstestraat. Du kannst das Haus nicht verfehlen. Neben der Tür steht der Name des Brillenmachers auf dem Schild. Thijs de Haart. Geh einfach über den Hof nach hinten durch. Am besten, du kommst so gegen halb sechs. Dann zeige ich dir, womit ich mein Geld verdiene, und danach feiern wir unser Wiedersehen.«

»Abgemacht.«

»Also dann, bis nächste Woche Freitag.«

Piet schaute Karlmann hinterher, wie er die Heertgenstraat nach unten lief und dann um die Ecke in die Keizersgracht verschwand. Heute war Mittwoch. Also noch genau neun Tage. Das achte Weltwunder, von dem gerade alle in Amsterdam redeten, schaute sich Piet an diesem frühen Abend nicht mehr an. Er dachte an ein ganz anderes Wunder.

-11-

»Lies mir noch einmal den Anfang vor.«

Drooten las: »Vor ungefähr zehn Monaten kam mir ein Gerücht zu Ohren, es sei ein Augenglas entwickelt worden, durch dessen Hilfe man sichtbare Gegenstände, seien sie auch sehr weit vom Auge des Betrachters entfernt, so deutlich wahrnehmen könne, als sähe man sie aus der Nähe. Das war schließlich der Anlass, dass ich mich ganz der Aufgabe widmete, ein Prinzip zu erforschen sowie Mittel zu ersinnen, durch die ich zur Erfindung eines ähnlichen Geräts gelangen konnte. Ich bereitete mir zunächst ein Bleirohr und passte in seine Enden zwei Glaslinsen ein, die auf der einen Seite beide plan waren. Auf der anderen Seite war die eine konvex, die andere konkav. Dann legte ich das Auge an die konkave Linse und sah die Gegenstände dreimal näher und neunmal größer. Schließlich ist mir, nachdem ich weder Mühe noch Kosten gescheut habe, der Bau eines so vorzüglichen Geräts gelungen, dass die Gegenstände, wenn man hindurchschaut, ungefähr tausendmal größer und mehr als dreißigmal näher erscheinen, als wenn man sie mit seinen eigenen Augen betrachtet.«

»Warte einen Moment. Schreibt er wirklich tausendmal größer und dreißigmal näher?«

»Ja, so steht es hier.«

Der Pfarrer schüttelte ungläubig den Kopf. »Was meinst du, Drooten?«, fragte Jüttner. »Ob er damit wohl übertrieben hat? Ich meine, wenn es stimmt, was er da behauptet, dann müsste es doch auch für meine Augen etwas geben, damit ich wieder besser sehen kann. Lies bitte weiter.«

Drooten las: »Es wäre völlig überflüssig, wollte ich die vielen und großen Vorteile aufzählen, die dieses Instrument bei Verrichtungen auf dem Lande wie für die Seefahrt bietet. Ich kümmerte mich jedoch nicht um seine Nutzanwendungen auf der Erde, sondern wandte mich den Beobachtungen der Himmelskörper zu. Als ich nun am siebenten Januar um die erste Stunde der anbrechenden Nacht die Gestirne des Himmels durch das Fernrohr betrachtete, zeigte sich mir Jupiter; und da ich mir dieses vortreffliche Instrument gebaut hatte, erkannte ich, dass bei ihm vier zwar sehr kleine, aber sehr helle Sterne standen, und obwohl ich sie zu den Fixsternen gehörig wähnte, erweckten sie in mir eine gewisse Verwunderung, weil sie genau auf einer geraden Linie parallel zur Ekliptik zu liegen schienen und glänzender waren als andere Sterne der gleichen Größe. So gelangte ich dann zu der Feststellung, dass es am Himmel vier Sterne gibt, die um Jupiter herumwandeln wie Venus und Merkur um die Sonne.«

Jüttner schnaufte leise. »Du kannst aufhören. An den Rest kann ich mich gut erinnern. Jetzt schreibt er, dass wir damit ein Argument von größter Schönheit besitzen und alle Zweifel ausgeräumt seien. Jetzt behauptet er, dass sich die Monde um Jupiter drehen wie unser eigener Mond um die Erde. Und dass alles zusammen eine große Umdrehung um die Sonne vollführt. Dass die Erde entgegen landläufiger Meinung also nicht stillsteht und deshalb auch nicht das Zentrum der Welt sein kann.«

»Ja, so ungefähr steht es hier.«

»Aber er schreibt nichts von einem Glas, das mir helfen würde, endlich wieder zu lesen, oder?«

»Nein.«

»Zu schade. Ich hoffte, in diesem Buch vielleicht eine Lösung für mein Leiden zu finden. Irgendeinen kleinen Hinweis, der mir helfen würde. Ich meine, er baut sich ein Glas, um den Himmel abzusuchen. Und mich lässt er hier unten im Dunkeln stehen. Mein Lesestein hilft mir nicht mehr weiter. Ich sehe alles nur noch verschwommen, ob in der Nähe oder in der Ferne.«

»Dann brauchen Sie einen besseren Lesestein, Pfarrer. Oder vielleicht sogar eine Brille, wie sie der Bürgermeister Cornelius Croester manchmal trägt.«

»Ja, ich weiß. Aber so eine Brille kann ich mir nicht leisten. Ich dachte, bei Galilei einen Hinweis zu finden, ob es nicht vielleicht noch eine andere Möglichkeit gibt. Wenn sich ein Mann wie er ein Glas fertigen kann, um die Monde des Jupiter zu studieren, dann wäre es ja auch möglich gewesen, dass er etwas über ein Instrument erwähnt, mit dem ich wieder lesen könnte. Etwas, das nicht so viel kostet wie eine Brille. Vielleicht sollte ich einmal zu Gaesbeeck gehen. Vielleicht kann der mir helfen.«

»Nein, das glaube ich nicht. Bei Husten oder Übelkeit mag Gaesbeeck einem helfen können. Aber bestimmt nicht bei einem Leiden, wie es Sie plagt.«

Die Vorstellung, der Pfarrer könne den Arzt aufsuchen, behagte Drooten ganz und gar nicht. Zwar hatte er seine eigene Unpässlichkeit mittlerweile überwunden – die Kamillenumschläge hatten tatsächlich geholfen, und auch seinem Vorsatz, das Bett seiner Wirtin zu meiden, war er bisher treu geblieben –, aber es war ja nicht gesagt, dass Gaesbeeck darüber schweigen würde, weshalb er selbst erst vor ein paar Wochen die Hosen vor ihm runtergelassen hatte. Der Arzt war für seinen Spott in der Stadt hinlänglich bekannt, vor allem wenn es gegen die Kirche ging. Erst ein wollüstiger Kirchendiener und jetzt auch noch ein halb blinder Pfarrer. Eine bissige Bemerkung in dieser Art war Gaesbeeck durchaus zuzutrauen. Zwar glaubte Drooten nicht, dass der Arzt irgendjemandem davon erzählt hatte, aber wenn ihn jetzt auch noch der Pfarrer aufsuchte, konnte das durchaus geschehen. Nicht auszudenken, in welch prekäre Lage er damit geraten würde.

»Nein, Pfarrer, ich glaube wirklich nicht, dass Gaesbeecks Ihnen helfen kann. Seine Kunst wird überschätzt.«

»Du kannst das Buch wieder zurück ins Regal stellen. Und bitte wieder an die gleiche Stelle. Wenn ich in meinen Büchern schon nicht mehr lesen kann, so will ich doch zumindest wissen, wo sie stehen. Stell es gleich neben das kleine schmale Buch mit dem roten Einband. Und dann setz dich noch für einen Moment zu mir. Erzähl mir, was du davon hältst, was dieser Galilei behauptet. Glaubst du, was er schreibt?«

»Woher soll ich das wissen?«

»Eine Meinung wirst du doch wohl haben, Drooten. Ich selbst bin in dieser Frage noch immer unentschieden. Ich weiß nicht, was ich glauben soll. Ob sich die Erde nun um die Sonne dreht oder ob es sich andersherum verhält. Sag mir einfach rundheraus, was du darüber denkst.«

»Ich glaube nur an das, was in der Bibel steht. *Der Erdkreis ist fest gegründet, nie wird er wanken.*«

»Ich weiß selbst, was in der Bibel steht. Also glaubst du nicht daran, was dieser Galilei behauptet?«

»Nein, ich glaube es nicht.«

»Dann nenne mir einen vernünftigen Grund für deinen Zweifel.«

»Es steht mir nicht zu, darüber zu spekulieren.«

»Du sollst nicht spekulieren, sondern mir einfach nur deine Meinung sagen.«

Drooten mochte es nicht, dass ihn der Pfarrer neuerdings dauernd nach seiner Meinung fragte. Früher, da hatte er ihn nie nach seiner Meinung gefragt. Aber seit Jüttner blind wie ein Maulwurf durch sein Leben tapste, zitierte er ihn nun jeden Tag in die Sakristei, ließ ihn stundenlang aus seinen Büchern vorlesen und fragte ihn danach, was er davon hielt. Warum musste man denn zu allem und jedem eine Meinung haben?

»Also Drooten, raus mit der Sprache.«

»Dieser Galilei … er ist Italiener, nicht wahr?«

»Ich weiß nicht, was das zur Sache tut. Aber ja, er war Italiener. Er ist vor einigen Jahren nahe Florenz gestorben, halb blind übrigens. Deshalb dachte ich ja auch, bei ihm vielleicht eine Antwort auf meine Frage zu finden.«

»Den Italienern ist nicht zu trauen, Pfarrer. Ich glaube, die Sonne hat ihnen allesamt den Kopf verbrannt und diesem Galilei ganz besonders. Schon der normale Menschenverstand sagt einem doch, dass sich die Erde nie und nimmer drehen kann. Überlegen Sie doch einmal selbst: Dann müssten wir uns ja alle festhalten, um nicht herunterzufallen. Und außerdem …«

»… ja?«

»… und außerdem müssten wir dann doch alle die Zugluft spüren, ähnlich wie bei einer Kutsche, wenn man den Kopf bei voller Fahrt weit aus dem Fenster hält. Nein, ich glaube nicht, dass sich die Erde dreht.«

»So habe ich die Sache bisher nicht betrachtet. Was du da vorbringst, klingt gar nicht mal so dumm. Ich werde heute Abend noch einmal darüber nachdenken. Aber jetzt bin ich müde. Es ist spät geworden. Komm, wir gehen nach Hause.«

Jüttner tastete sich an dem Bücherregal entlang zur Tür der Sakristei. Drooten folgte ihm durch den Mittelgang der Kirche.

»Soll ich Sie nach Hause begleiten?«

»Nicht nötig. Den Weg finde ich noch alleine. Aber es könnte sein, dass ich trotzdem deine Hilfe brauche. Ich habe mir sagen lassen, dass sie in Amsterdam die allerbesten Brillengläser schleifen. Ich habe sogar eine Adresse von einem gewissen de Haart. Sie sagen, dieser Mann würde wahre Wunder vollbringen.

Vielleicht musst du für mich nach Amsterdam fahren und mir so eine Brille besorgen. Aber zuvor muss ich eine Möglichkeit finden, das Geld dafür irgendwie aufzutreiben.«

»Dann könnten Sie sich den Besuch bei Gaesbeeck also sparen? Dann müssten Sie nicht zum Arzt gehen?«

»Wie gesagt, eine solche Brille ist sehr teuer. Ich weiß noch nicht, wie ich sie bezahlen soll. Und Gaesbeeck hat ja vielleicht noch einen anderen, preiswerteren Vorschlag für mich. Ich habe mal gehört, dass Schöllkraut nicht nur vor Warzen schützen soll, sondern, vermischt mit Honig, auch vor drohender Erblindung. Vielleicht weiß Gaesbeeck ja etwas mehr darüber. Ich meine, irgendein Kraut muss gegen mein Leiden doch gewachsen sein: Ackerminze, Wiesenkerbel, Kamille, was weiß denn ich.«

»Nein, Kamille dürfte in Ihrem Fall ganz bestimmt nicht helfen«, sagte Drooten schnell. »Dieser Brillenmacher ist bestimmt die bessere Lösung.«

»Dann würdest du also für mich nach Amsterdam fahren, wenn es mir gelingt, das Geld dafür aufzutreiben?«

»Natürlich.«

Auch wenn Drooten nichts verhasster war als die Aussicht, nach Amsterdam fahren zu müssen, wollte er diese kleine Reise nur allzu gern auf sich nehmen. Besser jedenfalls, als wenn sich Jüttner bei Gaesbeeck nach der Kraft der Kamille erkundigte.

»In Ordnung, aber heute müssen wir das nicht mehr entscheiden. Gott wird mir den richtigen Weg weisen. So, wie er auch dir hoffentlich den richtigen Weg weisen möge.«

Drooten schaute dem Pfarrer noch eine Weile hinterher, wie er sich mit kleinen Schritten langsam von der Kirche entfernte. Mit ausgestrecktem Arm tastete er sich an den Wänden der Häuser entlang. Wie hatte der Pfarrer das eben gemeint? Dass Gott ihm den richtigen Weg weisen möge? Ob Jüttner wohl etwas ahnte? Dass er so blind durch sein Leben stolperte, hieß ja nicht, dass er die Wahrheit nicht zu erkennen vermochte. Vielleicht spürte er ja instinktiv, dass er vom rechten Weg längst abgekommen war.

-12-

»Brauchst du noch mehr von der Kamille?«

Grietje Horneborg stand im Flur vor ihrer Küche, als Drooten nach Hause kam.

»Nein, ich brauche keine Kamille mehr.«

»Wofür hast du sie überhaupt gebraucht? Ich will ja nicht neugierig sein, aber …«

»… dann frag besser auch nicht. Mir fehlt nichts.«

»Bist du sicher? Du siehst aus, als sei dir eine Laus über die Leber gelaufen.«

»Nein, es ist nichts. Ich bin nur ein bisschen durcheinander, weil ich dem Pfarrer wieder den ganzen Nachmittag habe vorlesen müssen. Es wird mit seinen Augen von Tag zu Tag schlimmer. Ich glaube, bald sieht er gar nichts mehr.«

»Sei doch froh, wenn du ihm vorlesen darfst. Ist doch besser, als immer nur die Altarleuchter zu putzen.«

Drooten schnaubte verächtlich. »Ich würde lieber die Altarleuchter putzen, als ihm aus diesen Büchern vorzulesen. Gerade heute musste ich ihm aus einem Buch vorlesen, in dem steht, dass sich die Erde dreht. So ein Schwachsinn. Wir leben doch nicht auf einem Kreisel. Und der Pfarrer nimmt dieses dumme Zeug auch noch ernst. Zumindest denkt er darüber nach. Und jetzt soll ich für ihn auch noch nach Amsterdam fahren.«

»Du fährst nach Amsterdam?«

»Vielleicht. Der Pfarrer meint, dass sie dort Brillen schleifen, mit denen er wieder sehen kann. Aber ihm fehlt noch das Geld für eine solche Brille. Ich hoffe, er kann es auftreiben. Dann könnte er seine Bücher wieder alleine lesen, und ich müsste mir diesen Schwachsinn nicht länger anhören.«

»Amsterdam.«

Ganz leise, so, als würde sie mit sich selbst reden, wiederholte Grietje den Namen der Stadt.

Zum ersten Mal kam Drooten seine Wirtin alt vor. Zum ersten Mal bemerkte er jetzt die Krähenfüße, die sich um ihre Augen herum in die Haut gruben. Die Falten taten ihrer herben Schönheit keinen Abbruch, aber auch an ihr zog die Zeit nicht spurlos vorüber.

»Stimmt was nicht?«

Grietje griff sich in die Haare und wickelte eine Strähne um ihren Finger.

»Amsterdam«, sagte sie noch einmal leise.

Seine Wirtin hatte ihm nie besonders viel aus ihrer Vergangenheit erzählt, aber das Wichtigste kannte Drooten. Er wusste, dass sie in Amsterdam verheiratet gewesen war. Und er wusste auch, dass ihr Mann seit langer Zeit als verschollen galt. Das alles hatte sie ihm Stück für Stück anvertraut, wenn er in einer schwachen Stunde seine Vorsätze mal wieder über Bord geworfen hatte.

»Entschuldige, ich war in Gedanken.« Grietje fasste Drooten am Arm. »Wenn du nach Amsterdam fährst, könntest du mir einen Gefallen tun. Es kostet dich nicht mehr als eine halbe Stunde. Es ist vielleicht völlig umsonst, aber ich wäre dir trotzdem dankbar, wenn du mir diesen kleinen Gefallen erweisen könntest.«

-13-

Noch genau sieben Tage. Piet konnte an nichts anderes mehr denken als an den Freitag in sieben Tagen. Dann würde ihm Karlmann seine Gläser zeigen. Die Zeit, die bisher so grau und unterschiedslos verflossen war, erhielt nun eine neue, drängende Bedeutung für ihn. Am Morgen sehnte er den Mittag herbei, am Mittag den Nachmittag und am Nachmittag den Abend. Am liebsten hätte er der Welt einen Tritt in ihren großen Hintern gegeben, damit sie sich etwas schneller für ihn drehte.

Piet lag hinten auf seiner Pritsche im Stofflager und wünschte sich, dass auch diese Nacht möglichst schnell vergehen möge, als sich Nistelroy durch die Regale zu ihm nach hinten schlängelte.

»Ich erwarte morgen früh eine größere Lieferung Stoff und ich will, dass du mir dabei hilfst, die Ware zu prüfen. Ich selbst werde mir die Stoffe durch den Fadenzähler natürlich auch ganz genau anschauen, aber doppelt hält besser. Du musst vor allem auf die Seide achten. Sie kommt aus den Bergen von Siam. Sie soll so weich wie Engelshaar sein und so leicht wie eine Feder. Ich will, dass du dir diese Seide sehr genau anschaust.«

»Worauf soll ich achten, Meister?«

»Die Seide ist nicht im Ganzen gefärbt, sondern Faden für Faden. Noch vor dem Webvorgang spannen sie die Fäden auf einen Holzrahmen. Dort, wo die Seide keine Farbe annehmen soll, umwickeln sie die Fäden mit dünnem Bast. Danach träufeln sie das Muster auf die Fäden. Sie nehmen vergorene

Indigopflanzen für tiefes Blau, den Saft der Krajai-Beeren für Schwarz und die Extrakte von irgendwelchen Insekten für das leuchtende Purpur. Erst danach beginnen sie mit dem Webvorgang. Faden für Faden müssen sie darauf achten, dass die Musterung richtig zum Liegen kommt und das Bild in dem Stoff nicht verschwimmt. Ich weiß nicht, welches Muster die Seide trägt, die uns morgen geliefert wird. Aber ich weiß, dass man diese Art von Seide sehr gerne mit Bildern von Vögeln verziert und manchmal, wenn auch nur sehr selten, mit den Farben des Meers. Auf jeden Fall ist die Arbeit so aufwändig, dass eine Frau für ein nur taschentuchgroßes Stück davon zwei Wochen oder mehr benötigt. Deshalb ist die Seide so kostbar. In früheren Zeiten hat man diesen Stoff mit Gold aufgewogen. Ich glaube, selbst Si-ling-shi hätte ihr Kleid dafür weggeworfen.«

»Ich dachte immer, die Geschichte von Si-ling-shi sei nur ein schönes Märchen, das Sie den Frauen vorne im Laden so gern erzählen.«

»Dann warte nur ab, bis du diese Seide morgen in deinen Händen halten wirst.«

Weich wie Engelshaar und so leicht wie eine Feder. Mit Mustern von Vögeln oder den Farben des Meers gefärbt.

Dass der Meister zur Übertreibung neigte, wenn er seine Stoffe anpries, wusste Piet nur zu gut. Ob diese Seide wohl wirklich so kostbar war, wie er behauptete? Zum ersten Mal seit zwei Tagen dachte Piet an etwas anderes als an den Freitag in einer Woche.

Am nächsten Morgen stand er wie befohlen in seinem roten Wams am Kanal, neben ihm Nistelroy, der den Männern auf dem Kahn schon von Weitem zuwinkte.

»Du wirst dir alle Stoffe ganz genau anschauen«, schärfte ihm der Meister noch einmal ein. »Ganz besonders die Seide. Ich will nicht, dass uns ein Fehler unterläuft.«

»Wie soll ich die Seide beurteilen, wenn ich eine solche Ware nie zuvor gesehen habe? Womit soll ich sie vergleichen?«

»Ich habe dir gestern Abend doch alles erklärt. Wenn du mit deinen bloßen Augen erkennen kannst, dass zehn Kettfäden auf einem Zentimeter Batist fehlen, wirst du ihre Einzigkeit schon erkennen. Außerdem werde ich die Seide mit meinem Fadenzähler danach noch einmal ganz genau prüfen.«

Der Kahn machte an der Kaimauer fest.

»Das ist mein Geselle. Er wird die Ware für mich begutachten«, rief Nistelroy den Männern zu. »Nehmt ihn an Bord.«

Der Kahn war voll beladen mit Brokat, Damast und Leinen. Das Boot schwankte leicht, als Piet über die Stoffballen glitt. Er befühlte den Batist und nahm Tarlatan und Gaze sehr genau in Augenschein. Ohne den Fadenzähler des Meisters zu benutzen, hielt er die Stoffe nur kurz gegen das Licht, um ihre Qualität zu prüfen. In einem Gewebe, das ihm als feinster Barchent darboten wurde, erkannte er grobe Fehler und sortierte den Ballen auf die Seite. Der Mann, der auf dem Kahn das Kommando führte, protestierte. »Ich weiß nicht, was dein Geselle hat, der Stoff ist einwandfrei.«

Nistelroy war mittlerweile ebenfalls auf den Kahn gestiegen. Er reichte dem Mann seinen Fadenzähler. Danach sagte der Bootsführer nichts mehr.

»Wo ist die Seide?«

Der Bootsführer ging nach hinten zum Ruder. Er griff in eine Holzkiste und holte einen schwarzen, sehr schmalen Stoffballen hervor.

»Hier«, sagte er zu Nistelroy. »Und behaupte jetzt bitte nicht, die Seide sei von schlechter Qualität.«

»Gib sie meinem Gesellen.«

Der Mann zuckte mit den Achseln. »Du musst die Bindfäden lösen«, knurrte er.

Piet knotete die Bindfäden links und rechts auf und befreite die Seide aus ihrer schützenden Hülle. Sie war in gewöhnliche Baumwolle eingeschlagen. Die Seide lag wirklich so leicht wie eine Feder in der Hand. Nistelroy hatte nicht übertrieben. Es waren nur ungefähr vier Meter Stoff, nicht mehr, als man zum Nähen eines Kleids brauchte, aber dieses kleine Stück Stoff schien alle Farben des Meers in sich zu vereinen – vom hellsten Blau bis zum dunkelsten Türkis. Die Farbtöne verteilten sich so gleichmäßig über die Seide, als würde eine Welle darüberfließen. Piet prüfte Zentimeter für Zentimeter. Er hielt die Seide dabei waagerecht vor sich gestreckt, so, als würde er fürchten, ein Stück vom Meer zu verschütten.

»Und? Alles in Ordnung?«

Piet schaute nicht auf. So etwas Schönes hatte er nie zuvor gesehen. Die Fäden schmiegten sich dermaßen dicht und gleichmäßig ineinander, als hätten Wind und Wasser den Stoff gewebt. Er befühlte gerade noch einmal die fließend weiche Oberfläche, als er die kleine Erhabenheit in dem Stoff spürte. Die Stelle war winzig. Die Seide leuchtete dort ein bisschen stärker, aber das konnte auch am Lichteinfall liegen.

»Nun sag schon«, drängte Nistelroy. »Alles in Ordnung?«

Piet hielt sich die Stelle im Stoff ganz dicht vor seine Augen. Irgendetwas stimmte da nicht. Die Seide war zweifelsfrei von allerhöchster Güte, aber diese kleine Unregelmäßigkeit irritierte ihn. Wie ein Fehler sah es eigentlich nicht aus, eher schon, als hätte jemand mit Absicht eine Spur in dem Stoff hinterlassen.

»Ja, alles in Ordnung«, sagte Piet schließlich. Er wollte sich die Seide später noch einmal ganz in Ruhe anschauen.

»Gib her.«

Piet reichte Nistelroy die Seide. Der Meister setzte seinen Fadenzähler auf den Stoff und lächelte. Er schien überaus zufrieden mit dem, was er sah.

»Dann sind wir hier wohl fertig. Ihr könnt alles ins Lager räumen. Um die Seide kümmere ich mich selbst.«

Nistelroy ging zurück zum Haus und ließ die Männer die Ware ins Lager schaffen. Piet nahm die Stoffe von ihnen entgegen und sortierte die Ballen in die Regale ein. Als er seine Arbeit erledigt hatte, die Bootsmänner waren schon aufgebrochen, schob ihm Nistelroy auch die Seide durch die Luke.

»Die Seide sortierst du mir nicht zwischen die anderen Stoffe. Leg sie ganz hinten auf eines der leeren Regale. Und jetzt wollen wir noch ein bisschen Geld verdienen.«

»Meister, stimmt es wirklich, dass man diese Seide mit Gold aufwiegt?«

»Ehrlich gesagt, werde ich an dieser Seide nichts verdienen. Aber glaub mir, du wirst nie wieder einen solchen Stoff zu Gesicht bekommen. Er ist einzigartig.«

Die Ladenglocke läutete.

»Genug geredet«, sagte Nistelroy.

Der Tag ging für Piet zu Ende wie die meisten anderen Tage zuvor. Er reichte dem Meister die Stoffe, nach denen er verlangte, und dann erzählte Nistelroy vorne im Laden wieder seine wundersamen Geschichten. Erst am Abend, als der Meister seinen Laden schloss und es ganz still im Haus wurde, nahm sich Piet noch einmal die Seide vor. Vorsichtig löste er die Bindfäden und schlug die Baumwolle zurück. Im Licht seiner Laterne ließ er den weichen Stoff noch einmal durch seine Finger gleiten und hielt ihn dann ganz dicht vor seine Nase. Kein ihm bekannter Geruch reichte an diesen heran. Die Seide roch nach den Algen des Meers und den Bäumen der Erde. Lieblicher als Apfelblüten und salziger noch als Tränen. Sie roch so reich und vielfältig, als wären alle Düfte der Welt in diesem kleinen Stück Stoff verwebt.

Piet ertastete noch einmal die bewusste Stelle in dem Stoff und begutachtete auch sie im flackernden Schein seiner Laterne. Die Zeichen waren verschwindend klein, aber es waren Zeichen, keine Frage. Nur ergaben sie keinen Sinn. Seltsam fremd schlangen sich die Buchstaben, wenn es sich denn um welche handeln sollte, ineinander. Was war das? Eine Botschaft? Ein Rätsel? Oder sogar ein Versprechen – gedacht nur für denjenigen, der Kraft seiner Augen fähig war, diese Kleinigkeit überhaupt zu bemerken? Unentschlossen ließ Piet die Seide sinken. Es war schon viel zu spät, um das jetzt noch zu entscheiden. Er wickelte die Seide wieder in die Baumwolle ein, verknotete die Bindfäden links und rechts und legte sich schlafen. Morgen früh wollte er sich den Stoff noch einmal ganz in Ruhe durch Nistelroys Fadenzähler anschauen.

Aber als Piet dann am nächsten Morgen, gleich, nachdem er seine übliche Grütze in der Küche des Hauses ausgelöffelt hatte, wieder zurück in das Lager ging, war der schwarze Stoffballen verschwunden. Er dachte zunächst, der Meister selbst habe sich die Seide wohl noch einmal vorgenommen. Er fragte ihn gleich danach. Aber eine befriedigende Auskunft blieb ihm Nistelroy schuldig. Seine Antwort vergrößerte nur das Geheimnis, das diesen wunderbaren Stoff umgab.

»Eine Prinzessin hat die Seide gerade eben abgeholt«, erklärte ihm Nistelroy, »schöner noch als Si-ling-shi.« Und widmete sich dann wieder seinen Geschäften.

-14-

Carla bürstete ihre langen schwarzen Haare, die ihr bis fast zur Taille reichten. Noch eine halbe Stunde, dann müsste sie wieder runter und vor den Männern tanzen.

Was war sie nur für ein dummes, leichtgläubiges Mädchen gewesen. Den Kapitän der *Prins van Oranje* wegen des Diebstahls anzuzeigen zog Carla erst gar nicht in Erwägung. Dieser Mistkerl. Sie hatte nichts gegen ihn in der Hand, nicht die Spur eines Beweises. Das Einzige, was ihr blieb, als sie in Amsterdam von Bord ging, war das bisschen Geld, das sie während der Überfahrt im Lederbeutel bei sich getragen hatte, und die bange Hoffnung, der Tuchhändler Nicolaus Nistelroy würde ihr bestimmt helfen.

Carla sparte sich die Kutsche und lief vom Hafen aus durch die von Bäumen gesäumte Gracht in Richtung Heertgenstraat. Sie musste unterwegs mehrfach nach dem Weg fragen und war deshalb froh, dass ihre Mutter so oft holländisch mit ihr gesprochen hatte. Es fiel ihr nicht schwer, sich mit den Leuten auf der Straße zu verständigen. Aber besonders freundlich erschienen ihr diese Holländer nicht. Zu Hause in Lissabon hätte man eine Fremde wie sie schnell an die Hand genommen und bis zur richtigen Straße geleitet. Viele hätten dafür sogar einen Umweg in Kauf genommen. Aber hier in Amsterdam schien niemand Zeit zu haben. Alle hetzten im Laufschritt durch die engen Gassen, drängten aneinander vorbei und rempelten sich gegenseitig an. Manche, die Carla nach dem Weg fragte, blieben noch nicht einmal stehen. Und die anderen, die ihr zumindest eine Antwort gaben, zischten ihr nur ein schnelles »Da vorne links« oder »Da vorne rechts« zu.

Die Männer waren von grobschlächtiger Statur, und die Frauen standen ihnen darin kaum nach. Mit ihren derben Holzpantinen an den Füßen trampelten sie laut wie beschlagene Brauereipferde über das Pflaster. Zwischen diesen blonden, sommersprossigen, überaus stämmigen und sehr hellhäutigen Frauen fiel Carla auf mit ihrer grazilen Gestalt und ihren feinen Gesichtszügen. Wie ein Schwan unter lauter Gänsen.

Auch die Häuser dieser Holländer waren so ganz anders als zu Hause in Lissabon. Schmal wie Buchrücken schmiegten sich die Gebäude an den Kanälen aneinander. Sie waren aus rotem Ziegel gemauert, nur an manchen Stellen durchbrochen von einer Reihe weißer Steine. Viele der Häuserfronten wirkten auf Carla schief und leicht nach vorne gebeugt, vielleicht ja wegen der schweren Lasten, die von den Balken an den Dachfirsten nach unten hingen: Körbe, Fässer, sogar ein quiekendes Schwein. Aber die hohen Giebel dieser Häuser waren schön und reich verziert. Manche erinnerten Carla an schmale Treppen, andere an Schnäbel und wieder andere an Kirchturmglocken oder Flaschenhälse.

Die Unterredung mit Nistelroy dauerte dann kaum länger als fünf Minuten. Die Hoffnung, er würde sie aus ihrer misslichen Lage befreien, gab Carla sehr schnell auf.

»Nein, mein schönes Kind. Die Stoffe deines Vaters habe ich noch nicht verkauft. Sie sind ja gerade erst geliefert worden, wo denkst du hin? Du kannst in zwei Wochen wiederkommen, dann dürfte alles erledigt sein, und dann gebe ich dir das Geld dafür, abzüglich meiner Provision natürlich. Aber die Seide kannst du selbstverständlich gleich mitnehmen, auch wenn mich ihr Verlust schmerzt. Niemals in meinem Leben habe ich eine so schöne Seide gesehen.«

Nistelroy ging nach hinten ins Lager und holte den Stoff. Er öffnete die Bindfäden links und rechts, schlug die Baumwolle zurück und hielt Carla die Seide eng um ihre Taille.

»Du wirst großartig darin aussehen, mein hübsches Kind. Wie eine Kaiserin.«

Dabei kam ihr Nistelroy so nahe, dass es Carla schnell widerlich wurde. Sie roch seinen säuerlichen Atem und spürte seine Finger auf ihrer Wange. Und auch seine Worte gefielen ihr nicht.

»Mein Kindchen, meine Verehrteste, meine Schöne.«

»Ich bin nicht Ihr Kindchen.«

Nistelroy hielt ihr die Seide weiterhin eng um die Taille geschlungen und tätschelte ihr die Wange.

»Was denn, mein Kind? Ich wollte doch nur sehen, wie gut dich diese Seide kleiden wird. Ich kann dir einen Schneider nennen, der dir ein wunderbares Kleid daraus nähen wird.«

»Ich komme schon allein zurecht.«

»Dein Vater hat mir geschrieben, dass er mit deiner Mutter erst in zwei, drei Wochen hier in Amsterdam ankommen wird. Ich könnte dir so lange die Stadt zeigen.«

»Davon hat mir mein Vater nichts gesagt. Er meinte nur, dass Sie die Stoffe, die er Ihnen geschickt hat, bestmöglich für mich verkaufen werden.«

»Das werde ich, keine Sorge, mein Kindchen, auch wenn ich an diesem Geschäft kaum etwas verdienen werde. Aber für dich, mein kleines Täubchen, mache ich das natürlich.«

»Ich bin nicht Ihr Täubchen. Und jetzt lassen Sie mich bitte endlich los.«

»Ganz der Vater, hm?«

»Wie bitte?«

»Eitel und stolz bis in die Kragenspitze. Es waren ja nicht viele Geschäfte, die wir miteinander eingefädelt haben. Aber bei jedem dieser Geschäfte hat dein Vater einen besseren Schnitt gemacht als ich.«

»Reden Sie nicht so über meinen Vater. Er ist ein überaus gerechter Mann.«

»Ist ja schon gut, meine kleine Prinzessin. Am besten, du gehst jetzt zu Emma Doelen in die Bakkerstraat. Sie führt dort ein sehr ordentliches Gästehaus. Und in zwei Wochen kommst du wieder, und ich gebe dir dein Geld.«

Eigentlich hatte Carla vorgehabt, Nistelroy um einen Vorschuss bitten. Aber weil er ihr jetzt so unangenehm nahe kam, säuselte wie ein geiler Bock und sich auch noch abfällig über ihren Vater äußerte, verzichtete sie lieber darauf. Nichts erzählte sie Nistelroy davon, dass man sie auf der *Prins van Oranje* bestohlen hatte. Sie würde schon einen Weg finden, um in dieser Stadt für zwei Wochen alleine zurechtzukommen. Sie wollte nicht betteln, weil sie fürchtete, dass es Nistelroy dann womöglich nicht dabei belassen würde, ihr nur über die Wangen zu tätscheln.

Wären ihre Eltern erst in Amsterdam, würde sie ihrem Vater berichten, was sie von diesem Tuchhändler hielt. Ein schmieriger Kerl war er, dieser Nicolaus Nistelroy. Lästig und aufdringlich. Bestimmt stopfte seine Gattin oben im Haus die Socken, nicht ahnend, welche unanständigen Komplimente er hier unten in seinem Laden verteilte. Was bildete er sich überhaupt ein? Glaubte er denn wirklich, sie würde mit ihm Arm in Arm durch Amsterdam schlendern? Ein ehrbarer Kaufmann war das, der seine Finger nicht von der Tochter seines Geschäftspartners lassen konnte und ihr unschickliche Schmeicheleien ins Ohr säuselte.

Carla nahm die Seide und verließ dann schnell den Laden in der Heertgenstraat.

Mittlerweile bedauerte sie ihren Entschluss, aber an diesem Morgen konnte sie auch noch nicht ahnen, dass Nistelroys Aufdringlichkeit relativ harmlos war gegen das, was danach kam. Jetzt war es zu spät, um ihren falschen Stolz noch zu überwinden. Jetzt büßte sie bereits für ihre Leichtgläubigkeit.

Ihr Geld reichte noch für genau drei Tage, die sie bei Emma Doelen in ihrem Gästehaus verbrachte. In dieser Zeit ließ sich Carla aus der Seide ein neues Kleid nähen. Unter anderen Umständen hätte sie wohl darauf verzichtet, aber es wurde für sie langsam wirklich Zeit, ihre Sachen zu wechseln. Und außerdem hatte ihr Vater ihr doch versprochen, dieses Kleid würde sie beschützen auf ihren Wegen durch Amsterdam. Sie hoffte, zumindest damit würde er recht behalten.

Am vierten Morgen dann stand Carla mittellos auf der Straße, ohne Geld und auch ohne jede Vorstellung, wohin sie sich jetzt wenden sollte. Während sie unentschlossen durch die Gassen von Amsterdam zog, überlegte sie noch mehrfach, ob es nicht vielleicht doch besser sei, ihren Stolz zu überwinden und Nistelroy um Hilfe zu bitten. Aber jedes Mal entschied sie sich dagegen. Sie wollte nicht betteln. Sie wollte vor ihm nicht wie ein dummes Mädchen dastehen, noch nicht einmal in der Lage, auf ihre Sachen aufzupassen. Und vor allem wollte sie sich nicht noch einmal *Täubchen* von ihm nennen lassen,

Kindchen und was er sonst noch alles zu ihr gesagt hatte. Nein, diese Genugtuung wollte sie Nistelroy auf keinen Fall bereiten.

Mutlos stand sie am Abend im Hafen vor dem Turm der Tränen, wo die Frauen Abschied von ihren Männern nahmen, wenn sie mit einem der Schiffe, die weit draußen auf Reede lagen, nach Ostindien aufbrachen. Carla schaute noch sehr lange sehnsüchtig auf das Meer hinaus und wünschte sich, Vater und Mutter wären schon bei ihr in Amsterdam.

Als sie sich endlich von der Mole lösen konnte, es war schon spät, und nur die Sterne am Himmel spendeten noch etwas Licht, waren in den Straßen rund um die Oude Schans fast nur noch Männer unterwegs. Es waren nicht sehr viele, aber die wenigen reichten ihr. Sie pfiffen Carla hinterher und machten anzügliche Bemerkungen.

»Hey, Zuckerpüppchen«, »Mondscheinengel«, »Du Krone der Schöpfung, nun bleib doch mal stehen«.

Carla lief schnell weiter, nur raus aus diesem Viertel. An der Ecke zum Oudebrugsteeg sprach sie ein gut gekleideter Mann an. Er lehnte im Türrahmen eines Lokals und schaute in den überaus klaren Himmel, der in dieser Nacht mehr Sterne trug als in Amsterdam üblich. Es lag wohl nur daran, dass er sie auf Portugiesisch ansprach. Es war wohl nur dieser warme, betörende Tonfall seiner Worte, die für Carla so verlockend nach Zuhause klangen.

»Noch so spät allein unterwegs?«

Carla zuckte nur mit den Schultern und wollte schon weiterlaufen.

»Warte. Es ist nicht gut, wenn ein junges Mädchen wie du noch so spät allein durch Amsterdam spaziert. In der Nacht treibt sich hier jede Menge Gesindel herum. Du solltest jetzt besser ganz schnell nach Hause laufen. Wenn du willst, begleite ich dich.«

»Woher wissen Sie, dass ich Portugiesin bin?«

»Bist du es etwa nicht?«

»Doch. Aber woher wissen Sie es?«

»Weil dein Haar so schwarz glänzt wie die Oliven in unserer Heimat. Weil deine Haut wie aus Kaffee und Sahne gemacht ist. Und weil du dich so anmutig bewegst, als würdest du gerade den Fado in den Straßen der Alfama tanzen. Also, soll ich dich nicht besser nach Hause begleiten?«

»Nicht nötig.«

»Du musst keine Angst vor mir haben. Ich will mir später nur keine Vorwürfe machen, wenn einer Landsmännin von mir hier etwas zustößt.«

Sein Portugiesisch klang so behaglich vertraut für Carlas Ohren, dass sie für einen unbedachten Moment jede Vorsicht fahren ließ. Seit sie Lissabon verlassen hatte, hatte sie mit keiner Menschenseele mehr Portugiesisch gesprochen. Und außerdem schien ihr dieser Mann, sie hätte selbst nicht richtig erklären können, warum, von untadeligem Charakter. Es lag kein anzüglicher Tonfall in seiner Stimme, eher schon aufrichtige Hilfsbereitschaft.

»Ein sehr schönes Kleid trägst du da übrigens.«

»Danke.«

»Du weißt nicht wohin, oder?«

»Ich … ehrlich gesagt … nein.«

»Wie heißt du?«

»Carla.«

»Dann sollte ich mich vielleicht auch erst einmal vorstellen. Ich heiße Daniel. Daniel Costa. Aber du kannst natürlich Daniel zu mir sagen. Was ist mit deinen Eltern? Warum lassen sie ein Mädchen wie dich zu so später Stunde allein durch Amsterdam laufen?«

»Meine Eltern sind noch in Lissabon. Aber sie kommen in Kürze nach. Sie haben mich vorausfahren lassen, weil ich es mir so sehr gewünscht habe.«

»Dann bist du also ganz allein hier in Amsterdam?«

»Ja.«

»Haben deine Eltern dir denn kein Geld mitgegeben, damit du dir hier eine anständige Herberge suchen kannst?«

»Doch, aber …«

»… schon gut. Ich glaube, du brauchst wirklich Hilfe. Dazu sind Landsleute schließlich da. Man muss sich in der Fremde helfen, wenn man die gleiche Heimat hat. Ich könnte dir vielleicht eine Arbeit geben. Sechs Gulden die Woche. Darüber hinaus freie Kost und Logis.«

»Und was müsste ich dafür tun?«

»Es ist keine schwere Arbeit. Woanders bekommst du nur die Hälfte. Du könntest gleich morgen anfangen. Aber natürlich kannst du schon heute Nacht hier in meinem Haus schlafen. Ich würde dir oben unterm Dach eine Kammer geben und könnte dir in der Küche bestimmt auch noch einen Teller Suppe aufwärmen lassen. Und dann überlegst du dir ganz in Ruhe, ob du mein Angebot annehmen willst. Wir können morgen früh über alles reden. Aber für heute Nacht wäre mir sehr viel wohler, wenn ich dich nicht länger hier draußen allein auf den Straßen wüsste.«

Wie hatte sie nur auf dieses Geschwafel hereinfallen können? Leichtgläubig wie ein Kind war sie Daniel Costa in sein Haus gefolgt. Vor den grünlich schimmernden Butzenscheiben brannten vereinzelt noch ein paar Kerzen. Aber die meisten Gäste hatten das Wirtshaus schon verlassen. Nur in der hintersten Ecke hockte noch ein Kerl und schnarchte vor seinem Bierkrug. Die restlichen Stühle standen schon sauber aufgereiht auf den Tischen. Auf der Schwelle knurrte ein großer weißer Hund, als Carla mit Daniel Costa das Haus betrat. Seine Augen waren viel zu klein für seinen massigen Kopf und seine ausgefransten Ohren so spitz wie Mistgabeln.

»Mach Platz, Asgard. Wir haben heute Nacht einen Gast in unserem Haus.«

Daniel kraulte dem Hund sein helles Fell. Schon dieser hässliche Köter hätte Carla Warnung genug sein müssen. Aber erst am nächsten Morgen begriff sie halbwegs, wo sie da hineingeraten war. Das Haus nannte sich die *Mennonitische Hochzeit*, was eine sehr hämische Bezeichnung für ein Etablissement dieser Art war, weil die Mennoniten weder tranken noch laute Feste feierten. Doch das alles wurde Carla erst klar, als ihr Daniel Costa auch sein anderes, weniger gütiges Gesicht zeigte.

Er klopfte an die Tür ihrer Kammer, mit ein paar Kleidern über seinem Arm.

»Hier, die Sachen kannst du nachher anziehen.«

»Ich habe es mir überlegt, Daniel. Ich glaube, ein Wirtshaus ist doch nicht das Richtige für mich.«

»Wie bitte? Ich habe mich wohl verhört, oder? Was glaubst du, wer ich bin? Der Wohltäter von Amsterdam? Du hast gestern von mir zu essen bekommen und ein Bett für die Nacht. Und jetzt wirst du schön tun, was ich von dir verlange. Anike wird dir später alles Notwendige erklären.«

»Warte.«

»Was denn noch?«

»Ich kenne hier in der Stadt einen Tuchhändler. Nicolaus Nistelroy in der Heertgenstraat. Er schuldet mir Geld. Er verkauft auf die Rechnung meines Vaters hin ein paar Posten Stoff für mich. Wenn ich dir für diese eine Nacht etwas schuldig bin, dann wird er mir das Geld vorstrecken. Wir könnten gleich zu ihm gehen.«

»So, so, du kennst hier also einen Tuchhändler, der dir Geld schuldet. Und warum bist du dann nicht schon gestern zu ihm gegangen und hast ihn um Hilfe gebeten?«

»Das ist nur, weil …«

»Weil was, Schätzchen? Ich werde dir sagen, warum. Weil es diesen Tuchhändler gar nicht gibt. Weil du mir da draußen nur ausbüxen willst. Schätzchen, wir werden nirgendwo hingehen. Du bleibst schön hier drinnen in deiner Kammer. Und nachher wird dir Anike alles erklären.«

»Aber du kannst mich doch nicht zwingen.«

»Du wirst schon sehen, was ich alles kann.«

Der Wirt warf die Kleider auf Carlas Bett, schloss die Tür hinter sich und drehte den Schlüssel zweimal im Schloss um. Carla rüttelte an der Tür und klopfte laut dagegen. Aber irgendwann gab sie es auf. Hätte sie sich doch bloß an Nistelroy gewandt, statt diesem Kerl auf den Leim zu gehen.

Stunden vergingen, bis sich der Schlüssel erneut im Schloss drehte. Draußen vor dem kleinen Fenster dämmerte es schon. Von den umliegenden Gassen drang der Lärm krakeelender Matrosen nach oben.

Eine Frau mit dem stattlichen Hintern einer trächtigen Milchkuh stand im Türrahmen, hinter ihr die neugierigen Köpfe von ein paar jungen Mädchen.

»Ich bin Anike. Und das hier sind meine Mädchen. Eva, Anna, Helena, Aaltje und Hendrika.«

Aufgeregt wie ein Schwarm junger Spatzen sprangen die Mädchen umeinander.

»Und wer bist du?«

»Wo kommst du her?«

»Deine Haare glänzen so schön.«

»Bist nicht aus Amsterdam, oder?«

»Kannst du tanzen?«

»Warst du vorher in einem anderen Haus? Im *Posthorn*? In der *Bucht von Guinea*? Oder im *Haagse Hof*?«

Anike klatschte einmal laut in die Hände.

»Das ist Carla. Ihr werdet noch genug Zeit haben, sie kennenzulernen. Aber jetzt putzt ihr euch ganz schnell eure hübschen Näschen. Und dann runter auf die Bühne mit euch. Ich werde Carla nur noch schnell erklären, was sie für ein Glück mit uns hat.«

Die Mädchen flatterten davon, und Anike setzte sich neben sie auf die Bettkante.

»Musst nicht weinen, mein hübsches Kind. Glaub mir, es gibt Häuser hier im Viertel, etwa *Der süße Einfall* oder *Die aufgehende Sonne*, da würde es dir schlechter ergehen. Du hast es wirklich gut getroffen mit uns.«

»Aber ihr könnt mich doch nicht einfach einsperren.«

»Niemand wird dich hier auf Dauer einsperren. Du musst nur brav tun, was du Daniel versprochen hast.«

»Ich habe ihm gar nichts versprochen.«

»Und diese Kleider hier? Weißt du, was ihn deine Ausstattung kostet? Diese Schulden musst du bei ihm erst einmal abarbeiten.«

»Ich habe ihn doch gar nicht um diese Kleider gebeten.«

»Aber das Bett unter seinem Dach hast du sehr gern angenommen, oder?«

»Das war doch nur, weil ich gestern Nacht nicht wusste wohin. Er hat gesagt, ich solle mir seinen Vorschlag in Ruhe überlegen. Was muss ich tun, um hier wieder rauszukommen?«

»Nur ein bisschen tanzen. Das wird einem schönen Kind wie dir doch nicht weiter schwerfallen, oder?

-15-

Carla wusste längst, dass es in der *Mennonitischen Hochzeit* nicht nur ums Tanzen ging. Wenn die Kapelle auf der Bühne eine kurze Pause einlegte, das Ensemble bestand aus Violine, Clavicembalo, Hackbrett und Bassgeige, hockten sich die Mädchen auf die Knie der Männer, die sie an ihre Tische riefen.

Carla hatte bisher Glück gehabt und sich beim Tanz auf der Bühne im Hintergrund gehalten. Sie drehte sich mit den anderen Mädchen im Kreis, aber sie vermied es, die Männer dabei anzuschauen. Lange würde ihr Glück nicht mehr währen, das ahnte sie, als Anike sie wie jeden Abend zuvor aus ihrer Kammer holte und nach unten auf die Bühne begleitete.

»Du musst dich langsam etwas mehr anstrengen, Kindchen, wenn du deine Schulden abarbeiten willst.«

Jeden verdammten Tag hatte Carla an Flucht gedacht. Aber Anike wachte über sie wie eine Glucke über ihr Küken. In der Nacht, wenn der Wirt die *Mennonitische Hochzeit* schloss, lag sein Kettenhund vor dem Eingang. Niemand kam an ihm vorbei, weder herein noch heraus. Selbst wenn es Carla geschafft hätte, sich aus ihrer Kammer zu befreien, an diesem Hund wäre sie nicht vorbeigekommen.

Die Kapelle hatte schon mit ihrem Spiel begonnen. Wie jeden Abend saßen die Männer dicht gedrängt an ihren Tischen und prosteten sich mit ihren derben Bierkrügen zu. Anike stand neben der Bühne und malte mit ihrem Finger Kreise in die Luft. Mal links herum, mal rechts herum, mal schneller und mal langsamer. Wie eine Marionettenspielerin dirigierte sie den Tanz ihrer Mädchen auf der Bühne.

An diesem Abend wurde Carla zum ersten Mal an einen der Tische gerufen. Von einem dicken Kerl, der mit einer Runde Männer beisammensaß. Die Kapelle hatte gerade für einen Moment aufgehört zu spielen.

»Komm, setz dich zu uns, schönes Kind.«

Schüchtern ging Carla zu dem Tisch. Der Dicke rückte ihr einen Stuhl zurecht. Er schnaufte schwer, als er sich selbst wieder auf seinen eigenen Stuhl plumpsen ließ.

»Wie heißt du?«

»Carla.«

Die anderen Männer am Tisch schwiegen. Sie tranken und ließen den Dicken reden.

»Ich kannte mal eine Carla. Sie hat hier getanzt wie du. Aber sie war ein bisschen älter. Ehrlich gesagt, mag ich die jungen Frauen lieber als die alten.«

Jetzt lachten die Männer am Tisch.

»Ist doch wahr«, brüllte der Dicke in die Runde. »Alte Frauen haben wir zu Hause, oder?«

Dann wandte er sich wieder Carla zu.

»Schöne schwarze, lange Haare hast du. Bist keine Holländerin, was?«

»Nein.«

»Wo kommst du her?«

»Aus Lissabon.«

»Dann bist du wohl Jüdin, oder?«

»Mein Eltern haben mich taufen lassen.«

»Also eine von den neuen Christen, hmm? Eine von den Marranen, oder?«

Carla wollte schnell zurück auf die Bühne, doch der Dicke hielt sie auf den Stuhl gedrückt.

»Wer wird denn gleich weglaufen, schönes Kind?« Er legte ihr seine schwere Hand auf das Knie. »Was ist dein Preis?«

Carla schwieg.

Mit seiner freien Hand winkte der Dicke den Wirt herbei und verhandelte mit ihm. Dass Carla seine Hand abzuschütteln versuchte, störte ihn nicht.

»Sie ist neu hier, oder?«

»Gerade erst angekommen.«

Das schien dem Dicken zu gefallen. »Das ist gut. Sag du mir ihren Preis. Die Kleine kennt ihn offenbar noch nicht.«

Wieder lachten die Männer am Tisch.

»Pflegt sie auch Umgang mit Christen?

»Was glaubst du, wo du hier bist? Sie pflegt Umgang mit Männern, die für sie bezahlen. Ist mir doch gleich, ob es Christen, Juden oder Mennoniten sind. Wenigstens sie zahlen dafür.«

»Was soll ich mit einer Smousin? Ich bin ein gläubiger Jude. Dann nehme ich mir doch lieber gleich ein richtiges Christenweib. Eine getaufte Hure, das geht für mich in Ordnung. Aber doch nicht eine Jüdin, die mit christlichen Männern nach oben geht.«

Der Wirt packte Carla am Arm und führte sie zu Anike. »Verdammtes Judenpack«, schimpfte er vor sich hin. »Soll ich hier jetzt für jede Religion eine andere Hure halten? Wollen die Kerle ficken oder beten? Wollen sie verdammt noch mal ihren Aal in die Muschel gießen, oder wollen sie vorher ihren Gott um Erlaubnis bitten? Kümmere dich um sie.«

Carla schluchzte. Anike nahm sie tröstend in den Arm. »Musst nicht weinen, mein Kind.«

Sie hielt ihr ein gut gefülltes Glas hin. »Komm, trink das. Das wird dir guttun.«

»Was ist das?«

»Nur Genever.«

Der Schnaps brannte Carla in der Kehle. Trotzdem nahm sie nach dem ersten Schluck noch einen zweiten, dann einen dritten und auch noch einen vierten. Das ganze Glas trank sie beinahe in einem Zug aus. Dann stolperte sie zurück auf die Bühne. Die Kapelle hatte schon wieder zu spielen begonnen. Carla drehte sich im Kreis, und auch alles andere um sie herum drehte sich bald. Es drehten sich die Tische, die Bierkrüge und auch die Männer. Der Genever tat seine Wirkung. Carla sah alles wie in Nebel getaucht.

Der erste Freier ihres Lebens, Carla war noch Jungfrau und hatte in Lissabon nur einmal mit einem jungen Mann ihres Alters einen sehr scheuen Kuss getauscht, zog sie irgendwann einfach von der Bühne. Er war grob und genauso betrunken wie sie selbst. Auf der Hälfte der Treppe ließ er sich auf eine Stufe plumpsen und drückte Carla neben sich.

»Schönes Kind, gleich zeige ich dir den Himmel«, lallte er. »Aber vorher trinken wir noch was.«

Er reichte Carla sein Glas.

»Nun trink schon.«

Carla trank. Unten tanzten die Mädchen mittlerweile auf den Tischen. Die Männer steckten ihre roten Köpfe unter die Röcke und stampften mit den Füßen im Takt der Musik. Carla kniff die Augen zusammen. Die Treppe schwankte unter ihr wie ein Schiff auf hoher See. Sie nahm noch einen weiteren kräftigen Schluck, damit ihr der Genever vollends die Sinne raubte. Sie wäre in diesem Augenblick am liebsten tot gewesen, nicht mehr bei sich selbst, um diese Entwürdigung nicht ertragen zu müssen.

Der Kerl rappelte sich auf seine Beine, zog sie torkelnd weiter, die Treppe nach oben.

»Welches ist dein Zimmer, Mädchen? Nun sag schon, wo darf ich dir den Himmel zeigen?«

Er warf Carla aufs Bett und sich selbst dann einfach über sie. Er kam noch nicht einmal mehr dazu, sich die Hose aufzuknöpfen. Er schnaufte schwer, und kurz darauf schnarchte er schon. Sein massiger Körper lastete auf Carla und nahm ihr die Luft zu Atmen. Wie tot blieb sie eine ganze Weile unter ihm liegen, damit er bloß nicht noch einmal aufwachte. Aber irgendwann wurde ihr die Last zu schwer. Benommen vom Genever, aber noch halbwegs bei Sinnen, rollte Carla den Kerl leicht auf die Seite und zwängte sich mit Mühe unter ihm durch.

Ihr war speiübel. Sie bekam kaum noch Luft. Alles, was sie in ihrem Magen hatte, das meiste davon war Genever, kroch ihr jetzt zurück in die Kehle. Sie beugte sich vor, hielt die Hand schützend vor den Mund, konnte es aber nicht mehr aufhalten. Sie spuckte so lange, bis alles aus ihr heraus war. Der Kerl neben ihr grunzte. Noch bevor er die Augen öffnete, roch er offenbar, was passiert war. Er wischte mit der Hand über sein weißes Hemd. »Du gottverdammte Hure. Du hast mich vollgekotzt?«, lallte er. »Ich werde dir zeigen, was man mit Huren wie dir macht.«

Dann schlug er sie ins Gesicht.

Alarmiert von Carlas Geschrei, eilten zwei Mädchen aus den Kammern nebenan herbei. Auch Anike und der Wirt waren schnell zur Stelle. Anike drängelte sich zwischen den Mädchen hindurch und schlug auf den Kerl ein.

»Du Schwein von einem Holländer. Du Mistkerl. Wirst du wohl aufhören.«

»Lass mich das erledigen.«

Der Wirt packte den Mann im Nacken und schubste ihn aus dem Zimmer. Anike half Carla auf die Beine und nahm sie tröstend in den Arm.

»Musst nicht weinen, mein Kind. Wird alles wieder gut. Wirst schon sehen.«

Keine fünf Minuten nachdem der Wirt den Freier nach draußen bugsiert hatte, stand Daniel Costa wieder im Türrahmen. Er hatte eine Ledergerte in der Hand.

»Raus mit euch, Mädchen.«

»Tu ihr nicht weh. Es war ihr erstes Mal«, versuchte Anike ihn zu beruhigen.

»Lass das meine Sache sein. Raus, du auch.«

Der Wirt wartete, bis Anike das Zimmer verlassen hatte. Er schloss die Tür und drehte sich dann zu Carla um. Er klatschte mit der Gerte ein paar Mal gegen seine Hose. Carla hielt sich die Hände schützend vors Gesicht.

»Nimm die Hände runter. Meinst du etwa, ich werde dich ins Gesicht schlagen? Eine Hure mit Striemen im Gesicht kann nicht gut anschaffen. Ich werde doch nicht mein eigenes Kapital schädigen. Aber glaub mir, ich kenne andere Möglichkeiten, dir wehzutun und Manieren beizubringen. Kotzt hier einfach meine Gäste voll. Bist du verrückt geworden?«

»Aber …«

»Nichts aber. Ich habe genug von deinen Abers. Wenn du mir noch einmal eine solche Schweinerei wie heute Abend veranstaltest, wirst du Bekanntschaft mit meiner Gerte machen. Und noch etwas: Sollte es dir einfallen, mir auszubüxen, wird dir das schlecht bekommen. Du weißt ja: Unten vor der Tür schläft Asgard, mein treuer Hund. Also wage dich besser nicht über die Schwelle. Er wird dich totbeißen, wenn du es versuchst.«

-16-

Anike weckte Carla mit einem Glas heißer Milch.

»Na, was macht mein schönes Mädchen heute Morgen? Wieder besser?«

Anike kühlte Carlas Wange mit einem feuchten Tuch.

»Musst nicht weinen. So schlimm sieht es eigentlich gar nicht aus. Dieser Mistkerl von einem Freier. Morgen, spätestens übermorgen, wird man es gar nicht mehr sehen.«

»Bitte hilf mir, hier rauszukommen.«

»Mach es dir doch nicht so schwer, Mädchen. Das geht allen beim ersten Mal so. Du bist noch Jungfrau, stimmt's?«

»Ja.«

»Das ist einerseits gut und andererseits schlecht. Gut daran ist, dass die Männer für eine Jungfrau gerne etwas mehr zahlen. Unsere kleine Hendrika erzählt den Kerlen seit Jahren, sie sei noch Jungfrau, auch wenn das natürlich Blödsinn ist. Aber sie ist ja auch noch ein sehr junges Ding, und die Kerle glauben es ihr gern. Sie glauben dir eigentlich alles, wenn du es nur schlau genug anstellst.«

Carla schluchzte. »Und was ist schlecht daran, dass ich noch Jungfrau bin?«

»Schlecht daran ist, dass es dir beim ersten Mal umso schwerer fällt. Aber glaub mir, das geht vorüber.«

Aber es ging nicht vorüber. Nicht am Abend darauf und auch nicht am Abend danach. Carlas zweiter Freier war ein kurzer Dicker. Der Dritte war spindeldürr und seine Haut so weiß, als wäre er schwer krank. Der Vierte röchelte asthmatisch. Der Fünfte lispelte beim Sprechen. Und dem Zehnten fehlte ein Arm. Selbst jene, denen es äußerlich an nichts mangelte, die sogar ansehnlich waren und sich unten im Wirtsraum Carla gegenüber höflich und zuvorkommend verhielten, benahmen sich, kaum hatten sie oben die Tür hinter sich geschlossen, wie die Schweine. Sie gaben ihr Geld und nahmen sich dafür, was immer sie wollten.

Carla staunte über den Gleichmut der anderen Mädchen. Eva, Anna, Helena, Aaltje und Hendrika gingen mit den Männern nach oben und tanzten danach weiter zur Musik, als wäre nichts gewesen. Es schien ihnen nicht das Geringste auszumachen, für die Kerle da oben die Beine breitzumachen. Ihr hingegen machte es etwas aus. Der Beischlaf ohne Liebe, und das war jetzt nun mal ihre Profession, tat ihr in der Seele weh.

Jeden Abend, wenn sie vor der Kapelle mit den anderen Mädchen tanzte, spürte sie die Verachtung, die ihr und ihresgleichen entgegenschlug. Bevor die Männer mit den Mädchen nach oben gingen, machten sie ihnen schöne Augen. Aber wenn sie ihr kurzes Glück dann genossen hatten, reute sie auch schon das Geld, das sie der Spaß gekostet hatte. Dann stänkerten sie herum, nörgelten und maulten, weil man es ihnen angeblich nicht gut genug besorgt hatte. Allein schon die Tatsache, dass Carla und die anderen Mädchen das Geld immer im Voraus verlangten, schien den Freiern Beweis genug für die Verderbtheit der Huren. »Anständige Leute bezahlen sich erst nach dem Geschäft«, sagten sie manchmal, wenn sie den Liebeslohn nicht im Voraus entrichten wollten.

Selbst an der Rechnung unten im Wirtsraum krittelten die Männer regelmäßig herum. Wenn die Zeche des Abends in ihren Augen mal wieder zu hoch ausfiel, behaupteten sie, die Rechnung sei bestimmt mit Hurenkreide geschrieben worden. Am frühen Abend, wenn sie ins Spielhaus kamen, waren sie ausgelassen, vergnügt und geil. Aber wenn es dann ans Zahlen ging, hatten sie sehr oft etwas auszusetzen. Das Bier sei zu schal, der Braten zu zäh, die Gurken zu sauer. »Und die Mädchen, na ja, liebe Freunde«, sagten sie dann zu ihren Trinkkumpanen, »da haben wir doch auch schon Besseres erlebt, oder?«

Immer reute die Freier nachher ihr Geld. Aber bei der nächsten Gelegenheit kamen sie dann doch wieder, prosteten sich zu, johlten und krakeelten. Sie begehrten die Huren. Und verachteten sie doch gleichzeitig dafür, was sie taten.

Alles, was ihr Vater so sehr an ihr geliebt hatte, ihr Lachen und ihre ungestüme Lebensfreude, verlor Carla binnen sehr kurzer Zeit. Sie vermisste Lissabon, sehnte sich nach dem Duft der Zypressen und dem Zirpen der Zikaden. Sie wäre so gern in Figueira da Foz noch einmal ganz weit ins Meer hinausgeschwommen. Carla dachte oft an ihre Eltern. Wo blieben sie nur? Vielleicht waren sie ja schon auf dem Weg nach Amsterdam. Aber wie sollten Vater und Mutter sie hier bloß finden? Niemand, selbst der Tuchhändler Nicolaus Nistelroy, wusste ja überhaupt, wo sie steckte.

Carla schämte sich für das, was sie tat. Wenn sie am Abend vor der ersten Tanzvorstellung mit den anderen Mädchen am Tisch saß – sie aßen jeden Abend zusammen –, beteiligte sie sich nur selten an ihren Gesprächen. Nur bei einer Geschichte wurde sie jedes Mal hellhörig. Die Mädchen erzählten die Geschichte immer wieder von vorne, und Carla merkte daran, dass sie ihr Los wohl doch nicht so leichtnahmen, wie sie anfangs geglaubt hatte.

»Die Tialda hat's gut«, begann eine von ihnen die Geschichte jedes Mal.

Die Mädchen nickten dann nur stumm vor sich hin – bis eine von den anderen auch noch den Rest der Geschichte erzählte, die ohnehin alle kannten.

»Über beide Ohren hat sich der Kerl in unsere Tialda verliebt. Erinnert ihr euch noch an den Tag, als er sie beim Wirt auslöste?«

»Natürlich, wie könnten wir das vergessen.«

»Jetzt lebt sie mit dem Kerl in Rotterdam. Bestimmt in einem großen Haus. Sah ziemlich reich aus, dieser Kerl. Und gar nicht mal übel. Hätte mir auch gefallen. Unsere kleine Tialda, wer hätte das gedacht? Jetzt wird sie jeden

Tag ihren Schwatz mit den Nachbarinnen halten, dem Dienstmädchen ihre Anweisungen erteilen und am Abend ihren treuen Gatten begrüßen.«

Das war ihre Alles-wird-gut-Geschichte. Und dann gingen die Mädchen wieder auf die Bühne, drehten sich im Kreis und tanzten für die Männer an den Tischen.

-17-

Endlich war Freitag. Piet hatte sich in den vergangenen Tagen noch häufiger gefragt, wo die Seide wohl abgeblieben sei. Mehrmals hatte er versucht, sich die geheimnisvollen Zeichen in dem Stoff noch einmal zu vergegenwärtigen. Normalerweise fiel ihm so etwas nicht besonders schwer. Was er einmal ins Auge gefasst hatte, sengte sich in sein Gedächtnis wie ein unauslöschliches Brandzeichen. Aber diese Zeichen waren so seltsam geschwungen gewesen, dass er ihre Form schon beinahe vergessen hatte. Und auch der Duft der Seide hatte sich zu seinem Bedauern mit jedem Tag etwas mehr verflüchtigt. Zwischendurch hatte er dann immer wieder die Stunden gezählt, die Tage und auch die Nächte.

Heute war es endlich so weit. Heute würde ihm Karlmann seine Gläser zeigen, von denen er behauptet hatte, sie könnten Sandkörner auf den Umfang von Taubeneiern vergrößern.

Piet ging die Heertgenstraat entlang und bog links in die Keizersgracht ein, vorbei an dem Haus mit den sechs Köpfen, die den römischen Göttern huldigten: Apollon, Mars, Ceres, Minerva, Dionysos und Diana. Schon seit Tagen lag über Amsterdam eine drückende Hitze. Die Kanäle stanken nach den Exkrementen der Städter, und die Bäume ließen träge ihre Blätter hängen. Jeder in Amsterdam sehnte einen kräftigen Regenguss herbei, aber am Himmel stand nicht eine Wolke. Die Luft war stickig und abgestanden, so, als hätte jemand eine gläserne Glocke über das Land gestülpt, unter der das Wasser in den Kanälen langsam zu köcheln begann. Selbst die Möwen, die sonst überall auf den Grachten herschwammen, schienen sich in irgendeine schattige Ecke verkrochen zu haben.

Piet hatte von der Bullenhitze, die Amsterdam nun schon seit Tagen den Atem nahm, nicht viel mitbekommen. Im Stofflager war es angenehm kühl. Aber als er das Haus des Tuchhändlers an diesem Freitagnachmittag verließ, spürte auch er die Hitze am eigenen Leib. Es war unerträglich. Piet war noch nicht bis ans Ende der Keizersgracht gelangt, da klebte ihm schon das Hemd nass auf seinem Rücken.

Es war noch zu früh, um in die Bloemstestraat zu gehen. Karlmann musste bestimmt noch arbeiten und hätte keine Zeit, ihm zu zeigen, was er so gern sehen wollte. Piet beschloss deshalb, einen kleinen Umweg in Kauf zu nehmen. Es war im Laden nicht viel los gewesen. Nistelroy hatte ihm den Nachmittag freigegeben, ein weiteres Zeichen seiner neuerlichen Großzügigkeit. Piet ging vor bis zum Achterburgwal. Er stoppte vor einem herrschaftlichen Gebäude, das in seiner Flucht fast die gesamte Breite des Platzes einnahm. Er war schon früher ab und an durch die Gassen dieses Viertels gelaufen, aber nie zuvor an diesem Gebäude vorbeigekommen. Die Fassade war imposant, von klassizistischem Baustil und so reich verziert, dass man das Haus leicht für den Palast eines Königs hätte halten können. Piet las die Inschrift, die in weißen Marmor gemeißelt über dem efeuumrankten Eingang prangte: *Erschrecke nicht. Ich räche nichts Böses, sondern zwinge zum Guten. Streng ist meine Hand, aber liebevoll mein Herz.*

Eine Gruppe wohlgenährter Bürger stand vor dem Haus, Männer mit ihren Frauen, darunter sogar einige Kinder. Vorne vor der Tür johlte ein Mann seinen Kumpanen zu: »Gleich werdet ihr sie sehen, diese geilen, versoffenen Mähren, diese holländischen Viehmägde.« Im Arm hielt er ein junges Mädchen, vielleicht seine Verlobte.

Die Tür öffnete sich. Neugierig folgte Piet den Leuten mit etwas Abstand in den ersten Stock. Dort sah er dann, was sich hinter dieser herrschaftlichen Fassade verbarg: Frauen, eingesperrt in einen saalgroßen Käfig, die unter der Aufsicht älterer Matronen an ihren Spinnrädern saßen, das Garn aufrollten und nähten. Die herrschaftliche Fassade des Gebäudes täuschte über ihren hässlichen Inhalt hinweg.

Das war nicht der Palast eines Königs, sondern ein Arbeitshaus für arme Frauen, denen die Obrigkeit hier offenbar ein bisschen Disziplin beibringen wollte. Mochten sie auch Diebinnen oder Schlimmeres sein, es war ein unwürdiges Schauspiel, das sich vor Piets Augen abspielte. Die Bürger drängten sich vor dem Holzgitter und starrten die Frauen wie wilde Tiere an. Sie erquickten sich an ihrem Schicksal und freuten sich über ihr eigenes Glück. Das war nicht die Art von Volksvergnügen, die Piet gutheißen konnte. Es war gemein, diese armen Frauen wie in einer Wandermenagerie auf dem Jahrmarkt zusammenzupferchen und sie der öffentlichen Belustigung preiszugeben.

Der Mann, der unten vor der Tür eben noch vor seinen Kumpanen damit geprahlt hatte, er werde ihnen jetzt gleich die hässlichste Seite von Amsterdam zeigen, lachte: »Habe ich euch zu viel versprochen, meine Freunde? Schaut sie euch an, diese Mistfinken, und amüsiert euch.«

Piet schätzte die Zahl der eingesperrten Frauen auf fünfzig oder sechzig. Eine Wärterin schlug einer der Gefangenen gerade einen Pantoffel um die Ohren. Sehr zur Belustigung des Publikums ließ sie sich von ihr danach die Hand küssen. Es roch nach Armut und Krankheit. Und zugleich nach dem Parfüm der Bürgerinnen, das sie sich hinter ihre verwöhnten Ohren getupft hatten.

Viele der eingesperrten Frauen kamen jetzt vor an das hölzerne Gitter, reichten ihren Teller durch die Stäbe und bettelten um Geld, damit sie sich in diesem Haus etwas kaufen konnten. Die Nachsicht der Wärterinnen oder auch einen Teller Suppe mehr. Die meisten der Besucher gaben nichts, und die wenigen, die etwas gaben, spendeten nur ein paar Stüber.

Eine der Gefangenen stellte sich beim Betteln geschickter an als die anderen. Es freute Piet zu sehen, dass sie ausgerechnet dem Kerl mit der großen Klappe eine Lektion erteilte. Sie ging direkt auf ihn zu und streckte ihm ihren Teller entgegen.

»Von mir kriegst du nichts. Wärst du in deinem Leben einer anständigen Arbeit nachgegangen, müsstest du hier nicht stehen und betteln.«

Die Frau ließ sich nicht abwimmeln. Sie blieb vor dem Kerl stehen und entblößte ihre Brüste.

»Erinnerst du dich daran nicht mehr? Willst mir wirklich nichts geben?«

Dabei schaute sie nicht ihn an, sondern die Frau, die sich wie seine Verlobte bei ihm untergehakt hatte.

»Als wir uns das letzte Mal sahen, warst du großzügiger. Hast du das etwa schon wieder vergessen? Unsere ausschweifende Nacht im *Haagse Hof*?«

Piet sah, wie dem Kerl die Schamesröte ins Gesicht stieg. Der *Haagse Hof* war ein stadtbekanntes Bordell, das wusste jeder, auch wenn er noch nie dort gewesen war.

»Was redest du da für einen Blödsinn? Ich war noch nie im *Haagse Hof*.«

Schnell steckte ihr der Kerl ein paar Stüber durch die Stäbe, packte seine Frau und rief seinen Kumpanen, die sich sichtlich über das kleine Schauspiel amüsierten, zu: »Seht ihr, alles Mistfinken hier. Lasst uns gehen. Genug amüsiert.«

Piet wartete noch eine Weile, bis sich auch die anderen Bürger langsam zum Gehen wandten. Nie zuvor hatte er einen unwürdigeren Ort zu Gesicht bekommen. Ein Zuchthaus hinter königlicher Fassade. So also sah es aus, wenn sich der Reichtum mit der Not paarte, das Große mit dem Kleinen. Ein niederträchtiges Rendezvous der Satten mit den Hungrigen. Glaubten die Menschen denn wirklich, sie könnten durch das Bloßstellen der Schande irgendetwas bewirken? Das menschliche Verhalten ließ sich nicht ändern, wenn man die Fehler an den Pranger stellte. Niemand konnte etwas derart Schlimmes angestellt haben, dass er es verdiente, hier wie ein wildes Tier ausgestellt zu werden.

Während Piet noch darüber nachdachte, schaute er noch einmal zu der Frau hinüber, die ihm schon eben aufgefallen war. Sie saß zusammengesunken ganz hinten in der Ecke vor ihrem Spinnrad. Sie mochte vielleicht zwanzig, höchstens fünfundzwanzig sein, aber ihr gramgebeugter Rücken war der einer Greisin. Sie war auf ihrem Schemel einfach hocken geblieben, während die anderen am Gitter um Geld gebettelt hatten. Ihr Haar war viel zu früh ergraut und ihre Augen so leer, als hätten sie schon seit Ewigkeiten nichts Gutes mehr gesehen. Es dauerte einen Augenblick, bis die Frau auf Piet aufmerksam wurde. Er rief ein paar Mal zu ihr hinüber, bis sie sich endlich von ihrem Schemel erhob. Müde schleppte sie ihren abgezehrten Körper an die hölzernen Stäbe des Käfigs.

»Was willst du von mir?«

»Ich will nichts von dir. Ich will dir nur etwas geben.«

»Warum?«

»Ehrlich gesagt, weiß ich es selbst nicht so genau. Vielleicht nur, weil du eben nicht gebettelt hast wie all die anderen Frauen, und es deshalb bestimmt umso dringender brauchst.«

Piet steckte ihr seine neun Gulden durch das Gitter, den Lohn seiner Woche, und auch den einen Gulden, den ihm Nistelroy vor ein paar Tagen noch obendrauf gezahlt hatte.

Die junge Frau zählte das Geld und schaute Piet ungläubig an.

»Bist du sicher?«

»Mach dir darüber keine Sorgen. Ich glaube, du kannst das Geld besser gebrauchen als ich.«

»Du musst ein guter Mensch sein, wenn du mir so viel Geld schenkst. Ich werde für dich beten.«

»Du musst nicht für mich beten. Wünsche mir lieber, dass ich heute finde, wonach ich schon so lange suche.«

-18-

Da vorne war es endlich. *Thjis de Haart. Brillenmacher* stand auf dem Schild an der Front des Hauses. Piet war vom Achterburgwal zurück in Richtung Süden gelaufen. Er schwitzte, als er die Bloemstestraat erreichte. Die Werkstatt lag, wie Karlmann es ihm beschrieben hatte, im Innenhof. Piet schlängelte sich unter den Wäscheleinen hindurch und entdeckte Karlmann hinter einem bodentiefen Fenster. Er saß vor einem Gestell, auf dem sich ein kleiner Holzteller drehte. Piet klopfte gegen die Scheibe. Karlmann blickte kurz auf, wies mit seiner freien Hand nach links zur Werkstatttür und beugte sich dann wieder über seine Arbeit.

»Du bist früh dran. Ich will das hier nur noch schnell fertig machen. Schau dich ruhig ein bisschen um.«

Karlmann war allein. Im hinteren Teil der Werkstatt standen Glasscheiben aufgereiht und nach Farbtönen geordnet, dazwischen Papier, offenbar, damit die Gläser nicht aneinanderstießen. Ein leichter Brandgeruch hing in der Luft. In der Glut des Kamins, in dem ein kleines Feuer loderte, steckte eine langstielige Zange. Sie leuchte an ihrer Spitze orangerot. Piet musste kurz an Radewijns' Brandeisen denken, verscheuchte den Gedanken aber schnell wieder. Die Narbe in seinem Nacken war mit den Jahren schon sehr verblasst. Die Fenster reichten an beiden Seiten der Werkstatt bis fast zum Boden. Es war hier drinnen noch heißer als draußen.

»Eine mörderische Hitze, was?«

»Ja, ziemlich unangenehm. Nur noch einen Augenblick, dann bin ich hier fertig.«

Über den Arbeitstischen, Piet zählte drei auf der linken und zwei auf der rechten Seite, waren Lederbänder an die Wand genagelt. In den Schlaufen hingen Werkzeuge – darunter kleine Feilen, Hämmer, Zirkel, Messer, Sägen und Bohrer. Rechts neben dem Kamin standen ein paar offene Säcke auf dem Boden, darin körniger Sand von hellbrauner Farbe. In der offenen Kiste daneben: weißer Sand, vielleicht war es auch Asche.

Neugierig öffnete Piet eine schmale Lade in dem Schubladenschrank in der Mitte des Raums. Sie war mit Quer- und Längsstreben in kleine Fächer unterteilt. Darin lagen geschnitzte Fassungen aus Holz und auch solche, die aus Draht oder Eisen gebogen waren. Das mussten die Brillengestelle sein. Es kam nicht so oft vor, dass man auf der Straße einem Brillenträger begegnete, aber ein- oder zweimal hatte Piet schon einen gesehen. Die Gestelle waren ohne Gläser, wie Gesichter mit ausgestochenen Augen. Piet öffnete jetzt auch die schmale Schublade darunter. Darin die gleiche Ordnung aus kleinen Kästchen. Dünnes Pergament deckte den Inhalt ab. Behutsam hob Piet eines der Papiere hoch.

»Vorsicht.«

Karlmann stand jetzt direkt hinter ihm und schloss die Schublade wieder.

»Das zeige ich dir später. Zuerst musst du dir meine Maschine anschauen. Damit kann man vier Mal so viele Gläser schleifen, als wenn man alles mit der Feile von Hand erledigen müsste. Siehst du die kleine Metallschale dort? Man kann natürlich auch Blech, Zinn oder Eisen dafür verwenden. Aber das Blech taugt nicht viel. Es ist zu weich und verändert schnell die Form. Wir nehmen deshalb nur Schalen aus Messing. Die sind vom Schmied gegossen und so hart, dass man sie sehr häufig verwenden kann. Du musst wissen, bevor du Gläser schleifen willst, brauchst du solche Schalen. Man muss die Innenflächen so lange schmirgeln, bis die kleinste Unebenheit abgerieben ist. Erst dann kann man Gläser schleifen.«

In aller Ausführlichkeit schilderte Karlmann die Besonderheiten seines Handwerks. Er zählte die Möglichkeiten des Feinschliffs auf, nannte roten Ursand ein gutes Material, aber dass er selbst einen noch feineren Sand verwende. Er zeigte Piet Trippel, eine pulverförmige Substanz, mit der man die Gläser polierte.

»Du kannst auch englisches Zinn oder zerstoßene Feuersteine nehmen. Aber noch besser ist glattes Leder und zartes Postpapier. Damit kannst du jedes Glas der Welt so glatt polieren wie die Oberfläche eines Kinderpopos.«

Karlmann redete und redete. Er kam vom Hundertsten ins Tausendste und merkte kaum, dass Piet langsam ungeduldig wurde.

»Du wolltest mir etwas zeigen. Die Gläser, von denen du mir erzählt hast, weiß du noch?«

»Nun hab's doch nicht so eilig. Hör mir erst mal zu. Also, wenn du wirklich gute Linsen schleifen willst, darfst du dafür nur das reinste und klarste Material verwenden. Es darf weder durch Streifen, Nebel oder Blasen verunreinigt sein und auch nicht zu dunkel in seiner Farbe. Aber natürlich auch nicht zu hell, weil es dann Flecken erzeugt. Für Leute, die nicht mehr so gut lesen können, schleife ich Gläser von achtzehn, fünfzehn oder auch zwölf Zoll, in seltenen Fällen auch mal von sechs bis fünf Zoll. Aber man darf anfangs auf keinen

Fall ein zu starkes Glas nehmen. Die Augen gewöhnen sich sonst daran und werden schnell faul. Dann sehen die Menschen mit der Zeit gar nichts mehr.«

»Ist das hier das Glas, von dem du mir erzählt hast?«

Karlmann nahm Piet das Glas aus der Hand und legte es zurück auf seinen Arbeitstisch.

»Nein, dieses Glas hier schleife ich für einen Mann, der blind wie ein Maulwurf sein muss. Nur drei Zoll. Ehrlich gesagt, weiß ich nicht, ob wir ihm damit überhaupt helfen können.«

»Lass mich mal durchschauen.«

Piet hielt sich das Glas vors Auge. Er sah alles wie in Nebel getaucht.

»Ob er damit mehr sehen wird, bezweifle ich. Auf der anderen Seite: Es gibt Dinge auf dieser Welt, die will man lieber nicht sehen.«

»Was meinst du?«

»Auf meinem Weg hierher habe ich einen kleinen Umweg gemacht. Ich war hinten an der Ecke vom Oudezijds Achterburgwal. Dort gibt es einen herrschaftlichen Bau, sieht aus wie der Palast eines Königs. Kennst du den Ort?«

»Du meinst das Spinnhaus?«

»Ja, so nennt man es, glaube ich. Warst du mal dort?«

»Jeder in Amsterdam war schon mal dort. Ist ja auch ein ganz nettes Vergnügen, wenn die Weiber an das Gitter kommen und die Leute um Geld anbetteln. Man muss nur aufpassen, dass man nicht selbst zum Opfer eines ihrer üblen Streiche wird. Einmal, da habe ich miterlebt, wie sie …«

Piet schnitt Karlmann das Wort ab. »Vergnügen nennst du das? Es ist grässlich. Wie wilde Tiere stellen sie die Frauen in dem großen Käfig aus.«

»Sie haben es nicht besser verdient. Es sind Diebinnen, gewalttätige Weiber, Zuchthausbestien, alles Abschaum.«

»Mag sein, dass sie Unrecht getan haben. Aber kein Mensch hat es verdient, wie ein Tier in einem Käfig begafft zu werden. Selbst ein Tier hat das nicht verdient.«

»Hast du einer der Frauen etwas gegeben?«

»Den Lohn meiner vorigen Woche. Neun Gulden.«

»Neun Gulden, sagst du? Die hättest du für etwas Besseres ausgeben können.«

»Kennst du etwas Besseres als Mitgefühl? Es sucht nicht seinen Vorteil, es trägt das Böse nicht nach. Und es freut sich nicht über das Unrecht.«

Karlmann schwieg für einen Moment. »Nu ja«, sagte er nachdenklich. »Aber deshalb bist du heute nicht zu mir gekommen. Was im Spinnhaus vor sich geht, können wir nicht ändern. Aber deine Neugierde kann ich vielleicht stillen. Zuvor allerdings muss ich dir das hier noch zeigen.«

Karlmann zog Piet zurück zu dem Schubladenschrank und öffnete die erste Lade.

»Hier, das sind unsere neuesten Gestelle. Wir haben welche aus Holz, aus Horn und auch aus gebogenem Eisen. Aber am praktischsten sind die Nasenquetscher aus Draht. Siehst du, hier, wo man sich die Brille auf die Nase setzt, haben wir weiches Leder aufgeklebt, damit die Gläser nicht drücken. Für die feineren Leute machen wir natürlich auch Scherenbrillen mit Perlmuttgriffen. Die kann man sich beim Lesen vor das Auge halten und schnell wieder wegnehmen. Wer will in Gesellschaft schöner Frauen schon eine Brille tragen? Das will keiner, glaub mir. Nur die Spanier sind ganz verrückt darauf. Ich glaube, die tragen ihre Brillen sogar im Bett.«

»Karlmann, ich brauche keine Brille. Zeig mir jetzt lieber die Gläser, von denen du mir erzählt hast.«

»Nun gut. Schau mir zu, es ist nicht ganz einfach.«

Karlmann öffnete die unterste Lade in dem Schrank, nahm zwei Gläser heraus, wischte sie mit einem weichen Tuch ab und stellte sich vor das Fenster, das auf den Kanal rausging. »Du musst diese beiden Linsen so übereinanderhalten. Versuch es einmal.«

»Ich sehe alles nur schemenhaft.«

»Hab ein bisschen Geduld. Verändere den Abstand der Gläser ein bisschen. Dann wirst du es schon sehen.«

Piet hielt sich die Gläser erneut vors Auge und blickte durch das Werkstattfenster über die Dächer der angrenzenden Häuser. In der Ferne sah man den *Langen Jan*, den Turm der Westerkerk. Mit bloßem Auge konnte ihn Piet gut erkennen. Aber durch die Linsen betrachtet, kam ihm der Turm weder vergrößert noch näher vor, sondern nur ziemlich verschwommen.

»Du musst den richtigen Abstand finden. Versuch es noch mal.«

Piet versuchte es wieder und wieder. Er wollte schon aufgeben, da sah er plötzlich, was Karlmann meinte.

Als hätte sich die Welt nur einmal kurz geschüttelt, präsentierte sich ihm der *Lange Jan* nun in völlig neuem Licht. So, als würden Märchen plötzlich Wirklichkeit. Piet hatte die Westerkerk jetzt direkt vor seiner Nase, die

Glocken im Turm zum Greifen nah. Selbst den Stempel des Glockengießers meinte er zu erkennen.

»Hast du es gesehen?«

»Ja, aber nur ganz kurz. Und damit kannst du auch die kleinen Dinge vergrößern?«

»Nein, damit nicht.«

Karlmann reichte Piet zwei andere Gläser aus der Schublade.

»Hier, schau dir damit den Sand unter dem Schleifteller auf meinem Arbeitstisch an.«

Wieder sah Piet anfangs alles nur sehr verschwommen. Er bewegte die Gläser in unterschiedlichem Abstand und Winkel langsam vor seinem Auge hin und her. So lange, bis sich der ersehnte Effekt einstellte. Er fand, Karlmann hatte etwas übertrieben. So groß wie Taubeneier sahen die Sandkörner eigentlich nicht aus. Noch nicht mal so groß wie Murmeln, mit denen die Kinder auf der Straße spielten. Aber sie waren doch weit mehr vergrößert, als wenn er sie durch den Fadenzähler von Nistelroy betrachtet hätte. Er schätzte die Vergrößerung auf das Achtfache davon, gegenüber seinem Lesestein sogar auf das Sechzehnfache. Der Sand schien aus lauter kleinen Edelsteinen zusammengesetzt. Manche Steinchen waren durchsichtig und klar, andere schimmerten gelb, grau oder blau. Kein Körnchen ähnelte dem anderen. Was in der Summe der Teile so gleich aussah, war im Einzelnen völlig verschieden.

»Es ist großartig.«

»Ja, es ist ganz lustig. Eine nette Spielerei.«

»Nein, es ist mehr als eine Spielerei. Glaubst du, man könnte ein Glas schleifen, das die Dinge noch mehr vergrößert?«

»Wozu sollte das gut sein? Es geht im Leben doch immer nur um das große Ganze.«

»Und wenn es andersherum wäre? Wenn im Kleinen das Allergrößte liegen würde? Weißt du, ich habe die vergangenen Jahre wie im Traum verbracht …«

»… du Glücklicher! Ich musste hart arbeiten.«

»Das meine ich nicht. Wenn ich sage, dass ich die vergangenen Jahre wie im Traum verbracht habe, meine ich damit nur, dass ich lange Zeit vergessen habe, was ich eigentlich immer wollte. Erst als ich dich wiedertraf und du mir von dem Vergrößerungsglas erzählt hast, fiel es mir wieder ein. Nein, vielleicht sogar schon ein bisschen früher, als mir Nistelroy seinen Fadenzähler zeigte. Da wusste ich plötzlich wieder, was mir mein Vater mit auf den Weg gegeben hat.«

Karlmann runzelte die Stirn. Noch nie hatte Piet jemandem davon erzählt. Doch Karlmann vertraute er. Ihm hatte er schließlich sein Leben zu verdanken.

»Es ist nur ein Satz, den er mir hinterlassen hat.«

»Nun spuck schon aus! Was für einen Satz?«

»Er hat ihn auf ein kleines Stück Papier geschrieben. Er hat geschrieben: *Wer für das Kleinste im Leben ein Auge hat, wird das Allergrößte in seinem Leben gewinnen.*«

»Versteh ich nicht.«

»Ich habe es die längste Zeit auch nicht verstanden. Aber heute glaube ich zu wissen, was er damit meinte. Alles im Leben ist doch nur eine Frage des Blickwinkels. Die Frauen im Spinnhaus sehen das Leben ganz bestimmt anders als du und ich. Und wenn schon wir Menschen, die wir doch alle von der gleichen Art sind, einen so unterschiedlichen Blickwinkel auf die Welt haben, was ist dann erst mit allem anderen um uns herum? Nimm einen Wasserläufer, der über eine Pfütze läuft. Für ihn ist diese Pfütze so groß wie für uns Menschen der Ozean.«

»Ja und?«

»Nimm eine Ameise, die durch das Gras kriecht. Die Grashalme sind für sie höher als für uns jeder Baum.«

»Ich weiß noch immer nicht, worauf du hinauswillst.«

»Ich meine, es kommt vielleicht nur auf den Blickwinkel an, aus dem wir die Welt betrachten. Vielleicht müssen wir unseren Blickwinkel verändern, um die Wahrheit zu erkennen.«

»Die Wahrheit über Verbrecherinnen und Wasserläufer? Piet, du redest Blödsinn.«

»Aber wenn es stimmt, wie manche Leute behaupten, dass sich die Sonne nicht um die Erde dreht, sondern die Erde um die Sonne, warum sollte sich dann alles auf Erden nur um uns Menschen drehen? Alles, was wir tun, betrachten wir doch immer nur aus unserem eigenen, sehr engen Blickwinkel. Wir bestaunen das Große in der Welt und verbeugen uns davor. Das Kleine treten wir mit Füßen. Wenn das Geheimnis des Lebens im Großen stecken würde, wäre es doch gar kein Geheimnis. Dann hätte jeder Trottel die Wahrheit doch schon längst erkannt. Aber wenn es sich andersherum verhielte, ich meine, wenn die Welt in den kleinen Dingen zu uns spricht, dann haben wir den Grund unseres Lebens womöglich noch gar nicht verstanden. Dann müssen wir endlich damit anfangen, uns in das Allerkleinste zu vertiefen.«

»Mal angenommen, du hast recht und im Kleinsten steckt wirklich etwas Großes. Was haben wir davon, wenn wir die Welt mit den Augen einer Ameise betrachten?«

»Ich weiß es ja selbst noch nicht so genau. Aber hast du schon mal beobachtet, dass eine Ameise, im Verhältnis zu ihrer Körpergröße, auf ihrem Rücken mehr tragen kann als jedes Pferd?«

»Habe ich nicht. Aber ich weiß, dass man auf Ameisen nicht reiten kann. Sie sind für nichts gut, diese Viecher.«

»Bist du dir da sicher? Es muss doch einen Grund dafür geben, dass sie unsere Erde bevölkern.«

»Den gibt es auch. Die Vögel fressen sie.«

»Du sagst es. Fressen und gefressen werden. Im Meer fressen die großen Fische die kleinen. Und den allergrößten Fisch fangen wir, um mit seinem Fett unsere Tranfunzeln anzufeuern. Ohne das Kleine gäbe es das Große gar nicht. Deshalb müssen wir das Allerkleinste auch sehr viel genauer in Augenschein nehmen, um endlich zu begreifen, was der Ursprung von allem ist. Ich glaube, es muss irgendwo da draußen ein winziges Partikel geben, das alles erklärt, unser eigenes Leben eingeschlossen. Und deshalb sind deine Gläser auch viel mehr als nur eine Spielerei. Vielleicht könnten sie uns die Augen dafür öffnen, was wirklich zählt.«

»Als Brillenmacher kann ich dir sagen, was zählt. Denn so manche Leute sehen noch nicht einmal die Schrift vor ihren Augen. Davon lebe ich im Übrigen.«

»Das meine ich nicht. Damals, in Deventer, du warst schon weg, fiel mir ein Buch in die Hände. Es handelt vom Zweifel. Der Mann, der es verfasst hat, schreibt: *Ich kann auf Großes hoffen, wenn ich nur Etwas, wäre es auch noch so KLEIN, in dieser Welt fände, was gewiss und unerschütterlich wäre.* Was wissen wir denn schon von dieser Welt? Vielleicht sieht eine gemeine Fliege ja tausendmal mehr als wir.«

»Jetzt hör aber auf. Und selbst wenn es so wäre, was wüsste eine Fliege schon damit anzufangen?«

»Die Fliege vielleicht nichts. Aber wir Menschen würden sie für ihren Scharfblick womöglich beneiden. Du weißt doch, wie schwer es ist, Fliegen zu fangen. Sie müssen über ganz hervorragende Augen verfügen. Also, Karlmann, glaubst du, man könnte ein Glas schleifen, das uns die Welt mit den Augen einer Fliege zeigt?«

»Piet, was ich dir eben gezeigt habe, ist eine Spielerei, mehr nicht. Wenn überhaupt, dann wäre ein solches Glas nur zweckmäßig, um uns die weit entfernten Dinge näher zu bringen. Das wäre vielleicht etwas. Auf See benutzen die Kapitäne neuerdings ja solche Fernrohre. Aber sie taugen nicht sehr viel, hat mir mein Meister erzählt. Wenn überhaupt, dann müsste man ein Fernrohr fertigen, mit dem die Kapitäne die feindlichen Schiffe auf See noch sehr viel früher entdecken würden, damit sie rechtzeitig ihren Kurs wechseln könnten. Mit so einem Fernrohr ließe sich vielleicht sogar der Himmel etwas genauer studieren, um zu entdecken, ob in den Sternen etwas über unser Schicksal geschrieben steht. Aber ...«

»... aber was?«

»Aber ein Glas zu schleifen, um die Kleinigkeiten in der Welt zu studieren, ist ausgemachter Schwachsinn. Außerdem bin ich Brillenmacher, kein Erfinder.«

»Also meinst du, dass es möglich wäre?«

»Pass auf, mein Freund. Ich habe jetzt fürchterlichen Durst. Von mir aus kannst du wiederkommen, und ich zeige dir, wie man Gläser schleift. Aber heute Abend gehen wir etwas trinken und feiern unser Wiedersehen. Ich lade dich ein. Du hast dein Geld für diese Woche ja schon ausgegeben. Glaub mir, da draußen warten ein paar Kleinigkeiten auf uns, die wirklich großartig sind.«

-19-

»Es ist bald so weit.«

»Was sagen Sie?«

»Haben Sie es an den Ohren?«

»Nein, nur an den Augen.«

»Dann dürfen Sie sich mit mir freuen.«

»Nun setzen Sie sich doch erst mal.«

Drooten stand hinter der Tür zur Sakristei und lauschte. Es kam nicht sehr oft vor, dass Johann Kasdorp die Kirche mit seiner Anwesenheit beehrte. Am Sonntag, da besuchte er mit seiner Frau regelmäßig die Messe. Und natürlich auch zu den hohen Feiertagen an Karfreitag, Ostern, Christi Himmelfahrt, Pfingsten oder Weihnachten. Aber heute war Freitag und es war keineswegs schon Weihnachten. Es musste einen besonderen Grund haben, dass der Brauereibesitzer den Pfarrer so spät an diesem Nachmittag aufsuchte.

»Also, was ist bald so weit, verehrter Kasdorp, dass Sie so aus dem Häuschen sind?«

»Maja, sie bekommt bald ihr Kind. Gaesbeeck meint, es würde nur noch acht, höchstens zehn Wochen dauern. Ach Gott, was bin ich dankbar für dieses Geschenk. Jetzt bekomme ich endlich den Enkel, den ich mir zeitlebens gewünscht habe. Einen Stammhalter für meine Familie.«

»Ich weiß, dass Sie es nicht gerne hören, aber ich darf Sie daran erinnern, dass Sie bereits einen Enkel haben.«

»Wollen Sie mir die Freude verderben? Sie haben doch wohl nichts von ihm gehört, oder?«

»Ich habe nie wieder von ihm gehört. Seit damals nicht. Ich wollte Sie nur daran erinnern, dass …«

»… erinnern Sie mich lieber nicht daran.«

»Haben Sie denn nie wieder an ihn denken müssen? Er müsste heute ungefähr dreißig sein.«

»Einunddreißig, um genau zu sein. Ich habe den Tag seiner Geburt nie vergessen. Niemals, nicht davor und auch nicht danach, wurde meiner Familie größeres Unrecht zuteil, als in der Nacht vom 16. auf den 17. Juni 1623. In Gedanken mache ich noch heute jeden Tag drei Kreuze, dass er verschwunden ist.«

»Hatten Sie denn nie ein schlechtes Gewissen deshalb?«

»Weshalb sollte ich ein schlechtes Gewissen haben? Und außerdem könnte ich Sie das Gleiche fragen. Die Kirchenfenster gingen auf meine Rechnung, das haben Sie hoffentlich nicht vergessen.«

»Natürlich nicht. Leider kann ich die Figuren in den Fenstern nicht mehr so klar erkennen. Aber die Farben sehe ich noch. Sie erinnern mich manchmal an die alte Geschichte. Vielleicht war es nicht richtig, was wir damals getan haben.«

»Jetzt hören Sie schon auf. Natürlich war es richtig. Er war meiner Familie nicht würdig, so wenig wie sein Vater. Ich hätte niemals in diese Verbindung einwilligen dürfen. Aber jetzt wird alles gut. Jetzt bekomme ich endlich den Stammhalter, den ich mir immer gewünscht habe. Majas Sohn wird meine Brauerei weiterführen, wenn ich selbst einmal nicht mehr bin.«

»Und wenn es ein Mädchen wird?

»Nein, es wird ganz bestimmt ein Junge. Meine Tochter weiß, was sie mir schuldig ist.

»Mein Sohn, die Wege des Herrn sind unergründlich. Gott allein weiß, ob deine Tochter einen Jungen oder ein Mädchen gebären wird.«

»Nennen Sie mich bitte nicht Ihren Sohn. Und jetzt kommen wir lieber zur Sache. Ich will, dass wir die Taufe meines Enkels gebührend feiern.«

»Sollten wir nicht lieber warten, bis er auf der Welt ist?«

»Nein, ich will, dass alles gut vorbereitet ist für den Tag. Ich habe mir schon genau überlegt, wie die Kirche an diesem Tag aussehen soll. Ich dachte daran, dass wir alle Bänke mit weißen Stoffschleifen schmücken könnten. Das Taufbecken muss natürlich auch geschmückt werden. Ich dachte an einen Kranz aus Efeu mit kleinen Kerzen dazwischen. Und dass mir das Wasser in dem Becken bloß nicht zu kalt ist. Der Kleine darf sich nicht verkühlen. Vielleicht könnte man ein paar Aromen in das Wasser träufeln. Ich will nicht, dass der Kleine schreit, wenn wir ihn taufen. Er soll die Zeremonie wie ein echter Kasdorp annehmen, beherrscht und besonnen.«

»Noch etwas?«

»Die Messe darf gerne der üblichen Zeremonie folgen. Aber wie schon gesagt, das Wasser in dem Taufbecken sollte nicht zu kalt sein. Der Vers darf natürlich der übliche sein. Ich glaube, an dieser Stelle lesen Sie in der Kirche immer nach Jesaja, oder?«

»So ist es. *Ich habe dich erschaffen, dich gebildet vom Mutterleib an. Darum hab keine Angst. Denn ich gieße Wasser auf den dürstenden Boden und rieselnde Bäche auf das trockene Land. Ich gieße meinen Geist über deine Nachkommen aus und meinen Segen über deine Kinder, auf dass sie wachsen wie Weiden an Wasserbächen.*«

»Das klingt gut. *Weiden an Wasserbächen*, das gefällt mir. Aber für den Taufspruch möchte ich doch lieber von der üblichen Zeremonie abweichen.«

»Bei der Wahl des Taufspruchs sind Sie völlig frei. Im Buch der Psalmen finden Sie etliche Verse, die sich dafür eignen. Ich persönlich, wenn Sie mir das erlauben, würde Ihnen zum ersten Brief an die Korinther raten: *Nun aber bleiben Glaube, Hoffnung, Liebe, diese drei; die Liebe aber ist die größte unter ihnen.*«

»Hören Sie mir auf mit der Liebe. Die Liebe hat meiner Familie nur Unglück gebracht.«

»Aber Ihre Tochter wird ihren Mann doch hoffentlich lieben, oder?«

»Es reicht völlig, wenn sie ihn achtet. Die Liebe ist nur etwas für dumme Gänse. Aber zurück zum Taufspruch. Ich habe schon etwas zu Papier gebracht. Aber vorher sollten wir noch kurz über die Sitzordnung sprechen.«

»Die Sitzordnung?«

»Dass meine Familie in der ersten Bank sitzen wird, versteht sich ja von selbst. Aber in die Reihen dahinter sollten wir eine gewisse Ordnung bringen. Ich dachte, in der zweiten Reihe könnte gut van Arck mit den anderen Ratsherren und ihren Frauen sitzen. Dahinter die Abgesandten der Gilden: Ahsmann, Brunkhorst und natürlich Embse. Gaesbeeck möchte ich auch relativ weit vorne in der Kirche sehen. Flottemesch und Gögemann sind mir nicht so wichtig. Die schulden mir beide noch Geld. Die können weiter hinten sitzen. Aber die anderen Wirte, vor allem Helmes und Jaspers, die sollen alles gut sehen können. Und natürlich auch Carel Fabrist, der Maler. Der braucht den allerbesten Blick auf das Taufbecken. Ich will, dass er die Szene später für mich malt.«

»Ist das alles?«

»Ihr Kirchendiener könnte die Gäste an der Tür vielleicht in Empfang nehmen. Er könnte den Honoratioren einen kleinen Zettel zustecken, auf dem ihre Sitzreihen vermerkt sind. Dann weiß jeder gleich, wo er sich hinsetzen soll.«

»Verehrter Herr Kasdorp, die Kirche steht jedem offen, der sie besucht. Wir sind hier nicht im Theater, wo man das Publikum nach Gutdünken auf die besseren und schlechteren Plätze verteilt. Vor Gott sind alle Menschen gleich.«

»Schon gut. Aber die Gemeinschaft, die meinen Enkel zuallererst annehmen muss, das sind nun mal die Vertreter der Gilden, die Kaufleute und die Ratsherren. Ich glaube nicht, dass mein Enkel später großen Umgang mit Gerbern, Kannengießern, Seifensiedern oder Metzgern pflegen wird. Und hoffentlich auch nicht mit Korbmachern. Ich habe ja auch gar nichts dagegen, wenn diese Leute kommen. Nur sollen sie bitte etwas weiter hinten in der Kirche sitzen. Am wichtigsten ist mir jetzt erst einmal der Taufspruch, die kleine Rede, die ich vorbereitet habe. Vielleicht muss man hier und dort noch ein wenig glätten. Sie sind der Mann des Wortes. Aber im Großen und Ganzen, denke ich, habe ich die richtigen Worte getroffen. Bevor Sie meinem Enkel das Kreuz auf die Stirn malen, möchte ich, dass Sie der Gemeinde das hier vorlesen.«

Hinter der Tür entstand jetzt eine kleine Pause. Drooten lauschte angestrengt.

»Das wird nicht gehen«, sagte der Pfarrer schließlich.

»Was wird nicht gehen?«

»Ich kann es der Gemeinde nicht vorlesen.«

»Aber Sie wissen doch noch gar nicht, was ich geschrieben habe. Lesen Sie es doch erst einmal, bevor Sie urteilen.«

»Das würde ich gerne tun, aber ich kann es nicht.«

»Sie können es nicht oder wollen Sie es nicht?«

»Ich kann es nicht, beim besten Willen nicht. Ich habe es Ihnen doch eben schon erklärt, meine Augen machen nicht mehr mit. Die Gottesdienste kann ich noch ohne Probleme halten. Die Bücher Josua, die Bücher der Könige und der Makkabäer kenne ich auswendig. Und auch in der Kirche ist mir jeder Schritt so vertraut, dass ich nicht stolpere. Aber lesen kann ich leider nicht mehr.«

»Aber mich sehen Sie noch, oder?«

»Ja, wenn auch etwas verschwommen, mein Sohn.«

Diesmal ließ Kasdorp dem Pfarrer das Wort durchgehen. Diesmal protestierte er nicht, als ihn Jüttner seinen Sohn nannte. Vielleicht war er des Widerspruchs einfach nur müde. Vielleicht ließ er es dem Pfarrer auch aus Mitleid durchgehen.

»Waren Sie beim Arzt?«

»Ja, ich habe Gaesbeeck die Tage aufgesucht.«

»Was hat er gesagt?«

»Dass er mir mit seiner Kunst in diesem Fall nicht weiterhelfen kann. Aber er war so freundlich, einen Brief für mich zu schreiben. Er hat mein Leiden ziemlich genau beschrieben und auch schon eine Antwort aus Amsterdam erhalten. Von einem Brillenmacher namens Thijs de Haart. Leider sind seine Gläser nicht ganz billig.«

»Wie viel?«

»Mehr als ich mir leisten kann. fünfhundert Gulden verlangt er.«

»Und Gaesbeeck meint, mit einer solchen Brille könnten Sie wieder lesen?«

»Eine Garantie will weder er selbst noch der Brillenmacher dafür übernehmen. Aber Gaesbeeck meint, einen Versuch sei es wert. Er hat ja auch gut reden, weil er dieses Sümmchen wohl erübrigen könnte. Ich kann es leider nicht.«

»Ich könnte Ihnen helfen, wenn auch Sie mir ein wenig behilflich wären.«

»Wie meinen Sie das?«

»Muss ich wirklich noch deutlicher werden? Sie bekommen Ihre Brille und ich meinen Taufspruch.«

»Aber wie kann ich Ihnen versprechen, etwas zum Vortrag zu bringen, dessen Inhalt ich noch gar nicht kenne?«

»Nun haben Sie sich doch nicht so, Jüttner. Sie können sicher sein, dass meine Worte weder ehrenrührig noch ungebührlich sind. Sie kennen mich als einen Mann, auf den Verlass ist. Ich will meinem Enkel doch nur ein paar Worte mit auf seinen Weg geben und ich will, dass alle sie hören. Und wenn ich mich hier in Ihrer Sakristei so umschaue, habe ich den Eindruck, dass Sie auf das Studium Ihrer Bücher auch nur sehr ungern verzichten. Oder täusche ich mich?«

Dann ging plötzlich alles sehr schnell. Drooten bekam nicht mit, wie sich Jüttner und Kasdorp vom Tisch erhoben. Und als er es dann bemerkte, war es schon zu spät. Kasdorp öffnete jäh die Tür und stolperte beinahe über ihn. Betreten schaute Drooten zu Boden. Zu horchen war das eine, dabei erwischt zu werden das andere.

Kasdorp schnaubte verächtlich. »Wer Ohren hat, der höre. Heißt es nicht irgendwo in eurer Bibel so?«, wandte er sich jetzt noch einmal dem Pfarrer zu.

»Ja, so heißt es bei Markus 4.24. Aber der Zusammenhang ist ein anderer.«

»Dann geben Sie bloß acht, dass Ihr Kirchendiener diesmal die Klappe hält.«

Damit verabschiedete er sich und ging dann schnellen Schrittes durch den Mittelgang zum Hauptportal. Leise fiel die schwere Tür der Nieuwe Kerk hinter ihm ins Schloss.

»Dir muss ich jetzt wohl nichts mehr erklären. Das Wichtigste, nehme ich an, hast du mitbekommen. Du wirst für mich nach Amsterdam fahren und mir diese Brille holen. Und dieses Mal verlierst du darüber besser kein Sterbenswörtchen.«

Dass weder Drooten noch der Pfarrer je die Worte hörten, die Kasdorp seinem ersehnten Stammhalter so gerne mit auf den Weg gegeben hätte, lag keineswegs daran, dass sich einer der drei Männer verplappert hätte. Das Schicksal allein fällte diese Entscheidung. Und was den alten Kasdorp betraf: Er schwieg darüber Zeit seines Lebens.

-20-

Piet folgte Karlmann ins Hafenviertel, um ihr Wiedersehen zu feiern. Obwohl es draußen schon beinahe dunkel war, hatte es sich kaum abgekühlt. Amsterdam lag unter einer fauligen Dunstglocke aus Arbeit, Schweiß und Pferdedung. Als sie das Hafenviertel erreichten, mischte sich die Luft mit den Gerüchen, die aus den Wirtshäusern nach draußen drangen. Es roch nach gesottenem Fleisch, Tabak und Bier.

Überall standen die Männer beisammen, rauchten und tranken. Tagsüber mussten ein paar Ostindienfahrer im Hafen festgemacht haben. Hunderte von Matrosen liefen durch die engen Gassen. Nach Monaten auf See feierten sie, dass sie mit ihrem Leben noch einmal davongekommen waren. Stürme, Flauten und auch tückische Untiefen lagen hinter ihnen. Ein Jahr oder vielleicht auch mehr waren sie unterwegs gewesen und hatten keinen festen Boden mehr unter ihren Füßen gespürt. Sie wankten an den Grachten entlang, als würden sie noch immer auf den Planken ihrer Schiffe herumbalancieren. Was noch vor ein paar Wochen der Seegang besorgt hatte, erledigten jetzt Bier und Genever.

Vor den Wirtshäusern leuchteten Fackeln, und in den Hauseingängen boten die Frauen ihre Dienste an.

»Guck mal, die Dicke da drüben! So besoffen kann doch wirklich kein Matrose sein.«

Karlmann zog Piet weiter. Die Wirtshäuser, die sie passierten, ließen sie links liegen, darunter den *Holländischen Garten*, *Das Posthorn* und *Die Bucht von Guinea*.

»Die Mädchen hier taugen nichts. Alles nur Strandgut für besoffene Matrosen. Komm mit, ich zeige dir etwas Besseres. Es ist nicht mehr weit.«

Die Gasse, die sie gerade durchquerten, strotzte vor Armut. In den Fassaden klafften tiefe Risse, und vor den Eingängen türmte sich der Unrat. Viele Fensterscheiben waren zerborsten, und an den Türen, die schief in den Eingängen hingen, blätterte die Farbe ab. Aus den Rinnsteinen stank es nach Urin und Erbrochenem. Kerle tanzten auf der Straße wie Mann und Frau zusammen. Übel zugerichtete Gestalten kamen ihnen entgegen. Männer, denen ein Arm oder auch ein Auge fehlte. Ein paar Matrosen lagen auf den Pflastersteinen und schliefen ihren Rausch aus. Keiner beachtete sie.

Als Karlmann links auf den Halsteeg einbog, stellte sich ihnen ein Mann in den Weg. Er sah aus wie ein wildes Tier. Dunkle Haare bedeckten seine Stirn und auch seinen Nasenrücken. Seine Augenbrauen gingen nahtlos in einen mächtigen Vollbart über. Selbst aus seinen Ohren quollen die Haare hervor. Hätte er geknurrt wie ein Hund, wäre Piet kaum überrascht gewesen. Aber seine Stimme klang so glockenhell wie die eines Knaben.

»Karlmann, lange nicht gesehen. Wo hast du denn diesen Zwerg aufgegabelt?«

»Er heißt Piet.«

»Ist ja gut. Hast du es schon gehört?«

»Was denn?«

»Sie haben sie endlich geschnappt.«

»Du meinst die Schweine, die der Frau den Kopf abgeschlagen haben?«

»Genau die.«

»Erzähl!«

»Es ist eine merkwürdige Geschichte. Es waren zwei Huren. Sie haben gesagt, sie hätten den Kopf für einen Zaubertrank gebraucht. Sie haben ernsthaft behauptet, sie könnten damit jeden Mann in eine Frau verwandeln und umgekehrt.«

»Verrückte Weiber.«

»Warte, es kommt noch besser. Vor dem Stadtschulzen haben sie dann zu Protokoll gegeben, sie könnten mit ihrem Zaubertrank auch jedem Kerl, der mit seinem Ding nicht zufrieden ist, gegen Geld ein größeres machen. Also Jungs, denkt daran, wenn ihr euch heute Abend amüsiert. Vielleicht hat dein kleiner Freund ja Bedarf in dieser Richtung, Karlmann.«

»Halt's Maul.«

»Ist ja schon gut. War nicht so gemeint. Also amüsiert euch gut, Jungs.«

Karlmann ließ den Mann ohne ein weiteres Wort stehen.

»Wer war das?«

»Der haarige Henk. Egal, was hier im Viertel vor sich geht, er weiß es immer als Erster. Er sieht ein bisschen wild aus. Aber im Grunde ist er harmlos.«

Zwei Kanalbrücken passierten sie noch, dann stoppte Karlmann vor einem großen Haus am Oudebrugsteeg. Vor dem Eingang lag ein roter, abgetretener Teppich. Und auf dem Schild neben der Tür stand: *Die Mennonitische Hochzeit*.

Drinnen ging es bereits hoch her. Fast alle Tische waren besetzt. Die Männer prosteten sich mit schweren Bierkrügen zu. Vorne spielte ein Ensemble aus Violine, Clavicembalo und Hackbrett zum Tanz auf. Ein paar Frauen auf der Bühne drehten sich im Kreis zur Musik und wiegten sich in den Hüften. Mitten im Wirtsraum plätscherte ein Brunnen vor sich hin. Wie von Geisterhand bewegt, zuckelten zwei Figuren über den gemauerten Rand. Es war eine wirklich äußerst ausgefallene Apparatur. Die Figur links stellte einen Mann dar, der seinen Hut zog und sich verbeugte. Die Frauenfigur ihm gegenüber quittierte seine Geste mit einem braven Knicks. Piet hätte sich die Apparatur gerne aus der Nähe angeschaut, aber Karlmann wählte für sie einen freien Tisch nahe der Kapelle.

»Komm, wir setzen uns hier hin.«

Sie hatten kaum Platz genommen, da stellte die Bedienung ungefragt auch schon zwei Krüge auf den Tisch.

»Das lob ich mir«, sagte Karlmann. »Zack, zack, zack, und schon haben wir ein Bier vor uns. Lass uns anstoßen, Piet. Auf unser Wiedersehen. – Habt ihr noch von den Würsten aus Bologna?«, fragte er die Bedienung.

»Haben wir.«

»Und auch von den Muscheln mit Soße?«

»Sind auch noch da. Wenn ihr wollt, könnt ihr dazu Kartoffeln mit Schellfisch haben und zum Nachtisch vielleicht ein paar Kastanien oder Apfelsinen.«

»Bring uns einfach von allem etwas. Und bring uns auch noch zwei Krüge Bier.«

Piet war bisher nie in einem Spielhaus gewesen, aber er wusste, dass die Frauen hier jedem Mann gegen Geld zu Gefallen waren. Wenn Nistelroy im Laden einen seiner Stammkunden bediente, machte er manchmal anzügliche Bemerkungen in diese Richtung. Die Frauen auf der Bühne waren jung, eher noch Mädchen als Frauen, und auch sehr viel hübscher als die Mägde auf der Straße. Sie trugen bunte Kleider und geizten nicht mit ihren Reizen. Bei jeder Drehung schwenkten sie aufreizend ihre Hintern und zogen den Saum ihrer Röcke neckisch nach oben.

»Siehst du, das meinte ich eben«, sagte Karlmann. »Das sind die Kleinigkeiten, für die es sich zu leben lohnt.«

Piet erwiderte nichts. Neugierig schaute er dem Treiben zu. Die Männer stampften im Takt der Musik, manche sangen aus voller Brust. In ihren Augen las er die Begierde, die hier nur wenig Aufschub duldete und sich für ein bisschen Geld offenbar auch sehr leicht stillen ließ. Die Männer stupsten sich in die Seite, zeigten mit den Fingern auf das eine oder andere Mädchen und zwinkerten sich verschwörerisch zu.

»Schau mal, die Kleine da drüben. Nicht schlecht, oder?«, drang es vom Nachbartisch zu Piet herüber.

»Nein, nimm lieber die Rothaarige. Mit der war ich schon mal oben. Ich sage dir, famos, das Weib. Wirklich großartig.«

Die Männer wischten sich den Bierschaum vom Mund, schmatzten über ihren Tellern mit Bologneser Würsten und stierten die Mädchen auf der Bühne wie ein weiteres Gericht auf der Speisetafel an. Den Tänzerinnen schien das alles nichts auszumachen. Sie forderten die Blicke der Männer geradezu heraus. Wenn die Kapelle eine Pause einlegte, hüpften sie von der Bühne und wechselten auf den Schoß von einem dieser Kerle.

»Greif zu«, sagte Karlmann. »Für die Mädchen haben wir auch später noch Zeit.«

Die Bedienung stellte zwei weitere Krüge Bier auf den Tisch und einen Teller, gefüllt mit roten, fettigen Würsten.

Karlmann riss sich einen ordentlichen Kanten Brot ab und steckte sich genüsslich seine erste Wurst in den Mund. »Nun greif doch endlich zu, oder hast du etwa keinen Hunger?«

»Doch, doch.«

Piet nahm sich ebenfalls eine Wurst vom Teller.

»Wer weiß, wie lange es der alte de Haart überhaupt noch macht. Seine Tochter ist keine schlechte Partie. Sie ist noch ein bisschen pausbäckig. Aber sie ist ja auch erst fünfzehn. Das wird sich mit der Zeit schon geben. Wenn ich sie heiraten würde, könnte ich das Geschäft ihres Vaters vielleicht übernehmen. Was meinst du?«

»Glaubst du, dass die Mädchen auf der Bühne gerne tun, was sie da tun?«

»Fängst du jetzt etwa schon wieder an mit deinem Mitgefühl? Junge, wir sind hier, um uns zu amüsieren.«

»Trotzdem, glaubst du, dass sie es gern tun?«

»Sie verdienen ihr Geld damit, das dürfte reichen. Und jetzt lass es dir endlich schmecken.«

Die Kapelle stimmte gerade ein weiteres Lied an, als eine neue Tänzerin auf die Bühne trat. Der Stoff ihres Kleids schimmerte im Licht der Kerzen wie ein Stück vom Meer.

War das möglich? Piet traute seinen Augen kaum. Was hatte ein so kostbarer Stoff in einem Haus wie diesem zu suchen? Das Gesicht der Tänzerin war leicht gebräunt und ihre Augen von so sattem Grün wie Efeublätter. Sie tanzte nicht so ausgelassen wie die anderen Frauen. Langsam wiegte sie sich in einem Takt hin und her, der so gar nicht zu dem bierseligen Lied passen wollte, das die Kapelle gerade aufspielte. Wenn sie sich im Kreis drehte, schloss sie ihre Augen und spreizte die Arme von ihrem Körper ab. Es sah beinahe so aus, als wolle sie gleich wegfliegen wie ein schwarzer Trauerschwan, der sich ins ferne Holland verirrt hatte.

Die Tänzerin trug die Seide, die er in Nistelroys Lager selbst durch seine Hände hatte gleiten lassen. Kein Zweifel, es musste sich um ebendiesen Stoff handeln. Selbst aus der Entfernung betrachtet, erkannte Piet ihn sogleich wieder.

»Also, was meinst du dazu? Sollte ich die Tochter von de Haart zur Frau nehmen?«

Piet hörte kaum noch hin. Er vergaß Karlmann, die Musik um sich herum und auch das Gejohle der Männer an den Nebentischen. Er hatte nur noch Augen für diese Frau. Wie war sie bloß an diese Seide gekommen? War sie es etwa gewesen, die den Stoff in der Heertgenstraat abgeholt hatte? Das passte doch gar nicht zusammen. Eine Frau, die sich eine so kostbare Seide leisten konnte, musste nicht vor Männern tanzen. Andererseits: Nistelroy hatte behauptet, er werde an dieser Seide nichts verdienen. Was war das überhaupt für ein merkwürdiges Geschäft gewesen? Er hatte behauptet, eine Prinzessin habe den Stoff abgeholt, schöner noch als Si-ling-shi. Das zumindest stimmte, wenn es sich um dasselbe Mädchen handeln sollte. Sie war wirklich bildschön. Ob sie wohl um die geheimnisvollen Zeichen in dem Stoff wusste?

»Piet, hörst du mir überhaupt zu?«

»Natürlich.«

»Nein, du hörst mir nicht zu. Ich sehe doch, wie du die ganze Zeit zu der kleinen Schwarzen da drüben rüberglotzt. Gefällt sie dir etwa? Glaub mir, die taugt nichts. Nimm lieber eine Blonde. Und hilf mir mit dem Obst. Ich platze gleich.«

Die Bedienung hatte schon die süßen Apfelsinen aufgetragen. Aber Piet war in Gedanken nur bei der Tänzerin und ihrer Seide. Welchen Weg hatte dieser Stoff genommen, um ausgerechnet hier zu landen? Was hatte dieses schöne Mädchen in einem Haus wie der *Mennonitischen Hochzeit* verloren?

»Also was meinst du, Piet? Soll ich die Kleine heiraten und das Geschäft ihres Vaters übernehmen?«

»Was sagst du?«

»Könntest du mich vielleicht mal anschauen, wenn ich mit dir rede? Dir fallen ja gleich die Augen aus dem Kopf.«

»Entschuldige bitte.«

»Ich komm gleich wieder. Muss nur mal eben schnell etwas erledigen.«

-21-

Bis kurz hinter Leiden nahm Drooten die Kutsche, dann wechselte er auf einen Treidelkahn, der ihn nach Amsterdam brachte. Am Ufer zogen zwei kräftige Kaltblüter das Boot über den Kanal gen Norden. Drooten genoss das Gefühl, so sanft über das Wasser dahinzugleiten. Das war allemal besser als die lästige Schaukelei eben in der Kutsche. Er stand am Bug und blickte nach vorne. Ja, es war wirklich erhebend, so mühelos dahinzugleiten, fast ein bisschen so, als würde man Jesus gleich über das Wasser schreiten.

Drooten fand es ziemlich übertrieben, fünfhundert Gulden für eine Brille auszugeben. Er selbst verdiente nur etwas mehr als die Hälfte im Jahr. Was war denn so schlimm daran, wenn man nicht mehr alles sehen konnte? Das meiste auf dieser Welt war doch sowieso nicht weiter sehenswert. Lüge und Saufgelage, wohin man auch blickte. Wenn schon, dann hatte das Sehen nur im Sinne der göttlichen Vorsehung seinen Wert.

Jüttner, und das bedauerte Drooten aufrichtig, weil er von einem Mann der Kirche etwas mehr Demut erwartet hätte, sah das völlig anders. »Wenn sie jetzt schon Instrumente bauen, um die Unendlichkeit des Himmels zu erforschen«, hatte er zu ihm gesagt, »dann wird es ja wohl möglich sein, mir eine Brille zu machen, damit ich endlich wieder lesen kann.«

Die Unendlichkeit des Himmels. Drooten schauderte bei diesem Gedanken. Was, wenn sie mit ihren Fernrohren da oben keinen Gott fanden?

In Amsterdam nahm er in einer einfachen Herberge nahe des Hafenviertels Quartier. Es war schon zu spät, um den Brillenmacher Thijs de Haart jetzt noch in der Bloemstestraat aufzusuchen. Gleich morgen früh wollte er das erledigen, sich danach noch schnell um die Angelegenheit seiner Wirtin kümmern und dann möglichst rasch zurück nach Delft. Länger als eine Nacht wollte Drooten nicht in Amsterdam bleiben.

Das Zimmer war klein, aber sauber. Das Fenster ging hinaus auf den Ourdekerksplein. Drooten wechselte schnell sein Hemd, um draußen noch eine

Kleinigkeit zu essen. Das Einzige, was ihn an seinem Zimmer störte, war die Tatsache, dass kein Kruzifix an der Wand hing. Ohne Kreuz konnte er nicht gut schlafen.

Drooten war hungrig von seiner Reise, aber was er auf den Straßen von Amsterdam dann zu sehen bekam, ließ ihn seinen Hunger schnell vergessen. Er sah Huren, die sich in dunklen Hauseingängen darboten, und Bürger auf Abwegen. Zwielichtige Gestalten sprangen auf den Gassen wie geile Böcke umher. Das hatte Drooten nicht erwartet. Der Stadt eilte zwar ein gewisser Ruf voraus, aber so zügellos hatte er sich das Treiben nicht vorgestellt. Amsterdam war der Blasebalg, auf dem der Teufel sein Feuer anfachte. Trotzdem oder gerade deshalb konnte er seinen Blick nicht von den Huren wenden.

Er lief jetzt schon zum dritten Mal die Ridderstraat bis vor zum Kanal und bog dann rechts in die Jonkerstraat ein. Da vorne stand sie. Zweimal schon war er an ihr vorübergelaufen und hatte sie aus seinen Augenwinkeln scheu betrachtet. Wie schamlos und durchtrieben sie aussah. Ihre Brüste zeichneten sich unter ihrer engen Bluse gut sichtbar ab. Sie hatte große, mütterliche Brüste. Sie war widerlich – widerlich anziehend.

Als Drooten nun zum dritten Mal in die Jonkerstraat einbog und langsam an ihr vorüber ging, sprach sie ihn an.

»Gucken kostet nichts. Aber wenn du etwas Geld erübrigen kannst, siehst du mehr.«

»Ich gehe mir nur die Beine vertreten.«

»Blödsinn. Hast du kein Geld in der Tasche oder keine Eier in der Hose?«

Später, als Drooten dann alleine im Bett seiner Herberge lag, durchzuckte ihn noch immer die erregende Demütigung, die er bei dieser Frau empfunden hatte. Er war der Hure, die leicht seine Mutter hätte sein können, auf einer schmalen Stiege in eine schäbige Absteige gefolgt. In einem Ton, der keine Widerrede duldete, hatte sie ihm befohlen, sich auszuziehen. Er hatte sich vor sie gekniet wie vor die Mutter Gottes. Er wollte ihre großen, mütterlichen Brüste berühren, aber sie wies seine Hand brüsk zurück. Sie befahl ihm, es sich beim Anblick ihrer Brüste selbst zu besorgen. Drooten ejakulierte vor ihren strengen Augen auf den Boden, noch bevor er überhaupt etwas erwidern konnte. Sünde und Buße hatte er in diesem Augenblick empfunden, beides auf einmal, zusammengepresst in ein demütigend lustvolles Gefühl der Gier.

»Komm wieder, wenn du etwas mehr als sechs Stüber erübrigen kannst«, hatte die Hure zu ihm gesagt. »Dann darfst du mir beim nächsten Mal auch an die Brüste fassen.«

Drooten war auch noch am nächsten Morgen ziemlich durcheinander, als er sich in die Bloemstestraat aufmachte, um die Brille des Pfarrers abzuholen. Er wollte Amsterdam möglichst schnell den Rücken kehren und vergessen, was am Abend zuvor mit ihm geschehen war. Er hoffte, er würde noch am gleichen Tag den Treidelkahn zurück nach Leiden erwischen. Doch zu seinem Bedauern teilte ihm Thijs de Haart mit, die Brille sei noch nicht fertig.

»Wir müssen noch ein bisschen daran rumfeilen. Und dann braucht es noch ein allerletzter Feinschliff. Heute wird das nichts mehr. Komm am Dienstag gegen Abend wieder, dann kannst du die Brille mitnehmen.«

»Aber sie sollte doch schon längst fertig sein.«

»Gut Ding will Weile haben. Und diese Brille soll deinem Pfarrer doch gute Dienste leisten, oder?«

Missmutig verließ Drooten die Werkstatt. Heute war Freitag. Musste er also noch weitere vier Tage in dieser gottverdammten Stadt verbringen und auch noch weitere vier Nächte. Drooten ging die Bloemstestraat zurück in Richtung Westerkerk. An der Nordseite der Kirche lag ein kleiner Friedhof. Das Tor quietschte in den Angeln, als er die Pforte öffnete. Langsam lief er durch die Reihen der Toten. Sie hatten es wenigstens schon hinter sich.

Drooten las die Inschriften auf den Grabsteinen. *Marinus Voock. Geboren in Amsterdam 1596, gestorben ebendort 1616.* Nur zwanzig Jahre war der Bursche alt geworden. Gleich daneben lag ein Kerl, den sie mit achtundsechzig begraben hatten. *Bram van Houten. Sargmacher.* Wie sinnlos dieses jämmerliche Dasein doch war. Da hatte einer sein Leben lang die Särge für andere Leute gezimmert, und jetzt lag er selbst in so einer Kiste. Wenn das Leben eine Prüfung war, dann war sie unter den Menschen ziemlich ungleich verteilt. Im Laufe von achtundsechzig Jahren konnte man schließlich sehr viel mehr Fehler begehen, als wenn man nur zwanzig Jahre alt wurde. Drooten selbst war mittlerweile neunundvierzig, und er fürchtete, er habe in seinem Leben schon ein paar Fehler zu viel begangen, erst gestern Abend wieder.

Ein paar Kanäle überquerte er noch, dann hielt er sich links und erreichte so schließlich den Turm der Tränen. Zweimal drehte Drooten eine halbe Runde um den Turm, aber für sein Vorhaben schienen ihm noch zu viele Leute zugegen. Er setzte sich vorne auf die Kaimauer und wartete.

Die Zeit, das hatte ihm seine Wirtin erzählt, als sie ihn um diesen kleinen Gefallen gebeten hatte, verging am Turm der Tränen immer viel zu langsam. Unzählige Frauen warteten hier auf die Heimkehr ihrer Männer. Wochen,

Monate, ja sogar Jahre warteten sie, und das oft vergeblich. So manche Schiffe kehrten gar nicht mehr aus Ostindien zurück. Und auf denen, die zurückkehrten, fehlten immer ein paar zu viel.

Als sich der Platz gegen späten Nachmittag langsam leerte, stand Drooten auf und suchte in der Wand des Turms nach einer geeigneten Stelle. Dann presste er das Medaillon seiner Wirtin zwischen zwei lockere Steine. Er überzeugte sich noch kurz, dass es halten würde, dann verließ er den Turm der Tränen und verbrachte den Rest des Tages in seiner Herberge. Die Straßen von Amsterdam mied er in dieser Nacht.

-22-

»Darf ich mich zu dir setzen?«

Piet hatte kaum registriert, wie Karlmann vom Tisch aufgestanden war. Er hatte nur Augen für die Tänzerin auf der Bühne gehabt. Aber nachdem die Kapelle eine neuerliche Pause einlegte, war auch sie plötzlich verschwunden.

Jetzt stand sie direkt vor ihm. Sie sprach holländisch, aber mit einem fremdländischen Akzent. Piet rückte ihr schnell einen Stuhl zurecht.

»Dein Freund meint, du würdest mich vielleicht gerne nach oben begleiten. Ich heiße Carla, und du?«

»Piet. Ich heiße Piet. Möchtest du vielleicht von den Apfelsinen kosten?«

»Nein, so lange kann ich nicht bei dir sitzen bleiben. Aber wenn du mich nach oben begleiten magst, habe ich Zeit für dich. Es ist die letzte Tür rechts oben im Flur.«

Carla stand vom Tisch auf und nahm die Treppe nach oben. Sie winkte ihm auffordernd zu. Piet blickte ihr nach, noch immer nicht sicher, ob er es wagen sollte.

»Nun geh schon hoch.«

Karlmann setzte sich wieder zu ihm an den Tisch.

»Wo hast du gesteckt?«

»Musste nur eben mal pinkeln. Ich finde zwar noch immer, du hättest dir ein anderes Weib aussuchen sollen, aber irgendwie scheinst du ja einen Narren an ihr gefressen zu haben. Also hoch mit dir.«

»Aber ...«

»... nichts aber. Sie wartet auf dich.«

Piet nahm die Treppe nach oben und lief den Flur entlang. Er klopfte so zaghaft gegen die Tür, dass man es leicht hätte überhören können. Aber Carla öffnete ihm sofort. Das Bett nahm fast die gesamte Breite des Raums ein. Rechts an der Wand stand ein wackeliger Schrank, der schon bessere Zeiten gesehen hatte. Das Fenster war gerade so groß, dass ein Kopf hindurchpasste.

»Komm.«

Carla fasste Piet an der Hand und schloss die Tür. Sie führte ihn zum Bett und forderte ihn auf, sich zu setzen. Dann kniete sie sich vor ihn hin und band ihm die Schuhe auf.

»Warte. Ich will nicht, dass du das tust.«

»Gefalle ich dir etwa nicht? Hast du etwas gegen Juden?«

»Warum sollte ich etwas gegen Juden haben? Ich bin noch nie einem Juden begegnet. Eigentlich habe ich nur etwas gegen Calvinisten.«

»Ich bin Jüdin, auch wenn mein Vater mich hat taufen lassen.«

»Na und? Wir alle sind doch irgendetwas. Katholiken, Protestanten, Mennoniten oder auch Juden. Du scheinst ja auch keinen Anstoß an mir zu nehmen.«

»Weil du etwas klein geraten bist, meinst du?«

»Ja.«

»Wenn du nichts gegen Juden hast, will ich auch nichts gegen dich haben. Außerdem erinnern mich deine roten Haare an meinen Onkel Abel. Er ist kaum größer als du und hat genauso rote Haare. Er hat mir als Kind immer die allerschönsten Geschichten erzählt. Kannst du mir auch eine Geschichte erzählen?«

»Später vielleicht, aber zuerst will ich deine Geschichte hören.«

»Meine Geschichte ist traurig.«

»An traurige Geschichten bin ich gewohnt.«

»Sie hat aber auch keine Zukunft, meine Geschichte.«

»Das weiß man immer erst, wenn eine Geschichte zu Ende geht. Beginne doch einfach mit dem Anfang.«

»Du willst also wirklich nicht …«

»… nein, deshalb bin ich dir nicht nach oben gefolgt. Ich möchte nur deine Geschichte hören.«

Carla druckste noch ein wenig herum, aber weil sich dieser kleine Mann so ganz anders verhielt als all die anderen Männer, die sie hier oben in ihrer Kammer bisher empfangen hatte, öffnete sie ihm ihr scheues Herz.

»Ich komme aus Lissabon.«

»Erzähl weiter.«

»Du hast große, blaue, neugierige Augen. Sie erinnern mich an das Meer zu Hause. Deine Augen sehen aus wie ein Ozean voller blauer Möglichkeiten.«

Piet schwieg, und Carla redete langsam weiter. Dieser kleine Kerl kniff ihr nicht in den Hintern und tätschelte auch nicht über ihre Wangen. Er warf sie nicht aufs Bett und sich selbst dann über sie. Er war der erste Mann in der *Mennonitischen Hochzeit*, der sie wie eine Frau behandelte, nicht wie eine Hure.

»Du willst also wirklich nur meine Geschichte hören und nicht mehr von mir?«

»Ja.«

Carla brauchte noch eine Weile, um Vertrauen zu fassen. Sie schaute Piet verwundert an, aber irgendwann, als er noch immer nichts unternahm, was ihr selbst hätte wehtun können, sprudelte es aus ihr heraus. Sie erzählte ihm von dem Haus ihrer Eltern in der Rua Condessa. Von dem großen Garten, in dem die Zypressen und Eukalyptusbäume blühten. Von den Zikaden, die dort fast ununterbrochen sangen, tagsüber und auch in der Nacht. Von ihrem Vater, der keinen Abend nach Hause kam, ohne ihrer Mutter eine Blume zu schenken. Und von der Liebe, die in Lissabon ein ständiger Gast in ihrem Hause war.

Wenn ihr die Worte fehlten, wechselte Carla vom Holländischen ins Portugiesische. Sie sprach dann mit Händen und Füßen, aber das Wichtigste verstand Piet trotzdem. Sie erzählte ihm, was sie noch keinem in Amsterdam erzählt hatte. Von Figueira da Foz, wo sie jedes Jahr im Sommer einen Monat mit ihren Eltern verbrachte und jeden Tag weit hinaus ins Meer geschwommen war. Von den Wellen des Atlantiks, in denen man sich wiegen konnte wie ein Kind in den Armen seiner Mutter.

»Ich war zehn Jahre alt, da schenkte mir mein Vater einen Papagei. Ich habe ihm das Sprechen beigebracht.«

Heiser ahmte Carla die Stimme ihres Papageis nach. Sie hatte Tränen in den Augen, als sie ihm das erzählte.

»Ich bin erst vor Kurzem aus Lissabon hier in angekommen. An Bord der *Prins van Oranje*. Auf der Überfahrt hat man mir alles gestohlen. Seit ich in Amsterdam bin, ist nichts mehr, wie es einmal war.«

»Wo hast du die Seide für dein Kleid her?«

Carla wischte sich die Tränen von der Wange.

»Es steht etwas in dem Stoff geschrieben, nicht wahr?«

»Woher weißt du davon?«

»Ich arbeite für einen Tuchhändler in der Heertgenstraat. Ich selbst habe die Seide in sein Lager geräumt.«

»Du arbeitest für Nistelroy? Dann musst mir unbedingt …«

Carla konnte ihren Satz nicht mehr beenden.

Es klopfte einmal laut gegen die Tür, da stand der Wirt schon in der Kammer.

»Genug amüsiert, mein Turteltäubchen. Wir haben noch mehr Gäste da unten. Es wird langsam Zeit, dass du deinen Hintern wieder auf die Bühne schwingst.«

Carla kam gerade noch dazu, Piet das Geld zuzustecken, das ihr Karlmann gegeben hatte.

»Hier«, sagte sie, »gib deinem Freund das Geld zurück. Ich will sein Geld nicht. Aber du, komm bitte schnell wieder. Du musst mir helfen.«

-23-

Nistelroy lag im Bett neben seiner Frau und hielt sich den Bauch. Ihn plagten die Blähungen.

»Diese verdammten Zwiebeln. Ich glaube, ich vertrage keine Zwiebeln mehr.«

»Mein Lieber, du verträgst so einiges nicht mehr. Du solltest auch besser vom Genever die Finger lassen. Jedes Mal, wenn du dir am Abend zwei Gläser davon gönnst, schnarchst du danach wie ein Walross.«

»Aber der Schnaps hilft gegen meine Blähungen. Außerdem schnarche ich nicht.«

»Tust du doch.«

»Und du tust dem Jungen unrecht. Du hast gesagt, dass er sich am Abend bestimmt im Hafenviertel rumtreibt und dort die Huren anglotzt.«

»Tut er es nicht?«

»Nein, tut er nicht. Ich habe ihn gefragt, womit er neuerdings seine Abende verbringt. Er sagt, er habe einen alten Freund getroffen, der ihm zeigen würde, wie man Gläser schleift.«

»Er schleift Gläser?«

»Sag ich doch.«

»Und wozu soll das gut sein?«

»Keine Ahnung. Er sagt, er mache das bloß zu seinem eigenen Vergnügen.«

»Ein merkwürdiges Vergnügen. Im Übrigen halte ich es für falsch, dass er dir neuerdings vorn im Laden aushilft. Es wird deinem Geschäft schaden.«

»Blödsinn.«

Unwirsch drehte sich Nistelroy auf die Seite. Sie hatte wirklich keine Ahnung. Das erste Mal, als er Piets Dienste vorn im Laden in Anspruch genommen hatte, war er ja selbst noch unsicher gewesen. Aber mittlerweile nicht mehr. Inzwischen hatte er begriffen, dass Piet seinen Geschäften durchaus förderlich war. Es war eigentlich ganz einfach und auch ziemlich einleuchtend. Die garstigsten Weiber und auch die hässlichsten Männer fühlten sich neben diesem kleinen Kerl stattlich und erhaben. Gegen ihn kamen sich alle wie die Größten vor. Und die schönen Stoffe, die er ihnen zur Probe anhielt, machten den Unterschied sogar noch deutlicher. Sie kauften ihm ab, was immer er ihnen vorschlug. Ob Samt oder Seide, Batist oder Leinen. Seit Piet ihm vorne im Laden zur Hand ging, hatten sich seine Umsätze an manchen Tagen glatt verdoppelt.

Nistelroy furzte einmal laut. Na endlich, dachte er und schlief dann, erlöst von seinen Blähungen, zufrieden ein.

-24-

Während Nistelroy oben schon selig vor sich hin schnarchte und seine Frau neben ihm sich die Ohren zuhielt, lag Piet noch hellwach unten auf seiner Pritsche. Den ganzen Samstag hatte er mit Karlmann in der Werkstatt verbracht, um sich von ihm in der Kunst des Glasschleifens unterrichten zu lassen. Über ihren Besuch in der *Mennonitischen Hochzeit* am Abend zuvor hatten die beiden bisher kein einziges Wort verloren. Piet hatte Karlmann noch nicht einmal sein Geld zurückgegeben.

Piet dachte an Carla, auch an diesem Abend. Überhaupt änderte sich für ihn gerade etwas sehr Grundlegendes in seinem Leben. Der Fluss der Zeit, dieser herrschsüchtige Zeremonienmeister, der das menschliche Leben stärker regierte als der bloße Augenblick, hatte ihn nun wieder fest im Griff. Die Selbstgenügsamkeit seiner früheren Tage war für ihn dahin. Keine Stunde verging jetzt noch ohne die Erinnerung an das Gestern und die Aussicht auf das

Morgen. Ob ihm Carla wohl auch noch den Rest ihrer Geschichte erzählen würde? Irgendetwas hatte sie ihm sagen wollen, als sie vom Wirt so jäh unterbrochen worden waren. Schuldete ihr Nistelroy etwas, von dem er nichts ahnte?

Den Meister selbst hatte Piet auf die Geschichte noch nicht angesprochen. Er wollte lieber erst aus Carlas Mund hören, was geschehen war. Gestern, nachdem er mit Karlmann in seiner Werkstatt zum ersten Mal ein paar Gläser geschliffen hatte, war er nicht sofort zurück in die Heertgenstraat gelaufen, sondern noch einmal bis vor zur *Mennonitischen Hochzeit* im Hafenviertel gegangen. Dort stand er dann in einen dunklen Hauseingang gedrängt, dem Spielhaus genau gegenüber.

Er hätte Carla so gerne besucht, aber allein traute er sich nicht in das Spielhaus hinein. Er fürchtete die hämischen Bemerkungen der anderen Gäste und mehr noch, dass es nicht dabei bleiben würde. Piet klang noch in den Ohren, wie ihn der haarige Henk gestern auf der Straße einen Zwerg genannt hatte. Wer wusste denn schon, was er sonst noch alles gesagt oder womöglich auch getan hätte, wäre er nicht in Begleitung von Karlmann gewesen. Außerdem stand sein Lohn für die kommende Woche noch aus. Piet hatte kein Geld, um in die *Mennonitische Hochzeit* zu gehen. Nur die zwei Gulden, die ihm Carla gestern zurückgegeben hatte. Und die gehörten Karlmann, nicht ihm.

So stand er also bis spät in die Nacht in dem dunklen Hauseingang und blickte zu den Fenstern nach oben. Er war sich nicht sicher, hinter welchem Fenster Carla schlief. Ob sie wohl noch immer so sehnsüchtig an zu Hause dachte? Ob sie heute wohl auch manchmal an ihn gedacht hatte? Immerhin hatte sie ihn aufgefordert wiederzukommen und ihn sogar um Hilfe gebeten. Hielt man sie da oben gegen ihren Willen fest? Was hatte Nistelroy mit all dem zu schaffen? Wo waren Carlas Eltern, von denen sie so liebevoll gesprochen hatte? Und was hatten die geheimnisvollen Zeichen in der Seide zu bedeuten? Piet begriff die Zusammenhänge dieser merkwürdigen Geschichte noch nicht, aber Carla hatte ihm bisher ja auch nur den Anfang davon erzählt. Er musste zu ihr zurück, damit sie ihm auch den Rest der Geschichte erzählte.

Am Sonntagmorgen ließ Piet das Frühstück ausfallen, um etwas schneller zurück in die Bloemstestraat zu kommen. Karlmann zeigte ihm noch einmal, wie man das Trenneisen im Kamin schürte und damit kreisrunde Stücke aus den kleinen Scheiben herausbrach, die für Brillengläser nicht mehr zu gebrauchen waren. Er ließ ihn die Ränder der Rohlinge mit der Feile bearbeiten und mit etwas Pech auf das Ende eines Holzstabs kitten. Er machte ihm vor, wie man über die Schnurrrolle die kleine Schleifschale auf der Maschine zum Laufen brachte, berichtigte seine Handhaltung und wies ihn dann an, das Glas im richtigen Winkel gegen die Schale zu pressen.

Am Vormittag wässerte Piet den Sand, den sie für den ersten Schliff brauchten. Auch den Sand, der sich im Holzkasten unter der Schleifschale ablagerte, siebte er im Wasser so lange, bis sich die gröbsten Körner auf dem Boden abgesetzt hatten. Karlmann lehrte Piet den Gebrauch von Polierrot und Tripel und forderte ihn auf, die Schleifschalen jedes Mal sehr sorgfältig von allen Sandkörnern zu befreien, damit die winzigen, nur fingernagelgroßen Linsen beim nächsten Schliff nicht verkratzten.

Gegen frühen Nachmittag, als die beiden bereits eine ganze Reihe unterschiedlich gebogener Linsen hergestellt hatten und gerade die Werkstatt aufräumten, sagte Piet: »Ich glaube, so kommen wir nicht weiter. Wir müssen die Linsen miteinander verbinden. Wir brauchen so etwas Ähnliches wie deine Brillengestelle. Nur mit dem Unterschied, dass wir die Gläser nicht neben-, sondern hintereinander anbringen müssen.«

»Vielleicht hast du recht. Aber für heute machen wir Schluss. Verrate mir lieber, wie es mit der kleinen Schwarzen gelaufen ist.«

»Sie hat geweint.«

»Also hatte ich recht. Sie taugt nichts. Wusste ich es doch. Hättest besser auf mich hören sollen. Hättest dich besser an eine der Blonden gehalten.«

»Nein, so ist es nicht.«

»Hatte sie wenigstens schöne Möpse?«

»Rede nicht so über sie.«

»Na hör mal. Ich verzichte hier auf meinen freien Sonntag und bringe dir bei, wie man Gläser schleift. Und du willst mir noch nicht einmal von den Möpsen dieser kleinen schwarzen Hure erzählen? Ich hoffe doch, sie hat es dir wenigstens gut besorgt, auch wenn sie dabei geweint hat.«

»Ich gehe jetzt besser.«

Piet hörte noch, wie Karlmann vor sich hin fluchte, als er die Werkstatttür wütend hinter sich zuschlug.

-25-

Den Rest des Sonntags schmollte Piet in seinem Stofflager vor sich hin. Ihm klang noch immer in den Ohren, wie abfällig und böse sich Karlmann über Carla geäußert hatte. Es kam ihm beinahe so vor, als sei er ein bisschen eifersüchtig auf seine Gefühle. Ja, er hatte sich verliebt. Er wusste nicht, ob Karlmann ein solches Gefühl überhaupt kannte. Ob er wohl jemals einen anderen Menschen so geliebt hatte wie sich selbst?

Aber am Montag, gleich nach Feierabend, machte er sich doch wieder auf den Weg in der Bloemstestraat, immer noch ein wenig ärgerlich auf Karlmann, aber auch bereit, ihm zu verzeihen.

»Komm rein. Ich muss dir etwas zeigen.«

Karlmann reichte Piet ein längliches Röhrchen. Es war aus dünnem Blech gefertigt und in der Mitte von weichem Leder ummantelt. An dem einen Ende war ein kreisrundes Glas in das Blech eingepasst, am anderen Ende ein Loch hineingestanzt.

»Nein, nicht so herum. Du musst das Röhrchen andersrum halten und durch das kleine Loch hier oben schauen. Am besten nimmst du das Röhrchen in beide Hände. Du kannst es ein wenig hin- und herschieben, dann siehst du ihn besser.«

Vorsichtig probierte Piet den Mechanismus aus. Das Röhrchen ließ sich tatsächlich hin- und herschieben. Es mussten mehrere kleine Teile ineinanderstecken. Zu voller Größe ausgezogen, maß das Instrument vielleicht dreißig Zentimeter. Dann schaute er durch das Loch.

»Was ist das?«

Karlmann grinste hämisch.

»Ein Floh ist das. Ein gottverdammter Drecksfloh. Schau ihn dir ruhig in Ruhe an. Und dann sagst du mir, was an dieser Kleinigkeit so besonders sein soll.«

Der Floh war dunkelrot gepanzert und am ganzen Körper von Borsten übersät. Piet schätzte die Vergrößerung des Glases auf das Fünfzigfache, wenn nicht sogar noch ein wenig mehr. Der Floh lebte noch. Piet sah, wie das Blut in seinem Körper pulsierte. Er hatte sich einen Floh nackter vorgestellt, auf jeden Fall nicht so behaart. Zwischen seinen Fühlern ragte ein Stachel hervor, und auch die gewölbten, hervorstehenden Augen ließen sich gut erkennen. Am Ende seiner Beine prangten Raubhaken. Eigentlich waren die Beine viel zu kurz für den massigen Körper. Nur die Hinterbeine waren lang und kräftig wie bei einer Heuschrecke. Aus Dreck, wie allgemein behauptet wurde, war dieser Floh ganz bestimmt nicht entstanden.

»Wie hast du es angestellt?«

»Ich hab ihn mit dem Kamm erwischt.«

»Ich meine nicht dein Glück als Jäger. Wie hast du die Vergrößerung hinbekommen?«

»Eigentlich habe ich nur gemacht, was du selbst vorgeschlagen hast, bevor du die Werkstatt gestern so wütend verlassen hast. Ich habe zwei von den Linsen, die wir gemeinsam geschliffen haben, im Inneren des Röhrchens hintereinander befestigt, und dann kam mir der Gedanke, dass man mit einem Schiebemechanismus alles vielleicht noch etwas besser ins Licht rücken könnte. Den ganzen Sonntagabend hat mich das Ding gekostet. Du kannst die Linsen übrigens herausnehmen und auch etwas anderes als diesen Floh dazwischenstecken.«

»Was meinst du, wie stark fällt die Vergrößerung aus? Fünfzigfach oder sogar noch mehr?«

»Fünfzigfach könnte ungefähr hinkommen. Wenn du willst, schenke ich dir das Ding. Als kleine Wiedergutmachung für gestern. Warst du am Abend noch einmal bei ihr?«

»Nein, aber ich würde sie gern wiedersehen.«

»Sie war deine erste Frau, oder?«

»Ich glaube, die Not hat sie dahin getrieben.«

»Natürlich, was hast du denn gedacht? Meinst du etwa, sie tun es aus purer Lust? Sie verdienen ihr Geld damit. Man bezahlt sie dafür, dass sie einem Freude schenken. Nicht dafür, dass sie weinen und einen traurig machen.«

»Sie ist anders.«

»Klar ist sie anders. Jede Frau ist anders. Das ist ja das Aufregende an ihnen. Trotzdem rate ich dir, verliebe dich nie in eine Hure. Sie wollen nur dein Geld.«

Piet kramte in seiner Tasche und zählte dann die zwei Gulden vor Karlmann auf den Tisch.

»Hier, das ist dein Geld.«

»Was für ein Geld?«

»Das Geld, mit dem du sie bezahlt hast. Sie sagte, ich solle es dir zurückgeben. Sie sagte, sie wolle dein Geld nicht.«

-26-

Drooten verbrachte die vier Tage, die er auf die Brille des Pfarrers warten musste, in seiner Herberge. Nur zu den Mahlzeiten verließ er kurz das Haus. Es fiel ihm nicht leicht, der Versuchung zu widerstehen. Auch jetzt auf seinem Weg in die Bloemstestraat redete er sich ein, er habe sich bloß verlaufen. Aber er wusste genau, wohin der Teufel seine Schritte lenkte. Zwanzig Gulden hatte er noch in der Tasche. Bei Licht betrachtet, sah das Viertel noch schäbiger aus als in der Nacht. Die armseligen Häuser duckten sich eng aneinander. Auf den Gassen bewarfen sich die Kinder mit Dreck, und zwischen ihren nackten Füßen liefen die Fischabfälle die Rinnsteine hinunter. Drootens Hände zitterten, als er um die Ecke in die Jonkerstraat bog. Aber sie war nicht da.

Er drehte dann noch drei weitere Runden durch das Viertel, bis er sich endlich darauf besann, dass er etwas Wichtigeres zu erledigen hatte. Es war spät geworden. Verdammt, dachte Drooten, hoffentlich treffe ich den Brillenmacher überhaupt noch an. Er wollte nicht noch eine weitere Nacht in dieser gottverdammten Stadt verbringen. Er musste möglichst schnell weg von hier, fort von dem Laster und seiner Versuchung.

Thijs de Haart hatte die Werkstatt schon verlassen, noch bevor Drooten die Bloemstestraat erreichte. Zu Karlmann hatte er gesagt: »Kann sein, dass gleich noch einer vorbeikommt. Eigentlich merkwürdig, dass er noch nicht da ist. Freitag konnte es ihm gar nicht schnell genug gehen, und heute lässt er mich warten. Nimm den Wechsel von ihm entgegen und gib ihm die Brille für den Pfarrer mit, falls er noch auftauchen sollte. Ich werde meine Frau und meine Tochter heute Abend zum Essen ausführen. Und du selbst solltest auch bald Feierabend machen. Hast doch schon das ganze Wochenende in der Werkstatt verbracht.«

»Ja, ich mache bald Schluss, Meister. Ich warte nur noch auf meinen Freund. Es war Ihnen doch hoffentlich recht, dass ich ihm unser Handwerk hier ein wenig näherbracht habe?«

»Solange ihr nur das Bruchglas nehmt, könnt ihr nach Feierabend machen, was ihr wollt. Aber wenn etwas Vernünftiges dabei herauskommen sollte, zeige es mir die Tage einmal.«

»Vernünftig ist etwas anderes, Meister. Ehrlich gesagt, will ich heute Abend auch lieber ein Bier trinken gehen.«

»Dann bis morgen.«

-27-

Piet nahm wie üblich den Weg über den Hof. Er trug das lederummantelte Röhrchen bei sich, das ihm Karlmann gestern geschenkt hatte. Den Floh hatte er tagsüber gegen ein paar andere Kleinigkeiten getauscht und sie neugierig durch das Vergrößerungsglas betrachtet, darunter auch die Blüte einer Schwertlilie.

Karlmann war wie immer allein, als Piet die Werkstatt betrat.

»Ich habe den Floh gegen etwas Schöneres getauscht. Willst du es sehen?«

»Fängst du schon wieder damit an? Nein, ich will es nicht sehen. Ich dachte, mit dem Röhrchen hätten wir die Sache ein für alle Mal erledigt.«

»Du irrst dich, Karlmann. Wir haben gerade erst damit begonnen. Wir stehen noch ganz am Anfang. Ich habe heute viel darüber nachgedacht.«

»Also gut, worüber hast du nachgedacht?«

Piet wollte sich gerade erklären, als sich die Tür zur Werkstatt noch einmal öffnete.

»Ah, da sind Sie ja endlich. Der Meister ist schon gegangen, aber er meinte, Sie würden vielleicht noch vorbeikommen. Die Brille für den Pfarrer ist fertig. Den Wechsel können Sie auch mir geben. Ich packe die Brille nur noch schnell ein.«

Fassungslos schaute Piet Drooten an. Er war es tatsächlich, der alte Kirchendiener aus Delft. Er schien mindestens ebenso überrascht wie er selbst. Da vorne stand er und rührte sich nicht. Piet sah den Hass in seinen Augen. Er starrte ihn an wie ein lästiges Insekt, das er am liebsten zwischen seinen Fingern zerquetscht hätte. Während Karlmann noch die Brille einpackte, kam Drooten langsamen Schrittes auf ihn zu.

»Ich dachte, du seist tot.«

»Es muss wohl danach ausgesehen haben.«

»Ja, aber es hat offenbar nicht gereicht. Es wäre nicht zum Schaden der Welt gewesen, wäre es anders.«

»Hier, die Brille.«

Drooten gab Karlmann den Wechsel, nahm die Brille von ihm entgegen und verließ dann ohne ein weiteres Wort schnell die Werkstatt.

Karlmann schaute Piet fragend an. »Du kennst ihn?«

»Ja.«

»Warum denkt er, du seist tot?«

»Was wollte er?«

»Das hast du doch selbst gesehen. Er hat die Brille für seinen Pfarrer abgeholt. Der Mann, der so blind wie ein Maulwurf sein muss. Ich habe dir doch von ihm erzählt. Also, warum glaubt er, du seist tot?«

»Hast du ihn denn nicht wiedererkannt?«

»Nein.«

»Er hat damals alles mitangesehen, als sie mich in Deventer beinahe totgeschlagen haben.«

»Stimmt, da war noch einer. Er hat neben den Lehrern gesessen.«

»Nein, er hat direkt neben Radewijns gesessen. Er war es auch, der mich nach dem Tod meines Vaters damals nach Deventer geschafft hat.«

»Piet, das alles ist fürchterlich lange her und lässt sich heute auch nicht mehr ändern.«

»Du hast völlig recht. Wir haben jetzt Wichtigeres zu tun. Wir müssen einen Weg finden, um Gläser zu schleifen, die noch stärker vergrößern als die Linsen in diesem Röhrchen hier. Vielleicht war es falsch, die Gläser hintereinander zu befestigen. Vielleicht müsste man die Kraft der beiden Gläser in nur einer einzigen Linse irgendwie zusammenführen.«

»Piet, ich habe genug von dieser Spielerei. Ich habe mir schon den ganzen Sonntag damit versaut.«

»Nun hör doch erst mal zu. Mir kam der Gedanke, als ich heute im Laden von Nistelroy hinter der Glasvitrine stand. Irgendjemand hatte ein bisschen Wasser darauf verschüttet, vielleicht der Meister selbst. Ich wollte es nur schnell wegwischen, aber als ich mich dann über die Vitrine beugte und durch einen dieser winzigen Wassertropfen spähte, sah ich das Muster des darunterliegenden Tuchs ganz außerordentlich vergrößert, weit mehr noch, als es dieses Röhrchen hier kann. Da dachte ich, es sei vielleicht falsch, die Gläser hintereinander zu befestigen. Ich glaube, man muss die Kraft der Gläser in nur einer einzigen Linse zusammenbringen. Vielleicht müsste man das Glas auf beiden Seiten gegensätzlich schleifen. Die eine nach innen gewölbt und die andere nach außen. Das weiß ich noch nicht so genau. Aber auf jeden Fall müsste diese Linse noch sehr viel kleiner sein als die Gläser in diesem Röhrchen hier.«

»Wieso kleiner?«

»Weil ich glaube, dass die Vergrößerung umso stärker ausfällt, je kleiner die Linse ist.«

»Klingt ein bisschen widersinnig, findest du nicht?«

»Nein, überhaupt nicht. Überleg doch mal: Ein Samenkorn ist größer als jeder Baum, weil es die Möglichkeit des Baums in sich trägt. Und eine Träne, so winzig sie auch sein mag, kann den ganzen Schmerz der Welt in sich tragen. Ich weiß ja selbst noch nicht, wie man es anstellen soll. Aber vielleicht muss man die Gläser gar nicht schleifen. Vielleicht wäre es besser, das Glas zu verflüssigen und einen Tropfen daraus zu gießen, so wie einen Regentropfen, nur eben fester und beständiger.«

»Warum willst du das unbedingt? Manchmal habe ich den Eindruck, dass du …«

»… sprich ruhig weiter.«

»Du bist selbst nicht der Allergrößte. Du willst dir unbedingt beweisen, dass man auch als kleiner Mensch Großes vollbringen kann. Darum geht es dir doch, oder?«

»Du täuschst dich. Mein Vater hat mir als Kind einmal erzählt, dass Ameisen in Häusern wohnen wie wir. Und dass sie am Abend ihre Türen abschließen. Vielleicht will ich nur endlich erfahren, ob das auch stimmt.«

»Du bist wirklich ein komischer Kauz. Aber ich kenne ein paar Türen, die heute Abend noch nicht geschlossen sind. Lass uns hier Schluss machen und die alten Geschichten vergessen. Denk nicht mehr an Delft zurück. Vergiss den Kirchendiener. Komm, du wolltest doch sowieso schon die ganze Zeit dahin zurück.«

-28-

Piet und Karlmann drängelten sich durch die Reihen der voll besetzten Tische. Die Kapelle legte gerade eine Pause ein und unterbrach den Tanz der Mädchen. Carla war nicht unter ihnen. Piet blickte sich in dem Wirtsraum um. Hier und da saß ein Mädchen bei einem Kerl auf dem Schoß. Aber von Carla keine Spur.

»Wo steckt sie nur?«

»Wo wird sie wohl stecken? Oben natürlich, um ein bisschen Geld zu verdienen.«

Piet schnürte es bei dem Gedanken, Carla könne da oben für einen Kerl gerade die Beine breit machen, die Kehle zu. Er wollte sich lieber nicht vorstellen, dass Karlmann damit recht hatte.

»Vielleicht ist sie krank.«

»Noch einmal, mein Junge, verliebe dich besser nie in eine Hure. Such dir ein anderes Mädchen aus.«

»Sie hat mich um Hilfe gebeten, als ich am Freitag oben in ihrer Kammer war.«

»Noch so eine dumme Geschichte. Sie bitten dich um Hilfe und schmieren dir Honig ums Maul. Glaub mir, sie wird dich ausnehmen wie eine Weihnachtsgans.«

»Ich habe doch gar kein Geld.«

»Dann nimm diese zwei Gulden von mir besser wieder zurück. Hatte ich sowieso schon abgeschrieben.«

Als die Kapelle wieder zu spielen begann, entdeckte Piet Carla endlich. Sie kam langsam die Treppe nach unten. Er winkte ihr zu, aber sie schüttelte nur den Kopf. Eine Frau mit dem Hintern eines Brauereipferds fasste sie am Arm und geleitete sie zur Bühne. Dann tanzte Carla mit den anderen Mädchen. Traurig drehte sie sich im Kreis, dirigiert von der alten Matrone, die sie eben zu Bühne geleitet hatte.

Piet hoffte, die Musik würde bald wieder enden, damit er mit Carla reden könnte. Aber auf das erste Lied folgte ein zweites und dann auch noch ein drittes und viertes. Die Musik wollte gar nicht mehr aufhören.

»Ich geh dann mal«, sagte Karlmann. »Mit dir, scheint mir, ist heute sowieso nicht mehr viel anzufangen.«

Piet achtete kaum darauf, wie sich Karlmann von seinem Stuhl erhob. Er saß allein an dem kleinen Tisch und schaute Carla zu. Würde die Kapelle doch endlich aufhören zu spielen! Die Männer an den Nebentischen grölten und prosteten sich mit ihren schweren Bierkrügen zu. Es kam ihm vor wie eine Ewigkeit, bis die Musiker ihre Instrumente für eine neuerliche Pause schließlich beiseitelegten.

Carla kam von der Bühne direkt auf ihn zu.

»Da bist du ja endlich. Ich dachte schon, du kommst nicht wieder. Du musst mir helfen.«

»Was ist passiert?«

»Nicht hier. Komm hoch in meine Kammer.«

Wie beim vorigen Mal wartete Piet noch einen Augenblick. Dann folgte er Carla die Treppe nach oben. Sie riss die Tür auf, kaum dass er die Klinke berührt hatte.

»Kurz bevor der Wirt uns unterbrochen hat, hast du gesagt, du würdest für den Tuchhändler Nicolaus Nistelroy in der Heertgenstraat arbeiten.«

»Ja, das stimmt.«

»Mein Vater hat Nistelroy aus Lissabon nicht nur die Seide geschickt, sondern noch ein paar Posten Stoff mehr. Am Tag, als du die Seide in Empfang genommen hast, müssen noch mehr Stoffe bei euch eingetroffen sein.«

»Ein ganzer Kahn voll.«

»Nistelroy sollte die Stoffe auf die Rechnung meines Vaters hin verkaufen und mir das Geld dafür geben. Es war nur als eine Vorsichtsmaßnahme gedacht. Aber jetzt, nachdem mir auf der *Prins van Oranje* alles andere gestohlen wurde, brauche ich das Geld dringender denn je. Sonst lässt mich der Wirt hier nicht mehr raus.«

»Wie viel?«

»Zweihundert Gulden.«

»Warum schuldest du dem Wirt zweihundert Gulden?«

»Ich schulde ihm gar nichts.«

Carla öffnete den klapprigen Kleiderschrank.

»Hier, diese drei Kleider hat er mir gegeben. Lächerliche Fetzen, nie und nimmer zweihundert Gulden wert. Er behauptet, das sei meine Ausstattung. Und die müsse ich jetzt erst einmal bei ihm abarbeiten. Tagsüber hat Anike ein Auge auf mich. Und in der Nacht liegt sein Kettenhund vor der Tür. Ich habe ihn bestimmt schon hundertmal gebeten, mit mir zu Nistelroy zu gehen. Aber er glaubt mir nicht. *Dummes jüdisches Geschwätz*, sagt er jedes Mal nur, wenn ich ihn darum bitte. Vielleicht hat er auch nur Angst, dass ich ihm unterwegs weglaufen könnte.«

»So ein Lump.«

»Ja, er ist ein *porco*, ein *monstro*. Aber mein Leben liegt in seiner Hand. Und deshalb musst du mir helfen. Du musst mir mein Geld bringen, das Nistelroy mir schuldet.«

»Aber warum hast du ihn denn nicht um einen Vorschuss gebeten, als du die Seide im Laden abgeholt hast? Er hätte dir doch bestimmt geholfen, wenn er mit deinem Vater Geschäfte macht. Wo sind deine Eltern überhaupt?«

»Bestimmt noch immer in Lissabon. Sie wollen bald nachkommen, aber hier werden sie mich nie und nimmer finden. Ich will auch nicht, dass mein Vater sieht, wo ich hier hineingeraten bin. Du bist der Einzige, der mir jetzt noch helfen kann.«

»Aber du hättest doch auch Nistelroy um Hilfe bitten können. Warum hast du ihn nicht um einen Vorschuss gebeten?«

»Ich war zu stolz. Ich war zu dumm. Dein Tuchhändler hat mir etwas zu vertrauensvoll über die Wangen getätschelt. Ich wollte nicht in seiner Schuld stehen. Und dann, als ich ein paar Tage später am Abend nicht mehr wusste wohin, bin ich diesem Hundskerl in die Arme gelaufen. Daniel Costa, der Wirt in diesem Haus. Er hat mir versprochen, er würde mir helfen. Ich wünschte nur, ich könnte es ungeschehen machen, dass ich ihm geglaubt habe.«

»Carla, ich werde dir helfen. Ich würde dir jetzt gleich die zweihundert Gulden geben, wenn ich sie denn hätte. Ich fürchte, vor morgen früh kann ich nichts machen.«

»Das verstehe ich, aber gleich morgen früh wirst du mit Nistelroy reden, ja?

»Das verspreche ich dir.«

»Gut, dann gehen wir jetzt besser wieder runter, bevor uns der Wirt hier oben noch ein weiteres Mal unterbricht. Die Kapelle hat unten schon wieder zu spielen begonnen.«

»Warte, erzähle mir bitte von der Seide deines Kleids. Was steht in dem Stoff geschrieben?«

»Du musst sehr gute Augen haben, dass du diese kleine Stelle in dem Stoff bemerkt hast.«

»Was steht in dem Stoff?«

»Ich selbst war noch ein Kind, als mein Vater in das Land reiste, aus dem er diese Seide mitbrachte. Das Land heißt Siam und liegt sehr weit im Osten. Er ging als Matrose dorthin und kam als ein Tuchhändler zurück. Er kauft noch heute Stoffe von dort ein, aber niemals hat er einen solchen Stoff wie diesen gekauft. Das hat mir zumindest mein Onkel Abel erzählt. Er ist eigentlich gar kein richtiger Onkel für mich, aber ein sehr guter Freund meines Vaters. Wie schon gesagt, er hat genauso rote Haare wie du.«

»Und die Buchstaben?«

»Es sind siamesische Buchstaben. Deshalb kannst du sie nicht lesen. Mein Onkel Abel hat mir erzählt, mein Vater sei damals auf einen sehr hohen Berg gestiegen, bis hinauf zu einem kleinen Dorf, wo die Frauen Mudmee weben. Du musst wissen, dass jeder Faden vor dem Weben einzeln gefärbt wird. Es dauert manchmal Wochen, bis …«

»… ja, ja, ich weiß. Nistelroy hat mir davon erzählt. Aber die Zeichen in dem Stoff, was bedeuten sie?«

»Mein Onkel Abel hat mir erzählt, in den Bergdörfern von Siam, so hoch gelegen, dass sie manchmal über Tage in den Wolken stecken, leben Menschen, denen man besondere Kräfte nachsagt. Manche von ihnen können durch bloßes Handauflegen Kranke heilen, und andere können einem sogar die Zukunft vorhersagen. Und ein paar sehr wenige alte Frauen in diesen Dörfern beherrschen die Kunst, in einen Stoff wie diesen hier das Schicksal zu weben. Von so einer alten Frau hat mein Vater die Seide gekauft.«

»Was hat sie in den Stoff gewebt?«

»Das ist ein Geheimnis. Man darf es nicht verraten. Du weißt doch, wie es ist. Wer eine Sternschnuppe sieht, darf sich etwas wünschen. Aber verraten darf man es nicht. Sonst geht der Wunsch nicht in Erfüllung.«

»Aber du weißt, was die Zeichen bedeuten?«

»Nein, aber als mein Vater vor meiner Abfahrt aus Lissabon von der Seide sprach, musste ich ihm versprechen, dass ich mir ein Kleid daraus nähen würde. Er hat gesagt, dass mich dieses Kleid auf meinen Wegen durch Amsterdam beschützen würde. Ich habe in den vergangenen Tagen häufiger an seinen Worten gezweifelt, aber jetzt nicht mehr. Jetzt habe ich dich getroffen. Du hast die Zeichen in dem Stoff erkannt, und deshalb wirst mir auch helfen, oder?«

»Natürlich werde ich dir helfen.«

Carla zog seinen Kopf mit beiden Händen zu sich und küsste ihn. Es war kein richtiger Kuss, mehr schon ein Hauch davon. Aber für Piet war es der erste Kuss, den ihm eine Frau schenkte.

»Du musst jetzt gehen. Ich warte hier noch einen Moment, und dann komme auch ich nach unten.«

-29-

Piet blieb noch für einen Moment wie betäubt vor Carlas Tür stehen, bevor er zurück nach unten in den Wirtsraum ging.

Ja, er würde ihr helfen, natürlich würde er das tun. Am besten jetzt gleich. Am liebsten hätte er Nistelroy, wenn nötig, aus seinem Bett geworfen und Carlas Geld verlangt.

Ob sie ihm wohl nur deshalb diesen zarten Kuss geschenkt hatte? Weil sie in ihm ihren Retter sah? Den Einzigen, der ihr helfen konnte, hier ganz schnell wieder herauszukommen? Piet hoffte, dass dieser Kuss für sie noch etwas mehr bedeutete. Etwas, von dem er kaum wagte zu träumen, aber was ihn umtrieb, seit er Carla in der *Mennonitischen Hochzeit* das erste Mal auf der Bühne hatte tanzen sehen.

Drei Nächte war er danach zur *Mennonitischen Hochzeit* gelaufen, hatte sich in den dunklen Hauseingang gegenüber gedrängt und nach oben zu dem kleinen Fenster geschaut, hinter dem er ihre Kammer vermutete. Nichts hatte er ihr gerade eben von den Sehnsüchten seines Herzens offenbart. Nicht nur aus Schüchternheit, sondern auch, weil er fürchtete, Carla würde seine Gefühle nicht erwidern. Er selbst hatte sich seine Sehnsucht ja bisher kaum eingestanden.

Aber jetzt hatte sie ihm diesen Kuss geschenkt. Mochte es auch nur der Hauch eines Kusses gewesen sein, gespendet aus der bangen Hoffnung, er würde ihr helfen, so lag für Piet in diesem Kuss doch alles, was er insgeheim begehrte. Das vage Versprechen von Zweisamkeit, vielleicht sogar von Liebe. Ob es wohl möglich war, Carlas Liebe zu gewinnen? Ausgerechnet für einen Kerl wie ihn? Konnten Sanftmut, Güte und Verständnis aufwiegen, was ihm an Schönheit fehlte?

Piet gab sich keinen Illusionen hin. Er war kein Mann, in den sich eine Frau einfach so verliebte. Wenn überhaupt, dann musste er sich Carlas Liebe verdienen. Er hätte alles für sie getan, würde sie ihn noch einmal so küssen wie gerade eben. Wenn sie schönen Geschichten lauschen wollte, dann würde er sich für sie die allerschönsten Geschichten ausdenken. Wenn sie sich eine Blume wünschte, würde er nicht ruhen, bis er eben diese Blume für sie fände. Wenn sie etwas bekümmerte, würde er sie trösten. Und wenn sie sich einfach nur müde von der Last des Tages ausstrecken wollte, würde er in der Nacht über ihre Träume wachen, damit sich auch kein böser Gedanke in ihren Schlaf schlich.

Ein Zwiespalt der Gefühle, den er nie zuvor in seinem Leben empfunden hatte, bemächtigten sich seiner selbst wie ein Wechselbad aus kalt und warm. Da waren Hoffnung und Herzklopfen. Aber auch Zweifel und diese elende Angst vor Enttäuschung. Es gab nur einen Weg, um herauszufinden, was mehr zählte. Piet musste Carla seine Liebe beichten. Aber zuvor musste er ihr erst einmal hier raushelfen.

-30-

Im Wirtsraum ging es ziemlich hoch her, als Piet die Stufen nach unten stieg. Auf der Mitte der Treppe stoppte er kurz und hielt nach Karlmann Ausschau.

Da hinten saß er, neben ihm der haarige Henk und noch ein paar andere Kerle. Piet zwängte sich durch die Reihen der Tische. Er wollte jetzt möglichst schnell zurück in die Heertgenstraat und von Nistelroy das Geld einfordern.

Karlmann war betrunken. Er musste schon einige Genever gekippt haben in der kurzen Zeit, in der er da oben bei Carla in ihrer Kammer gewesen war.

»Na, wie war es? Ich hoffe, nicht ganz so traurig wie beim letzten Mal.«

»Lass uns gehen. Du bist betrunken.«

»Ich will nicht gehen. Erst sagst du mir, ob sie ihr Geld diesmal wert war. Oder wollte sie etwa schon wieder kein Geld von dir?«

»Karlmann, lass uns bitte gehen.«

»Was ist denn das für ein Spielverderber«, mischte sich jetzt einer von Karlmanns Trinkkumpanen ein, ein kräftiger Kerl mit der Visage eines Raufbolds. »Wer ist dieser aufgeputzte Zwerg in seinem roten Wams? Gehört er zu dir? Willst du ihn uns nicht vorstellen?«

»Halt dein dreckiges Maul. Also, Piet: Wollte sie wieder kein Geld von dir?«

»Was hast du für ihn bezahlt? Ich möchte mir auch einen so hübschen Zwerg kaufen.«

Der Kerl ließ nicht locker. Die Männer am Tisch grölten und hielten sich die Bäuche. »Nun rück schon raus mit der Sprache. Sag uns, was du für ihn bezahlt hast.«

»Halt's Maul, hab ich gesagt.«

»Nun hab dich doch nicht so. Hast du seine Haare färben lassen, oder leuchten sie von Natur aus wie eine Karotte?«

Karlmann funkelte den Kerl böse an, doch er stichelte einfach weiter drauflos.

»Was meint ihr, Jungs, so ein Zwerg, der wäre doch auch etwas für uns. Er könnte uns die Schuhe putzen. Bücken bräuchte er sich dabei ja kaum.«

Der haarige Henk stimmte sogleich mit ein: »Ja, er könnte uns die Schuhe putzen.«

Die Männer in der Runde grölten jetzt noch lauter.

»Beruhigt euch, Jungs. Karlmann muss uns erst verraten, ob er sich von ihm die Schuhe putzen lässt.«

Piet zog Karlmann am Arm. »Komm, lass sie doch reden. Lass uns gehen.«

»Vielleicht kann er ja auch ein bisschen für uns tanzen? Bitte, Karlmann, lass ihn ein bisschen für uns tanzen. Dein Freund macht bestimmt eine ganz hervorragende Figur.«

Und dann sagte der Kerl am Tisch dieses eine Wort, das Karlmann aus der Haut fahren ließ.

Er sagte: »Warum hast du gerade ihn *auserwählt*, wenn er noch nicht mal tanzen kann?«

Es war einer dieser Momente, in der die alte Wunde wieder aufplatzte. Keiner am Tisch konnte sich erklären, warum Karlmann jetzt so plötzlich außer Rand und Band geriet. Selbst Piet hatte nur eine sehr vage Ahnung, was der Grund dafür sein mochte.

»Keiner ist auserwählt«, schrie Karlmann. »Hört ihr, kein Mensch ist auserwählt.«

Er sprang vom Stuhl auf und ging dem Kerl direkt an die Gurgel. Mit seiner linken Hand drückte er ihm die Kehle zusammen, und mit seiner rechten Faust schlug er ihn zweimal hart ins Gesicht. Alles ging so schnell, dass sich der Kerl kaum zu wehren wusste. Er kippte nach hinten. Blut rann aus seiner Nase und auch über seine Lippen. Aber er stand erstaunlich schnell wieder auf seinen Beinen, mit einem Messer in seiner Linken.

»Komm her, wenn du dich traust.«

Die Männer an den Tischen nebenan verstummten augenblicklich, und auch die Kapelle hörte auf zu spielen. Stühle wurden gerückt und Tische verschoben. Immer mehr neugierige Köpfe drängten sich im Kreis um Karlmann und diesen Kerl. Der Wirt kam hinter seinem Tresen hervor und drängte sich durch die Menge.

»Hört ihr wohl auf! Schlagt euch draußen auf der Straße weiter, aber nicht in meinem Haus.«

Noch bevor der Wirt dazwischengehen konnte, schlug Karlmann den Kerl so hart in die Magengrube, dass er erneut zu Boden ging. Er kniete auf seinem Brustkorb und wand ihm das Messer aus der Hand. Wie von Sinnen schrie er auf ihn ein. »Wer soll jetzt für uns tanzen? Sag schon, wer von uns ist *auserwählt*?«

Dann rammte Karlmann dem Kerl das Messer in die Brust. Das alles dauerte nicht länger als eine Minute, aber für diese eine Minute, so kam es Piet später immer vor, wenn er an diesen Abend zurückdachte, blieb die Zeit für eine ganze Weile stehen.

-31-

Der Brief, der Piets Leben eine völlig neue Richtung gab, wartete bereits in der Heertgenstraat auf ihn, als Karlmann den Kerl in der *Mennonitischen Hochzeit* niederstach.

Fluchtartig verließen sie das Spielhaus. Piet war sicher, dass der Kerl noch lebte, als sie nach draußen auf die Straße rannten, Karlmann vorneweg und er hinterher. Er versuchte noch, Karlmann einzuholen, gab es am Ende der Beuresmaatstraat aber auf. Tief besorgt lief er zurück zum Haus des Tuchhändlers.

Auserwählt. Das war immer das Wort von Radewijns gewesen, die Vokabel seiner Strafgerichte, wenn sie sich auf den Quadern die Wangen blutig schlugen. Die *Auserwählten* und die *Nichtauserwählten*. Hatte er damals nicht auch etwas ganz Ähnliches zu Karlmann gesagt, als er hinter der Tür des Rektors gelauscht hatte? In jener Nacht, bevor sie ihn selbst dann beinahe totgeschlagen hatten. *Du bist von mir auserwählt, mein schöner Junge*. Irgend so etwas in dieser Art?

Piet fand den Brief auf der Pritsche im Stofflager. Als Absender hatte ein gewisser Daan Palmen gezeichnet. Der Name sagte ihm nichts. Er kannte keinen Mann dieses Namens. Nur die Adresse auf der Rückseite des Kuverts war ihm sehr wohl vertraut: *Hippolytusbuurt, Delft*.

Die Handschrift wirkte überaus akkurat, wie die Schrift eines Mannes, der es gewohnt war, sich ausführlich zu erklären. Der Brief füllte fast zwei vollbeschriebene Seiten und trug das Datum des 17. August 1654.

Lieber Piet!

Ich hoffe, du erlaubst mir die vertraute Anrede. Wir sind uns nie im Leben begegnet, und ich wünschte mir, der Anlass für unser Kennenlernen wäre freudiger. Aber so ist es nicht.
Deine Mutter ist gestern Nacht im Kindbett gestorben. Vielleicht war sie schon zu alt für unser Kind. Der Arzt meinte, es habe wohl an ihrem fortgeschrittenen Alter gelegen. Aber mein Gott, auch wenn sie nicht mehr die Jüngste war, so war sie doch noch keine fünfzig.

Du musst wissen, dass ich deine Mutter vor bald fünfundzwanzig Jahren geheiratet habe. Die ganze Zeit über haben wir uns sehnlichst ein Kind gewünscht. Wir hatten

die Hoffnung schon aufgegeben, als sie endlich schwanger wurde. Und dann, im fünften Monat, wurde ihr plötzlich speiübel. Sie konnte das Bett kaum noch verlassen, und essen wollte sie auch nicht mehr.
Am Anfang habe ich gar nicht verstanden, was sie meinte. Ich dachte, es liege nur am Fieber. Aber jedes Mal, wenn ich ihr die Stirn kühlte, hat sie das Gleiche gesagt. Sie hat gesagt: Das ist die Strafe dafür, dass ich mein Kind nicht geliebt habe. Und jetzt soll ich gar kein Kind mehr bekommen und sterben.
Noch vor einer Woche wusste ich nichts von deiner Existenz. Sie hat mir alles erst ganz zum Schluss erzählt. Glaub mir bitte, es ist in ihrem Sinne, dass ich dir schreibe. Sie hat zum Schluss aufrichtig bereut, was damals geschehen ist.

Ich weiß natürlich, dass es damit nicht wiedergutzumachen ist. Aber sie wollte, dass alles hier dir gehören soll. Das Haus in der Hippolytusbuurt und auch das Geld, das sie in unsere Ehe mit eingebracht hat. Ich selbst will davon nichts haben. Ich werde schon sehr bald zurück nach Den Haag gehen, weil mich hier in Delft zu viel an deine Mutter erinnert.
Wir werden sie am Freitag auf dem Friedhof der Nieuwe Kerk beerdigen. Es wäre mir ein großer Trost, wenn du unverzüglich nach Delft kommen könntest, damit wir alle notwendigen Dinge im Sinne deiner Mutter regeln. Vielleicht kannst du ihr eines Tages dann auch verzeihen.

Daan Palmen

Piet las den Brief noch ein zweites Mal, bis er die Tragweite der Nachricht vollkommen erfasste. Das alles war ein bisschen zu viel für einen Abend: erst die Messerstecherei in der *Mennonitischen Hochzeit* und jetzt auch noch dieser Brief aus Delft.

Dass seine Mutter am Ende aufrichtige Reue empfunden haben sollte, fiel ihm allerdings schwer zu glauben. Er war sich sogar sicher, dass sie ihr Gewissen nicht weiter gequält hätte, wäre ihr nicht so etwas Schwerwiegendes dazwischengekommen wie der eigene Tod. Piet empfand keinen Schmerz über den Tod seiner Mutter. Sein Vater war noch sehr viel früher gestorben, wenn auch von seiner eigenen Hand. Er sah es deshalb als eine Art höhere Gerechtigkeit an, dass seiner Mutter auch kein sehr langes Leben beschert worden war.

-32-

»Hast du den Brief gefunden?«

»Ich habe ihn noch gestern Nacht gelesen.«

Piet stopfte sich gerade einen Kanten Brot in den Mund, als Nistelroy in die Küche kam. Er war in Gedanken noch immer bei der Messerstecherei und auch unsicher darüber, was ihn in Delft erwartete.

»Schlechte Nachrichten?«

»Wie man's nimmt. Ich muss für ein paar Tage nach Delft, schon morgen früh. Aber vorher muss ich hier in Amsterdam noch etwas erledigen.«

»Was ist geschehen?«

»Meine Mutter ist gestorben. Sie wird am Freitag beerdigt.«

»Deine Mutter?«

Nistelroy war selten um ein Wort verlegen, aber beim Tod machte auch er eine Pause.

»Das tut mir leid«, sagte er schließlich. Was Menschen eben so sagten, wenn ihnen die Worte fehlten. »Ich wusste nicht, dass du in Delft Familie hast.«

»Es muss Ihnen nicht leidtun. Geben Sie mir lieber das Geld, das sie Carla Milao schulden.«

»Woher weißt du von ihr?«

»Das ist jetzt nicht so wichtig. Sie hat mir erzählt, dass wir die Posten Stoff, die mit der Seide hier ankamen, auf die Rechnung ihres Vaters hin verkaufen sollten. Sie braucht das Geld jetzt. Wir haben die Stoffe doch bereits alle verkauft.«

»Natürlich hat sie Anspruch auf ihr Geld. Ich selbst war die Tage ja auch schon im Gästehaus bei Emma Doelen, um mit ihr zu reden. Das Geschäft ging sehr viel schneller über die Bühne, als ich dachte. Von Emma Doelen habe ich erfahren, das Mädchen sei nach drei Tagen einfach verschwunden. Wo steckt sie überhaupt?«

»Auch das ist jetzt nicht wichtig. Ich habe ihr versprochen, das Geld zu besorgen.«

»Warum holt sie ihr Geld denn nicht selbst ab?«

»Vielleicht weil Sie ihr beim letzten Mal ein bisschen zu innig über die Wange getätschelt haben.«

»So ein Blödsinn. Ich wollte doch nur nett zu ihr sein. Wie redest du überhaupt mit mir? Ich glaube nicht, dass dich das irgendetwas angeht.«

»Und ich glaube, sie hat Ihre Tätscheleien etwas anders verstanden.«

»Das ist eine unverschämte Unterstellung. Sie soll selbst vorbeikommen und sich ihr Geld abholen.«

»Das ist ihr leider nicht möglich.«

Weil Piet Carla versichert hatte, die *Mennonitische Hochzeit* mit keinem Wort zu erwähnen – verständlicherweise wollte Carla nicht, dass Nistelroy und in der Folge womöglich auch ihr Vater erfuhr, wo sie da hineingeraten war –, hielt er sich an ihre Abmachung.

»Jetzt sag mir endlich, wo sie steckt. Und warum es ihr verdammt noch mal nicht möglich ist, selbst vorbeizukommen und ihr Geld abzuholen.«

»Weil es ist, wie es ist. Also, was ist mit dem Geld? Kann ich es gleich mitnehmen?«

»Wo denkst du hin? Vierhundertfünfundzwanzig Gulden, die habe ich doch nicht einfach so im Haus rumliegen. Und selbst wenn ich sie hätte, würde ich sie dir nicht einfach in die Hand legen.«

»Zweihundert Gulden würden fürs Erste reichen.«

»Auch so viel habe ich nicht im Haus. Ich habe das Geld doch längst zur Bank getragen.«

»Dann gehen wir jetzt zur Bank und holen das Geld.«

»Auch das wird nicht gehen. Ich muss in einer wichtigen Angelegenheit über Nacht nach Leiden, jetzt gleich. Ich dachte, du kommst im Laden für einen Tag auch ohne mich zurecht. Frühestens morgen Mittag könnte ich zur Bank gehen und für sie einen Wechsel ausstellen lassen.«

»Das ist spät. Da bin ich schon auf dem Weg nach Delft. Wie viel Geld könnte ich jetzt gleich haben?«

»Hör zu, ich vertraue dir. Aber mehr als fünfzig, sechzig Gulden habe ich bestimmt nicht im Haus. Ich muss nachschauen.«

»Dann nehmen ich vorerst die sechzig Gulden. Und wenn ich aus Delft zurückkomme, geben Sie mir den Rest von Carlas Geld oder von mir aus auch einen Wechselbrief und legen meinen ausstehenden Lohn gleich obendrauf.«

»Willst du denn nicht länger für mich arbeiten?«

»Reden wir darüber, wenn ich aus Delft zurück bin.«

»Und heute? Es muss doch einer im Laden stehen, wenn ich nach Leiden fahre.«

»Dann müssen wir den Laden für heute wohl schließen.«

»In den dreißig Jahren, die ich diesen Laden nun führe, habe ich mein Geschäft noch an keinem Werktag geschlossen.«

»Es gibt für alles ein erstes Mal. Geben Sie mir einfach nur die sechzig Gulden, und alles andere wird sich weisen.«

»Den Betrag musst du mir aber quittieren.«

»Selbstverständlich werde ich das tun. Ich werde unterschreiben, dass ich diesen Betrag nur in Vertretung von Carla Milao annehme. Sie müssen sich keine Sorgen machen, dass ich das Geld veruntreuen könnte. Das werde ich ganz gewiss nicht tun. Oder vertrauen Sie mir etwa nicht?«

»Doch, doch, natürlich.«

Wie einem Bruder, dachte Nistelroy im Stillen.

Es waren am Ende dann nur fünfundvierzig Gulden, mit denen Piet das Haus des Tuchhändlers verließ. Und es war auch noch viel zu früh am Tag, um in die *Mennonitische Hochzeit* zu gehen. Das Spielhaus öffnete immer erst gegen frühen Abend. Außerdem war Piet nicht wohl bei dem Gedanken, dort mit nur fünfundvierzig Gulden aufzukreuzen. Er beschloss, erst einmal nach Karlmann zu suchen.

Er ging in die Bloemstestraat zum Brillenmacher Thijs de Haart. Die Tür zur Werkstatt stand offen, und schon von draußen hörte er das Knirschen der Schleifmaschinen. Der älteste der Männer, offenbar der Meister selbst, dem Piet bisher nie begegnet war, trug eine graue Arbeitsschürze über seiner Hose und eine ebenso farblose Filzkappe auf dem Kopf. Er blinzelte Piet mit zusammengekniffenen Augen über den Rand seiner Brille an.

»Kann ich dir helfen?«

»Ich suche Karlmann. Arbeitet er heute nicht?«

»Bist du der Kerl, mit dem er am Wochenende Linsen in unserer Werkstatt geschliffen hat?«

»Ja, der bin ich.«

»Dann richte deinem Freund von mir aus, dass er sich hier nie wieder blicken lassen soll. Heute nicht und auch morgen nicht. Messerstecher kann ich hier nicht gebrauchen. Das habe ich im Übrigen auch seiner Zimmerwirtin gesagt. Messerstecher beherbergt man besser nicht unter seinem Dach.«

Also hatte der Brillenmacher schon erfahren, was gestern Abend geschehen war.

»Wissen Sie, wo Karlmann steckt?«

»Nein, und ich will es auch nicht wissen. Zum Teufel mit ihm.«

Piet lief über den Hof zurück auf die Straße, bog am Kanal links ab und ging zum Haus von Karlmanns Zimmerwirtin. Glücklicherweise wusste er, wo Karlmann wohnte. Sie waren gestern kurz bei ihm vorbeigelaufen, weil er noch schnell seine Sachen hatte wechseln wollen, bevor sie dann in die *Mennonitische Hochzeit* aufgebrochen waren. Karlmanns Zimmerwirtin saß auf der Bank vor ihrem Haus, auf den Knien ein Huhn mit abgeschlagenem Kopf, dem sie die Federn aus dem Leib rupfte.

»Ist Karlmann da?«

»Wohnt hier nicht.«

Die Alte schaute noch nicht einmal auf und ließ sich in ihrer Arbeit nicht unterbrechen. Ungerührt rupfte sie weiter ihr Huhn, zog die Nase hoch und rotzte auf das Kopfsteinpflaster. Es fehlte nicht viel, und sie hätte auf Piets Stiefel gespuckt.

»Aber ich bin mir sicher, dass er hier wohnt.«

»Er soll sich hier bloß nicht mehr blicken lassen. Und jetzt scherst auch du dich besser zum Teufel.«

Alle wussten offenbar schon, was niemals hätte geschehen dürfen. Ob der Kerl seinen Verletzungen wohl erlegen war? Ob die Uniformierten und ihre Büttel schon Jagd auf Karlmann machten? Suchten sie in den Straßen von Amsterdam bereits nach dem Mörder? Piet ließ die Alte auf ihrer Bank sitzen und ging unschlüssig weiter in Richtung Oudebrugsteeg. Unterwegs warf er einen Blick in ein paar Wirtshäuser, weil er nicht ausschließen wollte, dass sich Karlmann irgendwo volllaufen ließ. Aber er fand ihn weder in den Kaschemmen rund um den Platz de Dam noch in den Schenken nahe der Beuresmaatstraat. Bis zum frühen Nachmittag durchkämmte er das Viertel. Einem Mann, der von hinten aussah wie Karlmann, rannte er hinterher und packte ihn am Arm. Aber es war der Falsche.

Piet wollte schon aufgeben, noch weiter nach Karlmann zu suchen, als er auf den haarigen Henk traf. Er stand an eine Hauswand gelehnt und stopfte sich einen Hering in den Mund.

»Hoppla, wen haben wir denn da? Wenn das nicht der Zwerg von gestern Abend ist.«

»Hast du Karlmann gesehen?«

»Nee, hab ich nicht.« Henk pulte mit den Fingern zwischen seinen Zähnen und brachte seinen Satz mit der ihm eigenen Kastratenstimme zu Ende. »Ist wohl auch besser so.«

»Ist der Kerl tot?«

»Keine Ahnung, aber es stand nicht gut um ihn, als sie ihn rausgetragen haben. Er hat gejapst wie ein Kessel unter Dampf. Und Blut hat er auch gespuckt.«

»Aber er hat das Messer doch als Erster gezückt.«

»Was du nicht sagst. Weißt du, wer der Kerl ist?«

»Er sah aus wie ein Matrose.«

»Dass ist nicht lache. Nein, mein Kleiner, er ist der Sohn der van Houtens aus der Herengracht, wenn du weißt, was ich meine. Geldadel vom Allerfeinsten, auch wenn er selbst als das schwarze Schaf der Familie gilt, weil er sich lieber in den Spielhäusern der Stadt rumtreibt, als einem ordentlichen Geschäft nachzugehen. Aber feiner Pinkel bleibt nun mal feiner Pinkel. Wenn sie Karlmann erwischen, ist dem Schultheiß völlig gleichgültig, wer von ihnen das Messer als Erster gezückt hat.«

»Aber …«

»Nichts aber, die Kleinen hängt man, und die Großen lässt man laufen. War schon immer so.«

»Glaubt du, sie haben ihn schon?«

»Wenn sie ihn schon erwischt hätten, wüsste ich davon. Aber sie suchen nach ihm. Weiß ich aus sicherer Quelle.«

»Hast du eine Ahnung, wo er stecken könnte?«

»Nee, hab ich nicht.«

»Wo würdest du an seiner Stelle hingehen?«

»Möglichst weit weg. Und das möglichst schnell.«

-33-

Karlmanns Lungenflügel schmerzten, weil er so schnell gegraben hatte. Er ließ die Leiche in das Loch plumpsen und stampfte die Erde über dem feuchten Grab fest, als sie kamen. Vögel auf schwarzen Schwingen, die mit ihren spitzen Schnäbeln die Erde aufhackten. Sie tanzten über das feuchte Grab und krächzten so laut, als würden sie ihn auslachen. Karlmann ging mit seiner Schaufel dazwischen. Aber da schrien die Krähen nur umso lauter. Sie durften ihn nicht kriegen. Keiner durfte das Grab jemals finden.

Karlmann war klitschnass, als er aus seinem Albtraum hochschreckte. Es war nicht nur der Angstschweiß, der ihm aus den Poren drang. Es regnete in

Strömen. Nach der Messerstecherei war er noch einige Stunden ziellos durch die Straßen von Amsterdam gewankt und hatte sich dann in einen dunklen Toreingang verzogen. Er ging in dieser Nacht nicht mehr zurück ins Haus seiner Zimmerwirtin, und auch um die Werkstatt des Brillenmachers Thijs de Haart machte er einen großen Bogen. Er ließ sich in seinem Rausch einfach auf das Pflaster fallen.

Es war nicht allein der Regen, der ihn weckte. Irgendwer stieß gegen seinen Arm. Der Kerl über ihm sah genauso aus wie einer dieser schrägen Vögel in seinem Traum. Er war ganz in Schwarz gekleidet, und seine Nase lief so spitz zusammen wie der Schnabel einer Krähe. Karlmann brauchte einen Moment, um zu erkennen, dass es keine Krähe war, die ihn weckte.

»Lass mich in Ruhe.« Karlmanns Stimme klang rau und heiser.

Der Kerl ließ nicht locker. Schon wieder stupste er ihn gegen die Schulter.

»Gestern wohl ein bisschen viel getrunken, was? Darf ich mich vorstellen? Johannes Esterhaaz, gebürtig aus Wesel.«

»Na und?«

»Ich glaube, du könntest ein Bad gebrauchen.«

»Was geht es dich an?«

»Ich habe Verwendung für Männer wie dich.«

Mehr schlecht als recht rappelte sich Karlmann auf die Knie. Er schmeckte noch immer den Genever im Mund. Er hatte Sodbrennen und fürchterliche Kopfschmerzen.

»Was willst du von mir?«

»Du sieht mir aus wie ein Mann, der einem kleinen Abenteuer nicht abgeneigt ist.«

»Von Abenteuern habe ich genug.«

»Ich meine ein richtiges Abenteuer. Männer wie du gehören hinaus in die Welt. Ich könnte dir helfen, auf eines der Schiffe zu kommen, die nach Ostindien segeln. Heute noch.«

Mit einem Mal war Karlmann stocknüchtern.

»Was hast du da eben gesagt?«

»Dass Männer wie du auf eines der stolzen Schiffe gehören, die nach Ostindien segeln.«

Karlmann überlegte kurz. Der Mann hatte völlig recht. Das wäre doch das Allerbeste für ihn. Sich aus dem Staub zu machen, bis Gras über die Sache gewachsen war.

»Warum eigentlich nicht? Jeder Ort, der von Amsterdam weit genug entfernt ist, ist ein guter Ort für mich.«

»Sogar noch viel besser, als du denkst. Viele, die nach Ostindien aufgebrochen sind, kamen als reiche Männer nach Amsterdam zurück.«

»Und was muss ich dafür tun?«

»Nichts weiter, es kostet dich nur eine kleine Provision für meine bescheidenen Bemühungen. Fast nicht der Rede wert.«

»Ich hab kein Geld.«

»Mein Freund, das brauchst du auch nicht. Jetzt komm doch erst einmal mit. Ich glaube wirklich, du könntest ein anständiges Bad gebrauchen.«

Weder Abenteuerlust noch die Aussicht auf angeblichen Reichtum bewogen Karlmann, dem Mann zu folgen. Es war einzig und allein der Mangel an einer vernünftigen Alternative, der ihm keine Wahl ließ. In Esterhaaz' geräumigem Haus in der Fageltaanstraat warteten bereits fünf weitere Männer. Sie prosteten Karlmann zu, als er mit dem Hausherrn eintrat.

»Auf Ostindien. Heute ist es endlich so weit.«

Es ging alles sehr schnell, aber Karlmann konnte es gar nicht schnell genug gehen.

»Ja, Männer, trinken wir auf Ostindien.«

Einen schnellen Schnaps trank Karlmann mit den Männern am Tisch, dann ging er sich waschen und fühlte sich, als er zu ihnen an den Tisch zurückkehrte, beinahe schon wieder wie ein anständiger Mensch.

Esterhaaz hatte reichlich Käse, Brot und Wurst aufgetragen. Es gab Tabak und flaschenweise Genever. »Das Meer vor der Küste Batavias funkelt wie pures Gold. Ihr müsst nur einen Eimer hineinhalten, um reich zu werden«, erzählte er. Ein paar solche Geschichten gab der Hausherr noch zum Besten, dann erklärte er: »Es wird langsam Zeit für uns, Männer. Wir gehen jetzt zum Ostindischen Haus. Aber vorher unterschreibt ihr mir alle euren Schuldschein. Meine bescheidene Provision, damit ich euch auf das Schiff bringe. Zuzüglich der Kost und Logis, die ihr bei mir genossen habt. Aber glaubt mir, das ist nicht viel Geld. Ihr alle werdet als reiche Männer aus Ostindien zurückkehren. Mir zahlt ihr nur hundertfünfzig Gulden. Die habt ihr schnell wieder drin.«

Auch Karlmann setzte seinen Namen unter den Schuldschein, aber erst, nachdem er Esterhaaz um zehn Gulden extra gebeten hatte. »Ich unterschreibe dir für hundertsechzig Gulden, wenn du mir zehn auf die Hand gibst. Ich will mich noch mal richtig amüsieren, bevor ich auf das Schiff gehe.«

»In Ordnung. Ich gebe dir die zehn Gulden auf die Hand, aber dann unterschreibst du mir für hundertachtzig.«

Karlmann nickte nur und unterschrieb.

Gegen Mittag brach Esterhaaz mit seinen Männern zum Ostindischen Haus auf. Er war nicht der einzige Seelenverkäufer in der Stadt. Auf dem Platz vor dem Haus der Compagnie herrschte bereits reger Betrieb. Etliche Seelenverkäufer boten ihre Männer als Matrosen an. Darunter Soldaten, Tagelöhner, einfache Handwerker und vom Leben Betrogene, die Amsterdam aus Gründen, die nur sie selbst kannten, möglichst schnell Lebewohl sagen wollten.

Prächtig wie ein Palast nahm das Ostindische Haus fast die gesamte Breite des Platzes für sich ein. Die Männer hinter den Fenstern der Direktorenzimmer, das hatte Esterhaaz ihnen eben noch erzählt, verdienten viertausend Gulden im Jahr. Allein auf ihrer Werft beschäftigten sie mehr als tausend Männer. Die Planken für ihre Flotte bezogen sie aus Deutschland und die Balken und Masten aus Norwegen. Gut zweihundert Schiffe waren im Dienst der Compagnie zwischen Europa und Asien unterwegs. Angeblich sechs Millionen Gulden standen der Gesellschaft als Kapital zur Verfügung.

Das war weit mehr, als sich Karlmann vorzustellen wagte, aber was er nun zu hören bekam, klang sehr viel bescheidener. Ein Mann in Compagnie-Diensten kletterte auf einen langen Holztisch vor dem Haupteingang und verlas die Konditionen.

»Wer auf der Fahrt nach Ostindien ein Auge verliert, erhält dreihundert Gulden zuzüglich zu seiner Heuer. Für zwei Augen gibt es das Doppelte.«

Esterhaaz klopfte Karlmann beschwichtigend auf die Schulter: »Mach dir keine Sorgen, mein Sohn. Du wirst als reicher Mann nach Amsterdam zurückkehren.«

»Für einen verlorenen Fuß zahlen wir das Gleiche wie für eine verlorene Hand. Jeweils zweihundertfünfzig Gulden. Büßt einer von euch auf der Fahrt beide Füße oder Hände ein, erhält er das Doppelte.«

Noch ein paar andere Körperteile zählte der Mann auf, zum Schluss sogar noch eine Fingerkuppe. Immerhin fünfundzwanzig Gulden stellte er in Aussicht, sollte man auf der großen Fahrt eine davon verlieren. Nach einem gemütlichen Ausflug hörte sich das nicht an. Aber weder Karlmann selbst noch die anderen Männer auf dem Platz ließen sich davon abschrecken.

Der Reihe nach traten die Seelenverkäufer vor den langen Holztisch und präsentierten ihre Männer. Wer einen kränklichen Eindruck machte, wurde an

Ort und Stelle aussortiert. Der Rest unterschrieb einen zweiten Schuldschein für seine Ausrüstung.

Auch Karlmann unterschrieb. Er erhielt eine Seekiste, die in der Länge etwa fünf Schuh maß, zwei in der Höhe und zwei in der Breite. Darin fand er Tabak, zwei Paar Schuhe und Strümpfe, zwei Leinenhosen, drei blaue Hemden, zwei Halstücher, Nadel, Faden, eine Schere, einen Fingerhut, eine Hängematte und was man sonst noch alles brauchte für die große Überfahrt.

»Freunde, nehmt meine Kiste bitte mit. Ich werde pünktlich am Turm der Tränen sein. Ich will mich nur noch ein letztes Mal amüsieren, bevor ich an Bord gehe.«

Karlmann tat, was er tun musste. Und er versäumte es auch nicht, Piet über einen Boten noch eine Nachricht in die Heertgenstraat zu schicken, bevor er mit den Männern am Turm der Tränen dann eine der Schaluppen bestieg, um auf das Schiff zu gelangen, das weiter draußen auf Reede lag.

Lieber Freund!

Wenn Du diese Zeilen liest, bin ich wohl schon draußen auf dem Meer. Wir lichten noch heute die Anker und nehmen Kurs auf Batavia. Ich weiß zwar nicht genau, ob der Kerl aus der Mennonitischen Hochzeit noch lebt oder ob er sich die Erde mittlerweile von unten beguckt, aber ich glaube, es ist besser, wenn ich aus Amsterdam erst einmal verschwinde. Ich schreibe Dir, sobald ich kann.

Wünsch mir Glück!
Karlmann

-34-

Schweren Schrittes legte Piet den kurzen Rest seines Wegs zurück. Die fünfundvierzig Gulden, fürchtete er, würden nicht reichen. Als er die *Mennonitische Hochzeit* betrat, standen die meisten Stühle noch auf den Tischen. In der Luft hing der abgestandene Dunst von Bier und Tabakrauch. Der Wirt hantierte hinter dem Tresen, putzte seine Krüge und stellte sie in die Ablage darüber.

»Was willst du, wir haben noch geschlossen. Komm in zwei Stunden wieder.«

Ob ihn der Wirt nicht wiedererkannte oder ob es ihm gleichgültig war, vermochte Piet nicht zu entscheiden. Vielleicht kamen solche Messerstechereien in Häusern wie der *Mennonitischen Hochzeit* ja häufiger vor.

»Ich will zu Carla.«

»Hast du mich nicht verstanden, Kleiner? Komm später wieder.«

»Ich will sie mitnehmen.«

»Jetzt bin ich es wohl, der es an den Ohren hat. Du willst sie mitnehmen? Glaubst du etwa, man keine meine Huren einfach so mitnehmen?«

»Ich werde für sie zahlen.«

»Das ist natürlich etwas anderes. Dann bringt mir dieser kleine jüdische Hintern ja vielleicht doch noch etwas ein. Zweihundertfünfzig Gulden, und sie gehört dir.«

»Ich habe nur fünfundvierzig Gulden dabei. Aber ich komme in einer Woche wieder und zahle den Rest.«

»Dann komm in einer Woche wieder.«

»Aber ich muss jetzt mit ihr reden.«

»Reden oder ficken, das ist mir völlig schnuppe. Wenn du unbedingt zu ihr willst, kostet dich das vier Gulden. Das Doppelte wie üblich, weil wir noch geschlossen haben.«

Piet zahlte und nahm die Treppe nach oben. Er lief durch den Flur bis zur letzten Tür rechts. Leise klopfte er, aber niemand antwortete. Von drinnen hörte er ein herzzerreißendes Schluchzen. Er fand Carla weinend auf ihrem Bett liegend, den Kopf in das Kissen vergraben.

»Was ist mit dir?«

»Ich … ach nichts.

»Aber warum weinst du?«

»Das ist nicht wichtig. Wichtig ist nur, dass du endlich da bist. Ich halte es hier drinnen keinen Tag länger mehr aus. Hast du das Geld dabei?«

»Ich habe mit Nistelroy geredet, aber …«

»… aber was?«

»Er hat die Stoffe deines Vaters alle verkauft, aber er hat das Geld zur Bank getragen. Er kann es frühesten morgen Mittag holen. Ich habe dem Wirt eine Anzahlung von fünfundvierzig Gulden angeboten. Er hat mich ausgelacht. Er hat gesagt, er wolle den vollen Betrag sehen, bevor er dich gehen lässt. Zweihundertfünfzig Gulden.«

»*Canalha. Filho da puta.* Dieser Schuft. Ausgemacht waren zweihundert Gulden. Kannst du mir das Geld morgen bringen?«

»Nein, Carla, auch morgen noch nicht. Ich muss für ein paar Tage nach Delft. Meine Mutter ist gestorben. Am Freitag wird sie beerdigt. Aber spätestens in einer Woche bin ich zurück. Dann bringe ich dir dein Geld.«

»Deine Mutter?«

»Ja, sie ist tot. So wie vielleicht auch der Kerl von gestern Abend. Ich habe schon überall nach Karlmann gesucht. Aber ich konnte ihn nirgends finden.«

Wieder vergrub Carla ihr Gesicht tief in dem Kissen und weinte erbärmlich.

»Du musst nicht weinen. Ich tue es ja auch nicht. Der Tod meiner Mutter ist kein Grund, um Tränen zu vergießen, wirklich nicht.«

»Ich weine nicht wegen deiner Mutter.«

»Warum dann?«

Carla schluchzte laut. Sie wollte gar nicht mehr aufhören zu weinen. Piet saß eine ganze Weile ratlos neben ihr auf der Kante des Betts und streichelte ihr Haar. Dann nahm er das lederummantelte Röhrchen aus seiner Tasche und streckte es ihr entgegen.

»Hier, nimm das. Vielleicht tröstet es dich ein wenig.«

Carla wandte Piet ihr tränenverquollenes Gesicht zu.

»Was ist das?«

»Ich habe dir doch versprochen, dir eine Geschichte zu erzählen. Hier, das ist meine Geschichte für dich.«

»Ein ziemlich kurze Geschichte.«

Zum ersten Mal lächelte Carla nun wieder zaghaft.

Piet gab ihr das lederummantelte Röhrchen in die Hand. Zwischen den zwei Linsen steckte noch immer das kleine Stückchen von der Blüte einer Schwertlilie.

»Du musst hier oben durchschauen und das Röhrchen gegen das Licht halten. Du kannst das Röhrchen etwas hin- und herbewegen. Dann siehst du es noch schärfer.«

Zögerlich schaute Carla durch die kleine Öffnung.

»*Meu Deus!* Was in Himmels Namen ist das?«

»Was stellst du dir denn vor?«

»So habe ich mir immer die allerschönste Insel draußen im Meer vorgestellt.«

»Es ist die Blüte einer Schwertlilie. Nur ein sehr kleines Stückchen davon. Sag mir, was du siehst.«

»Ich sehe eine Insel. Der Sand ist so weiß, als hätte jemand eine Zuckerdose über dem Meer ausgeschüttet. Drumherum türkisfarbenes Wasser. Weiter hinten, da wird das Blau dunkler und das Wasser tiefer. Man kann die trennende Linie ganz klar erkennen. Wie eine schützende Hand legt sich das Türkis vor die Insel. Und es ist wirklich nur eine Blume?«

»Ja, es ist nur eine Blüte. Nur ein sehr kleines Stückchen davon. Aber vielleicht ist es auch mehr als das. Vielleicht ist es das Wesen dieser Blume.«

Langsam ließ Carla das Röhrchen sinken.

»Das ist eine sehr schöne Geschichte. Noch nie hat mir jemand eine Geschichte ohne Worte erzählt, selbst Onkel Abel nicht. Du bist anders als andere Männer. Deine blauen Augen erinnern mich an das Meer in Figueira da Foz. Du musst wissen, mein Vater hat meiner Mutter jeden Tag eine Lilie aus unserem Garten gepflückt, wenn die Jahreszeit danach war. Aber so hat sie eine Lilie bestimmt noch nie gesehen. Kennst du noch mehr solcher Geschichten?«

»Wenn ich aus Delft zurückkomme, erzähle ich dir alles, was ich weiß. Ich werde dir das Geld bringen. Du wirst frei sein, und dann kannst du hingehen, wo immer du willst. Vielleicht willst du ja sogar …«

Piet stockte für einen Augenblick.

»Carla, ich weiß noch nicht so genau, was mich in Delft erwartet. Aber es könnte gut sein, dass auch ich bald so frei sein werde wie noch nie in meinem Leben. Vielleicht mache ich in Delft mein eigenes Tuchhandelsgeschäft auf. Vielleicht willst du ja mit mir kommen. Als meine Frau.«

»Ich muss hier in Amsterdam bleiben und auf meine Eltern warten.«

»Du kannst auch in Delft auf sie warten.«

»Ich muss darüber nachdenken. Wenn du aus Delft zu mir zurückkehrst, weiß ich, was zu tun ist.«

»Dann sollte ich mich jetzt besser gleich auf den Weg machen. Vielleicht kann ich noch heute aufbrechen. Dann wäre ich vielleicht einen Tag früher zurück.«

»Warte.«

Carla zog Piets Kopf zu sich. Und danach schenkte sie ihm auch noch alles weitere, was Frauen manchmal von sich verschenken, wenn sie Männer küssen. Es war vielleicht nur ein sehr einseitiges Gefühl, aber Piet wollte in diesem Moment nur allzu gerne glauben, dass die tiefen und aufrichtigen

Gefühle, die in einem Haus wie der *Mennonitischen Hochzeit* so fehl am Platz waren wie eine Sommerblume mitten im Winter, an diesem Nachmittag ein seltener Gast am Oudebrugsteeg in Amsterdam waren.

-35-

Als Piet nach einer Woche nach Amsterdam zurückkehrte und Karlmanns Nachricht vorfand, war er zwar kein reicher, aber doch ein wohlhabender Mann. Alles, was Daan Palmen in seinem Brief bereits angekündigt hatte, erfüllte sich: Piet erbte das Haus in der Hippolytusbuurt und darüber hinaus ein ansehnliches Vermögen.

Delft hatte sich seit seiner Kindheit kaum verändert. Der Turm der Oude Kerk ragte noch immer so schief in den Himmel wie ein krummer Finger Gottes, als er die Stadt am 20. August durch das Osttor erreichte. Die Windmühlen am Stadtwall drehten wie ehedem ihre Flügel im Kreis, und auch die Brücken, die er auf seinem Weg in die Hippolytusbuurt überquerte, waren noch immer mit denselben Steinen gepflastert wie vor bald sechsundzwanzig Jahren. Sein Geburtshaus sah noch genauso aus, wie er es in seiner Erinnerung bewahrt hatte. Es war eines dieser schmalen, dreigeschossigen Häuser, wie es so viele in Delft gab. Selbst die alte Sonnenuhr, die sein Vater am Dachfirst einst angebracht hatte, hing noch an Ort und Stelle, als er an die Tür klopfte.

Der Mann, der ihm öffnete und sich als Daan Palmen vorstellte, zupfte die Manschetten am Ärmel seiner Jacke umständlich zurecht, bevor er ihm die Hand reichte. Seine Wangen waren von fadendünnen Adern gerötet wie die eines Bauern, der es gewohnt ist, bei Wind und Wetter auf dem Feld zu arbeiten. Aber das war nur Piets erster, oberflächlicher Eindruck von ihm. Im Lauf ihrer Unterredung stellte sich dann schnell heraus, dass Palmen nicht zu der Sorte Männer zählte, die sich die Finger schmutzig machten.

Sie nahmen oben im Wohnzimmer an dem ovalen Tisch vor dem Fenster Platz. Palmen holte einmal tief Luft und erklärte sich dann breit und ausführlich, nur unterbrochen von seinem Kummer, der ihn in seinem Redefluss hin und wieder für einen Augenblick innehalten ließ.

»Wie ich dir schon geschrieben habe, bedauere ich außerordentlich, dass wir uns unter diesen traurigen Umständen kennenlernen müssen … Aber bis vor Kurzem wusste ich nichts von deiner Existenz. Du musst mir glauben …

wenn ich dir sage, dass es deiner Mutter am Ende … aufrichtig leidgetan hat … was damals geschehen ist. Zum Schluss hat sie nur noch gejammert … *Das ist meine Strafe dafür, dass ich mein Kind nicht geliebt habe … Und jetzt soll ich also gar kein Kind mehr bekommen und sterben* … Dauernd hat sie das wiederholt. Ich glaube … nein … ich weiß es genau, am Ende hat sie bereut, was sie dir angetan hat.«

»Ja, das schrieben Sie bereits.«

»Ich weiß natürlich, dass es sich nicht wiedergutmachen lässt … Aber es ist im Sinne deiner Mutter, wenn alles hier nun dir gehören soll. Das Haus und auch das Geld, das sie als Mitgift in unsere Ehe mit eingebracht hat … Neuntausend Gulden … Ich habe die Urkunden schon vorbereiten lassen. Morgen, gleich nachdem wir sie auf dem Friedhof der Nieuwe Kerk beerdigt haben, werde ich Delft für immer verlassen … Und dann kannst du über dein Erbe verfügen, wie du es für richtig hältst. Vielleicht wirst du deiner Mutter eines Tages ja sogar verzeihen können.«

Nur wegen Palmens offensichtlichem Schmerz und auch, weil man über Verstorbene nicht schlecht reden soll, ging Piet nicht weiter darauf ein. Stattdessen fragte er nur: »Und was wird der alte Kasdorp dazu sagen?«

»Dein Großvater …«

»… er wollte nie, dass ich ihn so nenne.«

»Also gut, der Vater deiner Mutter. Er hat damit nichts zu schaffen. Es ist allein meine Entscheidung.«

»Trotzdem wird er es nicht gutheißen.«

»Ich habe mit ihm bereits gesprochen. Er wird dir keine Schwierigkeiten bereiten.«

Gleich am nächsten Morgen, Palmen hatte für Piet ein Zimmer in einem nahe gelegenen Gasthaus reserviert, trugen sie seine Mutter zu Grabe. Der Pfarrer stand vor der offenen Grube, mit Brillengläsern auf der Nase so dick wie Butzenscheiben. Trotzdem schien er nicht das Geringste zu sehen. Der Kirchendiener Heijn Drooten hielt ihn am Arm, als er seine letzten Worte sprach: *Erde zu Erde, Asche zur Asche, Staub zu Staub.*

Dann nahmen sie die kleine Schaufel und erwiesen seiner Mutter einen letzten Gruß. Die halbe Stadt war bei der Beerdigung zugegen. Piet stand etwas abseits der Trauergemeinde. Der alte Kasdorp würdigte ihn keines Blickes. Nur der Kirchendiener funkelte zweimal böse zu ihm herüber. Die anderen Leute nahmen kaum Notiz von ihm; entweder erkannten sie ihn nach so vielen Jahren nicht wieder oder es war ihnen gleichgültig. Viele Frauen schluchzten, andere taten zumindest so. Piet weinte nicht, als die Totengräber damit begannen, das Grab seiner Mutter zuzuschaufeln.

Gleich nach der Beerdigung machte er sich auf den Weg zurück nach Amsterdam, in der Tasche die zweihundertfünfzig Gulden, die ihm Palmen vorgestreckt hatte. Genug, um Carla beim Wirt in der *Mennonitischen Hochzeit* freizukaufen.

Piet erreichte Amsterdam am frühen Morgen. Als Erstes ging er zum Haus des Tuchhändlers in die Heertgenstraat. Nistelroy stand vorne im Laden und bediente Kundschaft. Grußlos ging Piet an ihm vorüber ins Lager. Auf seiner Pritsche fand er Karlmanns Nachricht. Traurig schüttelte er den Kopf und wünschte seinem Freund Glück. Dann packte er seine Habseligkeiten zusammen: zwei Hemden, eine Hose, das kleine graue Büchlein, den Lesestein und das Röhrchen, das ihm Karlmann geschenkt hatte.

Nistelroy folgte ihm ins Lager, gleich nachdem er seine Kundschaft verabschiedet hatte.

»Du packst?«

»Haben Sie das Geld, das Sie Carla Milao schulden?«

»Ich habe einen Wechsel ausstellen lassen. Vierhundertfünfundzwanzig Gulden zu ihren Gunsten.«

»Dann nehme ich den Wechsel gleich mit.«

»Aber weshalb so überstürzt? Willst du denn nicht länger für mich arbeiten?«

»Ich werde nach Delft gehen und dort mein eigenes Glück versuchen. Es gibt für mich keinen Grund, noch einen Tag länger in Amsterdam zu bleiben.«

»Wird sie mit dir gehen?«

»Das ist allein ihre Entscheidung. Aber es dürfte nicht schaden, wenn ich Ihnen meine Anschrift hinterlasse. Oder haben Sie in der Zwischenzeit von ihren Eltern gehört?«

»Nein, nichts.«

»Es ist die Hippolytusbuurt in Delft. Wenn sich ihre Eltern bei Ihnen melden, geben Sie ihnen diese Adresse.«

»Willst du es dir nicht noch einmal überlegen? Ich könnte deine Hilfe gut gebrauchen, morgen und auch alle Tage, die darauf folgen. Ich würde dir auch einen Gulden mehr zahlen.«

»Ich brauche Ihr Geld nicht. Ich habe genug Geld, dass es für die nächsten dreißig Jahre reicht.«

»Dann hast du also geerbt?«

»So könnte man es nennen. Aber vielleicht ist Schmerzensgeld der bessere Ausdruck dafür.«

Mit diesen Worten verließ Piet das Haus, das er vor siebzehn Jahren zum ersten Mal betreten hatte.

Nistelroy stürmte ihm hinterher auf die Straße.

»Warte.«

»Was denn noch?«

»Glaubst du, dass ich ein schlechter Mensch bin?«

»Warum fragen Sie? Weil Sie mich früher oft im Stofflager eingeschlossen haben?«

»Ich dachte, ich kann es vielleicht dadurch ungeschehen machen, wenn ich dich fortan wie einen Bruder behandle. Ich bereue, was ich dir angetan habe.«

»Es ist eigenartig, aber eben diese Worte habe ich vor wenigen Tagen schon einmal gehört.«

»Dann glaubst du also tatsächlich, dass ich ein schlechter Mensch bin?«

»Die Antwort darauf kann ich Ihnen nicht geben. Befragen Sie Ihr Gewissen. Aber Sie hätten Carla zumindest einen Vorschuss auf die Posten Stoff geben können, die uns ihr Vater geschickt hat. Dann wäre ihr alles Weitere erspart geblieben.«

»Was ist geschehen?«

»Das ist jetzt nicht mehr wichtig, weil es sich sowieso nicht mehr ändern lässt.«

»Aber das Mädchen hat mich ja noch nicht einmal um einen Vorschuss gebeten.«

»Mag sein, aber sie hat auch nicht darum gebeten, dass Sie ihr die Wangen tätscheln, oder?«

-36-

Leichter Morgennebel lag über dem Kanal, als Piet die *Mennonitische Hochzeit* erreichte. Er hämmerte dreimal laut gegen die Tür, bis ihm der Wirt endlich öffnete. Hinter ihm knurrte ein großer weißer Hund.

»Was willst du?«

»Ich habe doch gesagt, dass ich wiederkomme. Ich habe das Geld dabei.«

»Das ist natürlich etwas anderes. Für Geld öffne ich gerne meine Tür. Also, zeig her.«

Piet schob die zweihundertfünfzig Gulden über den Tresen.

»Das ist die Summe, die Sie mir genannt haben. Ich werde Carla jetzt gleich mit mir nehmen.«

»Nicht so schnell, mein Freund.«

Langsam zählte der Wirt das Geld ab. Er grinste zufrieden, als er damit zum Ende kam. Dann sagte er: »In Ordnung, mein Kleiner. Die Judenhure hat sowieso nicht viel getaugt. Meinetwegen kannst du sie gleich mitnehmen.«

Piet nahm die Treppe nach oben und fand Carla auf ihrem Bett sitzend. Sie sprang gleich auf, als sie ihn sah.

»Da bist du ja endlich.«

»Es ist alles geregelt, Carla. Gib mir deine Hand. Wir gehen jetzt, jetzt gleich.«

»Ist das dein Ernst?«

»Ja, komm mit.«

Eva, Anna, Helena, Aaltje und Hendrika versammelten sich auf der Treppe und steckten die Köpfe zusammen, als Piet mit Carla nach unten ging. Anike raunte den Mädchen noch zu: »Der Kleine wird sich Stelzen kaufen müssen, wenn er sie küssen will.«

»Ja«, kicherten die Mädchen im Chor. »Die Tialda hat's besser getroffen.«

Aber das hörte Piet schon nicht mehr. Draußen auf dem Oudebrugsteeg warf Carla ihren Kopf in den Nacken, der wärmenden Morgensonne entgegen. Wie ein rundes Versprechen strahlte die Sonne vom Himmel.

»Ich danke dir von ganzem Herzen. Ich kann dir gar nicht sagen, wie dankbar ich dir bin.«

»Du musst mir nicht danken. Ich bin es, der dankbar sein muss. Aber ich bin hungrig. Lass uns irgendwo eine Kleinigkeit essen.«

»Nicht hier.«

»Du hast recht. Gehen wir woanders hin.«

Am Waterpoortsteeg, einer schmalen Verbindungsgasse zwischen Zeedijk und Geldersekade, wandten sich die beiden nach rechts und gingen dann in Richtung Grachtengürtel weiter. Carla lief dicht neben Piet her, vorbei an Hufschmieden, Buchdruckereien und an den Ständen der Straßenhändler. Sie schwiegen, aber das störte Piet nicht. Ehrlich gesagt, war er sogar froh darüber. Ihr Schweigen zögerte die Antwort auf seine bange Frage, wie sich Carla wohl entschieden hatte, noch etwas hinaus.

In Höhe der Jodenbreestraat kamen ihnen drei Männer mit schwarzen Hüten und langen Bärten entgegen. Carla fasste Piet am Arm und schaute ihnen hinterher.

»Siehst du die Männer da drüben? Sie sprechen portugiesisch miteinander. Es sind Juden aus der Heimat. Vielleicht haben sie sich aus Lissabon hierhergeflüchtet, weil es zu Hause nicht mehr sicher ist. Wenn ich doch nur wüsste, wo meine Eltern bleiben.«

»Bitte mach dir keine Sorgen. Es wird alles gut. Komm, lass uns da vorne in das Gasthaus gehen.«

Piet bestellte Milch, Brot und Eier mit Speck. Sie brachen das Brot miteinander und aßen, jeder still über seine Mahlzeit gebeugt. Erst als die Bedienung die Teller abgeräumt hatte, nahm Carla das Gespräch wieder auf.

»Du hast mir mein Leben gerettet. Ich stehe sehr tief in deiner Schuld.«

»Nochmals, Carla, du musst mir nicht danken. Ich bin es, der dir danken muss. Du hast mir etwas geschenkt, von dem ich nicht wusste, dass es so etwas überhaupt gibt. Ich dachte immer, es sei nur ein Märchen.«

»Ein Märchen?«

»Ich habe davon gelesen, als ich noch ein Junge war, vor vielen Jahren in Deventer. Ich lag schlimm verletzt in einem dunklen Kabuff und war genauso verzweifelt wie du in der *Mennonitischen Hochzeit*, weil sie mich beinahe totgeschlagen haben.«

»Was ist passiert?«

»Das ist eine etwas längere Geschichte. Vielleicht erzähle ich sie dir irgendwann einmal. Aber jetzt will ich dir lieber erzählen, wie ich mich gefühlt habe, als ich bei dir lag. An dem Tag, als ich nach Delft aufgebrochen bin und mich so eins gefühlt habe wie noch nie in meinem Leben. Erinnerst du dich an diesen Tag?«

»Natürlich erinnere ich mich.«

»Die Geschichte, die ich dir erzählen will, spielt vor Tausenden von Jahren, am Anfang der Welt. Damals lebte ein Geschlecht auf Erden, so selbstgenügsam und glücklich, dass es den Göttern irgendwann lästig wurde. Dieses Geschlecht hatte vier Hände, vier Füße und zwei Köpfe. Es war kugelrund, von gewaltiger Kraft und großem Wagemut. Es lebte völlig zufrieden mit sich selbst, so, als könne ihm keiner etwas antun. Die Götter vermissten mit der Zeit die Gebete und auch die Ehrenbezeugungen, an die sie gewohnt waren. Es war ihnen nicht recht, dass sich dieses Geschlecht den Himmel auf Erden bereitete, und deshalb spalteten sie es am Ende zur Strafe in zwei Hälften, in Mann und Frau. So pflanzten sie die Sehnsucht in das Herz der Menschen. Seit damals sind wir auf der Suche nach unserer verlorene Hälfte, um endlich wieder eins zu werden. Genau so habe ich mich gefühlt, als ich bei dir gelegen habe. Völlig eins.«

Carla schluckte schwer.

»Du rührst mein Herz. Ich könnte schon wieder weinen, weil ich nicht weiß, was ich darauf sagen soll.«

»Hier ist übrigens der Wechsel, den Nistelroy auf deinen Namen ausgestellt hat. Für die Stoffe, die er auf die Rechnung deines Vaters hin verkauft hat, abzüglich seiner Provision.«

»Aber ich dachte, du hättest … wie … womit hast du den Wirt bezahlt?«

»Hör zu, Carla, in Delft hat sich alles bewahrheitet, was ich noch vor wenigen Tagen niemals für möglich gehalten hätte. Ich habe jetzt genug Geld. Es würde für uns beide reichen. Ich habe beschlossen, in Delft mein eigenes Tuchhandelsgeschäft zu eröffnen. In dem Haus, in dem ich geboren wurde und das nun mir gehört. Vor einer Woche habe ich dich gefragt, ob du mit mir kommen willst.«

»Du weißt, dass es nicht geht, selbst hier in Holland nicht. Es ist verboten. Eine Jüdin darf nicht mit einem Christen unter einem Dach leben.«

»Aber du bist doch gar keine richtige Jüdin. Du hast mir erzählt, dass deine Eltern dich haben taufen lassen.«

»Ja, das stimmt. Mein Vater hat mich taufen lassen, aber als ich eben die drei alten Männer da draußen auf der Straße sah, habe ich mich dem alten Glauben, den mein Vater selbst nie ausgeübt hat, verbundener gefühlt denn je. Solange ich meine Eltern nicht wiedersehe, werde ich als Jüdin leben. Ich verstehe einfach nicht, wo sie bleiben.«

»Würdest du es denn wollen? Ich meine, mit mir nach Delft kommen? Du könntest auch dort auf deine Eltern warten.«

»Ich habe deine Fürsorge nicht verdient. Ich bin jetzt eine Frau, die sich für Geld hat kaufen lassen. Ich weiß nicht, ob ich das jemals wieder vergessen kann.«

»Ich werde dir helfen, es zu vergessen. Und außerdem kannst du auch bei mir in Delft auf deine Eltern warten.«

»Hat Nistelroy in der Zwischenzeit von ihnen gehört?«

»Nein, aber …«

»… ich zahle dir dein Geld natürlich sofort zurück, sobald ich Nistelroys Wechsel eingelöst habe.«

»Warte, ich bin noch nicht fertig. Du musst mir das Geld nicht zurückgeben. Ich habe es gerne für dich getan. Du hast gesagt, wenn ich nach Amsterdam zurückkehre, würdest du wissen, was zu tun sei. Ich habe über deine Worte nachgedacht. Ich will nicht, dass du eine übereilte Entscheidung triffst. Vielleicht ist es am besten, wenn du dir hier in Amsterdam ein Zimmer nimmst und über alles noch einmal in Ruhe nachdenkst. Wende dich an die Juden hier im Viertel und frage nach den Neuankömmlingen. Vielleicht hat irgendwer von deinen Eltern gehört.«

»Ich habe Angst vor dieser Frage.«

»Du wirst sie trotzdem stellen müssen. Ich selbst werde morgen nach Delft aufbrechen und das Haus herrichten. Ich habe Nistelroy die Adresse genannt. Es ist die Hippolytusbuurt in Delft. Deine Eltern würden dich also auch dort finden.«

Carla küsste Piet zum Abschied auf seine großen blauen Augen.

»Ich schäme mich so sehr. Ich weiß wirklich nicht, ob ich deine Liebe verdient habe.«

»Lass dir Zeit. Jetzt ist bald Ende August. Komm am 1. November zu mir nach Delft, wenn du es wirklich willst. Bis dahin habe ich alles für deine Ankunft vorbereitet. Du bist mir zu nichts verpflichtet. Ich will nicht, dass du mir aus bloßer Dankbarkeit folgst. Auf jeden Fall werde ich an Allerheiligen auf dich warten, wie auch immer du dich entscheiden magst.«

Dritter Teil

- 1 -

Delft am 13. Oktober 1654,
einen Tag nach dem Donnerschlag

Tief bekümmert hockte Piet vor der Linsenschleifmaschine hinten in seiner Werkstatt. Obwohl das Fenster weit offen stand, war es um ihn herum so still, als hätte die Welt aufgehört zu existieren. Nur in seinem Kopf hallten noch immer die Explosionen nach, die Delft in Schutt und Asche gelegt hatten. Gedankenverloren stocherte er in dem feinen Sand herum, der sich in dem Holzkasten unter seinem Schleifteller abgelagert hatte.

Was sollte denn jetzt bloß werden? Gut, sein Haus hatte dem Donnerschlag standgehalten, und er selbst war mit seinem jungen Leben noch einmal davongekommen. Aber da draußen stand kaum noch ein Stein auf dem anderen. Was würde Carla wohl von ihrem neuen Zuhause halten, wenn auf dem Weg dorthin Leichen ihren Weg pflasterten?

Bis Sonntag in zwei Wochen, so hatten sie es bei seiner Abreise aus Amsterdam miteinander vereinbart, wollte sie ihre Entscheidung getroffen haben. Und dann würde sie, wie er inständig hoffte, zu ihm nach Delft kommen. Piet hatte ihre Ankunft so sehr herbeigesehnt. Er hatte davon geträumt, in der Nacht und auch am Tag. Er hatte das Haus auf Vordermann gebracht und sich ihre Zukunft in den hellsten Farben ausgemalt. Doch jetzt schienen Piet all seine Hoffnungen sinnlos und vergebens.

Er starrte auf die zwei gleichlaufenden Linien, die sein Holzstab in dem Sand unter dem Schleifteller hinterlassen hatte. Wie zwei Lebensadern furchten sie sich durch den feinen Untergrund, als ein grober Luftzug von draußen in die Werkstatt wehte. Sandkörner wirbelten auf, winzigste Partikel aus Stein und Staub. Resigniert beobachtete Piet, wie sie alles unter sich begruben. Keine Spur war tief genug, um zu überdauern. Das Leben war nichts weiter als ein Strich im Sand. Die Welt drehte sich, um vor die Hunde zu gehen.

Tausend Tote lagen da draußen. Er selbst hatte an diesem Morgen noch keinen Schritt vor die Tür gewagt, aber das hatte der Arzt Hendrik de Gaesbeeck behauptet, als er ihn gestern Abend in seinem Haus aufgesucht hatte. Tausend Tote. Menschen, die an nichts Böses gedacht hatten, als sie in der Früh aus ihren Betten gestiegen waren. Männer, die wie jeden Tag ihre Arbeit aufgenommen hatten, Frauen, die in den Hinterhöfen gerade die Wäsche zum Trocknen aufhängten, und Kinder, die zwischen ihren Beinen herumtollten. Es war für sie ein Montag wie jeder andere Montag gewesen. Nur dass es das Schicksal an diesem Tag nicht gut mit ihnen gemeint hatte. Darum hieß es wohl auch Schicksalsschlag. Weil das Schicksal einen so erbarmungslos niederprügeln konnte wie ein Blitz aus heiterem Himmel. Sie war doch noch ein Kind gewesen, bestimmt nicht älter als fünf Jahre. Gestern früh noch, da hatte sie ihn an seine krumme Nase gefasst. Und jetzt durfte sie also nie wieder einen Menschen an die Nase fassen: die kleine Tochter des Malers Carel Fabrist, gestorben am 12. Oktober 1654 – so wie tausend andere an diesem Tag.

Piet stand auf und griff sich eines seiner kleinen Instrumente aus dem Kabinettschrank. Er hatte mittlerweile schon eine ganze Reihe dieser Vergrößerungsapparaturen fabriziert. Gleich als er nach Delft zurückgekommen war, noch bevor er damit begann, sein Tuchhandelsgeschäft auszustaffieren, hatte er sich hinter seinem Laden eine kleine Werkstatt eingerichtet.

Ein Zimmermann baute ihm nach seinen überaus präzisen Anweisungen eine Schleifmaschine, wie sie Karlmann in Amsterdam bedient hatte. Beim Schmied bestellte er sich Schalen aus Messing und beim Glasmacher Scheiben in unterschiedlicher Farbe und Stärke. Dann schliff er seine ersten Linsen ohne Karlmanns Hilfe. Er experimentierte mit Polierrot und Trippel, mit englischem Zinn und zerstoßenen Feuersteinen – bis er sie dann eines Tages durch eines seiner Vergrößerungsgläser entdeckte: für das menschliche Auge unsichtbare Existenzen, so klein und unscheinbar, dass sie kein Mensch zuvor jemals gesehen hatte.

Außer Gaesbeeck wusste bisher niemand in der Stadt etwas Genaueres über seine Entdeckung. Aber das üble Gerede, fürchtete Piet, ließ sich jetzt wohl nicht mehr aufhalten. Vielleicht waren seine Sorgen übertrieben, möglicherweise aber auch nicht. Ihm klang noch immer in den Ohren, was der Maler Carel Fabrist in seinem Atelier am frühen Morgen vor dem Donnerschlag zu ihm gesagt hatte. *Alles, was unsichtbar ist, aber dennoch vorhanden, macht den Menschen Angst. Nur Geister sind unsichtbar, und vor denen fürchten sich die Menschen normalerweise.*

Der Mann hatte recht. Und die Warnung, die in seinen Worten lag, war durchaus ernst zu nehmen. Vielleicht bezichtigten sie ihn da draußen ja schon, er treibe in seinem Haus einen bösen Zauber. Zum ersten Mal zweifelte Piet selbst daran, was er tat. Er fragte sich, welchen Sinn es machte, das Unsichtbare zu erkunden, wenn sich noch nicht einmal das Sichtbare beherrschen ließ.

Unschlüssig drehte Piet das Vergrößerungsglas in seinen Händen hin und her und schaute aus dem Werkstattfenster. Vom Haus des Nachbarn war nur ein Stück der rückwärtigen Wand stehen geblieben. Balken ragten wie Pfeilspitzen aus dem Trümmerberg. Dazwischen Scherben aus Porzellan, zersplitterte Kacheln und entzweigebrochenes Mobiliar. Und darunter bestimmt noch die Leichen der Menschen, die dort bis gestern geliebt, gestritten und gebetet hatten. Nichts war davon übrig geblieben – bis auf ein großer Haufen Schutt.

Ernüchtert wandte Piet seinen Blick ab. Was war das für eine Welt, in der die einen verschont blieben, während die anderen sterben mussten? War das Dasein denn nichts weiter als ein Glücksspiel, in dem man jeden Tag aufs Neue seine nackte Existenz zum Einsatz brachte, und Gott oder wer auch immer darüber entschied, wie viele Stunden einem noch blieben? Die Gewissheit, dass der Tod, dieser große Gleichmacher, am Ende auf jeden wartete, schien ihm ein schwacher Trost für die Tatsache, dass alles andere im Leben so ungleich verteilt war.

Karlmann segelte irgendwo da draußen über das weite Meer, und auch er selbst sah nun weit und breit kein Land mehr. Das rettende Ufer, das er schon so nah vor sich vermutet hatte, schien ihm nun ferner denn je. Sollte denn wirklich alles umsonst gewesen sein? Sein unverhofftes Erbe, die Freiheit, die ihm dadurch geschenkt worden war, und seine bange Hoffnung, dass Carla bald zu ihm kommen würde?

Vor gerade mal acht Wochen war Piet in seine Geburtsstadt zurückgekehrt, um am Grab seiner Mutter Abschied zu nehmen, weniger von ihr selbst als vielmehr von seiner armseligen Kindheit. Und nun mussten sie in Delft also noch sehr viel mehr Gräber ausheben. Tausend an der Zahl, wenn Gaesbeeck mit seiner Schätzung richtig lag. Piet wollte sich gar nicht vorstellen, was Carla wohl empfinden würde, wenn sie in zwei Wochen in die Stadt der Toten käme. Unerträglich fand er die Vorstellung, dass die Kreuze auf den Gräbern alle das gleiche Datum tragen würden, so wie nach einer erbarmungslosen Schlacht, die Delft auf grausamste Art und Weise verloren hatte.

Noch auf der Beerdigung seiner Mutter hatte Piet kurzzeitig an eine Art höherer Gerechtigkeit glauben wollen. Sein Vater war schließlich noch vor seinem dreißigsten Geburtstag gestorben, wenn auch vordergründig von seiner eigenen Hand. Er fand es deshalb nur richtig, dass auch seiner Mutter kein glückliches Ende vergönnt gewesen war. Aber jetzt, in Anbetracht der Katastrophe, die Delft heimgesucht hatte, schien ihm dieser Glaube wie blanker

Hohn. Was war denn schon gerecht daran, dass Fabrists kleine Tochter hatte sterben müssen? Sie hatte doch keinem etwas zuleide getan. War es etwa gerecht, dass sein Haus den Explosionen standgehalten hatte, während das Haus des Nachbarn nun in Trümmern lag? Wenn es Gott wirklich gab, dann scherte es ihn nicht, was auf Erden geschah. Keiner war auserwählt, weder für das eine noch für das andere.

Das Geschenk des Lebens kam Piet mit einem Mal ziemlich verlogen vor. Es machte keinen Sinn, über den Tag hinaus zu planen, weil man noch nicht einmal wusste, ob man den nächsten Tag überhaupt noch erleben durfte. Nur im Wahn der eigenen Unsterblichkeit ließen sich Pläne schmieden.

Dabei hatte er sich alles so leicht vorgestellt. In den vergangenen Wochen war er oft betrübt gewesen, weil er Carla nicht überredet hatte, gleich mit ihm nach Delft zu kommen. Und nun musste er schon dankbar dafür sein, dass nicht auch sie unter den Trümmern begraben lag. Wenn Carla an Allerheiligen tatsächlich zu ihm nach Delft käme, würde die Stadt noch immer aussehen wie nach einem verlorenen Krieg. Vielleicht würden die Glocken der Nieuwe Kerk bei ihrer Ankunft läuten, aber ansonsten würde sie hier sehr wenig an Gott erinnern.

Piet legte seine Apparatur zurück in den Kabinettschrank und ging nach vorne in den Tuchladen. Die Wände hinter den Regalen hatte er mit zartgelbem Stoff tapezieren lassen, damit seine Ware vor dem Hintergrund besser zur Geltung kam. Er besaß ein untrügliches Auge für solche Anmut. Und für solche Feinheiten sowieso. Aber was spielte das jetzt noch für eine Rolle? Das Schicksal scherte sich nicht um zartgelbe Hintergründe.

Wie ein Fremder schlich Piet durch sein Haus. Er schämte sich für seinen Besitz, weil so viele Menschen nun völlig besitzlos waren. Im Flur nahm er die Treppe nach oben. Vier Zimmer lagen im ersten Stock: ein geräumiger Wohnraum mit Blick auf die Oude Kerk, ein Zimmer, das er aus bloßer Schüchternheit bisher nicht gewagt hatte, als gemeinsames Schlafzimmer einzurichten, eine Kammer für sich selbst und auch eine für Carla. So viel Mühe hatte er auf die Ausstattung ihres Zimmers verwandt. Rechts neben dem Fenster stand ein zweitüriger Armoire aus Nussbaum, dessen Seiten aufwändig gedrechselte Säulen zierten. Weil Piet wusste, wie sehr Carla das Meer liebte, hatte er die Wände ihres Zimmers in Blau streichen lassen. Das Fenster war mit bodenlangen indigofarbenen Taftstoffen eingerahmt. Die Kristallvase auf dem Tischchen in der Mitte funkelte im hereinfallenden Licht wie ein Saphir.

Und selbst die blaue Überdecke auf ihrem Bett erinnerte an die Farben des Ozeans.

Piet setzte sich für einen Moment auf die Kante des Betts. Er dachte an Deventer zurück. Dort hatte er gelernt, dass man sich ducken musste und froh sein durfte, wenn man am Ende des Tages nicht totgeschlagen wurde. Er dachte an Amsterdam, wo er sich jahrelang in seinen Träumen eingerichtet hatte wie andere Menschen in ihren Häusern. Bis er Karlmann eines Tages auf der Straße wiederbegegnet war und sein Leben eine neue Richtung genommen hatte.

Es gab da draußen noch eine andere Welt zu entdecken. Mit Farben und Formen, wie sie weder Kenntnis noch Einbildungskraft erschaffen konnten. Carla war so begeistert gewesen, als er sie in der *Mennonitischen Hochzeit* einen Blick auf diese fremdartige Welt hatte werfen lassen. Das hatte ihn darin bestärkt, dass alles im Leben nur eine Frage des Blickwinkels war. Betrachtet durch ein Vergrößerungsglas, konnte einem selbst die Geringfügigkeit einer Schwertlilie so großartig erscheinen wie eine Insel im Meer. Ob es jetzt wohl noch möglich war, diese Insel zu erreichen?

Piet strich die Decke auf Carlas Bett glatt, schloss die Tür und ging dann langsam wieder nach unten. Vor dem Bild am Ende des Flurs blieb er kurz stehen. Er war so glücklich gewesen, als er vor ein paar Tagen das Bild oben auf dem Speicher entdeckt hatte. Es lag ganz zuunterst in einer alten Holzkiste unter muffigen Kleidungsstücken. Es war immer das Lieblingsbild seines Vaters gewesen. Darauf: ein Strauß aus Korn- und Mohnblumen.

»Das Blau der Kornblumen«, hatte ihm sein Vater als Kind oft erzählt, »steht für die Unendlichkeit des Himmels, unter dem wir unser Leben verbringen. Und das Rot der Mohnblumen zeigt uns das Blut der Erde, das in unseren Adern fließt.«

Es war Piet wie eine glückliche Fügung vorgekommen, als er das Bild entdeckt hatte. Mehr als Himmel und Erde wollte er Carla nicht schenken. Aber auch nicht weniger. Wo blieben Himmel und Erde denn nun, wenn sich dazwischen die Hölle auftat? Der Donnerschlag erinnerte Piet einmal mehr daran, worin die Quelle des menschlichen Unglücks bestand. Es war das Wissen um die eigene Sterblichkeit, die das Dasein so unendlich beschwerte. Diese Bürde, die sich einfach nicht abschütteln ließ und wie ein Schatten auf die Zukunft legte. Auch wenn er sein eigenes Leben gerettet hatte, konnte er die Augen doch nicht davor verschließen, dass es so viele nicht geschafft hatten.

Das Überleben schien ihm mit einem Mal sehr viel weniger wert zu sein als das Leben.

Schwermütig hockte sich Piet noch einmal auf den Schemel vor seiner Linsenschleifmaschine. Feilen, Zirkel, Messer und Zangen hingen griffbereit in braunen Lederschlaufen an der Wand. Die kleinen Messingschalen lagen nach Größen sortiert auf dem Tischchen rechts vom Kabinettschrank, und auf dem Boden daneben standen Polierrot und Trippel. Abermals nahm Piet seine kleine Apparatur zur Hand und blinzelte durch die Linse.

Bestimmt hatten diese merkwürdigen Existenzen noch nicht einmal gezuckt, als der Donnerschlag die Erde hatte beben lassen. Und wenn doch, dann hatten sie es schon wieder vergessen. Sie wuselten noch immer so wild durcheinander, als sei nicht das Geringste geschehen. Bestimmt spielten Geburt und Tod keine nennenswerte Rolle für sie. Und auch Tag und Nacht machten in ihrer unsichtbaren Welt keinen Unterschied.

Vielleicht lag Karlmann gar nicht mal so falsch, wenn er behauptete, dass es im Leben doch immer nur um das große Ganze ging. Vielleicht hatte sich sein Vater geirrt, als er ihm das Vermächtnis hinterließ, dass er das Allergrößte in seinem Leben gewinnen würde, wenn er nur das Allerkleinste niemals aus den Augen verlor. Vielleicht hatten sich sogar alle beide getäuscht. Und es ging im Leben um etwas ganz anderes.

Bis tief in die Nacht hinein kauerte Piet untätig in seiner Werkstatt und hing seinen einsamen Gedanken nach. Er wagte es nicht, nach draußen zu gehen. Mochte Gaesbeeck auch behauptet haben, er müsse sich keine Sorgen machen, so tat er es trotzdem. Irgendwer musste schließlich immer bluten, wenn sich die Menschen ein Unglück nicht anders zu erklären wussten. Er musste jetzt vorsichtig sein, verdammt vorsichtig.

-2-

»Was ist los mit dir? Du machst ja ein Gesicht, als sei jemand gestorben.«

»Tausend oder mehr, um genau zu sein. Das haben Sie mir doch selbst erst vorgestern Abend erzählt.«

»Schon gut. Darf ich reinkommen?«

Piet bat Gaesbeeck nach oben. Sie setzten sich an den ovalen Tisch am Fenster. Obwohl es schon etwas später am Morgen war, lag der Wohnraum noch im Halbdunkel. Über die Stadt zogen noch immer die Schwaden aus Rauch und Qualm.

»Ein Wunder, dass der Kirchturm noch steht«, sagte Gaesbeeck. Er schaute aus dem bleiverglasten Fenster rüber zum schiefen Turm der Oude Kerk.

»Ja, man könnte glauben, es bräuchte keinen Donnerschlag, um ihn zum Einsturz zu bringen. Er muss wohl unter einem besonderen Schutz stehen.«

»Na ja, Hauptsache, der Turm steht noch. Pass auf, ich habe nachgedacht ...«

»Ich habe auch nachgedacht«, unterbrach Piet den Arzt. »Haben Sie meine Mutter eigentlich gut gekannt?«

»Natürlich habe ich sie gekannt. Deine Mutter und auch deinen Vater. Warum fragst du?«

»Glauben Sie, dass es ihr am Ende leidgetan hat, was damals geschehen ist?«

»Ich weiß es nicht, ehrlich nicht.«

»Und Palmen hat die ganze Zeit über nichts geahnt?«

»Nein, niemand hat ihm von dir erzählt. Kasdorp ist nicht mehr der Alte, seit deine Mutter gestorben ist. Ich glaube, er sitzt nur noch stumm in seinem Haus und betet für ihr Seelenheil.«

»Er hat mich auf der Beerdigung keines Blickes gewürdigt. Er hasst mich.«

»Mag sein, aber ich glaube nicht, dass du dir wegen ihm Sorgen machen must.«

»Und die anderen Leute da draußen? Muss ich mir wegen denen auch keine Sorgen machen?«

»Du kannst ganz beruhigt sein.«

»Sie haben gut reden. Sie wissen doch gar nicht, wie es ist, wenn einen die Leute scheel von der Seite angucken.«

»Schon gut, reg dich nicht auf.«

»Ich soll mich nicht aufregen? Sie würden sich genauso aufregen, wenn man auf der Straße vor ihnen ausspuckt. Als ich mich vorgestern nach dem Donnerschlag ins Haus gerettet habe, hat die Magd des Nachbarn vor mir ausgespuckt. Wenn diese Katastrophe nun dazu führen sollte, dass man mir einen Strick daraus dreht, dann nur deshalb, weil Sie Ihren Mund nicht haben halten können. Sie hätten niemals erzählen dürfen, was ich Ihnen nur im Vertrauen gezeigt habe.«

»Deshalb komme ich zu dir. Ich glaube, wir sollten die Sache etwas nüchterner betrachten.«

»Nüchterner?«

»Ja. Ich glaube wir sollten ein paar Herren in London von deiner Entdeckung berichten.«

»Ach, auf einmal nehmen Sie meine Entdeckung so wichtig? Noch vor ein paar Wochen haben Sie mich angeglotzt, als sei ich nicht ganz bei Trost. Sie haben gesagt, dass Betrunkene manchmal weiße Mäuse sehen. Sie haben sich über mich lustig gemacht. Haben Sie das etwa vergessen?«

»Ich war am Anfang skeptisch, das stimmt. Aber das wäre jeder andere an meiner Stelle auch gewesen. Du musst zugeben, dass es schwerfällt, an dieses fremde Leben zu glauben, wenn man es nicht mit eigenen Augen gesehen hat.«

»Ich glaube, die einen fressen die anderen.«

»Du meinst, die größeren Animalcula fressen die kleineren?«

»Ja, von irgendetwas müssen sie schließlich leben.«

»Hast du es gesehen?«

»Es kam mir zumindest so vor. Aber in Anbetracht der Katastrophe da draußen frage ich mich, ob das jetzt noch wichtig ist.«

»Natürlich ist es wichtig. Es ist sogar außerordentlich wichtig. Wir müssen herausfinden, wozu sie da sind. Und wir müssen es den Menschen erklären.«

»Glauben Sie nicht, dass die Menschen gerade andere Sorgen plagen? In der Stadt herrschen Tod und Zerstörung. Alles ist aus den Fugen geraten. Wenn der Donnerschlag wirklich tausend Leben gekostet hat, wird der Friedhof der Nieuwe Kerk bei Weitem nicht ausreichen, um die Toten zu bestatten. Und wir beide reden hier über solche Kleinigkeiten.«

»Das eine hat mit dem anderen nichts zu tun. Natürlich ist der Donnerschlag eine Tragödie. Aber du wirst sehen, dass die Menschen ihre Häuser ganz schnell wieder aufbauen. Die Flickschuster werden schon bald wieder die Schuhe in Form bringen, die Bäcker das Brot backen und die Böttcher ihre Fässer beschlagen. Man wird den Leuten Entschädigungen und Renten zahlen, damit sie ihre Werkstätten ganz schnell wieder herrichten. Und außerdem: Diese Leute meine ich doch gar nicht. Es sind die Männer der Wissenschaft, die wir über deine Entdeckung unterrichten müssen. Männer wie William Petty, Samuel Pepys, John Wilkins, den Bischof von Chester. Und natürlich Robert Hooke.«

»Mir sagen diese Namen nichts.«

»Es reicht, wenn ich sie kenne. Ich korrespondiere schon seit Längerem mit William Brouncker. Er ist ein angesehener Mathematiker und die treibende Kraft hinter der Idee, in London eine Wissenschaftsgesellschaft zu gründen.«

»Und was habe ich damit zu tun?«

»Eine ganze Menge, denke ich. Brouncker und die anderen debattieren gerade sehr ausführlich über die Möglichkeiten, die uns das Mikroskop eröffnet.«

»Sie nennen es Mikroskop?«

»Ja, vor allem Robert Hooke beschäftigt sich sehr intensiv damit. Er meint, das Mikroskop, von dem du ja offenbar ein paar ganz besondere Exemplare gebaut hast, öffne uns das Fenster zu einer neuen Welt.«

»Große Worte für so kleine Sachen.«

»Aber nicht unberechtigt. In der uns bekannten Welt finden wir uns mittlerweile doch ganz gut zurecht. Alle Kontinente sind entdeckt, und alle Küsten sind befahren. Die neue Terra incognita ist die Welt des Mikrokosmos.«

»Behauptet das auch dieser Robert Hooke?«

»Nein, das sind meine Worte. Aber ich glaube, er wäre damit einverstanden.«

»Was wissen Sie sonst noch über diesen Hooke?«

»Es reicht mir zu wissen, dass er zu den führenden Experimentatoren unserer Zeit zählt. Wenn du damit einverstanden bist, schreibe ich noch heute einen Brief nach London. Brouncker ist mit Hooke gut bekannt, und es könnte nicht schaden, ihre Meinung in dieser Angelegenheit zu hören.«

»Ich weiß nicht.«

»Denk doch mal nach. Meinst du nicht, es wäre besser, den Leuten da draußen eine vernünftige Erklärung für deine unsichtbaren Geschöpfe zu liefern?«

»Also sind meine Befürchtungen doch nicht so unbegründet, wie Sie behauptet haben?«

»Ich habe hier und dort etwas gehört, aber du musst dich nicht aufregen. Sie geben allem Möglichen die Schuld an dem Donnerschlag. Sie faseln vom Zorn des Allmächtigen und dass die Stadt mit Recht ein solches Schicksal verdient habe, weil es Gott nicht gefällt, dass wir den Juden erlauben, ihren Riten hier so ungestört nachzugehen. Aber das ist natürlich alles Blödsinn. Genauso ein Blödsinn, wie zu behaupten, dein Fund hätte irgendetwas Böses in der Welt geweckt.«

»Aber sie behaupten es?«

»Nur ein paar Schwachköpfe. Ich glaube, der Kirchendiener ist daran nicht ganz unschuldig.«

»Sie meinen Drooten, den Kirchendiener der Nieuwe Kerk?«

»Ja, Heijn Drooten. Dieser Einfaltspinsel scheint ernsthaft zu glauben, der Donnerschlag sei das Werk böser Mächte. Er hat mir gestern Mittag auf dem Koornmarkt einen Mann festgehalten. Armes Schwein übrigens. Beide Beine völlig zerquetscht. Ich musste sie ihm absägen. Na ja, und dabei hat er dann dieses dumme Zeug vor sich hin gefaselt. Dass niemand ungestraft in Gottes Werk herumpfuschen dürfe. Und dass man die Geister nicht aufschrecken soll, weil sie sonst Pech und Schwefel über die Erde regnen lassen. Solchen Blödsinn halt. Dieser Trottel will einfach nicht einsehen, dass uns die Stadt nur deshalb um die Ohren geflogen ist, weil dem Soetens im Munitionsdepot seine Laterne aus der Hand gefallen ist. In ein paar Tagen wird sich der Spinner wieder beruhigen. Aber wie gesagt, es kann nicht schaden, eine vernünftige Erklärung für deine Animalcula zu finden. Besser jedenfalls, als wenn dieser Tölpel den Leuten noch wer weiß was einredet.«

»Und Sie meinen, diese Männer in London könnten uns dabei helfen, klarer zu sehen?«

»Zumindest weiß ich mir selbst keinen anderen Rat mehr. Ich habe mir wahrlich den Kopf über deine Entdeckung zerbrochen, aber ich bin zu keinem Ergebnis gelangt. In keinem meiner Bücher finde ich einen Hinweis auf dieses fremde Leben. Ich habe in den alten und auch in den jungen Schriften nachgeschlagen, bei Hippokrates, Galen, Paracelsus und Harvey. Keiner erwähnt etwas darüber, mit keinem Wort. Ich glaube wirklich, du bist der Erste, der sie gesehen hat. Und deshalb ist es auch unsere verdammte Pflicht, die Menschen darüber aufzuklären, dass sie in ihren Häusern nicht so alleine sind, wie sie glauben.«

»Aber das glauben sie doch gar nicht. Sie glauben, Gott sei immer mit ihnen.«

»Du wirst lachen, selbst in der Bibel habe ich nachgeschlagen. Als Allererstes natürlich in der Genesis. Dort, wo der Herr zu Noah spricht, er solle eine Arche bauen, damit alle Tiere die Sintflut paarweise überleben. Und tatsächlich spricht er an dieser Stelle auch *von allem Gewürm auf Erden.*«

»Und?«

»Das ist es ja eben, mehr steht da nicht. Jedes Tier ist in der Bibel sehr ausführlich beschrieben: der gering geschätzte Hund ebenso wie der gefährliche Löwe. Von Opfertieren wie Schafen, Lämmern oder Ziegen ist die Rede. Von heuchelnden Schlangen, vor denen wir uns besser hüten sollen, und natürlich auch von dem Kamel, das leichter durch ein Nadelöhr geht, als ein Reicher in den Himmel kommt. Selbst die Fledermaus taucht irgendwo zwischen

Gazelle, Steinbock, Panther und Schakal auf. Nur deine Animalcula erwähnt die Bibel mit keinem Wort.«

»Das ist aber noch lange kein hinreichender Beweis dafür, dass sie des Teufels sind.«

»Mag sein, aber ich wüsste doch gerne, ob sie schon immer da waren oder erst neuerdings. Ich habe noch nicht einmal eine Vorstellung davon, ob sie gefährlich sind.«

»Warum sollten sie gefährlich sein?«

»Kannst du das mit absoluter Gewissheit ausschließen?«

»Nein, aber ich glaube nicht daran.«

»Glauben und Wissen sind in meiner Welt keine Freunde. Und außerdem behagt mir die Vorstellung nicht, dass ich mich an deinen Essigwürmern verschlucken könnte.«

»Was sollen dann erst die Leute auf der Straße dazu sagen? Vielleicht wäre es am besten, wir verschweigen es ihnen.«

»Das geht jetzt nicht mehr. Wir wissen um ihre Existenz und müssen in Erfahrung bringen, wozu sie da sind. Du willst doch bestimmt auch wissen, was dahintersteckt.«

»Vor ein paar Tagen wollte ich es noch, aber heute bin ich mir nicht mehr so sicher. Ich weiß nicht, wo es hinführt.«

»Du musst Geduld aufbringen.«

»Glauben Sie etwa, ich habe keine Geduld aufgebracht? Seit Wochen zermartere ich mir über sie den Kopf. Ich weiß nicht, was sie fühlen, was sie sehen und was sie riechen. Ich weiß noch nicht einmal, ob es wirklich Lebewesen sind.«

»Dass sie leben, steht für mich außer Frage. Wann hast du sie eigentlich das erste Mal gesehen?«

»Das kann ich Ihnen sehr genau sagen. Ich habe es aufgeschrieben.«

Piet entschuldigte sich für einen Augenblick und kam mit einer schwarzen Kladde zurück.

»Hier steht es. Es war am 21. September, da habe ich sie zum ersten Mal gesehen.«

»Schreibst du alles auf, was du mit deinen Instrumenten entdeckst?«

»Das meiste.«

»Das ist gut. Wir können deine Aufzeichnungen bestimmt noch gebrauchen. Also am 21. September, sagst du. Das ist gerade mal drei Wochen her.

Wenn ich sage, du brauchst Geduld, dann meine ich etwas mehr Geduld als nur drei Wochen.«

»Wenn man nicht gerade ein Schaf ist, fällt es schwer, sich in Geduld zu üben.«

»Und wenn man zu ungeduldig ist, übersieht man das Wichtigste. Jahrhundertelang haben sie uns weismachen wollen, Gott habe den Himmel als blaue Decke mit Sternennägeln über unseren Köpfen festgenagelt. Sie haben behauptet, da oben sei Schluss mit dem Universum und die Erde würde so unbeweglich darin stehen wie ein Fels in der Brandung. Bis uns Kopernikus darüber aufgeklärt hat, dass sich die Erde die ganze Zeit über gedreht hat. Wir haben es nur nicht bemerkt. Warum also sollte es sich mit deinen Animalcula anders verhalten? Wenn wir ein paar Tausend Jahre ohne Kenntnis über sie verbracht haben, darfst du nicht erwarten, dass wir ihr Geheimnis in wenigen Wochen lüften.«

»Sollen wir uns etwa schon wieder ein paar Tausend Jahre Zeit lassen?«

»Natürlich nicht. Du hast gezeigt, dass sie da sind. Das ist die Voraussetzung für den zweiten Schritt. Wir müssen uns jetzt fragen, wozu. Es gibt keinen anderen Weg, auch wenn uns deine Entdeckung im Moment noch genauso fremd erscheinen mag, wie es die Neue Welt am anderen Ende des Meers einst war. Und was haben wir dort nicht alles gefunden, das unser Leben heute reicher macht: Mais, Kakao und Kartoffeln.«

»Kartoffeln kann man wenigstens essen.«

»Auch deine Kreaturen werden ihren Zweck erfüllen. Ob einen guten oder einen schlechten, müssen wir noch herausfinden. Du baust jetzt weiter deine Mikroskope und notierst deine Beobachtungen. Und ich schreibe nach London. Einverstanden?«

»Warum wollen Sie mir eigentlich helfen?«

»Weil ich wissen will, was dahintersteckt. Außerdem kannst du meine Hilfe ganz gut gebrauchen, denke ich. Oder willst du etwa selbst nach London schreiben? Niederländisch spricht man da drüben nicht. Und dein Latein scheint mir doch etwas zu bruchstückhaft, um die Zusammenhänge ordentlich zu erklären. Am besten wird es sein, wenn du mir Einblick in deine Aufzeichnungen gewährst. Vielleicht kann ich hier und da noch etwas ergänzen und es dann ins Lateinische übertragen.«

»Und wenn sie mich in London auslachen?«

»Daran habe ich auch schon gedacht. Ich will dir deshalb eine Geschichte erzählen. Sie stammt von einem gewissen Francis Godwin. Ein Schriftsteller aus England. Ich habe sein Buch erst vor ein paar Wochen gelesen. Er erzählt in seinem Buch von einem unerschrockenen Mann, der in einem von Schwänen gezogenen Vehiculum zum Mond fliegt. Er trifft auf Bewohner, Christen wie wir, aber zweimal größer als die Menschen auf der Erde und tausendmal friedliebender. Sie unterhalten sich einige Tage in einer Art Musiksprache miteinander, bis sie sich voneinander verabschieden und der Mann zur Erde zurückkehrt. Mit einem freundlichen Gruß der Mondmenschen an die Königin von England übrigens.«

»Warum erzählen Sie mir diesen Blödsinn?«

»Weil Godwin die Mondmenschen natürlich nie gesehen hat. Es ist eine bloße Fantasie. Aber du und ich, wir haben die Animalcula gesehen. Wir können es beweisen. Und deshalb werden sie uns in London auch nicht auslachen.«

Piet wog im Stillen seine Möglichkeiten ab. Nein, er hatte wirklich nichts zu verlieren. Es stimmte schon, niemand wurde wieder davon lebendig, wenn er seine Beobachtungen jetzt einstellte. Der Donnerschlag hatte ihn in seinen Absichten nur kurzzeitig etwas unsicher werden lassen. Vielleicht gab es hinter dieser geheimnisvollen Welt ja noch etwas sehr viel Kleineres. Irgendein Partikel, das auch die Existenz dieser Würmer im Essig erklären würde. Nur Gaesbeecks Motiv, ihm helfen zu wollen, leuchtete Piet noch nicht so ganz ein. Wollte sich der Arzt in seinen Gelehrtenkreisen womöglich ein bisschen wichtigmachen? Aber auch das tat eigentlich nichts zur Sache. Wenn diese Männer in London seine Entdeckung bestätigen würden, könnte man ihm zumindest nicht am Zeug flicken. Dann wäre von berufener Stelle bestätigt, was sich nicht bestreiten ließ. Niemand könnte dann noch behaupten, dass er in seinem Haus einen bösen Zauber trieb.

»Nun gut, schreiben Sie Ihren Brief«, sagte Piet schließlich. »Aber Sie müssen meinen Aufzeichnungen nichts hinzufügen. Ich habe meine Beobachtungen sehr genau protokolliert.«

»Wie du meinst. Es wäre allerdings gut, wenn wir dem Brief eine Art von Beweis beilegen könnten.«

»Meine Instrumente gebe ich nicht aus der Hand.«

»Das musst du auch nicht. Aber eine Zeichnung wäre vielleicht hilfreich. Ich dachte ursprünglich an Fabrist. Er hätte ein paar Skizzen von den Animalcula für uns anfertigen können.«

»Haben Sie ihn gesehen seit vorgestern?«

»Erst eben in der Voldersgracht. Er stand vor seinem Haus, oder besser, was davon übrig geblieben ist. Er war ziemlich betrunken. Auf ihn können wir im Augenblick wohl nicht zählen.«

»Weder auf ihn noch auf einen anderen. Ich will nicht, dass wir noch mehr Leute ins Vertrauen ziehen.«

»Dann verzichten wir eben vorerst auf eine Zeichnung. Ich werde mich in meinem Brief sehr eng an deine Aufzeichnungen halten und mit meinen Worten bestätigen, dass ich selbst dies alles auch mit eigenen Augen gesehen habe. Ach, und noch etwas, bevor ich gehe. Du siehst etwas mitgenommen aus. Du solltest dir eine Köchin ins Haus holen oder zumindest eine Magd. Am besten eine Magd, die auch kochen kann.«

»Ja, ich weiß.«

-3-

Du musst ihn töten, damit nicht noch schlimmeres Unheil über die Stadt hereinbricht. Er trägt das Zeichen an sich. Er wird es vor der Welt zu verbergen trachten, aber du wirst es erkennen, noch bevor es zu spät ist. Du musst warten, bis du das Zeichen mit deinen eigenen Augen gesehen hast. Aber gleich danach, so lautet mein Befehl, musst du ihn töten.

Klitschnass schreckte Drooten aus seinem Bett hoch. In seinem Traum, der ihn in dieser Nacht zum ersten Mal heimsuchte, schien es ihm beinahe so, als würde sich der Donnerschlag ein weiteres Mal ereignen. Blitze zuckten am Himmel, und in der Luft hing der Geruch von Schwefel. Drooten krümmte sich im Schlaf, als sich die Himmelskuppe über ihm öffnete und alles um ihn herum ganz still wurde. Waren das wirklich die Worte Gottes gewesen? Dunkel hallte ihm noch der Befehl in den Ohren, der keinen Widerspruch duldete: Du musst ihn töten.

Der Gedanke, Piet zu töten, war ihm schon vorher gekommen, gleich am Abend nach der Katastrophe, als er in der Nieuwe Kerk die Scherben der Buntglasfenster zusammengefegt hatte. Er hatte sich bekreuzigt und die Kirche dann schnell verlassen. Das fünfte Gebot war ihm heilig. Musste er jetzt wirklich zum Äußersten greifen, damit die neun anderen Gebote in der Stadt ihre Gültigkeit behielten? War es ihm auferlegt von allerhöchster Stelle? War es wirklich Gott, der in seinem Traum zu ihm gesprochen hatte? Man träumte sich ja so allerhand zusammen, wenn einem die Nacht die Sinne für ein paar Stunden vernebelte.

Und was war bloß mit diesem Zeichen gemeint? Es war doch offensichtlich, dass er das Zeichen an sich trug. Seine ganze Gestalt war ein Fleisch gewordenes Zeichen. Allein schon seine Haare. Rot wie die von Judas, dem Christusverräter. Und dann auch noch sein Hinkefuß. Genau wie der Leibhaftige. Aber diesen Makel konnte er vor der Welt ja schlecht verbergen. Es musste noch etwas anderes geben, wenn es tatsächlich Gott gewesen war, der in der Nacht zu ihm gesprochen hatte.

Drooten nahm sich vor, Piet einstweilen im Auge zu behalten. Aber zuvor musste er noch schnell in die Nieuwe Kerk, um nach dem Rechten zu schauen. Er ging über den Gasthislaan, vorbei am Haus des Fleischers und dann über den Koornmarkt rüber zur Kirche. Die Handwerker waren schon dabei, die Fenster mit groben Brettern zu vernageln, als er die schwere Kirchentür hinter sich schloss. Durch die Ritzen der Bretter fiel das Licht spärlich ins Innere des Gotteshauses. Und mit jedem weiteren Brett, das die Handwerker vor die Fenster nagelten, wurde es noch ein wenig düsterer. Drooten blieb für einen Moment im Mittelgang stehen.

Der Pfarrer kniete vorne auf den Steinplatten. Über ihm: die Fensteröffnung, durch die noch vorgestern das Licht so prächtig ins Kirchenschiff gefallen war. Bis auf die Scherben war von dem prunkvollen Regenbogenfenster nichts übrig geblieben. Drooten ging vor zum Pfarrer und legte ihm die Hand auf die Schulter.

»Ich wollte Sie doch zu Hause abholen. Sind Sie alleine gekommen, Pfarrer?«

»Es ist so dunkel. Alles ist so dunkel.«

Der Blick des Pfarrers war starr, und in seinen Augen überwog das Weiß. Hilflos bewegte Jüttner seinen Kopf hin und her. Bestimmt spürte er noch die Wärme der Sonne auf seiner Haut, aber sehen konnte er sie wohl nicht mehr. Zigmal schon hatte Drooten ihn gefragt, wozu ihm die Brille denn jetzt noch nützlich sei. Doch davon wollte der Pfarrer nie etwas hören. Er bildete sich offenbar noch immer ein, seine Sehkraft mithilfe der Brille zurückzugewinnen. Er sah so verzweifelt aus, wie er auf den Steinplatten kniete: ein Blinder mit einer Brille auf seiner Nase.

»Weißt du, was das Schlimmste ist? Es ist die Erinnerung. Weil dich die Erinnerung ein zweites Mal erblinden lässt. Am Anfang siehst du vor deinem geistigen Auge noch die Farben. Du erinnerst dich an das Blau des Himmels und an das Grün der Wiesen. Aber mit der Zeit verblassen die Farben. Und am Ende bleibt dir nur diese eine übrig: dieses unendlich tiefe Grau.«

»Kommen Sie, nehmen Sie meinen Arm. Ich begleite Sie jetzt nach Hause. Heute halten wir hier keinen Gottesdienst mehr ab. Die Handwerker werden noch den ganzen Tag damit beschäftigt sein, die Fenster der Kirche notdürftig zu schließen. Wir werden morgen früh wiederkommen.«

-4-

Gleich nachdem Drooten den Pfarrer nach Hause geleitet hatte, lief er in die Hippolytusbuurt und bezog seinen Beobachtungsposten gegenüber von Piets Haus. Sicher eine Stunde war der Arzt nun schon bei ihm. Gaesbeeck hatte doch bestimmt wichtigere Dinge zu erledigen. Es gab so viele Menschen in der Stadt, die seiner Hilfe bedurften. Irgendetwas stimmte da nicht.

Wer wusste denn schon so genau, ob diese unsichtbaren Wesen, über die in jüngster Zeit so einige in der Stadt gesprochen hatten, nicht in Wahrheit seine eigenen Geschöpfe waren. Spukgestalten, die er von der Kette gelassen hatte, um die Stadt in den Abgrund zu stürzen. Der Teufel bediente sich seiner Knechte. Warum also sollte nicht auch dieser grässliche Zwerg seine Helfershelfer haben? Auch wenn es gegen alle Wahrscheinlichkeit sprach: Vielleicht existierten diese unsichtbaren Wesen ja tatsächlich. Der Sekretär Cornelis Soetens war schließlich als überaus vorsichtiger Mann bekannt. Ihm wäre seine Laterne doch niemals aus der Hand gefallen, es sei denn, ihn hatte irgendetwas zu Tode erschreckt.

Endlich kam Gaesbeeck wieder nach draußen. Drooten spähte ihm nach, wie er die Hippolytusbuurt nach unten ging. Er konnte sich keinen Reim darauf machen, was der Arzt bei diesem Piet van Leeuwen zu schaffen hatte. Gaesbeeck, das wusste doch ein jeder in der Stadt, machte um die einfachen Leute gemeinhin einen großen Bogen. Aber wenn dieser Zwerg mit dem Unsichtbaren in Verbindung stand, dann hatten womöglich ja noch ganz andere Mächte ihre Hände im Spiel. Weil Drooten an das absolut Gute glaubte, glaubte er auch an das abgrundtief Böse. Wenigstens einer in der Stadt musste die Augen jetzt ganz weit offen halten.

Drooten schaute rüber zu den Männern, die gleich neben Piets Haus damit beschäftigt waren, Schutt und Trümmer beiseitezuräumen. Wie eine offene

Wunde klaffte das Loch in der Straßenfront. Nur dieses eine Haus in der Straße war zerstört worden, ausgerechnet das Nachbarhaus dieser Missgeburt. Ob die Leute wohl irgendetwas bemerkt hatten? Hatten sie womöglich das Zeichen gesehen und deshalb sterben müssen? Irgendetwas Böses ging da drinnen vor sich. Drooten wusste nur noch nicht, was.

Auf dem Grundstück nebenan stapelten die Männer Steine und Balken, die noch zu gebrauchen waren, zu ordentlichen Haufen; den Rest warfen sie auf einen großen Wagen: zersplitterte Türen, Tische ohne Beine, entzweigebrochene Schränke und Truhen. Ganz oben auf dem Trümmerberg saß eine Holzpuppe, den Kopf verkehrt herum auf dem Hals.

Schweigend gingen die Männer ihrer Arbeit nach. Jedes Mal, bevor sie mit ihren Schaufeln zustießen, hielten sie kurz inne. Es war nicht schwer zu erraten, warum sie so zögerlich zu Werke gingen. Eine ganze Weile schaute Drooten ihnen bei der Arbeit zu, bis einer der Männer rief: »Kommt her. Helft mir.«

Natürlich konnte Drooten die Fingerkuppe nicht sehen, die aus dem Schutt hervorlugte. Dazu stand er viel zu weit entfernt. Aber er wusste auch so Bescheid. Mit bloßen Händen gruben die Männer vorsichtig weiter, stemmten einen schweren Balken zur Seite und bargen darunter dann die Leiche eines Mannes. Stumm legten sie ihn auf den Boden und schickten nach den Totengräbern. Einer der Männer bekreuzigte sich; die anderen schaufelten schon wieder. Es herrschte überall in der Stadt die gleiche Not: die Toten waren so viele, dass den Menschen kaum noch Zeit zum Beten blieb.

In Piets Haus rührte sich noch immer nichts. Oben im ersten Stock flackerte eine Kerze hinter dem Fenster. Drooten wechselte auf die andere Straßenseite und linste durch das Ladenfenster. Nichts. Nur Regale, in denen ein paar Stoffballen einsortiert waren. Er wandte sich ab und blickte dann auch durch die Fenster rechts von der Eingangstür. Eine Küche. Über dem Herd hingen Kupferpfannen und davor eine Schöpfkelle. Im Hintergrund eine Eckbank mit einem Tisch und daneben ein offener Schrank mit Geschirr. Aber von dem Zwerg keine Spur.

Vorsichtig drückte Drooten die Klinke zum Innenhof nach unten. Die Tür war unverschlossen. Dicht an die Hauswand gepresst, tastete er sich langsam vor. Der Hof war mit grauen Steinen gepflastert, in der Mitte ein Brunnen. An der Rückseite des Hauses stoppte Drooten kurz und spähte um die Ecke. Er wollte gerade durch das rückwärtige Fenster ins Innere des Haues schauen, als er das kehlige Gurren über sich hörte. Es war nur eine Taube, die da oben auf dem Sims saß. Schnell beruhigte sich Drooten wieder. Mit seinen Händen schirmte er sein Gesichtsfeld ab und blickte nach innen.

Hinten auf dem Tisch erkannte er ein paar glänzende Metallschalen, daneben Mörser und Stößel. Darüber hingen Werkzeuge in braunen Lederschlaufen an der Wand: Zangen, Messer, Zirkel und spitze Dorne. Rechts ein kleiner Ofen. Das war nicht das übliche Handwerkszeug eines Tuchhändlers. Schere, Nadel und Faden wären zu erwarten gewesen. Aber nicht dieses Zeug. Und was sollte dieses merkwürdige Gestell vor dem Fenster? Holzteller, verbunden mit Kurbelrädern, Achsen und Schnurrollen waren darauf montiert. Wie in der Werkstatt eines Alchimisten sah es für Drooten hier drinnen aus. Und was man denen nachsagte, wusste man ja: Aus schnödem Erz stellten sie pures Gold her, und wenn sie nur wollten, züchteten sie durch geschickte Mischung geheimer Ingredienzien einen Homunculus, ein durchsichtiges Geisterwesen mit dämonischen Fähigkeiten.

Das also waren die unsichtbaren Wesen, von denen manche Leute in der Stadt behaupteten, der Zwerg habe sie angeblich entdeckt. Nichts hatte er entdeckt. Gemacht hatte er sie, kristallisiert aus Menschenstoff, damit sie dem Sekretär die Laterne aus der Hand schlugen. Alles machte für Drooten jetzt plötzlich einen Sinn. Deshalb war der Arzt bei ihm gewesen. Gaesbeecks Ehrgeiz war schließlich hinlänglich bekannt. Bei jeder Gelegenheit pries er sich als die größte medizinische Autorität von Delft, ach was, von ganz Holland. Vielleicht hatte ihm diese Missgeburt ja den Stein der Weisen versprochen. Irgendetwas in dieser Art. So regelte der Teufel doch gemeinhin seine Geschäfte: versprach göttliche Geistesgaben und magische Kräfte, um sich eine Seele gefügig zu machen. Drooten glaubte nicht, dass Gaesbeeck mit dem Donnerschlag irgendetwas zu schaffen hatte. Aber er glaubte nun sehr fest daran, dass Piet seine Finger dabei im Spiel gehabt hatte.

Leise schlich Drooten zurück, schloss die Tür zum Innenhof und nahm wieder seine Position auf der gegenüberliegenden Straßenseite ein. Er wartete eine weitere halbe Stunde, bis die Kerze hinter dem Fenster im ersten Stock erlosch.

Langsam öffnete sich die Haustür. Da vorne stand er, mit einer braunen Ledertasche um die Schulter geschwungen. Drooten wartete noch einen Augenblick, dann folgte er Piet mit einigem Abstand über den Koornmarkt bis vor zum Ende der Oude Delft, wo der Kanal in ein breites Becken mündete. Er ließ ihm ausreichend Vorsprung, verbarg sich hier und dort hinter einem

Mauervorsprung und schlich ihm unauffällig hinterher. Bis zur Stadtmauer im Süden ging alles gut. Aber dann, als die Häuser langsam weniger wurden und die Abstände zwischen ihnen größer, war es für Drooten nicht mehr so leicht, Piet unbemerkt zu folgen. Wo zum Teufel wollte der Kerl hin? Da vorne kamen nur noch Wiesen, Äcker und ein paar versprengte Bauerngehöfte.

Drooten schlüpfte hinter das Tor eines Schuppens. Ein Bauer mit einer Fuhre Mist holperte an ihm vorüber. Er sah, wie Piet dem Bauern zuwinkte. Er verhandelte kurz mit ihm und kletterte dann auf den Bock neben ihn. Gemeinsam fuhren sie in südöstlicher Richtung davon. Verdammt.

Hilflos schaute sich Drooten um. Zu Fuß war den beiden jetzt nicht mehr hinterherzukommen. Weil er sich keinen anderen Rat wusste, stellte er sich der nächsten Kutsche mitten in den Weg. Er griff das Halfter der Pferde.

»Was soll das?«, rief der Mann auf dem Bock ärgerlich. »Lass meine Pferde los.«

»Wo fährst du hin?«

»Nach Bergschenkhoek.«

Drooten überlegte kurz. Bergschenkhoek lag ebenfalls in südöstlicher Richtung.

»Ich gebe dir einen Gulden, wenn du mich mitnimmst. Ich hab's eilig.«

»Einen Gulden?«

»Ja, verdammt noch mal.« Drooten fluchte normalerweise nicht, aber jetzt fluchte er. Er stieg auf und gab dem Mann den versprochenen Gulden. Er schaute auf die Straße vor sich. Der Mistbauer war schon außer Sichtweite.

»Ich geb dir noch einen Gulden, wenn du deine Pferde etwas mehr anspornst.«

»Musst es ja verdammt eilig haben.«

Der Kutscher nahm auch den zweiten Gulden und gab seinen zwei Pferden dann die Peitsche. Nach einer Viertelstunde hatten sie den Mistbauern beinahe eingeholt.

»Fahr langsamer.«

»Langsamer! Schneller! Was willst du eigentlich?«

Drooten antwortete nicht. Er hatte nur das Pferdegespann vor sich im Blick. Ein paar Kilometer vor Bergschenkhoek, mitten auf offenem Feld, sprang Piet ab.

»Stopp!«, rief Drooten. »Halt an!«

»Hier? Bist du sicher? Lange halte ich hier nicht an.«

Drooten blieb noch einen Moment wortlos neben dem Kutscher sitzen. Erst als Piet schon hinter den Bäumen verschwunden war, stieg auch er ab. Der Mann gab seinen Pferden die Peitsche und fuhr schnell weiter.

Da hinten lag der Berkelsee.

See war eigentlich ein bisschen zu viel gesagt. Es handelte sich eher um einen kleinen Weiher, der zwischen alten Erlen, Eschen und Birken vor sich hindümpelte. Im Winter war der Teich gelb wie Honig, aber im Sommer färbte sich das Wasser flaschengrün. Niemand wusste, weshalb das Wasser seine Farbe mit den Jahreszeiten so auffällig wechselte. Aber jeder in der Gegend schwor, dass seltsame Gebilde in dem Teich herumschwimmen würden. Kein Angler hielt hier freiwillig seine Rute rein. Alle glaubten, der Tümpel sei verhext. Ihren Kindern erzählten die Leute, dass im Berkelsee der böse Roelof wohne, ein Krake mit meterlangen Tentakeln und einem gefräßigen Maul. Wenn sie dem Tümpel zu nahe kämen, machten sie ihren Kindern Angst, würde er sie mit seinen Fangarmen greifen und ins Wasser ziehen. Ob sie an diese Geschichte nun selbst glaubten oder nicht, jeder hielt sich vom Teich lieber fern. Die wenigen, die in einer Vollmondnacht mal dort gewesen waren, versicherten danach, das Wasser würde dann sprudeln wie ein Topf unter Feuer.

Auch Drooten war der See nicht geheuer, selbst tagsüber nicht. Langsam folgte er Piet in Richtung der Bäume. Wenn es noch eines weiteren Beweises bedurft hätte, dann sah er ihn jetzt ganz klar vor sich. Piet kniete am Rand des Ufers. Im Hintergrund ragten zwei Baumstämme aus dem Wasser, beide morsch und kohlrabenschwarz. Es war nicht kalt, aber Drooten fröstelte trotzdem. Verborgen hinter einem Baumstamm schaute er Piet dabei zu, wie er seine Tasche öffnete. Er nahm zwei kleine Glasröhrchen heraus und füllte sie mit Wasser aus dem Berkelsee. Danach verstopfte er die Röhrchen mit einem Korken und steckte sie zurück in seine Tasche.

Einen Augenblick lang überlegte Drooten, ob er aus seinem Versteck hervorspringen und Piet in den See stoßen sollte. Es wäre ganz einfach, ihn jetzt wie eine räudige Ratte zu ersäufen. Trotzdem zögerte er. Er hatte Angst vor dem See und, wie er sich selbst eingestehen musste, auch ein wenig vor Piet. Mit dem Teufel war nicht zu spaßen. Was er in seiner Werkstatt entdeckt hatte und nun mit seinen eigenen Augen beobachtete, bestärkte ihn in dem Glauben, er würde mit dem Bösen unter einer Decke stecken. Was wollte er denn sonst hier draußen am Berkelsee? Außer einen neuen Höllensud zusammenzubrauen, um die Stadt in ein noch schlimmeres Unheil zu stürzen?

Er musste ihm sein schäbiges Handwerk legen, aber er wusste noch immer nicht wie. Vor allem wusste Drooten nicht, ob es tatsächlich Gott gewesen war, der in der Nacht zu ihm gesprochen hatte.

Du sollst nicht töten.

So lautete Sein fünftes Gebot. Wenn er jetzt trotzdem zum Mörder wurde, dann musste er zuvor absolut sicher sein, dass niemand anderes als Gott ihm den Befehl dazu erteilt hatte.

-5-

Als Drooten am späten Nachmittag zurück ins Haus seiner Wirtin kam – er hatte Piet mit großem Vorsprung ziehen lassen und war die elf Kilometer dann zu Fuß zurück nach Delft gelaufen –, herrschte in seinem Kopf ein ziemliches Durcheinander. Grietje Horneborg saß wie immer an ihrem Tisch in der Küche. Aufgeregt stürmte Drooten zu ihr herein.

»Ich hab ihn beobachtet«, platzte es aus ihm heraus. »Er wird uns alle vernichten.«

Grietje schaute ihn müde an. »Was sagst du da? Fängst du etwa schon wieder von diesem Piet van Leeuwen an?«

»Ich war bei ihm. Kein Ziegel ist von seinem Dach gefallen. Kein Fenster ist zerbrochen und auch kein anderer Schaden am Haus erkennbar, während das Haus seiner Nachbarn völlig zerstört ist. Das ist doch Beweis genug. Der Teufel beißt sich nicht in seinen eigenen Schwanz.«

»Auch mein Haus steht noch.«

»Hinten in seinem Haus hat er sich eine Werkstatt eingerichtet. Ich habe durch das Fenster geschaut. Mörser stehen da herum, Metallschalen und ein merkwürdiges Holzgestell mit Spulen, drehbaren Tellern und Kurbelrädern. Es sieht da drinnen aus wie im Laboratorium des Teufels. Glaub mir, er führt etwas Böses im Schilde. Der Donnerschlag war nur der Anfang. Du wirst es mir vielleicht nicht glauben, aber …«

»… was denn noch?«

»Ich bin ihm heute gefolgt. Er war draußen am Berkelsee. Er hat zwei kleine Glasröhrchen mit Wasser aus dem See gefüllt. Er wird uns alle vernichten.«

»Du siehst Gespenster.«

»Nein, ich sehe keine Gespenster. Wenigstens einer in der Stadt muss die Augen jetzt offen halten.«

»Er war wirklich am Berkelsee?«

»Wenn ich es dir doch sage. Du weißt doch, was man sich über den See erzählt. Er ist verhext.«

»Ja, vielleicht ist er wirklich verhext. So, wie alle Wasser da draußen. So, wie das verfluchte Meer da draußen. Erzähl mir bitte noch einmal von Amsterdam, damals als du die Brille für den Pfarrer abgeholt hast. Ich musste gerade eben noch einmal daran denken. Hast du mein Medaillon damals auch wirklich auf der Ostseite des Turms eingeschlagen?«

»Du hörst mir nicht zu.«

»Doch, doch. Aber erzähl mir trotzdem noch einmal vom Turm der Tränen. Ich habe dort monatelang auf die Heimkehr meines Kapitäns gewartet. Du hast das Medaillon also wirklich so angebracht, dass es nach Osten zeigt?«

»Das habe ich dir doch schon hundertmal erzählt. Ich habe damals alles genau so erledigt, wie du es wolltest.«

»Und du hast auch darauf geachtet, dass das Medaillon nicht zerbrochen ist?«

»Auch das.«

»Das ist gut. Dann wird mein Medaillon in der Sonne leuchten, und er wird darauf meinen Namen finden. Grietje Horneborg in Delft. Ich weiß selbst, dass ich nach so vielen Jahren kein gutes Ende mehr erwarten darf. Aber meine Hoffnung wird erst mit mir selbst sterben. Vielleicht kehrt mein Kapitän eines Tages ja doch noch nach Amsterdam zurück. Und dann wird er das Medaillon vom Meer aus wie ein Leuchtfeuer in der Sonne aufblitzen sehen und zu mir nach Hause kommen.«

-6-

Karlmann stand noch immer unter dem Schrecken des gerade Erlebten. Er segelte jetzt auf dem gleichen Kurs, den Godlef Horneborg einst eingeschlagen hatte. Es ging für ihn in Richtung Batavia. Nur dass sein Kapitän nicht Horneborg hieß, sondern Koehlbier.

August hatte mit seinen Prophezeiungen recht behalten. Koehlbier war ein Scheusal. Und die *Niewalcker* war der Schindanger, auf dem er seinen Matrosen die Haut gerbte.

Noch bevor Karlmann in Amsterdam an Bord des Dreimasters gegangen war – ein Schiff mit einer Ladefähigkeit von tausend Tonnen und zweihundertfünfzig Mann Besatzung –, hatte ihn August darüber aufgeklärt, was er für wesentlich hielt.

»Hast du ein Mädchen in Amsterdam?«

Das war das Erste gewesen, was er ihn fragte, als Karlmann leicht schwankend in einem der Ruderboote neben ihm Platz genommen hatte, die sie über die Amstel raus auf die Zuiderzee brachten, wo die *Niewalcker* auf Reede lag.

»Nein, kein Mädchen«, hatte er geantwortet.

Worauf August ihm dann erklärt hatte, es sei besser, wenn man ein Mädchen zu Hause habe.

»Glaub mir«, hatte er zu ihm gesagt, »wenn wir auf unserer Rückfahrt zügig vorankommen, dann ziehen die Mädchen zu Hause am Tau. Aber wenn wir in den Flauten festhängen, dann verdrehen sie den Männern die Augen und vergessen darüber, am Tau zu ziehen. Aber das ist noch nicht einmal das Schlimmste.«

Das Allerschlimmste, das hatte ihm August schon am Beginn seiner Reise angekündigt, sei ihr Kapitän. »Koelbier ist ein Scheusal. Jede Wette, dass ein paar von uns über Bord gehen, noch bevor wir Lissabon erreichen.«

Zwei Wochen lag das nun zurück. Und Karlmann hatte mittlerweile keinen Grund mehr, an Augusts Worten zu zweifeln. An ihrem dritten Tag auf See, da kreuzten sie gerade durch den Kanal vor der Küste Englands und wurden von den Offizieren in Gruppen auf dem Hauptdeck versammelt, hatte Koehlbier ihnen sein Evangelium verkündet.

»Hört her, Männer«, rief er über das Deck. »Es ist mir völlig gleichgültig, ob ihr nun Holländer, Deutsche oder Skandinavier seid. Und auch, ob ihr mehr dem protestantischen, dem katholischen oder dem mennonitischen Glauben zuneigt. Hier an Bord bin ich euer Gott. Selbst die Gottlosen unter euch sollten das besser noch heute als morgen begreifen. Denn wer es nicht begreift, dem werde ich die Hölle auf See bereiten.«

Karlmann wusste nun, dass es Koehlbier ernst damit war. Er lag in seiner Hängematte, gleich neben August.

»Das eben hätte er nicht tun dürfen.«

»Du wirst erleben, dass er noch zu ganz anderen Taten fähig ist. Ich hab dir doch gesagt, dass er ein Scheusal ist.«

»Scheusal ist gar kein Ausdruck. Glaubst du, dass die beiden wieder auf die Beine kommen?«

August zuckte nur mit den Schultern. »Das werden wir morgen früh sehen, schlaf jetzt.«

Karlmann hörte das Grollen des Meers unter sich. Er konnte nicht schlafen. Es krachte im Bug, wenn die *Niewalcker* durch eine neue Welle brach, sich kurz aufbäumte, ein wenig über die Dünung tänzelte, um gleich danach ins nächste Wellental hinabzustürzen. Seit dem Abend herrschte schweres Wetter. Der Wind blies mit dreißig Knoten, und die Segel spannten sich wie eine viel zu enge Hose. Stark nach Backbord gekrängt, kämpfte sich die *Niewalcker* durch die graue Gischtsuppe an der Küste Spaniens entlang. Draußen goss es wie aus Kübeln. Als sie eben von Deck gegangen waren, um unten in ihre Hängematten zu kriechen, hatte Karlmann nicht mehr zu erkennen vermocht, wo das Meer endete und der Himmel begann. Er hoffte, dass der Wind nicht noch stärker zunahm.

An den Seegang hatte sich Karlmann mittlerweile halbwegs gewöhnt, auch wenn er freiwillig mit keinem der Männer getauscht hätte, die eben nach oben in die Marsen geklettert waren, um die Segel noch weiter zu reffen. An was er sich weit schwerer gewöhnen konnte, war die Tatsache, dass jetzt mal wieder alle Luken an Bord geschlossen wurden. Es stank erbärmlich. Die Männer um ihn herum furzten und husteten im Schlaf. Auch August schnarchte wie ein Bär. In die Ausdünstungen von Schweiß, muffig-nassen Kleidern und saurem Atem mischte sich der Geruch der Tiere, die ein Deck tiefer als Lebendration mitfuhren: Schweine, Kälber und ein Stall voller Hühner.

Karlmann musste pinkeln. Verdammt, dachte er, nicht schon wieder. Bei diesem Seegang war es unmöglich, sich oben über der Reling zu erleichtern. Er musste mal wieder runter auf die Bilge. Er hasste diesen Ort wie keinen zweiten auf der Welt. Es war der mit Abstand grässlichste Ort auf Erden.

Karlmann versuchte, seinen Drang zu beherrschen. Er dachte an die zwei Matrosen, die Koehlbiers Zorn gegen späten Nachmittag getroffen hatte. Seine Strafe war unverhältnismäßig hart gewesen, bar jeder Menschlichkeit. Dennoch hatten sie auf Deck alle untätig zugeschaut, auch er selbst. Niemand hatte protestiert, als Koehlbier die beiden an den Großmast binden ließ. Ganz langsam hatte er das Tau aufgewickelt, die frei baumelnden Enden an der ihm geeignet erscheinenden Stelle fest zusammen gebunden und damit einmal laut in seine Hände geklatscht. Sie alle hatten in diesem Moment die Luft angehalten, aber keiner war dazwischengegangen, als Koehlbier dann so lange auf die beiden eindrosch, bis ihnen das Fleisch in Fetzen vom Rücken hing.

Es hatte keinen Zweck. Karlmann musste raus. Er konnte jetzt nicht länger warten, auch wenn ihm kaum etwas auf der Welt so sehr zuwider war, wie das Bilgenschwein zu füttern. Missmutig schälte er sich aus seiner Hängematte, schlängelte sich an dem schnarchenden August vorbei und nahm die Leiter zum Unterdeck, wo sich die Laderäume befanden. Sie hatten Weizen, Keramik, Nägel, Anker und Baumaterialien an Bord, um sie in Cadiz gegen eine ordentliche Stande Silberpiaster einzutauschen.

Die Laderäume waren verschlossen. Karlmann nahm die Stufen nach unten. Dorthin, wo einen nur noch die letzten Planken vom Kiel trennten. Schon von Weitem roch er die Bilge. Und er hörte sie auch. Das Wasser schmatzte und schwappte. Er hielt sich die Nase zu. Jegliches Schmutzwasser sammelte sich hier unten, sei es vom Schrubben der Planken auf Deck oder vom Pinkeln der Matrosen, wenn es draußen so sehr stürmte, dass man sein Geschäft nur noch auf der Bilge verrichten konnte. Auf der üblen Grundsuppe schwammen die Küchenabfälle herum, und an der Bordwand fiepten die Ratten. Es war widerlich. August konnte ihm noch tausendmal erklären, dass ein Seemann froh sein durfte, wenn es auf der Bilge ordentlich stank – »das beste Zeichen, dass ein Schiff nicht leckt«, sagte er immer –, aber Karlmann fürchtete jedes Mal, er würde sich da unten die Krätze holen.

Am nächsten Morgen klarte das Wetter auf. Die See beruhigte sich, aber der Tag begann keinen Deut besser, als der vorherige geendet hatte. Als Karlmann mit August an Deck kam, sie waren an diesem Morgen zum Schrubben der Planken auf dem Vorderdeck eingeteilt, sah er als Erstes die zwei grauen Säcke, die in Richtung Steuerbord auf Höhe des Großmasts dicht nebeneinanderlagen. Koehlbier stand mit dem Rücken zu ihnen gewandt. Er schaute über die Reling hinaus aufs Meer. Die zwei grauen Säcke zu seinen Füßen schienen ihn nicht weiter zu kümmern.

»Asche zu Asche, Staub zu Staub«, deklamierte der Schiffspfarrer vor sich hin.

Koehlbier drehte sich zu ihm um. »Und das Gesocks zu den Fischen«, sagte er wirsch. »Es reicht. Werft sie über Bord.«

Zwei Männer packten auf Koehlbiers Befehl hin die Leichensäcke, legten sie auf ein schmales Brett und ließen sie in die kalte See gleiten.

»Sind wohl doch nicht wieder auf die Beine gekommen«, sagte August. »Komm, wir müssen das Vorderdeck schrubben.«

»Aber das kann er doch nicht machen. Er kann uns doch nicht einfach totschlagen.«

»Ich hab dir doch gesagt, dass mindestens zwei von uns über Bord gehen, noch bevor wir Lissabon erreichen.«

»Aber doch nicht wegen einer solchen Kleinigkeit. Die beiden haben doch nur …«

»… ganz gleich, was sie getan haben.« August zuckte bloß mit den Schultern. »Sie waren zur falschen Zeit am falschen Ort. Koehlbier hätte auf jeden Fall einen Grund gefunden, um sie zu bestrafen. Und wenn nicht sie, dann eben zwei andere von uns. Das macht er immer so. Ich war schon zweimal mit ihm in Ostindien, und bisher hat er es immer so gemacht.«

»Aber warum denn bloß?«

»Ist das wirklich so schwer zu begreifen? Du musst noch viel lernen, Karlmann. Alle Männer an Bord wissen jetzt sehr genau, dass sie sich am Riemen reißen müssen. Sie haben Angst vor Koehlbier, und nichts anderes hat er damit bezweckt.«

August nahm Eimer und Bürste in die Hand und begann, die Planken zu schrubben.

»Aber sie haben doch nur …« Karlmann brachte seinen Satz nicht zu Ende. Er konnte es noch immer nicht fassen.

»Ja, sie haben nur eine Runde miteinander gewürfelt. Aber sie waren in der Nacht zur Wache eingeteilt, nicht zum Würfeln. Haben wohl die falsche Zahl erwischt. Im Grunde genommen können sie froh sein, dass es so schnell mit ihnen zu Ende gegangen ist. Jedenfalls besser, als wenn sie unser Schiffsarzt in die Hände bekommen hätte. Hab ich dir schon von ihm erzählt?«

»Nein.«

»Hoorn, so heißt er. Früher hat er in Hillegoom den Bauern die Bärte geschnitten. Das ist alles, was er kann. Und jetzt nennt er sich einen Doktor. Also bleib besser gesund. Wenn du ihm zwischen die Finger gerätst, kannst du gleich dein Testament machen. Das Einzige, worauf sich dieser Quacksalber versteht, ist es, dir eine anständige Rasur zu verpassen. Auf meiner letzten Fahrt hat er zwei Matrosen die Beine abgeschnitten, und das nur, weil sie vier Tage unter Deck mit Bauchschmerzen daniederlagen. Er meinte, die Entzündung komme aus den Beinen.«

Karlmann kniete sich jetzt ebenfalls auf den Boden, tauchte die grobe Bürste in den Eimer und begann, die Planken zu schrubben. Ein paar Mal schielte er dabei zu Koehlbier rüber.

Der Kapitän stolzierte über die Back und hantierte mit seinem Kompass. Der Tod der beiden Matrosen schien ihm nicht das Geringste auszumachen. Koehlbier war gut und gerne einen Meter neunzig groß und sein Kreuz so breit, dass sich zwei Männer dahinter verstecken konnten. Er machte keinen Schritt zur Seite, um das Schlingern des Schiffs auszugleichen. Fest verankert wie ein Mast stand er da vorne, unbeeindruckt von der Gischt, die über den Bug spritzte. Die *Niewalcker* krängte schon wieder kräftig nach Backbord, und der rote Löwe am Bugspriet nickte als Gallionsfigur den Wellen entgegen.

»Glotz nicht so zu ihm rüber«, raunte August. »Ich will mir keinen Ärger einhandeln. Du hast doch gesehen, dass es nicht viel braucht, um ihn zu reizen.«

»Ich werde ja wohl noch gucken dürfen.«

»Dann guck lieber woanders hin. Am besten guckst du auf die Planken. Wenn er gleich zurückkommt und ihm hier irgendetwas nicht passt, dürfen wir das Deck gleich noch einmal von vorne schrubben.«

Karlmann tat, was August von ihm verlangte. Aber in Gedanken war er nach wie vor bei den beiden Matrosen. Er würde verdammt aufpassen müssen, damit ihn nicht ein ähnliches Schicksal ereilte. Er war nicht scharf darauf, eingenäht in einen Leichensack als Fischfutter zu enden. Er musste diese Fahrt irgendwie überstehen. Achtzehn Monate dauerte es hin und genauso lange wieder zurück. Wenn alles gut ging, war er in drei Jahren wieder in Amsterdam. Dann würde kein Hahn mehr danach krähen, ob er den Kerl mit dem Messer nun getötet hatte oder nicht. Diese alte Geschichte wäre dann längst vergessen, und er selbst hätte wieder festen Boden unter den Füßen. Zu de Haart führte wohl kein Weg mehr zurück. Wahrscheinlich wäre seine pausbäckige Tochter längst verheiratet, hätte ein Balg auf die Welt gebracht oder auch zwei, aber er würde schon etwas Neues für sich finden. Eine neue Arbeit und auch ein neues Mädchen. Aber dazu musste er zunächst einmal diese Fahrt hinter sich bringen.

Karlmanns Welt maß jetzt knapp hundertfünfundsechzig Fuß in der Länge und etwa dreißig Fuß in der Breite. Ein schwankendes Stück Holz auf dem Meer, in nichts zu vergleichen mit den Freiheiten, die ihm eine Stadt wie Amsterdam geboten hatte. Hier gab es keine Schenken und auch keine Spielhäuser, nur eine stickige Kombüse, in der die Smutjes unter dem Kommando des Schiffskochs den Fraß zusammenrührten, den sie am Abend dann zu viert oder manchmal auch zu sechst aus hölzernen Näpfen löffelten, während sich die Offiziere hinten im Heck ihre Mahlzeiten in Porzellanschüsseln servieren ließen. Wenn man Glück hatte und Koehlbier gut aufgelegt war, bekam man am Abend ein Pinnchen Branntwein, nach einem überstanden Sturm manchmal auch zwei. Selbst das Rauchen war unter Deck verboten. Und Frauen gab es natürlich auch keine an Bord.

August hatte Karlmann im Vertrauen erzählt, dass es immer mal wieder vorkam, dass sich unter die Mannschaft ein paar Frauen als verkleidete Matrosen schmuggelten – entweder, um ihren Liebsten hinterherzufahren oder weil sie sich in Batavia ein besseres Leben erhofften und sich das Schweigen der Männer mit ein paar geheimen Liebesdiensten erkauften –, aber er war ziemlich sicher, das sie keine Frau an Bord hatten. Sie waren hier unter sich, zweihundertfünfzig Männer, einer ruppiger als der andere.

Besonders ungehobelt führten sich die Skandinavier auf. Es hatte unten im Zwischendeck schon ein paar üble Raufereien wegen irgendwelcher Nichtigkeiten mit ihnen gegeben. Karlmann war deshalb froh, dass er in seiner Hängematte ein ganzes Stück entfernt von ihnen lag.

Koehlbier drehte sich jetzt zu ihnen um. Er steckte den Kompass in seine Tasche und kam direkt auf sie zu. Kurz vor August blieb er stehen. Er verschränkte die Arme auf dem Rücken und inspizierte die Planken. August scheuerte noch eine Spur kräftiger, seinen Kopf tief nach unten gebeugt. Ohne Vorwarnung stieß Koehlbier ihm die Bürste mit dem Fuß aus der Hand.

»Habt ihr keine Augen im Kopf? Ihr werdet das Deck jetzt noch einmal von vorne schrubben.«

Dann ging er weiter, an den Beibooten vorbei in Richtung seiner Kajüte.

»Dieses Schwein. Jetzt lässt er sich da hinten seine Mittagsmahlzeit schmecken, trotz der zwei Männer, die er eben über Bord hat werfen lassen.«

»Lästere nicht«, sagte August. »Du hast es bei unserer Abfahrt doch selbst gehört. Er ist unser Gott. Also nimm deine Bürste in die Hand und lass uns hier fertig werden.«

»Wie kannst du nur so gleichgültig sein? Ich hätte ihm meine Bürste am liebsten gegen den Kopf geworfen.«

»Damit er auch dich über Bord werfen lässt? Sei nicht dumm, Karlmann. Wenn du ihn schief von der Seite anguckst, schlägt er dich. Wenn du beim Sturm deine Notdurft woanders erledigst als auf der Bilge, schlägt er dich. Wenn du Gott lästerst oder, schlimmer noch, Koehlbier selbst, schlägt er dich. Und wenn du nichts von all dem tust, schlägt er dich auch, wenn es ihm gerade gefällt. Er zerquetscht dich wie eine lästige Fliege, wenn du dich seinen Befehlen widersetzt. Also schrubb lieber weiter.«

»Wie können sie ihm nur das Kommando über ein solches Schiff anvertrauen?«

August hielt mit seiner Arbeit kurz inne. Er rutschte auf seinen Knien ein Stück zu Karlmann rüber.

»Ich kann dir sagen, warum sie ihm das Kommando geben. Weil er ein verdammt guter Kapitän ist. Er hat noch nie eines seiner Schiffe verloren. Man kann gegen ihn sagen, was man will, aber navigieren kann er. Ich selbst bin mit ihm einmal durch einen fürchterlichen Sturm gesegelt. Die Wellen schlugen häuserhoch, und wir alle dachten schon, dieser Sturm sei unser Tod. Aber er hat das Schiff sicher hindurchgebracht. Und außerdem versteht sich Koehlbier wie kein anderer auf die türkischen Teufel. Wir kommen jetzt bald in ihre Gewässer. Erst voriges Jahr haben sie vor Cadiz fünf Schiffe geentert und die Mannschaften nach Algier verschleppt. Deshalb gibt ihm die Compagnie das Kommando. Die Direktoren sind nicht erpicht darauf, noch mehr Schiffe an die Piraten zu verlieren. Sie wissen, dass Koehlbier ihre Routen wie kein Zweiter kennt. Nur deshalb lassen sie ihn alleine fahren. Alle anderen Schiffe segeln im Konvoi nach Ostindien. Nur ihn lässt man immer alleine fahren.«

August senkte seine Stimme und redete leise weiter. »Ich weiß nicht, ob die Geschichten alle stimmen, die über ihn im Umlauf sind. Aber er selbst soll fünf Jahre als Sklave in Algier festgehalten worden sein. Ich weiß nicht, ob du schon jemals von den Sklavenmärkten in Algier gehört hast. Aber du kannst mir glauben, dass einem Seemann nichts Schlimmeres widerfahren kann. An deinen Fuß legen sie eine schwere Kette, damit du nicht fliehen kannst. Und dann verkaufen sie dich. Sie betatschen deine Muskeln und reißen dir dein Maul auf, nur um zu sehen, ob du noch alle Zähne hast. Sie zwingen dich, nackt über die Straße zu hüpfen, damit sie erkennen, ob du zu schwerer Arbeit taugst. Und wenn sie dich am ersten Tag nicht verkaufen, sperren sie dich in ein dunkles Loch, um es am nächsten Tag erneut zu versuchen. Du wirst verkauft wie ein Stück Vieh. Entweder an einen der Korsaren-Kapitäne, der dich für seinen nächsten Raubzug an Bord nimmt, oder an einen Gutsherrn, der dich auf seinen Feldern schuften lässt. Besser als ein Stück Vieh behandeln sie dich nicht. Dagegen ist selbst unser Kapitän harmlos.«

»Woher weißt du das alles?«

»Ich weiß es nicht mit Bestimmtheit. Aber man erzählt es sich. Ein paar Tausend Seeleute sollen im Kastell von Algier in Ketten liegen. Ihr *weißes Gold* nennen sie es, ihre *weißen Sklaven*. Man sagt, Koehlbier sei mit ein paar anderen Männern von der Compagnie irgendwann freigekauft worden. Seitdem fährt er als Kapitän in ihren Diensten. Er fährt immer alleine. Er würde alles tun, um nicht noch einmal in die Fänge der Piraten zu geraten. Also seien wir lieber froh, dass wir seinem Kommando unterstehen, so grausam es auch sein mag. Wenn wir Glück haben, kommen wir als freie Männer nach Batavia. Und vielleicht auch wieder zurück. Aber dazu solltest du jetzt endlich wieder deine Bürste schwingen.«

-7-

Noch in Amsterdam schrieb Carla einen Brief an ihre Eltern nach Lissabon. Ungeduldig wartete sie auf Antwort, aber als sie nach vier Wochen dann noch immer nichts von ihnen hörte, erwog sie, selbst an Bord eines der Handelsschiffe zu gehen und nach Hause zurückzukehren. Sie wusste nicht, ob das richtig oder falsch sei, und suchte schließlich im *Mokum* eine Antwort. So nannten die Sephardim aus Spanien und Portugal ihr Viertel hinter der Oudeschans: *Mokum*, was übersetzt einfach nur Platz hieß, ihnen selbst aber wohl sehr viel mehr bedeutete. Wenn sich Carla nicht sehr täuschte, meinten sie damit einen Platz zum Überleben.

Wahllos sprach sie ein paar Juden auf der Straße an, aber niemand wollte ihr eine befriedigende Auskunft darüber erteilen, was in der Heimat gerade vor sich ging. Sie zuckten nur mit den Schultern, alle mit ihrem eigenen kleinen Schicksal beschäftigt. Keiner hatte von ihren Eltern gehört.

»Geh zu Menasse ben Israel«, riet ihr am Ende ein Straßenhändler, der auf der Jodenbreestraat sein Gemüse verkaufte. »Er ist in Lissabon auf den Namen Manoel Dias Soeiro getauft worden und führt in unserer Gemeinde nun das Amt eines Rabbiners. Vielleicht kann er dir weiterhelfen.«

»Wo finde ich den Mann?«

»Geh die Straße weiter runter bis zur nächsten Kanalbrücke. Gleich danach biegst du in die Gasse rechts ein. Am Ende der Gasse, in einem Hinterhof, führt er seine Buchdruckerei.«

Menasse ben Israel schaute nur kurz auf, als Carla seine Werkstatt eine Viertelstunde später betrat. Er stand hinter seiner Druckerpresse, vertieft in seine Arbeit. Er hatte das schmale Gesicht eines Gelehrten, betont noch von einem Spitzbart, der ihm bis fast auf die Brust reichte. Auf seinem Kopf trug er eine Kippa, das Zeichen von Bescheidenheit, weil es ihm sein Glauben offenbar verbot, auch nur dritte Schritte auf dieser Welt zu wagen, ohne sein Haupt vor den Augen des Allmächtigen zu bedecken.

»Warte, ich bin hier gleich fertig.«

Ben Israel ordnete noch schnell ein paar Buchstaben und Ligaturen in den Setzkasten vor sich ein. Dann wischte er seine Hände, die von der Druckerfarbe ganz schwarz waren, an seiner Schürze ab und wandte sich Carla zu.

»Was führt dich zu mir, mein Kind?«

Carla schilderte dem Rabbi in dürren Worten ihre Sorgen.

»Ich bin auf der Suche nach meinen Eltern. Sie haben mich vorausgeschickt nach Amsterdam. Aber sie wollten gleich nachkommen. Nur zwei, drei Wochen, nachdem ich hier angekommen bin. Aber das ist jetzt schon Monate her. Haben Sie vielleicht etwas von ihnen gehört? Mein Vater heißt Afonso Milao. Er ist ein sehr angesehener Tuchhändler in Lissabon.«

Vieles von ihrer Geschichte ließ Carla aus. Mit keiner Silbe erwähnte sie die *Mennonitische Hochzeit*. Sie verschwieg dem Rabbi, dass sie auf der *Prins van Oranje* bestohlen worden war und deshalb vor den Männern in dem Spielhaus hatte tanzen müssen und noch so einiges mehr. Sie schämte sich dafür und wollte nicht, dass der Rabbi schlecht über sie dachte. Nur von Piet erzählte sie ihm ein wenig, wenn auch nicht die volle Wahrheit.

»Ein entfernter Freund der Familie«, log sie. »Er führt in Delft sein eigenes Tuchhandelsgeschäft. Er hat mir angeboten, in seinem Haus auf meine Eltern zu warten.«

Aufmerksam hörte Menasse ben Israel Carla zu. Er strich sich durch seinen langen, grauen Bart, als sie mit ihrer Geschichte langsam zum Ende kam.

»Dein Vater ist ein weiser Mann«, sagte er. »Es ist gut, dass er dich nach Amsterdam geschickt hat. Aber es wäre nicht gut, wenn du nun nach Lissabon zurückkehren würdest.«

»Dann glauben Sie also, dass meinen Eltern etwas zugestoßen sein könnte?«

»Das habe ich nicht gesagt. Alles, was du mir erzählt hast, spricht dafür, dass dein Vater über die allerbesten Verbindungen in Lissabon verfügt. Die

Inquisitoren sind böse, aber nicht dumm. Vielleicht haben sie deine Eltern verhört. Vielleicht musste dein Vater ihnen Geld zahlen, aber viel mehr wird ihnen nicht geschehen sein.«

»Aber dann müssten sie doch längst hier sein.«

»Es wird einen Grund für ihre Verspätung geben, aber dieser Grund muss kein böser sein.«

»Was soll ich tun?«

»Kehre zum Glauben deiner Vorväter zurück und bete für deine Eltern. Vorerst wird es das Beste sein, wenn du zu diesem Mann nach Delft gehst, von dem du mir erzählt hast. Er ist ein Christ, wenn ich dich richtig verstanden habe. Aber deshalb muss er kein schlechter Mensch sein.«

»Nein, er ist alles andere als ein schlechter Mensch. Trotzdem weiß ich nicht, ob es richtig wäre.«

»Ich glaube schon. Du hast hier in Amsterdam keine Angehörigen. Geh zu ihm nach Delft und warte dort auf deine Eltern. Bestimmt wird sich alles zum Guten wenden.«

Die Worte des Rabbiners beruhigten Carla ein wenig, auch wenn sie natürlich wusste, dass es zu seinen Aufgaben zählte, den Menschen Trost zu spenden, wenn sie selbst nur noch vage Hoffnungen hegten. Ende Oktober, so, wie es Piet sehnsüchtig erhofft hatte, machte sich Carla auf ihren Weg nach Delft.

-8-

In der Nacht zuvor war etwas Schnee gefallen. Die Felder lagen, für die Jahreszeit ungewöhnlich, unter einer dünnen weißen Puderschicht begraben. Carla schaute aus dem Kutschenfenster. Wie ein unbeschriebenes Blatt breitete sich die Landschaft vor ihren Augen aus.

Als Kind hatte sie einmal Schnee in Lissabon erlebt, aber seitdem nie wieder. Sie fröstelte ein wenig und zog den Kragen ihres Mantels eng um den Hals, aber ihr gefiel dieses unberührte Weiß da draußen. Der Schnee glitzerte in der Morgensonne rein und unverdorben. Wie ein Mantel aus Alabaster bedeckte er die Erde unter sich. Keine Spur, so weit sie schauen konnte. Und Stille, diese gedämpfte Stille, nur unterbrochen vom Knirschen der Kutschenräder und vom Schnauben der Pferde, die sie in Richtung Delft zogen. Es war beruhigend, den eigenen Atem vor Augen zu sehen. Diese warmen Wölkchen aus Luft, Nebelschwaden gleich, erinnerten sie daran, dass es im Leben irgendwie immer weiterging.

Carla hatte in den vergangenen Wochen viel an Piet denken müssen und tat es auch jetzt. Sie war sich ihrer Gefühle für ihn nicht sicher. Alles war so schnell gegangen; sie kannte ihn ja kaum. Er hatte ihr von der Liebe erzählt und dass er sich so eins mit ihr gefühlt habe wie noch nie in seinem Leben. Aber konnte sie ihn auch lieben? Oder war es bloß Dankbarkeit, die sie für ihn empfand?

Die Mädchen in der *Mennonitischen Hochzeit* waren so gemein zu ihm gewesen. Sie hatten auf der Treppe die Köpfe zusammengesteckt und gekichert, als er sie freigekauft hatte. Ihr war das gleichgültig gewesen, aber Piet hatte ihr leidgetan. Nicht ein Mann war ihr in Amsterdam mit so viel Anstand begegnet wie er. Und er hatte ihr die schönste Blume geschenkt, die sie in ihrem Leben je zu Gesicht bekommen hatte: eine Blume, die aussah, wie sie sich eine ferne Insel im Meer vorstellte. Ohne ihn wäre sie niemals aus der *Mennonitischen Hochzeit* herausgekommen. Sie hatte sich an Piet geklammert wie eine Ertrinkende an ein Stück Holz. Sie empfand tiefe Zuneigung für ihn. Aber Liebe?

Von der Liebe hatte Carla ihre sehr eigenen Vorstellungen. Die Liebe war für sie in Lissabon zu Hause. Alles dort war voll von Liebe gewesen: das Haus in der Rua Condessa, die Fürsorge ihrer Eltern, ja selbst die Anhänglichkeit ihres bunten Papageien. Wie hatte sie den Geruch der Zypressen geliebt, die so herrlich nach frischem Harz dufteten, und natürlich auch das Meer am Strand von Figueira da Foz, in dessen Wellen sie sich wiegen konnte wie ein Kind in den Armen seiner Mutter. Die Spuren, die ihre Kutsche nun auf der schneebedeckten Landschaft Hollands hinterließen, waren in ihren Träumen nie vorgekommen.

Für Carla war es noch immer schwer vorstellbar, dass ihren Eltern etwas Böses zugestoßen sein könnte. Ihr Vater hatte es immer gut verstanden, den Schrecken von ihr fernzuhalten. Von den Folterknechten der Inquisition, die den Verurteilten bei lebendigem Leib das Fleisch von den Knochen zogen, hatte sie nur eine äußerst blasse Vorstellung. Wenn sie in der abgeschirmten Welt der Rua Condessa durch Zufall einmal von diesen Scheußlichkeiten erfuhr, die nur Menschen den Menschen zufügten, hatte ihr Vater sie jedes Mal damit beruhigt, dass nur die übelsten Verbrecher solchen Strafgerichten unterworfen wurden. Das war nichts, was einer Familie wie der ihren geschehen konnte.

Oder etwa doch?

Carla schaute noch immer aus dem Kutschenfenster, so, als würde sie da draußen eine Antwort auf ihre bangen Fragen erhalten. Was wusste sie denn schon von diesem kleinen Mann, zu dem sie nun fuhr? Sie wusste nur, dass sich Piet ihr gegenüber grundanständig verhalten hatte. Er war keiner dieser eigennützigen Menschen, die immer nur auf ihren Vorteil schielten, ganz im Gegenteil. Mit seinem eigenen Geld hatte er sie aus der *Mennonitischen Hochzeit* befreit. Das war alles andere als gewöhnlich. Wenn sich Carla nicht sehr in ihm täuschte, war er das, was man gemeinhin einen guten Menschen nannte.

Ja, sie hatte sich ihm einmal hingegeben. Im Überschwang der Gefühle, weil er der Einzige war, der ihr helfen konnte, aus dem Spielhaus herauszukommen. Aber würde sie dieses Gefühl auch heute noch für ihn aufbringen? Erwartete er zu viel, wenn sie nun zu ihm nach Delft kam?

Ihr Vater hatte einmal zu ihr gesagt, da saßen sie oben auf der Terrasse in Figueira da Foz eng beieinander und schauten auf das Meer zu ihren Füßen: *Nicht die Schönheit bestimmt, wen wir lieben, sondern die Liebe bestimmt, wen wir schön finden.*

Schön waren Piets Taten gewesen. Und natürlich auch seine Worte. Wog das mehr als alles andere? War das Wesen wichtiger als der äußere Schein? Wenn es stimmte, dass die Augen eines Menschen tatsächlich das Fenster zu seiner Seele öffneten, dann hatte sie in seinen Augen nur Gutes entdeckt. Azurblau, Ultramarinblau, Kobalt-, Nacht-, Türkis- und Indigoblau schimmerte die Regenbogenhaut seiner großen blauen Augen. Sie hatte sich darin verloren wie in einem Ozean voller blauer Möglichkeiten. Aber reichte das, um darauf ihre Zukunft zu gründen?

Ängstlich strich Carla über ihren Bauch. Schon zum zweiten Mal war ihre Blutung nun ausgeblieben. Sie war schwanger. Das spürte sie mit dem Gefühl einer werdenden Mutter, auch wenn ihr äußerlich noch nicht das Geringste anzusehen war. Als die Blutung beim ersten Mal ausblieb, hatte sie dem noch keine weitere Beachtung geschenkt. Eine Laune der Natur, dachte sie. Aber mittlerweile war sie über ihren Zustand doch einigermaßen beunruhigt. Was sollte denn jetzt aus ihr werden? Mit einem Kind in ihrem Bauch? Sie wusste ja noch nicht einmal mit Bestimmtheit, wer der Vater war. Außer diesem kleinen Mann kam dafür mindestens noch ein anderer in Betracht. Er war bei ihr gewesen, nur kurz bevor sie sich Piet in der *Mennonitischen Hochzeit* hingegeben hatte.

Früher in Lissabon, da hatte sie manchmal daran gedacht, wie es wohl wäre, eines Tages ein Kind zu gebären. In wohlgeordneten Verhältnissen, einem trauten Heim und mit einem geliebten Mann an ihrer Seite. Aber doch nicht so, nicht unter diesen Umständen. Sie hoffte von ganzem Herzen, dass die Blutung beim nächsten Mal einsetzen würde und sie sich zumindest darüber nicht weiter sorgen musste.

Carla wischte sich ihre Tränen von der Wange, als die Kutsche am Nachmittag des 1. November Delft erreichte. Schon von Weitem erblickte sie die zwei Kirchtürme, die sich aus dem Häusermeer erhoben, der eine etwas schief. Ansonsten wirkte die Stadt aus der Entfernung betrachtet unversehrt. Vielleicht ist es ja doch nicht so schlimm, dachte sie. Die Menschen neigten leicht zu Übertreibungen, wenn sie die Not am Schlafittchen packte. Das Unglück wurde immer sehr viel ausführlicher beschrieben als das Glück.

Ein paar Lastkähne schipperten friedlich über den kleinen Fluss, an dessen Ufer sie gerade entlangfuhren. Gegenüber grasten die Kühe auf der Weide, und im Hintergrund pflügte ein Bauer seinen Acker. Eigentlich sah alles ganz beschaulich aus. Doch als ihre Kutsche dann durch das Rotterdam-Tor ins Innere der Stadt rollte, war es mit der Beschaulichkeit schnell vorbei. Das ganze Ausmaß der Zerstörung bot sich Carla jetzt dar.

Natürlich hatte sie in Amsterdam schon von dem Donnerschlag gehört. Die Leute redeten seit zwei Wochen über kaum etwas anderes. Aber so ernst hatte sie sich die Lage nicht vorgestellt. Überall sah sie die Spuren der Verwüstung. Die Bäume waren schwarz verkohlt, und die Mauerreste standen wie Gerippe am Straßenrand. Überall waren die Menschen damit beschäftigt, ihre Häuser wieder herzurichten. Schubkarren mit Dreck wurden an die Seite geschoben und neue Steine herbeigeschafft. Die Stadt sah aus, als wäre sie von hundert Kanonen beschossen worden.

Carla hatte den Koornmarkt noch nicht erreicht, da waren ihr schon drei Pferdefuhrwerke mit Särgen begegnet. Die Menschen starben offenbar noch immer an den Folgen ihrer Verletzungen. Erst als ihre Kutsche die Breestraat kreuzte, beruhigte sich Carla ein wenig. Zumindest hier waren die Häuser alle heil geblieben, das Pflaster nicht aufgerissen, und die Bäume trugen noch Blätter. Es gab also noch ein alltägliches Leben in der Stadt – und für sie selbst vielleicht auch noch Grund zur Hoffnung.

-9-

Piet lief schon den ganzen Tag über aufgekratzt durch sein Haus. Keine Minute konnte er stillsitzen. Selbst in seiner Werkstatt, in der er ansonsten alles andere um sich herum sehr gut vergessen konnte, hielt er es nicht lange aus. Er hatte bereits wieder damit begonnen, neue, noch bessere Gläser zu schleifen. Gaesbeeck hatte ihn davon überzeugt, dass es keinen Sinn machte, wenn er seine Hände jetzt in den Schoß legte. Niemand wurde davon wieder lebendig. Und außerdem: Je schneller er eine Erklärung für das ihm bislang Unerklärliche fand, desto besser. Er hatte seine Aufmerksamkeit in den vergangenen Tagen deshalb schon auf andere Gegenstände gelenkt. Gleich nach Gaesbeecks Besuch war er raus zum Berkelsee gefahren und hatte dort ein paar Wasserproben entnommen. Er hatte danach auch noch Bier, Hefe, seinen eigenen Schweiß, Urin und Speichel untersucht. Er war dabei zu ganz erstaunlichen Ergebnissen gelangt. Gaesbeeck würde sich abermals wundern, wenn er ihm davon berichtete. Aber jetzt war er viel zu aufgeregt, um darüber nachzudenken.

Piet fegte die Flure, die Treppe und auch die Zimmer im ersten Stock. Und als er damit fertig war, begann er gleich noch einmal von vorne. Er staubte alle Möbelstücke ab und wienerte die Kacheln an den Wänden. Kein Staubkorn, und sei es auch noch so klein, sollte Carlas Blick trüben. Jede Ecke des Hauses inspizierte er, beseitigte hier und dort einige Spinnweben und polierte die Kupfertöpfe in der Küche dann so lange, bis er sich darin spiegeln konnte.

Was, wenn Carla seine Gefühle nun nicht erwiderte? Oder schlimmer noch: wenn sie gar nicht erst zu ihm käme? Vielleicht war es nur Mitleid, was sie für ihn erübrigte. Mitleid war das Letzte, was sich Piet erträumte. Am schlimmsten war das Warten, diese unerträgliche Ungewissheit.

Um sich abzulenken, ging er noch einmal hoch in Carlas Zimmer. Der Papagei krächzte laut, als er seinen Käfig nun schon zum dritten Mal verrückte. Er hatte ihn erst vor wenigen Tagen gekauft, im nahen ’s-Gravenhage. Etwas herablassend hatte ihn der Vogelhändler darüber aufgeklärt, dass es alle möglichen Arten von Papageien gab. »Ich verkaufe hier Taubenhalsamazonen, Tukane, Schwarzohren, Grünköpfchen und natürlich alle möglichen Sorten von Sittichen, den Halsbandsittich, den Mönchssittich und auch den Seychellen-Sittich. Also, welcher soll es denn sein?«

»Ich weiß nicht so genau. Vielleicht der Vogel da drüben. Der mit dem hellen Schnabel und dem bunten Gefieder.«

»Das ist ein Ara, mein Freund. Sehr kostbar. Kommt aus Südamerika. Zurzeit sehr angesagt bei unseren Statthaltern. Aber ehrlich gesagt, siehst du mir nicht aus wie ein neuer Statthalter der Sieben Vereinigten Provinzen.«

Die Skepsis des Vogelhändlers, das war nicht schwer zu erraten gewesen, galt ausschließlich seiner Zahlungsfähigkeit.

»Was kostet der Vogel?«, hatte er den Händler gefragt.

»Dreihundert Gulden.«

»Kann er sprechen?«

»Wie ein Politiker, aber natürlich nur, wenn man anständig mit ihm übt.«

Mit seinen Bemühungen, dem Papagei das Sprechen beizubringen, war Piet bisher allerdings kläglich gescheitert. Bestimmt schon hundert Mal hatte er ihm Carlas Namen langsam und deutlich vorgesprochen, bisher ohne jeden Erfolg. Das Einzige, was der Papagei von sich gab, war ein lautes, heiseres Krächzen.

Das tat er auch jetzt, als Piet seinen Käfig zum dritten Mal verrückte und auf das Tischchen in der Mitte des Zimmers stellte. Er hoffte, der Vogel würde Carla die Augen dafür öffnen, dass sie auch woanders zu Hause sein könne als nur in Lissabon.

Es war schon spät am Nachmittag, als es unten endlich an der Haustür klopfte. »Halt jetzt bloß den Schnabel«, raunte Piet dem Papagei zu. Dann verließ er schnell Carlas Zimmer und nahm die Treppe nach unten.

-10-

»Da bist du ja endlich.«

Carla trat in den Flur und gab ihm die Hand. Immerhin legte sie auch ihre andere Hand um die seine, sodass ihre Begrüßung nicht ganz so kühl ausfiel. Piet suchte in ihren Augen nach einer Spur von Wiedersehensfreude, aber er suchte vergeblich.

»Freust du dich denn gar nicht?«

»Es sieht schlimm da draußen aus. Als hätte die Stadt einen großen Krieg verloren.«

»Ja, einen Krieg, der nicht zu gewinnen war. Gegen das Schicksal lässt sich kein Krieg gewinnen.«

»Selbst das Haus deiner Nachbarn hat es getroffen.«

»Komm, Carla, ich zeig dir dein neues …« Piet zögerte kurz. »Ich zeige dir das Haus.«

Als Erstes führte er Carla nach vorne in den Laden und ließ sie die Stoffe befühlen, die er in den Regalen schon einsortiert hatte. Seide, Brokat, Atlas und Damast.

»Ich habe von allem nur die allerbesten Qualitäten gekauft«, erklärte er ihr, bis er sich daran erinnerte, dass er die Tochter eines Tuchhändlers damit wohl kaum beeindrucken konnte.

Carla nickte nur.

Dann zeigte er ihr die Wirtschaftsräume und auch die kleine Werkstatt, die er sich hinter seinem Laden eingerichtet hatte. Er hielt sich nicht damit auf, ihr die Funktionsweise seiner Schleifmaschine zu erklären, sondern reichte ihr gleich das lederummantelte Röhrchen.

»Hier, nimm. Ich habe mir eine neue Geschichte für dich ausgedacht.«

Jetzt lächelte Carla zum ersten Mal. Sie erinnerte sich gut an das Röhrchen.

»Die Insel im Meer?«

»Nein, etwas anderes.«

Neugierig blickte Carla durch das Röhrchen, diesmal nicht ganz so zaghaft wie beim ersten Mal in Amsterdam.

»Was siehst du?«

Carla ließ sich Zeit mit der Antwort. Vor ihrem Auge breitete sich ein Farbenmeer aus Rot und Orange aus, und mittendrin erkannte sie die Konturen eines Mundes.

»Es sieht so aus, als würden Lippen den Abendhimmel küssen«, sagte sie schließlich.

»Das ist der Blütenstempel einer Tulpe. Aber was du darin siehst, gefällt mir besser.«

Schon in diesem Moment entschied Piet, Carla nun jeden Tag mit einer solchen Kleinigkeit zu überraschen. Das Lächeln, mit dem sie ihn dafür belohnte, wollte er unbedingt noch häufiger sehen. Er nahm ihr gerade das kleine Röhrchen aus der Hand, als es von oben laut und vernehmlich krächzte.

»Hast du noch mehr Überraschungen für mich?«

»Nein. Aber ich zeige dir gerne auch noch die anderen Zimmer im Haus.«

Stumm folgte Carla Piet in den ersten Stock. Dort zeigte er ihr als Erstes den Wohnraum und den grünen Rapportstoff, mit dem er die Wände tapezieren lassen wollte.

»Ich bin noch nicht dazu gekommen«, entschuldigte er sich. »Aber wenn dir der Stoff nicht gefällt, können wir auch einen anderen wählen.«

»Nein, er ist schön.«

Carla ging vor zum Fenster und blickte rüber zur Oude Kerk. »Ist der Turm wegen des Donnerschlags so schief?«

»Nein, er war schon immer so. Als Kind hatte ich immer Angst, dass er mir auf den Kopf fallen würde, und jetzt ist uns alles andere auf den Kopf gefallen, nur der Turm der alten Kirche nicht.«

Sie standen still nebeneinander. Der Schatten des Turms reichte über die Straße bis fast zu ihnen hinüber.

»Bist du gekommen, um zu bleiben?«

»Ja, ich möchte gerne eine Weile bei dir bleiben. Aber nicht als deine Frau. Wenn die Leute fragen, werden wir ihnen sagen, dass ich als deine Magd unter deinem Dach wohne.«

»Dann ...«

Piet quälte sich mit seiner Antwort.

»Dann zeige ich dir jetzt dein Zimmer.«

Piet hatte die Tür noch nicht geöffnet, da krächzte der Papagei auch schon los.

»CaRRRRRla«, krächzte er mit einem sehr langen R. Piet war darüber genauso überrascht wie Carla. Konnte dieser Vogel also tatsächlich sprechen. Hatten seine Bemühungen letztendlich doch noch gefruchtet. Piet freute sich über den Zufall, der darin lag, dass der Papagei genau in dem Moment sein erstes Wort von sich gab, als Carla ihr Zimmer betrat.

»Hast du mit ihm geübt?«

»Ja, bestimmt hundert Mal, aber bis eben konnte er nicht mehr als nur krächzen. Er hat offenbar ein sehr gutes Gespür für die richtigen Momente im Leben.«

»Wie heißt er?«

»Ich habe ihm noch keinen Namen gegeben. Ich dachte, du solltest einen Namen für ihn aussuchen.«

»Jetzt gleich?«

»Wenn du willst.«

Carla schaute sich den Papagei aus der Nähe an. Es war ein Ara, so, wie sie selbst einen in Lissabon gehabt hatte.

»Dann nennen wir ihn Início.«

»Início?«

»Ja, Início. Das ist Portugiesisch. Übersetzt in deine Sprache heißt es Anfang.«

»Ein ungewöhnlicher Name für einen Vogel. Aber wenn du willst, dann nennen wir ihn Início.«

Carla neckte den Schnabel des Papageis durch die Käfigstreben. Sie schaute sich in dem blauen Zimmer um. Sie dachte: Selbst an den Vogel hat er sich erinnert. Ich habe ihm in der *Mennonitischen Hochzeit* nur einmal kurz von meinem Papagei in Lissabon erzählt, aber selbst das hat er nicht vergessen. Die Zweifel, die Carla auf ihrer Herfahrt begleitet hatten, lösten sich jetzt langsam auf. Es war nicht bloß Dankbarkeit, die sie in diesem Augenblick für Piet empfand.

»Du hast mir nicht alle Zimmer gezeigt. Zwischen deinem und meinem Zimmer liegt noch ein weiterer Raum.«

»Da ist nichts.«

Trotzdem öffnete Piet für Carla nun auch die letzte Tür seines Hauses. Draußen war es schon beinahe dunkel.

»Warum lässt du das Zimmer leer stehen?«

»Ich weiß nicht.«

»Warte hier.«

Carla ließ Piet für einen Moment allein zurück. Als sie wieder in das Zimmer kam, das er aus bloßer Schüchternheit bisher nicht gewagt hatte einzurichten, trug sie die blaue Überdecke vom Bett nebenan auf ihrem Arm. Sie schloss die Fensterläden und breitete die Decke auf dem Boden aus.

»Komm«, sagte sie. »Leg dich für einen Moment zu mir.«

In dieser Nacht, so nannten sie es später selbst, begann für Piet und Carla ihre *Liebe hinter den geschlossenen Fenstern*.

-11-

In Cadiz nahmen sie frisches Wasser und Proviant auf: Obst und Gemüse, Kartoffeln, gepökeltes Fleisch, Salz und Zucker, Stockfisch, Würste, Öl und Speck. Im Hafen ankerten noch drei weitere Galeonen: zwei Engländer und ein Schwede. Karlmann blickte den Schiffen sehnsüchtig hinterher, als sie nach zwei Tagen die Anker lichteten und Kurs in Richtung Heimat nahmen. Schon in Cadiz fand Karlmann die Hitze unerträglich. Es herrschten tagsüber gut dreißig Grad, aber wo sie jetzt hinfuhren, meinte August, würde es noch sehr viel heißer werden.

Bevor sie abends in ihre Hängematte krochen, rauchten sie auf Deck nun manchmal eine Pfeife miteinander. August erzählte Karlmann dann von fremden Tieren, schwarzen Menschen und fleischfressenden Pflanzen.

»Am Äquator wird ein gewaltiger Ruck durch das Schiff gehen. In ein paar Wochen kreuzen wir seine Linie. Dann geht es weiter bis ans Kap der Guten Hoffnung. Dort haben wir dann schon fast die Hälfte der Fahrt hinter uns. Ich hoffe nur, dass uns dieser grässliche Wurm verschont. Er treibt ganz weit im Osten sein Unwesen. In kürzester Zeit kann er ein Schiff so dermaßen durchbohren, dass man wie auf einem Sieb dahinsegelt.«

Meist war es August, der redete, und Karlmann, der zuhörte. Nur von ihrer Vergangenheit sprachen die beiden nie. Nicht einmal erkundigte sich August, warum Karlmann an Bord der *Niewalcker* angeheuert hatte. Und auch Karlmann ließ August mit solchen Fragen in Ruhe. Kaum einer an Bord sprach von früher. Entweder es machte die Männer trübselig, zu viel an die Heimat zu denken, oder sie wollten lieber vergessen, was hinter ihnen lag.

Karlmann war nicht der einzige Mann an Bord, der schwitzte. Drei Tage, nachdem sie Cadiz verlassen hatten und in einem weiten Bogen gen Westen hinaus auf den Atlantik segelten, um die günstige Strömung für ihre Weiterfahrt in Richtung Süden zu nutzen, machten an Bord die ersten Gerüchte die Runde. Schon am Sonntag war die Messe auf Deck ausgefallen.

»Es sieht nicht gut aus für den Pfarrer«, sagte August am Morgen zu Karlmann. »Er liegt jetzt schon seit Tagen im Fieber. Ich habe mit dem Koch gesprochen. Er sagt, er rühre sein Essen nicht mehr an. Er soll weiß wie der Tod sein und am ganzen Leib zittern. Der Koch meint, es wäre besser für uns alle gewesen, wenn wir ihn in Cadiz von Bord geschickt hätten.«

»Wird er sterben?«

»Wer kann das schon wissen. Unser Schiffsarzt ganz bestimmt nicht. Hoffentlich werden wir wegen dem Pfarrer nicht alle krank. Es gibt solche Sachen auf See. Geisterschiffe, auf denen die ganze Mannschaft hinweggerafft wird, und die dann herrenlos über die Meere treiben.«

Genau in dem Moment, als August seine Befürchtungen äußerte, flaute der Wind ganz plötzlich ab. Karlmann schaute hoch in die Rahen. Die Segel, die sich gerade noch in der frischen Brise gebläht hatten, hingen nun wie schlappe Vogelscheuchen in der Takelage. Ein wenig trieb die *Niewalcker* noch nach vorn, dann stoppte sie jäh. Wären sie nicht so weit draußen auf dem Meer gewesen, hätte man meinen können, das Schiff sei auf Grund gelaufen. Aber es war weit und breit kein Land in Sicht.

Auch August blickte erstaunt auf die ruhige See. Eine Flaute bahnte sich normalerweise sehr viel gemächlicher an. Immer mehr Männer versammelten sich auf Deck. Wie das Herz eines Menschen von einem Augenblick auf den nächsten aufhören kann zu schlagen, hatte sich der Ozean zur Ruhe gelegt. Keine Dünung, noch nicht mal ein leichtes Kräuseln. Für einige Minuten herrschte vollkommene Stille an Bord – bis die Glocke am Heck ertönte.

Koehlbier stand oben auf dem Wetterdeck, den Griff des Klöppels in der Hand. »Lasst uns für unseren Bruder Adriaan beten«, rief er über das Schiff.

Wer auf Deck war, nahm seine Mütze augenblicklich ab, senkte den Kopf und sprach ein Vaterunser. *Denn dein ist das Reich und die Kraft und die Herrlichkeit in Ewigkeit.* Manche der Männer bewegten nur stumm ihre Lippen, aber die meisten beteten laut im Chor, auch Karlmann.

Danach gab Koehlbier dem Tischler Anweisung, einen Sarg zu zimmern.

»Das ist nicht gut«, flüsterte August. »Das ist gar nicht gut. Wir haben noch nicht einmal die Küste von Mauretanien vor Augen und schon eine böse Krankheit an Bord. Und dann trifft sie ausgerechnet auch noch einen Mann Gottes. Ich fürchte, unsere Fahrt steht unter einem schlechten Stern.«

Karlmann schwieg. Aber zwei Stunden später, als sich die Mannschaft dann um den Großmast herum versammelte, um dem Pfarrer die letzte Ehre zu erweisen, dachte er genau das Gleiche. Vier Offiziere schulterten den Sarg und stellten ihn auf der Bordwand ab. Noch immer regte sich kein Lüftchen. Wie eine Spiegelfläche aus blauem Eis lag der Ozean vor ihren Augen. Drei Salutschüsse ließ Koehlbier in die Flaute feuern, bevor er die Offiziere anwies, die sterblichen Überreste des Pfarrers dem Meer zu übergeben. Keiner an Bord konnte sich erklären, was dann geschah. Aber alle sprachen von einem bösen Omen.

Der Sarg klatschte auf das Wasser. Er neigte sich auf die linke Seite und schlingerte für einen Moment auf der Oberfläche dahin. Alle erwarteten, dass der Sarg nun rasch untergehen würde. Aber er ging nicht unter. Noch Stunden später dümpelte die Totenkiste im Kielwasser der *Niewalcker* dahin. Den ganzen Tag über schauten die Männer zu ihr hinüber. Einer schwor später, gegen Abend habe sich der Sargdeckel geöffnet.

»Der Pfarrer hat uns zugewinkt«, behauptete er. Aber das wollte keiner der anderen Matrosen hören. Sie mutmaßten lieber, der Zimmermann habe nicht genügend Löcher in den Sarg gebohrt. Angst ergriff trotzdem alle, als sie die Geschichte hörten. Selbst August, den normalerweise nichts so leicht aus der Fassung brachte, bekreuzigte sich.

»Nun gnade uns Gott«, sagte er.

Erst am nächsten Morgen war der Sarg des Pfarrers endlich aus ihrem Blickfeld verschwunden.

-12-

Es war Piet mittlerweile zu einer lieben Gewohnheit geworden, Carla bald jeden Tag mit einer neuen Kleinigkeit zu überraschen. Er schnitt Kronblätter für sie auf, Fruchtknoten und Staubblätter. Er präparierte in dem lederummantelten Röhrchen kleine Stücke von getrocknetem Mohn und Nelken. Und jedes Mal freute er sich dann darüber, welche wundersamen Vergleiche sie dafür anstellte.

Im Staubbeutel einer Schlüsselblume wollte Carla einen bunten Schmetterling entdecken. Den roten Fingerhut fand sie leuchtender noch als ein Fenstermosaik. Und das winzige Stückchen einer Eichenrinde ließ sie an eine dieser kostbar bemalten Papiertapeten denken, die mit den Schiffen der Ostindien-Kompanie aus China gerade nach Holland kamen. Nur was Piet in seiner Werkstatt sonst noch durch seine Vergrößerungsgläser in Augenschein nahm, zeigte er ihr nie.

Tagsüber half ihm Carla nun häufiger im Tuchladen aus. Und am Abend, wenn Piet noch in seiner kleinen Werkstatt hinter dem Laden hockte und die Därme von Fröschen und die Köpfe von Käfern sezierte, um sie danach neugierig durch eines seiner Instrumente zu betrachten, stand sie in der Küche und kochte für ihn.

Carla kaufte auf dem Groote Markt ein, was auch die anderen Frauen dort einkauften: Fisch, Bohnen, Fleisch, Lorbeer, Speck, Hühnchen, Petersilie und auch Rüben. Aber was sie in der Küche damit anstellte, roch so ganz anders, fremd und betörend. Schon wenn sie in den Töpfen das Öl erhitzte und ihr Refugado dann zum Köcheln brachte, ein paar gehackte Zwiebeln, gemischt mit Knoblauch und Kräutern, freute sich Piet auf die Stunden, die darauf folgten. Er hatte niemals zuvor in seinem Leben so gerne gegessen. Essen war für ihn immer nur das Stillen seines Hungers gewesen, eine naturnotwendige Pflicht, die man möglichst schnell hinter sich brachte. Erst Carla lehrte ihn, dass ein gutes Essen, zubereitet mit Liebe, Zufriedenheit schenken konnte.

Sie deckte den Tisch am Abend jedes Mal wie für ein Festmahl. Mit zwei hohen Kerzen zwischen den Tellern und zwei Weingläsern daneben. Oft schmückte sie den Rand der Teller mit Beeren und Kräutern. Alles stimmte sie auf das Feinste ab. Es gab Vorspeisen, Zwischengerichte, einen Hauptgang und meistens auch noch einen süßen Nachtisch zum Schluss.

»Ich weiß nicht, womit ich deine Fürsorge verdient habe«, sagte Piet manchmal zu ihr. Und sie antwortete dann stets dasselbe: »Ich gebe dir nur zurück, was du mir gibst.«

Darum bemühte sich Piet nach Kräften. Er schenkte Carla nicht nur die wunderbarsten Miniaturen in dem lederummantelten Röhrchen, sondern auch seine schönsten Geschichten. Er erzählte ihr vom Riesen Pan Gu, der aus seinem linken Auge die Sonne gemacht hatte und aus seinem rechten den Mond. Und natürlich auch von Si-ling-shi, der schönsten Frau im Fernen Osten.

»Aber du bist noch viel schöner als Si-ling-shi. Ich war sofort in dich verliebt, schon als ich dich in der *Mennonitischen Hochzeit* das erste Mal habe tanzen sehen«, flüsterte Piet Carla eines Abends ins Ohr. »Du warst so anders als die anderen Frauen. Du hast dich ganz langsam im Kreis gedreht, zu einer Musik, die nur du und ich gehört haben.«

»Du hast nicht mich gesehen, sondern die Seide meines Kleids.«

»Ja, zuerst habe ich die Seide gesehen, aber gleich danach habe ich dich erkannt.«

»Sag das bitte noch einmal.«

»Gleich danach habe ich dich erkannt.«

Carla schaute Piet tief in die Augen. Lag darin das Versprechen ihres Vaters? War die Seide nur das Mittel gewesen, das sie zusammengeführt hatte? War es von Anfang an beschlossene Sache, dass sie sich begegnen sollten? *Die Seide wird dich beschützen auf deinen Wegen durch Amsterdam*. Das hatte er ihr beim Abschied in Lissabon versprochen. Und irgendwie, wenn auch sehr spät, hatte sich das Versprechen ihres Vaters ja auch tatsächlich erfüllt. Piet hatte sie beschützt.

»Ich weiß einfach nicht, wo sie bleiben. Bevor ich zu dir gekommen bin, war ich in Amsterdam bei einem Rabbiner. Er hat gesagt, es sei gefährlich für die Juden in Lissabon. Die Inquisition, du weißt schon …«

»… mach dir keine Sorgen. Deinen Eltern ist bestimmt nichts zugestoßen.«

»Ja, das hat der Rabbiner auch gesagt. Aber was ist dann geschehen? Ich habe in der Zwischenzeit auch an Bruno und Abel geschrieben, beide gute Freunde meines Vaters. Keiner von ihnen hat geantwortet. Vielleicht ist das Schiff untergegangen, mit dem sie nach Amsterdam kommen wollten. Vielleicht sind sie tot.«

Piets Trost reichte in dieser Nacht nicht aus, um Carlas Kummer zu besänftigen. Stundenlang lag sie in seinen Armen und weinte. Und als sie sich auch am Morgen noch immer nicht beruhigen wollte und er sich keinen anderen Rat mehr wusste, nahm er Carla an der Hand und führte sie zum Fenster. Er öffnete die Läden ihres Schlafzimmers, das sie mittlerweile miteinander teilten.

»Lass uns ein wenig in die Wolken schauen, Carla. Wenn ich als Kind traurig war, hat mein Vater das manchmal mit mir gemacht. Es bringt auch dich vielleicht auf andere Gedanken. Du musst mir einfach nur sagen, was du in den Wolken siehst, und ich suche am Himmel die Figur, die du mir nennst. Und wenn ich sie gefunden habe, bin ich an der Reihe.«

Carla war so traurig und leer von Tränen, dass sie sich von Piet überreden ließ. Aber schon bald flogen die Worte so schnell zwischen ihnen hin und her wie die Wolken, die an diesem frühen Sonntagmorgen über den Himmel von Delft zogen.

»Mund.«

»Schiff.«

»Wellen.«

»Vogel.«

»Insel.«

»Baum.«

Um Carla aufzumuntern, sagte Piet:

»Glatzkopf.«

Da lächelte sie zum ersten Mal wieder.

»Gurkenhals.«

»Eselsohren.«

Wie zwei Betrunkenen purzelten ihnen schon bald die Begriffe durcheinander.

»Wolkenkuchen.«

Ja, warum eigentlich nicht Wolkenkuchen, dachte Piet.

»Blättersinfonien.«

»Federbettenküsse.«

»Blauschimmelpferd.«

»Floh.«

»Floh gilt nicht«, sagte Carla, »der ist zu klein.« Bis sie dann irgendwann sagte: »Liebe.«

Da schaute Piet sie erwartungsvoll, aber auch ein bisschen ängstlich an.

»Wenn mein Floh für deine Augen zu klein ist, dann ist deine Liebe für meine vielleicht zu groß. Wie sieht sie denn aus, deine Liebe im Himmel?«

»Wie mein ungeborenes Kind. Es hat noch kein Gesicht. Aber ich wünsche mir, es wird aussehen wie die Wolke da oben. Beflügelt und glücklich.«

Natürlich war Piet ihre zwischenzeitliche Veränderung schon aufgefallen, aber er hatte es bisher stets vermieden, sie danach zu fragen. Carla weinte schon wieder, als sie ihm ihr kleines Geheimnis offenbarte, das für ihn längst keines mehr war.

»Ich bin schwanger. Ich erwarte ein Kind.«

»Aber dann lass uns doch endlich dieses dumme Versteckspiel aufgeben. Heirate mich. Die Leute reden doch sowieso schon über uns. Was macht es jetzt noch für einen Unterschied? Ich bin doch nicht der erste Mann, der seine Magd heiratet.«

»Es geht nicht. Es ist verboten. Auch wenn du mir immer wieder sagst, ich sei keine richtige Jüdin, will ich mich doch fühlen wie eine. Jedenfalls so lange, bis ich Nachricht von meinen Eltern erhalte. Und außerdem habe ich mich in Amsterdam dem Rabbiner gegenüber zum Glauben meiner Vorväter bekannt. Ich bin eine Jüdin, und du bist ein Christ. Für mich ist alles gut, wie es ist, und ich hoffe, das kann es auch für dich sein. Nennen wir es einfach unsere Liebe hinter den geschlossenen Fenstern. Niemand muss jemals erfahren, was zwischen uns ist, wenn wir die Läden schließen.«

»Und was soll unser Kind später zu mir sagen? Irgendwann wird es dich fragen.«

»Es soll Piet zu dir sagen.«

»Einfach nur Piet?«

»Nein, nicht einfach nur Piet. Wenn es mich eines Tages fragt, wer du bist, werde ich dem Kind sagen: Das ist Piet, der beste Mann, dem ich in meinem Leben begegnet bin.«

-13-

Verdammt. Jetzt halten sie mich in London für übergeschnappt. Ärgerlich las Gaesbeeck den Brief zum zweiten Mal.

»Was Sie uns da mitteilen, entschuldigen Sie bitte den unpräzisen Ausdruck, klingt ziemlich seltsam. Wir haben hier länger darüber debattiert. Deshalb schreibe ich Ihnen erst heute. Wie Sie ja wissen, gehören unserer Runde auch einige Männer an, die in jüngster Zeit ihre eigenen Beobachtungen auf mikroskopischem Gebiet angestellt haben. Die Arbeiten von Robert Hooke sind Ihnen bestimmt bekannt. Nach Ihrem Brief haben wir ihn und einige andere Männer um ihre Meinung gebeten, doch keiner der Herren hat durch sein Instrument jemals solche Lebewesen gesehen, von denen Sie uns berichten. Wir kamen deshalb überein, dass unser verehrter Robert Hooke Ihre Beobachtungen für uns überprüfen soll. Er nahm dafür sowohl Proben von weißem als auch von rotem Essig, doch er konnte Ihre Behauptungen bisher nicht bestätigen. Bitte verstehen Sie mich nicht falsch, natürlich hegen wir an Ihren Worten nicht den geringsten Zweifel. Doch würden wir uns natürlich sehr gerne selbst davon überzeugen.

Was Sie uns über den Aufbau des Mikroskops mitteilen, durch das Sie diese Lebewesen angeblich beobachtet haben, lässt uns zu dem Schluss kommen, dass es sich dabei um ein sehr einfaches Instrument handeln muss. Sie schreiben von zwei dünnen Metallplättchen, in die eine Linse eingefasst sei, und von einer Schraube, mit deren Hilfe sich der Abstand zum Objektträger verändern lässt. Ich gebe hier nur wieder, was Hooke dazu meint. Er sagt, es sei seiner Ansicht nach ganz und gar unmöglich, mit einer so schlichten Apparatur genauere Beobachtungen anzustellen.

Wie Sie ja selbst schreiben, hat dieser Piet van Leeuwen noch nicht einmal eine wissenschaftliche Ausbildung genossen. Ich will diesem Mann keineswegs zu nahetreten, aber wir sind doch etwas erstaunt darüber, dass ein Laie wie er etwas zustande bringen soll, was selbst dem geschätzten Robert Hooke nicht gelingen will. Vielleicht ist sein Instrument fehlerhaft, und es spiegelt einem Dinge vor, die gar nicht existieren.

Nach reiflicher Überlegung haben wir deshalb beschlossen, dass unser Freund Thomas Moolworth, ein junger, aber sehr talentierter Arzt aus Dublin, der ohnehin bald nach Delft reisen muss, Ihnen einen Besuch abstatten könnte. Es wäre sehr hilfreich, wenn Sie ihn empfangen, damit er sich vor Ort selbst ein Bild von diesem Mikroskop machen kann.

Seien Sie versichert, dass wir Ihre Meinung hoch schätzen. Nur hat eben keiner von uns jemals solche Lebewesen gesehen, von denen Sie uns berichten. Wir können uns auch überhaupt nicht vorstellen, warum die Natur solche Organismen hervorbringen sollte. Eine Bestätigung Ihrer Beobachtungen, am besten durch eine Zeichnung derselben und den Empfang unseres Kollegen Thomas Moolworth, würde uns deshalb weiterhelfen. Denn so groß unser Erstaunen auch ist, so groß ist doch gleichzeitig unsere Hoffnung, dass Sie diese Animalcula im Essigwasser nicht etwa durch die bloße Kraft der Einbildung gesehen haben.

Nullius in verba.

Es grüßt Sie ganz herzlich
William Brouncker

Der Brief war eine Unverschämtheit. Als könne er nicht beurteilen, was er mit seinen eigenen Augen gesehen hatte! Was sollte das denn heißen: dieses *vielleicht* und dieses *angeblich*. Wütend warf Gaesbeeck den Brief auf den Tisch.

Sollte dieser Moolworth doch ruhig bei ihnen vorbeikommen. Dann würde er schon sehen, dass er nicht unter Sinnestäuschungen litt. Wie stand er in London denn jetzt da? Brouncker wusste doch, dass auf sein Urteil Verlass war. Ihm konnte man doch nicht vorwerfen, dass er Hypothesen und Fakten miteinander verwechselte. Klarheit, Eindeutigkeit und die Kohäsion der Berechnung waren die Kategorien seiner Denkungsart. Er war doch kein Spinner, der sich etwas vormachen ließ! Er hatte diese Würmer im Essig doch mit seinen eigenen Augen gesehen!

Es dauerte eine ganze Weile, bis sich Gaesbeeck langsam wieder beruhigte. Natürlich klang es etwas seltsam, wenn einer behauptete, dass in ein paar Tropfen Essig mehr Leben stecke, als Fische in einem großen Teich Platz finden. Er war anfangs ja selbst skeptisch gewesen. Aber er hatte sich mehrfach davon überzeugt, dass es sich genau so verhielt. Leichtgläubigkeit konnte man ihm nun wirklich nicht unterstellen, so ungeheuerlich sich diese Entdeckung auch anhören mochte.

Selbstverständlich hatte Brouncker recht damit, dass Piet kein Wissenschaftler war. Trotzdem hatte er etwas entdeckt, was allen anderen bisher entgangen war. Aber das hieß ja nicht, dass es nicht existierte. Brouncker wusste doch so gut wie er selbst, dass ein geschickter Handwerker der Wahrheit manchmal näher kam als alle studierten Professoren. Jeder Metzger verfügte über anatomische Kenntnisse, die weit über das hinausreichten, was an so mancher Universität noch immer gelehrt wurde. Man musste einen Körper schon aufschneiden, wenn man etwas Genaueres über die Lage und Anordnung der inneren Organe erfahren wollte.

Darin war er sich mit Brouncker doch immer einig gewesen. Unerschrockene Männer wie Galilei, die den Himmel mit ihren selbst gebauten Fernrohren abgesucht hatten, waren die Helden der Zeit. Und nicht diese verschrobenen, an ihr Katheter geketteten Professoren, die nur wiederholten, was vor Jahrhunderten zu Papier gebracht worden war. Wissenschaft war mutiges Ausprobieren, nicht schläfriges Nachbeten. Mit den tausendmal wiedergekäuten Weisheiten der Alten ließ sich doch schon längst kein Staub mehr aufwirbeln.

Aber bitte, sollten sie diesen Moolworth doch ruhig vorbeischicken. Dann würde sich schon herausstellen, wer hier der Schwachkopf war. Aufgebracht verließ Gaesbeeck sein Haus in Richtung Hippolytusbuurt.

-14-

In Piets Tuchladen herrschte schon den ganzen Morgen über reger Betrieb. Anfangs, da hatten die Bürger von Delft noch einen großen Bogen um sein Geschäft gemacht, aber mittlerweile nicht mehr. Seit sich in der Stadt herumgesprochen hatte, dass kein Tuchhändler weit und breit bessere Ware führte als er, kauften die Leute gerne bei Piet ein, auch wenn sie hinter seinem Rücken nach wie vor noch so manche gehässige Bemerkung über ihn fallen ließen.

Die dicke Berta van Baasten, die Frau des städtischen Eichmeisters, ließ sich von Carla gerade noch einmal den roten Brokatstoff zeigen, als Gaesbeeck in den Laden stürmte.

»Sie glauben es nicht«, schnaubte der Arzt empört. »Hörst du, sie glauben es nicht.«

Piet entschuldigte sich bei Carla und Frau van Baasten und führte Gaesbeeck nach hinten in seine Werkstatt.

»Was glauben sie nicht?«

Gaesbeeck fuchtelte wild mit dem Brief in seiner Hand herum. »Na was wohl. In London wollen sie nicht glauben, was ich ihnen geschrieben habe. Sie halten mich für einen Dummkopf. Sie glauben nicht an deine Animalcula.«

»Dann werden sie das andere erst recht nicht glauben. Sie sind nicht nur im Essig.«

»Was sagst du da?«

»Bitte nicht so laut. Ich will nicht, dass sie uns vorne im Laden hören.«

»Und wenn schon. Dann hätte die dicke Berta wenigstens etwas Neues, mit dem sie sich noch mehr aufplustern könnte. Übrigens gut, dass du dir eine Magd ins Haus geholt hast. Aber warum hilft sie dir vorne im Laden? Kann sie etwa nicht kochen?«

»Doch, sie kocht hervorragend.«

»Sie sieht mir ziemlich schwanger aus.«

»Ich nehme an, Sie sind nicht wegen meiner Magd zu mir gekommen.«

»Natürlich nicht.«

»Also, was schreiben die Herren aus London?«

»Wie schon gesagt, sie glauben es nicht. Ich habe heute endlich Nachricht von ihnen erhalten. Sie wollen einen Arzt herschicken, der sich selbst ein Bild von deiner Entdeckung machen soll.«

»Dann können wir ihm gleich auch alles Weitere zeigen. Ich war vor Monaten draußen am Berkelsee. Sie sind auch im Wasser. Sie sind sogar zwischen den Zähnen. Sie sind überall, in den Eingeweiden der Frösche und bestimmt auch in unseren eigenen Därmen. Manche sind wohlgeformt wie Muscheln und andere unförmig wie Quallen. Sie sind überall.«

»Was um Himmels willen redest du da?«

»Dass die Animalcula nicht nur im Essig leben. Die Tierchen, die ich im Wasser des Berkelsees gefunden habe, sehen etwas anders aus, aber sie sind genauso lebendig. Sie tragen am Kopf kleine Beine und am Rumpf eine Art Flosse. Manche bewegen sich schnell, andere langsam. Einige sind weiß, fast durchsichtig, andere taubengrau und in der Mitte von heller Farbe umrandet. Auf jeden Fall sind die Tierchen im Berkelsee sehr viel größer als die Animalcula, die zwischen unseren Zähnen leben. Ich schätze, ein Sandkorn ist tausendmal größer als diese Wesen, die wir in unserem Mund tragen.«

»Du hast doch nicht etwa deinen Verstand verloren, oder?«

»Keineswegs. Ich fange gerade erst an, langsam etwas zu begreifen. Vielleicht kratze ich die ganze Zeit über nur an der Oberfläche herum und es gibt noch etwas sehr viel Kleineres in dieser Welt. Vielleicht muss ich meine Augen mit noch sehr viel schärferen Gläsern bewaffnen, um endlich ...«

»... den Stein der Weisen zu finden, meinst du?« Gaesbeeck lächelte spöttisch.

»Wohl mehr ein Staubkorn als einen Stein. So unendlich klein, dass wir es uns gar nicht vorstellen können. Ein Partikel aus Feuer, Wasser, Erde und Luft. Oder vielleicht auch eine Art Ursubstanz, aus der alles entstanden ist, auch wir selbst.«

»Nullius in verba.«

»Wie bitte?«

»Das heißt, ich glaube nur, was sich beweisen lässt. Also zeig mir lieber deine Animalcula zwischen den Zähnen, bevor ich an deinen Worten noch länger zweifle.«

Piet nahm aus dem Kabinettschrank ein Mikroskop heraus. Es glich den Instrumenten, die Gaesbeeck bereits kannte. In Länge und Breite maß die Apparatur kaum mehr als zwei Daumen und bedeckte gerade so das Auge, wenn man es sich davorhielt. Die untere Schraube diente als Handgriff und trug oben ein Klötzchen, auf dem eine weitere, noch kleinere Schraube montiert war, mit der sich die Objekte vor der Linse fokussieren ließen. So sehr sich seine Instrumente äußerlich auch ähnelten, waren die Linsen darin doch von sehr unterschiedlicher Güte.

»Hier, mit diesem Instrument können Sie es am besten sehen«, sagte Piet und reichte Gaesbeeck das Mikroskop. Dann forderte er ihn auf, seinen Mund zu öffnen.

Misstrauisch ließ es Gaesbeeck geschehen, dass Piet mit einem kleinen Stück Holz zwischen seinen Backenzähne herumkratzte. Er mischte den Belag in einem Glasröhrchen mit ein paar Tropfen Wasser und klemmte es dann in die Halterung vor der Linse.

»So, jetzt schauen Sie selbst.«

Zögerlich hielt sich Gaesbeeck das Mikroskop vor sein Auge. Und dann sah er, was Piet meinte: kleinste Korpuskeln, dünner noch als ein menschliches Haar. Sie drehten sich wie wild gewordene Kreisel durcheinander. Einzelne waren kugelrund, andere wie Schlangen oder Stäbchen geformt.

»Und dieses Gewürm trage ich in meinem Mund herum?«, fragte Gaesbeeck argwöhnisch.

»Nicht nur Sie. Wir alle. Die Tiere ebenso wie die Menschen. Es liegt übrigens nicht etwa daran, dass Sie Ihre Zähne schlecht pflegen. Zuerst habe ich das gedacht, aber es stimmt nicht. Vor ein paar Tagen habe ich einem Straßenköter ins Maul geschaut. Seine Zähne waren ungemein faulig, und auch sein

Atem roch schlecht. Ich war nicht besonders erstaunt, als ich in seinem Zahnbelag mehr Würmer fand, als Menschen in den holländischen Provinzen leben. Erstaunt war ich erst, als ich danach auch meinen eigenen Mund untersuchte. Sie müssen wissen, dass ich meine Zähne jeden Morgen sehr sorgfältig mit Salz abreibe. Trotzdem habe ich die Animalcula auch zwischen meinen Zähnen entdeckt.«

Gaesbeeck fuhr sich unruhig mit der Zunge durch den Mund. »Hast du mit jemandem darüber gesprochen?«

»Außer uns beiden weiß keiner davon.«

Selbst Carla hatte Piet kein Wort davon erzählt. Weil er fürchtete, sie könne sich womöglich ekeln über diese winzigen Würmer, die alles Lebendige wie ein schleimiger Teppich überzogen, zeigte er ihr in dem lederummantelten Röhrchen weiterhin nur das Schöne aus seiner unsichtbaren Welt. Zuckerkristalle, die wie Edelsteine funkelten. Und Blumenfragmente, so farbenprächtig, als kämen sie geradewegs aus dem Paradies.

»Was haben Ihre Freunde aus London sonst noch geschrieben? Haben sie sich über mich lustig gemacht?«

»Sagen wir lieber, sie sind misstrauisch. Deshalb müssen wir ihnen jetzt auch unbedingt einen Beweis liefern. Ich denke, es ist an der Zeit, Fabrist ins Vertrauen zu ziehen, damit er ein paar Skizzen von den Animalcula anfertigt.«

»Malt er noch?«

»Nur grässliches Zeug. Seit dem Donnerschlag ist er wirr im Kopf. Er hat sich in einen alten Schuppen vor den Toren der Stadt verkrochen, trinkt den ganzen Tag Schnaps und malt brennende Häuser. Ich war vor ein paar Tagen draußen bei ihm. Ich glaube, der Garten deines Vaters liegt gleich nebenan.«

»Ich war schon sehr lange nicht mehr dort.«

»Wie dem auch sei. Ich kenne Fabrist ganz gut. Wenn ich ihn bitte, vorerst mit niemandem über deine Entdeckungen zu reden, wird er sich daran halten. Es täte ihm bestimmt gut, wieder eine Aufgabe zu haben. Ich glaube, er könnte ein paar sehr detailgetreue Skizzen von den Animalcula anfertigen, damit sie uns in London endlich Glauben schenken. Und von mir aus können sie dann auch noch diesen Moolworth vorbeischicken.«

»Also gut. In gewisser Weise schulde ich Fabrist vielleicht sogar mein Vertrauen. Ich war am Morgen vor dem Donnerschlag bei ihm im Atelier. Ich habe ihm damals versprochen, ihn mal einen Blick durch meine Gläser werfen zu lassen. Vielleicht ist jetzt der richtige Zeitpunkt dafür. Und vielleicht bringt es

Fabrist ja tatsächlich auf andere Gedanken. Schicken Sie ihn ruhig zu mir. Ich werde ihm alles zeigen. Die Animalcula im Essig und auch die zwischen unseren Zähnen. Ich hoffe nur, dass er auch wirklich seinen Mund hält und man mich in London aufgrund seiner Skizzen nicht ein weiteres Mal auslachen wird.«

»Keine Sorge, das wird nicht geschehen. Alles, was sich beweisen lässt, kann niemand auf Dauer bestreiten.«

Gaesbeeck stand auf und verabschiedete sich von Piet. Das Erste, was er unternahm, als er in sein Haus zurückkehrte, entsprang einem sehr persönlichen, aber auch überaus dringenden Bedürfnis. Gaesbeeck putzte sich erst einmal sehr gründlich die Zähne.

-15-

Gift. Gift wäre am besten, überlegte Drooten. Gift hinterließ keine Spuren. Es war leise, aber überaus wirkungsvoll. Es kroch dem Opfer durch den Mund in den Hals und tötete ohne äußere Verletzungen. Der Täter blieb im Dunkeln und musste noch nicht einmal selbst Hand anlegen. Am besten, dachte Drooten, wäre ein Gift, das diesen kleinen Teufel qualvoll von innen vertilgen würde. Irgend so ein Stoff, gegen den kein Kraut gewachsen war.

Drooten hielt Piets Haus nun schon seit Monaten im Auge. Sein Traum hatte sich seitdem ein paar weitere Male wiederholt. Und auch die Botschaft war bis aufs Wort stets die gleiche gewesen: *Du musst ihn töten, damit nicht noch schlimmeres Unheil über die Stadt hereinbricht. Er trägt das Zeichen an sich. Er wird es vor der Welt zu verbergen trachten, aber du wirst es erkennen, bevor es zu spät ist.*

Was hatte sich Drooten nun schon den Kopf zerbrochen über dieses Zeichen. War es denn nicht genug, was er bereits gesehen hatte? Vorne in seinem Tuchladen stapelte er seine Stoffe in den schönsten Farben: in Rot, Blau, Grün, Gelb und sogar in Violett. Aber hinten in seiner Werkstatt, da rührte er bestimmt schon den nächsten Höllensud mit Wasser aus dem Berkelsee an. Und jetzt beherbergte er unter seinem Dach auch noch diese Frau. Sie sah aus wie eine Jüdin, hatte pechschwarze Haare und sprach mit fremdländischem Akzent. Drooten hatte es selbst gehört, als sie auf dem Groote Markt ihre Einkäufe erledigte. Sie rollte das R wie ein knurrender Hund. Sie war eine von diesen Christusmörderinnen, ganz sicher. Und deshalb war es bestimmt auch kein Zufall, dass sie in der Hippolytusbuurt Unterschlupf gefunden hatte. Die Leute in der Stadt erzählten zwar, dass sie ihm nur den Haushalt führe, aber das war bestimmt nicht das Einzige, was sie ihm besorgte. Sie trug ein Kind in ihrem Bauch. Das sah ein Blinder. Und auch wenn es außer ihm selbst keiner sah, so war sich Drooten doch ziemlich sicher, dass sie die Brut des Teufels in sich trug.

»Weißt du, was ich heute beobachtet habe?«

Drooten saß bei seiner Wirtin in der Küche.

»Sie spricht mit einem Vogel. Ich habe sie heute dabei beobachtet. Das Fenster stand offen, und ich konnte es von der Straße aus sehen. Sie hat den Vogel am Schnabel geneckt und ihm ihre Worte ganz langsam vorgesprochen.«

Grietje rührte in ihrem Topf auf dem Herdfeuer.

»Sie spricht also mit einem Vogel?«

»Ja, ein großer bunter Vogel. Er hat einen roten Kopf und blaue mächtige Federn. Er krächzt so laut, dass es einem durch Mark und Bein geht.«

»Also gut, sie spricht mit einem Vogel. Was soll daran so schlimm sein? Ich spreche manchmal sogar mit mir selbst. Das ist viel schlimmer.«

»Es sieht so aus, als würde sie mit ihm üben.«

»Papageien können sprechen, wenn man mit ihnen übt. Wusstest du das nicht?«

»Jede Wette, dass sie den Vogel irgendwann aus dem Käfig lässt. Und dann wird er mit seinem roten Kopf wie ein züngelnder Feuerball über die Stadt fliegen und laut krächzen, wenn sich unter uns allen die Erde auftut.«

»Du redest Blödsinn. Und jetzt lass uns lieber essen. Es wäre schade, wenn alles verkocht.«

Drooten matschte auf seinem Teller die Kartoffeln lustlos in die Soße. »Du glaubst mir nicht, oder?«

»Wie soll ich dir diesen Blödsinn auch glauben? Gut, du magst den Kerl nicht. Aber seine Stoffe sind hervorragend. Ich habe mich selbst davon überzeugt und ein paar Tischtücher bei ihm bestellt. Und seine Magd, die ihm ja offenbar auch im Laden zur Hand geht, scheint mir ein überaus verständiges Mädchen zu sein. Die Kleine hat Geschmack und ein sicheres Urteil.«

Grietje lächelte.

»Weißt du, wen ich in seinem Laden getroffen habe? Die dicke Berta van Baasten. Sie hielt sich einen roten Brokatstoff für ein neues Kleid um die Hüfte. Sie sah aus wie ein Walfisch mit einem Marmeladenklecks auf dem Leib. Die Magd hat es zwar nicht so deutlich gesagt, aber man merkte ihr doch an, dass sie ihr von der Farbe abraten wollte. Es war außerdem auch viel zu wenig von dem Stoff vorrätig, um ihre Leibesfülle halbwegs zu bedecken, es sei denn, sie will sich in ihrem Kleid einwickeln wie eine Presswurst. Aber die dumme Kuh hat den Brokat dann natürlich doch genommen. Sie hat bloß mit den Fingern geschnippt, als ihr das Mädchen sagte, Schwarz würde ihr besser stehen. Nein, nur weil sie mit einem Vogel spricht, muss sie keine schlechte Frau sein.«

»Hm.«

Drooten merkte, dass es sinnlos war, mit seiner Wirtin noch weiter zu streiten. Sie war ahnungslos, so wie alle anderen in der Stadt auch. Niemand sah, was er selbst so überaus deutlich vor sich sah. *Du musst ihn töten, damit nicht noch schlimmeres Unheil über die Stadt hereinbricht.*

Aber darüber konnte er weder mit seiner Wirtin noch mit dem Pfarrer reden, mit Jüttner vielleicht sogar am allerwenigsten. Was würde der Pfarrer wohl auch dazu sagen, wenn er ihm offenbarte, dass Gott in seinen Träumen zu ihm sprach? Ausgerechnet zu ihm, einem einfachen Kirchendiener. Aber genau so verhielt es sich. Gott scherte sich nicht um Rang und Titel, wenn Er seine Befehle erteilte. Noah war schließlich auch kein König gewesen. Er war ein Bauer, als er seine Arche baute. Und so, wie Noah über seinen Bund mit Gott hatte schweigen müssen, musste auch er selbst schweigen, wenn er die Stadt und auch seine eigene Seele retten wollte.

Nur zwei Dinge bereiteten Drooten ernsthaft Sorge. Er wusste noch immer nicht, wie er an ein taugliches Gift gelangen sollte. Und vor allem hatte er bisher keinen blassen Schimmer, was es mit diesem Zeichen nun eigentlich auf sich hatte. *Du musst warten, bis du das Zeichen mit deinen eigenen Augen gesehen hast. Aber gleich danach, so lautet mein Befehl, musst du ihn töten.*

Er durfte jetzt keinen Fehler begehen.

»Ich lege mich schlafen«, sagte Drooten.

»Schon?«

»Ja, ich fühle mich nicht wohl. Aber ich danke dir für dein Essen.«

»Du hast ja kaum etwas angerührt.«

»Ich habe keinen Hunger. Ich leg mich jetzt besser hin.«

»Dann geh nur. Morgen sieht die Welt wieder anders aus. Und schlag dir endlich diesen Piet van Leeuwen aus dem Kopf. Du musst damit aufhören, sein Haus zu beobachten. Er ist nur ein Tuchhändler, nichts weiter.«

»Du hast bestimmt recht. Schlaf gut.«

-16-

Drei Monate bevor Maarten geboren wurde, das war der Name, den Carla für ihren Sohn wählte, lag Piet bei ihr und hielt sie in seinen Armen.

»Carla, ich kann meine Liebe zu dir nicht ewig verbergen.«

»Hast du mit jemandem darüber gesprochen? Etwa mit dem Arzt, der so häufig bei dir vorbeikommt? Weiß er Bescheid?«

»Nein, natürlich nicht. Ich habe mit niemandem über uns gesprochen. Aber es fällt mir schwer, die Wahrheit zu verschweigen. Wenn dich die Leute vorne im Laden wie eine dumme Magd behandeln, würde ich am liebsten dazwischengehen.«

»Es würde nichts ändern, wenn du ihnen die Wahrheit sagst. Lass es unser Geheimnis bleiben. Unsere Liebe hinter den geschlossenen Fenstern.«

Piet spürte einmal mehr, dass es völlig sinnlos war, Carla vom Gegenteil zu überzeugen.

»Was will der Arzt eigentlich dauernd von dir?«

»Was?«

»Dieser Gaesbeeck. Er wirkte ziemlich aufgebracht, als er neulich in den Laden stürmte. Er hat gesagt, sie würden es nicht glauben.«

»Ach, das meinst du. Das ist doch schon Wochen her.«

Piet überlegte kurz, und noch während er überlegte, was er Carla auf ihre Frage antworten sollte, spürte er, wie leicht ihm die Lüge über seine Lippen ging. Er hatte Angst davor, dass noch weitere Lügen darauf folgen könnten, aber die Wahrheit wollte er Carla trotzdem nicht zumuten. Er wusste nicht, wie sie darauf reagieren würde, dass diese winzigen Würmer im Essig lebten und auch zwischen den Zähnen der Menschen. Selbst in seinem eigenen Ejakulat hatte er sie zwischenzeitlich aufgespürt, aber auch davon wollte er Carla lieber nichts beichten. Sie waren überall, unsichtbar zwar, aber zweifelsfrei vorhanden. Es war besser, dass Carla von all dem nichts erfuhr, wenn sich schon Gaesbeeck mit der Zunge unruhig in seinem Mund herumfuhr, sobald sie mal wieder über diese merkwürdigen Existenzen sprachen.

»Gaesbeeck hat mich schon vor deiner Ankunft in Delft manchmal aufgesucht«, sagte Piet schließlich. »Ich habe ihm das Röhrchen gezeigt. Du weißt schon, das Vergrößerungsglas, mit dem man die Bilder sieht, die du so sehr liebst. Die Bilder vom Mohn, den Nelken und den Tulpen.«

»Ich dachte, diese Bilder seien nur für mich.«

»Das sind sie ja auch. Aber ein paar von diesen Bildern habe ich auch Gaesbeeck gezeigt. Nur deshalb kommt er häufiger bei mir vorbei. Er meint, es sei schade, wenn man diese wunderbaren Ansichten nicht festhalten würde. Er meint, ich sollte Bilder davon malen lassen. Was hältst du davon, Carla? Würde es dir gefallen, wenn wir diese Kleinigkeiten malen lassen? Die Insel im Meer und natürlich auch den Mund, der den Abendhimmel küsst?«

»Wenn diese Bilder nur für mich sind.«

»Das verspreche ich dir. Diese Bilder werden immer nur für dich sein.«

-17-

Fabrist war kaum wiederzuerkennen, als er eines Tages endlich in Piets Laden aufkreuzte. Er roch nach Schnaps, und unter seinen Fingernägeln starrte es vor Dreck. Sein Bart war unrasiert, und seine fettigen Haare hingen ihm strähnig auf die Schultern. Er lallte mehr, als er sprach.

»Gaesbeeck meinte, ich sollte mal bei dir vorbeischauen. Du hättest Arbeit für mich.«

»Nicht hier, lass uns in meiner Werkstatt reden.«

»Hast du nun Arbeit für mich oder nicht?«, krakeelte Fabrist durch den Hausflur.

Carla schaute neugierig aus der Küchentür.

»Ah, die Dame des Hauses, nehme ich an. Willst du mich nicht vorstellen?«

Carla wandte sich wortlos von dem Maler ab. Sie hasste Männer, die nach Schnaps rochen.

»Dann eben nicht«, lallte Fabrist und folgte Piet nach hinten in die Werkstatt. Er ließ sich auf den Schemel vor der Linsenschleifmaschine fallen und drehte das Kurbelrad hin und her.

»Was ist das? Stellst du damit etwa deine Gläser her, aus denen du so ein großes Geheimnis gemacht hast?«

»Vorsichtig.«

Piet nahm Fabrist die Messingschale aus der Hand, stellte sie zurück auf den Schleifteller. Er musterte den Maler von oben bis unten. Wenn man behauptete, die Zeit heile alle Wunden und es würde im Leben immer weitergehen, saß vor ihm der glatte Gegenbeweis. Es ging eben nicht immer weiter.

Es gab Ereignisse im Leben, die einen Menschen binnen weniger Monate um Jahre altern ließen. Fabrist war ein Wrack.

»Hast du einen Schnaps für mich?«

»Es ist noch nicht einmal Abend.«

»Und wenn schon. Was schert mich der Morgen, der Mittag oder der Abend. Wenn du keinen Schnaps für mich hast, bin ich hier ganz schnell wieder weg.«

Piet legte Fabrist die Hand auf den Arm.

»Es tut mir leid, was passiert ist. Ich kann nachempfinden, wie schwer dir das alles fallen muss.«

»Gar nichts kannst du nachempfinden. Aber einen Schnaps könntest du mir jetzt endlich besorgen.«

»Warte einen Moment.«

Piet ging in die Küche und holte einen Krug Genever. Carla schüttelte missbilligend den Kopf.

»Du willst doch nicht etwa jetzt einen Schnaps trinken?«

»Nein, natürlich nicht. Der Schnaps ist für Fabrist.«

»Wer ist der Kerl. Was will er?«

»Ich habe dir doch von ihm erzählt. Er wird die Bilder für uns malen. Lass uns nachher darüber reden.«

Piet nahm den Krug an sich, ein Glas und ging zurück in die Werkstatt.

»Was soll ich mit einem Glas?«, raunzte Fabrist, »gib mir lieber den Krug.«

Gierig stürzte er einen großen Schluck Schnaps herunter, rülpste einmal laut und wischte sich danach mit dem Handrücken über den Mund.

»Also, was für eine Arbeit hast du für mich?«

Piet erklärte sich dem Maler äußerst langatmig und auch ein wenig umständlich.

»Es ist sehr wichtig, dass deine Zeichnungen genau dem entsprechen, was ich dir durch meine Gläser zeigen werde. Deine Zeichnungen müssen überaus exakt und maßstabgerecht sein. Wie ein Beweis, der keine Fragen offen lässt.«

»Du redest und redest. Jetzt zeig mir doch endlich, was du meinst. Tierchen im Essig, sagst du? Und auch im Wasser und zwischen den Zähnen? Du bist ja noch besoffener als ich. Zeig endlich her. Ich bin ein Maler, verstehst du? Als Maler muss ich die Dinge sehen, die ich malen soll.«

Piet reichte Fabrist eines seiner Mikroskope. Er hatte ein wenig Angst, dass er das Instrument fallen lassen könnte. Er hatte mittlerweile noch ein paar kräftige Schlucke aus dem Krug genommen. Etwas wackelig hielt er sich das Mikroskop vor sein Auge.

»Das soll ich malen? Diese kleinen Würmer, meinst du? Und die leben wirklich im Essig?«

»Ja.«

Fabrist grinste. Dann lachte er mit einem Mal wie irrsinnig geworden laut auf und schlug sich auf die Schenkel. Er konnte sich kaum einkriegen vor Lachen. Tränen rollten seine Wangen herunter, und der Rotz lief ihm aus der Nase.

»Unglaublich«, keuchte er. »Das ist wirklich ...« Er konnte seinen Satz vor lauter Lachen kaum zu Ende bringen.

»Was ist daran zum Lachen?«

»Das ist ... das ist wirklich ... nein, ich fasse es einfach nicht, das kann doch nicht ...«

Fabrist prustete schon wieder los. Ein Lachanfall folgte auf den nächsten – bis er sich endlich etwas beruhigte Er gab Piet das Mikroskop zurück und nahm einen weiteren kräftigen Schluck aus dem Schnapskrug. Dann sagte er, nun plötzlich völlig klar und ernüchtert: »Und ich Schwachkopf dachte wirklich, dass ich durch dich etwas lernen könnte.«

»Was meinst du?«

»Na ja, als Gaesbeeck damals erzählt hat, du seist äußerst bewandert auf optischem Gebiet, habe ich mir gedacht, deine Gläser könnten mir bei meiner Kunst vielleicht nützlich sein. Ich hoffte, durch deine Instrumente etwas über das Mysterium der Farben zu erfahren, wenn du verstehst, was ich meine. Über die Perspektiven, die richtige Geometrie und die Strukturen. Ich dachte, mit deinen Gläsern ließen sich die feinen Adern unter der Haut besser erkennen, die Konsistenz des Blaus am Himmel und das Geheimnis von werdendem Grün. Ich glaubte wirklich, du hättest für mich etwas noch Besseres als eine Camera obscura, um damit eine größere Genauigkeit in meine Bilder zu bringen. Und jetzt zeigst du mir dieses elende Gewürm. Einfach ekelhaft.«

»Nichts daran ist ekelhaft. Aber ich verstehe jetzt, warum du mich damals so vorteilhaft gemalt hast.«

»Ja«, grinste Fabrist bitter. »Etwas mehr Ähnlichkeit hätte ich in das Bild schon noch hereingebracht. Aber mein Gott, du hast so ein Brimborium aus deinen Gläsern gemacht. Ich dachte, ein wenig Schmeichelei könne nicht schaden, damit du mich ins Vertrauen ziehst und sie mir zeigst. Hätte ich gewusst, dass es dir um diese elenden Würmer im Essig geht, hätte ich mir die Mühe sparen können. Such dir einen anderen Maler.«

Fabrist stand auf.

»Warte. Ich brauche deine Hilfe nicht nur wegen der Animalcula. Es gibt da noch etwas anderes.«

Piet griff aus dem Kabinettschrank das lederummantelte Röhrchen, in dem er für Carla seine Geschichten ohne Worte präparierte. Sehr früh am Morgen hatte er ein paar Proben aus dem Kanal vor seinem Haus gefischt und eine sehr besondere Kleinigkeit darin entdeckt. Mit einem gewöhnlichen Pferdehaar, sehr viel Geduld und dem allergrößten Fingerspitzengefühl hatte er seinen Fund zwischen zwei Glasplättchen fixiert und auf dem Boden des Röhrchens befestigt. »Hier, schau dir das bitte noch an, bevor du gehst.«

»Noch mehr Würmer?«

»Nein, keine Würmer.«

Skeptisch nahm Fabrist das Röhrchen von Piet entgegen, hielt es gegen das Licht und blinzelte oben durch die kreisrunde Öffnung. Er sagte nichts. Nur sein Adamsapfel hüpfte jetzt unruhig über seinen Hals.

»Und?«

Fabrist sagte noch immer nichts. Konzentriert hielt er das Vergrößerungsglas weiter ins Licht gerichtet. Seine Lippen bewegten sich stumm, aber gleichmäßig. Es kam Piet so vor, als ob er zählen würde.

Fabrist zählte tatsächlich, erst die dünnen Linien auf der linken Seite, und dann auch auf die auf der rechten. Es waren genau zehn Linien, die den Kreis in gleich groß geschnittene, sehr spitzwinkelige Dreiecke teilten. In der Mitte des Kreises ließ sich ein kleineres Rund ausmachen, mit Zacken wie bei einem Zahnrad. Das Bild leuchtete in Gelb, Rot und Orange, und am Ende der Linien flossen die Farben in ein gleichförmig gemustertes Grün. Wie ein Wagenrad sah das Ganze aus, mit einer Nabe in der Mitte, von der die Speichen nach außen drängten. Es war ein Bild perfekter Symmetrie.

»Und?«, fragte Piet noch einmal.

»Was zum Teufel ist das?«

»Eine Alge. Von außen sieht sie aus wie ein grüner Entenschiss. Aber wenn man sie sorgsam präpariert und ihr fein gegliedertes Skelett säuberlich freilegt, dann sieht man genau das, was du jetzt gerade siehst.«

»Eine Alge, sagst du? Es ist wirklich nur eine Alge? Sie sieht aus wie ein Wagenrad. Nein, wie ein Kirchenfenster. Ja, wie das geheiligte Mosaik eines Kirchenfensters im Sonnenlicht.«

»Siehst du, genau das meinte ich damals, als ich dir davon erzählt habe, dass mich vor allem jene Dinge interessieren, die wir direkt vor unseren Augen haben, für die wir Menschen aber normalerweise blind sind. Betrachtet durch ein Vergrößerungsglas, öffnet sich uns eine fremde Welt, die zwar sehr klein, aber keineswegs bedeutungslos ist. Wir finden darin Algen, die wie Kirchenfenster anmuten, Blumen, die uns an eine Insel im Meer denken lassen, und auch noch so einiges mehr.«

»Willst du damit sagen, dass du noch mehr von diesen Ansichten besitzt?«

»Ja, und ich will, dass du auch davon Bilder für mich malst. Davon und von den Animalcula.«

Fabrist gab Piet das lederummantelte Röhrchen zurück.

»In Ordnung«, sagte er. »Ich male dir deine gottverdammten Würmer. Du wirst mich anständig dafür bezahlen, aber die Kirchenfenster male ich dir umsonst.«

So kam Piet mit Fabrist an diesem Tag überein, dass er ihn von nun an regelmäßig in seiner Werkstatt aufsuchen sollte, um seine Entdeckungen zu dokumentieren. Und so entstanden fortan zwei sehr verschiedene Ansichten vom Mikrokosmos: die mehr oder weniger nüchternen Schwarz-Weiß-Zeichnungen der Animalcula, die den gelehrten Herren in London beweisen sollten, dass er alles andere als ein Spinner war. Und die farbenprächtigen Bilder von aufgeschnittenen Blütenblättern, Pollen, Farnen, Pilzen und Algen, die Piet von diesem Tag an Carla schenkte.

-18-

»Hoch, Männer, hoch in die Marsen mit euch!«

Koehlbier stand vorne am Bug und schätzte die Kraft des Gegners ab. Schon am frühen Nachmittag waren die dunklen Vorboten am Himmel zu erkennen gewesen. Erst nur ein paar vereinzelte Wolken, aber dann immer mehr davon. Sie ballten sich am fernen Horizont zu einer blau-grauen Wand zusammen. Aus der Entfernung betrachtet, sah es beinahe so aus, als würde ein Feldherr seine Soldaten zur Schlacht sammeln.

»Los, ihr Hundsfotte, habt ihr nicht gehört? Rauf mit euch! Refft mir die Segel!«

Der Offizier trieb die Männer zur Eile an. Koehlbier stand noch immer vorne am Bug. Er scherte sich nicht darum, was hinter seinem Rücken vor sich ging. Unverwandt starrte er auf die sich langsam aufschaukelnde See.

»Er sollte besser beidrehen«, raunte August Karlmann zu. »Das sieht nicht gut aus, gar nicht gut.«

Karlmann überschlug nun zum ersten Mal die Plätze in den Rettungsbooten und hoffte, dass sie keinen Gebrauch davon machen mussten.

Vielleicht überlegte Koehlbier tatsächlich noch, beizudrehen und den Sturm in großem Bogen zu umfahren. Aber als sich die Wolken dann nicht nur im Süden, sondern auch im Westen und Osten zu elendig hohen Gebirgen zusammenzogen und ein Ausweichmanöver zwecklos erschien, gab er Befehl, direkten Kurs auf die dunkle Wand im Süden zu nehmen.

»Mannomann, das wird kein Spaß«, seufzte August.

In der hereinbrechenden Dunkelheit stiegen sie nach unten, um die Luken zu schließen. Schweigend krochen die Männer in ihre Hängematten. Selbst unter Deck hörte Karlmann, wie der Wind da draußen an Stärke zunahm.

»Meinst du, wir kommen hier heil wieder raus?«

August, sichtlich um Zuspruch bemüht, sagte nur: »Warten wir's ab. Aber heute Nacht wird ein richtiger Seemann aus dir.«

Karlmann verzog sein Gesicht zu einem schiefen Grinsen. Das Schiff ächzte wie ein verletztes Tier. Jedes Mal, wenn eine neue Welle sie traf, knarzte es im Gebälk so laut, als würde der Rumpf gleich unter ihnen auseinanderbrechen. Aber da war der Sturm gerade mal ein laues Lüftchen. Erst mitten in der Nacht brach das Unwetter mit voller Gewalt los. Die *Niewalcker* schlingerte jetzt wie ein Stück Treibholz über den großen Ozean. Ein paar Männer fielen aus ihren Hängematten, als sich der Dreimaster bedrohlich auf die Seite legte. Kisten und auch alles andere, was nicht fest verzurrt war, krachten durch den Bauch des Schiffs. Nur mit größter Mühe gelang es Karlmann, seine Magensäfte bei sich zu behalten. Er hatte Angst, eine Scheißangst sogar, als der Oberbootsmann die Männer erneut auf Deck befahl.

»Hoch mit euch, ihr Saukerle. Alle Mann auf Deck!«

Karlmann klapperte mit den Zähnen und biss sich die Lippen blutig. Oben schlug ihm die kalte Gischt ihre nassen Ohrfeigen ins Gesicht. Die Blitze erhellten den Nachthimmel für Bruchteile von Sekunden. Karlmann sah die

Wellen, die auf sie zurollten, eine höher noch als die andere. Auf den Schaumkronen schimmerte das Wasser gelblich-grün. Wie eine böse Schlange streckte ihm das Meer seine giftige Zunge entgegen.

Koehlbier brüllte über das Deck, aber der Sturm brüllte noch sehr viel lauter. Die See unter ihnen brodelte wie ein Topf unter Feuer. Als sie eine schwere Bö von Backbord erwischte, meinte Karlmann, den Atem Gottes in seinem Nacken zu spüren. Und dann, als er schon sicher war, viel schlimmer könne es jetzt nicht mehr werden, durchzuckte ein neuerlicher Blitz den Nachthimmel, heller und länger noch als alle anderen Blitze zuvor. Da sah er plötzlich diese Mauer aus Wasser vor sich aufragen, noch ein ganzes Stück entfernt, aber doch schon viel zu nah. Eine senkrechte Front, höher als jeder Kirchturm, den Karlmann je zu Gesicht bekommen hatte. Ein Kaventsmann, so bedrohlich wie ein Ungeheuer aus der Hölle.

Koehlbier ließ die *Niewalcker* jetzt noch weiter in den Wind drehen. Die Segel knallten unter seinem Kommando laut wie Geschützfeuer. Jedes Stück Tuch war nun ein Tuch zu viel. Sie segelten geradewegs in ihr Unglück hinein. Daran zweifelte Karlmann keinen Augenblick. Dieses Monster vor ihnen war das Letzte, was er von dieser Welt zu sehen bekommen würde. Diese riesige Welle war sein nasses Grab. Ganz bestimmt.

»Los, Männer, schnell rauf in die Marsen«, schrie der Offizier am Großmast.

Die meisten Matrosen gingen in Deckung, damit sie sein Befehl nicht ereilte. Fast jeder versteckte sich ängstlich hinter seinem Vordermann. Keiner wollte freiwillig da raufklettern, auch Karlmann nicht. Er hielt sich eng hinter August gedrängt.

»Lass los, mein Junge. Irgendwer muss da rauf, wenn wir nicht alle ersaufen wollen.«

Karlmann schaute August hinterher, wie er mit ein paar anderen Matrosen hoch in die Takelage stieg, um noch mehr Segeltuch abzuschneiden. Sie waren gerade erst bis zum zweiten Querbalken gelangt, da fegte es auch schon zwei der Männer von den Rahen. Karlmann hörte ihre entsetzten Schreie, als sie kopfüber ins Meer stürzten. Er schloss die Augen, betete für August und auch für sein eigenes Leben.

Selbst August, dem auf See wenig fremd war, zitterte am ganzen Leib, als er wieder auf den Planken neben ihm landete und sie die große Welle erfasste. Koehlbier stand hinten am Besanmast, riss das Ruder an sich und steuerte sie geradewegs in diese Wand aus Wasser hinein. Immer höher stieg das Schiff nach oben. Wie ein scheuendes Pferd bäumte sich die *Niewalcker* auf ihrem Hintern dem Nachthimmel entgegen.

Die Matrosen an Deck sanken jetzt auf ihre Knie. Selbst die Offiziere vergaßen ihren Rang und hockten sich neben die Mannschaft auf die Planken. Sie alle beteten wie Brüder miteinander, während sich ein Schwall Wasser nach dem anderen über das Deck ergoss. Nur Koehlbier stand unverdrossen am Steuerrad und lenkte das Schiff den Wellenberg hinauf. Höher, immer höher.

»Wenn uns dieser Brecher nicht umwirft, wartet dahinter die Hölle auf uns.«

»Dann gnade uns Gott.«

»Wir werden alle krepieren.«

Die Männer flennten wie die kleinen Kinder, und nicht wenige machten sich in die Hose. Bald jeder an Bord hatte mit seinem Leben längst abgeschlossen, als die *Niewalcker* die Krone der Welle endlich erreichte, über der fauchenden Gischt noch ein bisschen hin und her schaukelte und dann, wie vom Blitz getroffen, runter in das tiefe Tal rauschte.

»Er schafft es. Ganz bestimmt schafft er es.«

Karlmann flehte, dass August recht behielt, und klammerte sich noch enger an ihn. Der Bug war kaum noch zu sehen und die Luft geschwängert von Salzwasser. Karlmann bekam kaum noch Luft. Ihr Schiff, das sich gerade eben noch beinahe rückwärts überschlagen hätte, drohte nun vornüber zu kentern. Tief, immer tiefer tauchte der Bugspriet in die Fluten, bis der Spuk ganz urplötzlich ein Ende nahm. Als die *Niewalcker* das Wellental erreichte, blies ihnen der Wind zwar noch immer sehr ordentlich entgegen. Aber zumindest dieses Ungeheuer hatten sie nun besiegt.

Die Männer erhoben sich von den Planken und zollten Koehlbier Beifall für seinen Mut. Gegen Morgengrauen, als das Schlimmste überstanden war, gab es für jeden an Bord ein Pinnchen Branntwein. »Mannomann«, prostete August Karlmann zu. »Das war knapp, ziemlich knapp. Aber jetzt darfst du dich endlich einen richtigen Seemann nennen.

-19-

Mit Maartens Geburt änderte sich das Leben in der Hippolytusbuurt langsam, aber unaufhaltsam. Piet spürte die Veränderung sehr wohl, aber es störte ihn nicht, dass nun der traute Trott der Gewohnheit unter ihr Dach einzog. Auch die Gewohnheit, fand er, hatte durchaus ihre guten Seiten. Ruhig und verlässlich flossen die Tage nun dahin. Am Morgen öffnete er mit Carla seinen Tuchladen, gegen Mittag nahmen sie eine leichte Mahlzeit ein, und am Abend saßen sie noch immer an ihrem Tisch in der Küche beieinander. Nur die Inhalte ihrer Gespräche drehten sich nun um andere Angelegenheiten.

Es ging nicht mehr um Pan Gu, den Riesen, der aus seinem linken Auge die Sonne gemacht hatte und aus seinem rechten den Mond. Diese Art von Geschichten hatte Piet mittlerweile alle erzählt. Carla wusste um seine armselige Kindheit in Delft, den Selbstmord seines Vaters und die Hölle von Deventer. Sie hatte geweint, als er die Narbe in seinem Nacken vor ihr entblößte.

Dass aus Piet trotz dieser Grausamkeiten, die er als Kind hatte erleiden müssen, ein so liebevoller Mensch geworden war, erstaunte Carla bis heute. Sanftmut setzte ihrer Ansicht nach voraus, dass einem diese erfreuliche Eigenschaft menschlichen Seins selbst widerfahren sein musste, um sie anderen schenken zu können. Was war ihre eigene Kindheit in Lissabon doch glücklich und behütet gewesen gegen die seine. Wie hatte er es bloß geschafft, seinen Hass zu besiegen? Jeder Hund, der getreten wurde, biss wild um sich, wurde misstrauisch und böse. Nicht aber Piet. Carla bewunderte ihn an so manchen Tagen für seine Kraft, die ihn diese alten Geschichten hatten, vergessen lassen.

Aber auch davon sprachen die beiden am Abend nur noch sehr selten. Sie unterhielten sich stattdessen nun über die alltäglichen Dinge des Lebens. Dass die Dachrinne an der Front des Hauses baldmöglichst gerichtet werden sollte. Dass sie für die neue Stofflieferung, die sie in der nächsten Woche erwarteten, unbedingt noch mehr Platz im Lager schaffen mussten. Und natürlich auch darüber, dass Maarten ein ganz wunderbarer Junge sei.

»Heute hat er sein erstes Wort gesprochen«, sagte Carla eines Abends. Sie saßen am Tisch in der Küche und hatten ihre Mahlzeit gerade beendet, gefülltes Rebhuhn mit frischen Pilzen.

»Was hat er gesagt?«

»Rate mal.«

»Er hat bestimmt Mama gesagt. Und dass du eine ganz wunderbare Köchin bist.«

»Nein, sein erstes Wort war Licht. Ich habe ihm gerade eben, du warst noch in deiner Werkstatt beschäftigt, sein Schlaflied vorgesungen. Und als ich die Kerze dann gelöscht habe, weil ich glaubte, er sei schon eingeschlafen, hat er Licht gesagt. Da habe ich die Kerze noch einmal für ihn entzündet. Und dann hat er es noch einmal gesagt: Licht. Einfach nur Licht.«

»Hast du die Kerze brennen lassen?«

»Mach dir keine Sorgen. Ich gehe gleich noch einmal hoch zu ihm und lösche sie.«

»Nein, lass die Kerze ruhig noch ein wenig brennen. Licht ist ein gutes erstes Wort. Es steht für Wahrheit und Aufrichtigkeit. Das Licht selbst wirft keinen Schatten. Sei nicht traurig. Bestimmt wird Mama sein zweites Wort sein. Denn du bist das Licht seines Lebens.«

»Das hast du schön gesagt. Aber jetzt schaue ich besser noch einmal zu ihm nach oben.«

»Ja, geh nur, ich komme auch gleich.«

Piet hatte sich mit der Zeit daran gewöhnt, seine Liebe zu Carla vor den Augen der Welt zu verbergen. Er drängte sie schon lange nicht mehr, ihn doch endlich zu heiraten. Er war sich ihrer *Liebe hinter den geschlossenen Fenstern* nun ganz sicher, auch ohne Hochzeit. Oft, wenn sie gemeinsam zu Abend gegessen hatten, verschwand er noch für ein paar Stunden in seiner Werkstatt, während Carla über die Träume ihres Sohnes wachte.

Maarten war ein sehr zufriedenes Kind, schon vom Tag seiner Geburt an. Er war mit einem Lächeln auf die Welt gekommen und hatte es bis heute nicht verloren. Er quengelte nicht, weder am Tag noch in der Nacht. Selten weinte er wie andere Kinder aus unverständlichem Grund. Selbst in jenen Tagen, als ihm seine ersten Backenzähne aus dem Kiefer brachen, brüllte er nicht nächtelang vor Schmerz. Wenn ihn Carla an ihre Brust legte und in ihren Armen wiegte, so, wie sie sich selbst einst in den Wellen des Meers vor Figueira da Foz gewogen hatte, schlief Maarten selig ein. Und wenn er aus seinen Träumen dann erwachte, erfreute er sie jedes Mal mit einem beherzten, freudigen Lachen.

Tagsüber, wenn Carla vorne im Laden die Kundschaft bediente – Piet ließ sie auch dort nun häufiger alleine und verkroch sich in seiner Werkstatt –, krabbelte Maarten zu ihren Füßen auf allen vieren über den Boden und spielte mit den bunten Garnrollen. Wenn Carla dann zum Groote Markt aufbrach, um ihre Einkäufe zu erledigen, nahm sie ihn auf den Arm und schloss den Tuchladen für eine oder zwei Stunden, weil sie spürte, dass Piet in seiner Werkstatt nicht gestört werden wollte.

Auch sie selbst störte ihn dort niemals. Manchmal fragte sich Carla natürlich, was er die ganze Zeit über da hinten trieb. Aber sie bohrte nicht nach. Sie wollte nicht misstrauisch sein, weil auch er es nicht war. Carla wollte Piet nicht enttäuschen. Die Narbe, die er in seinem Nacken trug, war schon eine Narbe zu viel. Und so blieb sie auch mit ihrem Kummer die meisten Tage allein.

So viele Briefe hatte sie nun schon nach Lissabon gesandt. Und auf keinen davon je eine Antwort erhalten. Carla quälte die Ungewissheit mehr noch, als wenn sie endlich Gewissheit gefunden hätte. Häufig dachte sie noch an Menasse ben Israel zurück. Was, wenn ihre Eltern nun doch in die Fänge der Inquisition geraten waren? Mit Piet wollte sie nicht länger darüber reden. Was hätte er dazu auch noch sagen sollen? Außer das, was der Rabbi in Amsterdam schon zu ihr gesagt hatte. Dass ihren Eltern bestimmt nichts Böses widerfahren sei. Und dass sie sich keine Sorgen machen solle. Was die Menschen halt so sagen, wenn sie keine Antwort kennen.

Nur wenn ihr Piet dann wieder eines seiner Bilder schenkte, die sie früher bloß durch das lederummantelte Röhrchen bestaunt hatte und die Fabrist nun in seinem Auftrag auf Leinwand bannte, vergaß Carla ihre Sorgen für ein paar Tage. So zauberhaft waren diese Ansichten aus dem Mikrokosmos, voller Harmonie und Symmetrie. Alles andere trat für sie in den Hintergrund, wenn sie diese Bilder betrachtete. Oft erklärte ihr Piet, dass es sich nur um die vergrößerten Ansichten von Espen- oder Weidenblättern handelte, doch Carla sah jedes Mal sehr viel mehr darin.

Die filigranen Verzweigungen der Blätter, so anmutig parzelliert, wie ein Vogel die Felder der Bauern in seinem Flug wohl von oben sehen musste, ließen sie davon träumen, sich in die Lüfte zu schwingen und das Land einmal vom Himmel aus zu betrachten. Gewöhnliche Moosgeflechte streckten sich ihr wie Kinderhände entgegen. Und die Schneeflocken funkelten wie Sterne, nicht so flüchtig, wie sie in der Wirklichkeit dahinschmolzen.

Die Bilder waren alle von der gleichen Größe, etwa zwanzig mal zwanzig Zentimeter im Quadrat. Carla hängte sie oben in ihrem Zimmer so dicht nebeneinander, dass das Blau der Wände mit der Zeit immer weniger wurde. Jedes Mal, wenn Piet ihr ein neues seiner Bilder schenkte, hoffte Carla, ihr Kummer werde sich mit der Zeit schon legen. Aber das stimmte nicht. Mit jedem Tag, mit dem Maarten älter wurde, quälte sie die Erinnerung noch etwas mehr. Sie wehrte sich dagegen, aber die Kette der Vergangenheit zerrte an ihr wie ein gefräßiges Tier. Wenn Carla die Bilder an den Wänden dann betrachtete, dachte sie oft: Wäre mein Leben doch nur ebenso geordnet, harmonisch und ausgewogen.

Maarten war noch kleiner Junge, als er Carla jene Frage stellte, die er irgendwann stellen musste.

-20-

Nach achtzehn Monaten auf hoher See hatte Karlmann Batavia endlich erreicht. Hinter ihm lagen schwerste Unwetter, wochenlange Flauten und Tage mit Dauerregen, der so heftig und ausgiebig niederging, dass Hemd und Hose in der feucht-schwülen Luft unter Deck gar nicht mehr trocknen wollten.

Die Stürme waren nicht das Schlimmste gewesen. Zwar hatte Karlmann dafür mit reichlich Magenmaut bezahlt, doch mittlerweile hielt er die Flauten für weit gefährlicher. Lange bevor sie in Kapstadt ankerten, saßen sie fast drei Wochen in den Kalmen fest. Die Sonne brannte glühend heiß auf sie herunter, und das Meer war zäh wie Lebertran. Anfangs freute sich Karlmann noch darüber, dass seine Sachen nun endlich trockneten. Aber als nach einer Woche noch immer kein Wind aufzog und sich die Männer an Bord um einen Platz im Schatten zu prügeln begannen, wurde auch ihm diese Flaute langsam unheimlich.

Koehlbier ließ das Wasser rationieren. Es gab für jeden Mann nur noch eine Kelle am Morgen und eine am Abend. Aber das reichte vielen nicht. Bald schon ließen die ersten Matrosen in der Nacht heimlich ihre Eimer ins Meer und tranken von dem Salzwasser. Karlmann war August noch immer dankbar dafür, dass er ihn davon abgehalten hatte.

»Trink deine eigene Pisse, wenn du es nicht mehr aushältst«, hatte ihn August gedrängt, »aber trink niemals von dem Salzwasser. Versprich mir das.«

Die Männer, die es trotzdem taten, büßten fürchterlich dafür. Ihre Gliedmaßen schwollen an, und ihr Durst wurde noch unerträglicher. Nach zehn Tagen litt fast jeder an Bord an einer bösen Krankheit: Krätze, Fieber, juckenden Grind oder Durchfall.

Auch Karlmann wurde krank. Erschöpft dämmerte er in seiner Hängematte vor sich hin. Er wusste nun, warum die Seeleute dieses Leiden *Faulkrankheit* nannten. Seine eigenen Beine wollten ihm nicht länger gehorchen. Sein Zahnfleisch ging zurück, und er hatte schon bald schwarzes Blut im Mund. Wäre August nicht gewesen, hätte er Batavia wohl niemals erreicht.

Jeden Morgen und jeden Abend träufelte ihm August von seiner eigenen Ration etwas Wasser auf die Lippen und schnitt ihm, als es gar nicht mehr anders ging, die Geschwüre vom Leib. Die Narben davon waren noch immer zu sehen. Erst in Kapstadt, wo die Compagnie ein Fort mit Lagerhäusern und ein Hospital unterhielt, kehrten Karlmanns Lebensgeister langsam wieder zurück.

Koehlbier ließ frisches Obst und Gemüse an die Männer verteilen, und bald konnte auch Karlmann sein Krankenlager verlassen. Etwas tattrig zwar, aber lebendig. Als er draußen das erste Mal wieder auf seinen eigenen Beinen stand, schloss er die Augen und zog die frische Luft tief in seine Lungen. Und als er die Augen dann öffnete, fühlte er sich wie neugeboren.

Das Licht Afrikas tauchte die Welt in andere, ihm bis dahin völlig unbekannte Farben. Das Grün war satter, das Blau strahlender und das Braun viel wärmer als zu Hause in Amsterdam. Es kam Karlmann beinahe so vor, als wäre die Welt hier unten gerade neu gestrichen worden. Niemals zuvor hatte er so leuchtende, unverschämt gesunde Farben gesehen. Zum ersten Mal in seinem Leben machte er nun Bekanntschaft mit Seehunden, Leoparden, Elefanten – und schwarzen Menschen.

Die erste Schwarze, die Karlmann am Kap über den Weg lief, trug nur eine Art Rock um den Leib. Ansonsten war sie völlig nackt. Ihre Haut glänzte ebenmäßig und dunkel wie Kohle. Selbst ihre Brustwarzen waren schwarz. Auf ihren nackten Oberarmen steckten Reifen aus Perlen, und auch an ihren Füßen klimperte der Schmuck. Niemand schien von ihrer Nacktheit groß Notiz zu nehmen außer ihm selbst. Karlmann hatte noch nie eine Frau so entblößt über die Straße laufen sehen. Selbst die Huren in Amsterdam wirkten züchtig und schamhaft gegen sie.

Tagsüber zog Karlmann mit August nun hinauf auf den Tafelberg, um Springböcke zu schießen oder Holz zu schlagen. Von einem Baum, dessen Rinde muffelte wie Kot, erzählten die Männer, dass in dieses Holz niemals ein Wurm hineingehen würde und es sich deshalb auch ganz hervorragend dazu eigne, um einen Knüppel daraus zu schnitzen. Das taten sie dann auch und machten unten am Strand Jagd auf die Robben.

Die Brutalität mancher Matrosen war grenzenlos. Aus purem Vergnügen häuteten sie eine Robbe bei lebendigem Leib und schauten dann dabei zu, wie das blutende Tier unter klagendem Gebell zurück zu seiner Herde kroch.

Insgesamt drei Monate verbrachten sie am Kap. Die *Niewalcker* lag in der Werft zur Reparatur. Am Rumpf waren ein paar größere Ausbesserungsarbeiten zu erledigen. Manchmal, wenn Karlmann nichts anderes zu tun hatte, stieg er allein auf den Tafelberg hinauf und schaute von dort oben über das Meer. Er dachte dann an Amsterdam zurück und fragte sich, ob er wohl jemals wieder nach Hause käme. Nur an den Tagen, *wenn der Tisch gedeckt* wurde – so nannten sie es hier, wenn ein heftiger Südostwind auffrischte und vom Horizont her die weißen Wolken auf den Tafelberg zutrieben –, blieb er mit August im sicheren Fort. Er dachte dann an die Stürme, die ihm selbst noch bevorstanden.

Die Überfahrt nach Batavia verlief dann allerdings erstaunlich ruhig. Koehlbier ließ Kurs auf fünfunddreißig Grad südlicher Breite nehmen, steuerte gut tausend Seemeilen ostwärts, und so erreichten sie schließlich die Stadt, von der Johannes Esterhaaz, Karlmanns Retter und Seelenverkäufer, ihm vor seiner Abfahrt in Amsterdam prophezeit hatte, dort würde das Meer funkeln wie pures Gold. Und dass er nur seinen Eimer hineinhalten müsse, um reich zu werden.

Die Wirklichkeit indessen sah sehr viel anders aus. Als die *Niewalcker* im Februar 1656 endlich Batavia erreichte, war außer Karlmann keiner der vier Männer, die Esterhaaz an die Ostindien-Kompanie vermittelt hatte, mehr am Leben.

-21-

»Komm, mach nicht so ein Gesicht. Wir sind endlich da. Lass uns feiern.«

Karlmann folgte August von Bord. Sie gingen über das Pier in Richtung Rotterdam-Tor. Es gab auch noch das Neue, das Deutsche und das Utrechter Tor. Wäre es nicht so unerträglich heiß und schwül gewesen, hätte Karlmann beinahe geglaubt, er sei wieder zu Hause. Batavia war nach dem Vorbild holländischer Städte von Grachten und Kanälen durchzogen. Auch die Häuser selbst wirkten auf ihn seltsam vertraut. Die meisten waren aus roten Ziegelsteinen gemauert, verziert mit hohen Katzentreppen zur Straßenfront hin. Nur stanken die Kanäle hier wie dreckige Sumpflöcher. Und die Menschen auf den Straßen sahen alles andere als holländisch aus. Natürlich begegneten sie hier und dort ein paar Landsleuten, aber mehr noch mischten sich Schwarze, Javaner und Chinesen in den Straßen. Ja, vor allem Chinesen.

»Die Schlitzaugen sind hier das, was bei uns zu Hause die Juden sind«, erklärte ihm August im Weitergehen. »Die meisten wohnen in der Vorstadt. Sie handeln mit allem, was du dir vorstellen kannst. Sie sind durchtrieben und schlau. Am Anfang bieten sie dir einen Tee an, sind freundlich und zuvorkommend, aber am Ende ziehen sie dich über den Tisch.«

Am Bananenmarkt stoppte August und kaufte bei einem Händler zwei Portionen Reis und etwas Obst. Sie setzten sich auf den Boden in den Schatten eines Palmbaums.

»Schmeckt's?«

»Hhm«, brummte Karlmann. »Ehrlich gesagt, wäre mir ein anständiger Matjes jetzt lieber.«

»Wirst dich schon noch dran gewöhnen.«

Sie hatten noch nicht zu Ende gegessen, als vom Rand des Marktplatzes lautes Geschrei ertönte. Ein großer Schwarzer hetzte auf den Platz zu und trieb eine paar Leute vor sich her. In seiner Hand hielt er eine lange Klinge, die wie eine gewundene Schlange in der Sonne leuchtete.

»Amok! Amok!«

August aß in aller Seelenruhe weiter.

»Den haben sie gleich«, sagte er. »Wirst schon sehen, den flechten sie aufs Rad, und dann pfählen sie ihn. Auch daran wirst du dich gewöhnen.«

Der Schwarze schrie noch immer: »Amok! Amok!«

»Was schreit der Kerl?«

»Schlag tot«, schreit er. »So heißt das bei ihnen: Amok.«

»Aber warum ...?«

»... warum er das macht, willst du wissen? Aus Rache. Wenn du erst mal siehst, wie sie mit ihren Sklaven hier umspringen, wirst du ihn sogar verstehen. Sie behandeln diese Menschen wie Viehzeug. Natürlich sind das allesamt Heiden, was man ja schon daran erkennt, dass Gott sie nicht weiß gemacht hat, aber es sind doch immerhin Menschen und keine Hunde. Sie müssen nur falsch gucken, und schon werden sie aufrecht an eine Leiter gebunden und mit dem Rohr so lange geschlagen, bis ihnen die Haut in Fetzen herunterhängt. Ich weiß nicht, ob es an der Sonne liegt, die den Charakter verdirbt, ob sie es einfach nur aus Langeweile tun oder weil ihnen die absolute Befehlsgewalt den Kopf verdreht hat. Auf jeden Fall führen sich die Frauen der Räte hier wie die schlimmsten Furien auf. Sie sind allesamt prunksüchtig und in höchstem Maße grausam. Sie beklatschen jeden Peitschenschlag, wenn einer ihrer Sklaven auf die Leiter gebunden wird. Mit ungeduldiger Gier warten sie darauf, bis er tot umfällt und ihr Gatte ihnen danach einen neuen Sklaven kauft. *Henkerchen spielen* nennen sie das.«

Der Schwarze lag jetzt am Boden, überwältigt von der Menge, auf die er eben noch eingestochen hatte. Vier oder fünf Leute hatte er mit seinem Messer erwischt. So genau ließ sich das aus der Entfernung nicht erkennen.

»Wo bringen sie ihn hin?«

»Zum Rathaus oder vielleicht auch ins Fort. Sie werden ihn lebendig verbrennen. Oder auf einen ihrer Pfähle spießen, bis ihm das spitze Eisen oben aus dem Kopf herauskommt. Er wird dabei noch nicht einmal schreien. Er ist betäubt vom Opium. Und er hat erreicht, was er wollte. Er wird den Tod gerne auf sich nehmen, weil die Qualen für ihn nun ein Ende haben.«

In den nächsten Wochen erlebte Karlmann einige dieser Exekutionen selbst mit. Es verging kaum ein Tag in Batavia ohne ein solches Strafgericht. Er hatte mit August seine Unterkunft nahe dem Fort auf dem Vierkant bezogen und tagsüber, bis auf ein paar Hilfsdienste im Hafen oder in den Lagerhäusern, nichts zu tun.

Schon zur Mittagszeit saßen die Kaufleute unter den schattigen Veranden ihrer Häuser und dösten dem Abend entgegen. Ihre Köpfe hatten sich die meisten wegen der Hitze kahl rasieren lassen. Nur zu ihren Amtsgeschäften trugen sie Perücken. Ansonsten spazierten sie, bloß angetan mit einer Hose, einer leichten Weste und einer weißen Mütze auf dem Kopf, durch die Gassen.

Wenn ihre Frauen mit ihren pompösen Kutschen durch die Stadt rollten, gezogen von aufgeputzten Pferden und verborgen hinter Türschlägen, die mit Spiegelglas eingefasst waren, musste Karlmann achtgeben, dass sie ihn nicht überfuhren. Ein Matrose wie er zählte in einer Stadt wie Batavia nicht viel. Wer das Pech hatte und im Hospital daniederlag, kam meistens nur tot wieder heraus. Von den dreiundvierzig Seeleuten, die sie bei ihrer Ankunft dort eingeliefert hatten, sah Karlmann nur zwei Matrosen lebendig wieder. Entweder sie starben an der mangelnden Kunst der Ärzte, oder die Wärter gaben ihnen den Rest.

»Sie ersticken dich im Hospital mit einem Kissen, und dann plündern sie dich aus.«

Das hatte ihm August noch am Tag ihrer Ankunft in Batavia erzählt und ihn beschworen, bloß nicht noch ein weiteres Mal krank zu werden.

»Auf der *Niewalcker* konnte ich dir helfen, aber hier im Hospital kann ich nichts für dich tun. Also gibt bloß acht, dass du mir nicht noch einmal krank wirst.«

Das war allerdings einfacher gesagt als getan. Es lag nicht nur an der mörderischen Hitze, die Karlmann zu schaffen machte. Es waren die Ausdünstungen Batavias, die dem Tod hier reiche Beute bescherten. Über den Wassergrachten, die dreckigen Schlammlöchern glichen, waberte der Gestank aus Schlick und Sumpf. Und darüber summten die Mücken zu Hunderttausenden.

Achtundvierzig Stiche hatte Karlmann erst heute Morgen auf seinem Körper gezählt, dicke Pflatschen, einer juckender als der andere. Den ganzen Tag über hatte er sich blutig gekratzt und sein Schicksal verflucht. Karlmann wollte einfach nur noch weg aus Batavia.

Koehlbier hatten sie seit ihrer Ankunft nicht mehr zu Gesicht bekommen. Es hieß, er ließe es sich in einem Landhaus irgendwo außerhalb der Stadt gut gehen, dort, wo die Luft sauberer war und einen die Mücken nicht so sehr piesackten. Die *Niewalcker* lag noch immer in Onrust zum Kalfatern, und der Tag ihrer Heimreise war keinem bekannt. Selbst August, der sonst über alles Bescheid wusste, hatte keinen blassen Schimmer, wann sie endlich wieder die Anker lichten würden.

Karlmann ging die große Hauptstraße hinunter in Richtung Fort, wo die Gouverneure und Großkaufleute residierten. Unter den Vordächern saßen ihre Weiber an kleinen Tischchen zusammen und tratschten. Zu ihren Füßen brannten flache Kerzen, deren Duft die Mücken fernhielt. Und fast jede von ihnen hielt ein Sklavenkind in den Armen. Ständig hatten sie diese kleinen schwarzen Kinder bei sich. Sie behandelten sie wie Spielzeuge, nahmen sie überall hin mit und verhätschelten sie mehr noch als ihre eigenen Kinder. Irgendwie hatte die Sonne hier allen den Verstand geraubt. Sie putzten ihre schwarzen Lieblinge heraus wie Puppen, aber ihre Väter ließen sie mit Freude auf die Leiter binden.

Es war zum Verrücktwerden. Überhaupt, dieses bunte Gemisch aus *Halb-und-halb-Kindern*, die alle nicht ganz richtig im Kopf waren, weil die Holländer mangels weißer Frauen hier untereinander Inzucht trieben. Dann gab es noch die Kinder des *bunten Adels*, die man auch *ungebleichte Dongris* nannte, weil sie weder richtig weiß noch richtig dunkel waren. Und dann natürlich auch die nackten Javaner, die ständig ihren Kris im Gürtel trugen, den sie mit dem gelblichen Saft der Geckos beschmierten, um ihren Feinden damit zwar keine tödlichen, dafür aber unheilbare Wunden zuzufügen.

Karlmann sehnte sich zurück nach Amsterdam, wo die Sonne einem nicht die Haut verbrannte und die Frauen keinen Betel spuckten. Einmal hatte er von dem Zeug selbst probiert, drei Blätter mit etwas Kalk vermischt. Der Betel hatte auf seiner Zunge geprickelt, den Mund und auch seinen Atem angenehm erfrischt. Aber seit er wusste, dass man auf Dauer fürchterlich schwarze Zähne von dem Kraut bekam, ließ er die Finger davon.

Kaum eine Frau in Batavia hatte weiße Zähne. Dass die Huren in der Stadt als Zeichen ihrer Zuneigung den Matrosen ihre Beteldose anboten, ging ja noch in Ordnung. Aber dass sie, wie ihm August standhaft versicherte, einem als Zeichen ihrer allergrößten Gunst das Zeug in den Mund spuckten, ging für Karlmanns Geschmack eine Spur zu weit. Welche Hure in Amsterdam hätte es schon gewagt, einem Mann ihren Kautabak in den Mund zu spucken? Nein, er wollte einfach nur noch weg von hier.

Als Karlmann am Abend zurück ins Lager kam, erwartete ihn August schon. Er saß auf seiner Pritsche und flickte seine Jacke. Draußen vor der Baracke, in der sie zu fünfzig Mann schliefen, setzte schon wieder dieser grässliche Regen ein, der die Straßen in Schlammbäder verwandelte, die Luft aber kaum abkühlte. Träge ließ sich Karlmann auf seine Pritsche fallen.

»Neuigkeiten?«

»Kann man wohl sagen.«

»Was ist los?«

»Morgen soll die *Niewalcker* aus Onrust zurückkommen.«

Karlmann sprang auf und schlug August auf die Schulter.

»Na endlich. Das nenne ich mal gute Neuigkeiten. Dann kommen wir bald wieder nach Hause.«

August befeuchtete den Faden mit etwas Spucke und führte ihn gekonnt durch das Nadelöhr. Dann nähte er ruhig weiter, um den Riss am Ärmel auszubessern.

»Freust du dich denn gar nicht?«

»Hhm.«

»Was ist los? Rück schon raus mit der Sprache.«

»Es geht nicht nach Amsterdam. Wir laden Arrak und segeln rüber nach Bengalen. Wenn wir in Chinsurah fertig sind, kommen wir zurück nach Batavia. Du wirst dich also noch etwas gedulden müssen, bis du wieder zu Hause bist.«

»Aber das können sie doch nicht machen.«

»Du weißt doch, wer auf unserem Schiff das Kommando führt. Koehlbier und sonst keiner.«

»Wie lange wird es dauern?«

»Kommt drauf an.«

Karlmann sackte zurück auf seine Pritsche. Jetzt saßen sie schon volle sechs Monate in Batavia fest. Er verfluchte die Ungerechtigkeit im Leben, sein Pech und auch den Zufall, der darin bestand, ausgerechnet einem Mann wie Koehlbier Gehorsam zu schulden. Aber vor allem verfluchte er an diesem Abend die Hure, die ihm das alles eingebrockt hatte. Wäre er mit Piet doch bloß nicht noch einmal in die *Mennonitische Hochzeit* zurückgekehrt. Dann wäre er niemals an den Kerl mit dem Messer geraten und könnte jetzt in Amsterdam in Ruhe seine Pfeife rauchen. Verdammte Huren.

-22-

»Mama«, fragte Maarten eines Abends, als ihn Carla zu Bett brachte, »du und Piet, seid ihr eigentlich verheiratet?«

»Warum fragst du das?«

»Weil du gestern Nacht mal wieder in seinem Bett geschlafen hast. Ich bin wach geworden. Und dann habe ich euch nebenan gehört.«

»Was hast du gehört?«

»Ihr habt geflüstert.«

»Das bildest du dir ein. Bestimmt hast du nur geträumt.«

»Nein, ich habe euch gehört, ganz leise. Und dann bin ich wieder eingeschlafen.«

»Siehst du, mein Sohn, du hast nur geträumt. Am Morgen habe ich wie jeden Morgen neben dir gelegen, und du hast dich an mich gekuschelt.«

»Hast du Piet lieber als mich?«

»Dummkopf, wie kannst du nur so etwas denken? Du bist mir der Liebste von allen. Das weißt du doch. Und jetzt wird endlich geschlafen.«

Carla nahm Maarten fest in ihre Arme und gab ihm einen Kuss. Aber so schnell ließ Maarten nicht locker.

»Johan sagt, wenn ein Mann mit einer Frau zusammen im Bett liegt, sind sie verheiratet.«

»Johan?«

»Der Nachbarsjunge. Der, mit dem ich manchmal mit meinen Murmeln spiele.«

»Was hast du ihm erzählt?«

»Wir haben nur so geredet. Ob wir später auch mal heiraten wollen. Am liebsten würde ich dich heiraten, Mama.«

»Das geht nicht, weil ich deine Mutter bin. Später, wenn du groß bist, wirst du eine Frau für dich finden. Und sie wird für mich dann wie meine Tochter sein.«

»Meinst du?«

»Hör zu, Maarten, Johan hat vielleicht recht mit dem, was er sagt. Wenn ein Mann mit einer Frau das Bett teilt, sind sie verheiratet. Manchmal für ein ganzes Leben und manchmal auch nur für einen Augenblick. Weißt du, es nicht so einfach mit dem Heiraten. Manchen Menschen ist es verboten, nur weil sie nicht an denselben Gott glauben.«

»Glaubt Piet denn an einen anderen Gott als du?«

»Nicht wirklich, aber manche Menschen würden das behaupten.«

»Wie viele Götter gibt es denn?«

»Fünf, wenn man den Menschen glauben mag. Es gibt die Christen, die Mohammedaner, die Hindus, die Buddhisten und natürlich auch die Juden.«

»Und sie haben alle einen Gott für sich alleine?«

»Nun, ja, sie ...«

»... streiten sich die Götter manchmal, so, wie ich mit Johan manchmal um meine Murmeln streite?«

»Nein, sie streiten nicht miteinander, denn in Wahrheit gibt es natürlich nur einen Gott. Aber die Menschen zanken sich, weil sie zu ihrem Gott auf sehr verschiedene Art beten. Sie glauben, das eine Gebet sei besser als das andere, und deshalb verbieten sie manchmal Dinge, die sie nicht verbieten sollten.«

»Also ist es verboten, wenn du bei Piet schläfst?«

»Es ist nicht richtig verboten, aber die Menschen würden es trotzdem nicht gutheißen. Deshalb ist es unser Geheimnis.«

»Dann schlaf besser bei mir.«

»Aber das tue ich doch. Ich schlafe jeden Abend neben dir ein, und ich wache jeden Morgen neben dir auf. Nur zwischendurch liege ich für ein paar Stunden auch gerne bei Piet.«

»Warum?«

»Weil ...«

Carla stockte. Wie sollte sie ihrem Sohn das nur erklären? Welche Worte waren jetzt die richtigen und welche die falschen? Wie erklärte man einem so kleinen Jungen das Mysterium der Liebe, und vor allem den handfesten Anteil daran?

»... weil ... weil die Liebe nicht gerne alleine lebt.«

»Das verstehe ich nicht.«

»Du bist noch zu jung, um das zu verstehen. Ich erkläre es dir, wenn du alt genug bist.

»Ich will es aber jetzt wissen.«

»Also gut, dann verrate ich dir jetzt ein Geheimnis. Aber du musst mir versprechen, dass du dieses Geheimnis immer für dich behalten wirst.«

»Versprochen.«

»Vor vielen Jahren, du warst noch nicht geboren, da hat Piet mir einmal sehr geholfen ...«

»... du meinst so, wie ich dir manchmal beim Kuchenbacken in der Küche helfe?«

»So ungefähr. Er hat mir einen Ausweg gezeigt, als ich nicht mehr weiterwusste. Er ist der beste Freund, den ich für dich und mich auf dieser Welt habe finden können. Deshalb schlafe ich manchmal gerne neben ihm ein. Er wird immer für uns da sein. Für mich und auch für dich. Wie ein Vater.«

»Wie ein Vater?«

»Ja, Piet ist dein Vater. Glaubst du, dass du dieses Geheimnis für dich behalten kannst?«

»Aber dann müsste ich ja Papa zu ihm sagen, so wie Johan zu seinem Vater.«

»Dann wäre es aber kein Geheimnis mehr. Glaub mir, so ein Geheimnis ist sehr kostbar. Nur ganz wenige Jungen auf dieser Welt besitzen ein solches Geheimnis. Es ist wie ein tief vergrabener Schatz, von dem niemand weiß und der immer nur dir gehören wird. Manche Väter sind böse. Andere verschwinden, noch bevor ihre Söhne überhaupt geboren werden. Und wieder andere sind nicht für sie da, wenn sie eines Tages ihre Hilfe brauchen. Aber Piet wird immer für dich da sein.«

»So wie du, Mama?«

»Ja, so wie ich.«

»Dann schläfst du heute Nacht also bei mir?«

»Ja, heute Nacht schlafe ich bei dir.«

Maarten gähnte und kuschelte sich in sein Kissen.

»Na gut, dann werde ich Johan nichts erzählen«, sagte er noch, bevor er einschlief.

Auch Carla schlief schon lange, als Piet an diesem Abend endlich nach oben kam.

-23-

»Sag mir, was du siehst.«

»Der Himmel ist grau und regenverhangen.«

»Was siehst du noch?«

»Das Haus von Eickens ist neu errichtet, und auch der Schmied gegenüber hat seine Werkstatt wieder eröffnet.«

»Ich höre ihn den Hammer schlagen. Siehst du, es geht eben doch immer weiter.«

Ja, es ging immer weiter. Es ging Drooten sogar viel zu schnell immer weiter. Er führte den alten Pfarrer wie jeden Tag an seinem Arm in die Kirche.

Delft hatte mittlerweile zu relativer Normalität zurückgefunden. Natürlich drückten die Leute noch immer die Sorgen über die großen Zerstörungen, besonders hinter dem Oostingel im Norden der Stadt, wo die schlimmsten Schäden zu beklagen waren. Aber die Tränen waren weniger geworden. Der Rat hatte Gelder für die nötigsten Reparaturen zur Verfügung gestellt. Diejenigen, die es besonders hart getroffen hatte, wurden von den Steuern befreit, manche gleich für fünfundzwanzig Jahre.

Die Handwerker lachten schon wieder, während sie sich die Steine zuwarfen, neue Pfannen auf die Dächer legten und ihren Mörtel mischten. Sie pfiffen vergnügt vor sich hin, so, als hätte sich der Donnerschlag niemals ereignet. Nur Drooten konnte den Tag bis heute nicht vergessen.

»Ich höre eine Kutsche. Wer sitzt drin?«

»Der alte Kasdorp.«

Der Pfarrer zog seinen Hut in Richtung der Kutsche. Drooten sah den Brauereibesitzer ebenfalls grüßen. Er nickte dem Pfarrer im Vorüberfahren stumm zu.

»Sind noch Blätter an den Bäumen?«

»Nicht mehr viele. Der Herbst …«

»… ja, ich erinnere mich noch dunkel an die Farben des Herbstes. Eine trostlose Zeit. Ich vermisse weder den Herbst noch den Winter. Aber ich würde so gerne noch einmal sehen, wenn die Blätter im Frühjahr austreiben. Man sagt nicht umsonst, Grün sei die Farbe der Hoffnung. Deshalb flechten wir für die Toten auch Kränze aus Tannenzweigen. Ihre immergrünen Nadeln trösten uns über die Vergänglichkeit hinweg. Siehst du irgendwo etwas Rotes?«

»Nur die Steine der Häuser.«

»Kannst du mir sagen, wie es aussieht? Das Rot, meine ich.«

»Wie Ziegelsteine halt aussehen.«

»Gib dir etwas mehr Mühe, Drooten. Beschreibe mir das Rot!«

»Ich weiß nicht, wie ich das Rot beschreiben soll. Es ist ein warmer Farbton.«

»So wie die Glut in einem Feuer, nicht wahr?«

»So ungefähr.«

»Schade, dass ich es nicht mehr sehen kann. Ich erinnere mich nicht mehr an das Rot. Aber du hast recht, es muss eine warme Farbe sein. Die Menschen nehmen rote Steine für ihre Häuser, weil sie hoffen, dass in den Ziegeln noch etwas von dem Feuer steckt, in dem sie den Ton gebrannt haben.«

Manchmal, wenn sie am frühen Morgen gemeinsam zur Nieuwe Kerk aufbrachen, forderte ihn der Pfarrer auf, ihm die Gesichter der Kinder zu beschreiben, die noch so jung waren, dass er sie mit eigenen Augen nie gesehen hatte. An anderen Tagen sollte er ihm ein Bild von den neuen Häusern vermitteln, die überall entstanden. Jüttner sah die Welt nun mit Drootens Augen. Am häufigsten fragte er ihn nach der Farbe des Himmels. Drooten tat sein Bestes, um Jüttner sein Augenlicht zu ersetzen. Aber das Allerwichtigste, das ihm auch an diesem Morgen durch den Kopf ging, verschwieg er ihm. Nie sprach er von seinem Befehl.

Gott hatte nun schon ungezählte Male in der Nacht zu ihm gesprochen, und seine Worte waren noch immer dieselben: *Er trägt das Zeichen an sich. Er wird es vor der Welt zu verbergen trachten, aber du wirst es erkennen, noch bevor es zu spät ist. Du musst warten, bis du das Zeichen mit deinen eigenen Augen gesehen hast. Aber gleich danach, so lautet mein Befehl, musst du ihn töten.*

Manchmal hätte Drooten seinen Befehl am liebsten laut herausgeschrien. Es ärgerte ihn, dass die Leute in Delft so einfach zur Tagesordnung übergegangen waren, auch wenn die Katastrophe nun schon lange zurücklag. Am Morgen des Donnerschlags, da waren sie auf ihre Knie gesunken und hatten um ihr armseliges Leben gebettelt. Sie hatten geschworen, alles herzugeben, wenn der Herr sie bloß verschonen würde. Sie hatten gelobt, sie würden künftig keine Götzen mehr anbeten. Und was taten sie jetzt? Dankten sie Gott etwa, dass er sie mit ihrem kläglichen Leben noch einmal hatte davonkommen lassen? Nein, sie betranken sich schon wieder in den Wirtshäusern, hurten herum und beteten das Kalb an. Sie zählten schon wieder ihr Geld und schmiedeten ihre Pläne. Waren schon längst wieder in ihren alten Trott verfallen. Sie dachten wohl, dass Gott auf ihr Versprechen nicht pochen würde. Aber der Herr war nicht so vergesslich wie die Menschen, die ihm nur Treue schworen, wenn es ihnen an den Kragen ging.

Drootens Treue reichte sehr viel weiter. Er behielt Piet nun schon seit einer kleinen Ewigkeit sehr genau im Auge, aber das Zeichen, von dem Gott in seinen Träumen zu ihm sprach, hatte sich ihm noch immer nicht offenbart. Er musste warten, bis er dieses Zeichen endlich mit seinen eigenen Augen sah.

Sie erreichten jetzt das Hauptportal der Kirche. Drooten schloss die schwere Tür auf. Drinnen brauchte Jüttner seinen Arm nicht. Im Inneren der Kirche bewegte er sich wie ein Sehender. Und auch die Messe zelebrierte Jüttner wie früher. Er benötigte keine Bibel, um der Gemeinde daraus vorzulesen. Das Wichtigste kannte er auswendig: die Worte aus der Offenbarung, die Apostelgeschichte, die Briefe an die Korinther, die Evangelien von Matthäus, Markus, Lukas und Johannes und natürlich auch die Gebete und die Psalmen. So hatte auch niemand einen Grund, Jüttner sein Amt streitig zu machen. Am Anfang, als seine Augen schlechter geworden waren, hatten sie ihn noch besorgt gefragt, ob er seinen Dienst nicht lieber aufgeben wolle. Aber mittlerweile fragten sie ihn das nicht mehr. Er selbst sagte oft: »Auch wenn ich blind bin, so kann ich euch doch ein guter Hirte sein.«

Wenn Drooten die Zeichen richtig deutete, kamen die Leute nun sogar häufiger zur Beichte als früher. Manchmal hatte er den Eindruck, sie würden sich weniger schämen, wenn sie vor einem Blinden ihre Sünden ausbreiteten. Mehr noch allerdings beschlich ihn das Gefühl, dass sie sich vom Pfarrer Absolution erhofften, ohne mit der vollen Wahrheit herausrücken zu müssen. Jüttner bemerkte schließlich nicht, wenn einer dieser Sünder vor ihm Reue schwor, ihm dabei aber nicht offen ins Gesicht blicken konnte. Auch für die Heuchelei war er nun blind.

Bisweilen beneidete Drooten ihn sogar dafür. Der Pfarrer musste das alles nicht mehr mit ansehen: den Lug und Trug, die an jeder Ecke lauerten. Er musste nicht sehenden Auges ertragen, welches Unglück dieser kleine Teufel vor Jahren über die Stadt gebracht hatte und welchen Höllensud er als Nächstes mischen würde, um noch schlimmeres Unheil zu stiften.

Drooten folgte Jüttner zur Sakristei, um ihm dabei zu helfen, sich für den Gottesdienst umzukleiden. Die Bretter vor den Kirchenfenstern waren längst gegen einfache Fenster ausgetauscht worden, kein Vergleich zu den prächtigen Buntglasfenstern von ehemals. Fahl fiel das Morgenlicht auf den Steinboden.

»Ich glaube, wir haben Ratten in der Kirche.«

»Ratten?«

»Ja, Ratten. Ich habe sie gestern fiepen gehört, hinten im Chorgang. Am besten gehst du gleich nach dem Gottesdienst zur alten Hövel, der Seifensiederin. Sie wird dir Gift geben. Und das verstreust du mir dann hinten im Chorgang.«

Natürlich, dachte Drooten. Warum war er nicht längst selbst darauf gekommen? Die alte Hövel. Das war die Lösung. Sie hatte bestimmt ein taugliches Gift zur Hand, für die Ratten in der Kirche und auch für den Teufel in der Stadt. Aber zuvor musste er jetzt endlich das Zeichen aufspüren.

Du musst warten, bis du das Zeichen mit deinen eigenen Augen gesehen hast. Aber gleich danach, so lautet mein Befehl, musst du ihn töten.

Er durfte jetzt nicht noch einmal so viel Zeit unnütz verstreichen lassen. Er musste endlich zur Tat schreiten.

»Sie können sich auf mich verlassen, Pfarrer. Ich werde mich um alles kümmern.«

-24-

Seit Thomas Moolworth, der Arzt aus Dublin, den die gelehrten Herren aus London in Delft vorbeischickten, sich selbst davon überzeugt hatte, dass Piet weder ein Spinner war noch unter Halluzinationen litt, hellte sich sein Ruf an der Themse sehr schnell auf.

Zwar hatte sich Moolworth in London ein wenig abfällig über Piet geäußert – »ein etwas verwachsener und auch misstrauischer Mann, der weder Latein, Französisch, Englisch oder eine andere Sprache außer seiner eigenen beherrscht« –, aber er hatte am Ende doch zugeben müssen, dass seine Beobachtungen voll und ganz der Wahrheit entsprachen.

»Er hat mich nur ein schnellen Blick durch seine Mikroskope werfen lassen und sie mir dann gleich wieder weggenommen«, gab Moolworth in London zu Protokoll. »Selbst auf mehrfache Nachfrage wollte er mir nicht verraten, wie und woraus er seine Gläser geschliffen hat, aber ich konnte mich davon überzeugen, dass die Animalcula im Essig und auch zwischen den Zähnen tatsächlich existieren. Ich würde deshalb empfehlen, dass uns dieser Piet van Leeuwen künftig Bericht darüber erstatten soll, was er sonst noch mit seinen Mikroskopen entdeckt.«

Daran hielt sich Piet nun schon seit Jahren. Insgesamt hundertsechsundachtzig Berichte hatte er mittlerweile verfasst. Gaesbeeck übersetzte seine Schriften ins Lateinische und sandte sie nach London, manchmal ergänzt um seine eigenen Kommentare.

Während Carla ihren Sohn am Abend zu Bett brachte, versenkte er sich immer tiefer in seine Arbeit. Seine Linsen gerieten ihm bald so klein, dass er sie kaum noch über den Schleifschalen festhalten konnte. Über harter Kohle verflüssigte er dünne Glasstäbchen, anfangs von der Stärke eines Bindfadens, später dann nur noch vom Durchmesser eines Pferdehaars. Die daraus gewonnenen Kügelchen schliff er mit einer winzigen Feile nach und mischte für seine Polituren zerstoßene Feuersteine mit englischem Zinn. Auch weiches Postpapier und das zarteste Leder, das er auftreiben konnte, nutzte er zum Glätten seiner Linsen. Carla schlief meist schon, wenn er unten in der Werkstatt seine Experimente anstellte.

Piet streute den Staub von Schmetterlingsflügeln auf einen Glasträger und bestimmte danach die Brennweiten seiner Linsen mithilfe von Zirkel und Maßband. Er stellte sphärische und asphärische Linsen her, schliff die Gläser mal konvex, mal bikonvex, baute Mikroskope mit nur einer Linse und auch solche, in denen er zwei Gläser miteinander kombinierte. Seine stärkste Linse war kleiner noch als ein Stecknadelkopf und seine Arbeit bald schon so filigran, dass ihm sein eigener Herzschlag dabei manchmal im Wege stand. Um jedes Zittern seiner Hände zu vermeiden, begann er damit, seine Atmung so weit zu verlangsamen, dass er an den allerkleinsten seiner Linsen nur noch zwischen zwei Herzschlägen feilte. Mit jedem Tag erkannte er nun immer deutlicher, dass weniger mehr war. Je kleiner ihm seine Linsen gerieten, desto stärker fiel die Kraft der Vergrößerung aus.

Piet folgte keinem festen Plan bei allem, was er tat. Er untersuchte Bierhefe und Salzkristalle, Fischschuppen und die Netzhaut von Lachs und Forelle. Er unternahm Experimente zur Löslichkeit des Blasensteins und stellte auch mit seinem eigenen Sperma Versuche an. Er betrachtete die subtile Anatomie von Mückenstacheln, Froschlaich und dessen Entwicklung. Er nahm den peripheren Blutkreislauf im Kaulquappenschwanz ins Visier und entdeckte die embryonale Kiemenatmung der Frösche. Er fragte sich, was Pfeffer eigentlich scharf machte und wie die Motten das Getreide schädigten. Nichts, was er nun näher in Augenschein nahm, wollte er noch einfach so auf sich beruhen lassen.

Warum sank Rauch zu Boden? Wie könnte er Rauch mikroskopieren? Welchen Sinn hatten die Haare, die so manchen Menschen aus den Ohren wuchsen? Woraus bestand Schweiß? Wie funktionierte die Muskulatur der Zunge? Warum hafteten die Füße von Insekten am Glas? Weshalb schrumpften die Blätter an Obstbäumen? Warum gab es bei Nordwind keine Fliegen? Auf jede Antwort, die er fand, folgte nur eine neue Frage.

Zwischendurch las er in den Büchern, die ihm Gaesbeeck zur Lektüre nun regelmäßig vorbeibrachte. Gelehrte Abhandlungen aus seiner Bibliothek, von denen er meinte, es könne nicht schaden, wenn einer wie er, der die Natur so genau in Augenschein nehme, sich auch damit beschäftige, was die Wissenschaft darüber denke. Piet las Schriften über Medizin und Biologie, über Astronomie und auch Philosophie. Er erfuhr, dass man das Herz früher als Organ der Erkenntnis betrachtet habe, und die Zunge nur ausspreche, was das Herz zuvor erdacht habe. Über die Vorstellung der Chinesen, dass der Mann angeblich helle Knochen besitze, die Frau aber dunkle, schüttelte er belustigt den Kopf.

So manches, was Piet in Gaesbeecks Büchern las, klang für ihn fremd und unverständlich. Etwa dass *der Mensch nicht etwa deshalb das verständigste unter allen Lebewesen ist, weil er Hände hat, sondern umgekehrt, dass er Hände hat, weil er das verständigste aller Lebewesen ist.* Piet wusste nicht so genau, wohin ihn dieser Gedanke führen sollte, aber nachdenklich stimmte ihn auch dieser Satz. Ohnehin stieß er bei seiner Lektüre auf so einige Behauptungen, die ihn ratlos zurückließen. Vor allem die Aussage, dass der Tod den Menschen niemals erreichen könne. *Solange wir da sind*, las er bei Epikur, *ist der Tod nicht da. Und wenn der Tod da ist, dann sind wir nicht mehr da. Folglich betrifft er weder die Lebendigen noch die Gestorbenen.*

Nur über die Animalcula, die er mit seinen Mikroskopen im Essig, zwischen den Zähnen und selbst in seinem eigenen Samen aufgespürt hatte, fand Piet in Gaesbeecks schlauen Büchern nicht den geringsten Hinweis. Er selbst war mittlerweile fest davon überzeugt, dass alles Lebendige von Anfang an von diesem Gewürm übersät war. Sobald sich der Mensch durch seinen Mund ernährte, das hatte er Gaesbeeck mehrfach kundgetan, wurde er zum Wohnhaus von Würmern, und er blieb ein solches, solange er lebte.

Carla allerdings ließ Piet an seinen Gedanken nach wie vor nicht teilhaben. Ihr schenkte er immer nur die Bilder, die Fabrist nun für ihn malte. Manche dieser Bilder waren farbenprächtiger als die Blumen auf einer Sommerwiese und andere so transparent wie Glas. Oft lauschte Piet von seiner Werkstatt aus dem Schlaflied, das Carla dem kleinen Maarten da oben vorsang.

Ich bin eine Narzisse von Scharon, eine Lilie der Täler. Wie ein Apfelbaum unter den Bäumen des Waldes, so ist mein Geliebter unter den Söhnen. Ich beschwöre euch, Töchter Jerusalems: Weckt nicht, stört nicht auf die Liebe, bevor es ihr gefällt.

Es war das Lied der Lieder, das Hohelied Salomos, mit dem Carla ihren Sohn jeden Abend zu Bett brachte. Die Traurigkeit, die in ihrer Stimme lag und die mit jeder Woche etwas größer wurde, nahm Piet nicht wahr. Weil er gerade viel zu sehr mit sich selbst beschäftigt war, glaubte er, auch mit Carla sei alles in bester Ordnung. Eine Mutter, die ihr Kind in den Schlaf wiegt. Das dachte er. Und dann stürzte er sich wieder in seine Arbeit.

Am allermeisten nahm Piet in diesen Tagen die Frage in Anspruch, wie neues Leben eigentlich entstand. Und weil es nun mal seine Art war, spürte er dem Wunder der Geburt mal wieder im Kleinen nach. Monatelang beobachtete er durch seine Mikroskope nun schon den Beischlaf der Flöhe. Er brütete ihre Eier in seiner eigenen Hosentasche aus, verfolgte, wie sich die Maden in weiße Puppen verwandelten, erst nur an wenigen Stellen etwas rötlich und später rundherum ganz rot wurden. Dann setzte er sie auf seine Hände, damit sie sich von seinem Blut nährten, und schaute ihnen beim Kopulieren zu. Er war mittlerweile sicher, dass die Wissenschaft einem gewaltigen Irrtum aufsaß.

Erst kürzlich hatte er in einem von Gaesbeecks Büchern über einen gewissen Athanasius Kircher gelesen. Ein Mann, der an der päpstlichen Universität zu Rom hochangesehen war und in Forscherkreisen offenbar über größten Einfluss verfügte. So ein Trottel. Nannte sich einen Universalgelehrten und hatte nicht mal den geringsten Schimmer davon, wie sich die Flöhe vermehrten. Behauptete ernsthaft, ein solcher Floh entstünde aus Fäulnis, Dreck und Schmutz. Was für ein Blödsinn. So, wie ein Stück Holz von selbst kein Brett hervorbrachte, brauchte auch dieses niedere, tierische Leben eine Ursache, um zu existieren. An ein göttliches Fingerschnippen, das aus Dreck Flöhe entstehen ließ, glaubte Piet schon lange nicht mehr.

An einem dieser Tage, es war schon später am Abend und Carla hatte sich bereits zu Bett gelegt, hockte er mit Fabrist noch hinten in der Werkstatt.

»Hier, schau durch, dann siehst du, wie Flöhe entstehen. Mit Dreck hat das nichts zu tun.«

Gleichgültig schaute Fabrist auf das Vergrößerungsglas, das ihm Piet entgegenhielt.

»Gib mir lieber einen Schnaps. Ich kann deine Flöhe nicht mehr sehen.«

»Nein, das wirst du heute noch für mich zeichnen. Das muss doch selbst ein Säufer wie du verstehen. Seit Ewigkeiten redet man uns ein, dass diese kleinen Lebewesen aus Schlamm, Abfall oder Mist entstehen. Man erzählt uns, dass Raben durch die Kälte weiß werden und Rebhühner von einem Windhauch befruchtet. Dass Mäuse aus Getreidekörnern oder schmutziger Wäsche geboren werden. Verstehst du denn nicht, dass du hier den glatten Gegenbeweis in deinen Händen hältst? Dass alles Leben, sogar das Leben der Flöhe, nur das Resultat der geschlechtlichen Zeugung ist.«

»Ist mir doch egal, wie sich deine Flöhe vermehren, solange ich keine auf meinem Kopf habe. Wenn du unbedingt zugucken willst, wie es die Wollust in der Natur miteinander treibt, dann schau lieber einem anständigen Frauenzimmer dabei zu. Deine Flöhe ekeln mich an. Bring mir lieber noch einen Schnaps.«

»Fabrist, wenn du nicht auf der Stelle anfängst, suche ich mir einen anderen Maler.«

»Ist ja schon gut. Aber nur, wenn du mich danach noch einmal einen Blick durch dein Röhrchen werfen lässt.«

»Versprochen.«

»Dann gib schon her. Aber pass bloß auf, dass du nicht irgendwann auf den Gedanken kommst, einen Menschen auf solche Art aufzuschneiden wie diese grässlichen Flöhe.«

»Du redest Blödsinn, Fabrist. Und jetzt mal mir endlich diese drei Prachtexemplare hier.«

Über sechs Tag hinweg hatte Piet den männlichen Floh ausgehungert und dann in das kleine Glasröhrchen zu den zwei Weibchen gesetzt. Jetzt hing der Floh unter ihnen und bedrängte die beiden Weibchen abwechselnd.

Während Fabrist noch damit beschäftigt war, die Szene zu zeichnen, setzte sich Piet an seinen Tisch und begann zu schreiben. Gleich morgen früh wollte er Gaesbeeck seinen abschließenden Bericht übergeben, der ihn dann, wie all seine anderen Berichte zuvor, übersetzen und nach London schicken würde.

Piet war aufgeregt, als er die Feder in die Tinte tauchte. Er wusste, dass sein Brief in London für einige Aufregung sorgen würde. Dass Flöhe von Flöhen abstammten, hatte vor ihm noch keiner behauptet. Aber er war davon nun so felsenfest überzeugt, dass er sich ein paar hämische Bemerkungen in seinem Bericht nicht verkneifen konnte.

Hochedle Herren!

Wenn Sie dem Athanasius Kircher und seinen Kollegen Glauben schenken wollen, dann müssen die Flöhe in Italien ganz anders gezeugt werden als bei uns in Holland. Der Mann irrt gewaltig, wie ich Ihnen durch meine folgenden Beobachtungen darlegen darf. Hätte Kircher ein Mikroskop zur Hand genommen und den Flöhen nur einige Tage lang die gebührende Aufmerksamkeit geschenkt, so, wie ich es nun über Monate hinweg getan habe, dann würde er über die Entstehung der Flöhe nicht dieses dumme Zeug verbreiten. Schauen Sie sich bitte auch die beigefügten Skizzen an. Dann werden Sie unweigerlich erkennen, dass diese Tiere über eine derartige Kopulationskraft verfügen, dass sie unmöglich, wie dieser angebliche Universalgelehrte behauptet, allein aus Schlamm und unbelebter Materie hervorgehen können.
Die Bewegungen, die ein Floh eine halbe Stunde lang ununterbrochen vollführen kann, das habe ich mit eigenen Augen gesehen, sind so unermüdlich und derart mit Geilheit verbunden, wie ich es bei noch keinem Tier jemals gesehen habe. Ich glaube, wenn ein Hengst, der unter allen Tieren ja die stärkste Libido aufweisen soll, sich beim Deckakt derart echauffierte, würde er noch vor Ablauf von zehn Minuten tot zu Boden fallen …«

»Hier«, sagte Fabrist, »da hast du deine verdammte Zeichnung. Ich habe für heute genug von deinen Flöhen. Und jetzt zeig mir noch einmal diese wunderbare Blüte in dem Röhrchen. Diese perfekte Symmetrie aus Farben und Formen.«

Piet unterbrach seinen Bericht für einen Augenblick, reichte Fabrist das lederummantelte Röhrchen, in dem er für Carla das blaue Blütenblatt eines Vergissmeinnicht präpariert hatte, und betrachte dann die Skizzen, die Fabrist für ihn angefertigt hatte. Der männliche Floh war ziemlich gut getroffen. Er hing abwechselnd unter den beiden Weibchen, die er nicht auf Hundeart bestieg. Ja, dachte Piet, genau so hat es ausgesehen. Der Floh begattete die Flöhin tatsächlich von unten.

»Ich geh dann mal«, sagte Fabrist, nachdem er sich an dem Vergissmeinnicht sattgesehen hatte. »Ich brauche jetzt ganz dringend einen Schnaps.«

»Ja, geh nur. Den Weg kennst du ja.«

Dann schrieb Piet in Ruhe seinen Bericht zu Ende. Zumindest dieses Geheimnis hatte er nun gelöst. Alles Dasein, und sei es auch noch so klein, verdankte seine Existenz ausschließlich dem Akt der Zeugung. Nur wie das Leben selbst in die Welt gekommen war, die allererste Pflanze, das erste Tier und natürlich auch der erste Mensch, war ihm noch immer ein Rätsel.

-25-

»Weißt du noch, was Liebe ist?«

Piet saß mit Carla am Abend beim Essen am Küchentisch. Es gab Muscheln, Kartoffeln und Aal.

»Was? ... Was meinst du?«

Wie so oft in letzter Zeit war Piet mit seinen Gedanken noch ganz woanders.

»Du selbst hast mir vor Jahren davon erzählt. Von dem Gefühl, ganz eins mit einem anderen Menschen zu sein. Erinnerst du dich noch daran?«

»Natürlich, ich war nur gerade ...«

»... mit deinen Gedanken mal wieder ganz woanders. Piet, als ich nicht wusste wohin, hast du mir ein neues Zuhause geschenkt. Es ist jetzt schon vier Jahre her, dass ich zu dir nach Delft gekommen bin. Du warst fürsorglich zu mir, gütig und zärtlich, auch wenn ich mir manchmal wünschte, dass du dich um Maarten etwas mehr kümmern würdest.«

»Aber Carla, ich ...«

»... du hast alles getan, damit ich mich bei dir wie zu Hause fühle. Du hast mir sogar einen Papagei geschenkt, damit ich Lissabon vergesse. Früher, wenn wir am Abend den Tuchladen geschlossen haben und danach auch die Läden oben vor unseren Fenstern, hast du mir die wundervollsten Geschichten erzählt. Bis heute schenkst du mir diese schönen Bilder. Mein Zimmer ist inzwischen so voll davon, dass ich die Wände dahinter kaum noch sehen kann. Du weißt, dass ich Fabrist nicht besonders mag, aber seine Bilder liebe ich, weil es deine Bilder sind. Nur du gehst mir darüber immer mehr verloren. So, wie ich meine Eltern verloren habe.«

Carla wischte sich eine Träne von der Wange.

»Vielleicht ...«

»... nein, du musst mich nicht trösten. Du weißt selbst, dass es nach so vielen Jahren kaum noch Grund zur Hoffnung gibt. Ich wüsste nur zu gerne, was mit ihnen geschehen ist. Keiner hat auf meine Briefe jemals geantwortet, weder Bruno noch Abel oder all die anderen. Es gibt jetzt vielleicht nur noch einen Mann, an den ich mich wenden kann. Ich habe sehr lange überlegen müssen, um mich an seinen Namen zu erinnern. Er hat in Lissabon manchmal an unserem Tisch gesessen, wenn meine Eltern zu einer ihrer Abendgesellschaften geladen hatten. Er saß immer am Tischende, dem angestammten Platz meines Vaters. Er hatte schlohweißes Haar und verfügte am Hof offenbar über großen Einfluss. Die anderen Gäste, selbst mein Vater, waren immer sehr um seine Gunst bemüht. Gestern ist mir sein Name endlich wieder eingefallen. José de Silva. Vielleicht weiß er ja, was mit meinen Eltern geschehen ist. Vielleicht sollte ich noch einen letzten Brief nach Lissabon schreiben.«

»Tu das. Und um Maarten, das verspreche ich dir, werde ich mich in Zukunft besser kümmern.«

»Du musst mir nichts versprechen. Aber du könntest mir endlich die Wahrheit sagen. Was treibst du da hinten die ganze Zeit über in deiner Werkstatt?«

»Aber das weißt du doch. Fabrist malt für mich die Bilder, die ich ihm durch meine Vergrößerungsgläser zeige und die da oben in deinem Zimmer hängen.«

»Das ist alles?«

Piet schwieg.

»Sag mir die Wahrheit. Fast jeden Abend schließt du dich in deiner Werkstatt ein und lässt mich da oben alleine einschlafen. Früher, da haben wir hier am Tisch stundenlang miteinander geredet, und jetzt hockst du mir stumm wie ein Fisch gegenüber. Die ganze Zeit über steckst du mit Fabrist und Gaesbeeck die Köpfe zusammen. Nur mit mir redest du kaum noch ein Wort.«

»Aber Carla ...«

»Es stimmt doch. Also sag mir endlich die Wahrheit.«

»Du hast nie danach gefragt.«

»Ich dachte immer, du würdest mir eines Tages alles von selbst erzählen. Warum hast du Geheimnisse vor mir?«

Eine ganze Zeit lang hielt Piet Carlas Blick noch stand. Aber dann senkte er seine Augen doch.

»Also gut«, sagte er schließlich. »Ich werde dir alles zeigen. Ich will nicht, dass eine Lüge zwischen uns steht. Aber du musst mir versprechen, dass du nicht erschrecken wirst, wenn ich dir alles zeige. Ich will dir nichts zumuten, was dir womöglich nicht gefällt. Ehrlich gesagt, fürchte ich mich ein bisschen davor.«

»Wir werden sehen.«

Stumm räumte Carla die Teller ab.

»Ich muss jetzt noch einmal hoch zu Maarten schauen.«

»Ja, geh nur, ich komme auch gleich. Und morgen werde ich dir alles zeigen.«

-26-

Neugierig schaute Drooten der Sau beim Sterben zu. Bereits am Abend zuvor hatte er die Kartoffelschalen in den Schweinetrog gegeben und das weiße, nach harmlosem Mehl aussehende Pulver daruntergemischt. Die Sau war gleich angelaufen gekommen, hatte die anderen Schweine mit ihrem massigen Leib zur Seite gedrängt und ihren Rüssel tief in den Trog gegraben. Alles hatte sie ganz alleine aufgefressen, bis zur letzten Kartoffelschale. Erst danach war Drooten nach Hause gegangen und hatte sich schlafen gelegt.

Jetzt stand er wieder vor dem Pferch und beobachtete die Sau. Sie suhlte sich mit den anderen Tieren behaglich im warmen Schlamm. Mindestens zwölf Stunden, so hatte es ihm die alte Hövel erklärt, würde es dauern. Aber diese zwölf Stunden waren längst vorüber. Die Sau zeigte nicht die geringsten Anzeichen. Quicklebendig rollte sie sich auf die linke Seite und dann auf die rechte. Ihre prallen Zitzen hingen in dicken Hautlappen im Matsch, und ein paar Ferkel taten sich gütlich daran.

Ob ihn die Alte wohl betrogen hatte? Eigentlich müsste das Gift doch langsam wirken.

Vier kleine Blechdosen mit dem weißen Pulver hatte ihm die alte Hövel verkauft, ein Hutzelweib mit mehr Runzeln im Gesicht als Haaren auf dem Kopf.

Sie meinte zwar, eine Dose würde für seine Zwecke vollkommen ausreichen, aber Drooten hatte trotzdem gleich die vierfache Menge mitgenommen. Möglichst unverfänglich hatte er sich nach der Wirkung des Gifts erkundigt und sie gefragt, ob es ihm selbst auch nicht gefährlich werden könne, wenn er das Pulver in der Kirche verstreue. Da hatte sich die alte Hövel nur genüsslich die Hände gerieben, die vom Seifensieden rot und rissig waren. »Solange du dich nicht daran verschluckst, tut es dir nichts. Aber deine Ratten wird es mit Sicherheit töten. Ach, was sage ich da: Mit diesen vier Dosen hier kannst du alle Ratten in Delft töten.«

Entweder sie hatte gelogen, oder das Gift taugte für Schweine nicht. Drooten behielt die Sau weiterhin angestrengt im Auge. Vom Bauer, dem die Tiere gehörten, war weit und breit nichts zu sehen. Er setzte sich in Gras und wartete still ab. So verging eine Stunde und dann auch noch eine zweite.

Drooten wollte schon aufstehen und gehen, als das Tier urplötzlich auf die Seite kippte. Mühsam rappelte sich die Sau wieder zurück auf ihre Hufe, quiekte einmal laut und erbrach sich dann sehr ausgiebig. Das Tier warf den Kopf unruhig hin und her; die Zunge hing ihm schlapp aus dem Maul. Dann begann das Wimmern, zuerst nur ganz leise. Es klang, als würde die Sau weinen. Ihre kleinen Äuglein quollen aus dem massigen Kopf hervor, und ihre Hauer schlugen klappernd aufeinander. Sie zuckte jetzt am ganzen Leib, schiss Wasser und fiel erneut auf die Vorderhufe. Dieses Mal kam sie nicht wieder hoch. Die Ferkel, die an ihren Zitzen hingen, saugten noch die letzte Milch aus ihrem massigen Leib – dann war alles vorbei.

Es klappte. Drooten schaute sich noch einmal rasch um. Niemand hatte ihn beobachtet. Dann lief er schnell zurück zur Nieuwe Kerk, nun völlig überzeugt. Wenn schon diese fette Sau von dem bisschen Pulver hinweggerafft wurde, dann würde es auch für diesen kleinen Teufel reichen.

-27-

»Hast du noch mehr von dem Rattengift?«

Jüttner saß in der Sakristei, wie so oft ein aufgeschlagenes Buch auf seinen Knien, in dem er nicht mehr lesen konnte.

»Ein bisschen.«

»Dann verteile hinten im Chorgang noch mehr davon. Wenn ich mich nicht täusche, fiepen die Ratten noch immer. Nimm diesmal ruhig etwas mehr von dem Gift. Auch wenn ich nichts mehr sehen kann, ist mir die Vorstellung, dass wir Ratten in der Kirche haben, zuwider. Ich will keine Ratten in meiner Kirche.«

Drooten nickte still. Auch er wollte keine Ratten in seiner Kirche und noch weniger einen kleinen bösen Teufel in der Stadt. Er ließ den Pfarrer in der Sakristei alleine und inspizierte den Chorgang, in seiner Tasche die übrig gebliebenen Blechdosen. Nur eine Kleinigkeit fehlte ihm jetzt noch, um seinem Befehl endlich Genüge zu tun. Im Besitz des Gifts war er nun endlich.

Aber den allerletzten Beweis hatte er noch immer nicht gefunden.

Auch wenn Gott nun schon länger nicht mehr in seinen Träumen zu ihm gesprochen hatte, erinnerte er sich doch sehr genau an die Mahnung, die in Seinen Worten lag.

Du musst warten, bis du das Zeichen mit deinen eigenen Augen gesehen hast. Aber gleich danach, so lautet mein Befehl, musst du ihn töten.

Er durfte jetzt keinen Fehler begehen. Welches Zeichen meinte Er bloß? Wenn Drooten im Auftrag Gottes nun zum Mörder wurde, musste es auch den richtigen treffen.

Zwar konzentrierte sich sein Verdacht weiterhin ausschließlich auf Piet van Leeuwen, doch in so manchen Momenten beschlichen Drooten auch leise Zweifel. Warum nannte Gott den Teufel nie beim Namen? War er Ihm so widerwärtig, dass Er noch nicht einmal seinen Namen aussprechen wollte? Oder stellte ihn der Herr womöglich auf die Probe? Musste er Ihm seine eigene Gottgefälligkeit beweisen, indem er unter all den Treulosen da draußen den wahren Teufel erkannte?

Es gab ja so einige Leute in Delft, die von ruchlosem Charakter waren. Zuallererst natürlich die Juden, die so schamlos ihrem falschen Glauben frönten. Aber auch den vermeintlich anständigen Bürgern der Stadt waren Sünde und Niedertracht nicht fremd. Männer wie Lucas Vollenhoven scherten sich nicht um Gottes Verbote. Neben seiner Frau hatte der geile Bock auch noch seine Magd geschwängert und lebte mit den beiden Weibern in einem unsittlichen Verhältnis zusammen. Dann natürlich Roos van der Wiesen, deren böser Blick überall in der Stadt gefürchtet war. Und Arne Apeler, der alte Saufkopf. Drooten hatte ihn einmal dabei erwischt, wie er sich an der Mauer der Nieuwe Kerk erleichterte. Pinkelte in weitem Strahl einfach gegen das Haus Gottes, so ein Schwein.

Es gab so viele Menschen in Delft, die trotz des Verbots am geheiligten Karfreitag Fleisch aßen, am Sonntag ihren schnöden Geschäften nachgingen, den Namen des Herrn missbrauchten, die Ehe brachen und falsches Zeugnis ablegten. Knauser, die im Gottesdienst nie etwas in den Klingelbeutel gaben, sich zu Hause aber mit fettem Schinken vollstopften. An jeder Ecke war das Laster zu Hause: Hochmut, Neid, Wollust, Trägheit, Zorn, Völlerei und natürlich auch der Geiz.

Doch so verdammenswert diese Missetaten auch waren, diabolisch fand Drooten sie im Grunde genommen nicht. Der Teufel war von anderem

Kaliber. Er war der Inbegriff des Bösen, der große Verleumder und Durcheinanderwerfer. Einer, der die Sinne der Menschen vernebelte, Zwietracht und Unmut säte. Eben genau so einer, wie es dieser Piet van Leeuwen war mit seinen irrwitzigen Behauptungen über eine unsichtbare Welt. Mochten die Leute in der Stadt auch schon längst vergessen haben, was in den Tagen vor dem Donnerschlag gerüchteweise die Runde gemacht hatte, so erinnerte sich Drooten noch sehr genau daran.

Was führte der Kerl bloß im Schilde? Was ging da drinnen vor in seinem Haus in der Hippolytusbuurt? Früh am Morgen stellte ein Bauer auf dem Weg zum Groote Markt immer eine Kanne Milch vor seiner Haustür ab. Dann öffnete er seinen Tuchladen und ging seinen Geschäften nach. Missmutig beobachtete Drooten, dass niemand außer ihm selbst irgendeinen Verdacht zu hegen schien. Keiner erkannte die List des Teufels, die darin bestand, alle in Sicherheit zu wiegen und dann, wenn schon keiner mehr damit rechnete, sein böses Werk zu vollenden.

Auf der Straße begegnete ihm Drooten nur selten. Und wenn, dann nährte sein merkwürdiges Verhalten nur seinen Verdacht. Er fischte aus dem Kanal vor seinem Haus grünen Schleim und sammelte am Wegesrand Gräser, Knospen und Baumrinden auf. Auf dem Markt kaufte er das Fleisch von Hasenherzen, Nieren vom Schwein und Lungen vom Kalb. Aber ein untrügliches Zeichen war auch das nicht, mehr schon eine Vermutung.

Und dann auch noch dieser Junge. Zwar behaupteten alle, das Kind sei der Bastard der Magd, aber Drooten war sich da nicht so sicher. Genauso gut konnte das Balg auch die Brut des Teufels sein. Wer wusste denn schon, was hinter den geschlossenen Läden im ersten Stock des Hauses vor sich ging, wenn die Kerzen unten in der Küche erloschen?

Oft, wenn Drooten durch die Hippolytusbuurt schlich, sah er den Arzt Hendrik de Gaesbeeck im Haus von Piet verschwinden. Und immer häufiger auch den Maler Carel Fabrist. Drooten wusste sich darauf keinen Reim zu machen. Was wollten die beiden bloß dauernd in Piets Haus? Manchmal, wenn seine Fantasie mit ihm durchging, stellte er sich vor, Fabrist würde die Magd malen, wie sie mit ihren langen schwarzen Haaren nackt auf dem Tisch tanzte. Dann wieder bildete er sich ein, sie alle vier – der Maler, der Arzt, der Zwerg und seine Magd – würden im Kerzenschein eng beieinandersitzen und die Geister der Toten beschwören. Satanische Messen gingen ihm durch den Kopf und Gebete, die rückwärts aufgesagt wurden, während das Kruzifix kopfstehend an der Wand hing und die Liturgie der Kirche verhöhnte. Vielleicht verspeisten sie danach die Herzen der Hasen, die Lungen der Kälber und die Nieren der Schweine, roh und blutig, wie sie waren. Aber auch das, musste sich Drooten selbst eingestehen, war mehr eine Vermutung denn eine Gewissheit. Ein untrügliches Zeichen jedenfalls war es nicht.

Er musste sich jetzt endlich selbst davon überzeugen, was im Haus dieses Piet van Leeuwen vor sich ging. Es gab keinen anderen Weg. Er musste in den Laden dieses kleinen Teufels gehen und ihn sich vorknöpfen, von Angesicht zu Angesicht.

-28-

Die ersten beiden Male ging alles gut. Aber als sie nun zum dritten Mal rüber nach Bengalen fuhren, packte sie das Pech von Anfang an. Sie luden gerade die letzten Fässer Arrak an Bord, als sie den Schrei hörten. Schnell lief Karlmann mit August zur Ladeluke. Ein paar Fässer hatten sich gelöst, waren ins Rollen geraten und dem armen Kerl da unten auf den Kopf gefallen. Jetzt lag er da, blutüberströmt und mit zerbrochenem Schädel.

»Könnt ihr nicht aufpassen? Macht Platz!«

Koehlbier drängte sich von hinten durch die Männer und besah sich die Schweinerei.

»Ihr schafft den Kerl jetzt sofort von Bord. Und dann stapelt ihr mir die Fässer ordentlich wieder aufeinander. Und diesmal bindet ihr die Ladung anständig zusammen.«

»Diesmal übertreibt er.« August nahm Karlmann zur Seite. »Wir haben schon viel zu viele Fässer geladen. Wenn er jetzt noch mehr davon an Bord nimmt, kommen wir noch nicht einmal sicher durch die Sundastraße. Die Böen werden uns umwerfen.«

August war nicht der einzige Mann an Bord, der sich Sorgen machte. Aber keiner protestierte, als Koehlbier der Mannschaft befahl, noch mehr Fässer aufzuladen. Ein Fass nach dem anderen hievten die Männer an Bord. Die Sonne brannte erbarmungslos auf sie herunter. Sie schwitzten und fluchten leise vor sich hin.

»Schneller, ihr Trottel«, spornte Koehlbier die Männer an. Er lehnte mit dem Rücken am Großmast und überwachte die Arbeiten. Erst als die

Laderäume wirklich kein einziges Fass mehr aufnehmen konnten, es war schon dunkel, ließ der Kapitän die Luken schließen und gab Weisung, die Anker zu lichten. Der Bauch des Schiffs war voll von Schnaps, als sich die *Niewalcker* langsam in Bewegung setzte. Im Kielwasser spiegelten sich die großen Fackeln am Kai. Karlmann blickte rüber auf die Silhouette von Batavia. Die Lagerhäuser duckten sich vor die Mauern des Forts. Er dachte: Wie oft werde ich an diesen verfluchten Ort wohl noch zurückkehren müssen?

Sie waren noch nicht sehr weit gekommen, aber die Fackeln am Kai schon nicht mehr auszumachen, als Koehlbier Befehl gab, erneut die Anker zu werfen. Weder Mond noch Sterne erhellten den Nachthimmel. Nur der Monsun zog mit seinen mächtigen grauen Wolken über sie hinüber.

»Warum lässt er ankern?«, fragte Karlmann. Er stand mit August an der Reling.

»Das wirst du gleich sehen.«

An der Seite machten jetzt ein paar Sampans fest, die flachen Ruderboote der Chinesen. Wie Fische kamen sie von irgendwo da draußen angeschwommen. Am Heck standen die Gelbköpfe und manövrierten ihre Boote mit den geschwungenen Rudern ganz nahe an die *Niewalcker* heran.

»Siehst du. Koehlbier hat noch immer nicht genug. Jetzt nehmen wir noch mehr Fässer an Bord. Dreihundert Rupien kassiert er in Bengalen pro Legger für den Schnaps. Ein schöner Zuverdienst, den er sich in die Tasche steckt. Er wird uns alle umbringen, wenn er das Schiff jetzt noch weiter belädt.«

»Du meinst, er verkauft den Schnaps in Chinsurah auf seine eigene Rechnung?«

Karlmann hustete. Schon seit Tagen ging es ihm nicht gut. Seine Stirn war fiebrig, und er fürchtete, eine böse Krankheit hätte ihn erwischt.

»Natürlich verkauft er den Schnaps auf eigene Rechnung. Was glaubst du denn, warum wir hier draußen im Schutz der Dunkelheit die Anker werfen? Bestimmt hat er noch ein paar der Offiziere beteiligt, damit sie dichthalten. Aber den größten Batzen steckt er sich selbst in die Tasche.«

Drei Stunden lang luden sie danach auch noch die Sampans ab. Koehlbier ließ vor Groß- und Fockmast Platz für die Fässer schaffen und auch diese Ladung fest verzurren. Sie hatten jetzt nicht nur den Bauch voller Schnaps, sondern auch fast das ganze Deck. Zum Schluss konnten oben auf den Planken kaum noch zwei Männer nebeneinander herlaufen, so viele Fässer hatte die *Niewalcker* geladen.

Karlmann tat jeder einzelne Knochen weh. Er war erleichtert, als er unter Deck endlich in seine Hängematte kriechen durfte. Seine Stirn brannte noch immer wie Feuer, und ihn ergriff deshalb eine quälende Unruhe. Schon in den vergangenen Tagen hatte er an sich eine gewisse Verwirrung des Denkvermögens festgestellt. Es kam vor, dass er die einfachsten Zahlen nicht mehr zusammenzählen konnte. Aber was ihm dann wirklich einen Schreck eingejagt hatte, war die Tatsache, dass er vorgestern krampfhaft hatte überlegen müssen, wie er überhaupt an Bord der *Niewalcker* gelangt war. Es lag alles schon so fürchterlich lange zurück.

In der Nacht träumte Karlmann wirres Zeug: von nackten Halb-und-halb-Kindern, die auf dem Rücken von Tigern ritten, und Betel spuckenden Weibern, die ihnen dabei zuschauten. Als er am Morgen aus seinem Traum aufschreckte, quälte ihn der unerträgliche Gedanke, dass er womöglich seinen Verstand verlieren könnte und hier, am Ende der Welt, zwischen all den Verrückten, den feisten Compagnie-Beamten und ihren verwöhnten Gattinnen, zur Beute des Wahnsinns wurde.

So stand es um ihn, als die *Niewalcker* auf ihrer dritten Fahrt nach Chinsurah zwölf Wochen später die Sandbänke Bengalens erreichte. Schon in der Sundastraße mussten sie die Segel reffen und jedes Manöver äußerst vorsichtig angehen. Ihr Schiff war dermaßen überladen, dass sie jeden Windstoß fürchteten. Bisher hatten sie Glück gehabt. Zwar war der Monsunregen während ihrer Überfahrt ununterbrochen auf sie niedergeprasselt, aber viel mehr war ihnen bisher nicht geschehen. Bei ruhiger See erreichten sie am Morgen die Küste.

Hier verbrachten sie drei weitere volle Tage mit Kreuzen und warteten auf den Lotsen, damit er sie sicher bis zur Mündung des Hugli-Flusses brachte. Jeden Morgen standen die Männer an der Reling und schauten ungeduldig rüber zum Land. Koehlbier lief vorne am Bug sichtlich nervös hin und her und bestimmte mit seinem Quadranten ihre Position. Regelmäßig ließ er das Lot ins Wasser werfen und zählte die Knoten am Faden. Sie hatten noch immer genug Wasser unterm Kiel.

Obwohl Koehlbier ein sehr erfahrener Kapitän war, wagte auch er die Einfahrt in den Hugli nicht ohne die Hilfe eines Lotsen. Es wäre auch reiner Selbstmord gewesen. Das wusste Karlmann so gut wie jeder andere Mann an Bord. Zwar waren sie von der Küste nun nicht mehr weit entfernt, aber es fiel trotzdem schwer, da vorne Land auszumachen. Nur der Schlamm, den der Hugli meilenweit ins Meer trieb und der das Wasser gelb färbte, verriet den festen Grund vor ihnen. Wie ein Krake streckte der Strom seine Tentakeln dem Meer entgegen, ein Gewirr aus Flüssen, das jede Grenze von Wasser und Land verschwimmen ließ.

Zweimal war Karlmann nun schon die Mündung des Hugli hinauf nach Chinsurah gesegelt. Und zweimal war dabei alles gut gegangen. Aber es war nicht einfach, hier heil durchzukommen. Es gab nur wenige Einfahrten, die so tückisch und gefährlich waren wie die in den Bengalen-Strom. Selten verging ein Jahr, ohne dass hier ein Schiff auf Grund lief. Überall lauerten die Untiefen. Ständig wechselten die gefährlichen Stellen, weil der Strom so mächtig ins Meer drückte. Jedes Mal nach dem schlimmen Monsun mussten die Lotsen das Fahrwasser neu peilen.

Karlmann fürchtete sich vor den dichten Mangrovenwäldern auf den Inseln im Mündungsdelta. Beim letzten Mal hatte er sich die Ohren zugehalten, um die krächzenden Vögel und das Geschrei der Affen nicht länger hören zu müssen. In dieser Wildnis aus Wasser und Schlamm lauerten Tiger, Krokodile und Schlangen, so dick wie die Taue, die sie an Bord mitführten.

»Wir sind viel zu schwer.«

Seit Tagen lag ihm August nun schon mit seinen Befürchtungen in den Ohren. Sorgenvoll schauten sie in Richtung Land. Es regnete noch immer Bindfäden, und die Stimmung an Bord war miserabel. Dann sahen sie endlich die Schaluppe in der Ferne. Sie näherte sich von Norden. An Bord der Lotse, auf den sie volle drei Tage gewartet hatten. Er war Holländer und ziemlich angeschickert, als er die Leiter an der Bordwand nach oben kletterte. Beinahe hätte er die Balance verloren.

»Kut«, schimpfte er laut vor sich hin. »Droll«, »Kak«.

Das waren die ersten Worte, die sie an Bord der *Niewalcker* von ihm hörten. Aber so beduselt er auch sein mochte, beanspruchte er doch sogleich das Kommando. »Dann wollen wir euer Schiff mal sicher nach Chinsurah bringen«, rief er übers Deck, als er vom Steuermann das Ruder übernahm.

»Wir sind viel zu schwer«, sagte August noch einmal. »Und jetzt schicken sie uns auch noch einen besoffenen Lotsten.«

Zwei Stunden wartete der Lotse mit weiterem Kreuzen die Flut ab, dann setzte er Kurs auf die Küste. Die ersten zwei Sandbänke nahmen sie ohne Probleme. Zur Belohnung ließ er sich von Koehlbier einen Schnaps einschenken. Alle Männer an Deck schauten neugierig zu ihnen rüber.

»Seht ihr, so einfach geht das«, lallte der Lotse vor sich hin und kippte sich gleich noch einen weiteren Schnaps hinter die Binde. Auch Koehlbier genehmigte sich jetzt ein Glas, offenbar froh, die ersten Untiefen hinter sich zu haben.

Die Schaluppe fuhr ihnen weiterhin voraus und zeigte durch ständiges Auf- und Niederbringen der Wimpel die Zahl der Fäden an. Alle an Bord gingen nun davon aus, das Schlimmste hinter sich gebracht zu haben. Koehlbier ließ auch an die Mannschaft Arrak austeilen. Die Offiziere hinten auf dem Halbdeck beglückwünschten sich schon zu ihrem Gewinn, den sie in Chinsurah einfahren würden. Eigentlich jeder an Bord war jetzt ausgelassen und selig von dem Schnaps, der herumgereicht wurde. Nur August schaute noch immer sorgenvoll auf das Wasser vor ihnen.

»Nun komm schon«, stupste ihn Karlmann aufmunternd in die Seite. »Die letzte Sandbank ist ein Kinderspiel. Wir haben es fast geschafft. Gleich haben wir die Mangrovenwälder hinter uns. Sieh doch nur. Da vorne sieht man schon die ersten Hütten an Land.«

»Warte ab. Wir müssen …«

Noch bevor August seinen Satz beendet hatte, ging ein gewaltiger Ruck durch das Schiff. Die Seile, die hoch in die Takelage führten, schlotterten wie Spinnweben im Wind, und die drei Masten wackelten wie Betrunkene hin und her. Sie saßen fest.

Nur den Bruchteil einer Sekunde blieb Koehlbier ruhig. Dann brüllte er los: »Schnell, holt alles rauf. Zuerst die Kanonen. Los, Männer, lauft!«

Alles, was nicht niet- und nagelfest war, ließ Koehlbier über Bord werfen. Zuerst die Kanonen, dann das Holz, den Teer und auch die Seekisten. Selbst die Tiere im Unterdeck, die Schweine und die Schafe, opferte er. Nur seine Arrakfässer durfte ihm niemand anrühren.

Koehlbier raufte sich die Haare, nannte den Lotsen einen besoffenen Lumpen und bedrohte ihn mit dem Galgen. »Du hast mein Schiff auf Grund gefahren«, tobte er, während die Schweine und Schafe im Wasser um ihr Leben kämpften. Sie quiekten und blökten vor Angst. Ein paar der Tiere schlugen mit ihren Hufen verzweifelt gegen den Rumpf der *Niewalcker*, bevor sie ertranken.

Obwohl Koehlbier nun alle Segel setzen ließ, damit sich das Schiff aus eigener Kraft befreite, bohrte es sich immer tiefer in den Grund. Gegen Mittag nahm der Regen zu, begleitet von Böen, die langsam heftiger wurden. Mit Gewalt drückten die Wellen von hinten gegen den Rumpf. Die ersten Wogen spülten schlammig-gelbes Wasser auf das Deck. Die Schaluppe des Lotsen kreuzte noch immer vor ihnen im Wind. Das Boot war viel zu klein, um sie im Notfall alle an Bord nehmen zu können Dann hörte Karlmann, wie es unter seinen Füßen krachte. Die *Niewalcker* begann zu allen Seiten hin zu lecken, und das Wasser strömte nun ungehindert in die Laderäume. Der Wind, der sich mittlerweile zu einem ordentlichen Sturm ausgewachsen hatte, schlug die Segel zu Lumpen.

Jeder an Bord dachte jetzt nur noch daran, wie er sein armseliges Leben retten konnte. Die Arrakfässer auf Deck lösten sich und schlugen krachend gegeneinander. Schnaps, gemischt mit Salzwasser und Schlamm, floss über die Planken. Die Männer klammerten sich an die Taue der Reling, schubsten einander fort und kämpften um die wenigen Plätze in einer der Barkassen. Auf die Offiziere hörte jetzt keiner mehr. Koehlbier schlug vorne am Fockmast mit einem Stück Holz gegen die Schiffsglocke. Er brüllte gegen den Wind an, aber seine Worte gingen in dem Sturm unter.

August verwünschte den Kapitän und zerrte Karlmann nach Achtern, wo noch eine der Barkassen in ihrer Verankerung hing. Zwei Matrosen stieß er zur Seite und half Karlmann ins Boot, in dem sich schon viel zu viele Männer aneinanderdrängten. Dann zückte August sein Messer und kappte die Seile. Laut klatschend schlug die Barkasse auf das Wasser. Einige Männer sprangen in ihrer Verzweiflung hinterher. Karlmann sah ihre Köpfe noch aus den Wogen ragen. Und dann sah er die Krokodile, die langsam zu ihnen hinüberschwammen. Sie schlugen mit ihren gepanzerten Schwänzen auf das Wasser, während sie nach ihrer Beute schnappten.

Das Letzte, was Karlmann von der *Niewalcker* wahrnahm, war der Achtersteven, der sich auf die Seite legte und dann ächzend auseinanderbrach. Was danach geschah, bekam er nur noch sehr schemenhaft mit. Seine Stirn blutete. Irgendetwas war auf ihn gestürzt. Vielleicht ein Stück vom Fockmast, der eben krachend auf das Deck geschlagen war. Schwer verletzt erreichte Karlmann ein paar Tage später Chinsurah.

Dort ließ ihn August gleich ins Hospital schaffen. Ein Krankenwärter flößte ihm etwas Heißes in die Kehle, und er kam für einen kurzen Moment wieder zu Bewusstsein. Um ihn herum, auf sehr klapprigen Gestellen, lagen lauter arme Teufel, deren totenbleiche Gesichtszüge von entsetzlichem Elend gezeichnet waren. Karlmann erschrak dermaßen darüber, dass er gleich wieder in seine Ohnmacht zurücksank.

Die nächsten Tage hörte er wie aus weiter Ferne die Klagen und das hilflose Stöhnen der Männer um sich herum. Mit gefalteten Händen lagen sie neben ihm im Sterben. Es kostete Karlmann größte Mühe, seine Augen zu öffnen. Immer wenn es ihm für ein paar Minuten gelang, suchte sein fiebriger Blick nach August, dem Freund und Lebensretter. Doch nie wollten seine Augen ihn finden. Er war jetzt ganz allein mit diesen Elendsgestalten um sich herum, um mit ihnen zu sterben. Die Mauern dieses Hospitals, dachte Karlmann in seinen wenigen lichten Momenten, werde ich nur verlassen, um sie mit meinem Grab zu tauschen.

Zwei Tage später legte man ihn als hoffnungslosen Fall auf eine Art Krippe mit einem eingebohrten Loch im Boden, damit der Schweiß und das Blut, das seinem geschwächten Körper noch immer entströmte, ohne fremdes Zutun auf den Boden fließen konnten. Karlmann war noch nicht tot, aber er fühlte schon die lähmende Kälte, die von seinen Beinen zu seinem Herzen kroch. Seine Zunge war schwer wie Blei, und in seinen Ohren rauschte das Meer.

Als er nach zwei weiteren Tagen noch immer nichts von dem Reis zu sich genommen hatte, den ihm der Krankenwärter jeden Abend in einer kleinen Holzschüssel neben die Krippe stellte, gab der Arzt Anweisung, Karlmann in die Totenkammer zu schaffen – ein kleines Zimmerchen, das an die Ringmauer des Hospitals grenzte. Eine Nacht verbrachte er noch dort, und am nächsten Morgen kamen die Soldaten, um ihn und zwei andere Männer zu begraben.

Sie hatten Karlmann schon völlig entkleidet und machten sich gerade daran, seinen steifen Körper in ein altes Segeltuch einzunähen, als er noch einmal zu Sinnen kam. Vielleicht lag es nur an dem frischen Luftzug, der durch die geöffnete Tür in die Totenkammer wehte. Vielleicht war es auch die grobe Behandlung durch die Soldaten, ihr Stoßen und Schieben, das ihn aufwachen ließ. Er seufzte einmal schwer, und die Soldaten, die ihn schon für tot gehalten hatten, fuhren erschrocken zusammen.

So hatte es der Arzt Karlmann eine Woche später erzählt: Dass er in der Stunde seines eigenen Begräbnisses dem Tod gerade noch einmal von der Schippe gesprungen sei und man ihn durch kräftiges Reiben und das Einflößen jeder Menge Glühwein wieder zu Bewusstsein gebracht habe.

Zwei Monate lag das mittlerweile zurück. Karlmann fühlte sich noch immer ziemlich wackelig auf seinen Beinen, aber immerhin: Er lebte noch. Und er konnte auch wieder alleine essen. Er nagte das halb verdorbene Pökelfleisch von den Knochen und stopfte sich das verschimmelte Schiffsbiskuit in den Mund, mit dem man die Kranken hier fütterte. Richtig gesund konnte man von dem Fraß nicht werden, aber man verhungerte auch nicht.

Eisern klammerte sich Karlmann an den Rest Leben, der ihm noch geblieben war. Sein linker Arm hatte es leider nicht geschafft. Wo sich früher sein kräftiger Oberarmmuskel gewölbt hatte, war ihm nur ein kurzer Stumpf geblieben. Er konnte ihn zwar bewegen, aber viel anzufangen wusste er damit nicht. Es kostete ihn einige Zeit, wenn er am Morgen nun seine Hosen überzog. Selbst in der Nase zu bohren fiel ihm schwer, weil er dazu zeitlebens immer nur die Finger an seiner linken Hand gebraucht hatte.

Was Karlmanns Lebensgeister in diesen Tagen nährte, war einzig und allein die Tatsache, dass bald jede Woche ein Schiffskapitän der Compagnie durch das Hospital seine Runde machte, um aus den Elendsgestalten jene Männer auszuwählen, die noch irgendwie für den Borddienst zu gebrauchen waren.

Das war seine bange Hoffnung: mit einem dieser Kapitäne endlich nach Hause zu kommen, zurück nach Amsterdam. Von August hatte Karlmann nichts mehr gehört. Er war bestimmt schon mit einem anderen Schiff in Richtung Heimat unterwegs. Koehlbier, so erzählte man ihm im Hospital, sei an Bord der *Niewalcker* ersoffen. Nur fünfundvierzig von insgesamt zweihundert Mann hatten es mit der Schaluppe nach Chinsurah geschafft.

Zwar nannten sie ihn im Hospital wegen seiner dürren Gestalt alle nur noch den Magermann, aber immerhin, er war einer von ihnen. Er hatte überlebt.

-29-

Manchmal, wenn auch nur selten, sprachen die beiden noch davon. Piet bereute mittlerweile, dass er Carla alles gezeigt hatte: die kopulierenden Flöhe, die Animalcula im Essig und auch die zwischen den Zähnen.

»Du musst dich nicht vor ihnen ekeln«, beschwichtigte Piet sie ein ums andere Mal.

»Aber sie leben in meinem Mund.«

»Nicht nur in deinem Mund. Auch im Mund von allen anderen Menschen. Zwar kann ich dir noch nicht sagen, welchen Sinn und Zweck ihr Dasein verfolgt, aber manchmal glaube ich, ohne sie gäbe es kein Wachsen und Vergehen in dieser Welt.«

»Du meinst, sie wachsen noch? Zwischen meinen Zähnen?«

»Nein, Carla, sie sind einfach nur da. Als deine unsichtbaren Begleiter. Sie gehören zu dir wie deine Arme und Beine. Du musst dich nicht vor ihnen fürchten.«

»Und was fressen sie? Nähren sie sich etwa von meinem Fleisch und Blut?«

»Stell dir lieber vor, dass sie schon immer da waren. Vom Anbeginn der Zeit an. Vielleicht hat es diese winzigen Wesen gebraucht, um die Erde urbar zu machen. Das kann ich dir noch nicht mit Bestimmtheit sagen, aber es wäre möglich.«

»Kannst du sie mir wegmachen?«

»Niemand kann sie wegmachen. Und ich glaube auch nicht, dass es nötig ist. Nimm sie als einen Teil deiner Natur an. Es wird schon ein tieferer Sinn darin liegen, dass wir in unserem Mund mehr von diesen Tierchen mit uns herumtragen, als Leute im gesamten Königreich leben.«

»Hör bitte auf. Es ist scheußlich. Ich will kein Schlafplatz von Würmern sein. Wenn sie da draußen durchs Erdreich kriechen würden, wäre es mir gleichgültig. Ich fände sie vielleicht widerlich, aber noch widerlicher finde ich die Vorstellung, dass sie mich besiedeln. Ich spüre den Schlag meines Herzens, aber ich will nicht, dass noch etwas anderes in mir schlägt.«

»Ich verstehe deine Furcht, aber sie ist unbegründet. Eine Biene nährt sich am süßen Nektar der Blumen. So entstehen aus den Blumen neue Blumen.«

»Woher willst du das wissen?«

»Ich weiß es einfach, vertrau mir. Und eben diese Tatsache bestärkt mich darin, dass auch wir womöglich auf diese kleinen Tierchen in unserem Mund angewiesen sind. Alles in der Natur ist doch ein ewiges Geben und Nehmen. Vielleicht sind die Animalcula, die ich nun schon seit Jahren durch meine Mikroskope betrachte, ja die heimlichen Hüter der Welt. Vielleicht könnten sie ganz gut ohne uns Menschen auskommen, aber wir nicht ohne sie. Deshalb studiere ich sie. Weil ich glaube, dass sich im Allerkleinsten das Allergrößte verbirgt.«

»Was suchst du eigentlich?«

»Das Geheimnis des Lebens, Carla. Den Ursprung von allem.«

»Und Gaesbeeck? Was hat er damit zu schaffen?«

»Er hilft mir. Alles, was ich durch meine Instrumente beobachte, schreibe ich auf. Gaesbeeck übersetzt meine Berichte und schickt sie nach London. Dort gibt es ein paar gelehrte Herren, die Anteil an meinen Studien nehmen. Anfangs haben sie mich ausgelacht, aber mittlerweile nicht mehr.«

»Hast du noch mehr Geheimnisse vor mir?«

»Ich wollte nie ein Geheimnis vor dir haben. Ich wollte dich nur beschützen.«

»Piet, ich bin nicht dumm. Natürlich habe ich mir Gedanken darüber gemacht, warum du am Abend immer so lange in deiner Werkstatt hockst. Ich habe nie etwas dazu gesagt, weil du mir diese wunderbaren Bilder geschenkt hast, die da oben in meinem Zimmer hängen. Aber ich hätte niemals für möglich gehalten, dass du dich mit diesem grässlichen Gewürm beschäftigst. Mit all diesem Ungeziefer und diesen Flöhen. Ich dachte immer, es ginge dir nur um das Schöne in der Welt.«

»Beides gehört zusammen, Carla. Die Würmer zwischen unseren Zähnen und die unsichtbaren Strukturen der Blätter und Blüten. Es sind nur zwei Seiten der gleichen Medaille. Beides zeigt uns, was die Welt im Innersten zusammenhält.«

»Für mich ist es nicht dasselbe. Das eine ist hässlich, und das andere ist schön.«

»Nur deshalb habe ich es so lange Zeit vor dir verborgen. Weil ich fürchtete, du könntest darüber erschrecken. Es tut mir leid, dass ich dich im Ungewissen gelassen habe. Aber jetzt, wo du die Wahrheit kennst, musst auch du mir etwas versprechen. Versprich mir bitte, dass du deinen Ekel überwinden wirst. Eines Tages, wenn ich das Rätsel gelöst habe, werde ich dir alles erklären können. Und noch etwas. Aber das musst du für dich behalten.«

»Was denn noch? Was soll ich für mich behalten?«

»Nur mich. Für immer.«

-30-

Anfangs, da glaubte Carla noch, sie würde eines Tages alles vergessen können. Aber das stimmte nicht. Nachdem ihr Piet alles gezeigt hatte, die Würmer im Essig und auch die zwischen den Zähnen, ekelte es Carla vor sich selbst.

Unerträglich fand sie die Vorstellung, von diesen winzigen Kreaturen besiedelt zu sein. Ständig untersuchte sie ihren Körper nach Spuren von diesem unsichtbaren Leben. Dann juckte und kribbelte es sie überall. Sie traktierte ihren Körper mit Seife und Bürste und schrubbte so heftig an sich herum, dass ihre Haut rot und rissig wurde. Überall an sich vermutete sie diese grässlichen Tierchen am Werk: in den Poren auf ihrer Stirn und selbst in der Nase. Sie krochen ihr durch Mund, Ohr und Schoß ins Körperinnere und zeugten dort fleißig ihre Jungen.

Die Angst, dass sich diese unsichtbaren Wesen madengleich durch ihre Därme schlängelten, bereitete Carla Albträume. Manchmal stellte sie sich vor, dass ein Wurm in ihr heranwuchs, größer noch als eine giftige Natter. Und wenn sie dann mitten in der Nacht hochschreckte, weil sie fürchtete, diese schleimige Schlange könne ihr eines Tages aus ihrem Mund kriechen, musste sie sich erbrechen.

Carla putzte sich die Zähne nach jeder Mahlzeit und auch zwischendurch. Bestimmt zwanzig Mal am Tag spülte sie ihren Mund mit Salzwasser aus. Sie gurgelte und spuckte. Ihr eigener Körper wurde ihr mit der Zeit immer mehr zum Gefängnis. Angewidert betrachtete sie die Flüssigkeiten, die ihr entströmten: ihre Tränen, ihren Schweiß und auch ihre Exkremente. Mit jedem Tag kam sie sich schmutziger und verdorbener vor. Sie putzte dagegen an, aber nie war es ihr sauber genug. Zwanghaft wienerte sie die Fußböden im Haus und scheuerte in der Küche jeden Teller so lange ab, als würde die Krätze daran kleben.

Die Bilder von Fabrist, die Piet ihr auch weiterhin schenkte, konnte sie nun nicht mehr so freudig anschauen wie früher, weil sie nun auch die anderen Bilder kannte: diese abstoßend vergrößerten Ansichten von Flöhen, Spinnen, Wanzen und Milben. Sie war wie besessen von dem Wahn, alles um sie herum und auch in ihr selbst sei voll von diesem höllengleichen Ungeziefer. Um die Plagegeister loszuwerden, badete sie ihre Hände am Abend in heißem, fast schon kochendem Wasser.

In Piets Gegenwart riss sich Carla zusammen. Tagsüber, wenn sie vorne im Tuchladen gemeinsam ihre Kundschaft bedienten, setzte sie noch immer ein Lächeln auf. Und auch dem kleinen Maarten war sie weiterhin eine gute Mutter. Vor dem Zubettgehen streichelte sie ihm über das Haar und sang ihm ihr Schlaflied vor. Aber wenn sie am Abend dann für ein paar Stunden mit sich allein war, während Piet noch unter in seiner Werkstatt vor seinen Mikroskopen saß, um sich in die Unendlichkeit des Allerkleinsten zu vertiefen, nahm der Ekel erneut Besitz von ihr.

Carla bemühte sich nach Kräften, dass Piet nichts davon mitbekam. Aber die Tatsache, dass sich ihr Körper mittlerweile an ihr zu rächen begann, konnte sie auch vor ihm auf Dauer nicht verbergen. An manchen Tagen, wenn der Ekel überhandnahm, bildeten sich kleine Bläschen auf ihren Lippen. Sie juckten fürchterlich, noch bevor man sie überhaupt sehen konnte, invisiblen

Furunkeln gleich, die sie bis aufs Blut drangsalierten.

Dann kratzte sich Carla tagelang. Sie konnte gar nicht anders, als dagegen anzukratzen. Nur sie selbst wusste, dass es nicht allein die Animalcula waren, die sie quälten.

-31-

Drooten wartete auf der Straße noch in Ruhe ab, bis der letzte Kunde das Geschäft verlassen hatte. Dann überquerte er die Oude Delft, räusperte sich vor der Ladentür noch einmal kurz und ging hinein. Piet räumte gerade einen Stoffballen in das Regal ein, mit dem Rücken zu ihm gewandt.

»Ich schließe gerade.«

Der Kirchendiener räusperte sich ein zweites Mal.

Piet drehte sich zu ihm um.

»Sie?«

»Ja, ich brauche Stoff für einen neuen Mantel. Und weil jeder in der Stadt behauptet, du hättest die besten Stoffe im Angebot, habe ich mir gedacht, ich schaue mal bei dir vorbei.«

Abschätzend schaute Piet den Kirchendiener an. Er hatte ihm nie verziehen, dass er ihn als Kind wie einen Gefangenen nach Deventer geschleppt hatte.

Ich dachte, du seist tot. Das war das Letzte gewesen, was Drooten zu ihm gesagt hatte. Damals in Amsterdam, als sie sich in Karlmanns Werkstatt zufällig noch einmal über den Weg gelaufen waren. Seitdem hatte er nie wieder ein Wort mit Drooten gewechselt. Manchmal war es ihm so vorgekommen, als würde er ihm hinterherspionieren. Aber das bildete er sich vielleicht auch nur ein. Und jetzt kam dieser Schuft also einfach so bei ihm im Laden vorbei und tat, als sei nichts weiter gewesen.

»Also, was kannst du mir für einen Stoff empfehlen? Ich dachte an etwas Dunkles, am liebsten schwarz.«

»Der Laden ist schon geschlossen. Und duzen Sie mich bitte nicht. Es wäre mir lieber, wenn Sie Ihren Stoff woanders kaufen.«

»Warum denn so unfreundlich? Ich habe dir … oh, Entschuldigung … Also, wenn du so viel Wert darauf legst: Ich habe Ihnen doch nichts getan.«

»Nein, natürlich nicht. Sie haben in Deventer damals ja bloß zugeschaut.«

»Ach so, verstehe. Aber das ist nicht auf meinem Mist gewachsen. Ich habe damals nur meine Pflicht erfüllt. Ich habe nur getan, was man mir aufgetragen hat.«

Piet lachte bitter.

»Ja, Sie haben nur getan, was man Ihnen aufgetragen hat. Würden alle Menschen nur tun, was man ihnen aufträgt, wäre die Welt bald ein einziges Schlachthaus.«

»So schlimm wird ja wohl nicht gewesen sein. Und außerdem hat sich am Ende doch alles zum Besten gefügt. Wie ich sehe, läuft der Laden hier hervorragend.«

»Und dass sie mich damals beinahe totgeschlagen haben, das haben Sie wohl vergessen, was? Sie haben da vorne am Tisch neben dem Rektor gesessen und zugeschaut.«

»Was hätte ich denn auch anderes tun sollen? Radewijns hat mir erzählt, du hättest schlimmste Sünde auf dich geladen und das sei nun mal die Strafe dafür.«

»Glauben Sie immer alles, was man Ihnen erzählt?«

»Nein, aber ich glaube an die Worte Gottes.«

»Und die sagen einem, dass man einen Menschen einfach so totschlagen darf?«

Drooten merkte schnell, dass er so nicht weiterkam. Jedes Wort drehte ihm dieser verfluchte Zwerg im Mund herum. Und jetzt verlangte er auch noch, ihn zu siezen. Spielte sich auf wie ein edler Herr, diese kleine Missgeburt. Vorsichtig, jedes Wort abwägend, sagte Drooten: »Nun gut, die Strafe war vielleicht etwas hart. Aber das alles liegt nun schon eine Ewigkeit zurück. Vielleicht sollten wir einfach vergessen, was damals geschehen ist.«

»Vergessen? Einfach so vergessen, meinen Sie? Nie und nimmer werde ich vergessen, was sie mir in Deventer angetan haben. Sie haben ja keine Ahnung, wovon Sie reden. Die anderen Kinder haben mich geschlagen und in der Nacht auf mein Bett gepisst. Kaum eine Nacht habe ich dort in trockenen Decken geschlafen. Jeden Tag musste ich die Scheiße der anderen Jungen von den Latrinen kratzen. Und bei jedem seiner Backpfeifenkonzerte hat mich Radewijns auf den Quader befohlen, damit mir die anderen Jungen die Nase brechen. Sie haben wirklich keine Ahnung, wovon Sie reden.«

Piet stockte für einen Moment. Er hörte jetzt noch einmal das Zischen in seinen Ohren und roch das verbrannte Fleisch.

»Und dann …«, fuhr er mit bebender Stimme fort, »hat mich dieses Schwein gebrandmarkt.«

Piet drehte Drooten den Rücken zu, fasste sich in den Nacken und schlug seine Haare zurück.

»Hier, sehen Sie das? Das hat man mir in Deventer angetan.«

Erschrocken wich Drooten zurück. Die kleinen Zahlen waren ziemlich verblasst, aber noch immer zu erkennen: drei kleine Sechsen – die Zahl des Teufels. Das also war das Zeichen, das er vor der Welt zu verbergen trachtete!

Drooten murmelte leise vor sich hin: *Und ich sah: Ein Tier stieg aus dem Meer, mit zehn Hörnern und sieben Köpfen. Es öffnete sein Maul, um Gott und seinen Namen zu lästern, seine Wohnung und alle, die im Himmel wohnen. Wer Verstand hat, berechne den Zahlenwert des Tieres. Denn es ist die Zahl eines Menschennamens; seine Zahl ist die sechshundertsechsundsechzig.*

»Was? Was reden Sie da?«

Ohne ein weiteres Wort stürmte Drooten aus dem Laden. Endlich hatte er gefunden, wonach er so viele Jahre hatte suchen müssen. Das also war das Zeichen, von dem Gott in seinen Träumen zu ihm gesprochen hatte. Das Zeichen des Teufels. Jetzt durfte er Seinem Befehl endlich Genüge tun.

Piet stand noch eine ganze Weile sichtlich aufgewühlt in seinem Laden, die verblasste Wunde unter seiner Hand spürend. Er wollte endlich vergessen, was hinter ihm lag. Die Gespenster der Vergangenheit sollten endlich Ruhe geben.

-32-

»Aber du musst doch etwas essen.«

»Lass mich in Ruhe. Ich habe keinen Hunger.«

Ärgerlich schlug Gaesbeeck seiner Frau die Tür vor der Nase zu. Ihm war der Appetit für diesen Morgen gründlich vergangen. Immer wieder kehrte er zu seinem Schreibtisch zurück und überflog das jüngste Schreiben aus London. Das hatte er nun davon.

Da übersetzte er für Piet nun schon seit Jahren seine Berichte, und jetzt beriefen sie nur ihn. Von ihm selbst war in dem Brief keine Rede. Nur dass er doch bitte ausrichten solle, dass man sich überaus glücklich schätzen würde, wenn Piet van Leeuwen ihrer neu gegründeten Gelehrtengesellschaft beitrete, der Royal Society in London.

Hatte er selbst denn gar nichts dazu beigetragen? Er war es doch gewesen, der seinerzeit den ersten Brief an William Brouncker aufgesetzt hatte. Ohne ihn wäre Piet diese Ehre doch niemals zuteilgeworden. Er hätte seine mikroskopischen Beobachtungen angestellt, aber keiner hätte sich dafür jemals interessiert. Nur ihm war es doch zu verdanken, dass sie nun auch in London glaubten, dass Flöhe von Flöhen abstammten und ihre Existenz weder Dreck noch faulem Atem verdankten. Er war es doch gewesen, der den Stein überhaupt erst ins Rollen gebracht hatte. Und jetzt behandelten sie ihn wie einen dummen Boten.

Gaesbeeck hätte alles dafür gegeben, ein Mitglied der Royal Society zu werden und mit Männern wie Christopher Wren, Robert Boyle, John Wilkins, William Petty und William Brouncker in einem Atemzug genannt zu werden. Und jetzt schlossen sie ihn förmlich aus. Einen Handlanger machten sie aus ihm, einen billigen Sekretär, der bloß die frohe Kunde zu überbringen hatte.

All die Jahre über hatte er sich bescheiden im Hintergrund gehalten. Aber es waren doch auch seine Anregungen gewesen, die Piet auf die richtige Fährte gesetzt hatten. Geduldig hatte er jede notwendige Frage mit ihm erörtert: die Geschwindigkeit der Blutströmung in der Schwanzflosse des Aals, die irrigen Vorstellungen zur Fortpflanzung der Flöhe und auch die wahre Konsistenz der Kapillargefäße. Gemeinsam hatten sie gestaunt über die Vergrößerungen von Mückenstacheln, die Cornea der Mordellenaugen und über die verborgene Struktur von Vogelfedern.

Nein, es war wirklich nicht gerecht, wenn Piet nun ganz allein Ruhm und Ehre zuteilwurden. Zumindest ein Stück weit musste man doch auch seinen Beitrag für dieses Werk anerkennen. Wie konnte Brouncker nur vergessen, dass er es gewesen war, der das Talent dieses kleinen Tuchhändlers, der nie eine Universität besucht hatte und über keinen akademischen Grad verfügte, als Erster erkannt hatte? Den anfänglichen Spott der Londoner Kollegen hatte er tapfer ertragen. Aber dass man ihm nun so gar nicht danken wollte, konnte Gaesbeeck nur schwer verschmerzen.

Er gönnte Piet die Ehre, weil er mit den Jahren eingesehen hatte, dass sein eigenes Studium an der Universität zu Leiden wenig wert war gegen den Einfallsreichtum dieses Amateurs. Oft bereute er deshalb die Tatsache, so viel Zeit mit seinen Büchern verschwendet zu haben. Man musste schon seinen eigenen Kopf gebrauchen, um auf neue Gedanken zu kommen. Aber ein wenig von der

Ehre, die Piet nun zuteilwerden sollte, wollte Gaesbeeck auch für sich selbst entgegennehmen.

Ohne Frühstück und auch ein wenig verschnupft verließ er an diesem Morgen sein Haus, um Piet die Neuigkeit mitzuteilen. Carla stand allein im Laden und sortierte ein paar Stoffballen in die Regalauslagen.

»Ist er da?«

»Ja, in seiner Werkstatt. Ich glaube, er hat die ganze Nacht dort hinten zugebracht.«

»Darf ich?«

Gaesbeeck rückte sich einen Stuhl vor Piets Schreibtisch.

»Natürlich, aber schließen Sie bitte die Tür.«

»Lassen wir doch endlich diese Förmlichkeit. Stört mich sowieso schon die längste Zeit. Und heute scheint mir auch genau der richtige Tag dafür zu sein. Es wäre mir ein Zeichen deiner Wertschätzung, wenn auch du mich endlich duzen würdest. Ich habe große Neuigkeiten aus London für dich.«

»Was für Neuigkeiten?«

»Sie haben jetzt endlich ihre Gelehrtengesellschaft gegründet, die Royal Society. Und sie wollen dich, Piet van Leeuwen, in ihre Reihen berufen.«

Piet hörte gar nicht richtig hin.

»Sie kratzt sich die ganze Zeit.«

»Hörst du nicht, was ich sage? Du sollst ein Mitglied der Royal Society in London werden.«

»Und wenn schon. Es ist mir gleichgültig.«

»So, so, es ist dir also gleichgültig. Weißt du überhaupt, was das bedeutet? Du hast nie eine Universität von innen gesehen. Und trotzdem erweisen sie dir diese überaus große Ehre. Sie sehen dich als ebenbürtig an. Auf einer Stufe mit Männern wie Christopher Wren, Robert Boyle, William Petty und all den anderen. Du unter den Oberhäuptern der Wissenschaft.«

»Trotzdem, es ist mir gleichgültig.«

Gaesbeeck schüttelte ungläubig den Kopf.

»Sie kratzt sich die ganze Zeit.«

»Von was redest du überhaupt?«

»Ich hätte es ihr niemals zeigen dürfen. Ich habe es nur getan, weil sie mich darum gebeten hat. Und dann habe ich ihr die Animalcula gezeigt. Im Essig, im Wasser, in der Milch und auch die zwischen den Zähnen. Sie hat gesagt, es sei ekelhaft. Und seitdem kratzt sie sich ununterbrochen.«

»Du redest von deiner Magd?«

»Ich hätte es ihr wirklich nicht zeigen dürfen. Anfangs, da wollte sie nur den Essig in der Küche nicht mehr anrühren. Aber dann fing sie damit an, sich ständig die Zähne zu putzen. Und jetzt kratzt sie sich andauernd.«

»Vielleicht hat sie die Flöhe.«

»Nein, ich glaube, es ist der Ekel.«

»Es geht mich ja nichts an, aber jetzt übertreibst du. Schon damals, als sie ihren kleinen Bastard auf die Welt gebracht hat, warst du um sie besorgt wie ein werdender Vater um seine Frau.«

»Es geht dich wirklich nichts an.«

»Es spricht für dich, wenn du dir um deine Magd Sorgen machst, aber wenn du ihre Befindlichkeiten höher schätzt als die Ehre, die dir die Royal Society erweist, bist du nicht ganz bei Trost.«

»Nein, ich war nur nicht ganz bei Trost, als ich ihr alles gezeigt habe. Ich hätte es niemals tun dürfen.«

»Jetzt hör schon auf. Das sind doch bloß dumme Weibergeschichten. Und nur ein Beweis mehr dafür, dass die Erkenntnisse der Wissenschaft nicht für Frauenohren taugen. Ihre Seele ist zart besaitet und ihr Verstand nicht besonders ausgeprägt. Mach dir keine Sorgen um sie. Sie wird schon darüber hinwegkommen. Sag mir lieber, was ich Brouncker schreiben soll. Du wirst sein Angebot doch annehmen, oder?«

»Schreib ihm, was du willst. Mich interessiert nur, ob ich einen Fehler begangen habe. Sei ehrlich zu mir: Glaubst du, dass man sich vor den Animalcula so dermaßen ekeln kann, dass man sich ständig kratzen muss?«

»Was weiß denn ich? Woher soll ich wissen, was im Kopf deiner Magd vorgeht? Frauen fühlen manchmal Dinge, wo es normalerweise gar nichts zu fühlen gibt. Sag mir lieber, was ich Brouncker antworten soll.«

»Schreib ihm ruhig, dass ich sein Angebot annehme. Aber jetzt muss ich mich erst einmal um Carla kümmern.«

-33-

Nachdem er Gaesbeeck nach draußen geleitet hatte, ging Piet nach vorne in den Tuchladen.

»Wir schließen für heute, Carla. Wir müssen reden. Lass uns in der Küche einen Tee trinken.«

»Aber es ist noch nicht einmal Mittag. Und nachher will noch die Tochter der van der Lindens im Laden vorbeikommen, die Tischtücher abholen.«

»Dann soll sie morgen wiederkommen. Was ich mit dir zu besprechen habe, ist wichtiger.«

Carla setzte das Wasser auf dem Herdfeuer auf und nahm dann gegenüber von Piet am Tisch Platz.

»Also, was ist so wichtig, dass es nicht bis später warten kann?«

»Du, Carla. Du bist mir wichtig. Sag mir bitte endlich, warum du dich dauernd kratzt.«

»Es juckt mich, das ist alles. Ich bin schon ganz zerstochen. Es hat so schrecklich viele Mücken in diesem Jahr. Hast du denn gar keine Stiche?«

»Verkaufe mich bitte nicht für dumm. Sag mir lieber, was mit dir los ist. Glaubst du etwa, ich sehe nicht, wie du dich quälst? Du putzt dir zehnmal am Tag die Zähne und kratzt dir die Haut auf. Wie verrückt scheuerst du das Geschirr ab. Jeden Becher und jeden Topf, auch wenn er schon längst sauber gewaschen ist, spülst du so lange ab, als würde etwas Verderbtes daran kleben. Also erzähle mir bitte nichts von Mücken.«

Carla nahm den Kessel vom Feuer und machte Tee. Stumm schenkte sie Piet und auch sich selbst einen Becher ein.

»Und du hast auch schon wieder diese Bläschen auf der Lippe. Mir gefällt das nicht. Vielleicht sollte dich Gaesbeeck einmal gründlich untersuchen.«

»Die Bläschen gehen von selbst wieder weg. Spätestens übermorgen sind sie verschwunden. Glaub mir, mir fehlt nichts. Wirklich, es geht mir gut.«

»Und warum schläfst du neuerdings dann so oft allein in deinem Zimmer?«

»Das bildest du dir ein.«

»Und dein Kratzen? Das bilde ich mir wohl auch ein.«

»Piet, ich kann in letzter Zeit etwas schwer einschlafen. Ich warte noch immer auf Nachricht aus Lissabon. Es ist nun schon ewig her, dass ich an José de Silva geschrieben habe. Aber er hat mir noch immer nicht geantwortet. Nur weil ich so schwer einschlafen kann, gehe ich rüber in mein Zimmer.«

»Und warum drehst du den Kopf zur Seite, wenn ich dir einen Kuss geben will?«

»Das ist nur, weil …«

Carla stockte. Sie wollte es nicht, aber sie konnte nicht verhindern, dass ihr ein paar Tränen über die Wange kullerten.

»Warum weinst du?«

Carla fasste die Schürze und wischte sich die Tränen ab. »Es ist alles so …«

»… was?«

»Ich weiß nicht, wie ich es dir erklären soll.«

»Früher, da hat es nur eine Kleinigkeit gebraucht, um dich zum Lachen zu bringen. Es reichte schon, wenn die Sonne am Morgen durch die Fensterläden schien. Oder wenn Início ein neues Wort von dir gelernt hat. Du hast dich gefreut, wenn der Frost im Winter seine Eisblumen an die Fenster malte. Und auch über die Bilder, die ich dir geschenkt habe. Du hast Maarten mit deiner Liebe überschüttet, aber wenn du ihm am Abend nun dein Schlaflied vorsingst, klingt deine Stimme manchmal so traurig wie die Blätter, die im Herbst von den Bäumen fallen. Es ist wegen der Animalcula, nicht wahr?«

»Nein, oder vielleicht doch.«

»Du hast mir versprochen, du würdest sie vergessen und deinen Ekel überwinden.«

»Wie soll ich sie denn vergessen können, wenn du dich jeden Abend in deiner Werkstatt einschließt und ich mir vorstelle, wie du dir dieses grässliche Gewürm anschaust?«

»Wegen dieser Würmer wollen sie mich in die Royal Society aufnehmen. Eine Gelehrtengesellschaft in London. Gaesbeeck hat mir die Neuigkeit eben überbracht. Er meint, es sei eine sehr große Ehre für mich. Aber es ist mir nicht wichtig, Carla. Einzig und allein du bist mir wichtig.«

»Und Maarten? Ist er dir denn gar nicht wichtig?«

»Doch, natürlich.«

»Als ich damals aus Amsterdam zu dir kam, mit Maarten in meinem Bauch, hast auch du mir etwas versprochen. Du hast gesagt, du würdest für ihn sorgen wie ein Vater, auch wenn du deine Liebe zu mir hinter den geschlossenen Fenstern verbergen musst. Du hast zu mir gesagt, es fiele dir nicht leicht, deine Liebe zu verstecken, aber für Maarten seist du immer wie sein Vater.«

»Das stimmt, das habe ich dir versprochen.«

»Der Junge ist jetzt bald fünf Jahre alt. Ich weiß nicht, ob du dich überhaupt noch an den Tag seiner Geburt erinnerst. Du verbringst mehr Zeit mit Gaesbeeck und diesem versoffenen Maler als mit Maarten. Du bist für ihn wie ein Fremder.«

»Es tut mir leid. Ich habe mich wirklich nicht um Maarten gekümmert. Ich habe mir eingeredet, dass ein kleines Kind mehr die Mutter als den Vater braucht.«

»Er ist nicht mehr klein. Er hat mich vor einiger Zeit gefragt, wer du eigentlich bist.«

»Und was hast du ihm geantwortet?«

»Was ich dir damals versprochen habe. Ich habe zu ihm gesagt: Das ist Piet, der beste Mann, dem ich in meinem Leben begegnet bin.«

»Und Maarten? Was hat er dazu gesagt?«

»Ich glaube, er hat es nicht verstanden.«

Piet senkte den Kopf in seine Hände. Er schämte sich.

»Bitte lass es mich wiedergutmachen, Carla. Ich war so besessen von der Vorstellung, das Rätsel des Lebens zu lösen, dass ich alles andere darüber versäumt habe. Ehrlich gesagt, weiß ich noch immer nicht, wozu diese Animalcula eigentlich da sind. Vielleicht wäre es besser, wenn auch ich sie für eine Zeit vergesse. Gleich morgen früh, das verspreche ich dir, werde ich Maarten den Garten meines Vaters zeigen. Ich war schon jahrelang nicht mehr dort draußen. Ich werde dem Jungen eine Geschichte erzählen, die mir mein Vater als Kind in seinem Garten oft erzählt hat. Und dann, wenn wir beide zurückkommen, wird zwischen uns wieder alles so sein, wie es einmal war.«

-34-

Gleich am nächsten Morgen, noch bevor Carla den Tuchladen öffnete und die Glocken der Nieuwe Kerk zur ersten Morgenandacht läuteten, weckte Piet seinen Sohn.

»Steh schnell auf. Ich will ich dir etwas zeigen.«

Müde rieb sich der kleine Maarten die Augen. Piet strich ihm sanft über die Wange. Maarten war Carla wie aus dem Gesicht geschnitten. Dieselben dunkelgrünen Augen, dasselbe schwarz glänzende Haar, derselbe anmutig geschwungene Mund.

»Hoch mit dir, oder willst du etwa nicht sehen, was ich dir zeigen will?«

Maarten gähnte noch einmal laut, sprang dann aber mit einem Satz aus dem Bett. Wie alle Kinder, deren Neugierde stets größer ist als ihr Hunger, verließ er mit Piet ohne Frühstück das Haus.

»Was willst du mir zeigen?«

»Das wirst du schon früh genug sehen. Und jetzt komm mit. Wir haben ein Stückchen Weg vor uns.«

Carla schickte den beiden ein zufriedenes Lächeln hinterher, als sie die Hippolytusbuurt nach unten in Richtung Oostpoort gingen. Sie nahm die Kanne Milch vom Boden, die der Bauer wie jeden Morgen auf seinem Weg zum Groote Markt vor der Tür abgestellt hatte. »Kommt nicht zu spät zurück«, rief sie den beiden noch hinterher. »Seid zum Abendessen wieder da.«

Piet drehte sich noch einmal zu Carla um. Er war ihr dankbar für ihr Lächeln. Dann nahm er Maarten an die Hand und lief mit ihm vorbei am Haus der Ostindischen Kompanie und dann weiter bis zum Klaeushofje, wo die unverheirateten Frauen der Römisch-Katholischen lebten.

»Wo gehen wir hin, Piet? Was willst du mir zeigen?«

Es schmerzte Piet noch immer, dass der Junge einfach nur Piet zu ihm sagte. Vater wäre ihm lieber gewesen.

Als sie das Oostpoort durchquert hatten, erstreckte sich vor ihnen das weite Land. Es roch nach Herbst, obwohl es noch nicht einmal Ende August war. Viele Felder waren bereits gemäht, und das Gras für das Vieh trocknete schon in den Scheunen. Wo noch vor ein paar Wochen das Korn hoch im Boden gestanden hatte, ragten jetzt nur noch gelbe Stoppeln heraus. Der Wind blies von Osten, und Piet war froh, mal wieder eine frische Brise um die Nase zu spüren. Viel zu lange hatte er sich in den vergangenen Monaten in seiner Werkstatt verkrochen. Ganz tief zog er die Luft in seine Lungen. Erst gestern hatte es geregnet. Die Erde roch modrig, fast etwas faulig. Es roch nach vergangenem und auch nach neuem Leben.

»Wo gehen wir hin?«, drängelte Maarten.

»Kannst du ein Geheimnis für dich behalten?«

»Klar.«

»Siehst du, ich auch.«

»Du bist gemein. Ist es noch weit?«

»Ungefähr zweieinhalbtausend Schritte. Du kannst mitzählen, wenn du willst.«

»So weit kann ich noch nicht zählen.«
»Dann warte ab. Du wirst schon sehen.«
»Ich weiß auch ein Geheimnis. Mama hat es mir erzählt.«
»Was hat sie dir erzählt?«
»Sie hat gesagt, dass ich es niemandem verraten darf.«
»Auch mir nicht?«
»Ich weiß nicht. Sie hat gesagt, dass du mein Vater bist. Stimmt das?«
Piet blieb stehen und nahm Marten in seine Arme. Er hatte Tränen in seinen Augen.
»Warum weinst du?«
»Vor Glück.«
»Stimmt es, was Mama gesagt hat?«
»Ja, es stimmt. Und deshalb zeige ich dir heute etwas, was mir mein Vater gezeigt hat, als ich so alt war wie du.«
»Noch ein Geheimnis?«
»Ja, ein Geheimnis. Warte nur ab.«
Gleich nach dem Oostpoort wandten sich die beiden nach Norden und nahmen den Weg am alten Kanal entlang. Sie passierten Weiden und ein paar versprengte Bauerngehöfte. Die Kornbarben hingen zum Trocknen an den Stiegen auf den Feldern. Piet war ewig nicht mehr hier draußen gewesen. Er erinnerte sich jetzt daran, wie er früher an der Hand seines Vaters hier entlanggelaufen war. Mochten die Menschen auf den Feldern auch andere sein als damals, das Korn, das sie ernteten, sah noch genauso aus wie früher.

Nach einer halben Stunde erreichte Piet mit Maarten den Garten. Sie blieben vor dem Zaun stehen, hinter dem sich das Gras mannshoch erstreckte. Wo früher die Gemüsebeete gelegen hatten, war nur noch Wildnis und Unkraut.
»Warte hier einen Moment«, sagte Piet.
Er holte aus seiner Tasche einen Krug Schnaps und ging hinüber zu Farbrist, der gleich nebenan auf dem Grundstück vor seinem Schuppen in der Sonne döste. Einmal, aber das lag nun schon ein paar Jahre zurück, hatte er ihn hier aufgesucht, weil er ihn volle drei Tage lang in seiner Werkstatt hatte sitzen lassen und hier draußen seinen Rausch ausschlief.
Piet rüttelte Fabrist an der Schulter. Der Maler grunzte nur.
»Hast du eine Sense für mich?«
»Was willst du? Ach, du bist es. Ich dachte schon, jetzt holen sie mich.«
»Also, hast du nun eine Sense für mich?«

Fabrist rappelte sich in seinem Stuhl auf. Die Sonne blendete ihn. Er hielt die Hand schützend vor seine Augen und schielte Piet besoffen an.

»Welche Ehre, du bekommst mich in meiner bescheidenen Hütte besuchen. Was willst du von mir?«

»Wie schon gesagt, ich brauche eine Sense. Ich habe dir auch einen Schnaps mitgebracht.«

»Ein Mann, der mir Schnaps vorbeibringt, kann alles von mir haben. Von mir aus auch eine Sense.«

Mühsam schälte sich Fabrist aus seinem Stuhl, nahm den Schnaps von Piet entgegen und gab ihm, wonach er verlangte.

»Ich bring dir die Sense nachher zurück. Und übrigens: In nächster Zeit brauche ich deine Dienste nicht. Ich sag dir Bescheid, wenn du mal wieder etwas für mich malen sollst. Ich muss mich jetzt erst einmal um etwas anderes kümmern.«

»Wie du willst. Wenn du mir ab und an einen Schnaps vorbeibringst, können mir deine Flöhe gestohlen bleiben.«

Piet schulterte die Sense, ließ Fabrist in seinem Suff allein und ging zurück zu Maarten.

»Pass auf, jetzt schlagen wir uns durch das Gras, und dann erzähle ich dir etwas Schönes.«

»Aber du wolltest mir doch etwas zeigen.«

»Was ich dir zeigen will, liegt unter dem Gras. Siehst du den Schuppen da hinten?«

»Ja.«

»Da müssen wir hin. Früher, als ich so alt war wie du heute, da habe ich auf der Bank vor dem Schuppen am Abend oft mit meinem Vater gesessen. Es ist ein ganz besonderer Ort. Du wirst schon sehen. Aber dazu müssen wir uns jetzt erst einmal einen Weg durch das Gras bahnen.«

Piet schwang die Sense. Es war die Vergangenheit, die er seinem Sohn an diesem Tag zeigen wollte. Diesen einen Ort, an dem er als Kind glücklich gewesen war, wenn er am Abend die Glühwürmchen im Dunkel gezählt hatte.

»Schau, das ist Wolfsmilch. Wenn du die Stängel zusammenquetschst, kommt ein weißer Saft heraus. Aber man muss dabei sehr vorsichtig sein. Der Saft kann die Haut entzünden. Und hier, diese Blume mit den weißen Blüten und dem gelben Knopf in der Mitte, das ist Kamille. Die kannst du essen und unter den Honig mischen.«

Immer wieder hielt Piet mit seiner Sense kurz inne und erklärte Maarten, was er über die Pflanzen wusste. Er zeigte ihm Huflattich, Ackersenf und die borstigen Stängel der wilden Möhren. Von den Blättern des Sauerampfers ließ er ihn kosten, aber vor dem Blauen Eisenhut warnte er ihn.

»Der kann dein Herz so dermaßen zum Rasen bringen, dass du glatt daran stirbst. Aber diese Brennnesseln hier, die Gundelrebe und das Wiesenschaumkraut sind gesund. Die kannst du essen. Sie haben sogar heilsame Kräfte.«

So brauchten die beiden eine ganze Weile, bis sie sich ihren Weg zum Schuppen gebahnt hatten. Die Tür knarrte in den Angeln, als Piet sie öffnete. Dicke Spinnweben hingen über dem Eingang, und auf dem Boden lag der Staub fast zentimeterhoch. Piet stieß den Fensterladen auf und schaute sich um. Alles war noch da: der Tisch in der Mitte, der Schrank mit dem Werkzeug. Und da hinten stand auch noch die kleine Pritsche, auf der er als Kind manchmal seinen Mittagsschlaf gehalten hatte.

»Puh, ist das hier schmutzig«, stöhnte Maarten.

»Ja, hier drinnen hat schon sehr lange keiner mehr sauber gemacht. Komm, wir setzen uns nach draußen auf die Bank. Dann erzähle ich dir eine Geschichte.«

Jede kleine Einzelheit fiel Piet nun wieder ein. Es war die Geschichte, die ihm sein Vater hier so oft erzählt hatte.

»Also pass auf: Vor langer Zeit lebte ein Vogel in diesem Garten, dem beim Fliegen immer schwindelig wurde. Er hieß Jakob, und er war ein kleiner runder Zaunkönig.«

»Aber Vögel sind doch nicht rund.«

»Also gut, Jakob war ein bisschen dick. Er war dick und rund. Aber am Anfang seiner Tage, da war er noch genauso dünn wie seine Brüder und Schwestern. Er saß in seinem Nest und wartete darauf, dass ihn seine Eltern fütterten. Am liebsten mochte er Mücken. Die aß er so gerne, wie du Pfannkuchen isst. Frische Mücken, gemischt mit Larven und Spucke.«

»Igitt.«

»Na ja, das ist nun mal seine Leibspeise gewesen. Damals ahnte Jakob noch nicht, dass er eines Tages aus seinem Nest fliegen würde. Er war mit sich und der Welt zufrieden. Und wäre es nach ihm gegangen, hätte auch alles für immer so bleiben können. Er hätte am liebsten sein ganzes Leben in diesem Nest verbracht, sich ganz eng an seine drei Brüder und seine zwei Schwestern gekuschelt und auf frische Mücken gewartet. Das ging auch eine ganze Weile gut, aber irgendwann beschlossen seine Eltern, dass es nun langsam an der Zeit sei, dass ihre Kinder für ihre Mahlzeiten selbst sorgten und endlich das Fliegen lernten.

Jakob wurde jedes Mal schwindelig, wenn er über den Rand des Nests nach unten schaute. Mindestens vier Meter hing das Nest in der Luft, auf dem Ast der großen Ulme da drüben. Schon beim bloßen Gedanken ans Fliegen wurde Jakob ziemlich flau im Magen. Ihm wurde richtig schlecht, wenn er nach unten guckte. Aber es half alles nicht. Eines Morgens schubsten ihn seine Eltern aus dem Nest. Wie seine Brüder und Schwestern spürte er einen festen Tritt in seinem Hintern. Verzweifelt klammerte er sich mit seinen kleinen Krallen am Rand des Nests fest. Seine Geschwister flatterten schon aufgeregt im Wind. Alle schienen ihren Spaß zu haben, nur Jakob nicht. Als er sich dann nicht mehr festhalten konnte, drehte er so viele Purzelbäume durch die Luft, dass ihm darüber noch schwindeliger wurde. Er drehte sich nach links, er drehte sich nach rechts, kam von einer gefährlichen Schieflage in die nächste und trudelte wie eine besoffene Turteltaube nach unten. Mit einer Riesenbeule am Kopf landete Jakob auf dem Boden der Tatsachen.«

»Hat er sich sehr wehgetan?«

»Zumindest dachte er, dass Fliegen beulengefährlich ist. Er schwor sich an diesem Morgen, dass er das Fliegen lieber den anderen überließe. Wie du dir bestimmt vorstellen kannst, ist das für einen Vogel natürlich eine sehr schwerwiegende Entscheidung. Aber so oft ihn seine Geschwister und auch seine Eltern in den nächsten Tagen auch dazu ermunterten, es doch noch einmal mit dem Fliegen zu versuchen, blieb er bei seiner Entscheidung. Manchmal, wenn Jakob seinen ganzen Mut zusammennahm, wirbelte er zwar ein bisschen durch die Luft, aber besonders geschickt stellte er sich dabei nicht an. Höher als zwei Meter traute er sich nie. Alles, was darüber hinausging, verursachte einen solchen Schwindel in seinem Kopf, dass er sich noch Tage später wie betrunken fühlte. Anfangs, in seiner Kindheit, kam Jakob mit seiner Flugangst noch halbwegs zurecht. Oft konnte er die anderen Zaunkönige davon überzeugen, mit ihm auf dem Boden zu spielen. Hüpfen sei viel lustiger als Fliegen, behauptete er. Aber mit der Zeit spielten immer weniger mit ihm. Und Jakob kam schon bald zu jeder Verabredung zu spät. Während seine Geschwister hurtig durch die Luft flogen, schwitzte er auf seinen Fußmärschen. Zwar mühte er sich redlich um Pünktlichkeit und ging immer schon eine Stunde früher los, aber er kam trotzdem fast jedes Mal als Letzter an. Was ja auch kein Wunder ist, wenn man sich als Fußgänger in der Welt der Vögel zu behaupten versucht.«

»Hat er geweint?«

»Ein bisschen. Aber eigentlich konnte Jakob froh sein, dass er als Zaunkönig geboren worden war und nicht etwa als Feldlerche oder gar als Kranich. Als einer dieser Zugvögel, die jedes Jahr Tausende von Kilometern zurücklegen, um ihre Winterquartiere zu erreichen. Nie im Leben hätte Jakob so hoch und auch so weit fliegen können. Da hatte er es als Zaunkönig schon besser getroffen. Aber er hätte es eben noch ein bisschen besser treffen können. Wäre er als Höckerschwan auf die Welt gekommen, dann wäre er in seinem Element gewesen. Denn Höckerschwäne, musst du wissen, können auch nicht besonders gut fliegen. Richtig schwierig wurde es für Jakob aber erst, als er einen Beruf ergreifen sollte.«

»Vögel haben Berufe?«

»Natürlich haben Vögel Berufe. So wie die Menschen haben auch die Vögel Berufe.«

»Was denn für Berufe?«

»Alle möglichen. Da gibt es zum Beispiel die Vögel von der Post. Sie fliegen von Baum zu Baum und verbreiten die neuesten Nachrichten. Dann gibt es selbstverständlich auch noch die Baumeister unter ihnen. Wir Menschen denken ja immer, dass die Vögel, nur weil sie für uns alle gleich aussehen, ihre Nester selber bauen. Aber das stimmt natürlich nicht. Sie haben genauso ihre Handwerker wie wir Menschen. Selbst ihre eigenen Barbiere haben sie. Das sind Zaunkönige mit den scharfen Schnäbeln, die den anderen Vögeln die Federn stutzen.«

»Das glaube ich dir nicht.«

»Was glaubst du denn, warum das Gefieder der Vögel immer so gut in Form ist? Das kommt nur daher, sich weil sie sich regelmäßig die Federn schneiden lassen.«

»Was ist mit Tuchhändlern? Haben die Vögel auch ihre eigenen Tuchhändler?«

»Ja, aber das ist ein ziemlich langweiliger Beruf, weil die Vögel immer in den gleichen Kleidern herumfliegen. Viel wichtiger sind die Ölverkäufer.«

»Wozu brauchen Vögel denn Öl?«

»Mit dem Öl schmieren sie sich am Morgen ihre Flügel ein. Was glaubst du denn, wie es am Himmel quietschen würde, wenn die Vögel sich nicht jeden Tag die Flügel ölen würden. Ein unerträglicher Krach wäre das. Aber das ist eine andere Geschichte. Auf jeden Fall wurde es für Jakob ziemlich heikel, als es darum ging, einen Beruf zu ergreifen. Die Post schied für ihn ja sowieso schon mal aus, weil da nur die Schnellsten genommen wurden. Und zu den Baumeistern konnte er auch schlecht gehen, weil die meisten Nester für ihn viel zu hoch hingen. Für Jakob kam deshalb nur eine Arbeit infrage. Und so wurde aus ihm schließlich ein Metzger. Er hatte in seinem Geschäft Nachtfalter im Angebot, Libellen, Wanzen, Milben, Ameisen, Mücken, Spinnen, Asseln, Tausendfüßer und natürlich auch jede Menge Larven. Alles, was Zaunkönige eben gern fressen und was Jakob vom Boden aufpicken konnte.«

»Ist Metzger ein guter Beruf für einen Zaunkönig?«

»Wie man's nimmt. Zumindest wird man satt und dick davon. So wie unser Metzger am Burgwal. Der schlägt sich ja auch jede Menge von seinen Würsten in den Bauch. Jakob verkaufte also seine Spinnen und seine Weberknechte, aß selbst ein bisschen zu viel davon und wurde mit jedem Tag noch etwas dicker und runder. Das machte die Sache mit dem Fliegen natürlich noch schwieriger. Bald schon konnte er gar nicht mehr fliegen.«

»Weil er zu schwer war?«

»Viel zu schwer. Während die anderen Zaunkönige in den Bäumen Fangen spielten, saß Jakob allein unter irgendeinem Busch und wurde mit der Zeit ein richtiger Trauerkloß. Die anderen Vögel hatten es längst aufgegeben, ihn zu ihren Spielen einzuladen. Erst kam er immer zu spät, und wenn er dann endlich kam, wollte er nicht mit ihnen fliegen. Er fand keine Frau. Und Freunde hatte er eigentlich auch keine. Nur beim Fressen vergaß er seinen Kummer für ein paar glückliche Augenblicke. Bis eines Morgens etwas sehr Merkwürdiges passierte.«

»Was denn?«

»Jakob wurde lange vor den anderen Vögeln wach. Der Morgen war grau und regenverhangen. Über den Boden zogen dichte Nebelschwaden, und darüber türmten sich die Wolken. Und mittendrin in dieser Suppe aus Wolken und Nebel sah er dann plötzlich diese Treppe.«

»Eine Treppe?«

»Ja, eine Treppe aus Nebel und Wolken. Die erste Stufe lag gleich neben dem Busch, unter dem Jakob hockte. Mit einem beherzten Sprung hopste er hinauf. Während die anderen Zaunkönige noch selig vor sich hin schnarchten, hüpfte Jakob die Treppe nach oben. Er war schon bestimmt fünfzehn Meter nach oben gestiegen, als die anderen Vögel auf ihren Bäumen erwachten. Auch sie sahen die dichten Wolken um sich herum. Nur die Treppe sahen sie nicht.

Dafür sahen sie nun, wie Jakob scheinbar ohne jede Angst immer höher in den Himmel stieg. Ihm selbst war dabei noch nicht einmal schwindelig. Er fühlte den festen Boden der Wolkentreppe unter seinen Füßen und hüpfte so schnell nach oben, dass es für die anderen Vögel so aussah, als würde er endlich fliegen können. Immer höher stieg Jakob hinauf, viel höher, als ein Zaunkönig eigentlich fliegen kann. Bald schon war er auf einer Höhe angelangt, in der sich normalerweise nur Falken oder Bussarde aufhalten. Und am Ende war er dann so weit oben, dass den anderen Zaunkönigen vom bloßen Zuschauen schwindelig wurde. Sie klatschten mit ihren Flügeln und bewunderten ihn. Doch Jakob stieg noch weiter nach oben, so weit, dass ihn die anderen Vögel schließlich aus den Augen verloren.«

»Und dann?«

»Kein Zaunkönig hat Jakob jemals wiedergesehen. Er ging die Treppe bis ganz zum Ende. So weit, dass er mit seinem Kopf schließlich an die Decke des Himmels stieß. Dort suchte er sich dann die weichste aller Wolken aus, so kuschelig und warm wie das Nest, in dem er einst auf die Welt gekommen war. Dort sitzt er vermutlich noch heute. So hoch oben, dass ihn nie wieder jemand aus seinem Nest werfen kann.«

Maarten blickte sehnsüchtig in den Himmel, als Piet mit seiner Geschichte zum Ende kam.

»Können wir beide auch einmal diese Treppe nach oben steigen?«, fragte er.

»Irgendwann werden wir alle diese Treppe nach oben steigen. Aber erst später.«

»Morgen?«

»Nein, morgen noch nicht. Erst wenn du eines Tages die Treppe am Himmel siehst, kannst du hinaufsteigen. Schau mal, siehst du den Apfelbaum da drüben? Aus dem Holz dieses Baums hat mir mein Vater, kurz bevor er selbst die Himmelstreppe nach oben gestiegen ist, diese Figur hier geschnitzt.«

Piet kramte aus seiner Hosentasche den kleinen Holzengel hervor. Das dunkle Holz war vom vielen Reiben mit der Zeit so glatt poliert wie ein Kiesel am Strand.

»Was ist das?«

»Erkennst du es denn nicht? Das ist ein kleiner Engel. Hier, da sind seine Flügel, und das hier ist sein Gesicht.«

»Aber er hat ja gar keine Augen. Nicht mal Ohren hat er. Haben Engel keine Ohren?«

Piet musste lachen. Was Kinder für Fragen stellten. Ob Engel Ohren hatten?

»Ehrlich gesagt, weiß ich das nicht so genau. Als mir mein Vater diesen Engel hier geschenkt hat, hat er mir ein Blatt Papier dazugelegt. Er hat geschrieben: *Wer für das Kleinste im Leben ein Auge hat, wird das Allergrößte in seinem Leben gewinnen.* Ich weiß, das ist nicht leicht zu begreifen. Aber später, wenn du älter bist, wirst du es vielleicht verstehen.«

»So schwer ist das nicht. Das Kleinste im Leben ist bloß Firlefanz. Und das Allergrößte für mich ist Mama.«

Piet schloss Maarten in seine Arme.

»Du hast völlig recht, mein Junge.«

Piet hatte es mit einem Mal nun sehr eilig, nach Hause zu kommen. Ausgerechnet sein kleiner Sohn musste ihm sagen, was das Wichtigste im Leben war. Das Allergrößte war die Liebe. Er musste jetzt nur gut achtgeben, um sie nicht noch einmal zu verlieren.

-35-

Es war schon später am Nachmittag, als Piet mit Maarten in die Hippolytusbuurt zurückkehrte.

Drooten stand auf der gegenüberliegenden Kanalseite, verborgen hinter einer Häuserecke. Ganz früh am Morgen, noch im Schutz der Dunkelheit, hatte er alles vorbereitet. Er hatte ruhig abgewartet, bis der Bauer die Kanne Milch wie jeden Morgen vor Piets Haustür abgestellt hatte. Dann war er zum Eingang geeilt, hatte den Deckel vorsichtig angehoben und das Pulver der übrigen kleinen Blechdosen hineinrieseln lassen. Niemand hatte ihn dabei beobachtet, wie er die Kanne Milch kräftig genug durchgeschüttelt hatte.

Da kamen sie also endlich wieder zurück. Hatten sich verdammt viel Zeit gelassen. Piet öffnete die Haustür und verschwand mit dem Jungen im Haus.

Hoffentlich hatte die Magd die Milch nicht schon ausgetrunken. Nein, bestimmt nicht, beruhigte sich Drooten. Vielleicht hat sie schon davon gekostet, aber mehr wohl nicht. Bestimmt tranken sie jetzt alle drei von der Milch, und dann würde das weiße Pulver seine Wirkung entfalten. Alle drei würden sie elendig verrecken wie diese fette Sau in ihrem Pferch. Nur noch ein paar Stunden – und dann wäre der Teufel mitsamt seiner Brut endlich ausgemerzt.

-36-

»Ihr wart ganz schön lange weg.«

Carla hockte auf den Knien und schrubbte den Küchenboden. Sie wrang den Scheuerlappen aus, trocknete sich die Hände an der Schürze ab und tätschelte Maartens Wange.

»Und, hat dir Piet etwas Schönes gezeigt?«

»Er hat mir seinen Garten gezeigt. Hier, die habe ich für dich gepflückt.«

Carla nahm den Strauß Kamille entgegen.

»Die sind aber schön.«

»Piet sagt, wir könnten die Blumen essen. Stimmt doch, oder?«

»Ja.«

»Mama, du kannst sie unter den Honig mischen. Dann bekommen wir nie wieder Husten. Und dann hat mir Piet noch eine Geschichte erzählt. Von Jakob, dem Vogel, dem beim Fliegen immer schwindelig wurde.«

Maarten strahlte vor Glück, und Carla freute sich darüber.

»Schön, dass du dich heute um ihn gekümmert hast«, sagte sie, als Maarten schon im Hinterhof verschwunden war, um noch ein wenig mit seinen Murmeln zu spielen. »Versprichst du mir, dass du dich von nun an häufiger um ihn kümmerst?«

»Das verspreche ich dir.«

Wenn sich Piet sich nicht sehr täuschte, waren ihre Augen etwas wässrig.

»Was hast du, Carla?«

»Nichts, ich freue mich einfach nur, dass du dich ab jetzt um Maarten kümmern wirst.«

»Hast du wirklich nichts?«

»Nein, was soll ich denn haben? Das heißt, doch. Jetzt habe ich es beinahe vergessen. Es ist ein Brief für dich angekommen. Er liegt oben im Wohnzimmer. Lass mich hier nur noch schnell den Boden aufwischen. Gleich danach mache ich das Essen. Du kannst so lange deinen Brief lesen.«

Den zweiten Brief, der an sie selbst adressiert worden war und den sie gegen die Mittagszeit ebenfalls entgegengenommen hatte, erwähnte Carla mit keinem Wort.

Piet wusch sich am Brunnen im Hof nur rasch die Hände, blickte hinüber zu Maarten, der seine Murmeln über die Pflastersteine kullern ließ, und ging dann sogleich nach oben, um den Brief zu lesen. Noch auf der Treppe überlegte er, ob die Nachricht wohl aus London käme. Aber der Brief kam nicht aus London. In dem braunen Kuvert steckte ein zweiter Umschlag von kleinerem Format, dazu ein kurzes Begleitschreiben. Es stammte von Nicolaus Nistelroy.

»Dieser Brief kam irrtümlich bei mir an. Ich sende ihn an dich weiter und hoffe, er erreicht dich bei guter Gesundheit.«

Verblüfft legte Piet das Schreiben zur Seite. Nistelroy. Seit er Amsterdam verlassen hatte, um in Delft sein eigenes Tuchhandelsgeschäft zu eröffnen, hatte er nie wieder von ihm gehört. Er musste inzwischen so um die sechzig sein. Vielleicht hatte er sein Geschäft schon lange aufgegeben und genoss seine alten Tage hinter einem warmen Ofen.

Piet nahm den beiliegenden Brief und drehte das Kuvert auf die Rückseite. Kein Absender. Das Kuvert war verknittert und ziemlich abgegriffen. Der Brief sah aus, als habe er eine sehr lange Reise hinter sich gebracht. Und das hatte er ja auch.

Von Chinsurah aus war der Brief über den mächtigen Bengalen-Strom bis zum Mündungsdelta gelangt. Dort wartete auf ihn ein Schiff der Ostindien-Kompanie. Sechstausend Barren Tutenag hatte der Dreimaster geladen, jede Menge Pfeffer, Perlmutt, Peddigrohr und zweieinhalbtausend Kisten Tee. Zusammengebunden mit ein paar anderen Dokumenten, passierte der Brief drei Wochen später die Meerenge zwischen Indien und Sri Lanka und schaukelte dann an den tausend Inseln der Malediven vorbei, die wie kleine Zuckerkuchen auf der türkisblauen See lagen. Bei ruhigem, aber gleichmäßigem Wind ging es weiter bis zur Ostküste Afrikas und dann herum um das Kap der Guten Hoffnung. Fast in Sichtweite der Blumenfelder des Namaqualandes nahm das Schiff Kurs gen Norden und erreichte über den Walfischrücken die Ufer von St. Helena.

An der Himmelfahrtsinsel, südlich des Äquators, ließ der Kapitän die Anker werfen, damit sich die Mannschaft mit Wasserschildkröten und Früchten versorgen konnte. Fast während der gesamten Überfahrt hielt das gute Wetter an, doch im Golf von Guinea geriet das Schiff in einen bösen Sturm. Nur mit sehr viel Glück erreichte der Brief über die Kanarischen Inseln in Cadiz das europäische Festland. So kam er schließlich, nachdem er auch noch die Küsten von Portugal, Spanien und Frankreich hinter sich gebracht hatte, schließlich in Amsterdam an. Fast achttausend Seemeilen und achtzehn Monate Fahrt hatte der Brief hinter sich gebracht, bevor er in Delft eintraf.

Ungeduldig riss Piet das Kuvert auf. Der Brief war von Karlmann.

Lieber Piet,

ich glaube nicht, dass du mich noch wiedererkennen würdest. Mich nennen hier alle nur noch den Magermann, so abgezehrt bin ich. Aber immerhin: Ich bin noch am Leben.
Dieser Brief erreicht dich aus Chinsurah, einem Drecksloch von einer Stadt am Ende der Welt. Unsere Landsleute unterhalten hier eine Handelsniederlassung, aber es sind auch jede Menge Engländer und Portugiesen vor Ort. Es würde zu viel Papier brauchen, um dir alles zu erzählen, was ich in den vergangenen Jahren erlebt habe. Aber du kannst mir glauben, die Monate auf See sind schon schlimm genug. Wenn die Stürme über das Deck pfeifen, musst du unten auf der Bilge scheißen. Und das ist wirklich das Widerwärtigste, was du dir vorstellen kannst. In den Flauten, und auch die sind auf dem Meer nicht eben selten, fault das Trinkwasser in den Fässern, und dir fallen nach ein paar Wochen die Zähne aus. Wenn du dann, nach einer gefühlten Ewigkeit, endlich Batavia erreichst und schon glaubst, du hättest das Ärgste hinter dir, belehren dich die Leute dort eines Besseren. Ich glaube wirklich, die Sonne verdirbt den Charakter. Die Weiber in Batavia sind allesamt prunksüchtig, stinkfaul und böse. Bald jeden Tag lassen sie aus purer Langeweile einen ihrer Sklaven totschlagen. Henkerchen spielen, nennen sie das.
Na ja, Batavia liegt nun hinter mir. Wir sind von dort ein paar Mal rüber nach Bengalen gesegelt, vollbeladen mit Arrak. Und beim letzten Mal ging es dann halt schief. Wir liefen kurz vor der Küste auf Grund. Die meisten Männer sind ersoffen. Und die anderen haben sich die Krokodile geschnappt. Ich selbst konnte mich mithilfe eines Matrosen – August heißt er übrigens; er war mir ein treuer Freund in den vergangenen Jahren – an Bord des Lotsenboots retten. Und so kam ich schließlich nach Chinsurah, wo sie mich im Hospital zusammengeflickt haben. August ist schon lange fort, wahrscheinlich ist er bereits zurück in Holland, aber ich sitze noch immer in diesem Drecksloch fest.
Bald jede Woche kommt hier ein Kapitän vorbei, um sich aus den Elendsgestalten im Hospital ein paar Männer auszusuchen, die noch für den Borddienst taugen. Erst heute Morgen war wieder einer von ihnen da, und auf ihn setze ich jetzt meine ganze Hoffnung. Vielleicht nimmt er mich mit nach Hause. Ich kann diese Betel fressenden Weiber nicht mehr sehen. Und auch nicht diese grässlichen Tiere, die dir hinter jedem Busch nach dem Leben trachten: giftige Schlangen, züngelnde Warane

und fauchende Löwen. Ich sehne mich nach einem anständigen Bett und einem vernünftigem Stamppot mit Rookworst. Ich will, bevor ich sterbe, zurück nach Amsterdam. Mir wird bange bei dem Gedanken, dass mich der Kapitän vielleicht doch nicht mit an Bord nimmt und ich hier, bleich wie ein Geist, mit dünnen Beinen und vor Hunger geschwollenem Bauch, durch die Straßen schleiche. Ich will hier nicht verrecken.
Also Piet, wünsch mir Glück. Wenn alles gut geht, nimmt mich der Kapitän morgen mit an Bord und ich bin bald wieder zurück in Amsterdam. Vielleicht sogar schon, bevor dich dieser Brief erreicht oder kurze Zeit später. Dann kann ich dir selbst alles erzählen. Es kommt nur darauf an, ob mich der Kapitän morgen mit an Bord nehmen wird.

Es grüßt dich dein alter Freund
Karlmann

Piet ließ den Brief langsam sinken. *Mensch, Karlmann, komm mir bloß wieder heile nach Hause*, dachte er. Was hatte er dem alten Freund nicht alles zu verdanken. Er war es gewesen, der sich Radewijns' Befehl widersetzt hatte. Ohne ihn hätten sie ihn in Deventer damals totgeschlagen. Und in gewisser Weise war auch er es gewesen, durch den er Carla kennengelernt hatte. Ohne ihn wäre er niemals in die *Mennonitische Hochzeit* gegangen. Es war ja nicht seine Schuld, dass er den Matrosen niedergestochen hatte. Nur weil Karlmann ihn hatte verteidigen wollen, musste er aus Amsterdam fliehen. Aber sein Brief klang nicht so, als wäre da draußen für ihn irgendein Glück zu finden gewesen.

Mit diesen Gedanken saß Piet oben am Tisch im Wohnzimmer, als ihn Carla von unten zum Essen rief.

-37-

Maarten war noch immer ziemlich aufgekratzt. Während des Essens, Carla hatte für sie Hühnchen zubereitet, löcherte er seine Mutter mit Fragen.

»Stimmt es wirklich, dass sie Berufe haben?«

Zweimal hatte er Piets Geschichte vom Vogel, dem beim Fliegen immer schwindelig wurde, nun schon zum Besten gegeben. Und jetzt wollte er sich von seiner Mutter alles bestätigen lassen.

»Und sie schmieren ihre Flügel tatsächlich jeden Tag mit Öl ein, damit sie nicht quietschen? Sie fressen Mücken, gemischt mit Spucke? Und sie lassen sich von den Vögeln mit den scharfen Schnäbeln die Federn schneiden? Und sie haben Handwerker wie wir?«

Amüsiert hörte Piet den beiden zu. Ihm wurde dabei schmerzlich bewusst, wie gut er es in seinem Leben doch getroffen hatte. Während Karlmann da draußen so verzweifelt versuchte, nach Hause zu gelangen, hatte er alles, was man sich nur wünschen konnte: ein Heim, eine Frau und einen Sohn. Was war dagegen schon die Ehre, ein Mitglied der Royal Society zu werden?

»So, genug gefragt, Maarten«, entschied Carla. »Du gehörst jetzt sofort ins Bett. Dort kannst du noch ein bisschen von Jakob träumen.«

Piet hörte, wie sie ihrem Sohn oben ihr Schlaflied vorsang. Ihre Stimme klang noch etwas trauriger als sonst.

»Du bist mir ein schöner Kindskopf«, sagte Carla, als sie zurück in die Küche kam. »Jetzt wird er noch denken, dass Vögel sprechen können.«

»Aber das können sie doch auch.«

»Ja, Início kann das. Aber doch nicht so ein kleiner Zaunkönig. Wer hat dir eigentlich geschrieben?«

»Karlmann.«

»Karlmann?«

»Erinnerst du dich nicht an ihn? Der große Blonde. Der gut aussehende Kerl, mit dem ich damals in die *Mennonitische Hochzeit* gekommen bin.«

Carla runzelte die Stirn. Nach einer Pause sagte sie: »Nein, ich erinnere mich nicht.«

»Aber das kannst du doch nicht vergessen haben. Er sitzt irgendwo am anderen Ende der Welt fest. Er hofft, dass er mit einem der nächsten Schiffe nach Hause kommt. Vielleicht sehen wir uns bald wieder. Vielleicht ist er ja sogar schon in Amsterdam.«

»Er will zu uns kommen?«

»Ich glaube, dass er unsere Hilfe ganz gut gebrauchen könnte. Sein Brief klang ziemlich verzweifelt.«

»Ich kann mich nicht an ihn erinnern.«

»Aber Carla. Du weißt doch bestimmt noch, wie er diesen Kerl niedergestochen hat. Nur weil er mich verteidigen wollte, ist das alles passiert. Nur deshalb musste er damals aus Amsterdam fliehen. Ich stehe in seiner Schuld.«

»Ja, ich erinnere mich. Aber ich will nicht länger an die alten Zeiten zurückdenken. Ich will einfach nur vergessen, was damals geschehen ist.«

»Lass uns noch einmal von vorn anfangen.«

»Die Zeit lässt sich nicht zurückdrehen.«

»Doch, Carla. Du musst es nur wollen. Maarten hat mir heute gesagt, was du ihm erzählt hast. Es hat mich so glücklich gemacht.«

»Was hat er gesagt?«

»Er mich gefragt, ob es stimme, dass ich sein Vater sei.«

»Und was hast du ihm geantwortet?«

»Das es die Wahrheit ist.«

»Das ist gut. Versprichst du mir, dass du von nun an wie ein Vater auf ihn aufpassen wirst?«

»Das verspreche ich dir. Würdest du heute Abend noch einmal dein Kleid für mich anziehen?«

»Du meinst das Kleid, in dem du mich kennengelernt hast?«

»Ja, ich möchte, dass du das Seidenkleid heute Abend noch einmal für mich trägst.«

Carla fegte ein paar Brotkrumen vom Tisch und strich die Decke vor sich glatt. Die Schüssel mit dem Milchpudding stand noch immer unberührt zwischen ihnen.

»Warte hier«, sagte sie schließlich, »lass mich noch einmal kurz zu Maarten schauen. Und dann kommst du hoch.«

Carla sagte es mit einem Unterton in ihrer Stimme, der Piet Hoffnung machte. Als er dann zaghaft oben an die Tür klopfte, pochte sein Herz laut und aufgeregt. Carla trug ihr Seidenkleid, das aus den Farben des Meers gewebt war.

Piet wollte gerade etwas zu ihr sagen, da schloss sie ihm mit der Hand den Mund.

»Pscht. Lass uns alle Worte für heute Nacht vergessen. Lass uns gemeinsam schweigen.«

Dann umfasste sie seine Taille, schloss die Augen und begann, sich zum Takt einer Musik zu bewegen, die nur sie hörte. Ganz langsam glitt Carla mit Piet in ihren Armen durch den Raum. Sie dachte an die sanfte Dünung in der Bucht von Figueira da Foz, auf der sie sich früher gewiegt hatte wie ein Kind in den Armen seiner Mutter. Sie wollte jetzt noch einmal auf dem großen Fisch reiten, das Salzwasser auf ihrer Haut spüren und tief durch die Wellen tauchen. Noch einmal wollte sie ganz weit vorne in der Brandung stehen und die unbändige Kraft des Meers spüren, wenn das Wasser an ihren Füßen zog. Sie wollte die Farben des Ozeans noch einmal sehen, sein unergründliches Blau, diese wilde Mischung aus den Tönen von Schiefer, Smaragden und funkelnden Opalen.

»Carla«, setzte Piet noch einmal an. »Ich will dir doch nur sagen, dass …«

».. sag nichts. Schweig mit mir.«

Dann bewegten sie sich weiter zu Carlas lautloser Musik. Als die beiden später auf das Bett sanken, war zwischen ihnen nur noch Schmecken, Riechen, Sehen und Spüren. Die Melodie der Liebe ergriff das Wort und übertönte langsam alles andere. Auch die Worte, die Piet noch eben durch den Kopf gegangen waren, verloren nun jede Bedeutung für ihn.

Erst sehr spät in dieser Nacht meldete sich die Vernunft in ihm zurück. Piet fragte sich, warum er noch länger über das Geheimnis des Lebens grübeln sollte, wenn dieses Feuerwerk im Hirn doch schon die Antwort war. Nirgendwo ließen sich Sinn und Zweck des Lebens so intensiv fühlen wie in diesem einen kostbaren Moment. Vielleicht sollten sie noch ein zweites Kind miteinander haben, dachte Piet, kurz bevor er einschlief. Vielleicht war ein zweites Kind die Antwort auf all seine Fragen.

-38-

Noch im Halbschlaf, draußen dämmerte es gerade erst, streckte Piet seine Hand nach Carla aus. Er griff ins Leere. Müde öffnete er die Augen. Sie war nicht da. Bestimmt war sie schon nach unten gegangen, um das Frühstück vorzubereiten.

Piet war glücklich, als er an die letzte Nacht zurückdachte. Zufrieden rollte er sich auf Carlas Seite und drückte sich ihr Kissen vors Gesicht. Daran haftete noch ihr Duft, dieser eigentümliche Wohlgeruch, den ihr Körper in der Nacht verströmt hatte. Erfrischend wie eine Brise vom Meer hatte sie gerochen, nach Wind und Unendlichkeit. Piet steckte seine Nase ganz tief in Carlas Kissen und schlief darüber noch einmal für ein paar selige Minuten ein.

Am liebsten wäre er ewig so liegen geblieben, hätte ihn der Hahn im Hof nicht geweckt. Início, der nebenan in Carlas Zimmer auf der Stange in seinem Käfig saß, eiferte dem Störenfried lautstark nach. KikeRRRiki, KikeRRRiki.

Piet schlug die Decke zurück. Er schlüpfte schnell in seine Holzpantinen, öffnete die Tür und schaute über das Geländer die Treppe nach unten.

»Carla?«

Keine Antwort. Piet horchte.

»Carla? Bist du da unten?«

Wieder keine Antwort. Vielleicht war sie nur schnell zum Groote Markt gelaufen. Irgendetwas besorgen, was ihr in der Küche gefehlt hatte. Piet ging zurück ins Schlafzimmer und stieß die Fensterläden auf. Die Luft hatte sich über Nacht spürbar abgekühlt. Am Horizont türmten sich noch immer ein paar dicke Wolken von dem Gewitterregen, der in der Nacht auf sie niedergeprasselt war. Der Regen hatte der Erde gutgetan. Und auch ihm selbst hatte der Regen gutgetan. Ja, dachte Piet: Der Regen hat alles sauber gewaschen. Jetzt wird alles wieder so werden wie früher. Nie wieder wollte Piet vergessen, was ihn die gestrige Nacht gelehrt hatte: dass es nur eine einzige Kleinigkeit auf dieser an Geheimnissen so reichen Welt gab, die es wirklich wert war, für immer erinnert zu werden. Es war dieser winzige Augenblick, für den es sich lohnte zu leben. Dieser Bruchteil weniger Sekunden, in denen er sich mit Carla vollkommen eins fühlen konnte.

Piet beugte sich aus dem Fenster und schaute runter in den Hof. Da sah er Carla plötzlich.

Sie lag mit dem Kopf nach unten. Bleiern grau schimmerte das Kopfsteinpflaster durch ihre langen schwarzen Haare. Ganz entspannt lag sie da, so, als würde sie schlafen. Ihre Arme waren weit auseinandergebreitet und ihr Körper von dem blauen Seidenkleid umhüllt.

So schnell er konnte, eilte Piet die Treppe nach unten. Lass es nur ein böser Traum sein, bettelte er. Aber da wusste er schon, dass es kein böser Traum war. Schon vom Fenster aus hatte er das Blut gesehen, das sich um ihre Schläfe herum über das Kopfsteinpflaster ausbreitete. Ein dünner, kleiner, roter Bach aus Blut. Wie betäubt stieß Piet die Tür zum Hof auf und stürzte zu ihr. Er kniete sich neben sie auf das Pflaster und rüttelte an ihren Schultern. Wie eine Puppe lag sie in seinen Armen, völlig bewegungslos. Seine Qual war so groß, dass er noch nicht einmal zu schreien vermochte. Seinen Körper schüttelte es wie eine Marionette, an deren Fäden ein grausamer Gott zerrte.

Dann stürzte er über den Hof auf die Hippolytusbuurt nach draußen und rannte hinüber in die Voorstraat. Wie ein Verrückter hämmerte er an Gaesbecks Tür.

»Hilf mir«, schrie er. »Du musst mir helfen.«

Doch auch der Arzt konnte Piet nicht mehr helfen. Gaesbeeck schüttelte nur den Kopf, als er Carlas Puls fühlte.

»Sie ist tot.«

»Aber warum? Warum hat sie das nur getan? Was soll ich Maarten denn jetzt sagen?«

Gaesbeeck stützte ihn, als sie zurück ins Haus gingen. Maarten saß schon in der Küche am Tisch, vor ihm die Schüssel mit Milchpudding, den sie gestern Abend unberührt auf dem Tisch hatten stehen lassen. Genüsslich stopfte er sich einen Löffel in den Mund, als Piet mit Gaesbeeck in die Küche kam.

»Wo ist Mama?«

»Mein Gott«, nuschelte Piet. Aber das hörte Maarten zum Glück nicht. Stattdessen redete nun der Arzt für ihn.

»Wie ich höre, bist du schon bald fünf Jahre alt.«

Maarten legte den Löffel zur Seite. »Ja, warum?«

»Dann bist du ja schon ein richtig großer Junge. Dann könntest du mir einen großen Gefallen tun. Meine Frau will heute mit der Kutsche auf den Markt nach Schiedam. Ich selbst habe keine Zeit, und sie hat keinen Kutscher. Meinst du, dass du die Kutsche für mich lenken könntest?«

Maarten vergaß über die neue Aufregung den Milchpudding und auch seine Mutter. Hastig sprang er von seinem Stuhl auf.

»Klar kann ich die Kutsche fahren.«

»Dann komm schnell mit«, sagte Gaesbeeck. »Wir spannen zusammen die Pferde an, und dann fährst du mit meiner Frau nach Schiedam.«

Er fasste Maarten an die Hand und bugsierte ihn zur Vordertür hinaus. Zu Piet sagte der Arzt leise: »Ich bringe den Jungen nur schnell zu mir nach Hause. Meine Frau wird sich um ihn kümmern. Ich bin gleich zurück.«

Piet nickte stumm und sank dann auf dem Stuhl am Küchentisch in sich zusammen.

Warum nur? Der Schmerz war für ihn kaum auszuhalten. Allen Menschen, die er liebte, brachte er nur Unglück. Erst seinem Vater und jetzt auch noch Carla. Und zwischendurch Karlmann. Sein Vater hatte sich umgebracht, noch bevor er selbst sechs Jahre alt geworden war. Karlmann hatte aus Amsterdam fliehen müssen, weil er ihn hatte verteidigen wollen. Und jetzt also auch noch Carla. Warum hatte sie das bloß getan?

Keine Sekunde zweifelte Piet daran, dass sie es mit Absicht getan hatte. Es war kein Unfall gewesen, ganz gewiss nicht. Sie war nach oben auf den Speicher gestiegen, hatte in vollem Bewusstsein ihrer Tat die Tür im Dachfirst geöffnet und war hinuntergesprungen. Aber warum nur?

Als Gaesbeeck zurückkam, hockte Piet noch immer wimmernd am Küchentisch.

»Ich habe die Totengräber rufen lassen. Sie werden gleich da sein und sie abholen.«

Piet starrte ihn geistesabwesend an. Gaesbeeck legte ihm die Hand auf die Schulter.

»Es ist traurig, was passiert ist, aber du musst jetzt nach vorne blicken. Vor allem musst du entscheiden, was mit ihrem Kind geschehen soll. Ich kenne ein Waisenhaus in …«

»Maarten bleibt bei mir.«

»Aber …«

»Nein, Maarten bleibt hier.«

»Sei nicht dumm. Er ist der Sohn deiner Magd. Wir werden eine gute Lösung für ihn finden.«

»Du bringst ihn mir zurück. Noch heute.«

»Ich dachte nur …«

»Nein«, unterbrach Piet den Arzt, »du bringst mir den Jungen zurück. Und den Leuten erzählen wir, dass es ein Unglück war. Dass sie gestürzt sei oder irgendetwas in dieser Art. Ich will, dass sie ein anständiges Begräbnis bekommt. Niemand soll je erfahren, dass sie es mit Absicht getan hat.«

»Weißt du, warum sie es getan hat?«

Piet stierte vor sich hin. Unzählige Male hatte er sich das nun schon gefragt.

»Es ist meine Schuld. Ich hätte ihr die Animalcula niemals zeigen dürfen. Sie hat sich so sehr vor den Würmern geekelt. Ich dachte, sie hätte ihren Ekel überwunden, aber …«

»… nichts aber. Du musst dir keine Vorwürfe machen. Deshalb stürzt sich doch kein Mensch in den Tod.«

»Sie hat sich in letzter Zeit immer gekratzt. Manchmal so arg, dass ihre Haut danach blutete.«

»Blödsinn, dich trifft keine Schuld. Aber du solltest ihren Sohn in ein Waisenhaus geben.«

»Auf keinen Fall. Und jetzt lass mich bitte allein. Ich muss nachdenken.«

Gaesbeeck schnaufte einmal tief und verließ dann das Haus. Piet saß noch eine ganze Weile wie gelähmt am Küchentisch, bevor er nach oben in Carlas Zimmer ging. Dort betrachtete er die Bilder an den Wänden. Es waren bestimmt hundert, wenn nicht sogar mehr Bilder. Miniaturansichten von Baumrinden, Kieselalgen und Blüten. So oft hatte er Carla mit diesen kleinen bunten Bildern überrascht. Doch jetzt hasste er sich dafür. Mit diesen Bildern hatte die Lüge zwischen ihnen begonnen. Ganz links hing das Bild von der Schwertlilie, die Carla an eine Insel im Meer hatte denken lassen. Und gleich daneben die Ansicht eines Tulpenstempels, die für sie so aussah, als würde ein Mund den Abendhimmel küssen. *Hätte ich dir das andere doch bloß nie gezeigt!*

Piet öffnete den zweitürigen Armoire aus Nussbaum. Carlas Kleider hingen auf der Stange, daneben in den Fächern ihre gefalteten Blusen. Wahllos fasste er eines ihrer Kleider am Saum und roch an dem Stoff. Ganz tief zog er den Duft in sich ein, von dem er wusste, dass er wohl nur noch ein paar Tage, höchstens für ein paar Wochen an ihren Kleidern haften würde. Dann würde auch dieser letzte Rest von ihr verschwinden.

Piet nahm ein Kleid nach dem anderen aus dem Schrank und breitete ihre Sachen auf dem Bett aus. Dann legte er sich bäuchlings auf ihre Kleider und schnüffelte an jedem Zentimeter Stoff. *Da bist du ja noch*, schluchzte er vor sich hin. Er wollte sich Carlas Geruch einverleiben wie eine unauslöschliche Erinnerung, auch wenn er nur allzu gut wusste, dass dies ganz und gar unmöglich war. Bilder konnten Erinnerungen bewahren, aber nicht Gerüche. Gerüche waren so flüchtig wie die Wolken, die am Himmel vorüberzogen. Sie hinterließen keine Spuren.

»CaRRRRla, CaRRRla«, krächzte der Papagei heiser.

Piet schaute rüber zu dem Vogel und stand auf. Er wollte, dass der Papagei Ruhe gab. Er hatte schon die Decke in der Hand, um sie über den Käfig zu werfen, als er das aufgerissene Briefkuvert auf dem Tischchen sah. Als Absender hatte ein gewisser José de Silva gezeichnet. Der Name kam Piet irgendwie bekannt vor. War das nicht der Mann, dem Carla noch hatte schreiben wollen, um endlich etwas über das Schicksal ihrer Eltern zu erfahren?

Nachdenklich faltete Piet den Brief auseinander. Wort für Wort buchstabierte er die fremden Silben vor sich hin. *Tus padres son muertos.Ya atras anos. Ilo siento. Aesinado por la Inquisición*. Verstand er das richtig?

Anos, das hieß doch Jahre, oder? Und *muertos*, das klang wie Mörder. Und *Inquisición*, das ließ sowieso keine Fragen offen. Waren Carlas Eltern ermordet worden? Schon vor Jahren? Getötet von den Henkern der Inquisition?

Mit dem Brief in seiner Hand ließ sich Piet erneut auf Carlas Bett fallen. Warum hatte sie ihm das nicht gesagt? Er hätte ihr doch helfen können. Deshalb hätte sie sich doch nicht aus dem Fenster stürzen müssen. Davon wurden ihre Eltern doch auch nicht wieder lebendig. Piet fragte sich, wann es Carla wohl erfahren hatte. Er faltete noch einmal den Brief auseinander: *Agosta 1660*. Mit diesem Datum hatte José de Silva unterschrieben. Sie hatte es also erst kürzlich erfahren, vielleicht sogar erst gestern. Hatte sie am Abend deshalb so wässrige Augen gehabt? War das der Grund für ihre Tat? War es gar nicht der Ekel über die Animalcula, der sie in den Tod getrieben hatte? Wobei: Vielleicht war auch beides zusammengekommen. Ihre Trauer über den Tod der Eltern und ihr Ekel.

Könnte er das alles doch bloß ungeschehen machen. Nur weil er das Allerkleinste im Leben so wichtig genommen hatte, hatte er das Allergrößte in seinem Leben verloren. Piet war so verzweifelt, dass er gar nicht hörte, wie Maarten die Treppe nach oben kam.

»Was machst du da?«

Schnell setzte sich Piet in Carlas Bett auf.

»Was machst du in Mamas Bett? Wo ist sie?

»Sie ist ... Komm, setz dich zu mir.«

»Ich habe Bauchschmerzen.«

»Du hast Bauschmerzen?«

»Ja, ich will zu Mama.«

»Erzähl mir doch erst einmal, wie deine Kutschfahrt war.«

»Die war toll. Zwei Pferde, ein weißes und ein braunes. Ich hab die Zügel gehalten. Und wir sind ganz schnell gefahren.«

»Du hast die Zügel ganz allein gehalten?«

»Ja, ganz allein. Wo ist Mama?«

»Maarten, du weißt doch noch, was ich dir von Jakob erzählt habe, oder?«

»Ja, was ist mit ihm?«

»Deine Mama hat heute Morgen auch so eine Wolkentreppe wie Jakob gesehen. Sie ist auf ihr geradewegs nach oben in den Himmel gestiegen.«

»Dann soll sie jetzt sofort wieder runterkommen. Ich habe Bauchschmerzen.«

»Ich mache dir einen Tee. Davon gehen deine Bauchschmerzen bestimmt weg. Und ich habe auch noch etwas für dich, ein kleines Geschenk.«

»Was denn?«

»Hier, das sollst du von mir haben.«

Piet zog die kleine Holzfigur aus seiner Hosentasche und drückte sie Maarten in die Hand.

»Du weißt ja, dass mein Vater, als ich selbst noch ein Kind war, mir diesen Engel geschenkt hat. Und jetzt sollst du ihn haben. Er wird dir Glück bringen.«

»Kann er meine Bauchschmerzen wegmachen?«

»Ganz bestimmt. Du musst nur fest an ihn glauben. Komm, leg dich ins Bett deiner Mama. Ich mache dir unten nur noch schnell einen Tee.«

»Und wann kommt Mama zurück?«

»Wenn du träumst, wird sie bei dir sein. Das verspreche ich dir.«

Es fiel Piet unendlich schwer, seine Trauer vor Maarten zu verbergen. Aber irgendwie schaffte er es. Er raffte nur schnell Carlas Kleider zusammen und deckte Maarten zu.

»Início nehme ich lieber mit zu mir rüber. Sonst stört er dich nur beim Schlafen.«

»Erzählst du mir dann noch einmal die Geschichte von Jakob?«

»Natürlich. Lass mich nur gerade einen Tee für dich machen.«

Mit einem Riesenkloß im Hals ging Piet nach unten in die Küche. Er roch an dem Milchpudding, von dem Maarten am Morgen gekostet hatte, und fragte sich, ob seine Bauchschmerzen womöglich daher rührten. Manchmal wurde die Milch sauer, wenn es draußen gewitterte. Und in der Nacht hatte es ziemlich stark gewittert. Der Pudding roch nicht verdächtig, aber Piet schüttete ihn mit dem Rest Milch vorsorglich trotzdem weg.

Er brachte Maarten seinen Becher Tee und erzählte ihm dann noch einmal die Geschichte von Jakob. Offenbar hatte den Jungen sein kleiner Ausflug nach Schiedam doch etwas erschöpft. Er schlief ein, noch bevor Piet mit seiner Geschichte zum Ende kam.

Auf Zehenspitzen schlich er aus dem Zimmer und legte sich nebenan auf das Bett, in dem er noch am Morgen davon geträumt hatte, dass alles wieder so werden würde wie früher. Stundenlang hielt er sein Gesicht ganz tief in Carlas Kissen vergraben, wimmerte und weinte. Dann blickte er hinüber zu dem Fenster, hinter dessen Läden sie ihre Liebe all die Jahre über versteckt hatten. Er stand er auf und griff sich den Käfig, den er auf dem Boden abgestellt hatte.

»GuRRRRRt Nacht«, krächzte Início.

Der Papagei wackelte mit seinem Kopf hin und her. Piet sperrte die Tür des Käfigs auf und nahm Início auf seine Hand. Er öffnete das Fenster und streckte seinen Arm weit nach draußen.

»Nun flieg schon.«

Início krächzte noch einmal laut, bevor er seine Schwingen ausbreitete und davonflog. Die Geschichte von dem Papagei, den Carla einst auf den Namen *Anfang* getauft hatte, ging für Piet in dieser Nacht zu Ende.

Vierter Teil

- 1 -

»Bet olam, das heißt Haus der Ewigkeit.«

Der Rabbiner, der sich ihnen als Moshe Chaim Zimmermann vorstellte und aus dem nahen Rotterdam kam, wies mit seiner knotigen Hand auf die Inschrift in der roten Backsteinmauer. Bevor sie den Friedhof betraten, hielt er es für angebracht, sie über das Wesentliche der Zeremonie in Kenntnis zu setzen. »Nach dem Tod eines Angehörigen schneiden wir üblicherweise Löcher in unsere Kleidung«, sagte er. »Wir drücken damit die Schmerzen unserer Herzen aus. Aber so weit ich weiß, war ja keiner von euch so eng mit ihr verbunden.«

»Nein, keiner«, wiegelte der Arzt Hendrik de Gaesbeeck ab. »Sie war bloß seine Magd.«

Widerspruchslos nahm Piet hin, dass Gaesbeeck das Wort führte. Schon in den vergangenen Tagen hatte ihm der Arzt geholfen, alles Notwendige in die Wege zu leiten. Er war für ihn sogar ins nahe Rotterdam gefahren, um den Rabbiner für die Trauerfeier an diesem frühen Morgen zu verpflichten. Dass er sich jetzt nicht auch noch seinen guten Rock ruinieren wollte, war verständlich. Für Gaesbeeck war sie ja tatsächlich nur seine Magd gewesen.

Piet starrte auf Carlas Sarg. Sollte sie doch alle glauben, was sie wollten. Er hätte ohnehin niemandem erklären können, was ihm Carla bedeutet hatte. Versteinert bis in die tiefsten Tiefen seines Herzens ließ er die Zeremonie über sich ergehen.

»Gut«, sagte der Rabbiner, »dann begleiten wir sie jetzt gemeinsam zum Ort der Stille, auf dass sie dort ungestört den jüngsten Tag erwarten darf.«

Mit Carlas Sarg auf ihren Schultern schritten die Totengräber voran. Sie machten einen ausgesprochen gleichgültigen Eindruck auf Piet, trotz der leichenbitteren Mienen, die sie von Berufs wegen aufgesetzt hatten. Glücklicherweise blieb Maarten dieser Anblick erspart. Piet wollte nicht, dass Carlas Sarg das Letzte war, was er von seiner Mutter in Erinnerung behielt, und hatte ihn deshalb für ein paar Stunden in die Obhut von Gaesbeecks Frau gegeben. Nur der Arzt und der Maler Carel Fabrist begleiteten ihn, als er an diesem frühen Morgen Abschied von Carla nahm.

Das Friedhofstörchen quietschte jämmerlich, als es hinter ihnen ins Schloss fiel. Dürr vor Kummer und gebeugt vom Schmerz, folgte Piet den Totengräbern. Es kostete ihn unendliche Mühe, das wahre Ausmaß seiner Verzweiflung zu verbergen. Aber er musste sich jetzt zusammenreißen. Er hatte Carla versprochen, über ihre *Liebe hinter den geschlossenen Fenstern* zu schweigen. Ihr Tod änderte an diesem Versprechen nichts.

Die jungen Birken an der Friedhofsmauer wiegten ihre dürren Äste im Wind. Ein paar Blätter hatten sich bereits verfärbt. Goldgelb leuchteten sie im Morgenlicht. Piet zählte die Gräber, an denen sie vorübergingen. So viele Juden lebten nicht in Delft, und nur wenige waren hier begraben. Anders als in Rotterdam gab es in der Stadt noch nicht einmal einen Rabbiner, nur ein armseliges, windschiefes Haus in der Oosterstraat, in dem sich die Juden ab und an zu ihren Festen trafen. Soweit Piet wusste, war Carla nie dort gewesen.

Trotzdem glaubte er, in ihrem Sinne zu handeln, wenn er sie nun nach jüdischem Brauch bestatten ließ. Nachdem er sich wieder und wieder mit der Frage gequält hatte, warum sie ihrem Leben ein Ende gesetzt hatte, war er schließlich zu der Überzeugung gelangt, dass sie sich möglicherweise im Namen eines Glaubens geopfert hatte, für den ihre Eltern in Lissabon hatten sterben müssen. Carlas Selbstmord war für ihn, wenn überhaupt, nur als die Verzweiflungstat einer Märtyrerin begreiflich. Als ein Aufschrei gegen das abgrundtief Böse der Inquisition, die im Namen einer vermeintlich höheren Gerechtigkeit Menschen tötete, nur weil sie an den angeblich falschen Gott glaubten.

Piet war froh, dass die genauen Umstände von Carlas Tod im Dunkeln geblieben waren. So wie vereinbart, hatte Gaesbeeck den neugierigen Nachbarn erzählt, sie habe beim Saubermachen auf dem Dachboden offenbar den Halt verloren, sei gestolpert und kopfüber aus der weit geöffneten Tür im Dachfirst gestürzt. Ein tragischer Unglücksfall, der nun zumindest verhinderte, dass sie wie eine Selbstmörderin außerhalb der Friedhofsmauern verscharrt wurde. Das zumindest wollte Piet ihr unbedingt ersparen. Carla musste ein anständiges Grab bekommen und er selbst eine Art Denkmal, zu dem er jederzeit zurückkehren konnte.

Die Totengräber setzten den Sarg gerade auf dem Boden ab, da stimmte Moshe Chaim Zimmermann auch schon seinen ersten Psalm an. »Wer im Schutz des Höchsten lebt, der findet Ruhe im Schatten des Allmächtigen. Er wird dich mit seinen Flügeln bedecken, und du findest bei ihm Zuflucht.«

Piet hörte kaum hin. Er blickte in die Grube. Mutter Erde, das klang so warm. Aber ihr Schoß war dunkler noch als die dunkelste Mitternacht ohne

Mond und Sterne, kalt und feucht. Um Fassung bemüht, zwang Piet seinen Blick zurück ins Licht und betrachtete den Schieferstein am Ende des offenen Grabs. Er war nur grob behauen, beinahe naturbelassen. Seine graublaue Färbung zog sich wellengleich über die raue Oberfläche. Sehr bewusst hatte Piet diesen Stein für Carla gewählt.

»Graublau, das ist die Farbe des Meers, wenn es sich mit den Wolken am Himmel vermählt«, hatte sie ihm einmal erzählt. Und dass sie früher, in der Bucht von Figueira da Foz, am liebsten bis zu dieser Grenze hinausgeschwommen wäre, hätte ihr Vater ihr nicht immer wieder erklärt, es sei unmöglich, bis zum Horizont zu schwimmen, weil sich dahinter nur ein neuer Himmel eröffnete. Nur wegen dieser Geschichte hatte Piet den graublauen Stein für sie ausgesucht und darauf bestanden, dass ihn die Totengräber entgegen der Tradition schon am Tag vor der Beerdigung auf das Grab setzten. Er wollte, dass sich Carla am Ende ihres Lebens dem Horizont ganz nahe fühlte. Und er wollte auch, dass seine letzten Worte sie dabei begleiteten. Gleich unter ihren Namen, getrennt nur vom Datum ihres Todes und dem Hexagramm des Davidsterns, hatte Piet seine Worte in den Schiefer schneiden lassen. Piet betrachtete jetzt noch einmal die Inschrift auf dem Stein.

Carla Milao

– Tochter von Afonso und Talea, denen ihre ewige Liebe galt –
19. August 1631 bis 26. Juli 1660

Was war, das bleibt

Ja, flüsterte Piet leise vor sich hin, *das verspreche ich dir. Was war, das bleibt.*

Zwar hatte sein Traum vom Glück, wie es ihm nun vorkam, nicht etwa ein paar Jahre, sondern nur einen Augenblick gehalten, aber dieser Augenblick war ihm wertvoller als alles andere in seinem Leben. Mit Carla war er bis zum Horizont gelangt. Dieses Glück konnte ihm selbst der Tod nicht stehlen. Und so bewahrte der Stein nun für alle Zeit ihrer beider Geheimnis auf: *ihre Liebe hinter den geschlossenen Fenstern.*

Weit vor ihrer Zeit war sie gestorben, mit noch nicht einmal neunundzwanzig Jahren. So manches hätte er sie jetzt gerne noch gefragt. So vieles zwischen ihnen war ungesagt geblieben. Und das Wichtigste überhaupt viel zu selten ausgesprochen. Piet war sich durchaus bewusst, dass die Liebe ihrer zeitweisen Bekräftigung bedurfte, damit an ihre Stelle nicht irgendwann die träge Gewohnheit trat. Aber in dieser Hinsicht hatte er es an Weitsicht mangeln lassen. In ihrer letzten gemeinsamen Nacht hatte er ihr noch einmal versichern wollen, dass er auf alles in seinem Leben verzichten könne, nur auf ihre Nähe nicht. Aber da war es schon zu spät gewesen.

Er war noch nicht einmal dazu gekommen, sie zu fragen, ob sie sich ein zweites Kind von ihm wünsche. Es wäre ihm ein kleiner Trost gewesen, wenn er sie zumindest danach noch hätte fragen können. Ganz sicher hätte sie sich darüber gefreut. Es wäre ein Zeichen seiner Liebe gewesen. Selbst das hatte er versäumt.

Piet wusste nicht, warum Carla nach Maartens Geburt nie wieder schwanger geworden war. Vielleicht hatte es an ihm gelegen, vielleicht auch an ihr. Aber vielleicht auch daran, dass er sie all die Jahre über nie gefragt hatte.

»Normalerweise zünden wir gleich nach dem Tod unserer Nächsten eine Kerze an und lassen sie dann sieben Tage brennen«, sagte der Rabbiner.

Piet musterte den Mann jetzt zum ersten Mal etwas genauer. Er war alt, bestimmt schon sechzig. Unter seinem großen schwarzen Hut lugten graue Schäferlocken hervor, die ihm bis auf die Schultern reichten. Seine kugelrunden Augen glänzten haselnussbraun. Sie hatten etwas Sanftmütiges an sich, drückten aber gleichzeitig die Furcht eines Mannes aus, der sich der Unsterblichkeit der Seele nicht ganz so sicher war, wie er behauptete. Piet selbst glaubte schon sehr lange nicht mehr an das ewige Leben. Aber eine Kerze, das schwor er sich in diesem Moment, würde er für Carla anzünden. Nicht nur für die nächsten sieben Tage, sondern für den Rest seines Lebens.

»Gut«, sagte der Rabbiner, »weil ihr also alle nicht mit ihr verwandt wart, müsst ihr natürlich auch keine Kerze für sie anzünden. Aber ich will euch trotzdem kurz erklären, wie wir unseren Toten üblicherweise die letzte Ehre erweisen. Die Füße unserer Verstorbenen liegen immer in Richtung

Jerusalem, und unter ihren Kopf betten wir, wenn möglich, einen Beutel mit Erde aus dem Heiligen Land, damit sie aus der Diaspora ins Land ihrer Vorväter zurückkehren können. Wenn keiner von euch noch etwas sagen will, dann werde ich jetzt für ihre Seele beten.«

Piet schwieg, und auch Gaesbeeck und Fabrist sagten nichts. Die Totengräber ergriffen die Seile und ließen Carlas Sarg langsam in die Grube gleiten. Der Rabbiner sprach jetzt auf Hebräisch weiter. Zwar verstand Piet seine Worte nicht, aber er vermutete, dass er wohl das Gleiche predigte, was sie an allen Gräbern dieser Welt predigten. Dass nun das ewige Leben beginne. Dass Gott der Seele gnädig sein möge. Dass nie wieder Anlass zu Kummer und Leid bestehe. Dass kein Mensch auf Dauer verloren sei, sondern immer nur vorangehe. Was für ein armseliges Geplapper. Tröstende Worte für einen Umstand, über den nichts auf dieser Welt hinwegtrösten konnte – ersonnen von Menschen, die ihre letzte Hoffnung daran klammerten, sie würden sich im Himmel wiedersehen. Nur allzu gerne wollte auch Piet daran glauben, denn die Unwiderruflichkeit des Todes war schwer zu ertragen, wenn man allein zurückblieb.

Eine Zeit lang nuschelte der Rabbiner noch sein unverständliches Zeug vor sich hin, dann nahm er die kleine Schaufel zur Hand, die neben dem offenen Grab im Boden steckte, und warf ein wenig Erde auf Carlas Sarg. Dabei rief er, diesmal laut und deutlich: »Ki afar atta w'el afar taschuw!« Diese Worte übersetzte er ihnen: »Von Staub bist du, und zum Staub kehrst du zurück.«

Zumindest darin, dachte Piet bitter, waren sich die Religionen der Welt offenbar einig. Am Ende war der Mensch nichts weiter als ein Häufchen Sternenstaub. Man wurde geboren, um zu sterben. Das war die Barbarei des Lebens.

Als die Totengräber damit begannen, Carlas Grab zuzuschaufeln, wurde Piet die Endgültigkeit des Abschieds noch bewusster. Da lag sie nun also in der feuchten Erde. Es würde noch eine Zeit lang dauern, bis sich ihr Körper auflöste, aber es würde so unweigerlich geschehen, wie sich jeden Abend die Nacht über den Tag senkte. Nichts war daran zu ändern, und durch nichts war es aufzuhalten.

Moshe Chaim Zimmermann blickte kurz zu ihnen herüber und nickte. Dann nahm er einen Stein vom Boden und erklärte ihnen auch diesen Brauch: »Es ist eine alte Tradition, dass wir Steine auf die Gräber unserer Toten legen«, sagte er. »Sie stammt noch aus einer Zeit, als all unsere Gräber in der Wüste

Israels lagen. Den Brauch haben wir bis heute beibehalten. Wer ein Grab besucht, hinterlässt einen Stein. Legt also ruhig auch einen Stein auf ihr Grab, und dann wollen wir sie in Frieden ruhen lassen.«

Zum Abschied schüttelte der Rabbiner jedem die Hand. Er erwähnte noch, dass sie nun eigentlich zum Haus der Verstorbenen gehen müssten, um dort gemeinsam die Schiwa zu beginnen. »In dieser Woche«, sagte er, »lassen die Angehörigen der Verstorbenen ihre Arbeit ruhen und die Männer ihre Bärte wachsen. Aber darauf können wir wohl verzichten. Ihr seid ja keine Juden.«

»Ruhig, ganz ruhig.«

Der Kutscher, der den Rabbiner zurück nach Rotterdam brachte, wartete mit seinem Pferdegespann vor der Friedhofsmauer. Besänftigend redete er auf seine Gäule ein, die schon mit den Hufen scharrten.

Das Letzte, was Piet von dem Rabbiner sah, war die Staubwolke, die seine Kutsche auf dem sandigen Weg hinterließ, als er in Richtung Rotterdam davoneilte. Was wusste dieser Schwarzrock schon von den Qualen der Überlebenden? Nein, eine Woche würde für seine Trauer nie und nimmer reichen. Piet war sich sicher: Sein Schmerz würde ihn für den Rest seines Lebens begleiten. Zu Gaesbeeck sagte er: »Ich wäre jetzt gerne für ein paar Stunden allein. Ich will in den Garten meines Vaters. Kann deine Frau noch ein wenig auf Maarten aufpassen?«

»Natürlich«, sagte der Arzt, »geh nur. Für eine Nacht kann der Junge bei uns schlafen. Ich selbst muss jetzt auch los. Krankenbesuche, ihr versteht schon.«

Ohne eine Antwort abzuwarten, lüftete Gaesbeeck seinen spitzen Hut und wandte sich zum Gehen. Er war nicht gerne Gast auf einer Beerdigung, weil er es immer wie eine Beleidigung empfand, wenn ihm der Tod so nahe auf die Pelle rückte. Friedhöfe, das waren für ihn die Schauplätze seiner ärztlichen Ohnmacht.

-2-

»Wenn du in den Garten deines Vaters willst«, sagte Fabrist, »haben wir den gleichen Weg. Du weißt ja, mein Schuppen liegt gleich nebenan.«

»Ja.« Piet bückte sich, hob einen Stein vom Boden auf und legte ihn neben den Kiesel des Rabbiners oben auf die Kante des Grabsteins. »Gehen wir.«

Schweigend gingen die beiden nebeneinander her, vorbei an Weiden, auf denen die Kühe grasten, und vorüber an Feldern, auf denen die Bauern das Korn schnitten. Der Kanal zu ihrer Rechten zog sich wie ein silberner Faden in Richtung Horizont. Die Luft schmeckte salzig, und über ihren Köpfen flogen die Möwen. Der Himmel leuchtete so strahlend blau, als wäre er gerade erst frisch gestrichen worden. Nichts war an diesem Morgen auszusetzen, bis auf die Tatsache, dass sie Carla gerade eben begraben hatten.

»Komm für einen Moment mit rein«, sagte Fabrist, als sie eine halbe Stunde später ihr Ziel erreichten. »Du siehst aus, als könntest du einen Schnaps gebrauchen.«

»Nein danke, ich will ...«

»Ja, ich weiß schon, was du willst. Aber glaub mir, davon wird es auch nicht besser. Trink lieber einen Schnaps mit mir.«

Vielleicht hat er recht, überlegte Piet. Vielleicht brauche ich jetzt wirklich einen Schnaps. Er folgte Fabrist zum Schuppen. Ein klappriger Tisch mit zwei Stühlen stand rechts neben der Tür. Er setzte sich. Fabrist verschwand kurz nach drinnen und kam mit einem Krug und zwei Gläsern zurück.

»Hier, trink.«

In einem Zug leerte Piet sein Glas.

»Gib mir noch einen.«

»Siehst du, wusste ich doch, dass dir ein Schnaps guttun würde.«

Eine Weile saßen die beiden stumm nebeneinander – bis Fabrist irgendwann sagte: »Du hast sie sehr geliebt, nicht wahr?«

»Wie kommst du darauf?«

»Ich bin Maler. Ich gehe mit offenen Augen durch die Welt. Ich hab doch gesehen, wie du sie immer angeschaut hast. Angehimmelt hast du sie. Gaesbeeck kannst du vielleicht erzählen, dass sie nur deine Magd war, aber nicht mir. Ich weiß, wie es ist, wenn man seine Liebe verliert. Deshalb trinke ich. Ich trinke und versuche zu vergessen. Aber ich kann es einfach nicht vergessen. Ich schlafe am Abend mit ihr ein und wache am Morgen mit ihr auf. Und in der Nacht träume ich von ihr. Manchmal, wenn mein Kopf vom Schnaps so richtig benebelt ist, glaube ich, sie noch neben mir zu spüren. Aber dann, wenn ich wieder nüchtern bin, sehe ich sie mit unserer Tochter unter dem Schuttberg liegen, der einmal unser Haus war. Beide mit zerbrochenem Schädel und totem Blick.«

Fabrist schenkte ihnen nach.

»Auf die vergangenen Zeiten«, prostete er Piet zu. Und dann, nach einer erneuten Pause des Schweigens, fragte er: »Warum hast du eigentlich diese vier Worte für ihren Grabstein gewählt? *Was war, das bleibt?*«

»Das ist nur, weil …«

»… weil die Erinnerung dich trösten wird, meinst du? Täusch dich nicht, die Erinnerung ist ein Ungeheuer. Jeden Tag zeigt sie dir, was du verloren hast. Du kannst nicht glücklich werden mit der Erinnerung.«

Piet fühlte sich Fabrist in seiner Trauer auf seltsame Art verbunden. Kleinlaut fragte er: »Geht es denn niemals vorüber? Ich meine, hast du den Tod deiner Frau nie verwunden?«

Fabrist verzog sein Gesicht zu einer elenden Grimasse. »Nein, es geht nicht vorüber. Komm mit rein, dann zeige ich dir, dass es niemals vorübergeht.«

Piet folgte Fabrist ins Innere des Schuppens. Drinnen roch es feucht und muffig. Er brauchte einen Moment, um seine Augen an das schummrige Licht zu gewöhnen. Unter seinen Füßen knirschten die Scherben von den zerbrochenen Schnapskrügen, die hier überall herumlagen. Auf dem Ofen standen zwei Töpfe, in denen Essensreste klebten, ganz hinten in der Ecke eine Bettstatt mit einer fleckigen Wolldecke darauf.

»Ist ein bisschen unordentlich hier drinnen. Ich hoffe, es stört dich nicht.«

Fabrist schlug einen schäbigen Vorhang zur Seite und gab den Blick auf den Raum dahinter frei. Offenbar sein Atelier. Ein bodentiefes Fenster flutete den Raum mit Licht. In einem Regal standen flache Schalen, darin zu feinen Pudern zerriebene Erden, Kreiden und Mineralien, daneben Harze und Öle zum Binden der Farben und Pinsel, die kopfüber in Behältnissen aller Art zum Trocknen aufgereiht waren.

Fabrist deutete auf die Wand gegenüber. »Da vorne, da stehen die Werke meines Herzens. Schau dir die Bilder in Ruhe an. Dann siehst du, dass es niemals vorübergeht.«

Piet hockte sich vor die Bilder, die eng hintereinandergestellt an der Wand lehnten. Scheinbar wahllos hatte Fabrist alles bemalt, was ihm gerade in die Finger gekommen war: Leinwand, Holz und Papier. Selbst alte, verschlissene Hemden hatte er in Streifen gerissen, auf Latten genagelt und bemalt.

Vor sich sah Piet nun die brennende Silhouette von Delft am Tag des Donnerschlags, darüber einen Jesus am Kreuz, dessen Blut auf die Stadt tropfte. Er sah Männer ohne Arme, enthauptete Frauenleiber, die auf schwarz verkohlten Baumstümpfen hockten, und Ratten, die an den Kadavern zu ihren Füßen nagten. Er sah die Flammen in den Straßen lodern, Häuserzeilen einstürzen und um Gnade wimmernde Menschen auf die Knie sinken. Es war das reinste Grauen, das Piet entgegenschlug. Über manche Bilder hatte Fabrist in grober Pinselschrift Worte geschmiert. *Rache* stand auf einem Bild. Auf einem anderen: *Zorn*. Und auf einem weiteren: *Willkür*.

»Nein, nicht diese Bilder.«

Fabrist hockte sich neben Piet und zog ihn ein Stück weiter nach rechts, mit der anderen Hand hielt er den Schnapskrug fest umklammert. »Hier, diese Bilder musst du dir anschauen. Dann siehst du, was für ein Ungeheuer die Erinnerung ist.«

Der Schnaps tat bereits seine Wirkung. Fabrist lallte schon wieder leicht. Piet betrachtete das erste Bild. Es stellte ganz offensichtlich seine Frau dar. Sie trug ein kleines Mädchen auf dem Arm und lächelte das zufriedene Lächeln einer Mutter. Auch das Kind auf ihrem Arm lächelte. Die Szene war voller Anmut, wäre da nicht diese hässliche Wunde gewesen. Angewidert blätterte Piet schnell weiter. Doch sein Entsetzen wurde mit jedem Bild nur noch größer. Er sah das Kind auf dem Schoß seiner Mutter sitzen. Er sah die beiden zusammen beten. Er sah, wie sie sich küssten. Und auf jedem der Bilder sah er die hässliche Wunde alles verderben. Ihre Schädel waren zerbrochen. Das Blut sickerte aus ihren Köpfen und färbte ihre blonden Haare rot. *Warum?* hatte Fabrist auf jedes einzelne dieser Bilder geschrieben.

Es war entsetzlich. Mit dieser Erinnerung konnte tatsächlich keiner glücklich werden.

»Ich kann mir das nicht länger anschauen.«

»Doch, das musst du dir unbedingt noch anschauen.« Fabrist rülpste und zog Piet zur nächsten Bilderreihe. Er sah nun Menschen, über deren Antlitz Würmer krochen. Ihre Münder waren weit aufgerissen, und auch darin schlängelten sich die unnatürlich vergrößerten Animalcula. Überall hatte Fabrist sie hingemalt: in die Ohren, in die Nasenlöcher und selbst in die Augen.

»Das ist widerlich.«

»Das sagst gerade du? Du warst es doch, der mir dieses Gewürm gezeigt hat.«

»So habe ich das nie gesehen.«

»Natürlich nicht. Weil du die Welt mit den kalten Augen der Wissenschaft siehst. Aber wenn du diese Würmer nur für einen Moment mit meinen Augen betrachtest, mit der Empfindsamkeit und dem Zartgefühl eines Malers, musst du zugeben, dass man über den Gedanken, dass wir von diesem Ungeziefer besiedelt sind, verrückt werden kann.«

»Du bist ja besoffen. Man kann die Animalcula mit bloßem Auge doch gar nicht sehen.«

»Ja, ich bin besoffen vor Sehnsucht und trunken vor Verzweiflung. Früher, da wollte ich immer nur das Schöne malen. Aber als ich das Allerschönste in meinem Leben dann verloren hatte, hast du mir die Augen für das Hässliche in der Welt geöffnet. Das ist im Übrigen auch der große Unterschied zwischen uns. Du hast dich dem Hässlichen bereits zugewandt, als du dich für das Schöne noch hättest entscheiden können.«

»Das eine hat mit dem anderen doch gar nichts zu tun.«

»Bist du sicher? Im Bewusstsein der eigenen Sterblichkeit sein Leben zu führen ist schon schwer genug. Aber zu wissen, dass wir zeitlebens nur die Wirte dieser elenden Würmer sind, ist vielleicht sogar noch schlimmer als der Tod.«

Piet hatte jetzt langsam genug von diesem besoffenen Gerede. Er wollte gerade aufstehen und gehen, da zeigte Fabrist schon auf das nächstes Bild.

»Ihr hast du die Würmer auch gezeigt, nicht wahr?«

Fassungslos starrte Piet auf das Bild.

»Dachte ich mir. Deshalb hat sie sich in letzter Zeit auch ständig gekratzt, oder?«

Carla blickte Piet mit vor Schreck geweiteten Augen entgegen. Die Würmer schlängelten sich auf dem Bild über ihre Stirn und legten unter der durchscheinenden Haut ihre Eier ab. Hundertfach schlüpfte die Brut aus ihren Nasenlöchern und labte sich an den schleimigen Säften, die aus den entzündeten Bläschen rund um ihre Lippen hervorquollen. *Ekel* hatte Fabrist in großen Buchstaben über das Bild geschmiert.

»Das ist nicht wahr«, schrie Piet. Wortlos ließ er den Maler stehen, stürzte aus dem Schuppen und eilte, so schnell er konnte, zurück in die Hippolytusbuurt.

-3-

Es krachte. Es klirrte. Es schepperte so laut, dass der Lärm bis nach draußen auf den Hof drang.

Piet stand in seiner Werkstatt und schlug alles kurz und klein. Fäustel und Bohrer flogen durch die Luft, Zangen zum Zurechtbiegen der Bleche, Schraubzwingen in unterschiedlichen Größen, Feilen und Nägel. Er riss die braunen Lederschlaufen von der Wand und schleuderte auch die dahinter hängenden Gerätschaften zu Boden – spitze Dorne, Pinzetten, Messer, Scheren, Meißel, Hohleisen, Spachtel, Raspeln, Zieheisen und Zirkel. Mit einem groben Holzklotz hämmerte er auf seine Linsenschleifmaschine ein. Als Erstes zerbrach das große Kurbelrad, danach auch der kleine frei laufende Teller mit der darauf montierten Schale zum Schleifen der Gläser. Seine kostbare Maschine, die er stets mit der Behutsamkeit eines Uhrmachers bedient und nach jedem Gebrauch so sorgfältig gereinigt hatte, wie er am Morgen seine Zähne putzte, traktierte er nun mit der erbarmungslosen Verzweiflung eines Verrückten.

Wenn Carla tatsächlich empfunden haben sollte, was Fabrist in seinem Bild von ihr zum Ausdruck gebracht hatte, war er schuldig geworden. Dann war die Nachricht vom Tod ihrer Eltern nicht der einzige Grund für ihren Selbstmord, vielleicht noch nicht einmal der entscheidende. Dann hatte er sich getäuscht, und der Ekel hatte sie so weit getrieben. Dann hatte sie zum Schluss lieber tot sein wollen, als mit der Gewissheit zu leben, dass sich diese unsichtbaren Würmer durch ihre Eingeweide fraßen. Dann würde sie vielleicht noch leben, wenn er ihr die Animalcula nicht gezeigt hätte.

Diese verfluchten Würmer. So viel Zeit hatte er darauf verschwendet, ihr Geheimnis zu ergründen. Er hatte kaum noch etwas anderes im Kopf gehabt als seine verdammten Mikroskope. Hatte Carla mit ihrem Kummer über das Schicksal ihrer Eltern alleingelassen, um hinten in seiner Werkstatt noch schärfere Linsen zu schleifen. War darüber so blind geworden, dass ihn sein kleiner Sohn daran hatte erinnern müssen, was im Leben wirklich zählte. Aber da war es schon zu spät gewesen. Hätte er die Zeichen doch nur rechtzeitig erkannt! Dann wäre sie jetzt nicht tot. Was zählten denn schon wissenschaftlicher Ruhm und Ehre im fernen London, wenn das wahre Glück so nahe lag? Einen fürchterlichen Fehler hatte er begangen, durch nichts wiedergutzumachen.

Piet raufte sich die Haare und schlug mit den Fäusten so lange auf seine Schleifmaschine ein, bis sie bluteten. Verzweifelt wurde ihm bewusst, dass er das Allergrößte im Leben übersehen hatte, weil er das Allerkleinste so genau in Augenschau genommen hatte. Er hatte im Trüben gefischt, die ganzen Jahre über. Er war ein Narr gewesen, ein gottverdammter Narr.

Piet schaute sich in seiner Werkstatt um und öffnete dann sehr entschlossen den Kabinettschrank, in dem er seine Mikroskope verwahrte. Dreihundertsieben Exemplare hatte er in den vergangenen Jahren davon hergestellt. Er konnte das sehr genau beziffern, weil er all seine Instrumente nummeriert hatte. In den untersten Schubladen lagerten seine ersten, von heute aus betrachtet stümperhaften Versuche: Apparaturen mit Linsen, zu kaum mehr fähig als nur zu einer fünfzigfachen Vergrößerung. Damit hatte er ganz am Anfang Blüten und Blätter begutachtet, die Struktur von Algen untersucht und die durchscheinende Membran von Insektenflügeln bestaunt.

Viele der Objekte, die er mit den Jahren in Augenschein genommen hatte, waren noch immer fest mit den Mikroskopen verbunden. Auf den Nadelspitzen vor den Linsen steckten tote Fliegen, Bruchstücke von Baumrinden und die Köpfe von Käfern. Alle paar Tage hatte er sich ein neues Mikroskop gebaut, immer danach strebend, dass es noch stärker vergrößerte als das Instrument davor. So war er tiefer und tiefer in die Welt des Unsichtbaren vorgedrungen – bis er erkannt hatte, dass es im Allerkleinsten nur so wuselte vor Leben. Myriaden von Organismen tummelten sich in einem einzigen Regentropfen, in einem Spritzer Essig und selbst in dem kleinsten Klecks Milch. Sie waren überall: im Kot der Tiere und im Speichel der Menschen. Sie waren so fremd wie die unentdeckten Quellen des Nils. Aber sie waren zweifelsfrei vorhanden. Und deshalb hatte er ihr Geheimnis auch unbedingt ergründen wollen. Hingerissen von ihrer Vielfalt und berauscht von der Möglichkeit, das Rätsel des Lebens auf diese Art zu lösen, hatte er seinen Augen einen künstlichen Blick hinzuzufügt und sich in die Winzigkeiten der Welt versenkt. Und das alles nur, um jetzt erkennen zu müssen, dass er das Allerwichtigste dabei übersehen hatte.

Piet griff die erste schmale Schublade und zog sie aus dem Schrank. Die zweite Lade packte er schon eine Spur entschlossener. Und bei der dritten schrie er wie von Sinnen. Eine Schublade nach der anderen riss er aus dem Kabinettschrank und schleuderte sie samt ihrem Inhalt zu Boden. Scheppernd krachten seine Mikroskope aufeinander. Die aufgespießten Insekten lösten sich von den Nadelspitzen, und die Linsen zersplitterten. Alles trampelte er unter seinen wütenden Fußtritten entzwei. Er kippte Polierrot und Trippel aus ihren Behältnissen und zertrümmerte auch die Glasplatten, aus denen er die Rohlinge für seine Linsen geschnitten hatte.

Wie ein Wahnsinniger tobte Piet durch seine Werkstatt – bis er irgendwann auf seinen Knien zusammensackte und das Blut betrachtete, das durch seine Finger floss. In seinem Eifer hatte es gar nicht bemerkt, dass er sich geschnitten hatte. Und es war ihm jetzt auch völlig gleichgültig. Durch nichts ließ sich das Unglück ungeschehen machen, noch nicht einmal mit seinem eigenen Blut. Carla war tot, unwiderruflich.

Ganz oben in dem Schrank, dort, wo er mit seinen Armen nicht hinreichte und seine wertvollsten Instrumente verwahrte, steckten noch drei Schubladen fest auf ihren Laufleisten. Notdürftig knotete Piet einen Stück Stoff um seine Wunde, rückte die Trittleiter heran und stieg nach oben. Früher hatte er sich dabei oft eingeredet, dass er der Wahrheit mit jeder Stufe ein bisschen näher kam. Wie ein Sinnbild für den Fortschritt seiner Forschungen war ihm diese alte Trittleiter immer vorgekommen. Eine Stufe nach der anderen, Schritt für Schritt, um irgendwann zur Erkenntnis zu gelangen. Doch jetzt, als er zittrigen Fußes oben anlangte, kam es ihm so vor, als wäre er geradewegs in der Hölle gelandet. Was hatte er denn schon herausgefunden in all den Jahren? Gut, er sah Animalcula mittlerweile sehr viel deutlicher als früher, konnte ihre rundlichen und länglichen Formen gut voneinander unterscheiden, und er hatte auch erkannt, dass sie sich im Wasser sowohl vorwärts als auch rückwärts bewegten. Aber sonst?

Schwachsinn, alles nur Schwachsinn. Kein Mikroskop war so viel wert wie ein einziger Kuss von Carla. Piet riss jetzt auch die oberen Schubladen aus dem Kabinettschrank und warf sie aufgebracht zu Boden. Erst bei der letzten Schublade stoppte er kurz. Vorsichtig nahm er das in Samt eingeschlagene Instrument heraus, sein Glanzstück, das beste Mikroskop, das ihm in all den Jahren gelungen war und dessen Linse er in zwei vergoldete Metallplatten eingefasst hatte. Es trug die Nummer zweihundertfünfundachtzig. Das entsprach nach seinen Berechnungen auch ziemlich genau dem Vergrößerungsfaktor der Linse.

Piet hielt sich das Instrument vors Auge und blinzelte hindurch. Mit diesem Mikroskop hatte er die Existenz der Globuli nachgewiesen, die dem Blut seine rote Färbung gaben. Die Teilung von Hefezellen hatte er damit beobachtet, die Kontraktion des Darms und auch die Fresssucht der Milben. Und nicht zu vergessen natürlich auch die Unmengen von Samen, anhand derer er bewiesen hatte, dass kein Leben ohne Zeugung jemals möglich war. Selbst nicht das Leben von Wespen oder Flöhen, von denen sich die Leute noch immer erzählten, sie würden aus den Mägen von Auerochsen entstehen, aus fauligem Atem, Roter Beete oder Mangold.

Schwachsinn, alles nur Schwachsinn.

-4-

»Tu das nicht.«

Schon vom Hof aus hatte Gaesbeeck den Lärm gehört. Er war ins Haus gestürmt und stand nun unter dem Türrahmen zur Werkstatt, als Piet gerade sein goldenes Mikroskop wie all seine anderen Instrumente zuvor zertrümmern wollte.

»Was machst du denn da? Bist du wahnsinnig geworden?«

Piet schaute Gaesbeeck mit großen Augen an.

»Komm, gib mir das Mikroskop. Nun gib schon her! Lass es nicht runterfallen.«

»Warum denn nicht? Warum soll ich es nicht runterfallen lassen? Nenn mir einen vernünftigen Grund dafür.«

»Nun beruhige dich doch erst einmal.«

Gaesbeeck packte Piet am Arm und half ihm von der Trittleiter nach unten. Er führte ihn zu dem Schemel vor der entzweigebrochenen Schleifmaschine. Widerstandlos ließ sich Piet das Mikroskop entwinden. Gaesbeeck setzte sich auf den Stuhl ihm gegenüber. Er betrachtete die Verwüstung in der Werkstatt. Auf dem Boden mischten sich Schleifmittel, Schrauben, zerbeulte Bleche und was von den Mikroskopen noch übrig geblieben war: zersplitterte Linsen, verbogene Nadeln und bestimmt auch noch die aufgeschnittenen Genitalien der Flöhe. Das goldene Mikroskop hielt Gaesbeeck schützend in seiner Hand.

»Warum hast du das getan?«

Piet antwortete nicht gleich.

»Nun sag schon, warum hast du das getan?«

»Ich war bei Fabrist, in seinem Schuppen. Er hat mir seine Bilder gezeigt.«

»Ja und?«

»Die Bilder sind grässlich.«

»Und deshalb schlägt du hier alles kurz und klein? Du weißt doch selbst, warum er dieses grässliche Zeug malt. Er kommt einfach nicht darüber hinweg, dass er beim Donnerschlag Frau und Tochter verloren hat.«

»Er hat auch Carla gemalt. Die Würmer winden sich in ihrem Schoß. Es ist widerwärtig.«

»Ich verstehe nicht, wovon du redest.«

»Hörst du mir denn nicht zu? Er hat die Animalcula gemalt, unnatürlich vergrößert und abscheulich anzuschauen. Sie kriechen ihr aus dem Mund und aus der Nase. Sie mästen sich an ihren Körpersäften. Und dann verschwinden sie in ihrem Schoß. Wenn sich Carla vor den Animalcula nur annähernd so sehr geekelt haben sollte, wie das auf dem Bild von Fabrist zum Ausdruck kommt, bin ich nicht unschuldig an ihrem Tod. Ich hätte ihr diese verdammten Kreaturen niemals zeigen dürfen.«

»Darüber haben wir doch schon geredet. Nochmals: Dich trifft keine Schuld an ihrem Tod. Und diese Bilder, das sind doch nur die Fieberfantasien eines Säufers. Fabrist kann einem leidtun. Aber er ist nun mal ein Säufer.«

»Und wenn er recht hat? Glaubst du, dass sich ein Mensch vor den Animalcula so dermaßen ekeln kann, das er sich deshalb umbringt?«

»Nein und nochmals nein! Säuferfantasien sind das, nichts weiter als Säuferfantasien.«

»Vielleicht kommt Fabrist der Wahrheit damit am Ende näher.«

»Jetzt mach aber mal einen Punkt. Du tust ja gerade so, als hättest du die Liebe deines Lebens verloren.«

»Und wenn es so wäre?«

»Es geht mich nichts an, was zwischen dir und deiner Magd war. Aber Männer wie wir sind nur einer Liebe verpflichtet. Das ist die Liebe zur Wissenschaft. Nur ihr schulden wir Treue. Und deshalb ist es auch Frevel, was du hier anstellst. Du kannst jetzt doch nicht einfach alles zerstören.«

»Nein? Du meinst, das kann ich nicht? Glaub mir, das kann ich sehr wohl. Es wäre besser, wenn ich die Animalcula niemals entdeckt hätte.«

»Ich darf dich daran erinnern, dass du selbst immer behauptet hast, wir müssten erst das Allerkleinste verstehen, um irgendwann auch das Allergrößte zu begreifen.«

»Das heißt aber nicht, dass dieser Gedanke richtig war. Vielleicht war das sogar mein allergrößter Irrtum.«

»Blödsinn. Wir beide waren doch immer einer Meinung. Der Mensch erhält durch seine ihm eigenen Sinne nur ein unvollständiges, wenn nicht sogar falsches Bild von der Welt. Er muss seine Augen mit Mikroskop und Teleskop bewaffnen, um das Wesen der Dinge zu begreifen. Oder willst du etwa leugnen, dass wir der Wahrheit mithilfe deiner hervorragenden Instrumente schon ein ganzes Stück näher gekommen sind?«

»Und wenn schon, sind wir dadurch glücklicher geworden?«

»Was für eine dumme Frage! Nur weil wir in die Tiefen des Himmels geblickt haben, wissen wir heute, dass sich die Erde um die Sonne dreht und das Universum unendlich ist.«

»Und was ist der Mensch noch wert, wenn die Erde nicht der Mittelpunkt der Welt ist? Was wird dann aus uns? Schaudert es dich nicht manchmal auch, wenn du dir überlegst, dass wir irgendwo zwischen etwas unendlich Großem und etwas unendlich Kleinem unser Dasein fristen?«

»Ich weiß nicht, worauf du hinauswillst.«

»Auf den Schwindel, wenn du in den Abgrund blickst. Ich selbst kannte dieses Gefühl bis vor ein paar Tagen ja auch nicht. Aber wenn der Mensch bloß zwischen zwei Unendlichkeiten existiert, dem absolut Kleinen und dem absolut Großen, was ist er dann eigentlich? Ein Nichts. Oder wenn dir das lieber ist, nur ein Wirt von Würmern.«

»Du bist durcheinander.«

»Nein, ich bin nicht durcheinander. Ich werde die Welt nie wieder durch ein Mikroskop betrachten.«

»Du kannst damit jetzt nicht einfach aufhören.«

»Und warum nicht?«

»Weil du ein Mitglied der Royal Society bist. Vergiss das bitte nicht. Es bedeutet nicht nur eine außergewöhnliche Ehre. Es ist auch eine Verpflichtung damit verbunden.«

»Bist du deshalb zu mir gekommen? Um mich an meine Verpflichtung zu erinnern?«

»Nein, natürlich nicht. Eigentlich wollte ich mit dir nur noch einmal über den Jungen reden.«

»Über den Jungen gibt es nichts zu reden. Und über die andere Sache auch nicht. Es ist alles gesagt.«

»Du kannst den Jungen nicht bei dir behalten. Glaub mir, es wäre wirklich besser, wenn du ihn in das Waisenhaus gibst, von dem ich dir erzählt habe. Er ist noch ein Kind. Und Kinder gehören unter die Obhut von Frauen. Oder willst du ihm das Essen kochen, den Hintern abwischen und ihn trösten, wenn er krank wird?«

»Maarten kann sich seinen Hintern allein abwischen. Wo steckt er überhaupt?«

»Zu Hause bei meiner Frau. Wir hatten doch ausgemacht, dass er noch eine Weile bei uns bleiben soll. Du wolltest ein wenig allein sein, schon vergessen?«

»Das ist jetzt nicht mehr nötig. Ich weiß jetzt, was ich zu tun habe. Ich werde Maarten als meinen Sohn annehmen. Er wird meinen Namen tragen, und ich werde mich um ihn kümmern. Am besten schickst du ihn gleich zu mir rüber.«

»Du begehst einen großen Fehler.«

»Nein, diesen Fehler habe ich schon begangen. Und jetzt werde ich alles tun, um ihn wiedergutzumachen. Zumindest ein bisschen.«

»Wie du willst. Ich wollte dir nur helfen, aber offenbar brauchst du meine Hilfe nicht. Dieses Mikroskop hier nehme ich trotzdem vorerst an mich, bevor du auf noch mehr dumme Gedanken kommst.«

Gaesbeeck wickelte das goldene Mikroskop zurück in den roten Samt und verließ kopfschüttelnd Piets Haus.

-5-

Als Maarten eine halbe Stunde später über den Hof ins Haus schlüpfte, saß Piet noch immer auf seinem Schemel, um ihn herum das Chaos, das er in seiner Werkstatt angerichtet hatte. Er schämte sich, dass ihn der Junge in derart verzweifelter Lage vorfand. Erst vor ein paar Tagen hatte er ihn überrascht, als er weinend mit Carlas Kleidern im Arm auf dem Bett gekauert hatte. Und jetzt wurde er auch noch Zeuge seiner Wut.

»Was machst du da?«

»Ich ...«

»Du hast ja alles kaputtgemacht.«

»Ja ... ich meine ... nein. Komm mal her.«

Maarten hob eines der zerbrochenen Mikroskope vom Boden auf. Unschlüssig hielt er das Instrument in seiner Hand.

»Was ist das?«

»Ein Mikroskop.«

»Und was macht man damit?«

»Du kannst damit Dinge sehen, die du mit deinen eigenen Augen nicht sehen kannst.«

»Das glaube ich nicht. Was man mit den eigenen Augen nicht sehen kann, gibt es auch nicht.«

Piet seufzte. »Du hast vollkommen recht, Maarten. Was man mit seinen eigenen Augen nicht sehen kann, das gibt es im Grunde genommen auch nicht. Komm, gib mir das Mikroskop. Das brauchen wir jetzt nicht mehr.«

»Wo ist Mama?«

»Sie ist …«

»… kommt sie heute wieder nach Hause?«

»Nein, Maarten.«

»Und morgen?«

»Auch morgen nicht.«

»Nie wieder?«

»Ich habe dir doch von Jakob und der Himmelstreppe erzählt, weißt du das noch?«

»Ja.«

»Jakob ist auch nicht wiedergekommen, aber es geht ihm gut da oben. Und ich glaube, dass es auch deiner Mama gut geht. Sie schläft jetzt, für lange Zeit.«

»Ich will aber, dass sie lieber hier schläft, bei mir. Und wo ist eigentlich Início?«

»Den Papagei hat Mama mitgenommen.«

»Aber warum hat sie nicht auch mich mitgenommen? Warum kommen die beiden nicht einfach wieder zurück? Ist es da oben schöner als hier?«

»Das weiß ich nicht. Aber die Treppe kennt nur einen Weg. Wenn man sie einmal nach oben gestiegen ist, kann man sie nicht wieder zurückgehen.«

»Dann müssen wir auch hochgehen und nach Mama suchen.«

»Was da oben ist, ist für unsere Augen unsichtbar.«

»Wir können ja so ein Ding mitnehmen. Dann finden wir sie vielleicht.«

»Du meinst, ein Mikroskop?«

»Ja, ein Mikroskop. Du hast doch eben gesagt, dass man damit alles sehen kann.«

»Das leider nicht.«

»Dann taugt so ein Ding nichts.«

»Nein, es taugt nichts, zu gar nichts.«

Maarten weinte.

»Komm, setz dich auf meinen Schoß. Es gibt nur einen Weg, um deine Mama zu finden. Du musst sie in deinem Herzen suchen. Sie wird bei dir sein, solange du an sie denkst. Wenn du willst, kannst du heute Nacht bei mir im Bett schlafen.«

»Singst du mir dann mein Schlaflied vor?«

»Ich fürchte, das kann ich nicht so gut wie Mama. Aber ich werde es versuchen.«

»Ich kann dir helfen. Wir können ja zusammen singen.«

»Ja, das sollten wir tun. Wir beide sollten uns helfen. Geh schon mal hoch. Ich komme auch gleich.«

So ging dieser Tag für alle Beteiligten auf sehr unterschiedliche Art zu Ende. Fabrist schnarchte in seinem Schuppen schon lange vor sich hin. Mosche Chaim Zimmermann fantasierte im nahen Rotterdam von einer Zeit, als sein Volk noch im gelobten Land lebte. Gaesbeeck grübelte ein paar Straßen entfernt darüber nach, wie er Piet bloß wieder zur Vernunft bringen sollte. Und Maarten war etwas durcheinander, als er oben im Bett auf Piet wartete und über die verworrenen Ansichten der Erwachsenen nachdachte. Jedes Kind wusste doch, dass in dieser Welt nur zählte, was man mit seinen eigenen Augen sehen konnte. Maarten wollte nur eines wiedersehen: seine Mama.

-6-

»Diese Geschichte stinkt zum Himmel.«

»Fängst du jetzt schon wieder davon an? Das arme Ding hat den Halt verloren und ist gestürzt. Das ist alles.«

»Trotzdem stinkt diese Geschichte zum Himmel. Mir ist es völlig gleichgültig, ob auf diesem elenden Judenacker noch eine gottlose Seele mehr verfault. Aber was hatte sie so früh am Morgen auf dem Dachboden zu suchen?«

Drooten stocherte in den weißen Bohnen auf seinem Teller herum und schaute Grietje fragend an.

»Was weiß denn ich, was sie da oben zu tun hatte. Sauber gemacht wird sie haben. Und jetzt iss lieber.«

»Weißt du noch, damals, als sie bei uns aufgetaucht ist, da waren die Bäume schwarz wie Kohle, die Häuser hinterm Oostsingel dem Boden gleichgemacht und die Toten noch längst nicht alle begraben.«

»Natürlich erinnere ich mich daran. Keiner, der den Donnerschlag miterlebt hat, wird das jemals vergessen.«

»Findest du es nicht auch seltsam, dass sie ausgerechnet in unserer schlimmsten Stunde bei uns aufgetaucht ist? Ich meine, wenn du die Wahl hättest, würdest du dann freiwillig in eine Stadt gehen, die gerade völlig zerstört worden ist?«

»Nicht unbedingt.«

»Siehst du, genau das meine ich. Keiner weiß, wo sie so plötzlich hergekommen ist. Und auch nicht, warum sie ausgerechnet ihm als Magd gedient hat.«

»Man sagt, sie sei aus Amsterdam gekommen. Vielleicht kannten sie sich von dort.«

»Mag sein. Aber mal ehrlich: Würdest du einer solchen Missgeburt den Haushalt besorgen?«

»Jetzt mach aber mal einen Punkt. Nur weil er ein bisschen humpelt und etwas klein geraten ist, muss er noch lange kein schlechter Kerl sein. Und außerdem hat er offenbar etwas mehr auf dem Kasten als wir alle zusammen. Ich selbst verstehe ja nichts davon, aber die Frau von Gaesbeeck hat mir mal im Vertrauen erzählt, dass er sehr bewandert sei auf optischem Gebiet. Und dass der Arzt bald jede Woche einen seiner Berichte nach London schickt. Hörst du, nach London. Die beiden, sagt sie, korrespondieren mit den klügsten Köpfen der Welt.«

»Ach, hör doch auf.«

»Hör du lieber auf. Seit er zurück in die Stadt gekommen ist, verfolgst du ihn mit deinen Verdächtigungen. Jahrelang höre ich mir das nun schon an. Damals hast du behauptet, er sei nicht unschuldig an dem Donnerschlag und werde die Stadt in ein noch schlimmeres Unheil stürzen. Und was ist seitdem passiert? Gar nichts ist seitdem passiert. Und jetzt behauptest du, der Tod seiner Magd würde zum Himmel stinken. Du hast sie nicht alle, Drooten.«

»Du meinst, seitdem ist nichts passiert? Da irrst du dich gewaltig. Nimm doch nur die Vorfälle der letzten Monate. Im Februar, da hat die Tochter vom alten Eickens ein totes Kind auf die Welt gebracht. Seitdem ist sie nicht mehr ganz richtig im Kopf.«

»Ja, genau wie du. Ich habe davon gehört. Armes Mädchen. Aber solche Dinge passieren leider, da kann man nichts machen.«

»Merkwürdig daran ist nur, dass sie ihre Totgeburt ausgerechnet auf einem Laken empfangen hat, das ihre Mutter am Tag zuvor bei diesem Zwerg gekauft hat.«

»Willst du jetzt ernsthaft behaupten, der Tuchhändler trage die Schuld am Pech dieser Familie?«

»Und wenn das Laken verflucht war?«

»Spinnst du jetzt vollkommen? Auch ich habe schon Bettlaken bei ihm gekauft. Und ich bin deshalb weder verrückt noch anderweitig krank geworden. Was dir merkwürdig vorkommt, ist nichts weiter als ein dummer Zufall.«

»Warte, ich bin noch nicht fertig. Vor zwei Monaten, da wollte er auf dem Groote Markt Kalbslungen kaufen. Zwei Stück.«

»Ja und?«

»Der Bauer hat ihn vertröstet. Er meinte, seine Tiere seien noch nicht schlachtreif. Und als er dann mittags zurück in seinen Stall kam, bluteten zwei seiner Kälber aus dem Maul. Er musste sie noch am gleichen Tag schlachten. Genau zwei Kälber. Ziemlich sonderbar, nicht wahr?«

»Woher weißt du das?«

»Weil ich meine Augen offen halte.«

»Du meinst, weil du ihm nachspionierst.«

Drooten ging nicht auf ihren Vorwurf ein. Unbeirrt fuhr er mit seinen Anschuldigen fort.

»Oder nimm diese sonderbare Geschichte vom jungen Gebhardt. Den Gebhardt aus der Kurisstraat, den kennst du doch.«

»Den Fischer, natürlich.«

»Er hatte volles blondes Haar, leuchtend gelb wie ein Weizenfeld. Und dann hat er diesen Mantel angezogen und ist über Nacht grau geworden. Genauso aschgrau wie …

»… lass mich raten. Wie der Stoff, aus dem sein Mantel geschneidert war?«

»Ganz genau. «

»Und der Stoff stammte natürlich aus dem Laden unseres Tuchhändlers, oder?«

»Richtig. Hast du schon mal gehört, dass man über Nacht grau werden kann? Ein Mann von gerade mal zweiundzwanzig Jahren. Das ist doch nicht normal.«

»Du bist es, der nicht normal ist, Drooten. Ich habe keine Ahnung, warum der Fischer über Nacht grau geworden ist oder warum der Bauer seine Kälber hat schlachten müssen. Aber ganz gewiss nicht wegen dem Tuchhändler. Du tust ja gerade so, als ob er für jedes Unglück in der Stadt verantwortlich sei. Für jede Hasenscharte, jeden Buckel und für jedes Triefauge. Was ist mit der armen Brunnecks-Tochter in der Vlamingstraat? Mein Gott, ihre Zwillinge sollen am Kopf zusammengewachsen sein. Hat die etwa auch Stoffe bei ihm gekauft?«

»Das weiß ich nicht.«

»Ach so, das weißt du also nicht. Aber in den anderen Fällen bist du dir sicher, was? Komm, iss jetzt deine Bohnen, sonst wird das Essen noch kalt.«

Griesgrämig stopfte sich Drooten einen Löffel Bohnen in den Mund. Er kaute angestrengt, schluckte schwer und fing dann erneut an: »Glaub mir, diese merkwürdigen Zufälle, wie du sie nennst, sind nur die Vorboten von etwas Schlimmerem. Ich weiß nicht, was er im Schilde führt, aber es ist etwas Böses, ganz bestimmt. Oder kannst du mir etwa erklären, warum er seinen Laden so urplötzlich geschlossen hat? Ich meine, kein Mensch schließt doch seinen Laden, wenn die Geschäfte so prächtig laufen.«

»Das allerdings ist richtig.«

»Siehst du, das kannst selbst du nicht abstreiten. Vielleicht hat er seinen Laden ja nur geschlossen, weil das Unglück unmittelbar bevorsteht. Vielleicht hat er all die Jahre über nur auf diesen Tag hingearbeitet. Und seine Magd hat ihm dabei geholfen.«

»Wie, geholfen?«

»Jedenfalls hat er sie nicht nur zum Putzen und Kochen gebraucht. Ich selbst habe von der Straße aus mehrfach beobachtet, wie sie am Abend in der Küche zusammengehockt haben. Stundenlang, so, als würden sie etwas Böses miteinander aushecken.«

»Du Kindskopf, die beiden werden etwas miteinander gehabt haben, das ist alles. Deshalb besucht er auch jeden Tag ihr Grab. Der arme Mann trauert.«

»Oder er treibt irgendeinen bösen Totenzauber an ihrem Grab. Überleg doch mal selbst: Welcher wahrhaft Gläubige geht denn schon auf den Friedhof dieser Christusmörder? Wie ein verkappter Jude verhält sich dieser Zwerg.«

»Nein, mein Lieber, er verhält sich wie ein Mann, dem seine Geliebte gestorben ist. Deshalb geht er auf den Friedhof. Und deshalb kümmert er sich auch so aufopferungsvoll um den Jungen. Ich könnte mir sogar vorstellen, dass …«

»… dass er sie mit dem Balg geschwängert hat?«

»Na ja, ich glaube, sie war bereits schwanger, als sie damals zu uns nach Delft kam. Aber wenn sich die beiden aus Amsterdam kannten, könnte es durchaus möglich sein. Das würde auch erklären, warum er ihr Kind als das seine angenommen hat und der Junge jetzt seinen Namen trägt.«

»Siehst du, dann haben sie uns die ganze Zeit über getäuscht. Dann haben sie in einem unkeuschen, schweinischen Verhältnis unter einem Dach gelebt. Ein Christ mit einer Jüdin. Widerlich ist das. Und auch verboten.«

»Ach?«

Grietje zog belustigt die Augenbrauen nach oben.

»Wie würdest du denn unser Verhältnis bezeichnen? Etwa als hochanständig?«

»Das ist etwas anderes. Du weißt so gut wie ich, was die Schrift von uns verlangt. Nämlich dass wir den Juden das Maul stopfen müssen. Glaub mir, wer sich als Christ mit einem Juden gemein macht, versündigt sich. Und wer mit einer dieser Christusmörderinnen ins Bett steigt, der handelt noch sehr viel schlimmer. Das ist in etwa so, als würde man Unzucht mit Tieren treiben. Und außerdem: Ich weiß sehr gut, wovon ich rede. Ich habe das Zeichen gesehen, hinten auf seinem Nacken, verborgen unter dem Ansatz seiner Haare. Ich sage dir, er ist … er ist …«

»… was denn?«

»Der Teufel.«

»Ja, er ist ein armer kleiner Teufel, dem die Frau gestorben ist. Das ist alles.«

»Du hast ja keine Ahnung.«

Wütend schob Drooten den Teller beiseite. »Du wirst noch an meine Worte denken, aber dann ist es vielleicht zu spät.«

-7-

Drooten war verzweifelt wie selten in seinem Leben. Am Morgen holte er den Pfarrer noch immer zu Hause ab und brachte ihn nach den Gottesdiensten wieder zurück. Aber zwischendurch quälten ihn die immer gleichen Fragen.

Hatte dieser Maulesel von einer jüdischen Magd die Milch denn ganz allein ausgesoffen? War sie deshalb vom Dachboden gestürzt? Vor lauter Schmerzen, als das Gift langsam zu wirken begann? Dass ihr Tod kein Unfall war, bezweifelte Drooten keinen Augenblick. Aber warum hatte sein Gift nicht auch den Teufel selbst getötet und seinen Jungen? Hatten sie denn rein gar nichts von der Milch getrunken? Oder waren sie womöglich unempfindlich gegen dieses Gift gewesen, mit dem sich immerhin eine fette Sau ins Jenseits hatte befördern lassen?

Jeden Tag las Drooten nun in der Bibel, in dem einzigen Buch, das er in seinem Leben je hatte gelten lassen. Aber er las die Bibel nun mit neuen Augen und erkannte schon bald, dass Gott grausam sein konnte, wenn man sich seinen Befehlen widersetzte. Früher war er deshalb nie beunruhigt gewesen. Es gab in seinem Leben ja nichts weiter, weshalb er sich vor Gott hätte fürchten müssen. Bis auf diese eine Sache natürlich, wenn er mal wieder das Bett mit seiner Zimmerwirtin geteilt hatte. Aber in dieser Hinsicht war die Schrift keineswegs so eindeutig, wie es die Kirche gerne behauptete.

Ein göttlicher Befehl hatte da schon anderes Gewicht. Ein solcher Befehl duldete keinen Widerspruch und, wenn Drootens Furcht nur halbwegs begründet war, auch kein Versagen. Gott war nicht so barmherzig und milde, wie er sich das früher eingeredet hatte. Wer sich Seinen Befehlen widersetzte, lernte sehr schnell einen anderen Gott kennen. Jähzornig konnte Er werden und auch sehr grausam. Sein Verhältnis zu den Menschen war ziemlich kompliziert, wenn man die Bibel einmal so herum las.

Schon gleich zu Anfang, bei der Vertreibung des Menschen aus dem Paradies, hatte Er sein zweites Gesicht offenbart. Natürlich war Seine Strafe nachvollziehbar, aber trotzdem war sie ziemlich grausam gewesen. Hätte Er es nicht einfach mit dem Rausschmiss aus dem Paradies bewenden lassen können? Musste Er unbedingt auch noch seinen üblen Bann hinterherschicken? Bis ins letzte Glied hatte Er die Menschen verflucht, indem Er allen nachfolgenden Generationen, gleichgültig, wie gottesfürchtig sie ihr Leben einrichteten, dazu verdammte, dass sie ihre Kinder unter großen Schmerzen gebären und ihr Brot nur im Schweiße ihres Angesichts essen sollten. Selbst die Schlange zahlte für ihr Vergehen mit ewigem Unglück: *Auf dem Bauch sollst du kriechen und Staub fressen alle Tage deines Lebens.*

Das also drohte jenen, die sich einem göttlichen Befehl widersetzten. Die Sintflut, der Einsturz des Turmbaus zu Babel, die Vernichtung von Sodom und Gomorrha – überall regierte der gleiche Groll, diese Mischung aus Feuer, Pech und Schwefel. Drooten schauerte bei dem Gedanken, was ihm selbst blühte, weil er Seinem Befehl nicht Genüge getan hatte. Es war ihm nicht gelungen, diesen kleinen Teufel zu töten, als er das Zeichen endlich erkannt hatte. Aber er hatte es doch versucht. Er hatte sich wirklich darum bemüht. War er denn nicht ebenso folgsam gewesen wie Abraham?

Abraham hatte noch Glück gehabt. Gerade als er seinen geliebten Sohn auf Gottes Befehl hin schlachten wollte, war der Engel dazwischengegangen und hatte gerufen: *Jetzt weiß ich, dass du Gott fürchtest*. Warum war der Engel denn nicht auch bei ihm dazwischengegangen? Die Frage war doch die: Was war die Strafe für sein schändliches Versagen? Würde er sich am Tag des Weltengerichts nun auf der linken Seite einreihen müssen? Dort, wo sich die Verfluchten drängelten, die Gott für das ewige Feuer bestimmte? Drooten fand, er hatte allen Grund, sich zu fürchten. Denn was mit den Versagern, den Widersachern und den Unfolgsamen am Ende geschah, konnte man auf bald jeder Seite in der Bibel nachlesen.

Selbst Lot, diesen frommen und gütigen Mann, hatte Gott nicht verschont, als er mit seiner Familie aus Sodom floh. Seine Frau hatte sich bloß einmal umgedreht. Wahrscheinlich, weil sie noch einen letzten Blick auf ihre Heimat hatte werfen wollen, als sie die Stadt Hals über Kopf verließen. Ein lächerlich geringes Vergehen gegen das seine, aber offenbar schlimm genug, um Lot seine geliebte Frau zu nehmen und zu einer Salzsäule erstarren zu lassen. Sie hatte gegen Seinen Befehl gehandelt. Sie hätte sich nicht umdrehen dürfen. Und er selbst hätte nicht so schändlich versagen dürfen.

-8-

Glücklicherweise fragte Maarten mittlerweile seltener nach seiner Mutter. Und wenn er es trotzdem tat, unternahm Piet alles Mögliche, um ihn schnell wieder auf andere Gedanken zu bringen. Er hüpfte mit ihm wie ein Kindskopf durch das Haus, spielte Fangen und Verstecken mit ihm und veranstaltete mit seinem Sohn auch sonst die unmöglichsten Wettbewerbe: wer weiter aus dem Fenster spucken konnte oder schneller auf allen vieren kriechen.

Jeden Abend brachte Piet seinen Sohn zu Bett und erzählte ihm eine weitere seiner wundersamen Geschichten. Vom Bauern, der seine Kühe jeden Morgen am Schwanz zog, damit sie mehr Milch gaben. Vom Baum, der eines Tages einfach davonlief, weil ihm sein Nachbar im Wald immer die Sonne stahl. Und natürlich auch von den Ameisen, die vor dem Zubettgehen die Türen ihrer Häuser verschlossen. Nur die Geschichte von Jakob erzählte Piet nicht mehr so häufig, weil Maarten dann manchmal weinen musste.

Wenn gar nichts mehr half, nahm er ihn mit sich auf den Friedhof. Im ersten Jahr nach Carlas Tod hatte er das vermieden und ihr Grab immer nur allein besucht. Und jedes Mal hatte er dann einen Stein für sie dagelassen. Es gab Steine, die las Piet einfach so am Wegesrand auf, weil sie ihm gefielen, und andere, die schwatze er dem Steinmetz in der Zuiderstraat ab. Bruchstücke, die von der Arbeit übrig geblieben waren: Rudimente von schneeweißem Marmor aus Italien, honiggelb schimmernder Granit aus Spanien und rot gefleckter Travertin aus Portugal.

An Tagen, wenn Piet der Schmerz besonders stark niederdrückte und sich jede Faser seines Körpers nach Carla verzehrte, war ihm kein Stein schön genug. Er ging dann zum Schmuckmacher am Burgwal und kaufte ihm kleine Stücke von Quarz, Opal oder Beryll ab. Oft trug er einen solchen Stein tagelang in seiner Hosentasche mit sich herum, bevor er ihn dann auf Carlas Grab legte. Die Steine halfen ihm, sein Bild von ihr lebendig zu halten. Der weiße Marmor erinnerte ihn an den Glanz ihrer Zähne, der karmesinrote Jaspis an die Leuchtkraft ihrer Lippen und der dunkelgrüne Obsidian an die Tiefgründigkeit ihrer Augen. In der untergehenden Sonne schimmerte Carlas Grab bald schon so farbenfroh wie ein Regenbogen am Horizont des Meers.

Als Piet seinem Sohn, der mittlerweile auch seinen Namen trug, diesen Ort zum ersten Mal zeigte, lag schon ein sehr großer Haufen Steine darauf. Grau-bräunlicher Achat mischte sich mit Mond- und Sonnensteinen, schwarzgelb gestreiften Tigeraugen, gewöhnlichen Kieseln, rotem Jaspis, wasserklarem Bernstein und dunkelgrünem Obsidian.

»Ist Mama hier?«

»Nein, sie ist in deinem Herzen zu Hause. Das weißt du doch. Aber hier findest du einen Ort, an dem du an sie denken kannst, wenn du traurig bist.«

»Darf ich auch einen Stein für sie dalassen?«

»Natürlich.«

Maarten kramte in seiner Tasche und holte die schönste seiner Murmeln hervor. Ein rund geschliffener roter Stein mit Adern aus blauen Linien.

»Meinst du, darüber wird sie sich freuen?«

»Ja, das wird sie ganz bestimmt.«

Piet verdrückte seine Tränen und schaute Maarten dabei zu, wie er seine Murmel auf den Rand des Grabsteins legte.

»Das ist der schönste Stein von allen«, sagte Piet. »Damit machst du deiner Mama die größte Freude. Und jetzt gehen wir zwei wieder nach Hause, und ich mache dir, was du am liebsten magst. Pfannkuchen mit Apfelmus.«

-9-

Seinen Tuchladen öffnete Piet nie wieder. Und auch seine Werkstatt hatte er seit Carlas Tod nicht mehr betreten. Stattdessen widmete er sich jetzt ausschließlich Maartens Glück. Er tat alles dafür, dass es ihm an nichts fehlte: nicht an Zuneigung, nicht an Schlaf und auch nicht an einer guten Mahlzeit.

Besonders die Mahlzeiten nahm Piet überaus wichtig. Das hatte ihn Carla gelehrt. Vor allem anderen musste der Mensch erst einmal gut essen, um glücklich zu werden. Mit der gleichen Sorgfalt, mit der er früher seine Linsen geschliffen hatte, hackte er nun Petersilie und Bärlauch klein, garte Fisch in Butter und Zitronen, kochte Hagebutten- und Erbsensuppe, setzte Dinkelbrei mit Lauch an und spickte den Rinderbraten mit Speck bald so meisterhaft, als hätte er sein Leben lang nicht anderes getan. Die Küche duftete nach gebackenem Brot, gedörrtem Obst und Gemüse. Piet kannte mittlerweile den feinen Unterschied von Zwiebeln und Schalotten, und er wusste auch sehr genau, was man für einen schmackhaften Grünkohleintopf sonst noch alles brauchte. Gekonnt füllte er Bratäpfel mit Walnüssen und mischte Quark, Frischkäse und Rosinen unter seine Kuchenfüllungen. Mit der Zeit glückten ihm sogar Carlas unvergleichliche Hörnchen aus Blätterteig.

Am Morgen weckte Piet seinen Sohn mit einem Glas warmer Milch, und am Abend brachte er ihn auf die gleiche Art zu Bett. Während sich so manche Jungen seines Alters in den nahe gelegenen Gerbereien schon die Lungen verätzten, beim Torfabbau im Groote Peel in den moorigen Gruben elendig ersoffen oder in den Tranbrennereien den zerstückelten Walspeck in den großen Kupferkesseln auskochten, ging Maarten nun zur Schule.

Anfangs war Piet deshalb etwas besorgt gewesen. Er hatte seine eigene Schulzeit in Deventer noch immer in schlechter Erinnerung. Aber Caspar Dekker, so hieß der junge Lehrer, der Maarten und die Kinder der besser gestellten Familien von Delft am Bagijnhof unterrichtete, war offenbar kein Mann wie Radewijns. Ohne Zwang und ohne Strafe lehrte er seine Schüler, was er wusste, und nicht, was er glaubte.

Piet hatte sich selbst ein Bild von ihm gemacht, bevor er Maarten in seine Obhut gab. Wenn der Junge am frühen Nachmittag dann in ihr Haus zurückkehrte und ihm berichtete, was er Neues von Dekker gelernt hatte, zweifelte er nicht daran, die richtige Entscheidung getroffen zu haben.

Er gestern war Maarten ganz aufgeregt nach Hause gekommen.

»Stimmt es wirklich, dass die Menschen früher geglaubt haben, die Erde ist platt wie eine Flunder?«

»Ja, das stimmt.«

»Und die Angsthasen haben ihre Heimat niemals verlassen, weil sie gefürchtet haben, dass sie am Ende der Welt einfach von der Erde plumpsen würden?«

»Das ist vielleicht ein bisschen übertrieben. Aber im Grunde genommen ist auch das richtig. Die ersten Menschen, die über das große Meer in die Neue Welt gesegelt sind, hatten Angst. Sie hätten Indien und Amerika niemals entdeckt, wenn sie ihre Angst nicht irgendwann überwunden hätten. Und dann wüssten wir bis heute nicht, wie süß Schokolade schmeckt.«

»Haben wir noch Schokolade? Unser Lehrer sagt immer, man muss schmecken, was man kosten kann.«

»Dein Lehrer ist ein kluger Mann. Wenn du willst, mache ich dir einen Becher Schokolade.«

»Er sagt auch, man soll sich alles ganz genau anschauen, was man sehen kann.«

»Das ist schon etwas schwieriger.«

-10-

Seit Carlas Tod hatte Piet sehr viel Zeit, über alles nachzudenken. Es war nicht von der Hand zu weisen. Ausgerechnet seinen Liebsten hatte er nur Pech gebracht. Sein Vater: ein Selbstmörder, weil er der Liebe zu seiner Mutter im Weg gestanden hatte. Karlmann: ein Flüchtling, weil er ihn in der *Mennonitischen Hochzeit* verteidigt hatte. Und Carla: eine an ihrem Ekel und an seiner mangelnden Zuwendung zerbrochene Frau, weil er ihr etwas gezeigt hatte, das er ihr niemals hätte zeigen dürfen.

Die Schuld lastete schwer auf Piets Schultern. Zumindest einen Menschen auf dieser Welt, das spürte er mit der Gewissheit eines Geläuterten, musste er jetzt glücklich machen, wollte er sein Leben nicht vollends verpfuschen. Manchmal, wenn er Maarten am Abend zu Bett gebracht hatte, ging ihm noch das Vermächtnis seines Vaters durch den Kopf: *Wer für das Kleinste im Leben ein Auge hat, wird das Allergrößte in seinem Leben gewinnen.*

Piet hatte nun endlich begriffen, was ihm sein Vater damit sagen wollte. Die längste Zeit hatte er darauf verschwendet, das Kleinste in der Welt zu finden, dieses allerletzte Element, das den Erdkreis im Innersten zusammenhielt. Aber das hatte sein Vater offenbar nicht gemeint, als er seine letzten Worte auf dieses kleine Stückchen Papier gekritzelt hatte. Man musste vielmehr jene kleinen Dinge besonders im Auge behalten, die mit der Zeit als viel zu selbstverständlich erachtet wurden: das eigene Leben, das Leben der anderen und den Lauf der Liebe natürlich.

Noch war es nicht zu spät dafür. An Maarten wollte Piet jetzt wiedergutmachen, was er zuvor falsch gemacht hatte. Seinen eigenen Kummer verbarg er vor ihm, so gut es nur eben ging. Erst wenn der Junge schon lange schlief, schlich er noch häufiger in Carlas Zimmer und breitete ihre Kleider auf dem Bett aus, um daran zu riechen. Anfangs, da hatte er sie körperlich fast neben sich spüren können, wenn er das getan hatte. Aber mittlerweile nicht mehr. Die Zeit hatte ihren Duft wie mit Wasser verdünnt. Und auch die Bilder von ihr wurden langsam schemenhafter. Carla entschwand allmählich in das flüchtige Reich seiner Erinnerungen. Ihre Spuren wurden von Tag zu Tag blasser.

So vergingen der Herbst, der Winter, der Frühling und auch der Sommer. Im zweiten Winter nach Carlas Tod lief Piet mit Maarten an seiner Hand zum ersten Mal mit Kufenschuhen über die Oude Delft, und im darauffolgenden Sommer verbrachte er mit ihm sehr viel Zeit in seinem Garten vor der Stadt.

Piet hatte sich in der Zwischenzeit sehr gut um das kleine Stückchen Land gekümmert. In den Beeten wuchsen nun wieder Salat, Bohnen und Radieschen. Und auch in dem Schuppen herrschte jetzt wieder eine tadellose Ordnung. Neben einem Tisch mit vier Stühlen und einem neuen Ofen zum Heizen hatte er zwei Pritschen in den Schuppen gestellt, auf denen sich ein entspanntes Mittagsschläfchen halten ließ. Manchmal, wenn die Abende dort draußen besonders lau und angenehm waren und Maarten über dem Zählen der Glühwürmchen so müde wurde, dass er nicht mehr nach Hause wollte, blieb er mit ihm über Nacht dort.

Wenn der Junge schlief, ging Piet ab und an noch rüber zu Fabrist, um mit ihm ein Glas zu trinken, auch wenn sein ständiges Lamentieren auf Dauer schwer zu ertragen war. Meist war er am Abend schon so betrunken, dass er nur dummes Zeug von sich gab. Dass der Mond das Gestirn der Frauen sei und die Sterne ihre Bewunderer. Dass ein Engel stirbt, wenn eine Sternschnuppe vom Himmel fällt. Und dass ihnen eines Tages sowieso alles auf den Kopf fallen würde – die Sonne, der Mond und auch die Sterne. Sehr lange mochte sich Piet diese düsteren Monologe nie anhören, aber manchmal hatte Fabrist auch seine hellen Momente.

Es war an einem dieser Abende. Piet hatte Fabrist nur schnell einen Krug Schnaps vorbeibringen wollen, als ihn der Maler bat, sich für einen Augenblick zu ihm zu setzen.

»Schau dir den Mond an, ist er heute nicht wunderschön?«

Piet schaute mit Fabrist in den Himmel. Riesig groß und von seltener, oranger Farbe ging der Vollmond gerade am Horizont auf. Er glich in dieser Nacht mehr der Sonne als sich selbst.

»Ja, er ist wirklich wunderschön.«

»Trink ein Glas mit mir.«

Nach einer Weile und nachdem sie den Mond ausgiebig und stumm bestaunt hatten, fragte Fabrist: »Weiß du eigentlich, wie gut du es hast?«

»Was meinst du?«

»Dein Junge schläft nebenan im Schuppen und wartet auf dich.«

»Ja.«

»Dann vergiss das besser nie. Dir ist zumindest noch ein Sohn geblieben.«

»Ich …«

»… nein, unterbrich mich bitte nicht. Es ist wichtig, was ich dir jetzt sage. Hast du ihn dir schon mal genau angeschaut?«

»Natürlich, jeden Tag.«

»Dann wirst du bemerkt haben, dass seine Augen von genau der gleichen Farbe sind. Dieses tiefe, unergründliche Grün. Er hat ihre Augen.«

»Ja, ich weiß.«

»Ich habe dir vor langer Zeit mal erzählt, dass die Erinnerung ein Ungeheuer ist. Aber das gilt nur für mich, nicht für dich. Im Antlitz deines Sohnes lebt sie weiter. Jedes Mal, wenn er dich anlächelt, kannst du in seinen Augen noch ihr Lächeln sehen. Deshalb hat es das Schicksal mit dir besser gemeint als mit mir. Wenn du willst, kannst du jeden Tag deiner vergangenen Liebe in die Augen schauen. Das nenne ich Glück. Denn solange der Junge lebt, wird auch deine Liebe leben.«

Als der Mond am Himmel stieg, langsam kleiner wurde und sich von dem seltenen Orange in sein normales, milchiges Weiß färbte, wünschte Piet dem Maler eine gute Nacht. Eine ganze Zeit lang dachte er auf seiner Pritsche noch über die Worte von Fabrist nach. Es stimmte. Es war für ihn noch nicht alles verloren. Er musste jetzt nur gut auf Maarten aufpassen.

-11-

»Ich will so nicht sterben, aber ich kann so auch nicht weiterleben. Hört ihr?«

Heijn Drooten saß auf der Bank vor dem Siechenhaus am Lindelaan und lamentierte laut vor sich hin. Die Pfleger nahmen sein Gezeter schon lange nicht mehr ernst. Sie stellten ihm seinen Teller Essen hin, hörten aber nicht mehr zu, wenn er ihnen mit seinem ewig gleichen Lamento in den Ohren lag.

»Ich muss ihn töten, damit nicht noch schlimmeres Unheil über die Stadt hereinbricht. Der Herr muss noch einmal zu mir sprechen, nur noch einmal. Ich werde folgsam sein wie Abraham und Seinem Befehl genüge tun. Er darf mich nicht verstoßen. Ich muss ihn töten, hört ihr? Ich muss ihn töten.«

Drooten wurde nie wieder ganz richtig im Kopf. Anfangs, da hatte er noch gehofft, Gott würde Seinen Befehl erneuern. Aber er hoffte vergebens. Die Stimme Gottes war verstummt. Nie mehr sprach der Herr in seinen Träumen zu ihm. So sehr sich Drooten auch danach sehnte, dass sich das Innerste des Himmels vor seinen Augen noch einmal nach außen kehrte, die Wolken auseinanderstoben, die Sterne verglühten und der Mond sein Antlitz verhüllte, hörte er die Stimme Gottes doch nie wieder. Er hatte es verbockt, so, wie er noch nie in seinem Leben etwas verbockt hatte.

Traumlos und gottverlassen vergingen nun seine Tage und Nächte. Wieder und wieder fragte sich Drooten, was bloß schiefgelaufen sei. Er hatte sich doch wirklich Wort für Wort an Seinen Befehl gehalten. Er war weder voreilig noch unvorsichtig vorgegangen. Jahrelang hatte er sich geduldet und keiner Menschenseele anvertraut, noch nicht einmal ganz am Schluss, als sich ihm dann endlich das Zeichen offenbarte – die Zahl des Teufels, eingebrannt im Nacken unter den feuerroten Haaren dieses klumpfüßigen Zwergs.

Grietje Horneborg, seine Zimmerwirtin und zeitweilige Bettgenossin, hatte sich irgendwann nicht mehr zu helfen gewusst. Und auch die Kirche konnte Drootens Dienste schon bald nicht mehr gebrauchen. Er zupfte die braven Bürger in ihren Bänken während des Gottesdienstes am Ärmel und raunte ihnen seine ständig gleiche Litanei in die Ohren: »Ich muss ihn töten, damit nicht noch schlimmeres Unheil über die Stadt hereinbricht.«

Da hatten sie ihn schließlich in das Siechenhaus am Lindelaan verfrachtet. Dort lebte er nun zwischen Alten und Verrückten. Jeden Tag las er noch immer in der Bibel. Aber wie Drooten die Sache auch drehte und wendete: Gott war nicht so gütig, wie er sich das immer gewünscht hatte. Es ging in seinem Reich um

Zucht und Ordnung. Anders war nicht erklärbar, warum er sich der Menschen zur Durchsetzung seiner Pläne überhaupt bediente. Wer die Welt in nur sieben Tage erschaffen hatte, brauchte keinen Noah, um seine Geschöpfe paarweise vor der Sintflut zu retten. Er brauchte auch keinen König Saul, um die Amalekiter zu töten. Und er brauchte erst recht keinen Kirchendiener wie ihn, um diesen kleinen Teufel von einem Tuchhändler zur Strecke zu bringen. Das alles hätte Gott mit einem Fingerschnippen jederzeit selbst erledigen können. Wenn er sich des Menschen trotzdem bediente, dann nur, um ihn auf die Probe zu stellen.

Er hatte versagt, schändlich versagt. Und deshalb wollte Drooten auch nicht sterben, bevor er seine Schuld nicht beglichen hatte. Er musste nur noch einmal den göttlichen Befehl hören, um endlich erlöst zu werden.

Grietje besuchte Drooten noch manchmal in dem Siechenhaus am Lindelaan, aber auch sie wurde der Sache bald überdrüssig. Drooten stammelte immer nur dieses blödsinnige Zeug vor sich hin, wenn sie ihn besuchte.

»Er trägt das Zeichen an sich, hörst du? Es ist noch immer nicht zu spät. Der Bund zwischen mir und Gott darf nicht erlöschen. Er muss Seinen Befehl nur noch einmal erneuern. Ich werde Ihm gehorchen, wenn Er noch einmal zu mir spricht.«

»Du dummer Kerl«, sagte Grietje dann. »Du hättest alles von mir haben können, wenn du nicht so verrückt geworden wärst.«

-12-

»Koste mal.«

Piet schob Gaesbeeck einen Teller mit den übrig geblieben Hörnchen über den Tisch.

»Sind gar nicht so schlecht geworden. Habe ich gestern für den Jungen gemacht.«

»Danke. Aber ich komme nicht wegen deiner Hörnchen.«

»Dachte ich mir.«

Der Arzt besuchte Piet noch immer regelmäßig in der Hippolytusbuurt. Meist kam er am frühen Abend auf einen Sprung vorbei, wenn er seine Krankenbesuche erledigt hatte. Es war außergewöhnlich, dass er heute so früh am Morgen bei ihm reinschaute. Er nahm einen Brief aus seiner Jackentasche. Piet ahnte schon, von wem.

»Hör zu«, sagte Gaesbeeck, »William Brouncker hat schon wieder geschrieben. Sie fragen sich in London mittlerweile sehr ernsthaft, warum sie keine Berichte mehr von dir erhalten. Ehrlich gesagt, es ist mir langsam peinlich, sie noch länger zu vertrösten.«

»Du musst sie nicht länger vertrösten. Schreib ihnen doch einfach, wie es ist. Dass ich nie wieder in meinem Leben ein Mikroskop anrühren werde.«

»Und stattdessen nur noch putzen, waschen und diese Hörnchen hier backen willst?«

»So ungefähr.«

»Piet, das ist Frauenarbeit. Es wird langsam Zeit, dass du dein normales Leben wieder aufnimmst. Du musst mit der Grübelei aufhören und dir nicht länger die Schuld am Tod deiner Magd geben. Ich war draußen auf dem Friedhof. Ich habe mir angeschaut, was du dort treibst. Die Leute reden schon darüber. Das bunte Grab nennen sie es.«

»Sollen sie doch.«

»Ist dir denn völlig gleichgültig, was die Leute denken? Es ist doch nicht normal, wenn du dich den ganzen Tag jetzt nur noch um den Jungen kümmerst. Du hast alles getan, was ein Mann tun kann. Du hast ihm sogar deinen Namen gegeben. Du kennst meine Meinung dazu. Ich fände es angebrachter, wenn du seine Erziehung in Frauenhände legen würdest. Aber auf jeden Fall wird es langsam Zeit, dass du dich wieder auf das Wesentliche konzentrierst. Die Wissenschaft braucht dich.«

»Ach, hör mir doch auf mit der Wissenschaft. Glück lässt sich darin nicht finden. Nur Zweifel und Verderben. In diesen Hörnchen hier steckt hundertmal mehr Glück als in deiner Wissenschaft.«

»Du redest schon wieder Blödsinn.«

»Dann überzeuge mich vom Gegenteil.«

»Verstehst du denn nicht, was wir gerade tun? Wir bauen ein neues Land auf. Denk doch mal nach: Kopernikus war Pole und Bacon ein Engländer. Descartes und Pascal, das waren Franzosen, Parcelsus und Kepler zwei Deutsche und da Vinci und Galilei Italiener. Sie alle zusammen haben geholfen, dass wir jetzt in einem geistiges Land ohne Grenzen leben. Unsere Grenzen sind nur noch die Grenzen unseres Verstandes und nicht die Grenzen, die uns Könige, Päpste oder Fürsten setzen. Dank ihnen leben wir heute in einem Land, das mit jedem neuen Tag etwas mehr aufblüht. Das Glück der Wissenschaft, mein Freund, liegt im Fortschritt. Wenn du so willst, stehen wir heute auf den Schultern unserer Väter, auf den Schultern von Kopernikus und da Vinci, und erkennen Dinge als wahr, die ihnen selbst noch verborgen waren. Und morgen, da werden auch unsere Söhne das Gleiche mit uns tun. Sie werden auf unsere Schultern steigen und noch sehr viel weiter ins Land blicken, als wir das heute können.«

»Du hast doch gar keinen Sohn.«

»Du weißt sehr genau, wie ich das meine. Mit jeder neuen Generation kommen wir ein Stück voran.«

»Bis zum Horizont, meinst du?«

»Wenn du es so ausdrücken willst: Ja, bis zum Horizont.«

»Eben nicht. Wir werden niemals bis zum Horizont gelangen. Der Horizont stachelt nur unsere Sehnsucht an, aber er stillt nicht unser Verlangen. Glaub mir, diese Grenzlinie, die nur in unserer Vorstellung existiert, wird sich uns auf alle Zeit entziehen. Und deshalb halte ich mich auch lieber an diese Hörnchen hier. Man wird davon zumindest satt.«

So ähnlich ging es zwischen den beiden nun sehr häufig hin und her. Gaesbeeck verteidigte den Wert der Forschung und Piet die neuen Überzeugungen in seinem Leben. Nur gegen die Bücher, die ihm der Arzt aus alter Gewohnheit noch immer vorbeibrachte, hatte er nichts einzuwenden. Gaesbeeck hoffte wohl, er könne ihn damit zurück auf den Weg der Vernunft locken, aber auch in diesem Punkt täuschte er sich in ihm. Zwar studierte Piet die Bücher noch immer aufmerksam, aber die Schlüsse, die er daraus zog, waren andere als früher.

Die Wissenschaft besaß noch immer Macht über ihn. Aber er schützte sich nun davor wie ein Trinker, der mit dem Trinken aufgehört hat. Bei jeder sich bietenden Gelegenheit hielt er Gaesbeeck die Borniertheit der Wissenschaftler vor, ihre Kälte und die Gehässigkeit, mit der sie übereinander hergezogen. So viel Falsches hatten sie schon behauptet. Und außerdem: Es war abschreckend zu sehen, wie quälend langsam sie in ihrem Bemühen vorankamen. Es stimmte nicht, wenn Gaesbeeck behauptete, dass man der Wahrheit auf den Schultern der Ahnen mit jeder Generation ein Stückchen näher kam. In den wirklich entscheidenden Fragen des Lebens hatte man im Lauf der Jahrhunderte kaum einen Meter gutgemacht. Was wusste man heute denn schon mehr als die Alten? Gab es nun einen Gott oder gab es keinen? War es vernünftig, trotz oder sogar wegen der Unendlichkeit des Universums an den Allmächtigen zu glauben? Was war mit der menschlichen Seele? Existierte sie? Und wenn ja, wo blieb sie nach dem Tod?

Gaesbeeck nahm sich jetzt ein Hörnchen vom Teller und biss beherzt hinein.

»Schmeckt wirklich nicht schlecht. Aber unabhängig davon musst du dich langsam entscheiden, was du willst. Hörnchen backen oder der Wahrheit dienen?«

»Wie soll ich mich entscheiden, wenn sich die Wissenschaft noch nicht einmal selbst entscheiden kann? Nimm doch nur zum Beispiel diese beiden hier.«

Piet wies auf die zwei Bücher, die zwischen ihnen auf dem Tisch lagen.

»Erst die Tage habe ich noch einmal gelesen, was sie uns über das Rätsel der Geburt erzählen. Anaxagoras und William Harvey, der Naturphilosoph aus Griechenland, über den uns Aristoteles berichtet, und … «

»… ich weiß, wer Anaxagoras ist. Also sag mir lieber, worauf du hinauswillst.«

»… und der englischen Anatom, den du so sehr verehrst. Tausend Jahre Geschichte liegen zwischen den beiden. Und wir wissen noch immer nicht, wer von beiden recht hat. Sind im Samen des Mannes alle Körperteile des Kindes in einem für das Auge nicht mehr wahrnehmbaren kleinsten Zustand bereits enthalten, wie Anaxagoras behauptet? Kann nur deshalb aus Nichthaar Haar entstehen und aus Nichtfleisch Fleisch, wie er meint? Oder aber hat dein geschätzter William Harvey recht, wenn er uns erklärt, es verhalte sich genau umgekehrt und der Organismus entwickele sich im Lauf seiner Menschwerdung aus einer zuvor völlig undifferenzierten Struktur? Wenn die Wissenschaft das nach tausend Jahren anstrengten Nachdenkens noch immer nicht geklärt hat und die einen dieses und die anderen jenes behaupten, wüsste ich nicht, welcher Wahrheit ich dienen soll.«

»Aber das ist doch völlig normal. Solche Meinungsverschiedenheiten hat es zu allen Zeiten gegeben. Irgendwann werden wir die richtige Antwort kennen. Auf jeden Fall ist das kein Argument gegen den Fortschritt, den die Wissenschaft mit jedem Tag macht. Du musst dich nur endlich entscheiden, ob du uns helfen willst, die Wahrheit herauszufinden.«

»Ich fürchte, den Tag der Wahrheit werde ich nicht mehr erleben. Vielleicht werden deine Wissenschaftler das Rätsel der Geburt niemals lösen, egal, wie viele Hühnereier sie noch aufschlagen. Nein, mein lieber Gaesbeeck, die Frage ist nicht, auf welcher Seite ich stehe. Die Frage ist, was ich mit meinem Leben anfangen will. Tausend Jahre habe ich nicht mehr. Und ehrlich gesagt, auch viel weniger wären mir schon viel zu viel. Ich glaube nicht mehr daran, dass man den Horizont lebendig erreichen kann. Ich werde kein Mikroskop mehr anrühren. Nie wieder.«

Was Gaesbeeck in der Folge auch unternahm, um Piet vom Gegenteil zu überzeugen, es schlug fehl. Er versuchte es mit Sachlichkeit und Verstand, mit Schmeichelei und auch mit Spott. An dem einen Tag nannte er ihn einen Spinner und schon am nächsten Tag ein Genie. Er stellte Ruhm, Ehre und am Ende sogar Unsterblichkeit in Aussicht, wenn er doch nur endlich zur Vernunft käme und wieder seine Mikroskope zur Hand nähme.

»Die Größten ihrer Zunft vergisst die Geschichte niemals«, lockte er Piet.

Aber es half alles nichts – bis Gaesbeeck ihm eines Tages von Nicolas Hartsoeker berichtete.

-13-

Nicht tot, aber auch nicht mehr quicklebendig dämmerte Karlmann dem Abend entgegen. Er lag auf seinem schmalen Lager, etwas abgerückt von den Pritschen der Siechen, und löffelte eine Schale lauwarmen Reis in sich hinein.

Keiner hatte ihn bislang mit an Bord genommen, auch nicht der Kapitän, auf den er vor einer kleinen Ewigkeit seine Hoffnung gesetzt hatte. »Zu mager.« – »Zu schwach.« – »Zu nichts zu gebrauchen.« So lauteten ihre Urteile, wenn er sie anflehte, ihn doch bitte mitzunehmen. Er wusste ja selbst, welchen jämmerlichen Eindruck er hinterließ, auch wenn er den Kapitänen jedes Mal versicherte, dass ihn die frische Seeluft und etwas Bewegung bestimmt ganz schnell wieder zu Kräften brächten. Er war blass wie der Mond, hohlwangig wie ein vertrockneter Apfel. Vor allem aber hatte er nur noch einen Arm. Damit konnte er weder hoch in die Wanten klettern noch ordentliche Knoten binden. Noch nicht einmal ein Boot konnte er damit anständig rudern.

Nun ging also auch dieser Tag unnütz vorüber. Das Stöhnen und Husten der armen Teufel um ihn herum beruhigte sich langsam. Ihre vor Schmerzen verzogenen Gesichtszüge entspannten sich für ein paar Stunden, je nachdem, wie lange sie schlafen konnten. Nur der Geruch war genauso unerträglich wie am Tag. Es roch nach Blut, Kot und Urin. Man konnte dagegen anputzen, wie man wollte, aber dieser Pestilenz war einfach nicht beizukommen. Jeden Tag raffte es ein paar der Kranken hinweg, aber jeden Tag kamen auch ein paar neue Elendsgestalten hinzu.

Seit Karlmann wieder halbwegs genesen war, half er im Hospital als Pfleger aus. Er wechselte Verbände, verteilte Rhabarbersaft gegen die grassierende Ruhr und wischte vom Boden den Schweiß der Angst auf. Wenn ihn die Hoffnungslosigkeit übermannte, ging er die Stufen hinunter zum Fluss. Er schaute dann sehnsüchtig über den Hugli in Richtung Süden. Irgendwo da hinten lag Kalkutta. Und noch weiter südlich der Golf von Bengalen. Dort müsste er hin, um über das große Meer nach Hause zu gelangen. Manchmal glaubte Karlmann an sein Glück. Und manchmal auch nicht. Das war die größte Abwechslung in seinem ansonsten eintönigen Leben.

Am Morgen gab es eine Schale Reis, gemischt mit ein paar gedünsteten Kohlblättern. Zu Mittag gab es das Gleiche und am Abend auch wieder. Es war kein Wunder, dass man von diesem Fraß nicht richtig zu Kräften kam. Karlmann konnte sich kaum noch daran erinnern, wann er zum letzten Mal ein ordentliches Stück Fleisch zwischen den Zähnen gehabt hatte. Beim Trinken hatte man die Wahl zwischen Wasser und Tee. Aber der Tee schmeckte eigentlich genauso wie Wasser, nur heißer. Ein frisches Bier und dazu ein Stamppot mit Rookworst, an so manchen Tagen hätte Karlmann glatt seinen zweiten Arm dafür geopfert.

Die anderen Pfleger waren irgendwelche Eingeborenen, deren Kauderwelsch er noch immer nicht richtig verstand. Ein paar Worte von ihnen hatte er mit den Jahren widerwillig gelernt, mehr aber auch nicht. Einzig der Arzt, ein Hüne von einem Mann und mit den Wurstfingern eines Fleischers, sprach hier ein anständiges Holländisch. Er kam jeden Morgen in Begleitung seines Sklaven ins Hospital und machte seine eilige Runde. Ohne sich jemals nach dem Befinden der Kranken zu erkundigen, blickte er den armen Teufeln nur einmal kurz in ihren Rachen und stellte dann seine Diagnose. Sein Sklave, der ihm wie ein gebücktes Äffchen hinterhereilte, reichte ihm irgendwelche Pillen und Pulver aus dem Medizinkasten. Die vermischte der Arzt dann mit etwas Wasser in einem Becher und flößte sie den Kranken ein.

»Schön schlucken«, sagte er immer nur, während er von Pritsche zu Pritsche ging und seine Mittelchen verteilte. Immer aus dem gleichen Becher, ohne ihn auch nur einmal auszuwaschen. So bekam hier ein jeder, was er eigentlich nicht verdiente. Und nicht selten war das die Krankheit seines Nachbarn. Unterschiedslos lagen die Leidenden nebeneinander. Männer mit fauligem Atem und übel riechenden Geschwüren schliefen neben solchen, denen bis auf ein bisschen Husten und Fieber nicht viel zu fehlen schien. Kerle, die man für Leichen halten konnte, ruhten neben Burschen, die sich nur ein Bein gebrochen hatten.

Die Laken und Matratzen waren allesamt von Auswurf befleckt. Gewechselt wurde die Wäsche nur alle paar Wochen. Die Neuzugänge schliefen in den gleichen Decken, in denen Tage zuvor ihre Vorgänger gestorben waren. Und auch bei den Verbänden, an denen ständiger Mangel herrschte, sparte man sich die Mühe, sie ordentlich auszukochen, bevor sie dem nächsten Pechvogel um seine Wunden gewickelt wurden.

Mit den Patienten redete Karlmann selten. Wenn er sich in letzter Zeit überhaupt mit jemandem unterhalten hatte, dann nur mit sich selbst, weil der Mensch hin und wieder nun mal mit jemandem reden musste, um nicht seinen Verstand zu verlieren. Es gab hier so einiges, über das man leicht hätte wahnsinnig werden können. Karlmann hasste es, wenn er früh am Morgen die Toten entkleiden musste, damit ein anderer Matrose in ihren Leinenhosen sterben konnte. Noch mehr allerdings hasste er es, wenn er den Soldaten dabei helfen musste, die Leichen zu begraben. Begraben war eigentlich viel zu vornehm ausgedrückt. Es gab hier keine Särge, noch nicht einmal Leichentücher.

Quer zur Außenmauer des Hospitals hatten die Soldaten im Osten einen Graben ausgehoben, und da hinein warfen sie die nackten Leiber. Sie kippten sie einfach von der Holzfuhre auf die Toten der vergangenen Tage. Obendrauf gaben sie immer noch ein paar Schaufeln mit ungelöschtem Kalk, damit sich die Körper schneller zersetzten, und manchmal auch noch etwas Erde, damit es nicht ganz so grässlich aussah.

Am Morgen waren die notdürftig bedeckten Leiber oft von Ratten angefressen. Einmal kippte Karlmann deshalb etwas mehr Erde als nötig in den Graben, damit er nicht länger in die Augen der Toten schauen musste. Aber der Soldat neben ihm meinte, es lohne die Mühe nicht, weil sie morgen doch sowieso ein paar neue Leichen hier abladen würden. Es stimmte schon, was man sich in der fernen Heimat über Ostindien erzählte: Die Kolonien waren die reinsten Menschenfresser.

Von Osten her, dort, wo der Leichengraben lag und der dichte Monsunwald begann, hörte man in der Nacht die Wildschweine grunzen, die Wasserbüffel scharren und die Hirsche röhren. Auf den Bäumen brüllten die Affen, und zu ihren Füßen strichen die Tiger durch das Dickicht. Am meisten fürchtete sich Karlmann vor den Schlangen. Es gab hier eine Kobra, die hatte auf ihrem Nackenschild eine Zeichnung wie ein Gesicht. Mit einem geschwungenen Mund und einer schwarzer Linie, die ihre Augen umrandete, weshalb man sie auch die Brillenschlange nannte. Ihr Gift war so tödlich, dass man binnen weniger Minuten daran starb. Karlmann hatte eine Heidenangst vor dem Vieh. Ausgerechnet er: Der einstige Brillenmacher fürchtete nichts mehr als die Brillenschlange.

Nie verließ Karlmann das Hospital ohne seinen Stock. Er stampfte damit immer ganz fest auf den Boden, um sich die Schlangen vom Leib zu halten. Auch jetzt zog er den Stock unter seiner Pritsche hervor. Er wollte noch ein wenig nach draußen, Luft schnappen. Leise erhob er sich von seinem dürftigen Lager und nahm den schmalen Weg hinunter zum Fluss. Der Regen hatte glücklicherweise aufgehört. Die vergangenen Monate waren die Hölle gewesen. Jeden Tag hatte es wie aus Kübeln gegossen. Die Erde war noch immer aufgeweicht, und die Luft dampfte wie ein Wasserkessel unter Feuer.

Am Ende des Stegs setzte sich Karlmann auf den Boden. Er schaute über den Fluss in Richtung Süden. Es war eine sehr klare Nacht. Der Mond glänzte silbern auf dem Wasser. Erst gestern hatte er gehört, dass auf der Reede von Falta ein neues Schiff der Compagnie vor Anker lag. *Bovenpolder* hieß der Kahn. Achthundertfünfzig Tonnen und nur achtzig Mann Besatzung. Morgen sollten ein paar Offiziere vorbeikommen. Es hieß, sie suchten Männer, um ihre Mannschaft aufzufüllen. Vielleicht hatte er ja dieses Mal Glück.

Karlmann wog den flachen Stein in seiner Hand und ließ ihn über den Hugli flitzen. Er zählte: Eins, zwei, drei, vier, fünf, sechs. Sechs Mal klatschte der Stein auf dem Fluss auf, bevor er unterging. Eine gute Zahl, wie er fand, vielleicht sogar ein Zeichen. Sechs große Gewässer lagen zwischen ihm und zu Hause: der Golf von Bengalen, der Indische Ozean, der bis zum Kap der Guten Hoffnung reichte, der Süd- und der Nordatlantik. Und zum Schluss dann natürlich noch der Ärmelkanal, der in die Nordsee floss. Diese sechs Gewässer müsste er durchqueren, um zurück nach Amsterdam zu kommen. Vielleicht war es ja kein Zufall, dass der Stein ausgerechnet sechs Mal auf und nieder sprang, redete er sich tapfer ein.

Es war der reinste Selbstbetrug, den er mit sich trieb. Und Karlmann wusste das auch sehr genau. Er hätte gut und gerne noch ein paar weitere Gewässer mehr aufzählen können, die zwischen Chinsurha und Amsterdam lagen: die Straße von Sofala, die Sklavenküste Oberguineas oder den Golf von

Biskaya. Aber er wollte nun mal an ein Zeichen glauben. Er klammerte sich daran wie ein Ertrinkender an ein Stück Holz.

Am nächsten Morgen, es regnete schon wieder leicht, stand Karlmann in aller Herrgottsfrühe auf und lief hinunter zum Steg. Er wartete etwa eine Stunde, dann schälte sich der Bug einer Schaluppe aus dem Dunst, ein in den Farben Hollands gestrichener Rumpf. Als Erster verließ der Kapitän das Boot. Ein stiernackiger Kerl mit rotblondem Bart. Er beachtete ihn gar nicht. Drei Offiziere folgten ihm. Sie nahmen den direkten Weg hoch zum Hospital. Karlmann wollte ihnen gerade hinterherlaufen, als der Matrose, der als Wache an Bord zurückgeblieben war, ihm vom Heck aus zurief: »Hey du, warte mal. Hast du Zunder für meine Pfeife?«

Karlmann blieb stehen. Er überlegte kurz. Vielleicht war das eine Möglichkeit. Vielleicht brauchte er jetzt einfach nur einen Fürsprecher.

Der Mann sprang von Bord.

»Also, hast du nun Zunder für mich oder nicht?«

»Darf ich die Pfeife für dich anzünden? Ich habe schon ewig keinen richtigen Tabak mehr geraucht.«

Der Mann schaute Karlmann skeptisch an.

»Keine Angst, ich habe keine Krankheit.«

»Na dann, von mir aus.«

Der Mann reichte ihm die gestopfte Pfeife. Karlmann öffnete seine Zunderbüchse, schlug trotz seines fehlenden Arms einen Feuerstein geschickt auf das Katzengold und entzündete an dem entflammten Feuerschwamm dann die Pfeife. Zufrieden zog er den Rauch tief in seine Lungen.

»Schmeckt nach zu Hause.« Karlmann gab dem Matrosen die Pfeife zurück. »Wie heißt du?«

»Adriaan. Und du?«

»Jan. Jan Karlmann. Aber hier nennen mich alle nur noch den Magermann. Ihr segelt nach Amsterdam, nicht wahr?«

»In Nagapattinam nehmen wir noch Tuchwaren und Gewürze an Bord. Aber dann geht es zurück nach Amsterdam. Wenn alles gut läuft, müssten wir in zehn Monaten da sein.«

»Darf ich noch einmal ziehen?«

Karlmann nahm einen weiteren Zug aus der Pfeife. In zehn Monaten, überlegte er. Dann wäre Sommer in der Stadt.

»Sag, hat sich Amsterdam sehr verändert?«

»Wie lange warst du denn nicht mehr dort?«

»Viel zu lange. Es sind jetzt bald sieben Jahre.«

»Dann würdest du die Stadt kaum noch wiedererkennen. Alles ist teurer geworden, leider auch die Huren.«

»Gibt es noch das Spielhaus am Oudebrugsteeg?«

»Du meinst die *Mennonitische Hochzeit*?«

»Ja.«

»Gibt es noch. Ist aber auch teurer geworden. Warum fragst du?«

»Nicht so wichtig, kam mir schon damals viel zu teuer vor. Was macht das Rathaus? Als ich aus Amsterdam weg bin, haben sie gerade die Pfähle in den Boden gerammt.«

»Darauf sind sie heute noch stolz. Fast vierzehntausend Pfähle. Ganz fertig ist der Prachtbau noch immer nicht, aber er macht schon einiges her. Achtzig Meter lang, fast genauso breit und über dreißig Meter hoch. Die Steine sind so weiß wie das Gefieder eines Schwans.«

»Ihr sucht Matrosen, nicht wahr?«

»Zwanzig, vielleicht auch dreißig Mann.«

»Sind an Bord zufällig ein paar Matrosen von der *Niewalcker*? Männer, die ich von früher kennen könnte?«

»Du bist auf der *Niewalcker* gesegelt?«

»Zumindest so lange, bis sie untergegangen ist. In diesem elenden Golf von Begalen.«

»Mein Bruder war damals mit an Bord. Er ist nie wieder aufgetaucht. Hast du ihn vielleicht gekannt? Lieven hieß er.«

»Tut mir leid, kann mich nicht an ihn erinnern.«

»Ist ja auch schon lange her. Hast Glück, dass du es überlebt hast. Nein, ich glaube nicht, dass wir Männer von der *Niewalcker* an Bord haben.«

Für eine Weile schwiegen die beiden und blickten auf das braune Wasser des Hugli.

Dann fragte Karlmann: »Meinst du, dein Kapitän würde mich mitnehmen?«

Aadrian starrte auf Karlmanns Stumpf.

»Deswegen musst du dir keine Sorgen machen. Ich komme sehr gut mit nur einem Arm zurecht.«

»Hab ich gerade gesehen. Macht dir keiner so schnell nach, mit nur einem Arm Feuer anzuzünden.«

»Also, was meinst du? Glaubst du, dein Kapitän würde mich mitnehmen?«

»Ich weiß es nicht. Haafner ist zwar kein Schwein wie so viele andere Kapitäne der Kompanie, aber einen guten Menschen würde ich ihn deshalb nicht nennen. Du weißt ja selbst, wie sie sind. Unter hundert Kapitänen findest du nur einen, der dich anständig behandelt.«

»Hauptsache, er nimmt mich mit. Vielleicht könntest du ein gutes Wort für mich einlegen.«

»Klar doch, ich sitze ja auch jeden Abend mit Haafner in seiner Kajüte. Red keinen Quatsch. Diese Leute hören nicht auf einen einfachen Matrosen wie mich.«

»Tu mir trotzdem den Gefallen. Es wird schon nicht schaden.«

»Das weißt du bei diesen Kapitänen nie.«

»Lass mich bitte noch mal von deiner Pfeife ziehen.«

So wie früher, wenn er am Abend die Werkstatt des Brillenmachers Thijs de Haart in der Bloemstestraat verlassen hatte und sich genüsslich eine Pfeife ansteckte, blies Karlmann zwei tadellos runde Ringe aus Rauch in die Luft. Wenn ihm Aadrian nicht helfen konnte, würde er ganz bestimmt nie aus diesem Drecksloch herauskommen.

»Weißt du, was das Schlimmste hier ist?«

»Hm?«

»Das Schlimmste hier ist nicht das Essen, diese klebrige Reispampe. Das Schlimmste ist auch nicht die Hitze, diese ewig feuchte Schwüle, dass du glaubst, du würdest Moos ansetzen. Selbst den Gestank da oben im Hospital kannst du einigermaßen ertragen. Du gewöhnst dich mit der Zeit an den Schmutz und auch an den Schweiß der Angst. Woran du dich aber niemals gewöhnst, ist die Gleichgültigkeit. Am Ende werfen sie dich in einen Graben, auf die Leichen der am Tag zuvor Gestorbenen. Das ist das Allerschlimmste: dass es ihnen völlig am Arsch vorbeigeht, ob du tot oder lebendig bist. Es ist, als würdest du schon zu Lebzeiten krepieren.«

»Schau, sie kommen zurück.«

Aadrian wies in Richtung Hospital.

Aus der Entfernung ließ sich nicht genau erkennen, wie viele Männer sie bei sich hatten. Zehn, vielleicht auch zwölf, schätzte Karlmann. Ein paar Seelen, mit denen es das Schicksal heute gut gemeint hatte. Gerade noch so für den Borddienst zu gebrauchen. Langsam kam die Abordnung näher.

Karlmann nahm Haltung an. Jetzt kam es drauf an. Er drückte sein Kreuz durch und hielt seinen Kopf gerade.

»Kapitän?«

»Was?«

»Dieser Mann hier …«, Aadrian zeigte mit dem Finger auf Karlmann, »… will bei uns anheuern. Er ist mit meinem Bruder auf der *Niewalcker* gefahren. Ein ausgezeichneter Seemann, glaube ich.«

»Halt's Maul, Matrose. Wenn ich deine Meinung hören will, frage ich dich.«

Der Kapitän musterte Karlmann kurz. Dann grinste er höhnisch. »So, so, das nennt man also einen ausgezeichneten Seemann. Hört ihr, Männer?«, wandte er sich an seine Offiziere, »die besten Seemänner haben heute nur noch einen Arm.«

Alle stimmten in das Lachen des Kapitäns mit ein, selbst die armen Schweine, die man gerade eben erst aus dem Hospital rekrutiert hatte. Nur Aadrian blickte betreten zu Boden. Er zuckte mit den Schultern. Siehst du, schien er sagen zu wollen, diese Leute hören nicht auf einen einfachen Matrosen wie mich.

Die Hoffnung, die Karlmann noch eben in sich gespürt hatte, verließ ihn schon wieder. Er würde niemals hier rauskommen. Ein, zwei Jahre hatte er vielleicht noch Glück. Aber irgendwann würde ihn eine dieser verfluchten Krankheiten packen: die Ruhr oder ein anderes böses Fieber. Vielleicht würde ihn auch eine dieser grässlichen Brillenschlangen erwischen. Auf jeden Fall würden ihn die Soldaten am Ende in den Graben werfen. Dieses Schicksal vor Augen, fiel Karlmann auf die Knie.

»Kapitän«, bettelte er in einem Anflug völliger Mutlosigkeit, »haben Sie doch Mitleid mit mir. Nehmen Sie mich an Bord, um der Liebe Gottes willen. Mir fehlt nichts, nur mein linker Arm.«

»Lass gut sein, Junge. Geh zurück ins Hospital. Ich weiß nicht, an welcher Krankheit du sonst noch leidest. Aber ich kann es nicht verantworten, dass du mir womöglich die ganze Mannschaft ansteckst.«

»Aber Kapitän, ich bin nicht krank. Bis auf den Arm fehlt mir nichts. Und ich würde jede Arbeit übernehmen, die Sie mir auftragen, wirklich jede. Sie müssen mir noch nicht einmal eine Heuer dafür zahlen. Ich will nur zurück nach Amsterdam.«

»Keine Heuer, sagst du?«

»Keinen Gulden.«

»Und du würdest wirklich alles tun, was ich von dir verlange?«

»Alles.«

»Hört, hört, Männer, es gibt offenbar noch folgsame Matrosen auf dieser Welt. Sie sind zwar einarmig, aber wie wir hören, ganz ausgezeichnete Seeleute.«

Nur kurz unterbrochen vom erneuten Lachen der Offiziere, fuhr der Kapitän fort: »Du hast Glück. Du erwischst mich an einem meiner ausgesprochen freundlichen Tage. Wenn der Schiffsarzt mir bestätigt, dass du an keiner bösen Krankheit leidest, nehme ich dich vielleicht mit. Aber nur unter einer Bedingung: Du wirst auf unserer Überfahrt dem Bilgenschwein Gesellschaft leisten. Ich könnte jemanden gebrauchen, der die Bilge während unserer Überfahrt sauber hält. Ehrlich gesagt, zieht mir der Gestank fast schon bis in die Kajüte.«

Zum dritten Mal brüllten die Offiziere jetzt vor Lachen. Der war gut: ein Matrose für das Bilgenschwein. Alle wussten, was das bedeutete, natürlich auch Karlmann. Die Bilge war der beschissenste Ort auf jedem Schiff. Bei Unwetter, wenn die Luken zum Oberdeck geschlossen wurden, entleerten die Matrosen dort unten ihre Därme. Es stank auf der Bilge so erbärmlich, dass man es nicht länger als ein paar Minuten aushielt. Aber Karlmann schreckte selbst diese Aussicht nicht.

»Ai, ai, Käpt'n«, sagte er nur.

Alles war leichter zu ertragen als Chinsurah; jeder Scheißeimer war besser als Bengalen. Karlmann hätte wirklich alles getan, sofern er nur endlich aus diesem Drecksloch herauskam. Er hoffte nur, dass der Schiffsarzt nichts Nachteiliges über seinen Gesundheitszustand äußern würde.

-14-

»Und das will er wirklich gesehen haben?«

»Ja, das behauptet er.«

»Ich frage das nur, weil Menschen manchmal glauben, sie hätten etwas gesehen, was sich im Nachhinein als bloße Sinnestäuschung herausstellt.«

»Angeblich hat er es mehrfach überprüft. Brouncker schreibt, was Hartsoeker ihnen gegenüber behauptet. Hier, hör zu: *Ich bin überaus stolz, dass ich der Royal Society diese wunderbare Neuigkeit als Erster verkünden darf. Es ist jetzt nur noch eine Frage der Zeit, bis ich auch die fehlenden Bestandteile sichtbar machen kann. Auf jeden Fall kann nun kein vernünftiger Mensch mehr an der Präformation zweifeln. Würden sich alle Buchstaben, die in Virgils* Äneis *vorkommen, von selbst in der vom Dichter komponierten Gestalt ordnen, wäre das sehr viel unbegreiflicher als der von mir entdeckte Zusammenhang. Damit ist diese jahrhundertealte Streitfrage nun endgültig geklärt.*«

»Aber das stimmt doch gar nicht. Ich war es, der die Animalcula im männlichen Samen als Erster entdeckt hat. Ich habe sie bei Kaninchen vorgefunden, bei Vögeln, Mäusen, Fischen und natürlich auch beim Menschen. Bestimmt zwanzig Berichte habe ich darüber verfasst. Du hast sie übersetzt und nach London geschickt.«

»Das weiß ich doch. Reg dich nicht auf.«

»Ich soll mich nicht aufregen? Was bildet sich dieser Kerl ein, gegenüber Brouncker zu behaupten, er habe die Animalcula als Erster gesehen? Wie heißt er noch mal?«

»Hartsoeker, Nicolas Hartsoeker.«

»Was weißt du über ihn?«

»Nicht sehr viel. Und was ich weiß, das weiß ich eigentlich auch nur aus zweiter Hand. Benthe Rook, ein Studienkollege aus alten Zeiten, hat ihn an der Universität zu Leiden kennengelernt. Wir sind irgendwann einmal auf ihn zu sprechen gekommen. Ich weiß nicht mehr so genau, warum. Ist schon eine ganze Zeit her. Ich glaube, Hartsoeker schuldete ihm Geld.«

»Siehst du, er ist ein Betrüger.«

»Na ja, so einfach ist das nicht. Rook hat damals zwar mächtig über ihn geschimpft und ihn mir als einen Mann von zweifelhaftem Charakter beschrieben. Als großmäulig, stur und eitel bis in die Halskrause. Aber er scheint gleichzeitig mit großen Talenten gesegnet zu sein. Auf jeden Fall hat ihn Rook trotz seiner Vorbehalte einen ziemlich hellen Kopf genannt. Aber im Grunde genommen ist das jetzt auch zweitrangig. Denn in London scheinen sie Hartsoekers Beobachtungen großes Gehör zu schenken. Brouncker schreibt: *Wir wissen natürlich, sehr verehrter Herr van Leeuwen, dass Sie uns schon vor Jahren auf die Animalcula im männlichen Samen hingewiesen haben, aber Sie haben nie etwas davon berichtet, was nun Ihr Kollege Nicolas Hartsoeker schreibt.*«

»Weil es nicht stimmt«, knurrte Piet.

»Warte. Brouncker schreibt: *Es ist uns außerordentlich wichtig, Ihre Meinung in dieser Angelegenheit zu hören. Vielleicht könnten Sie Hartsoekers Behauptungen für uns überprüfen. Uns selbst ist es bisher nicht gelungen. Vielleicht sind die Mikroskope, über die er verfügt, sehr viel genauer als unsere Instrumente hier, womöglich sogar besser als die Ihren, weil Sie uns ja nie etwas über dieses ganz außerordentliche Phänomen berichtet haben. Auf jeden Fall liegt uns sehr viel an Ihrem Urteil.«*

Das war die entscheidende Formulierung: *womöglich besser als seine eigenen Instrumente*. Was weder Überredungskunst, Vernunft noch Schmeichelei vermocht hatten, erledigten im Bruchteil einer Sekunde verletzter Stolz und gekränkte Eitelkeit.

»Pah. Sollen sie doch glauben, was sie wollen. Mich geht das nichts mehr an.«

»Sei nicht dumm, es kommt nicht alle Tage vor, dass ein Mann wie Brouncker um Rat fragt. Oder willst du etwa, dass dieser Hartsoeker jetzt den Ruhm einheimst, der dir gebührt?«

»Der Ruhm ist mir egal, Ich habe zur Genüge bewiesen, dass meine Mikroskope nicht lügen. Wenn ich ihnen nie etwas über diese blödsinnige Beobachtung berichtet habe, dann nur deshalb, weil es nicht stimmt. Wo kommt er eigentlich her, dieser Hartsoeker? Lehrt er an irgendeiner Universität?«

»Ich weiß nicht, wo er heute steckt, aber gebürtig kommt er wohl aus Gouda.«

»Na also. Käse.«

»Was?«

»Alles. Alles, was aus Gouda kommt, ist Käse. Zeig mir noch einmal die Zeichnung.

Gaesbeeck reichte Piet die Skizze.

Piet betrachtete die Zeichnung jetzt noch einmal ganz genau. Die Form stimmte zumindest im Groben. So ähnlich hatte er selbst es durch seine Mikroskope oft gesehen. Aber was er nie und nimmer gesehen hatte, war diese kleine, gehockte Menschenfigur, die Hartsoeker in den Kopf des Samenfadens gemalt hatte. Die Hände, an denen man die Zahl der Finger abzählen konnte, umfassten die Knie. Auch Schultern, Ober- und Unterarme ließen sich klar erkennen. Die Figur war so naturgetreu dargestellt, dass man die Muskeln unter der Haut beinahe erahnen konnte. Nur das Gesicht fehlte. Dort, wo die Augen hätten sein müssen, hatte Hartsoeker einen leeren Kreis hingemalt. Das war die fehlenden Bestandteile, von denen er behauptete, es sei jetzt nur noch eine Frage der Zeit, bis er diese mit seinem Mikroskop ebenfalls ganz deutlich sichtbar machen könne.

»Ich glaube es einfach nicht«, schimpfte Piet. »Niemals hat er diesen Homunculus gesehen. Was sagt er? Zehntausend Mal kleiner als ein Gerstenkorn?«

»So ungefähr. Wenn du willst, lese ich es dir die Stelle noch einmal vor.«

»Bitte.«

»Ich sah alle Glieder fertig vorgeformt, nur eben so verkleinert, dass wohl zehntausend dieser Menschlein noch nicht einmal die Größe eines Gerstenkorns erreichen würden. Da ich mit meinem Mikroskop einwandfrei nachweisen kann, dass der Mensch im männlichen Samen in Gänze vorgebildet ist, müssen wir nun davon ausgehen, dass der Frau für die Zeugung nur insofern Bedeutung beikommt, als dass dieser kleine Mensch in ihr heranwächst. Die Frau ist sozusagen nur der Nährboden, in dem sich das Kind zur vollen Größe entwickelt. Um auch wirklich nicht den geringsten Zweifel aufkommen zu lassen: Es geht dabei nur noch um das Wachstum. Der Mensch an sich ist mit allen seinen Organen bis hin zu seinen Fingernägeln von Anfang an in kleinster Form vorhanden, so wie die Blume, die sich aus ihrer Knospe entfaltet.«

»Ausgeschlossen. Das hat er nie und nimmer gesehen.«

»Du hältst es für absolut unmöglich?«

»Du kennst meine Meinung. Ich bin fest davon überzeugt, dass alles im männlichen Samen in irgendeiner Art vorgeformt ist. Darin bin ich mit Anaxagoras und von mir aus auch mit diesem Hartsoeker durchaus einer Meinung. Aber ich glaube nicht, dass er den allerletzten Beweis dafür gefunden hat. Ich kann mir einfach nicht vorstellen, dass er diesen Menschen im Miniaturformat wirklich gesehen hat. Außerdem hat er den Schwanz nicht richtig gezeichnet. Der Schwanz müsste sich nach hinten hin verdünnen, und er müsste auch sehr viel gewundener sein.«

»Wen interessiert denn schon, ob der Schwanz richtig gezeichnet ist? Hier geht es um etwas sehr viel Größeres.«

»Nein, Gaesbeeck, es geht um etwas sehr viel Kleineres. Und das ist gewiss keine Kleinigkeit. Wenn er schon den Schwanz falsch gezeichnet hat, dann stimmt vielleicht auch der Rest nicht. Vielleicht hat dieser Kerl einfach nur aufgemalt, was er gerne sehen will. Vielleicht ist seine Zeichnung bloß ein Schema.«

»Es ist schon viel mehr als ein Schema. In London ist schon eine richtige Debatte darüber ausgebrochen. Selbst John Wilkins, der Bischof von Chester, hat sich zu Wort gemeldet. Hör zu, was Brouncker darüber schreibt: *Wenn der Mensch bereits vor seiner Geburt in Gänze vorgeformt ist, was mit Hartsoekers Beobachtung ja nun beinahe schon bewiesen scheint, müssen wir davon ausgehen, dass der Mensch lange vor seiner Geburt ein beseeltes Wesen ist. Dann ist es also falsch zu glauben, dass das Ungeborene in der Erbsünde gefangen ist und erst durch das kirchliche Sakrament der Taufe davon erlöst wird. Dann muss die Kirche, wie unser Bischof John Wilkins fordert, künftig jede Frucht taufen: alles, was einer Frau abgeht, und sei es auch nur so groß wie eine Bohne. Dann darf ein ungetauftes Kind nie wieder außerhalb der Friedhofsmauern begraben werden.*«

»Was die Kirche meint, ist mir völlig gleichgültig. Mich interessiert nur – vorausgesetzt natürlich, es entspricht überhaupt der Wahrheit –, wie es dieser Kerl angestellt haben will, diesen Miniaturmenschen zu sehen.«

»Vielleicht verfügt er ja tatsächlich über ein derart hervorragendes Mikroskop, dass man damit Phänomene sichtbar machen kann, die uns allen bisher verborgen blieben.«

»Jetzt fängst du auch schon davon an. Du weißt doch sehr genau, dass meine Mikroskope stets die besten waren.«

»Das mag schon sein, aber es gibt nur einen Weg, um herausfinden, ob sie das auch heute noch sind. Überleg es dir, Piet. Aber lass dir nicht zu viel Zeit damit.«

Sehr spät an diesem Abend, Gaesbeeck hatte sich bereits verabschiedet und Maarten träumte in Carlas Bett schon lange vor sich hin, stand Piet hinten im Flur vor der geschlossenen Tür seiner Werkstatt. Gaesbeeck hatte recht: Es gab nur diesen einen Weg, um herauszufinden, ob Hartsoeker die Wahrheit sagte. Er musste die Welt noch einmal durch ein Mikroskop betrachten.

Als Piet nach kurzem Zögern in die Werkstatt trat, fand er alles unverändert vor. Das große Kurbelrad an seiner Schleifmaschine hing schief in der

Halterung. Auf dem Boden: Glassplitter, verbogene Bleche, Schrauben und Werkzeuge. Im flackernden Schein seiner Kerze erkannte er den weit geöffneten Kabinettschrank hinten an der Wand. Die Schubladen waren alle herausgerissen, das zahnlose Maul eines Ungeheuers. Kreuz und quer lagen die zertrümmerten Instrumente in der Werkstatt verstreut. Und darüber der Staub von Jahren. Er hatte damals einfach die Tür hinter sich abgeschlossen und sie seitdem nie wieder geöffnet.

Piet setzte sich auf den Schemel vor seiner Schleifmaschine. Die Kerze stellte er neben sich auf dem Tisch ab. Er gab der Messingschale auf dem Schleifteller einen kleinen Stups. Die Schale eierte vor sich hin. *Kleine Menschen im Samen*, dachte Piet. War es möglich, dass dieser Hartsoeker etwas entdeckt hatte, was seinen Augen all die Jahre über entgangen war? Sollte dieser Homunculus tatsächlich existieren? Piet hatte sich geschworen, nie wieder in seinem Leben einen Blick durch ein Mikroskop zu werfen. Aber jetzt, in Anbetracht dieser ungeheuerlichen Behauptung, schwankte er zum ersten Mal. Was, wenn er für die Wahrheit die ganze Zeit über blind gewesen war? War Carlas Tat dann nicht in gewissem Sinne doppelt sinnlos?

In Piets Kopf drehte sich alles. Wie oft hatte er mit Gaesbeeck schon darüber debattiert, wie neues Leben entstand? Wie oft hatten sie gestritten, ob der Organismus nun tatsächlich vorgeformt sei oder sich im Lauf seiner Entwicklung erst langsam herausbilde. Diese zwei Meinungen waren vorherrschend: die Lehre von der Präformation und die Auffassung von der Epigenese.

Bewiesen war weder das eine noch das andere. Und so wurde über Zeugung und Vererbung nach wie vor alles Mögliche behauptet. Darunter so einige Dinge, die Piet immer ziemlich grotesk vorgekommen waren. Etwa die Vorstellung, dass eine Zwillingsgeburt auf einen Fehltritt der Mutter schließen lasse, weil diese sich ja offensichtlich mit zwei Männern gleichzeitig eingelassen hatte. Es gab sogar Leute, die ernsthaft behaupteten, dass einer der beiden Säuglinge der vom Teufel gezeugte Doppelgänger des anderen sei. Nur welcher, war offenbar nicht so leicht zu entscheiden. Nein, daran glaubte Piet nicht.

Er glaubte auch nicht, dass allein die Konsistenz des Samens darüber entscheiden sollte, ob ein Junge oder ein Mädchen zur Welt kam. Dichter Samen bescherte angeblich männliche Nachkommen und dünnflüssiger weibliche. Das klang für seinen Geschmack ein bisschen zu einfach und genauso fade wie der Ratschlag, dass man sich als Mann bloß den linken Hoden mit einem Band abschnüren müsse, wenn man einen Jungen zeugen wolle. Piet wusste es zwar selbst nicht besser, aber wirklich schlüssig und überzeugend schien ihm keine dieser Theorien – auch wenn sie von den weithin angesehensten Autoritäten stammten: von Hippokrates, Parmenides und Aristoteles.

Im Grunde genommen wusste Piet über das Wunder der Geburt genauso wenig wie alle anderen. Charles Darwin war noch lange nicht geboren und auch der Erbsenzähler Gregor Mendel nicht. Piets Kenntnisse stammten aus Büchern, die mittlerweile tausend Jahre und älter waren. Und deshalb war er jetzt auch so aufgewühlt und durcheinander. Sollten sich Hartsoekers Behauptungen bestätigen, handelte es sich ohne Frage um ein Ereignis von epochaler Bedeutung – sehr viel wichtiger als seine eigenen Forschungen, mit denen er seinerzeit bewiesen hatte, dass Flöhe von Flöhen abstammten. Sollte dieser Homunculus existieren, wäre damit eines der größten Rätsel der Menschheit gelöst.

Piet konnte es noch immer nicht fassen. Er starrte in das flackernde Licht der Kerze. Wenn es nun aber doch stimmte, ging es ihm durch den Kopf. Erst kürzlich hatte er in irgendeinem von Gaesbeecks Büchern über die Alchemie des Paracelsus gelesen. Ein Wundarzt mit legendären Heilungserfolgen, wenn auch in jungen Jahren verstorben, weil er angeblich im Vollrausch die Treppe hinuntergestürzt war. Deshalb hatte er seine Ausführungen auch nicht besonders ernst genommen. Eine Säuferfantasie, hatte er gedacht. Aber jetzt, in Kenntnis von Hartsoekers mikroskopischen Studien, war er dessen nicht mehr so sicher.

Der Homunculus ließ sich angeblich züchten. Eine richtig kleine Anleitung hatte dieser Paracelsus dazu aufgeschrieben, formuliert wie ein Kochrezept. Danach musste man den Samen vierzig Tage lang in wärmendem Pferdemist verfaulen lassen. Was sich dann regte, sei einem Menschen ähnlich, jedoch durchsichtig. Würde man dieses Wesen bei konstanter Wärme vierzig weitere Wochen mit dem Arkanum des Menschenbluts nähren, entstünde schließlich ein vollkommen menschliches Kind. Zwar kleiner als ein natürlich geborenes, aber von gleicher Gestalt.

Es klang verrückt, absolut irrsinnig. Aber ehrlich gesagt: Es klang kaum verrückter als die Behauptung von diesem Hartsoeker, er habe einen Homunculus im männlichen Samen aufgespürt. Und zwar so klein, dass zehntausend dieser Miniaturmenschen noch nicht einmal die Größe eines Gerstenkorns erreichten.

Sehr lange saß Piet in dieser Nacht noch in seiner Werkstatt und grübelte vor sich hin. Draußen graute schon der Morgen, als er endlich seinen Entschluss fasste. Er überzeugte sich kurz, dass Maarten noch schlief, dann verließ er schnell das Haus und lief hinüber in die Voorstraat. Gaesbeeck öffnete ihm im Schlafrock.

»Also gut, ich habe es mir überlegt. Finden wir heraus, ob dieser Kerl ein gemeiner Lügner ist oder ob er die Wahrheit sagt.«

Gaesbeeck lächelte. »Wenn auch zu sehr früher Stunde, es freut mich zu hören, dass du endlich Vernunft annimmst.«

»Ich weiß nicht, ob es vernünftig ist, aber …«

»… mach dir darüber keine Gedanken, Hauptsache, du kümmerst dich jetzt wieder um das Wesentliche.«

»Ich brauche deine Hilfe.«

»Selbstverständlich kannst du auf mich zählen.«

»Ich brauche diesmal etwas mehr als nur deinen fachlichen Rat. Ich brauche wirklich deine Hilfe.«

»Was brauchst du?«

»Zuallererst brauche ich das Mikroskop zurück.«

Piet folgte Gaesbeeck in sein Behandlungszimmer. Er öffnete den Schrank gegenüber vom Buchregal und nahm das goldene Mikroskop heraus.

»Es freut mich, dass ich dieses Mikroskop für dich aufbewahren durfte. Aber es freut mich noch mehr, dass ich es dir jetzt zurückzugeben darf.«

Prüfend betrachtete Piet das Instrument.

»Keine Sorge, es ist noch alles dran. Ein paar Mal habe ich durchgeschaut. Aber mir fehlt es wohl an Talent.«

»Du musst noch etwas mehr für mich tun. Wenn wir in Erfahrung bringen wollen, ob dieser Hartsoeker die Wahrheit sagt, brauche ich Proben.«

»Was für Proben?«

»Das versteht sich doch wohl von selbst. Ich brauche Samenproben. Und zwar jede Menge.«

»Und wie, bitte schön, soll ich das anstellen?«

»Frag deine Patienten danach. Früher hast du sie zur Ader gelassen, und jetzt lässt du sie eben …«

»… sprich besser nicht weiter. Nein, das geht nicht.«

»Soll ich etwa auf der Straße darum betteln gehen? Es gibt keine andere Möglichkeit.«

»Reichen denn nicht deine eigenen Proben?«

»Nein.«

»Wenn es unbedingt sein muss, könnte ich vielleicht auch noch etwas beisteuern.«

»Sehr freundlich von dir. Aber ich fürchte, so kommen wir nicht weiter. Ich brauche Proben von alten und von jungen, von kerngesunden und von kranken Männern. Von dicken und von dünnen, von blonden und von dunkelhaarigen. Wenn wir herausbekommen wollen, ob es wirklich stimmt, was dieser Hartsoeker behauptet, dann müssen wir der Sache richtig auf den Grund gehen. Ich werde versuchen, die beste Linse der Welt zu schleifen, und du musst mir die Proben beschaffen.«

»Und wie soll ich meinen Patienten das deiner Meinung nach beibringen?«

»Denk dir etwas aus. Erzähl ihnen doch einfach etwas von einer neuen Untersuchungsmethode und dass man im Samen die Ursachen für alle möglichen Krankheiten findet. Dann werden sie dir ihren Samen schon geben.«

»Und was soll ich den anderen erzählen, den Gesunden?«

»Was weiß denn ich. Aber so schwer kann das ja wohl nicht sein. Die Kerle holen sich doch sowieso jeden Tag einen runter.«

»Na gut«, sagte Gaesbeeck schließlich, »ich will sehen, was ich tun kann.«

-15-

Am 15. September 1663 passierte die *Bovenpolder* um die Stunde des Sonnenaufgangs den Ärmelkanal in der Höhe von Calais. Bei ruhiger See nahm das Schiff Kurs auf die Insel Texel. *Jetzt ist es nicht mehr weit*, dachte Karlmann. Er kippte den Scheißeimer über Bord und hielt dann für einen glücklichen Moment seine Nase in den frischen Wind.

Der Kapitän hatte seine Drohung wahr gemacht. Während der gesamten Überfahrt von Bengalen nach Hause hatte Karlmann dem Bilgenschwein Gesellschaft geleistet. Tag für Tag war er runter in den Bauch des Schiffs gestiegen und hatte die Scheiße von den Planken gekratzt. Jeden Abend, wenn er diesen grässlichen Abort dann für paar Stunden verlassen durfte und sich in seine Hängematte neben Aadrian fallen ließ, hatte er sich selbst Mut zugesprochen: *Wieder ein Tag mehr, der mich der Heimat etwas näher bringt.* Und jetzt war es also endlich bald so weit.

Am nächsten Morgen sah Karlmann in Küstennähe ein paar Ostindienfahrer auf Reede liegen. Wenn da hinten Rhein und Maas ins Meer mündeten, wie er vermutete, lag Rotterdam nicht mehr weit entfernt. Es würde jetzt nicht mehr lange dauern, bis sie Texel erreichten. Vielleicht noch mal einen Tag und eine Nacht, aber bestimmt nicht länger. Karlmann blickte über das Deck bis hoch zum Großmast. Fast fünfzig Meter ragte der Mast in die Höhe. Sechstausend Barren Tutenag hatten sie an Bord, zweieinhalbtausend Kisten Porzellan, fast drei Tonnen Perlmutt und ebenso viel Peddigrohr. Der größte Posten ihrer Ladung bestand aus Tee. Fast dreitausend Kisten, umgerechnet knapp vierhundert Tonnen.

Sehr gerne hätte Karlmann jetzt einen Becher heißen Tee getrunken. Ihn fröstelte. Unten auf der Bilge schützten ihn nur die Planken vor der kalten See. Aber natürlich tranken an Bord nur die Offiziere Tee. Wenn es gut für ihn lief, bekam er einen Schluck Branntwein am Tag. Ansonsten begnügte er sich mit ein paar Schöpfkellen Wasser, das er vor dem Trinken durch ein Stofftuch seihte, weil es voll geschlüpfter Fliegen und Kellerasseln war.

Karlmann blickte hinüber zum nahen Land. Es roch nach Nordsee, Hering und Hafen. Es roch nach Ebbe und Flut. Es roch nach zu Hause. Wie hatte er diesen Geruch vermisst, diese Mischung aus Schlamm und Schlick, zerriebenen Muschelschalen, Seetang, Schwefel und Brackwasser. Er schloss die Augen für einen Moment und dachte an Schwarzbrot mit Krabben, klein geschnittene Äpfel gemischt mit Sahne, Zwiebeln und Essiggurken. Dazu einen fetten Hering mit Pellkartoffeln. Nicht mehr lange, und dann würde er sich ein frisch gezapftes Bier gönnen.

Einige Male stieg Karlmann noch hinunter auf die Bilge und füllte seinen Eimer, bis vor seinen Augen dann die Westküste Texels auftauchte. Im Abendlicht sah er die zartgelben Dünen und den hellgrünen Strandhafer. Wie junge Getreidehalme wiegten sich die Gräser im Wind. Vorne in den auslaufenden Wellen pickten Uferschnepfen nach Würmern und Krebsen. Sie warteten noch die beginnende Flut ab, dann nahmen sie Kurs auf Ost-Nord-Ost und kreuzten in die Zuiderzee. Die Kommandos des Steuermanns wurden begleitet von den heiseren Schreien der Heringsmöwen, die das Schiff in Schwärmen umflogen. Karlmann schaute hoch zu den Vögeln. Ja, auch die Schreie der Möwen hatte er all die Jahre über so sehr vermisst.

Nachdem die *Bovenpolder* früh am nächsten Morgen die Untiefen vor den Stadtmauern Amsterdams erreichte, ließ der Kapitän Anker werfen und die Mannschaft auf dem Wetterdeck antreten. Von hier aus ging es nur noch mit

Ruderbooten weiter. Alle schwatzten aufgeregt durcheinander. Wie hoch ihre Heuer wohl ausfallen würde. Und was sie mit dem Geld als Erstes anstellen würden. Erst Schmausen. Oder Saufen. Oder doch zu einer Hure rennen. Das waren die Sehnsüchte von Männern, die seit ihrer Abfahrt aus Chinsurah vor gut zehn Monaten an kaum etwas anderes gedacht hatten. Ihre Wünsche unterschieden sich nicht wesentlich voneinander. Nur die Reihenfolge, in der sie sich ihre Sehnsüchte erfüllen wollten, variierte von Mann zu Mann.

Karlmann hielt sich eng an Aadrian gedrängt, als sie in eines der Ruderboote kletterten und Kurs auf den Turm der Tränen nahmen. Vielleicht täuschte er sich, aber noch bevor sie den Turm erreichten, sah er zwischen den roten Steinen irgendetwas aufleuchten. Er wollte Aadrian gerade darauf hinweisen, aber da war das Leuchten schon wieder verschwunden. Es war nur ein kurzer, heller Blitz gewesen, aber so unübersehbar wie ein Leuchtfeuer. Nur, wer sollte für ihn schon ein Leuchtfeuer entzünden?

Vor dem Turm drängten sich die Frauen, die flehentlich die Rückkehr ihrer Männer erwarteten. Schon aus der Ferne erkannte Karlmann, dass sich die Stadt verändert hatte. Die Lagerhäuser entlang der Kaimauern waren mehr geworden, und sie waren auch sehr viel größer als damals.

»Komm, lass uns einen trinken gehen«, sagte Aadrian, als ihr Boot am Kai festmachte. »Lass uns später zum Haus der Kompanie gehen. Dann müssen wir nicht so lange in der Schlange stehen. Lassen wir den anderen ruhig den Vortritt und gönnen uns erst einmal ein anständiges Bier.«

Karlmann ließ sich nicht lange bitten. Er hatte Durst und auch Hunger. Nur Geld hatte er keines.

»Ein paar Gulden hab ich noch. Wird schon für uns beide reichen und auch für ein paar Bier«, sagte Aadrian. »Komm schon.«

Sie schlenderten die Kais nach oben in Richtung Westen, vorbei an den Lagerhäusern der Kompanie und dann entlang an den brüchigen Holzschuppen der Fischer, vor denen die Kinder mit nackten Füßen Krabben puhlten, Heringe salzten und Netze flickten. Ein Stückchen weiter, daran erinnerte sich Karlmann noch, befanden sich die Wirtshäuser der großen Brauereien. Aber die Kanäle, die von der Amstel jetzt zu ihrer Linken abzweigten, kannte er nicht.

»An diese Kanäle kann ich mich gar nicht erinnern.«

»Kein Wunder. Mit dem Durchbruch zur Amstel haben sie erst vor ein paar Jahren begonnen. Da hinten wohnen jetzt unsere Pfeffersäcke. Wenn du willst, machen wir einen kleinen Umweg, und ich zeige dir ihre Häuser.«

So sah Karlmann nun als Erstes, wie viel reicher das reiche Amsterdam in der Zwischenzeit geworden war. Prunkvolle Bauten, Palästen ähnlich, säumten die Kanäle zwischen Heren-, Keizers- und Prinsengracht. Die Giebel waren aufwändig verziert, manche mit Skulpturen auf den Dächern, die Fenster mit Sandsteinen eingefasst und auch die Fassaden mit Ornamenten üppig geschmückt. Breite Treppen führten von der Straße aus ins Hochparterre. Nach hinten, aber das konnte man von der Kanalseite nur erahnen, mussten die Gärten liegen.

»Und? Beeindruckt?«

»Nicht übel.«

»Schau mal, die Biegung da hinten, die nennen sie jetzt schon die goldene Bucht. Dabei sind die Häuser noch gar nicht fertig. Aber sie sollen noch prächtiger werden als die Häuser hier.«

»Kann man kaum glauben.«

»Ja, fällt unsereinem schwer, nicht wahr? Aber hinter ihren prächtigen Fassaden geht es noch prunkvoller zu, als man von außen vermutet. Sie essen mit silbernem Besteck und trinken aus venezianischen Gläsern. Ihre Wände sind mit Seidentapeten verkleidet, ihre Böden mit schneeweißem Marmor ausgelegt und ihre Möbel aus dem teuersten Walnuss geschreinert. Nur Chinaporzellan ist ihnen gut genug, und ihre Töchter lassen sie mit Puppenhäusern spielen, die weit mehr kosten als ein Haus hinter der Oude Schans.«

»Woher weißt du das alles?«

»Ich weiß es eben. Glaub mir, die Pfeffersäcke schlafen nur in Seide und Damast, während wir Matrosen in Ostindien für sie die Knochen hinhalten.«

Karlmann musste husten. Er wandte sich kurz ab und spuckte aus. Verdammt, schon wieder rot. Bereits seit einigen Tagen spuckte Karlmann Blut, aber das hatte er vor Aadrian bislang ganz gut verbergen können.

»Alles in Ordnung?«

»Ja, ist schon gut. Hab mich nur verschluckt. Gehen wir etwas trinken.«

Nach einer üppigen Mahlzeit und ein paar Krügen Bier, Aadrian bestellte Kalbskoteletts vom Rost, dazu Bratkartoffeln, Speck und grüne Bohnen, und Karlmann wählte der Einfachheit halber das Gleiche, gingen die beiden leicht schwankend in Richtung Kloveniersburgwal, um auf dem Haus der Ostindischen Kompanie ihre Heuer abzuholen. Auch wenn Karlmann auf seinen Seemannslohn für die Überfahrt nach Amsterdam verzichtet hatte, schuldete ihm die Kompanie doch noch seine ausstehende Heuer für den Dienst auf der *Niewalcker* und eine Entschädigung für seinen verlorenen Arm.

Am Dam stoppten die beiden kurz und bestaunten das neue Rathaus. Wie Aadrian ihm schon berichtet hatte, war der Bau tatsächlich kolossal, wenn auch noch immer nicht ganz fertiggestellt. Karlmann schaute hoch zu dem reich verzierten Hauptgiebel und dann hinunter zu dem überaus breiten Eingangsportal, über das sich sieben eher schlichte Bögen spannten. Das Sinnbild war nicht schwer zu deuten: Die sieben Bögen standen für die Unabhängigkeit der Sieben Vereinigten Provinzen. Und der Bau insgesamt für den Anspruch Amsterdams, das Zentrum der Welt zu sein.

»Sie nennen es das achte Weltwunder. Mit sehr viel Steinen errichtet und sehr viel Holz darunter.«

»Ja, ja«, sagte Karlmann, »ich weiß. Fast vierzehntausend Holzpfähle haben sie damals in den Boden gerammt.«

So erreichten die beiden nach einer weiteren Viertelstunde das Haus der Ostindischen Kompanie. Über jedes Schiff, jede Ladung und jeden Matrosen wurde hier in dicken Folianten Buch geführt, damit die Direktoren zu jeder Stunde wussten, wie viele Tonnen Tee, Seide und Tutenag sich in ihren Lagerhäusern gerade stapelten. Von hier aus verwalteten sie den Amsterdamer Wohlstand, gaben den Bau neuer Schiffe in Auftrag und ließen draußen auf dem Platz ihre neue Mannschaften rekrutieren.

Karlmann stand mit Aadrian in einer Schlange Matrosen vor einem breiten Tresen im Erdgeschoss. Nur vier Männer waren vor ihnen noch dran. Doch als die Reihe dann an sie kam, dauerte es trotzdem etwas länger.

»1654?«, fragte der Mann hinter dem Tresen noch einmal ungläubig. »An Bord der *Niewalcker?*«

Karlmann nickte und legte sein Seefahrtbuch auf den Tresen. »Ja, 1654.«

Der Mann verschwand für eine Weile nach hinten und kam er mit einem dicken Folianten zurück, legte ihn auf den Tresen und blätterte hin und her.

»Hier, hier ist es ja endlich. Die Besatzung der *Niewalcker*. Du warst tatsächlich mit an Bord. Das Schiff ist im Golf von Bengalen auf Grund gelaufen. Wir dachten, du seist tot. Hier, da steht ein Kreuz hinter deinem Namen.«

Karlmann musste schon wieder husten.

»Er ist aber nicht tot«, mischte sich Aadrian in die Unterredung ein. »Jahrelang hat der arme Kerl in Chinsurah festgesessen. Also zahl ihm endlich seine Heuer aus.«

Ein paar Mal ging es zwischen den dreien noch hin und her, dann begann der Mann hinter dem Tresen zu rechnen. Er kam auf siebenhundertsechzig Gulden.

»Das ist deine Heuer«, sagte er und zählte vor Karlmann das kleine Vermögen auf den Tisch. »Deine Heuer und das Geld für deinen verlorenen Arm. Die Provision für den Seelenverkäufer und dein Handgeld habe ich abgezogen. Und auch für deine Zeit in Chinsurah kann dir die Kompanie natürlich nichts zahlen. Du musst mir den Betrag hier quittieren.«

Karlmann unterschrieb, ohne mit dem Mann noch weiter zu verhandeln. Immerhin, dachte er, darin hielten sie Wort. Zweihundertfünfzig Gulden gab es auf die Heuer obendrauf, wenn man auf der Fahrt nach Ostindien einen Arm verloren hatte.

»Mach nicht so ein Gesicht«, frohlockte Aadrian, als sie wieder draußen auf dem Platz standen. »Jetzt bist du reich. Komm, Karlmann, wir feiern jetzt deine Auferstehung.«

Karlmann ahnte schon, wohin es Aadrian zog. Sein Ziel war das Ziel aller Männer, die monatelang keine Frau gesehen hatten. Am übernächsten Kanal bogen sie rechts ab, dann hielten sie sich links und wandten sich dann noch einmal nach rechts. Je näher sie dem Hafenviertel kamen, desto enger wurde das Gedränge auf den Gassen. Lärmende Matrosen, die meisten trotz der frühen Stunde schon sturzbetrunken, schoben sich aneinander vorbei. Karlmann erkannte ein paar der Spielhäuser wieder: den *Hof von Holland*, das *Posthorn*, die *Bucht von Guinea*, den *Hamburger Konvoi*. Als sie den Oudebrugsteg passierten, blieb er vor der *Mennonitischen Hochzeit* stehen.

»Da willst du rein?«

»Nein«, antwortete Karlmann. »Ich musste nur gerade an etwas denken.«

»Dann komm weiter. Woanders bekommen wir sehr viel mehr für unser Geld. Die Huren in der *Mennonitischen Hochzeit* sind viel zu teuer.«

»Ja, verflucht teuer.«

Sie überquerten die Geldersekade und gelangten so schließlich in die Ridderstraat. Hier, das erkannte Karlmann gleich, hatte sich wenig verändert seit seiner Flucht aus Amsterdam. Vielleicht lehnten sich die Häuser jetzt noch etwas schiefer aneinander, wenn das überhaupt möglich war. Auf jeden Fall roch es hier noch immer nach Fischabfällen und abgestandenem Kohleintopf. Wie früher standen die jungen Mädchen in den dunklen Hauseingängen und warfen den vorüberziehenden Matrosen ihre aufreizenden Blicke zu. Nicht wenige waren beinahe noch Kinder. Trotzdem hatten viele von ihnen kaum noch Zähne im Mund, entweder weil sie ihnen aufgrund mangelnder Pflege ausgefallen oder von einem streitsüchtigen Matrosen ausgeschlagen worden waren.

Aadrian stoppte vor einer kleinen, außergewöhnlich hübschen Schwarzhaarigen. Sie lehnte im Arm einer älteren Frau, vielleicht ihrer Mutter. Karlmann schätzte das Mädchen auf vierzehn, allerhöchstens. Aadrian redete auf sie ein, aber Antworten erhielt er nur von der Älteren. Die beiden wurden schnell handelseinig. Das Mädchen nahm Aadrian an der Hand und verschwand mit ihm in dem dunklen Hauseingang.

»Amüsier dich gut, mein Junge«, rief ihm Aadrian noch über seine Schulter gewandt zu. »Man sieht sich.«

»Ja, man sieht sich.«

-16-

Das Fleisch war noch warm, als Piet das Skalpell zum Schnitt ansetzte. Langsam, aber sehr entschlossen führte er das Messer über die Stelle, wo er die Haare bis auf die Haut abrasiert hatte. Helles Blut quoll aus der Wunde. Fachkundig öffnete er die Bauchdecke, klappte die Hautlappen zur Seite und griff mit seiner Hand in die Eingeweide. Er drückte Blase und Darm aus dem Weg, bis er die glatte Oberfläche zu fassen bekam. Dann trennte er das Organ mit ein paar gekonnten Schnitten aus seiner Umgebung und bettete es in die Schale vor sich. Irgendetwas musste da sein.

Seit Wochen wühlte sich Piet nun schon durch die Eingeweide des werdenden Lebens. Noch am gleichen Tag, als er Gaesbeeck gedrängt hatte, ihm die nötigen Samenproben zu beschaffen, hatte er seinen eigenen Samen noch einmal sehr genau in Augenschein genommen. Natürlich war er nicht so verblüfft wie beim ersten Mal vor ein paar Jahren. Er wusste, was ihn erwartete, als er das milchige Ejakulat in das Glasröhrchen gab und durch die Linse seines goldenen Mikroskops betrachtete. Aber trotzdem: Es glich einem Wunder. Tausende, wenn nicht sogar Hunderttausende dieser Animalcula schwammen in der zähflüssigen, nach Kastanien riechenden Flüssigkeit umher. Manche trieben träge wie Algen dahin, andere zappelten wie Fische am Angelhaken. Überaus geduldig betrachtete Piet die aufgeregte Betriebsamkeit im Saft des Lebens. Aber der Homunculus, nach dem er so fieberhaft fahndete, offenbarte sich ihm nicht.

Piet hatte seine Untersuchungen deshalb schon auf andere Felder ausgeweitet und auf gut Glück die Bäuche von ein paar Kaninchen aufgeschnitten, bisher allerdings ohne jedes brauchbare Resultat. Entweder er hatte einfach nur Pech, oder dieser Hartsoeker war ein verdammter Lügner. Diese Karnickel bekamen doch andauernd Junge. Und wenn es stimmte, dass jedes Wesen, also auch der Mensch, in all seiner Vollkommenheit schon in den männlichen Samentierchen vorgeformt sei, musste es doch auch möglich sein, ein solches Kleinstwesen im Mutterleib eines Kaninchens aufzuspüren. Vielleicht etwas ausgereifter, wenn seine Instrumente tatsächlich schlechter sein sollten als die von Hartsoeker. Aber irgendetwas müsste im Bauch dieser Tiere zu finden sein, wenn dieser Kerl kein Scharlatan war. Ein Abbild des entstehenden Lebens, am besten eine möglichst geringfügige Spur davon. Es ging schließlich nicht darum zu beweisen, dass die Leibesfrucht bis zur Geburt an Größe beständig zunahm. Das wusste jeder Schwachkopf. Es ging darum zu erkunden, von welcher Gestalt ein solches Lebewesen ganz am Anfang war: ein paar Stunden nach dem Eindringen der männlichen Animalcula in den weiblichen Körper, ein paar Tage danach, vielleicht auch eine Woche später, aber auf jeden Fall lange bevor dem Tier seine Trächtigkeit überhaupt anzusehen war.

Abschätzend wog Piet das Stück Fleisch in seiner Hand. Es war leicht wie ein kleiner Vogel, allerhöchstens hundert Gramm. Der Kopf des Tiers hing kraftlos über die Kante des Tischs. Nie zuvor hatte er ein so großes Tier seziert. Er schob den Kadaver des Schafs ein wenig zur Seite, damit er nicht länger in seine toten Augen schauen musste. Die Gebärmutter glänzte dunkelrosa. Sie war von Muskel- und Bindegewebe durchzogen und an ihren Enden etwas wulstig. Vorsichtig schnitt Piet das birnenförmige Organ an der Längsseite auf. Eine schleimige Flüssigkeit, gemischt mit Blut, bildete in der Schale eine kleine Pfütze.

Piet säuberte das Skalpell und hielt für einen Moment inne. Er hatte sich noch immer nicht daran gewöhnt, dass Maarten nun jeden Morgen gegen sieben das Haus verließ und erst am frühen Nachmittag zurückkehrte. Aber als er sich dann wieder über das warme Fleisch beugte, war er doch einigermaßen froh, den Jungen außer Haus zu wissen. Maarten musste nicht alles sehen. Und erst recht nicht das, was er sich nun mithilfe seiner Mikroskope anschaute.

Piet betrachtete die Gebärmutter des Schafs aus nächster Nähe. Er sah die weißlichen Fettpolster darin und auch die sehnigen Muskelstränge. Was hatte man über dieses Organ nicht schon alles behauptet? Angeblich, das hatte er in einem von Gaesbeecks Büchern mal gelesen, sollte die Gebärmutter frei beweglich sein und im Körper der Frau nach Lust und Laune herumwandern. Dabei wusste doch jeder Metzger, dass die Gebärmutter im Körper ebenso fest verankert war wie Herz, Lunge oder Leber. Das war bei den Kaninchen so, bei diesem Schaf hier und beim Menschen ganz bestimmt nicht anders. Was die bösen Krankheiten betraf, die eine solche Gebärmutter angeblich hervorrufen konnte, war Piet sich nicht ganz sicher. Nur die Vorstellung, dass kinderlose Frauen früher oder später unter Hysterie litten, die bis zum Wahnsinn reichen konnte, weil ihre Gebärmutter wie ein gieriges Tier nach Kindern lechzte und sich beim Ausbleiben derselben am Körper auf die eine oder andere Art rächte, fand er einigermaßen merkwürdig. Aber das war jetzt auch nicht sein Problem. Er musste endlich einen Beweis für den Homunculus finden, das Miniaturlamm im Bauch der Mutter.

Millimeter für Millimeter beäugte Piet das rohe Fleisch. Die Gebärmutter war durchzogen von feinen Blutbahnen, die sich wie die Zweige eines Baums im Inneren verästelten. An manchen Stellen entdeckte er kleine Schwellungen, fiebrigen Bläschen ähnlich. Nur bei oberflächlicher Betrachtung wirkte die rosafarbene Schleimhaut glatt und eben. Wenn man etwas genauer hinschaute, sah man die Ausstülpungen, eng aneinandergedrängt wie die Borsten einer Bürste. Dann nahm er die erste Gewebeprobe, um sie mithilfe eines seiner neuen Mikroskope zu untersuchen.

Seine Werkstatt hatte Piet mittlerweile wieder hergerichtet. In dem geöffneten Holzkoffer vor ihm lagen mehrere Skalpelle zur Auswahl, die er sich von Gaesbeeck geborgt hatte. Daneben spitze und stumpfe Haken, Zangen, kleine Scheren, Nadelhalter und Pinzetten. Nichts zeugte noch von seinem Tobsuchtsanfall damals am Tag nach Carlas Beerdigung, als er hier drinnen alles kurz und klein geschlagen hatte. Die Schubladen steckten wieder ordentlich in dem Kabinettschrank, und die Werkzeuge, die er zum Bau seiner Mikroskope brauchte, hingen wieder griffbereit hinter den braunen Lederschlaufen an der Wand. Jeden Morgen, sobald Maarten das Haus verließ, rotierten nun wieder die Messingschalen auf seiner instand gesetzten Schleifmaschine. Wie früher standen Polierrot und Trippel in kleinen Jutesäcken auf dem Boden, und daneben glühte das Brandeisen im Ofen. Piet hatte nichts von seiner Fingerfertigkeit verloren. Mit einer Geschicklichkeit, die jahrelange Übung verriet, schliff er erneut Gläser zu Vergrößerungslinsen. Alles, was er jemals ersonnen hatte, stellte er noch einmal auf die Probe.

Mit großem Eifer und noch mehr Erfindungsgabe kombinierte er mehrere Linsen in einem ausziehbaren Tubus hintereinander und kleidete das Instrument mit dunkelbraunem Samt aus, um die Reflexion der Sonnenstrahlen möglichst gering zu halten. Nichts ließ er unversucht, um dem Homunculus auf die Spur zu kommen. Er füllte Wasser in eine Glaskugel, damit sich das hereinfallende Licht darin bündelte. Dann hielt er seine Mikroskope ganz dicht davor und betrachtete stundenlang, wie sich die Animalcula im männlichen Samen fortbewegten. Er sezierte sogar das Auge eines Aals, um die Fischlinse auf seine Tauglichkeit als Mikroskop zu prüfen. Aber den Homunculus fand er auch damit nicht.

Jeden Tag ärgerte sich Piet etwas mehr darüber, dass Hartsoeker mit keinem Wort erwähnt hatte, wie das Instrument beschaffen war, mit dem er seine angebliche Entdeckung gemacht hatte. Weil er nicht ausschließen wollte, dass nicht nur die Güte der Linse, sondern auch die Mechanik der Apparatur eine gewisse Rolle dabei spielen könnte, überdachte er auch den Aufbau seiner eigenen Mikroskope noch einmal und konstruierte schließlich ein Instrument, dessen zwei Leisten gelenkig wie die Schenkel eines Zirkels miteinander verbunden waren. An dem einen Schenkel befestigte er die Linse, an dem anderen einen Glasträger für das zu beobachtende Objekt, das sich ihm je nach Winkelstellung schärfer oder weniger scharf darbot. Zwei ganze Wochen hatte er darauf verwandt, nur um am Ende feststellen zu müssen, dass ihm seine Mikroskope herkömmlicher Bauart bessere Ergebnisse lieferten.

So ein Instrument nahm Piet auch jetzt zur Hand und fixierte die Gewebeprobe auf einem dünnen Glasplättchen. Wenn seine Berechnungen stimmten, war er mittlerweile bei einem Vergrößerungsfaktor von dreihundertsiebzig angelangt, auch wenn sich sein neuestes Instrument rein äußerlich nicht von seinen alten Apparaturen unterschied: eine von Hand geschliffene Linse, eingefasst zwischen zwei kleine Messingplättchen, davor der Träger für das Beobachtungsobjekt. Konzentriert blinzelte er durch die Linse. Seine Augenlider hörten auf zu schlagen, und seine Finger zitterten kein bisschen. Man hörte ihn kaum atmen – bis er das Mikroskop enttäuscht sinken ließ.

Nichts, wieder nichts. Nur Muskelfasern, die wie tausendfach umeinandergewickelte Kordeln aussahen. Von dem Miniaturschaf keine Spur. Ernüchtert kratzte Piet die Gewebeprobe von dem Glasplättchen. Wie viele Schafe sollte er denn noch aufschneiden? Es war doch schon September, genau die Zeit, in der die Tiere brünstig wurden und die Böcke kaum etwas anderes taten, als die Zibben zu bespringen.

Verstimmt, aber noch nicht völlig entmutigt, entnahm Piet noch sechs weitere Gewebeproben. Doch bis auf ein paar kleine, mit etwas Gewebewasser gefüllte Zysten konnte er nichts Auffälliges entdecken. Das Bild, nach dem er so angestrengt fahndete, enthüllte sich ihm nicht. Als nochmals eine Stunde vergangen war und er drei weitere Gewebeproben unter seinem Mikroskop überaus gewissenhaft begutachtet hatte, als er schon aufgeben wollte und den Tag verfluchte, an dem Gaesbeeck ihm von diesem Hartsoeker berichtet hatte, sah er diesen runden, klitzekleinen Klumpen, nicht größer als der Bruchteil einer Erbse, vielleicht ein Achtel davon, vielleicht sogar noch weniger.

Auf den ersten Blick sah es nicht sehr besonders aus. Wahrscheinlich nur eine natürliche Verdickung im Fleisch, dachte Piet. Aber weil es auf diese eine Probe jetzt auch nicht mehr ankam, unternahm er noch diesen letzten Versuch. Mit seinem dünnsten Skalpell trennte er das Klümpchen aus dem Fleisch, piekte mit einer spitzen Nadel einmal vorsichtig hinein und schob ein Glasplättchen darunter. Dann tröpfelte er etwas Weingeist auf die Linse seines Mikroskops und reinigte mit einem feinen Filztuch das Glas, bevor er sich diese letzte Gewebeprobe ansah.

Wieder hielt er das Instrument freihändig gegen das Licht, und wieder hielt er seine Finger dabei vollkommen ruhig. Aber dieses Mal atmete er dabei hörbar ein und aus. Das war keine bloße Verdickung. Und auch keine Zyste. Die Anstrengung der vergangenen Stunden war jetzt wie wegeblasen. Piet setzte das Mikroskop ein paar Mal ab, aber nur, um sich danach noch ein weiteres Mal zu vergewissern, dass er sich nicht getäuscht hatte.

-17-

Karlmann war nicht nach einer Hure. Er musste nachdenken. Er ging zurück zum Turm der Tränen und setzte sich auf eine der Stufen, die hinunter zur Amstel führten. Ein paar Möwen stritten auf dem Wasser miteinander, vielleicht um einen toten Fisch. Karlmann war froh, wieder festen Boden unter seinem Hintern zu spüren. Nie wieder, das schwor er sich, wollte er raus aufs Meer. Er fühlte die Heuer in seiner Tasche. Siebenhundertsechzig Gulden, das war mehr, als er in seinem Leben je besessen hatte. Aber er wusste auch: Das Geld wäre bald aufgebraucht, wenn er nicht gut auf sich aufpasste.

Herren von sechs Wochen, so nannte man die Ostindienfahrer in Amsterdam, weil die meisten Matrosen nach sechs Wochen so unwiderruflich pleite waren, dass ihnen gar nichts anderes übrig blieb, als erneut auf einem Schiff anzuheuern. Das wollte Karlmann lieber vermeiden. Ein zweites Mal würde er es da draußen nicht schaffen. Allerdings, auch das wurde ihm nun schmerzlich bewusst, würde ihn sowieso keiner mehr an Bord nehmen. Wer hatte jetzt überhaupt noch Verwendung für einen Krüppel wie ihn?

Bestimmt eine Stunde saß Karlmann unentschlossen am Ufer der Amstel. Und mit jeder Minute wurde er ein wenig trübsinniger. Zwischendurch musste er noch ein paar Mal kräftig husten. Er schmeckte das warme Blut in seinem Mund. Es dämmerte schon, als er sich endlich aufrappelte und in einer nahe gelegenen Herberge ein Zimmer nahm.

Die Frau, die das Haus führte, war dick und freundlich. Sie fragte ihn gleich nach ihrem Sohn, weil er doch aus Ostindien kam.

»Ein kräftiger blonder Junge mit einem Muttermal auf seiner Unterlippe. Peer heißt er. Hast du ihn vielleicht gesehen?«

»Nein, gute Frau, tut mir leid.«

»Erzähl mir von Batavia. Wie ist es da drüben so?«

»Batavia ist eine prächtige Stadt. Die meisten Matrosen führen dort ein sehr geruhsames und auch angenehmes Leben.«

Die Frau tat ihm leid. Karlmann wollte nicht, dass sie sich um ihren Sohn unnötige Sorgen machte. Entweder war der Junge längst tot, dann änderten auch ihre Sorgen nichts mehr. Oder aber er war bereits auf dem Heimweg. Dann konnte er ihr bald selbst berichten, was er von Batavia hielt.

Nichts erzählte Karlmann der Frau von den stinkenden Kanälen in der Stadt und auch nichts von den armseligen Gestalten, die sich schattengleich durch die Gassen schleppten. Die Exekutionen, die in Batavia bald jeden Tag stattfanden, erwähnte er mit keinem Wort. Und auch nicht die jämmerlichen Krankenhäuser, in denen die Matrosen starben wie die Fliegen im Spätherbst.

»Wie hast du deinen Arm verloren?«

»Aus Dummheit, war mein Fehler. Habe nicht aufgepasst, als wir unter Deck ein paar schwere Fässer stapelten. Eines ist runterfallen und hat mir den Arm zerquetscht. Aber dein Sohn wird bestimmt besser auf sich aufpassen. Du musst dir keine Sorgen um ihn machen. Er wird schon heil zurückkommen. Aber jetzt muss ich erst einmal schlafen.«

Karlmann zahlte das Zimmer im Voraus, nahm den Schlüssel an sich und legte sich hin. Die ersten drei Tage verließ er sein Bett nur zum Essen oder um kurz Luft zu schnappen. Den Rest der Zeit verschlief er. Schwere Träume plagten ihn in diesen Tagen und Nächten. Er träumte von Windhosen, die über das Meer jagten. Er sah noch einmal die Männer vor sich, die während der Stürme hoch in die Wanten mussten und nie wieder zurückkehrten. Und natürlich träumte er auch mehrfach von dem Hospital in Chinsurah, in dem er beinahe vor die Hunde gegangen wäre.

Der Husten wurde auch nach drei Tage nicht besser. Wenn Karlmann ausspuckte, war sein Speichel noch immer mit Blut vermischt. Er beschloss, deshalb einen Arzt aufzusuchen. Aber zuvor wollte er unbedingt noch einen alten Freund begrüßen. Früh am Morgen, dem vierten Tag nach seiner Rückkehr, ging Karlmann zum Tuchhändler Nicolaus Nistelroy in die Heertgenstraat.

-18-

»Es stimmt.«

Aufgeregt stürmte Piet in das Behandlungszimmer. »Dieser verfluchte Kerl hat vielleicht tatsächlich recht.«

Gaesbeeck saß hinter seinem Schreibtisch. Vor ihm, etwas blass um die Nase, der junge Brinkhuijsen.

»Warte«, sagte Gaesbeeck. »Ich bin hier gleich fertig.« Und zum jungen Brinkhuijsen gewandt: »Also, du tust jetzt genau das, was ich dir erklärt habe. Morgens und abends nimmst du jeweils fünfzehn Tropfen von der Tinktur. Du kannst sie auf dem Löffel ruhig mit etwas Zucker mischen, wenn dir das Zeug zu bitter ist. Spätestens in fünf Tagen wirst du deine Schmerzen damit los sein.«

Brinkhuijsen bedankte sich schüchtern, rückte den Stuhl vor Gaesbeecks Schreibtisch zurecht und verabschiedete sich dann mit einem verlegenen Kopfnicken.

»So, und jetzt zu dir. Und weil du schon mal da bist, kannst du das hier gleich mitnehmen.«

Gaesbeeck reichte Piet ein kleines Gasröhrchen.

»Ist das ...?«

»Es ist, wonach es aussieht.«

»Gut. Von Brinkhuijsen?«

»Ja. Frag lieber nicht, was ich ihm erzählt habe. Dreimal war er hier und hat sich erkundigt, ob es wirklich nötig sei.«

»Gut«, sagte Piet noch einmal. »Aber wir brauchen noch mehr Proben. Viel mehr sogar. Es könnte sein, dass Hartsoeker tatsächlich die Wahrheit gesagt hat.«

»Also hast du den Homunculus endlich gefunden?«

»Nein, das noch nicht, aber ich kann nicht länger ausschließen, dass er existiert.«

Nüchtern in der Sache, aber noch immer spürbar erregt, berichtete Piet, was er im Bauch des Schafs vorgefunden hatte.

»Du kannst dir nicht vorstellen, wie klein dieses Geschöpf war. Kleiner als das Achtel einer Erbse. Ich habe es im Bauch eines trächtigen Schafs gefunden. Und wenn ich mich nicht sehr getäuscht habe, war alles schon dran. Kopf und Beine, Hufe und Ohren. Und wenn schon in einem so kleinen Geschöpf alles vorhanden ist, alle Glieder und alle Därme, können wir nicht länger ausschließen, dass ein noch tausendmal kleineres Geschöpf, verborgen im männlichen Samen, schon alle Körperteile besitzt.«

»Du weißt so gut wie ich, dass damit noch nichts bewiesen ist. Erst wenn du den Homunculus im männlichen Samen nachweisen kannst, ist es bewiesen.«

»Du sagst es. Und deshalb brauche ich neue Proben.«

»Ganz ehrlich, wie viele Proben hast du dir nun schon angeschaut? Vierzig?«

»Zweiundvierzig, um genau zu sein.«

»Und, hast du bisher irgendetwas darin gefunden?«

»Nicht das, wonach ich suche. Ich kann dir bislang nur sagen, dass es im männlichen Samen zwei Arten von Animalcula zu geben scheint. Die einen sind etwas kräftiger und schneller, die anderen schmaler und langsamer. Ich glaube, das eine sind die werdenden Frauen und das andere die künftigen Männer. Aber die Miniatur des Menschen habe ich bislang nicht gefunden.«

»Dann hat Hartsoeker vielleicht doch gelogen. Vielleicht entsteht das neue Leben ja auch gar nicht durch den männlichen Samen, sondern verdankt seine Existenz einzig und allein dem Ei der Frau.«

»Niemals. Kein Mensch hat bis heute ein solches Ei gesehen. Ich glaube nicht daran.«

»Und wenn es trotzdem so wäre?«

»Wo bleiben all diese Eier denn, wenn es so wäre? Wenn den Eierstöcken bei jedem geschlechtlichen Verkehr, wie manche behaupten, tatsächlich ein Ei entschlüpfen würde, und Mann und Frau mehrmals in der Nacht miteinander verkehren, aber nur aus einem Ei ein Kind wird, wo bleiben dann die restlichen Eier?«

»Das weiß ich nicht.«

»Siehst du, du weißt es nicht. Weil es nicht möglich ist. Wenn Frauen zehn Jahre oder mehr kein Kind auf die Welt bringen, obwohl sie tausend Mal mit ihrem Mann verkehrt haben, hatten sie die ganze Zeit über dann keine Eier? Oder waren ihre Eier irgendwie unvollkommen? Nein, es ist ganz und gar ausgeschlossen, dass die Frau menschliches Leben schenkt. Das Leben stammt einzig und allein von den männlichen Samentieren. Nur daraus kommt neues Leben. Davon bin ich fest überzeugt.«

»Du willst die Existenz der weiblichen Eier also rundheraus abstreiten?«

»So weit würde ich nicht gehen. Aber selbst wenn diese Eier tatsächlich existieren sollten, sagt das noch lange nichts über die Entstehung des menschlichen Lebens aus. Es gibt vieles in der Natur, dessen Sinn uns verborgen bleibt. Warum haben Männer Brustwarzen, wenn sie damit keine Kinder stillen können? Ich glaube einfach nicht, dass die Eierstöcke der Frau für die Zeugung eine Rolle spielen. Es handelt sich dabei gewissermaßen nur um ein nach innen gestülptes Geschlecht, genauso wie die Gebärmutter. Die Eierstöcke sind die verkümmerten männlichen Hoden, und die Gebärmutter ist der verkümmerte Hodensack. Wenn du so willst, steht beides für die körperliche Unvollkommenheit der Frau. Wie die Rippe, aus der sie angeblich geschnitzt ist. Die Frau spendet kein Leben, sie empfängt es nur. Die Frau ist bloß die Ackerfurche, in die der Mann wie ein Bauer seinen Samen legt.«

»Und warum entsteht dann nicht aus jedem männlichen Erguss ein Kind?«

»Wenn der Bauer seinen Samen in die Ackerfurche legt, wird auch nicht aus jedem Keim eine Pflanze. Vielleicht wird das Samentier in diesem Fall im Mutterboden nicht ausreichend ernährt. Oder ein neuer Mensch steckt nicht in jedem einzelnen Samenfaden, sondern nur in ganz besonderen.«

»Und wie soll der Mensch da in Gänze hineinpassen, wenn die Samenfäden hunderttauschendmal kleiner sind als der Kopf einer Stecknadel?«

»Vielleicht war ja alles von Anfang an vorhanden.«

»Du sprichst in Rätseln.«

»Du weißt, dass es mir schwerfällt, an Gott zu glauben. Aber mal angenommen, die Geschichte stimmt, dann hat der erste Mensch vielleicht schon alles weitere in sich getragen. Dann wäre unser gesamtes Menschengeschlecht schon vom Anbeginn der Welt an da gewesen, eingeschachtelt in den Urvater Adam, der Millionen Minitaturmenschen in sich trug, die unsere Erde bis heute und bis ans Ende aller Tage bevölkern werden.«

»Du kannst schwer an Gott glauben und ich nicht an diese Geschichte.«

»Ich weiß es doch selbst noch nicht. Aber es gibt so vieles auf der Welt, für das ich keine Erklärung habe. Wenn du mich fragst, wie ein einziger Mensch in so einem winzigen Samentier Platz finden kann, frage ich dich, wie das Salz ins Meer kommt. Warum sind die Blätter grün und das Wasser blau? Weshalb haben Insekten sechs Beine, wir aber nur zwei? Warum können Vögel fliegen und Schlangen nur kriechen? Ich weiß bis heute ja noch nicht einmal, wofür die Animalcula gut sein sollen, die ich im Essig, im Wasser und auch zwischen den Zähnen entdeckt habe. Aber ich glaube jetzt, dass wir im männlichen Samen schon sehr bald das Mysterium der Menschwerdung aufspüren können. Ich muss nur endlich diesen Homunculus sichtbar machen …«

»… dann wäre es bewiesen.«

»Ja, und deshalb musst du mir jetzt noch einmal helfen. Ich brauche neue Proben. Und du musst für mich nach London schreiben. Berichte Brouncker, dass ich mich darum kümmern werde, Hartsoekers Behauptungen zu überprüfen.«

»Schon längst geschehen.«

»Gut.«

-19-

So belog Gaesbeeck seine männlichen Patienten auch weiterhin. Wieder und wieder schwafelte er ihnen etwas von einer gänzlich neuen Untersuchungsmethode vor, mit der er die Ursachen aller möglichen Krankheiten entschlüsseln könne, selbst solcher Leiden, die noch gar nicht ausgebrochen waren. Er schaute ihnen dabei ernst in ihre peinlich berührten Gesichter, quittierte ihr Stirnrunzeln mit nach außen gekehrten Handflächen und beschwatzte sie dann ein weiteres Mal.

Piet kümmerte sich derweil darum, dass der Maler Carel Fabrist von nun an wieder Skizzen von seinen Untersuchungen anfertigte, was ihm seine Aufgabe allerdings nicht unbedingt erleichterte. Nicht, dass sich Fabrist ihm verweigert hätte. Für ein paar Flaschen Schnaps war er schnell zu überzeugen. Aber was Piet auf die Nerven ging, war seine ständige Nörgelei.

»Alles nur Kaulquappen«, sagte Fabrist, wenn ihm Piet eine neue Samenprobe reichte. Er konnte oder wollte keine großen Unterschiede in den

Proben erkennen, egal, ob er den Samen von Tieren oder Menschen malen sollte, von alten oder jungen Männern, von dünnen oder dicken.

»Deine Schaulust wird dich eines Tages noch umbringen. Zeig mir endlich den Homunculus, und ich werde staunen. Aber langweile mich nicht länger mit diesen Kaulquappen.«

»Kannst deine Meinung ruhig für dich behalten. Zeichne nur einfach weiter. Ich spüre, dass wir ganz nah dran sind.«

Mochte Piet auch klein sein, so waren seine Träume nun größer denn je. Er träumte davon, das Rätsel des Lebens endlich lösen zu können. Äußerst gewissenhaft protokollierte er jeden seiner Arbeitsschritte. Er begann seine Untersuchungen stets mit den schwächsten seiner Mikroskope und steigerte die Güte der Vergrößerungsgläser dann langsam. Er gab immer drei Tropfen der gleichen Probe in ein Glasröhrchen, um seinen vorangegangenen Betrachtungen mehr Gewissheit zu verleihen. Er mischte Zucker in die milchige Flüssigkeit, um zu sehen, wie die Samentierchen darauf reagierten. Er setzte sie großer Wärme aus und auch großer Kälte, betrachtete sie nach Sonnenaufgang und nach Sonnenuntergang. Aber nach eifrigstem Forschen und Bemühen musste er sich eines Tages dann im Stillen eingestehen, dass Fabrist recht hatte. Im Grunde genommen sah er nicht sehr viel mehr als Kaulquappen.

Zwar war es Piet mittlerweile gelungen, Linsen von weniger als einem Millimeter Durchmesser zu schleifen und damit eine in etwa vierhundertneunzigfache Vergrößerungswirkung zu erzielen, aber den Miniaturmenschen in den Samenfäden hatte er auch damit bisher nicht entdecken können. Das alles war überaus entmutigend für ihn. Und so schrieb er eines späten Abends, nachdem er seine Werkstatttür schon lange abgeschlossen und mit Maarten zu Abend gegessen hatte, diesen Brief. Er wusste, dass Gaesbeeck sein Schreiben wie alle seine früheren Berichte ins Englische übersetzen und nach London senden würde. Und er ahnte auch, dass er es diesmal wohl nicht sehr gerne tat. Denn sein Brief war das Geständnis einer Niederlage.

An die Mitglieder der Königlichen Gesellschaft zu London, schrieb Piet, *sehr verehrter William Brouncker!*

Ich will mich an dieser Stelle noch einmal sehr ausdrücklich bei Ihnen bedanken, dass Sie um meine Hilfe nachgesucht haben. Ich fühle mich geehrt, dass Ihnen an meiner Meinung so viel liegt. Aber ich kann Ihnen bisher leider nicht bestätigen,

was dieser Nicolas Hartsoeker behauptet, trotz meiner sehr gründlichen Untersuchungen. Ich glaube mittlerweile, dass ich weibliche und männliche Samentiere voneinander unterscheiden kann, aber es war mir bisher nicht möglich, den Homunculus sichtbar zu machen.
Bitte bedenken Sie, dass es nicht jedem von uns gegeben ist, ein richtiges Urteil zu fällen. Umso weniger erscheint es mir angebracht, etwas als Tatsache darzustellen, was noch der eingehenden Überprüfung bedarf. Infolgedessen sollte jeder, der eine neue Entdeckung ans Licht bringt, sein Urteil darüber nicht abgeben, wenn er etwas nur einmal gesehen hat. Ich selbst habe schon so manches Mal erleben müssen, dass mir beim Gebrauch meiner Mikroskope bald dieses oder jenes vollkommen klar erschien, bis ich erkennen musste, dass ich mich getäuscht hatte.
Was ich damit sagen will: Geben Sie mir bitte noch ein wenig Zeit, und ich werde Ihnen mein abschließendes Urteil über den Homunculus im männlichen Samen kundtun. Für heute will ich weder das eine noch das andere ausschließen. Aber Sie können versichert sein, dass ich mein Möglichstes unternehmen werde, um der Wahrheit auf den Grund zu gehen

Delft, der 23. September 1663.

Es grüßt Sie ganz herzlich
Piet van Leeuwen

-20-

Piet döste auf der Bank vor seinem Schuppen vor sich hin, neben sich einen Korb voller Äpfel, die er vom Baum in seinem Garten gepflückt hatte. Er wollte Maarten damit überraschen. Äpfel aß der Junge für sein Leben gern, am liebsten als Kompott mit einem dicken Pfannkuchen dazu. Beides wollte er für ihn zubereiten, wenn er nachher aus der Schule kam.

Piet plagte sein schlechtes Gewissen, weil er den Jungen in letzter Zeit ein wenig vernachlässigt hatte. Auch gestern Abend wieder. Maarten hatte ihm irgendetwas aus der Schule erzählt, aber er hatte gar nicht richtig zugehört, nur fahrig genickt und ihn ohne viele Worte ins Bett geschickt. Dann war er noch einmal in seine Werkstatt gegangen und hatte den Brief an William Brouncker geschrieben. Eine ganze Zeit lang hatte er dort untätig am Tisch gesessen – bis er irgendwann dieses dünne Glasröhrchen zur Hand nahm und in die Flamme der Kerze hielt.

Piet wusste selbst nicht so genau, ob er es nun Zufall nennen sollte, den späten Lohn des Tüchtigen oder eine Art göttliches Geschenk. Auf jeden Fall bildete sich am äußersten Rand des Glasröhrchens ein kleiner Knoten, nicht rund wie eine Kugel, eher schon oval, irgendwie asphärisch.

Von allen Seiten betrachtete Piet dieses seltsam geformte Gebilde. Dann trennte er es von dem Röhrchen und fixierte es zwischen zwei Messingplättchen. Es war schon tief in der Nacht, und er wollte deshalb auch nicht ausschließen, dass ihn seine geröteten Augen vielleicht täuschten. Aber als er sich am Morgen, Maarten war schon zur Schule aufgebrochen, das Glas noch einmal vor sein Auge hielt und seine Vergrößerungswirkung ein weiteres Mal berechnete, bestätigte sich sein Eindruck.

Tausend. Tausendmal größer sah man die Welt durch diese wie durch ein Wunder entstandene Linse. Das war es, wovon er die ganze Zeit geträumt hatte. Wenn der Homunculus tatsächlich existierte, dann müsste er ihn mit dieser Linse aufspüren können. Ganz bestimmt hatte kein Mensch ein stärkeres Vergrößerungsglas zur Hand, auch nicht dieser Hartsoeker.

Piet wollte nach der durchwachten Nacht nur noch einmal tief durchatmen, bevor er seine Untersuchungen fortsetzte, und war früh am Morgen in seinen Garten vor den Toren der Stadt aufgebrochen. Dort döste er in der Herbstsonne nun vor sich hin, neben sich den Korb mit reifen Äpfeln. Er registrierte kaum, dass jemand wiederholt nach ihm rief.

»Hey, Piet, bist du mit den Jahren nicht nur taub, sondern auch blind geworden?«

Piet blickte rüber zum Zaun. Die Stimme klang für ihn irgendwie vertraut. Der Mann am Zaun war hohlwangig, blass und ziemlich abgezehrt.

»Willst du mich nicht begrüßen?«

Piet kniff die Augen zusammen.

»Ich bin es, Karlmann.«

Piet erhob sich von seiner Bank. Konnte das wirklich sein?

Karlmann öffnete das Gartentor und kam langsam auf ihn zu.

»Erkennst du mich denn nicht wieder?«

Die beiden standen sich jetzt direkt gegenüber und schauten einander in die Augen. Dann umarmten sie sich stumm.

»Mensch, Karlmann.«

»Kannst mir ruhig die Wahrheit sagen. Hast mich nicht erkannt, oder?«

»Ehrlich gesagt …«

»Schon gut, hast dich wohl ein wenig erschrocken.«

»Seit wann bis du wieder da?«

»Seit einer Woche. Hast du einen Tee für mich? Hilft vielleicht gegen meinen Husten.«

»Natürlich, komm rein.«

Piet feuerte im Schuppen den Ofen an und stellte einen Kessel Wasser auf. Dann setzte er sich Karlmann gegenüber an den Tisch.

»Wie hast du mich gefunden?«

»Ich war bei Nistelroy. Er hat mir gesagt, dass du in Delft dein eigenes Tuchhandelsgeschäft führst. Aber das betreibst du ja offenbar nicht mehr. Deine Nachbarin …«

»… so eine Blonde?«

»Ja, sie meinte, dass ich dich hier bestimmt finden würde.«

»Die blonde Bertha. Eine fürchterlich neugierige Person. Aber gut, dass sie dich hergeschickt hat. Erzähl, was macht der alte Nistelroy? Hat er noch seinen Laden?«

»Na ja, was man so Laden nennen kann. Ich glaube, die beste Zeit hat er hinter sich. Sah alles ein bisschen verlottert aus. Und er selbst wirkte auf mich auch nicht viel besser. Er geht am Stock. Er hat mir die ganze Zeit etwas von seiner Gicht vorgejammert. Aber ich soll dich von ihm grüßen.«

Piet wollte es nicht, aber er musste trotzdem auf den leeren Ärmel starren.

»Was ist mit deinem Arm, Karlmann?«

»Siehst du doch. Den gibt's nicht mehr. Aber ich spüre ihn manchmal noch. Und du? Stimmt es, was mir deine Nachbarin erzählt hat? Dass du deinen Laden schon vor Jahren geschlossen hast?«

»Ja, das stimmt.«

»Sag bloß, du hast es nicht mehr nötig, zu arbeiten?«

»Später, Karlmann. Erst du. Ich hab dich damals überall gesucht. Keiner konnte mir sagen, wo du steckst. Ich war in der Werkstatt von de Haart, und auch im Hafenviertel habe ich nach dir gefragt. Erst als mich deine Nachricht bei Nistelroy erreichte, habe ich erfahren, dass du auf dem Weg nach Ostindien bist.«

»Ja, nach Batavia. Was blieb mir auch anderes übrig? Nachdem ich diesen Kerl im Spielhaus niedergestochen hatte, wollte ich lieber erst mal aus der

Stadt verschwinden. Ich konnte ja nicht ahnen, dass es so lange dauern würde. In Chinsurah fehlte dann nicht viel. Ich wäre dort drüben beinahe krepiert.«

»Das hast du mir geschrieben. Ich habe deinen Brief erhalten. Aber jetzt bist du wieder zu Hause. Jetzt wird alles gut.«

Piet nahm den Kessel Wasser vom Feuer, brühte Tee auf und schenkte ihnen ein. Die nächste halbe Stunde, nur unterbrochen von seinem grässlichen Husten, erzählte Karlmann von der *Niewalcker* und Koehlbiers grausamem Kommando.

»Du kannst dir nicht vorstellen, wie es da drüben zugeht. Es ist ein einziges Schlachthaus.«

Schon wieder musste Karlmann husten.

»Entschuldige. Dieser verfluchte Husten. Wo war ich stehen geblieben?«

»Du hast von Batavia erzählt. Und von Chinsurah.«

»Vorher erzählen sie dir, du könntest dort Edelsteine auf den Gassen finden und würdest als reicher Mann nach Amsterdam zurückkehren. Aber wenn du nach sehr vielen Monaten auf See endlich in Batavia ankommst, landest du in der schlimmsten Kloake, die du dir vorstellen kannst. Edelsteine gibt es da unten tatsächlich, jede Menge sogar, aber die gehören den prunksüchtigen Weibern der reichen Kaufleute.«

Piet biss sich auf die Lippe. Der alte Freund war kaum wiederzuerkennen. Und das lag nicht nur daran, dass ihm ein Arm fehlte und der Husten seinen Körper unablässig durchschüttelte. Karlmanns Haut war ledrig und seine Adern darunter so verdickt, als könne das Blut in ihnen nicht mehr richtig fließen. Nur in seinen Augen erkannte Piet noch vage den kräftigen Jungen, der er einmal gewesen war.

»Du kannst bei mir wohnen. Ich habe genug Platz in meinem Haus. Und wegen deinem Husten gehen wir zu Gaesbeeck. Er ist Arzt. Bestimmt weiß er einen Rat. Auf jeden Fall kommst du jetzt erst mal mit zu mir.«

»Das wäre für den Anfang vielleicht gar nicht so übel. Zumindest bis ich etwas klarer sehe. Aber ich will dir nicht zur Last fallen. Du darfst nicht glauben, dass ich mittellos bin. Ich habe mir auf dem Haus der Kompanie meine Heuer auszahlen lassen. Und wegen dem hier …«, Karlmann wies auf seinen Stumpf, »… haben sie sogar noch einen Batzen obendrauf gelegt. Immerhin.«

»Wie ist es passiert?«

»Wir kreuzten vor dem großen Bengalenstrom und liefen auf eine Sandbank. Das Schiff ist in der Mitte auseinandergebrochen und gesunken. Ich selbst habe es mit viel Glück an Bord einer Schaluppe bis hoch nach Chinsurah geschafft. Dort haben sie mir den Arm dann abgesägt. Die Wunde, die ich mir beim Untergang des Schiffs zugezogen habe, wollte einfach nicht heilen. Und als sie sich dann auch noch schwarz verfärbte, hat man mir den Arm abgesägt. An manchen Tagen spüre ich den Arm noch, bis in die Fingerspitzen. Merkwürdig, oder?«

»Ich weiß nicht. Vielleicht verursacht das, was wir verloren haben, ja die allergrößten Schmerzen. Bei dir ist es der Arm und bei mir …«

Mitten im Satz brach Piet ab und starrte in seinen Becher. Er nahm einen Schluck Tee, bevor er weitersprach.

Und dann erzählte er Karlmann alles. Wie er an das Haus in Delft gekommen war. Was ihn dazu bewogen hatte, hier sein eigenes Tuchhandelsgeschäft zu eröffnen. Und wie ihn seine Forschungen mit den Jahren dann immer tiefer in die Welt des Mikrokosmos geführt hatten.

»Weißt du noch, wie du mir in Amsterdam beigebracht hast, Gläser zu schleifen?«

»Natürlich.«

»Ich habe immer weitergemacht. Während du da draußen um die Welt gesegelt bist, habe ich hier meine Entdeckungsreise in die Welt des Allerkleinsten unternommen. Ich habe die winzig kleinen Globuli entdeckt, die dem Blut seine Farbe geben. Ich habe Lebewesen gesehen, von deren Existenz kein Mensch bis dahin etwas ahnte. Ich konnte einfach nicht aufhören, mich immer tiefer in diese Welt zu versenken. Und das war dann wohl auch mein größter Fehler. Auf jeden Fall habe ich deshalb verloren, was mir immer am allerwichtigsten war. Meine Frau.«

»Du hast eine Frau?«

»Ich hatte eine Frau. Sie ist tot. Schon seit drei Jahren. Sie wollte nie, dass von unserer Liebe etwas nach außen dringt. Wir haben es unsere *Liebe hinter den geschlossenen Fenstern* genannt. Sie hat als meine Magd bei mir gelebt. Unser Leben war ein einziges Geheimnis. Ich habe sie immer wieder bekniet, mich zu heiraten, vor allem, als unser Sohn dann auf die Welt kam. Aber sie hat immer nur gesagt, es sei verboten, als Jüdin einen Christen zu heiraten.«

»Sie war Jüdin?«

»Jedenfalls hat sie das so empfunden.«

»Und woran ist sie gestorben?«

»Das ist es ja. Weil ich ihr etwas gezeigt habe, das ich ihr nie hätte zeigen dürfen. Am Anfang habe ich für sie Fruchtknoten, Blüten und solche Dinge aufgeschnitten und sie ihr durch das lederummantelte Röhrchen gezeigt, das Röhrchen, das du damals für mich gefertigt hast. Sie mochte das. Sie war jedes Mal begeistert über die Farben und Formen aus dieser kleinen fremden Welt. Aber eines Tages habe ich ihr dann auch noch das andere gezeigt.«

»Was?«

»Das ist schwer zu erklären, wenn du es nicht mit deinen eigenen Augen gesehen hast. Auf jeden Fall hat sie sich darüber so sehr erschrocken, dass sie vom Dachboden gesprungen ist. Ich glaube, sie war sofort tot.«

»Nun sag schon, was hast du ihr gezeigt?«

»Ich habe ihr gezeigt, dass um uns herum eine unsichtbare Welt existiert, die alles Leben überzieht.«

»Verstehe ich nicht.«

»Das kannst du auch nicht. Wie gesagt, du musst es mit deinen eigenen Augen sehen, damit du es verstehen kannst. Vielleicht zeige ich es dir die Tage einmal. Aber es wundert mich nicht, dass dich dein verlorener Arm noch immer schmerzt. Ich glaube, es gibt keine schlimmeren Schmerzen als jene, die uns der Verlust zufügt. Es vergeht kein Tag, an dem ich nicht an sie denken muss.«

»Du musst sie sehr geliebt haben.«

»Mehr als das. Du hast sie übrigens gekannt.«

Karlmann schaute Piet verständnislos an. »Du willst mir doch nicht etwa sagen, dass …«

»… doch. Die Frau, die in der *Mennonitischen Hochzeit* vor uns getanzt hat. Carla. Ich habe sie freigekauft.«

»Aber sie war doch nur eine Hure.«

»Nein, sie war meine Frau und die Mutter meines Sohnes.«

Karlmann rückte jetzt sehr unruhig auf seinem Stuhl hin und her.

»Aber das konnte ich doch nicht ahnen. Wer kommt denn schon auf den Gedanken, sich eine Hure ins Haus zu holen?«

»Was sagst du da?«

»Bitte versteh doch. Ich war wütend. Wäre sie damals nicht gewesen, wären wir nicht noch einmal in dieses Spielhaus gegangen. Ich wäre diesem Matrosen nie begegnet. Ich hätte mich nicht mit ihm geprügelt. Und ich hätte nicht aus Amsterdam fliehen müssen. Es war doch alles nur ihre Schuld.«

»Was redest du da? Es war doch nicht ihre Schuld, dass du den Matrosen niedergestochen hast. Wenn überhaupt, dann war es meine Schuld.«

»Ja, aber … verstehst du denn nicht?«

Piet verstand überhaupt nichts.

»Ich war betrunken. Bevor ich an Bord der *Niewalcker* ging, war ich noch einmal bei ihr. Sie hat mich beschimpft, einen Schläger und einen Säufer genannt. Ich solle mich bloß wegscheren, hat sie mich angeschrien. Das alles hat mich natürlich nur noch wütender gemacht. Und dann … Piet, ich konnte doch nicht ahnen, dass … ich … ich war betrunken.«

Es verging nur der Bruchteil einer Sekunde, nicht länger als ein Wimpernschlag, als Piet begriff, wofür er die ganzen Jahre über blind gewesen war. Er sah jetzt den jungen Karlmann vor sich. Die Partie seiner Wangenknochen, nicht die Farbe, aber doch den Schnitt seiner Augen, das markante Kinn, das Joch- und auch das Nasenbein, der Schwung seiner Lippen, das linke Ohr, das ein bisschen weiter vom Kopf abstand als das rechte. Selbst das kleine Muttermal auf seinem linken Lid, das man nur bemerkte, wenn er seine Augen schloss, stimmte überein. Die Ähnlichkeit war über jeden Zweifel erhaben. Wie hatte er das all die Jahre nur übersehen können? Wie ein Blinder war er durch sein Leben gestolpert. Alles machte jetzt plötzlich einen Sinn. Maarten war dem jungen Karlmann wie aus dem Gesicht geschnitten, nur mit schwarzem statt mit blondem Haar. Carlas Ekel, ihr ständiges Kratzen. Es waren nicht die Animalcula gewesen, die sie so angewidert hatten, dass sie irgendwann keinen anderen Ausweg mehr für sich sah. Es war auch nicht die Trauer über den Verlust ihrer Eltern gewesen. Es war die Lüge, die alles verdorben hatte. Er selbst hatte die Lüge in Gang gesetzt, weil er vor Carla die längste Zeit verborgen hatte, was er in seiner Werkstatt anstellte. Sie hatte ihn nie danach gefragt, weil sie selbst ein grausames Geheimnis unter ihrem Herzen trug. Hätten sie doch nur darüber geredet. Dann hätte sich vielleicht noch alles zum Guten wenden können. Blind war er gewesen für ihren Kummer und auch für ihr Leid. Er hätte sie niemals so sehr vernachlässigen dürfen. Dann hätte sie sich ihm eines Tages bestimmt anvertraut. Dann wäre es niemals so weit gekommen. Er hätte ihr einfach nur zuhören müssen. Dann wäre Carla noch am Leben.

Sie musste es geahnt haben, schon vom ersten Augenblick an. Deshalb hatte sie ihn nie heiraten wollen. Und deshalb war sie auch mit jedem Jahr, mit dem Maarten älter wurde, etwas trauriger geworden. Deshalb hatte sie es getan. Nur einen Tag, nachdem Karlmanns Brief aus Chinsurah bei ihm eingetroffen war. Sie musste befürchtet haben, dass nun die Wahrheit ans Licht kam. Deshalb wollte sie sich an diesem Abend auch an nichts mehr erinnern, weder an Karlmann noch an Amsterdam. Nur deshalb hatte sie ihm Stunden vor ihrem Selbstmord das Versprechen abgenommen, dass er für Maarten von nun an wie ein Vater sorgen möge.

Karlmann war noch einmal bei ihr gewesen, kurz bevor er an Bord der *Niewalcker* gegangen war. Vielleicht nur Stunden vor ihm selbst, bevor er zur Beerdigung seiner Mutter nach Delft aufgebrochen war. Carla hatte an diesem Nachmittag so bitterlich geweint. Aus Enttäuschung, wie er damals gemutmaßt hatte, weil ihm das Geld fehlte, um sie gleich freizukaufen. Aber das war offensichtlich nicht der wahre Grund ihrer Tränen gewesen. Was musste sie verzweifelt gewesen sein, schon damals! Bevor sie sich ihm in der *Mennonitischen Hochzeit* zum ersten Mal hingegeben hatte, war Karlmann bei ihr gewesen. Er war Maartens Vater, kein Zweifel.

»Was hast du ihr angetan?«

»Verdammt noch mal. Ich habe ihr nur gegeben, was sie verdient hat. Nur wegen ihr sind wir an diesem verfluchten Abend doch noch einmal in der *Mennonitischen Hochzeit* gelandet. Ich weiß nicht, was mich geritten hat. Ich war betrunken, hörst du, ich war betrunken. Vielleicht wollte ich einfach nur wissen, ob sie es wert gewesen ist. Ich habe sie ordentlich durchgefickt, bevor ich an Bord der *Niewalcker* gegangen bin, das ist alles. Ich konnte doch nicht ahnen, dass ...«

-21-

Karlmann kam nicht mehr dazu, seinen Satz zu beenden. Wie im Rausch öffnete Piet die Schublade des Tischs, verbarg das scharfe Messer unter seinem Ärmel, ging zum Herd, vorgeblich, um ihnen noch einen weiteren Tee einzuschenken, und schnitt Karlmann von hinten die Kehle durch.

Karlmann röchelte noch nicht einmal. Es wirkte fast so, als wäre er glücklich über seinen Tod. Er kippte vom Stuhl und blieb auf dem Boden liegen.

Erfüllt von blindem Zorn starrte Piet auf Karlmanns Leiche. Der alte Freund, der einzig wahre Freund, dem er je begegnet war, hatte ihn betrogen. Er hatte ihm das größte Geschenk seines Lebens geraubt. Carla. Wie ein Tier hatte er sich ihrer bedient, gegen ihren Willen, und sie geschwängert. In diesem Augenblick, als nur noch Groll und Rache seinen Willen beherrschten, war Piet nicht mehr Herr seiner selbst. Er öffnete Karlmanns Hose. Mit dem geübten Schnitt eines Mannes, der es gewohnt war, Insektenleiber aufzuschneiden oder Embryonen aus der Gebärmutter eines Schafs zu sezieren, schnitt er ihm Hoden ab.

Maarten war noch in der Schule, als Piet sein Haus in der Hippolytusbuurt schwitzend erreichte. Er zitterte, als er die Tür zu seiner Werkstatt aufstieß. Dann öffnete er mit dem Seziermesser, nun schon etwas ruhiger, Karlmanns Hodensack und extrahierte die zähe Flüssigkeit. Jetzt würde er den allerletzten Beweis gleich vor Augen haben, den Vaterschaftsbeweis. Piet war regelrecht besessen von der Vorstellung, jetzt gleich einen zweiten Maarten zu Gesicht zu bekommen: einen Miniaturzwillingsbruder, der auf seinem linken Augenlid ein Muttermal trug.

Piet klemmte das Röhrchen vor die Linse mit der tausendfachen Vergrößerungskraft, die er erst in der Nacht zuvor geschliffen und zwischen den zwei Messingplättchen fixiert hatte. Dann blickte er erwartungsvoll durch die Linse. Aber er sah wieder nur das, was er schon unzählige Male zuvor beobachtet hatte: zappelige Fäden, die sich Kaulquappen gleich durch die zähe Suppe des werdenden Lebens schlängelten. Keinen zweiten Maarten, keinen Zwillingsbruder, keinen Homunculus. Er betrachtete die Samenfäden so lange, bis auch dieser letzte Rest von Karlmann starb.

-22-

Als Maarten aus der Schule kam, köchelten auf dem Herd die klein geschnittenen Äpfel. Piet saß am Tisch in der Küche und grübelte noch immer vor sich hin. Warum hatte ihm Carla nicht die Wahrheit gesagt? Sie selbst traf doch überhaupt keine Schuld. Hatte sie ihm nur die Schmach ersparen wollen, weil er sich immer als Maartens Vater gefühlt hatte, es in Wahrheit aber gar nicht war? Oder hatte sie einfach nur den Zeitpunkt verpasst, es ihm eines Tages doch noch zu beichten? Ihr Selbstmord war so unnütz. Hätte sie sich ihm doch bloß anvertraut. Dann hätte sie keinen Selbstmord begehen müssen und er selbst auch keinen Mord.

»Was hast du?«

Maarten kam in die Küche, ungestüm wie immer.

Piet tat, als sei nichts weiter.

»Äpfel. Ich habe für uns ein paar schöne Äpfel aus dem Garten gepflückt«, sagte er. »Ich dachte, du hättest vielleicht Lust auf Pfannkuchen mit Apfelmus. Setz dich an den Tisch. Ich gieße nur schnell den Teig in die Pfanne. Wie viele Pfannkuchen willst du?«

»Drei, Vater. Nein, lieber vier.«

Piet schluckte schwer, als Maarten Vater zu ihm sagte. Das tat der Junge in letzter Zeit manchmal, und er freute sich jedes Mal darüber. Aber jetzt, als Piet den Teig in die Pfanne goss, fragte er sich zum ersten Mal, was dieses Wort eigentlich bedeutete. Vater. Wer war denn nun der wirkliche Vater eines Kindes? Derjenige, den die Natur dafür ausgewählt hatte? Oder derjenige, der für das Kind am Herd stand, kochte und sorgte?

Piet drehte den Pfannkuchen noch einmal in der Pfanne um, wartete, bis er rundum braun und knusprig war, und schöpfte eine ordentliche Portion Apfelmuss darüber.

»Hier.«

Maarten griff beherzt zu.

»Hast du keinen Hunger?«

»Nein, aber ich schaue dir gern beim Essen zu.«

Maarten schmatzte. »Heute hat uns der Lehrer erzählt ...«

»Du musst erst schlucken, dann darfst du reden. Mit vollem Mund spricht man nicht.«

Maarten kaute und schluckte.

»Also, heute hat uns Dekker erzählt, dass man nicht alles glauben darf, was andere erzählen. Er hat gesagt, dass man sich immer sein eigenes Urteil bilden muss.«

»Du hast wirklich einen sehr klugen Lehrer. Es stimmt, was er sagt. Man muss sich immer sein eigenes Urteil bilden.«

Piet schaute Maarten dabei zu, wie er nun schon seinen dritten Pfannkuchen verputzte. Er würde ihm nicht die Wahrheit sagen, niemals. Dazu war es jetzt zu spät. Wie hätte er ihm diese verworrene Geschichte auch erklären sollen? Er konnte ihm ja schlecht sagen, dass er der Mörder seines Vaters war.

»Ich kann nicht mehr.«

»Dann lass den Rest ruhig stehen und geh schon mal hoch. Und vorher putzt du dir die Zähne.«

»Erzählst du mir im Bett noch eine Geschichte?«

»Wenn du willst.«

Piet erzählte Maarten an diesem Abend von Pan Gu und dem Anfang der Welt. Wie der Riese sich einst geopfert hatte, um Erde und Himmel aus sich heraus zu schaffen, aus seinem linken Auge die Sonne machte und aus seinem rechten den Mond. Und auch, wie seine leuchtenden Haare dann zu den Sternen wurden und sein massiger Körper zur Erde.

Als Maarten eingeschlafen war, machte sich Piet noch einmal auf den Weg in seinen Garten. Im flackernden Licht seiner Laterne zog er Karlmanns Leiche nach draußen und begrub sie hinter dem Schuppen.

Er schwitzte, als er mitten in der Nacht in die Hippolytusbuurt zurückkehrte, fühlte sich schlaff und erledigt. Aber das führte Piet auf die Anstrengung zurück, die es ihn gekostet hatte, die Grube hinter dem Schuppen auszuheben und Karlmanns Leiche darin verschwinden zu lassen. Er säuberte noch einmal die kleine Wunde an seinem Finger, die er sich beim Öffnen von Karlmanns Hodensack mit dem Seziermesser zugezogen hatte. Dann legte auch er sich ins Bett und dämmerte dem Morgen entgegen.

-23-

Fünf Wochen später

Piets Laken war schon wieder pitschnass. Gaesbeeck hatte ihn vorhin zur Ader gelassen, aber geholfen hatte auch das nicht. Von Tag zu Tag stieg das Fieber nun immer höher.

Andauernd träumte Piet nun denselben Traum. Verzweifelt lief er durch die Gassen von Delft und Amsterdam und suchte nach Carla. Er fragte die Leute auf der Straße, ob sie vielleicht eine Frau mit einem Papagei auf ihrer Schulter gesehen hätten. Darunter auch einen Mann, der sich ihm als Leonardo da Vinci vorstellte.

Der Mann schüttelte nur traurig den Kopf. Aber er schenkte ihm einen Flugapparat mit Flügeln aus Vogelfedern. Damit schwang sich Piet in die Lüfte und segelte über die sieben Provinzen der Niederlande und auch über das weite Meer. Aber nirgendwo fand er Carla. Mitten über dem Meer ließ er sich fallen und tauchte tief in das Wasser hinein. Bis zum Grund tauchte er nach unten und spazierte über den goldenen Sand am Meeresboden. Von Ferne hörte er eine Stimme. Sie klang nur sehr leise an sein Ohr, gedämpft vom Wasser um ihn herum.

Ich bin eine Narzisse von Scharon, eine Lilie der Täler. Wie ein Apfelbaum unter den Bäumen des Waldes, so ist mein Geliebter unter den Söhnen. Ich beschwöre euch, Töchter Jerusalems: Weckt nicht, stört nicht die Liebe, bevor es ihr gefällt.

Piet wollte, dass die Melodie niemals verstummen würde, aber da spuckte ihn das Meer auch schon wieder aus. Verlassen saß er vor seinem Haus am Kanal vor der Oude Delft. Zwei alte Männer stolperten an ihm vorüber, der eine blind und der andere lahm. Sie redeten wie zwei Philosophen daher.

»Wer wird der Welt noch einen Sinn geben, wenn wir beide nicht mehr sind?«

»Ja, ja«, entgegnete der Lahme und tippte Piet im Vorübergehen auf die Schulter. »Wer wird der Welt jetzt noch einen Sinn geben? Denk darüber nach. Nur wer zweifelt, der denkt. Und nur wer denkt, der lebt. Vergiss das nie.«

Die beiden Alten gingen langsam weiter. Piet starrte auf das Wasser, das in dem Kanal zu seinen Füßen vorüberfloss. Es war zu spät. Er hatte nicht gezweifelt, und er hatte auch nicht richtig nachgedacht, jedenfalls nicht über das Allerwichtigste in seinem Leben, sondern immer nur über die Kleinigkeiten in der Welt. Die ganze Zeit über hatte er die Wahrheit direkt vor seinen Augen gehabt, aber er hatte sie nicht erkannt.

Das war der Moment, in dem er jedes Mal aus seinem Traum hochschreckte. Schweißnass erwachte er. Und dann, aber das gehörte schon nicht mehr zu seinem Traum, sondern zu der grausamen Wirklichkeit, sah er sich wieder mit Karlmann am Tisch im Gartenschuppen sitzen.

Fünf Wochen lag das nun zurück. Es war alles so verflucht schnell gegangen an diesem Tag. Dann sank Piet wieder zurück in seine Träume, in denen Carla auf dem Rücken eines Delfins durch die Ozeane ritt.

Anfangs, als ihn Gaesbeeck untersuchte, dachte er noch, Piet litte nur unter einer schweren Grippe. Aber dann kamen Übelkeit und Brechreiz hinzu.

»Bleib zwei Tage im Bett liegen und schwitz alles aus. Dann wirst du schnell wieder auf die Beine kommen.«

Das sagte Gaesbeeck so dahin, als er Piets heiße Stirn zum ersten Mal befühlte. Aber als sich eine Woche später dann die ersten roten Flecken auf seiner Haut zeigten, machte er sich doch langsam Sorgen. Eine solche Grippe war ihm in seiner langjährigen Praxis noch nie untergekommen. In Piets Mund entdeckte er Spuren von Blut. Sein Körper wurde von einem grässlichen Husten durchgeschüttelt, und das Essen behielt er auch nicht mehr bei sich. Der Durchfall schwächte ihn von Tag zu Tag etwas mehr. Er konnte bald gar nichts mehr zu sich nehmen.

Piets Husten klang bald schon so jämmerlich wie der von Karlmann. Aber das konnte er Gaesbeeck schlecht erzählen, ohne die Leiche zu erwähnen, die nun hinter dem Schuppen in seinem Garten vergraben lag. Also erzählte er Gaesbeeck nichts davon und hoffte, dass sich sein Husten schon wieder legen würde.

Jedoch, der Husten besserte sich nicht. Und auch die roten Flecken, die Gaesbeeck zunächst nur an seinen Unterschenkeln und auf dem Bauch entdeckt hatte, wurden immer mehr. Sie wuchsen sich zu Blutergüssen aus, und die Haut darüber wirkte bald schon so schwammig, als würde sie beim geringsten Druck zerreißen. Vorsichtig schmierte Gaesbeeck eine Salbe aus Johanniskrautöl, Bienenwachs, Speck und Eigelb darauf. Sehr viel mehr fiel ihm nicht ein. Niemals zuvor hatte er einen Krankheitsverlauf beobachtet, der einen Menschen so schnell dahinraffte wie dieser. Er machte Piet kalte Wickel gegen das Fieber und fühlte auf der Stirn regelmäßig seine Temperatur. Es schien ihm, als würde das Fieber nun beinahe in Minutenabständen steigen. Piets Stirn war so heiß, als würde dahinter eine indianische Sonne seine Säfte zum Kochen bringen. Er hustete kleine Blutklumpen aus, und die Haut auf seiner Zunge löste sich langsam ab.

»Der Junge«, stöhnte Piet, als ihn Gaesbeeck am Morgen nach einer besonders schlimmen Nacht untersuchte. »Du musst dich um den Jungen kümmern.«

»Nicht reden, es strengt dich zu sehr an.«

»Nein, hör mir zu. Versprich mir, dass du dich um den Jungen kümmern wirst.«

»Mach dir keine Sorgen. Ich werde mich um ihn kümmern, so lange, bis du wieder auf den Beinen bist.«

Aber da glaubte Gaesbeeck schon nicht mehr daran, dass Piet noch einmal auf die Beine kommen würde. Viel zu schnell schritt diese seltsame Krankheit voran, was auch immer ihre Ursache sein mochte. Das Fieber ließ sich nicht senken, der Husten nicht lindern, und diese merkwürdigen roten Flecken, die seinen Körper nun zur Gänze verfärbten, ließen sich nicht mehr eindämmen. Das Einzige, was Gaesbeeck für Piet noch tun konnte, hatte nichts mit seinem Beruf als Arzt tun. Er konnte ihm jetzt nur noch Beistand leisten.

Die nächsten drei Tage und Nächte wachte Gaesbeeck an Piets Bett. Er ließ ihn selten für ein paar Stunden allein, und auch nur, wenn er sicher sein konnte, dass er endlich eingeschlafen war. Er machte ihm weiterhin kalte Umschläge gegen das Fieber, auch wenn er längst ahnte, dass sie nichts mehr halfen.

Manchmal gab Piet noch etwas von sich. Es waren am Ende keine richtigen Sätze mehr, eher schon Wortfetzen, zusammenhangloses und unverständliches Zeug. Gaesbeeck musste sich anstrengen, um ihn überhaupt noch zu verstehen. Piet brabbelte irgendetwas von Delfinen vor sich hin, auf deren Rücken man wie auf Pferden durch das Meer reiten konnte. Auch von zwei alten Philosophen redete er, der eine blind und der andere lahm, auf die er schon sehr viel früher in seinem Leben hätte hören sollen.

»Du musst dich um den Jungen kümmern.«

»Das verspreche ich dir.«

»Er braucht einen Vater. Vor allem jetzt, wo sein Vater tot ist. Maarten muss glücklich werden.«

Gaesbeeck schüttelte bekümmert den Kopf, wenn er Piet für ein paar Stunden in der Hippolytusbuurt alleine ließ. Es war traurig mit anzusehen, wie der Mensch am Ende seiner Kräfte nicht nur seinen Körper, sondern auch seinen Verstand verlor.

»Es wird alles wieder gut. Du musst jetzt nur schnell wieder auf die Beine kommen.«

Aber daran glaubte Gaesbeeck mit jedem Tag etwas weniger. Nicht das Geringste konnte er gegen diese seltsame Krankheit ausrichten. Eine anständige Beerdigung war das Einzige, was er jetzt noch für Piet tun konnte. In den letzten Stunden, die er an seinem Bett saß, schwor er ihm, sich um Maarten zu kümmern.

»Du musst dir keine Sorgen machen. Ich werde alles in die richtigen Wege leiten. Ich werde mich um alles kümmern. Um dich und auch um ihn. Das verspreche ich dir.«

-24-

In beidem hielt Gaesbeeck Wort. Er kümmerte sich um Piets Beerdigung und danach auch um Maarten.

Als Piet van Leeuwen am 30. November 1663 im Alter von vierzig Jahren aus unerfindlichem Grund starb und ein paar Tage später auf dem Friedhof der Oude Kerk beigesetzt wurde, war die Kirche bis auf den letzten Platz gefüllt.

Gaesbeeck hatte dafür gesorgt, dass an diesem Tag alle Würdenträger der Stadt versammelt waren.

Auch Grietje Horneborg saß in der Kirche, auf einer der hintersten Bänke. Sie hörte Gaesbeeck aufmerksam zu, als er vorne am Altar seine Abschiedsworte sprach.

»Wir tragen heute einen zwar kleinen, aber doch sehr bedeutenden Sohn unserer Stadt zu Grabe«, sagte er in seiner Rede. »Piet van Leeuwen war ein Mitglied der Royal Society, der wichtigsten Gelehrtengesellschaft der Welt.«

Grietje wusste damit nicht sehr viel anzufangen, aber sie sprach trotzdem ein stilles Gebet, für ihren Kapitän, für Drooten und auch für Piet van Leeuwen.

Das Haus von Oranien hatte eigens einen Abgesandten geschickt, und selbst William Brouncker hatte es mit zwei seiner Kollegen aus London gerade noch rechtzeitig nach Delft geschafft, um Piet die letzte Ehre zu erweisen.

»Und so wollen wir uns heute vor ihm verneigen, damit künftige Generationen erkennen, was er geleistet hat«, beschloss Gaesbeeck seine kurze Rede.

Auch für Maarten fand er danach die allerbeste Lösung. Bei ihnen konnte der Junge auf Dauer nicht bleiben. Seine Frau hatte sich in Piets letzten Tagen zwar aufopferungsvoll um den Jungen gekümmert, aber eine Lösung auf Dauer war das nicht. Und so entschied Gaesbeeck, dass es wohl das Beste sei, den Jungen auf eine gute Schule zu schicken. Zwar hatte ihm Piet kaum etwas von seiner eigenen Schulzeit in Deventer erzählt, aber er war der Meinung, dass es wohl eine ganz hervorragende Schule sein musste, wenn sie einen Mann mit Piets Talenten hervorgebracht hatte.

So kam es, dass Maarten, der seinem Vater Karlmann bis auf seine schwarzen Haare und seine grünen Augen wie aus dem Gesicht geschnitten war, im Alter von acht Jahren mit einer Kutsche nach Deventer geschickt wurde. Dort predigte noch immer der Rektor Florens Radewijns, mittlerweile alt und etwas gebrechlich geworden, vom *Alpha* und vom *Omega* und auch vom *See aus brennendem Schwefel*.

Epilog

Natürlich hat Piet van Leeuwen nie gelebt. Es gab keine Carla Milao, keinen Jan Karlmann und auch keinen Arzt Hendrik de Gaesbeeck. Weder der verrückt gewordenen Kirchendiener Heijn Drooten ist historisch bezeugt noch der blindwütige Rektor Florens Radewijns. Allerdings sind nicht alle Begebenheiten in diesem Roman bloße Fiktion – auch wenn ich im Sinne dieser Geschichte mit so machen Fakten recht freizügig umgegangen bin.

Etwa zur gleichen Zeit, genauer gesagt zwischen 1632 und 1723, lebte in Delft ein Mann, der mich zu der Figur Piet van Leeuwens ein Stück weit inspiriert hat. Sein Name ist Antoni van Leeuwenhoek. Ein Forscher und Autodidakt ohne nennenswerte Schulbildung, der heute nur noch in Fachkreisen bekannt ist, auch wenn er für die Geschichte der Menschheit ebenso bedeutend war wie Christoph Kolumbus, vielleicht sogar noch eine Spur bedeutender. Leeuwenhoek entdeckte nicht nur einen neuen Kontinent, sondern ein neues Universum. Den Mikrokosmos.

Zweihundert Jahre vor Robert Koch und Louis Pasteur machte er mit seinen selbst angefertigten Mikroskopen als erster Mensch Bakterien sichtbar. Staunend hat er durch seine Vergrößerungsgläser beobachtet, wie sich im Speichel und im männlichen Ejakulat *kleine dierkens* bewegen, kleine Tierchen, wie er sie nannte. Kein Mensch zuvor hatte Kenntnis von diesen winzigen Kreaturen. Niemand war jemals so tief unter die Oberfläche des unmittelbar Sichtbaren vorgedrungen wie Antoni van Leeuwenhoek.

Das wenige, was wir über seine Lebensumstände heute wissen, verdanken wir Clifford Dobell und Abraham Schierbeek, zwei Naturwissenschaftler, die in den Dreißiger- und Fünfzigerjahren über ihn schrieben. Ihre Bücher sind längst vergriffen. Eine zeitgemäße Biografie existiert bis heute nicht. Nur hie und da finden sich ein paar lexikalische Notizen über ihn. Soweit bekannt, war Leeuwenhoek weder kleinwüchsig noch mit einem Klumpfuß bestraft. Und seine Frau, die ihm fünf Kinder gebar, von denen allerdings nur seine Tochter Maria überlebte, kam auch nicht aus einem Amsterdamer Hurenhaus, sondern entstammte einer vornehmen Brauereifamilie. Sein Vater war Korbmacher und starb, als er fünf Jahre alt war. Nach seiner Schulzeit ging Leeuwenhoek bei einem Textilhändler in Amsterdam in die Lehre, wo er es bis zum Buchhalter brachte. 1654 eröffnete er seinen eigenen Tuchladen in Delft, bevor er sich 1660 als städtischer Beamter anstellen ließ. Zunächst als eine Art Gerichtsdiener, später auch noch als Landmesser und Eichmeister. Tätigkeiten, die ihm genug Zeit ließen, um sich seinen mikroskopischen Studien zu widmen.

Leeuwenhoek schrieb darüber etwa dreihundert Briefe an die Royal Society in London, die renommierteste Wissenschaftsgesellschaft seiner Zeit, die ihn 1680 zum Fellow berief. In diesen Laborberichten, abgefasst in nüchternster Prosa, beschrieb er bis ins kleinste Detail, was er durch seine Mikroskope entdeckte. Achtunddreißig dieser Briefe veröffentlichte er um das Jahr 1695 unter dem Titel *Arena Naturae Detecta* – Die enthüllten Geheimisse der Natur. Es sind überaus trockene, langatmige Texte. Aber es handelt sich dabei trotzdem um die Briefe eines Abenteurers.

Zwar segelte Leeuwenhoek nicht wie Kolumbus über das große Meer. Aber im Ergebnis ist seine Reise nicht weniger aufregend, als es die Erkundungsfahrt des italienischen Seefahrers war. Konzentriert saß er in seinem Haus in der Hippolytusbuurt in Delft und blinzelte durch die Linsen seiner Mikroskope, von denen er im Lauf seines Lebens rund fünfhundert Stück herstellte. Auch Leeuwenhoek brach ins Unbekannte auf und entdeckte eine Terra incognita – eine Welt, von der die Menschheit bis dahin nichts ahnte.

Ein wenig tragisch an seiner Geschichte ist allein die Tatsache, dass es nach seinem Tod noch einmal zweihundert Jahre brauchte, um die ganze Tragweite seiner Entdeckungen zu begreifen. Leeuwenhoek selbst war daran nicht ganz unschuldig. Menschen, die ihn in Delft besuchten – darunter Abgesandte der Royal Society in London und später auch gekrönte Häupter wie Karl II. von England, Friedrich I. von Preußen und Zar Peter der Große –, zeigte er immer nur seine einfachsten Instrumente, nicht ohne zu erwähnen, dass er über noch sehr viel leistungsstärkere Mikroskope verfüge, durch die außer ihm selbst aber noch kein Mensch geblickt habe. Seine Besucher beschrieben ihn als einen Mann von »entgegenkommendem Charakter« von »zweifellos großer

Geschicklichkeit«, aber auch »von »großem Misstrauen« beseelt. Leeuwenhoek machte es den nachfolgenden Generationen nicht gerade leicht, seine Forschungen fortzuführen.

Erst als sich Mediziner wie Robert Koch und Louis Pasteur gegen Ende des 19. Jahrhunderts seine Animalcula noch einmal etwas genauer anschauten und dabei auch die krank machende Wirkung der Bakterien entlarvten, wurde klar, welche herausragende Bedeutung Leeuwenhoeks Beobachtungen für unser Leben und Überleben besitzen. Vielleicht ahnte er selbst, dass seine *kleinen dierkens* eine wichtige Rolle im Räderwerk der Natur spielen, aber natürlich nicht in diesem Ausmaß.

Leeuwenhoek wusste noch nicht, dass die Bakterien die wahren Herrscher über den Planeten sind. Und dass es ohne sie auf dieser Welt kein Wachsen und Vergehen gäbe, keine Geburt und auch keinen Tod. Zwar konnte er diese wundersamen, für das menschliche Auge unsichtbaren Existenzen sichtbar machen, aber ihr Sinn und Zweck blieb ihm zeitlebens verschlossen.

Heute wissen wir, das jeder Mensch in seinem Mund eine einzigartige Signatur aus Mikroben trägt, die ihn von allen anderen Menschen weit mehr unterscheidet als die Hautfarbe einen schwarzen von einem weißen Menschen, ja sogar noch weit mehr als die Linien ihrer Fingerabdrücke. Wir wissen, dass auf jede menschliche Zelle gut und gerne hundert Einzeller kommen, die sich, lange bevor wir unsere Nahrung überhaupt verdaut haben, schon daran satt gegessen haben. Wir wissen, dass die Bakterien sehr wohl ohne uns leben können, aber wir nicht ohne sie. Wir würden unter chronischem Vitaminmangel leiden und uns mit den eigenen Stoffwechselprodukten vergiften. Vor allem aber wissen wir mittlerweile, dass bisher nur ein Bruchteil über diese kleine, unscheinbare Welt bekannt ist. Allein die Mikrobenzahl im Meer schätzen Forscher heute auf eine Quintillion. Das entspricht einer Zahl von zehn hoch dreißig und übertrifft bei Weitem die Anzahl der Sterne im gesamten Universum.

Heute, nach Charles Darwin und dem Wissen der Menschwerdung, nach der Entdeckung der DNA und der noch immer anhaltenden Suche nach dem Higgs-Boson im Teilchenbeschleuniger von CERN, mag es etwas seltsam erscheinen, dass Antoni van Leeuwenhoek noch glaubte, der werdende Mensch sei im männlichen Spermium in Gänze vorgeformt. Es gelang ihm trotz eifrigster Bemühungen nie, den Homunculus sichtbar zu machen. Er sprach in diesem Zusammenhang am Ende seines Lebens von einem großen Geheimnis, das die Grenzen seines Verstandes überschreite.

Als Spätgeborene mögen wir darüber lächeln, aber ist die Frage, die wir uns heute stellen, nicht noch immer von der gleichen Art? Wo kommen wir her, und wo gehen wir hin? Wir haben heute sehr viel mehr Kenntnis über den Ursprung des Lebens, aber alles wissen wir deshalb noch lange nicht. Bescheiden wie Sokrates vor mehr als zweitausendvierhundert Jahren bleibt uns nur die Feststellung: *Wir wissen, dass wir nichts wissen*.

Leeuwenhoeks Grab kann man im Übrigen heute noch in der Oude Kerk in Delft besichtigen. Er wurde dort neben einem anderen berühmten Sohn der Stadt beigesetzt: dem beinahe auf den Tag gleichaltrigen Maler Jan Vermeer.

Quellen

Neben dem Lesesaal und der Handschriftensammlung in der Bayerischen Staatsbibliothek in München verdankt dieses Buch seine Entstehung natürlich auch dem grenzenlosen Schatz, den das Internet bereitstellt. Es ist mir unmöglich, noch jede Quelle genau anzugeben, die mir an dieser oder jener Stelle weiterhalf.

Einige Publikationen will ich trotzdem erwähnen, weil sie mir wertvolle Anregungen lieferten:

Blumenberg, Hans: *Die Lesbarkeit der Welt.* Frankfurt 1986.

Böhme, Hartmut: »Die Metaphysik der Erscheinungen – Teleskop und Mikroskop bei Goethe, Leeuwenhoek und Hooke.« In: *Kunstkammer – Laboratorium – Bühne. Schauplätze des Wissens im 17. Jahrhundert.* Hg. von Helmar Schramm, Ludger Schwarte und Jan Lazardzig. Berlin 2003. S. 359–396.

Gerlach, Dieter: *Geschichte der Mikroskopie.* Frankfurt 2009.

Haafner, Jacob: *Erlebnisse und frühe Seereisen.* Hg. von Thomas Kohl. Mainz 2006.

Meyer, Klaus: *Geheimnisse des Antoni van Leeuwenhoek. Ein Beitrag zur Frühgeschichte der Mikroskopie.* Lengerich 1998.

Van de Pol, Lotte: *Der Bürger und die Hure. Das sündige Gewerbe in Amsterdam in der Frühen Neuzeit.* Frankfurt am Main 2006.

Danksagung

Ich danke Oliver Kuhn, dem ich von diesem Roman irgendwann erzählte. Das Manuskript war schon recht weit fortgeschritten, als er mir eines Tages schrieb, er wolle das Buch gerne verlegen. Sein Vertrauen und die wertvollen Anregungen von Karina Woller und Sabine M. Steck im Rahmen des Schlusslektorats haben diesen Roman mit auf den Weg gebracht. Ich danke darüber hinaus allen Mitarbeitern der Münchner Verlagsgruppe, die an der Herstellung und Vermarktung dieses Buches beteiligt waren, insbesondere den Mitarbeitern in der Grafik, im Vertrieb und in der Presseabteilung. Vor allem aber danke ich Domenica, die Anteil an meinem Schreiben nahm und mir die ganze Zeit über ein kritischer und zugewandter Gesprächspartner blieb. Ohne sie wäre dieses Buch nicht geworden, was es ist.

320 Seiten
12,99 € (D) | 13,40 € (A)
ISBN 978-3-95761-182-6

Mitch Albom

Die magischen Saiten des Frankie Presto

Frankie Presto ist ein Waisenjunge, der von einem blinden Musiklehrer in einer spanischen Kleinstadt großgezogen wird. Im Alter von neun Jahren schickt ihn sein Ziehvater in die USA, mit nur einer alten Gitarre und sechs wertvollen Saiten im Gepäck. Frankie fasst rasch Fuß in dem neuen Land und wie von Zauberhand wird er schnell geachteter und respektierter Teil der Musikszene des 20. Jahrhunderts. Er trifft und beeinflusst auf vielerlei Weise Elvis, Carole King, Wynton Marsalis, KISS und viele weitere. Irgendwann wird er selbst zum Star, nimmt eigene Platten auf und wird verehrt. Doch seine Begabung wird zur Bürde, als er feststellt, dass er durch seine Musik das Leben der Menschen verändern kann. Denn jedes Mal, wenn eine Saite seiner Gitarre blau leuchtet, hat er Einfluss auf das Leben eines Menschen genommen. Auf dem Zenit seines Erfolgs verschwindet Frankie spurlos, seine Legende wächst. Erst Jahrzehnte später taucht er wieder auf, nur um kurz vor seinem eigenen Tod noch ein letztes Menschenleben zu verändern.

LAGO